THE STAR RIVER OF
INK FRAGRANCE

墨香星河

丁峙 ◎ 著

中国文联出版社

图书在版编目（CIP）数据

墨香星河 / 丁峙著. -- 北京：中国文联出版社，2025. 1. -- ISBN 978-7-5190-5665-0

Ⅰ．I267

中国国家版本馆 CIP 数据核字第 2024EB5490 号

著　　者　丁　峙
责任编辑　阴奕璇
责任校对　吉雅欣
装帧设计　肖华珍

出版发行　中国文联出版社有限公司
社　　址　北京市朝阳区农展馆南里 10 号　　邮编　100125
电　　话　010-85923025（发行部）　010-85923091（总编室）
经　　销　全国新华书店等
印　　刷　北京顶佳世纪印刷有限公司

开　　本　710 毫米 ×1000 毫米　　1/16
印　　张　27.75
字　　数　430 千字
版　　次　2025 年 1 月第 1 版第 1 次印刷
定　　价　89.00 元

版权所有・侵权必究
如有印装质量问题，请与本社发行部联系调换

序言　践行文化理想　铭记家国情怀

赵普东

丁峙先生立足于京畿繁华之地，数十年来，他始终致力于大友翻译公司的蓬勃发展。在繁忙的工作之余，他翻译了日本《脉冲与数字电路》一书（共25万字），并发表了数十篇英日语地质物化探论文。更以八年的精心筹备和四年的辛勤努力，成功编纂了我国首部《日汉物理探查大词典》，其字数高达110余万。在取得如此辉煌成就的同时，他仍未忘记自己心中的文化理想，用文学的笔触翻译了多部日本侦探小说，并创作了报告文学、散文、随笔及小说共计百余万字。

如今，有幸读到他的文集《墨香星河》，我深感他也是一位文学意识鲜明的作家。在这部四十余万字的长卷中，他仰望星空，俯察人间，真实地记录了一个时代的生活原貌。在"乡音乡情"篇章中，他通过细腻的笔触，将故乡的温馨往事和祖辈人平凡而朴素的生活印迹一一呈现，让人仿佛能触摸那些高尚品行在故乡大地上生生不息的力量。

故乡的剧院是戏剧文化的一盏明灯，大秦时代的秦腔戏剧以其高亢嘹亮的唱腔，如春雨般滋润着故乡人疲惫的心灵。这种精神引领的力量，催生了前街出演员、后巷有名角的壮观景象。秦腔戏剧艺术，实乃国粹，作者深情呼唤，愿其能代代相传。

优秀的散文往往注重人物的叙写。校园开水房的水工王二，虽然形象憨笨，但勤劳敬业、不计名利，这是他做人的标识。这位社会底层的普通劳动者，如同我们的祖辈一样，很容易被社会忽略。但今天，作者用文字彰显了他的形象，提醒我们不要再次遗忘他和我们的祖辈。

《一个村官的不凡人生》中的大村领头人，几十年如一日地当好村干部，绝非易事。这位老书记善于用机智、巧妙、幽默甚至搞笑的方式迅速化解村民之间的纠纷，这种得之于传统农耕时代的朴素、简约智慧正是传承了我们民族优秀文化中的仁厚、宽容与大义。

《绽放在我心里的花儿谢了》这篇文章将一对夫妻的恩爱情深浓缩在妻子生命垂危的三十六小时里。一切万难不舍的绵绵心语，都在医院的病房，悄悄叠映成了一份生死相依的精神界碑。临终前，妻子给医生写下心愿：且在非必要时不进行抢救，这是我本人的意愿，与他人无关！得知妻子如此豁达的人生态度，丈夫回忆起两人曾经的幸福时光，痛感一旦失去，才懂得爱与被爱的稀缺。2024年1月6日，妻子永远地离去了。这让一位伤情之人怎能不哀叹：一个鲜活的生命，就如电光火石般转瞬即逝！丈夫以泣声伴泪的文字悲呼：人世间最遥远的距离，莫过于阴阳相隔……这篇文章细腻、生动地描绘了夫妻间的深情厚爱，令人伤心至极，痛感生命之瞬息万变。

在《兄弟》一文中，作者深情地眷恋着早逝的好人亲弟弟，伤心之处，笔下流淌着泪水；诀别之时，悲声长叹，令人揪心不已。

《文正的人生素描》则记录了这位昔日中学好友的人生轨迹。作为清华大学的高才生，他献身于祖国的军事科研事业，却不幸英年早逝。书中追忆了青春时的欢乐与友好，悼念亡者的哀婉与伤痛，字里行间凝聚着诗性与哲理，仿佛在高山之巅或大海之畔吟诵，动人心弦。

"译海泛舟"这一篇章让人明白，每一个有出色作为的人都是社会某一领域的翘楚。大友翻译公司在我国当代改革中顺势而生，虽历经曲折，但始终秉持"大业惟诚，友谊惟诚"的宗旨，以"信、雅、达"为工作守则，为地球村架起了一座丰富多彩的语言金桥。在这一切细致入微且浩繁复杂的成功与进取之中，丁峙先生以其卓越的治业能力和显著功绩，荣获了中国翻译协会颁发的资深翻译家大奖。令人意想不到的是，为他颁奖的竟是唐闻生女士——她不仅是全国翻译界的杰出代表，更是毛泽东主席昔日信赖的对外翻译专家。至此，十年拼搏留好梦，一朝殊荣慰平生。

《北京的发端与历史渊源》从春秋战国说起，钩沉索隐了数百年王朝制度的沿革，叙写了近代政治风云变幻的真相。这里，曾是中国历代封建王朝最高权力的争锋之地，也是每一朝帝王治国方略的发源地。始于盛时，华夏国泰民安；败于衰时，则国内揭竿而起。再来到民国时期，回首往昔，那座被唤作北平的古都，尽管经济滞后，但其文化思想却极为璀璨，伟大的五四运动火炬，正是从这里率先熊熊燃起。

《永驻心中的蓝田》是一幅描绘青春人生多彩风貌的长卷图。它穿越岁月飞逝的时空，将梦里青春的脚步与日渐沧桑的双臂，紧紧与蓝田的山水相拥。在这幅图中，一切珍贵的往事都被最真挚的情感紧紧相连。曾几何时，中国地质物化探所在搬离北京之后，于蓝田薛家村这方民风淳朴的山村"安家落户"。蓝关古道上，韩愈骑马惜别长安的悲愤之情，如同历史的风尘，传承给了地质物化探人那份忧国忧民的情怀，这应是我们做人最崇高的情操。而在辋川河畔，王维的诗韵回响，如同明镜一般，映照出今人内心那份对纯净的追求与坚守。大科学家李四光、谢学锦前辈的崇高志向，至今仍深深铭刻在众多晚辈的心中。天马山、七盘坡、白鹿原的青山绿水间，地质物化探人们留下的一串串脚印、一道道浪花，都是对这次生命探索之旅的深情回应。薛家村那喧哗的小卖部、乡亲们世代传承的勺勺客厨艺、闷罐子火车里说不尽的故事……这一切都是那么情深意重。忆往昔，我们亟欲认领这些珍贵的记忆，重返那片故地，寻觅那已逝的青春。

《廊坊近现代传奇人物》首节讲述英雄出于寒门，却报国不惜身命的故事。刘发魁三兄弟，在甲午大海战中，与邓世昌将军并肩作战，他们视日寇如豺狼，驾"致远舰"英勇迎敌，激战中海，为国守卫海域，无畏生死。那场悲壮的海战，全舰忠烈，给中国人留下了无尽的哀痛。

接下来是"感动中国的英烈陈然"，他曾作诗云：

"对着死亡我放声大笑，
　魔鬼的宫殿在笑声中动摇，
　这就是我……"

这位年仅26岁的英烈，被国民党杀害于重庆白公馆。作为《挺进报》的主编，他呼唤民众觉醒，致力于劈开社会的沉沉黑暗，这已成为他的天职。红色革命的基因深深植根于他的灵魂之中，他视死如归的气节，也预示着一个天翻地覆新时代的到来。如今，为这些英雄列传，正是文学的高尚使命！

《神奇的中医针灸》一文，通过两个生动实例展现了中医的非凡疗效。先是友人手术后脏器下垂脱出，西医束手无策，而遵从中医之嘱，仅服用"补中益气丸"便病愈。再者，作者本人突患双眼睑下垂之症，眼前一片漆黑，遍访京城名医均无果。在绝望之际，求助于中医，仅两个针灸疗程便使眼疾痊愈。长久以来，许多人将西医奉若高山雪莲，而中医却被忽视如沟壑野草。这两则真实案例，再次向国人证明，中医实乃我华夏民族永世的瑰宝！

《施托费尔的故事》则描绘了一位多才多艺却命运多舛的人物。他精通英语、数学、音乐，曾是电影演员，担任过石油勘探中心国际部主任，为众多赫赫有名的石油专家开设英语培训讲座。这样一位热情洋溢、谈吐幽默的人才，却因中德混血的长相而沦为阶下囚。在那个动荡不安的年代，他面临被处决的绝境，仅因一句无意识的自我辩解，竟在千钧一发之际保住了生命。他命运的波折与不幸，引人深思。

丁峙先生是一位致力于构建自己文学殿堂的人，文学是他心灵的美好月光。《墨香星河》文集汇聚了散文、报告文学、随笔、小说等多种文体，以散文为主体，选材广泛，视野开阔，多维度地展现了生活原生态中的人生困顿与艰危，以及社会新变后人们创造的热情。然而，正如清代学者金丰所言："文章不宜尽出虚，虚则诞妄；而事事皆实，则失于平庸。"以此标准审视，《墨香星河》文集中的部分篇章尚存在过于琐碎、过于写实的瑕疵，缺乏精、通、妙、美的艺术完整性。

2023年9月11日于故乡咸阳

（赵普东，笔名文达，陕西咸阳市礼泉县昭陵社区人，陕西省作协会员，县作协副主席。近年来在省市报刊发表诗歌、散文、评论一百二十余篇，文笔老辣犀利，在陕西省文坛具有一定影响。）

目录 / CONTENTS

01 第一辑　乡音乡情
Nostalgic Sounds and Sentiments

穿越五十年的聚首	003
石鼓的诉说	010
赵镇剧院唱大戏	014
赵镇公社业余剧团	020
赵中的开水房与王二	031
闲话"盘土炕"	038
一个村官的不凡人生	047
故乡的老师	060
世上最疼我的人走了	
——谨以此文纪念母亲逝世二十周年	067
绽放在我心里的花儿谢了	
——怀念智玲	072
兄弟	085
文正的人生素描	090

02 第二辑　译海泛舟
Sailing the Sea of Translation

隐形的"尺子"	099
水的使者	
——中日技术合作的赞歌	103

译海无涯苦作舟	110
十年庆典逸事	131
翻译人的苦与乐	161

03 第三辑　雪泥鸿爪
The Vestiges of the Past

北京的发端与历史渊源	187
永驻心中的蓝田	203
惬意的田园生活	225
几次惊险的遭遇	240
闷罐子车里的故事	255
廊坊古今轶事	263
廊坊近现代传奇人物	272
新基地的迷人魅力	284
共和国不会忘记	320

04 第四辑　朝花夕拾
Dawn Blossoms Plucked at Dusk

创　新	349
神奇的中医针灸	352
日本自由行纪事	360
闪光的足迹	372
游北京世园会小记	387
施托费尔的故事	395
活跃在大院的作家们	405
生命的呐喊	417

后　记	428

第一辑 01

乡音乡情

Nostalgic Sounds and Sentiments

穿越五十年的聚首

时光被拉回到高声唱着"我们是共产主义接班人……鲜艳的红领巾飘扬在胸前"那个年代。2018年元旦过后第三天,我们赵镇小学高秋六六级同学怀着激动和兴奋的心情,从天南地北、四面八方聚集到千年古镇的赵粮饭店,重温师恩,共叙友情。南寺一别,不觉就过去了50年,半个世纪的沧桑,把一个个满脸稚气的少年,磨砺出了满脸皱纹、满头白发。

屈指算来,离开赵镇小学至今已有50多个年头了。

半个世纪的分别,50年的牵挂,给了我们足够的相约相聚的理由。同学聚会虽然不能改变我们的命运,但能够让我们感受友情的温馨。同学聚会虽然不能带来功名利禄,但能让我们互通信息,沟通大家的情感。忆往昔,恰同学少年、风华正茂。20世纪60年代的南寺学校里,留下了我们少时的努力,也留下了我们美好的回忆和无尽的怀念。50年前,我们相聚在学校,开始了一生难忘的同窗生活,度过了我们人生那段最纯洁、最浪漫的时光。在学校,是恩师的辛勤培育,给予了我们人生的方向和无穷的能量。难忘师恩,师恩难忘,首先要向我们敬爱的老师诚致谢意。

人生风雨几十载,同学情谊最为真。

在学校的岁月里,我们大家在生活上、在学习中,互学、互勉、互帮、互爱,结下了深深的同窗谊、浓浓的朋友情。曾记得,课堂上我们埋头苦读,学知识争荣誉。宿舍里则时而胡扯乱谝,无法无天。操场上你追我赶,疯野撒欢。学校的生活一桩桩、一件件,历历在现,仿佛就在昨天……

半个多世纪,呼啦啦一闪而过。我们已经步入老年,应该松口气了,应该歇歇脚了。丢下生活琐事,挤出一点时间聚一聚,听一听久违而又亲切的声音,看一看熟悉而又陌生的面孔。

欢声笑语满厅堂——作者
小学同学 50 年聚会现场

  同学聚首，有说不完的话题，回忆我们快乐的往事，互诉我们美好的时光，互送你我健康的祝福。在今天这个高兴的时刻，我们洒下的是笑语、倾诉的是衷肠、珍藏的是友谊、淡忘的是忧伤、收获的是互敬、放飞的是豪情。虽然说时光带走了我们的韶华，却带不走深厚的同窗情谊，我们为生活奔波，为生计忙碌，每个人的经历不尽相同，状况各异，但是大家记着呢，我们永远是同学，永远是赵小高秋六六级的同级同学。

  有一个小学同学是尧都村人，部队服役后转业到新疆乌鲁木齐市，虽远在他乡，听到 50 年聚会的消息后，仍难掩激动之情，特意发来一份贺词，由我在聚会时代为宣读，也算是了却了小学时的杨令令、如今身为技术人员杨志峰的一份心愿。他在 2017 年 12 月 31 日发来的贺信中表示：

前两天丁志俊老同学发来微信，计划2018年元月3日举办赵镇小学六六届毕业50年师生联谊会，我听到此消息心情无比激动，恨不得立即飞回故里和尊敬的老师及亲爱的同学欢聚一堂共叙情谊，怎奈由于种种原因，身不由己，对此深感遗憾。

借此机会，首先感谢丁志俊老同学慷慨资助，积极推动这次聚会活动，为我们提供了这样好的平台；其次感谢为举办这次活动热情奔忙的马建国、闫应鑫、张玉峰、张延安、张会霞等老同学以及摄像、摄影、场景等工作人员。

日月如梭，光阴似箭，转眼已到2018年。想当初，我们这些不谙世事的懵懂少年，在一起度过了人生最纯洁、最浪漫、最天真无邪的美好时光。多少难忘的情景一桩桩、一件件、一幕幕栩栩如生，记忆犹新，在我们的脑海里刻下了深深的烙印。那一栋栋整齐排列的教室、一位位慈祥和蔼的恩师、一张张稚嫩可亲的笑脸、一件件幼稚淘气的趣事，细细回味无不叫人心潮澎湃、感慨万千。50年时光弹指一挥间，悠悠岁月在无声无息中悄悄逝去，可谁又能够忘记孩提时代的纯真、无忌、真挚的情谊。

看今朝，秋霜已染上了我们的鬓发，岁月在我们脸庞留下了七沟八梁。几十年的风雨历程，既让我们感受到了事业的困惑，生活的艰辛，又让我们体会到了成就和喜悦、人生的意义。光阴荏苒，岁月不返。感谢恩师慰藉了我们幼年不成熟的心灵，你们的谆谆教诲和良苦用心，洗去了我们童年的稚气，使我们学到了知识，懂得了做人的道理，坚定了我们热爱生活的信念。你们高尚的情操和辛勤的汗水，为我们奠定了人生的基础。"桃李不言，下自成蹊。"

感谢母校，感谢赵镇小学！你是我们健康成长的摇篮，母校不但给我们提供了良好的学习环境，使我们能够在知识的海洋里畅游，同时也使我们建立了纯真的情谊。

感谢石鼓这方土地，使我们感悟了天地之精华，使我们在人生的舞台领悟生命的真谛。石鼓——记载了我们成长的过程，记载了顽童纯真的情谊。人生能有几个50年？石鼓是我们永久的记忆、联想和思念……

最后，祝同学们身体健康！家庭和睦！平安幸福！笑口常开！

聚会主持人张会霞（左）和组织者丁志俊（右）

杨志峰的贺信情绪饱满，打动了与会者，感动了我，也引起了同学们的共鸣——

在今后的人生道路上，让我们且行且珍惜，加强沟通联系，记住今天这个完美时光，激情永在，来年再相聚。今天，让我们打开心扉，尽情地聊吧！抛下忧愁和烦恼，尽情地唱吧！让时光倒流50年，回到我们南寺学校的时光，再叙同桌的你、心中的他和同宿舍的大家。手和手相握、心和心靠近，传递真诚，加深了解，尽情享受重逢后的喜悦和快乐吧！

老师们，同学们，无论我们相隔有多远，时隔有多久，友谊之花都让我们更觉亲切，今天的相聚会成为我们永久而美好的记忆。也希望今天的活动能给各位发小们提供一个相互沟通、相互交流、相互了解的平台。今后不管有多忙，同学之间相互打个电话、发个短信，常聚首、多关爱，永葆我们的友谊之树常青，友谊天长地久！

相隔几十年后，和小学同学马建国取得了联系，这个同学特别爱好写作。他问了我很多问题，据说还查找了许多资料。2017年2月5日，就在家乡平台推出了题为"赵镇游子丁志俊"的文章。照录如下：

誉满京津冀，翻译称"大家"。
故乡石鼓村，学者丁志俊。

据《贞观政要》载，大唐盛世年间，丝路繁忙，外事频频。太宗死后，在昭陵祭坛旁，留下了十四国使臣来此的石刻群像。现如今，当怀古的人们站在这遗址前，不难想象，一千三百多年前李世民临朝时，要配备十多种语言的翻译！似乎为了印证这历史的戏剧性，人杰地灵的礼泉大地走出了翻译大家丁志俊和他的"世界语"团队——大友翻译公司。

在我国翻译界尤其是日语专业方面，提起丁志俊教授，可以说无人不晓。可在他出生的故乡唐昭陵山下的石鼓村周边，知道这个名字的人确实不多。

丁教授原名叫丁育生（知道这名字的人可能不少），他1953年出生在礼泉赵镇石鼓西街。我和他是高小、初中时的少年同窗，曾一起度过五年的校园时光。高小两年他和我同桌，邻桌，他当中队长，我当班长。课余常绕"石鼓"戏闹，也曾去他家讨过丁伯母的"甜水"，因赵镇小学的水是咸的。初中几年ABCD……都没背过，光阴几乎全在"文化大革命"的"炮打""火烧"中荒废了。据我知，他1970年上高中（我没上高中去工作了），到1972年回乡，他们这一届高中生有点特殊，囊括了好几届初中生，有初六六、六七、六八、六九、七〇级，组成了这较有名气的赵中"高七二"。

回乡后，育生在石鼓村也属有能之辈，当过综合厂会计和战备公路（现在的关中环线，107省道前身）的施工员，并在那时加入了中国共产党。1974年，全国大学开始恢复招生，热衷于"书"的他，谢绝了村老书记做"支书接班人"的挽留，选择到吉林大学去读书。

真应了柳青先生在《创业史》里的名言：人生的十字路口往往在那要紧的一步！育生同窗这一步奠定了他日后事业上平步青云的坚实基础。入大学读了日语这个专业，"八格牙路""咪西咪西"的生涩没有难倒他求学的激情。三年后，他以全优的成绩在大学这座"象牙塔"里，由丁育生蜕变为丁志俊！

1977年9月，丁志俊找到了通向世界的窗口，来到地质矿产部物化探研究所。当年的日本，属于这一专业的前沿。激情燃烧的年轻人，怀抱知识报国的梦想，用所学专业开始了"路漫漫，何其远的求索……"

1987年至1990年，丁志俊用三年的时间，全程参加了新疆乌鲁木齐地下水资源计划开发项目，这工程是日本援建的，其间日方专家不断往来，可中方翻译只有他一人，且涉列多学科，常需日、英双语翻译。他首次全方位大显身手，为完成项目的最终报告，出访日本，跑遍了东京、名古屋、鹿儿岛，完成了国家赋予的重任。

1992年，丁志俊教授主编的《日汉地球物理探查大词典》由国家立项，1995年出版。整整付出三年的心血，这本百万字之巨的大型辞书得以出版问世，填补了日汉地球物理专业工具书的空白。时任地质矿产部部长宋瑞祥亲自作序，首都各大媒体和新闻报刊发了通稿。

功夫不负有心人，赵镇游子在不惑之年用才智和汗水在中国翻译界的王国里成为领头羊！

改革的风吹遍神州，也给人生的路带来无常的变数。1997年，丁志俊出任了中国邮电翻译公司廊坊分公司总经理。数年辉煌之后的2001年，随着中国市场化的脚步，中邮翻译廊坊分公司却解散了。去或留，让丁教授又一次走在十字路口。回地矿部物化探研究所，仍不失为一条路，可男人的尊严和责任让他没有回头。既然走进"商海"，就迎着风浪去搏击吧！

"大友翻译公司"在京津间的廊坊应运而生。董事长、总经理、法人代表丁志俊一肩挑。公司专门从事海外企业（其中多为世界500强）在中国招投标、落地建厂的文书文件，设备资料的翻译工作，涉猎日、英、韩、法、意等多种文字，也为中国企业到海外创业提供同类型服务。

十几年来，大友公司获国家和河北省多项表彰和奖励。丁志俊教授除领军公司奋战商海外，先后有《城市物探专辑》《城市地震小区划及工程地震勘探》等多部文集和专著问世，获"北京青年学者"和"廊坊十大影响力人物"等多项荣誉。

展开祖国版图，如今的廊坊，地处京津冀金三角地带。天时、地利加人和，地球村的村民频繁交往，都给大友公司插上了腾飞的翅膀！我等早已退休闲居，灰心丧志，或玩鸟弄孙，或玩物肆游，但丁志俊这位已年过60的赵镇游子，却志存高远，仍带领"大友"这支中国翻译界的领军团体，奋战在中华复兴的春天梦里！

丁教授……育生，昔日赵中同窗中的佼佼者，你是赵镇游子的典范！

不自谦地录下此文，只是证明，虽然时光已穿越 50 年，我仍是不变的赵中年轻人。

石鼓的诉说

  从古到今，石鼓在这里已经待了一千多年啦。本尊身躯巨大，中空，壁厚七寸，四人方可合围，两人叠罗汉方可摩顶，外刻陀罗尼经咒，周围一小圈小佛陀。经文模糊不清，佛陀也没了头首。本尊基体南侧不仅缺少一大块，北侧亦自上而下斜现了一道深深的裂痕。然八佛陀众星捧月般拱起本尊的气势不减，每个佛陀神态各异，栩栩如生。

  关于本尊的来历，在民间流传着很多美丽的传说，有人说是汉光武帝刘秀所为。有人说是唐太宗李世民当年东征高句丽时，肩负剑伤曾在此养病，为隋末唐初大将尉迟敬德所修。这个寺庙原名为广济寺，其中一大殿供奉唐王李世民。此外还有观音殿、钟鼓楼等东西配房。

  寺庙殿堂内均用方砖墁地。本尊所在位置就是原来的鼓楼，寺院的东侧还有一个小钟楼。几人合力才能搬动的大钟已不知去向。由于寺庙是在农历的九月初建成，因此每在此时会集聚大量的信众。

  当年的广济寺信众甚广，方圆百里的人都来朝拜，人们纷纷烧香拜佛求菩萨。有人的地方就有交易。不少商贩闻风而动，来此做起了买卖。久而久之就有了赵村这个大集，后在九月又形成了一个大会。赵村九月会的规模很大，每逢会期，方圆百里的人会集于此。赶会的人络绎不绝，盛况空前，九月会一时成了赵村的招牌。随着时间的推移，九月会也从人们最初的烧香拜佛，演变成了规模较大的物资交流大会。寺庙周围商贾云集，店铺林立，气候大了，就形成了一个大集镇。

  本尊在赵村，于是有了石鼓这个名字。而赵村的称谓则源于唐王陵的兆城。古代修建皇陵，在帝陵的正前方会建一个兆城。一是方便皇家祭祀，二是用于供养护陵者。广济寺位于唐王陵正南十公里处，况唐王生前又在此疗过伤，故兆城的规格也较前大了许多。寺院重修后，不仅面积和规模扩大，且成了皇家寺庙，被正式命名为广济寺。一朝又一朝，一代又一代，斗转星移，日月变换。

真作假来假亦真，人称石鼓亦非鼓。本尊实为寺庙内一个圆柱体石刻经幢。远看近观，左右端详，活脱脱一面石刻大鼓，加之底座一组精美的群雕，雄伟壮观，故人称本尊为石鼓。石鼓就石鼓吧！谁让本尊形似呢？

广济寺位于兆城南侧，故人称南寺。寺内又有本尊的存在，石鼓兆村的称呼便顺理成章。世事更迭，兆村在文字记载时变成了赵村。赵村古城历经千年，新中国成立后才改为赵镇。寺庙现在虽没了踪影，但老辈人仍把这块地方称为南寺。南寺在清朝即被改为孩子们的学堂，后又正式更名为赵镇小学。这个小学也是方圆百里最有名的小学。

千百年来本尊一直"住"在一个老式房子里，该房子的老式门窗颇具古风。人们面南拾级而上四个砖铺台阶，拐弯面西再迈六阶进门即可见本尊。

天帝曰，此佛顶尊胜陀罗尼能净一切恶道。日藏摩尼之宝，净无瑕秽，净等虚空。光焰照彻，无不周遍。此陀罗尼所在之处，若能受持读诵，听闻供养。一切恶道，皆得清净。一切地狱苦，悉皆消灭。佛告天帝，若人能供养此陀罗尼，安高幢上，或安高山，或安楼上。汝当善持守护，勿念忘失。随喜受持，罪孽得解脱故。报福众生，不信善恶业，失正道者众生也。

寺院改小学后学生在周边打过地铺，被当作宿舍的房子高大，学生躺着仰望本尊更显威武。孩子们常围着石鼓追逐嬉戏，开心至极。看到天真活泼的孩子们，本尊也少了些许寂寞。

大唐贞观二十三年，皇舆宾天，谥号唐太宗。葬于位踞北山、闻名天下的唐王陵。在深山修建唐王陵工程浩大，在建造皇陵的日日夜夜里，他们一趟趟地往返于唐陵和赵村，成千上万被征用的民夫常在此歇脚。由于修唐陵所需物料太多且交通极为不便，前后修建时间又长达13年之久，故不少民夫累到极限，甚至有人一病不起。为了完成被摊派的任务，民夫每天走在凹凸不平的山路上背土送料。

长此以往也不行啊，怎么办呢？皇陵一日不完工，谁也别想闲着。无奈之下，有人想出一个绝妙的办法，以羊力代替人力。于是每家养了几只甚至十几只羊，每日集中在赵村周边的羊群白花花一片，有时甚至达到了只见羊群不见人的地步。上山时砖瓦土等物料绑在羊背上，一路上山羊吃饱了物资也送到了。放牧的同时也完成了运送的劳务。数以千计的羊群在崎岖的山道上来往，故而羊粪也是铺天盖地的一大片。每逢天降大雨，总有山洪暴发。滚滚的洪水裹挟着一层厚厚的羊粪和腐殖物，由山上直接冲到赵村一带。历史上水利设施不完善，上游的肥水亦富庶了这一方百姓。于是就有了唐王陵的羊粪，肥了南坡下的赵镇这一民间传说。

20世纪90年代初的一天，来了一大拨人在本尊面前指指画画，其中一个貌似领导的人当场训话。石鼓是祖先留下的千年神器，其珍贵的文物价值无可估量，必须倍加珍惜且严加保护云云。时隔不久的公元1992年，本尊被所在县府列为重点保护文物。此后曾有许多人前来看望本尊，有官员，指手画脚了一番，对其评头论足，上车后再也没回。有学者教授抚摸着本尊东问西问，走时长吁短叹摇摇头深表无奈。也有坐着轮椅的残疾人，左一圈右一圈地转着仰望本尊，走时泪水在眼眶里打转，一步三回头。

本尊孤零零地暴露在光天化日之下，原来的仿古式老房子尚可遮风挡雨，重点保护后反倒要饱受风霜雨雪的肆虐！谁能告诉我人们究竟是怎么了？没有了房子的遮盖，本尊如同一位久病的老人，佝偻着身子，遍体鳞伤，孤零零地待在这个不足两米高的土台上。春日疾风劲吹，夏日烈日暴晒，秋日大雨倾盆，冬日地冻天寒。本尊矗立于天地之间，本应有三千年的阳寿，然正值壮年期的本尊，孤独凄凉且浑身是伤，如同一个垂暮的老人在苟延残喘，只有深深的孤寂和无奈。唯有老校长亲手栽植的大青槐，弯腰为本尊撑起一把绿色的伞遮点阳光，但毕竟挡不住风雨，而今这棵老青槐也已陪伴本尊几十年。长时间的日晒雨淋，累了，麻木了！本尊只想静静地睡一会儿，自顾自地闭目养神！

人类如此无情，长此以往，本尊也不知道究竟还能坚持多久？现在的世事可谓风调雨顺，国泰民安！可一旦发生大地震或其他灾祸，左右摇晃上下震动，那可就挺不住了。倘若有一天轰然倒地致使其魂灵出窍，那么本尊亦会在世间彻底消失，人们所熟悉的石鼓也就不复存在了。原石鼓队对本尊一直悉心呵护，现如今好像分为东西两个村，留在西村似乎就没有那么幸运了，没人理更没人关心本尊。东村人实在看不下去了，就在大广场上按原尺寸仿制了另一个石鼓。心情可以理解，这一善举也令人感动。但仿制品毕竟取代不了本尊，善良的人们怎么就不为本尊建造一所房子？还有传说本尊是刘秀作战时敲过的战鼓，历经朝代更迭，日出日落，云卷云舒，让地老天荒的岁月风化成了石鼓。不管怎样，本尊在佛界的地位无可取代，在这里经过了不知道多少朝多少代。只知道被白胡子老爷爷抱在怀里指着本尊比比画画的昔日小孙子，而今又抱着他的小孙子在本尊面前流连忘返。一方水土养一方人，人类在这片土地上繁衍生息，本尊也庇护着生活在这片热土上的人们。

赵镇神奇秀美迷人，许多政商名流也成就了本尊。文人墨客笔下的石鼓总是给人无尽的魅力，然历尽沧桑的石鼓已被淹没在现代市井之中。外面的世界很精彩，外面的世事也很无奈。只为每一个通过本尊，步入大千世界的亲们感到自豪。至于现在的本尊，有诗为证。

土包拱起似小丘，青砖四边垒一周。
八佛托起千年幢，形似石鼓实非鼓。
历经数朝裂纹生，南侧还有大豁口。
铁圈二道牢牢箍，石鼓咚咚震天吼。
试问自吼竟何故？南寺院内泣声重。
风吹雨淋冰雪冻，寒暑易节年年度。
皇天后土日复日，庇佑一方无遮护。
石鼓儿女多奇志，勿让石鼓成曾经！

《石鼓的诉说》一文发出后，在各方的呼吁之下，引起当地有关部门的高度重视。一年后的 2018 年 12 月初，古色古香的石鼓亭子工程开建，千年石鼓现已住进了"房子"，不再遭受风吹雨淋，得到了很好的保护。作者幸甚，石鼓人幸甚。

赵镇剧院唱大戏

赵镇——她是我引以为豪的故乡，也是生我养我的地方。赵镇管辖有 25 个自然村，土地面积 43000 亩，地域面积 70 平方公里，人口约 3 万人。这里有着四通八达的交通，自古以来就是南来北往的重要关卡和交通要道。同样，这里更是吸引着周围十里八乡村民赶集购物的著名关中千年古镇。迄今仍屹立在原南寺小学、现赵镇小学院内的石鼓，她的凄美和沧桑，似乎在向世人昭示着，赵镇这个千年古镇年代的久远。党和政府为了提高人民群众的文化素养和艺术鉴赏能力，20 世纪 60 年代就在这里建起了赵镇剧院，是辖区内党政军政府机关和赵镇居民集会、唱大戏、看电影的地方。由赵镇剧院，让我想到了家乡，想到了家乡的父老乡亲，想到了美丽故乡的山山水水，草草木木。人虽漂泊在外，但根却始终在这里。几十年异乡奋力打拼，有时也觉得小有成就，似乎很了不得，但对故乡的思念却屡屡出现在梦里。突然间悟出纵然远隔千山万水，总是会放不下许多从前的人、久远的事，这就是故乡这个根之所系……美好的童年，难忘的过去。上树去掏鸟，下河来捞鱼。女孩过家家，男孩谋干架。晴天一身土，雨天玩泥巴。邻里永相居，胜似一家亲。

当时，剧院大门的对面有一个大涝池。东西长约 60 米，南北宽约 30 米。冬天下完雪，天寒地冻的时候，涝池上面会结厚厚的一层冰。经常可以看到孩子们在冰面上滑冰嬉戏。到了夏天，孩子们则经常在涝池西边脱光衣服，然后跳到池里去耍水。涝池南边的水最深，大概有 1.6 米，而靠北边的地方斜着到岸边只有半米多深。我们这些不会游泳的旱鸭子，便在涝池岸边水浅的地方玩狗刨或互相撩水打水仗。在这小小的涝池里，一玩就是半天，有时甚至会忘了回家吃饭。在涝池的东面和剧院大门的北面，涝池的岸边有一溜溜大青石。经常有很多妇女或跪或坐在涝池旁边的石头上，用皂角或者肥皂浆洗衣服，嘻嘻哈哈，说说笑笑的，非常热闹。

涝池的北边有一条村道，一直向西又分成两股小道。一条小道通向上堡子，一条小道通向半个城。从半个城村口一直向南，就可以直接看到赵镇西门的城门楼子。从涝池的东面一直向北，在北门外的福音堂又有两条向外呈放射状的小路，一条通向菜园头，一条通向庄河。名校赵中则位于涝池东北部约800米的位置。由此向东依次为马寨、西屯以及烟霞上营村。1967年开始修战备路，规划公路从北门外剧院前的涝池中间穿过，涝池亦被填平。从此，赵镇北门外的涝池也从人们的视线中彻底消失，但对幼时涝池的记忆却挥之不去。

赵镇剧院始建于1954年，1957年已经正式启用。当时国家的国民经济虽然比较困难，但是剧院建造的规格非常之高。也可能是由于经费不足，赵镇剧院断断续续地建造了三年才得以完成。完工后的赵镇剧院从正面看，整个建筑显得豪华大气，雄伟壮观。剧院的屋顶上雕梁画栋，古色古香，就连房顶上的瓦用的都是琉璃瓦。从北门外的大坡上下来时向剧院的后房檐远远看去，用特制的粘片镶嵌的古风大型彩绘琳琅满目，美不胜收。它不仅是一个各类剧目表演的舞台，同时也具有较强的艺术鉴赏功能。剧院东西两侧是专为唱戏时的文武场面建造的木制空中平台，两个平台均用四根红色的大抱柱支撑，看着油光瓦亮，光可鉴人。演戏时打板的、敲梆子的及锣鼓家伙这些武场面一般都是在西边平台，而拉板胡、二胡及打扬琴这些文场面多在剧院的东侧平台上。不仅如此，演完戏后这两侧的空中平台也可以用作男女演员住宿的床铺。舞台建造铺设用的也都是六七公分厚的优质木板，舞台下面为约半人高的悬空结构。这种建造模式非常符合戏剧的表演规范，演员在舞台上表演时无论是翻跟斗，还是随着锣鼓的铿锵声来回走台步，不光富有弹性，而且还有非常好的收音效果。这里不仅有本县剧团隔三岔五地前来演出，而且外地的如乾县剧团、永寿剧团、兴平剧团、三原剧团、泾阳剧团等演艺团体也经常光顾赵镇剧院巡回演出。

1966年"文化大革命"之前，在赵镇剧院上演的这些文艺团体演出的大多是《三娘教子》《周仁回府》《柜中缘》《将相和》《三滴血》《铡美案》等这些传统的秦腔老戏曲。当有本县剧团和外地剧团在剧院唱大戏之时，赵镇周围的人和赵镇居民就会扶老携幼，从四面八方汇入赵镇剧院大门前。来来往往的人流络绎不绝，川流不息。特别是有一次西安易俗社来赵镇演出时，剧院内外人头攒动，拥挤不堪。晚上在戏散场时，由于剧院人多挤成一团来不及有序疏散，第二天从剧院门前的涝池里，光大人、小孩的鞋子就捞出了十几只。

每当这种时候，灯火通明的赵镇剧院大门口就会有好多卖糖葫芦的、卖棉花糖的、卖水果的，以及卖各种小吃的小贩聚集在一起，此起彼伏的吆喝声不绝于耳，热闹非凡。特别是在摊位前挂着汽灯发出土黄色亮光的吹糖人的小摊儿前，更是围满了看热闹的人。一个个栩栩如生的诸如小猫、小狗、顽皮的猴子、各种鸟类等小动物，经过吹糖人的巧手，一一呈现在众人面前。空气中也隐隐地漂浮着糖稀热热的甜甜的味道。经常会看到，就连抱在大人怀里的幼童也歪着身子，手指吹糖人的摊位，示意大人往跟前凑。直到花两毛钱买一只糖稀吹成的小猴子，童孩紧紧地捏着大人递到手里固定猴子的小棍棍，仔细地上下端详着，也只是用舌头舔着糖稀的甜味，反复呃摸着玩，生怕破坏了小动物的可爱形象，根本舍不得吃。直至听到开戏前的锣鼓声响了，这才依依不舍地由大人抱着进入剧院。记得小时候让大人领着去看戏，怀里抱着的儿童免票，而身高超过一米、能自己走的半大小子则要花一毛钱买张半票才能进去看戏。

演出时名角的出现会使观众席不断地响起喝彩声和热烈的掌声，而我们这些对戏文似懂非懂的孩子们则睁开惺忪的眼睛，不知大人为何鼓掌，为谁喝彩。虽然戏演到后半夜孩子们觉得眼皮打架，但还是想凑热闹，舍不得离开戏园子，实在觉得没劲儿了就和其他小朋友在人群里跑来跑去地嬉戏打闹，直到大戏谢幕方才依依不舍地离开。县剧团每隔一段时间都要在剧院唱几天大戏，大戏晚上一般在人们喝汤后才开演。但是在下午我们可以凑到跟前，跑来跑去地看人家搭台子，摆布景，戏前排练以及演员吊嗓子等热闹，觉得很好玩儿。就这样不知不觉地到了晚上喝汤的时间，演员们喝完面汤就开始往外面赶人。一旦开始清园子，剧院里面所有的闲杂人员都会被清园子的人赶出去。

要看戏就得买票才能入场，但往往没有这一毛钱还想看戏怎么办呢？这个难不住小伙伴们，翻墙或从剧院北边的土墙洞里爬进去就能逃票看戏了。不过这个办法有风险，一旦被看园子的人抓住就得挨打罚站。我曾多次看到小伙伴儿在剧院门口想从大人身后溜进去，但是又被把门的人叫了回来。"哎！过来，那小孩儿过来，你有票没有？"说话间就被人家拽了回来。惨了！听到剧院里面欢快的锣鼓声和观众的喝彩声，想从后边的小洞里边钻进去，又怕被人抓住，从前门混进去又不行，胆小的就只能干熬着在剧院门口转悠，直等戏演到后场，把门收票的人走了，才能进去看。小伙伴们管这叫"解放"，也就是散场前不花钱可以随便进去看"解放戏"。此方法同样适用于在剧院看电影或杂技……

"文化大革命"开始之后，这些传统的老戏就不再上演了。基本上被《红灯记》《智取威虎山》《沙家浜》《海港》《奇袭白虎团》《红色娘子军》《白毛女》《杜鹃山》这八个"革命现代样板戏"取代。此间在赵镇剧院上演的，无外乎就是这八个样板戏和各种歌舞类节目，而且是各个不同的文艺团体轮番上演。

1972年，适逢我从赵镇中学高中毕业，国家对传统剧目的演出要求也有所松动，终于迎来了秦腔传统戏曲演出的春天。陕西省戏曲研究院秦腔剧团要来赵镇剧院演出了，一纸传统剧目《周仁回府》的大海报一经贴出，在赵镇方圆几十里立即引起了不小的轰动，场场爆满。该剧共分为"托妻""卖友""陷周""悔路""回府""刺严""夜逃""屈打""哭墓"这九场。大概说的是被称为"明朝奸相"的严嵩干儿子严年垂涎于同朝为官的杜文学之妻，遂诬告杜文学并将其流放岭南。杜文学临行前将其妻跪托义弟周仁，而其门客奉承东为一己私利告密，严年赐官周仁令其献嫂。迫于无奈，周仁与妻子暗中计议，以妻扮其嫂献于严年，自己则携嫂出逃。其妻子到严府后杀贼不成，遂自杀身亡。后杜文学冤案昭雪后回归，见周仁后怒斥其不讲信义。杜文学之妻出面痛说原委后，真相才大白于天下。因为戏曲的主演是陕西秦腔艺术界的名角任哲中，杜文学妻子的扮演者，和他对戏的苏蕊娥当时也是一个非常受追捧的当红旦角，而且只有三天的演出时间。所以在大戏开演时，赵镇可以说是万人空巷，一票难求。特别是在白天赵镇逢集日演出时，剧院门前更是车水马龙，密集的人群根本就挤不动。

任哲中不愧是享誉三秦大地的名角，他在这本戏中扮演的周仁活灵活现，举手投足之间尽显大腕风范。尤其是在"悔路""夜逃"这两场戏中，特别感人肺腑，句句扎心。当唱到"夫妻们分生死人生至痛，冷凄凄荒郊外哭妻几声"这两句唱词时感情充沛，辅以抽泣性虚字唱腔，其苍凉的哭音如流水呜咽，催人泪下。再加上"耍帽翅""甩梢子"等特技，踏着铜器的锵锵声，摇头摆须，人不用唱腔，台下观众的掌声、口哨声也连连不绝地响成一片。任哲中在台上入戏又卖力，唱得可谓沧桑悲壮，慷慨激昂。他的精彩演绎及跌宕起伏的剧情使台下观众看得热泪盈眶，激动不已。此时，演员和观众都深深地融入剧情的氛围之中。戏迷们甚至被折腾得死去活来，有的嗓子喊哑了，还有不少人的手都拍肿了。人们压抑已久的心火似乎被重新点燃，激情如烈火般在熊熊燃烧，女人的尖叫声、男人的叫好声此起彼伏，赵镇剧院此刻似乎成了一个上下波动的欢腾的海洋。

唉！不对呀！自己身处沸腾的人群，怎么从远远的地方还传来隐隐约约的掌声和喝彩声？这时断时续的声音犹如从天而降一般。回头向剧院周围仔细撒睨，好家伙，原来有不少人爬在东侧郑二元家的房顶上看大戏，这些买了"爬票"的观众虽人在房顶仍未忘记鼓掌。而在和剧院西侧相邻的郑耀光及向北的几户人家墙头上，也是骑满了看戏的人，远远看去，这些买了"挂票"的观众整齐地排成黑压压的一大溜，显得颇为滑稽。要知道骑在墙头上看戏，稍不注意很容易掉下来。就在这天晚上，有个半大小子只顾鼓掌，一激动忘了自己是骑在墙头上，身子歪斜一失重，连带旁边两个不走运的小伙伴，一起从墙上掉了下来。好在剧院的土墙根儿比较高，且下面又是虚土，除了摔疼点以外，人一点事也没有。随后，他们只是管自嘻嘻哈哈地拍拍屁股上的土，趁守门人视线被转移，偷偷地溜进剧院，混到人群里接着看戏去了。为能在现场听到名角的戏，也为了一览明星的风采，赵村街里的乡亲们也真是拼了。

三天演出很快结束了。就在第二天剧团收拾行装准备转场异地时，意外发生了。因为有不少戏迷在这短短的三天内还没有看上戏，有的看了一场还觉得不过瘾，阻止装箱，请求剧团再加演两场。后在大队副书记张开强的劝说下，才依依不舍地送走了省戏曲研究院秦腔剧团的演员们。临行前，剧团团长意味深长地说，"走了这么多地方，从没见过像你们赵镇观众这么热情，这么热爱戏曲，且懂戏的人还这么多的，我们很受感动。来之前就听说赵镇人懂戏，台口硬，果然名不虚传，我们以后会常来的。"团长的一席话也使戏迷们受宠若惊，备受鼓舞，遂连连拱手施礼道别。在剧团走后的很长一段时间内，这次演出的事儿成了赵镇街道居民街谈巷议的主要话题。特别是段杰书、郑伯举、董国瑞、孙树民、周建华、廉振武、卫炳光、赵生福、张宝云、吕希圣、张开友、吕建新、张五虎等老戏骨们，听他们聊起来更是绘声绘色、激动不已，好像除此之外就没有别的话题……

上高中的时候还听同学周耀中讲："文化大革命"期间有一天去赵镇赶集卖兔毛，兔毛卖完买了两本小人书，又买了一壶煤油。听街上人说剧院有不卖票的演出，而且担纲的是三秦名角任哲中，于是便走进剧场。真是人山人海啊，热闹得很！正看得高兴时，猛然间有人大喝一声造反派"联指"来了！受惊的观众瞬间会聚成洪流奔剧场大门而去！我慌慌张张地随人流挤出，到剧院大门外才发现，原来脏兮兮的煤油壶已被拥挤的人群擦得锃亮锃亮！

……

我的故乡这个千年古镇，不仅有幼时记忆深刻的赵镇剧院，还有货物琳琅满目的赵镇百货商店、老韩照相馆、赵镇国营旅社、赵镇理发馆、赵镇国药店、赵镇钢铁厂、赵镇棉绒厂、赵镇拖拉机站、赵镇兽医站、赵镇木器厂、铁匠铺等许多值得回味的地方。

赵镇——我可爱的故乡，在外漂泊的游子想你了！

赵镇公社业余剧团

一、专业与业余

有谁知道礼泉县剧团的前身是礼泉县群众剧团？

那么，又有谁知道群众剧团是如何组建、成立的？

她的发祥地又在哪里？这个问题一经提出毋庸置疑，礼泉的土著或熟悉礼泉的人可能已猜到了八九分。

是的，礼泉剧团的前身——群众剧团发祥地就在赵镇。

远在清朝末年，兆村这个千年古镇的地面上，就活跃着几支不同的职业或非职业文艺团体。这些民间剧团常年活跃在礼泉及其周边的平原和山区的村村寨寨。

职业剧团完全是靠演出收入来维持剧团的正常运转，而业余演出团体的演职人员，则平时各自回家参加生产劳动，一旦需要时，才随时组团。演职人员大多是具有一技之长的秦腔艺人，大家热情高涨，可谓一呼百应。业余剧团演出形式多样且灵活多变，较之专业剧团有很大的随意性。且戏剧和节目大多喜闻乐见颇接地气，故此极受群众的喜爱和追捧。

1952年10月间，由董明春和王占魁等在赵镇成立了礼泉县群众剧团，这也是第一个在礼泉横空出世的民间职业剧团。由于数年来一直在礼泉、乾县、兴平一带演出，在群众中已经有了一定的影响，故在1956年，县政府决定将其正式收编，并更名为礼泉县人民剧团。群众剧团这个赵镇的第一支专业剧团被收编后，虽然流失了不少群众文艺演出人才和精英，但千年古镇人民追求文化艺术欣赏的热情不减，各类业余文艺团队的活动也一直没有停歇。

赵镇公社位于有五千人口之众的石鼓赵村。这里人杰地灵，打盛唐起

石鼓村的标志性石牌楼

就闻名于天下,是关中八百里秦川地区著名的千年古镇和交通要道。早在20世纪60年代,石鼓村的文艺宣传队就成了气候,并且远近闻名,经常代表赵镇公社巡回演出。同时,每年还要进县城会演,且经常获奖,从而成就了石鼓村一大批优秀的文艺人才。特别是在1962年到1966年"文化大革命"前这几年间,陕西省兴起了一股戏曲热,尤其是颇受秦人追捧的秦腔。

秦腔,在三秦大地历史悠久,源远流长。延至20世纪70年代,赵镇业余剧团的风貌和风采再现,引人入胜,带人回到先前年代。当时虽条件差,设备不全,但人的精神可嘉,业余演员们克服重重困难,一丝不苟的精神真值得借鉴和学习。

秦腔形成于秦,精进于汉,昌明于唐,完整于元,成熟于明,广传于清。其唱腔的发展基本定型在唐代,是相当古老的剧种之一。几经演变,蔚为大观,堪称中国戏曲的鼻祖。有相关史料记载,秦腔又名"乱弹",唱腔分为两种风格,前者表现欢快、喜悦情绪,后者抒发悲愤、凄凉情感。道白以关中方言为基础,泾河、渭河流域诸县的发声为正音。每到盛大的庆典和节日,当地人都要组织演唱集会。家里娶媳妇要请剧团助兴,邻居盖房子也要请秦腔的艺人来家里安神。

20世纪60年代初,关中各市、县、乡镇都大搞群众演出活动,并且经常进行文艺会演,各县、各乡镇之间还经常展开比赛。赵镇这个文化之乡，拥有自己的文艺队伍便顺理成章，赵镇公社业余剧团正是在时代大背景下应运而生。

这支文艺团队最风光的时候是20世纪70年代，整个文艺队阵容强大，多次参加县上调演，在全县比赛中排名多为第一，很少第二。文艺队除了参加县上各种比赛以外，主要在各村巡回演出，活跃农村文化生活，宣传党的政策，人民群众也喜闻乐见。文艺队的精彩演出巩固了社会主义新农村的文化阵地，为乡党们奉上了丰盛的文化大餐。他们演到哪里，红到哪里，成了泔河北岸一道亮丽的风景线。最初是从各村调来不同演艺人才，组成赵镇公社文艺宣传队。可排练了一段时间后，觉得人员太分散，在管理上也很不方便。当时的石鼓文艺队已初具规模，气候小成。历史剧、现代剧的排练和演出都搞得风生水起。于是就在石鼓文艺队的基础上，又从公社下属的尧都、小昭等村抽调少数文艺骨干，组成了赵镇公社业余剧团。剧团90%以上主创人员，都是石鼓东西两村的村民。剧团的文武场面可谓人才济济，堪比专业剧团。

文场面的板胡是杨生林和段龙江，二人在演戏时换着拉，空闲时帮着搞搞剧务，拉拉大幕或置办布景。拉二胡的是小昭杨人，时间太长已记不清名字了。闫复礼吹笛子，王自新弹三弦。剧团的武场面阵容更强大，打板的孙树民，是文武场面的总指挥，一生痴迷文艺，人称孙打鼓，可见其对此行当的精进程度。周建华拍铙，他在几个县都算得上是著名的艺人，还擅长吹唢呐，人称盖三县的梆子八老汉。县剧团的不少艺人都是他的徒弟，人缘好，人气旺，到礼泉剧团如同回家一样，高喉咙大嗓门，没有人不认识他的。

剧团的团长段杰书更是出身于戏曲世家，老几辈人都有此爱好，他既是剧团领导，同时还是编剧和导演，在文艺行当是响当当的多面手。

其次，剧团还有专门写剧本的编剧廉振武、段杰书，以及著名导演董国瑞等也兼职做编剧。先后排练演出的现代秦腔剧目有《血泪仇》《穷人恨》等。其中比较有名的男演员有吕希圣、任彦明、赵生福、张宝云、张增俭、吕建新、卫炳光、曹军等。女演员有杨旦清、张培彦、郑文鲜、张秀琴、张菊兰、张腊娃、张桂众、高秀芳等。当时的公社书记邹志清兼任剧团的名誉团长，亲自抓这项工作，并由管武装的王干事协助。业余剧团的日常工作自不待言，尤其是在会演之前，邹志清经常亲自观看戏曲的排练和内部彩排，并随时提出自己的看法或建议。

二、剧团的戏曲排练

赵镇小学活动室内，戏曲排练正在进行。

排戏有一套严格的程序，不仅要求演员口齿清楚，而且还要台架好，一招一式的动作到位。绝不是声音好了就可以唱好，演戏要节奏感强，气口运用得好，这样才能使演员唱得舒服，观众听得痛快。所谓"一笑二白三唱腔"或"千斤道白四两唱"，都说的是唱念做打在戏剧表演中基本功的重要性。

赵镇业余剧团最先排练的是秦腔现代剧《血泪仇》。王仁厚一角由尧张村的张增俭扮演。他的实际身份是赵镇公社的乡镇干部，当时还是石鼓村的驻队专干，人很直爽，生就一副浓眉大眼，皮肤白白的，胖胖的，个头虽然不高，但长得结结实实，开会时在社员大会上讲起话来振振有词，底气十足。他不仅声音洪亮，而且颇具煽动性。平日里，他走起路来是虎虎生风，给人一种麻利而干练的感觉。剧中的王仁厚之子王东才由宅里堡子的生角张培彦扮演，她虽然是个女子，但人长得个大又豪爽，所以一经化妆根本看不出来是女扮男装。东头子的大嘴周建华则扮演了王东才被抓壮丁后所在国民党军队的韩排长一角。

剧情讲的是抗日战争时期的蒋管区兵荒马乱。农民王仁厚一家六口，受到国民党反动派的迫害，年轻力壮的王东才被抓了壮丁，余下五口人流离失所，无依无靠，由河南逃往陕西，途中在龙王庙临时歇息。

刚一进庙门，狗娃娘抱着的狗娃突然从怀中挣脱，跑去找他爷。"爷，我饿咧！""噢，我娃饿咧！现天黑，爷明天到村里给你找吃的。"扮演王仁厚的张增俭摸着狗娃的头说。"不，我不，我饿咧！"扮狗娃的小演员坐在地上耍赖。"叫你不听话！"狗娃娘拉起狗娃，"啪啪"地随手拍了两巴掌。狗娃哭着闹着，当东才妻抬手还要再打时，被狗娃爷拦住了。"叫媳妇莫把狗娃打，小孩子年幼不懂啥，几天没有吃饱饭，他怎能不哭不怨咱。"王仁厚唱完"唉"了一声，拿着要饭的碗没入了茫茫夜色中。突然，外面枪声大作，乱成一团。东才所在排的韩排长领着几个匪兵闯进来，抢走了东才媳妇……

晚上，在中间挂着两个大汽灯，两侧桌子上各放着一盏煤油罩子灯的排练室内，戏曲排练仍在继续。

扮演王东才媳妇的张菊兰被扶上场后已奄奄一息，她的衣服被扯开，胸前被刺刀刺出的伤口仍在流血。一家人急忙围上去，众人呼唤。她用手捂着伤口唱："我只说老小难见面，谁知还能转回还，强打精神睁开眼，丢不下年迈二老小儿男！"她目光痴呆呆地叫了声爹、娘、桂花、狗……娃，便倒头身亡。

这段戏反复折腾了好几次才勉强过关，导演要求演员不仅在排练时要用心，下去以后还得抽空背熟台词，认真揣摩，仔细体会。扮演王仁厚妻子、王东才母亲的杨旦清，看到遭此横祸，眼看着年轻漂亮的儿媳妇气绝身亡，悲痛欲绝地唱道，"眼见媳妇把命丧，年幼的狗娃谁照管？我二老年迈能活几天，倒不如一头碰死也心甘！"接着自己也一头撞向小庙台寻了短见。这一撞，看似简单，但在排练时却反复做了几十次。开始是对着幕布模仿着撞，可演员杨旦清就是掌握不好力道，更找不到角度。

后来在排练场中间摆了一个长条桌，导演董国瑞让她往桌子侧角撞，但起了好几次步都直接从旁边闪了过去，她是害怕真碰上桌子，把头部撞伤。这种架式看着就假，更没有因绝望而寻短见的感觉。排练屡屡受挫，杨旦清急得头上直冒冷汗，可动作却仍然做不上来，有了撞的姿势，但导演又说感情投入不够，还是不行。就这样，为了做好一个动作甚至表演时的一个眼神，演员要反复练习几十次甚至上百次。排练了好几天，这场戏才算通过。

剧情中，眼看着儿媳和妻子死在面前，五口之家瞬间只剩下自己和幼女以及六岁的小孙子，王仁厚顿时觉得天塌地陷，日月无光。桂花和狗娃都扑在自己妈妈的怀里，大声地哭喊着不愿意起来，更不愿离开。扮演王仁厚的张增俭大叫一声"苍天呀！你睁开眼看看吧，这可叫人怎么活呀！"说着双手抱头蹲在台子上痛哭流泪。可排练中的他连蹲了几次，就是蹲不下来。

开始蹲的时候还要挽挽裤腿，做一下预备动作。可导演要求在说台词的同时一气呵成地完成下蹲动作。这下可让腿脚不好且患有严重关节炎的他犯难了。如果这个动作完成不了，这场戏就很难演下去，这一关必须过。于是他每天早上很早就起来坚持活动腿脚，又找民间正骨高手全福（大名周树仁）捏腿，还在膝盖上不住地贴膏药，过了一段时间终于可以自然地蹲下去，到位地完成了这个下蹲动作。原来为他捏了一把汗的戏友们都松了一口气，导演和公社书记也对他这种认真刻苦的精神赞赏有加。

剧中的王仁厚忍着悲痛，含着眼泪把妻子和儿媳的尸体背到庙堂后挖坑掩埋。在新堆起来的坟头上，桂花哭得泪人儿一般，长跪不起。王仁厚拉着女儿和小孙子，要他们起来。

"爷，我妈她们咋不起来呢？我要我妈！"狗娃恋恋不舍，稚声稚气地瞅着爷爷问，又扑向坟头挖土。王仁厚扮演者张增俭拖着长音带着哭腔说了一段道白："你妈她死了，死了就不能活了。你就是将你娘挖了出来，她……她……她也不能跟着我们来了……"

悲伤不已的王仁厚一手拉着女儿桂花，一手拖着孙子狗娃继续北上逃难。

随后，他们终于到了陕甘宁边区，过上了幸福舒坦的生活。

《血泪仇》深刻揭露了国民党反动派给人民造成的深重灾难，反映了国共领导下的两个世界。成功塑造了王仁厚朴实、憨厚、勤劳勇敢的典型农民形象。

彩排演出很顺利。但排练时，狗娃有一个他娘打他和他娘死后哭着喊着不让他爷埋人，并试图扒开埋着他娘坟头的情节。扮演狗娃的小演员总是干哭没眼泪，特别是最初排练时根本就哭不出来，表演动作也做得不到位。但小演员人小鬼大，有时在哭不出来眼泪时还临场发挥，情急之下给自己的脸上偷偷地抹唾沫，这样一来好像真的流了泪似的。旁边有人出主意逗他说，"困难时期净喝菜汤汤，没有白面馒头，吃饭时端着清汤寡水的萝卜青菜汤，你伤心不伤心，难过不难过？哭不哭？再哭不出来或者不掉眼泪你就想着你爷或你婆死咧。""你爷才死了呢！我爷活得好好的，你咋咒我爷呢！"小家伙不知道别人是和他开玩笑，也不知道人家这是教他怎样才能更自然地伤心落泪。看着小家伙板着面孔的认真表情，惹得旁边的导演和周围一群演员哄堂大笑……

演好一个角色真的不容易。

三、剧团里的小演员

在这个远近闻名的文艺团队中，除了前边提到的男女演员以外，这个业余剧团还有一个扮演狗娃的小演员。他虽然年龄小，但在这个团队中却是不可或缺的角色，在演出时为这个团队增色不少。这个当时只有六岁的小男孩长得不算太白，圆圆的脑袋，红红的嘴唇，白白的牙齿，矮小的身材，虎头虎脑的脸上长着两只大招风耳，见人就咧着嘴笑。他那张小嘴巴似乎蕴藏着丰富的表情，高兴时，撇撇嘴扮个鬼脸。生气时，噘起的小嘴巴能拴住一个小铃铛。从这张小嘴说出来的话，有时让人气得直想骂人，有时却是让人忍俊不禁，连声大笑。他两只胖乎乎的小手总也不闲着，看人时眼睛一眨一眨地滴溜溜乱转，一眼望去都会觉得这个孩子透着一股机灵而淘气的劲儿。

小家伙留着一头凌乱乌黑的头发，脑后有一撮粗粗的气死毛。平时需要他参加排练时，由于人太小尤其是在晚上，需要专门有人骑着自行车来回接送，有时碰上小家伙不高兴了，接送的人还得给带点好吃的零食哄着他，否则时不时地还会耍点小脾气。由于他聪明伶俐，入戏快、记性好、口齿清晰且活泼大方，所以他的表演生动有趣，成了大家心目中的小明星，团队里所有人都对他刮目相看。

有一次赵镇公社开三级干部会，邀请乾县剧团来赵镇剧院和赵镇公社业余剧团联合演出。乾县剧团演的是折子戏《柜中缘》，赵镇业余剧团演出的是自编自导的戏曲《穷人血恨》。晚上演出时，演员们早早地就到了剧院，做演出前的彩排和布景布置等准备工作。外地剧团来了，公社就在剧院东南角的空场搭起了炉灶为全体演职人员生火做饭。此时，小家伙就围着锅台跑来跑去玩耍，闻着香喷喷的饭菜直流口水。晚上开饭后他蹲在地上把烩菜吃了个精光，可领取的两个暄白的馒头却舍不得吃，塞到怀里直接揣着回了家。

困难时期穷怕了，连一个几岁的孩子都这么顾家。他在村里和其他小伙伴跑着玩了一会儿，这才想起来晚上还要演戏。到剧院门口要进去时却被把门收票的人给拦住了。无论怎么说人家还是不让进，因为根本就不相信这个小孩会是个演员。在门口一大群人的哄笑下，小家伙赌气跑回了家，给村里人咬着舌头哭诉了这件事。"我不演了，再叫我也不去咧！"村里人以为小孩子闹着玩，也就没人理会。前面乾县的折子戏已近尾声，该业余剧团的戏上演了，但就是找不到小演员。这下导演和团长都急了，幸亏他家离剧院近，团长赶紧派了几个人去家里找。但开始怎么哄都不行，后来有人从口袋里掏出几块水果糖塞在小家伙手里，他这才很不情愿地跟着走了。到剧院时，《血泪仇》开场前的锣鼓家伙已经响起……

业余剧团不仅在赵镇演，还经常去县上演出。每逢这种情况通常就由大家轮流抱着他一起行动，就连公社书记和王干事也不例外，不仅和大家换着抱他，没事时也经常逗他玩。在参加县上会演的演员中，数他年龄最小。来到县城后，在驻地管灶的是临时抽调上来、在赵小管总务的吴续先老师。公社邹书记特意把他抱到灶前给吴老师交代说："孩子吃饭没饥饱，饿了就要吃。迟早来，你都要给他吃的。"后来小家伙饿了真的去了一次，吴老师就给盛了半碗肉菜，递上一个白馒头，小家伙蹲在门背后一通狼吞虎咽。"吃吧！不够了锅里还有。"吴老师看他吃得那么香，在小家伙头上摸了摸笑着说。他着实招人喜欢，白天参加会演，晚上演出结束后住招待所，睡觉的时候大家都抢着要他。

有一天晚上，在西门外搭着的临时戏台上演出时，孩子的一个也在县城参加四级干部会的亲戚认出了他。晚上演出结束后就专门找到赵镇公社业余剧团的驻地，把小家伙领走了。抱到宿舍后，由于大家刚看过他演的戏，见到真人后觉得更好玩，在宿舍里也就抢来抢去的，都想把他往自己的被窝里抱，这个小童星俨然成了一个人见人爱的香饽饽。睡觉前脱得光溜溜地站在大通铺上，时而扭着身子手舞足蹈地给大伙做着各种搞笑的动作，时而猫着腰噘着小嘴给他们模仿着学鸡娃叫。小鸡鸡也被大伙儿揪得翘翘的还白里透着红，任你怎么逗都不哭。小家伙不仅嘴甜而且也特别能说，大家用陕西话形容他：这碎怂既咕气又皮实。一屋子人被逗得哄堂大笑，以至于旁边几个宿舍的人都被吸引过来，站在旁边起哄看热闹。随着过来的人不断增多，这个小顽童的有趣和可爱次日就传遍了前来参加会演的整个圈子，一时成了人们闲谈时津津乐道的话题。

四、业余剧团的汇报演出

礼泉县剧院内，人头攒动，预备铃声骤然响起。两边用护栏隔开的阶梯式池子里，呈斜坡状的座椅一排比一排高，池内坐满了等着戏剧开演的观众。看戏的人很多，甚至在剧院座池护栏两侧的过道里，也站满了观众。无论是站票还是坐票，观众的眼睛里都充满了期待的神色。

第一道紫红色的大幕徐徐拉开。

布景是一片光秃秃的大地。一个面黄肌瘦、浑身看似无力的老婆婆手拿铁铲铲，正在低头挖野菜。"孩子！快看，台子上有个孩子！"正在大家聚精会神地看戏的时候，观众席上突然有人大喊了一声，并且激动地站了起来，用手指着舞台的中央。这么一喊，观众席上顿时躁动起来，不少人都无意识地站起来向台子上看。"这孩子是我们上堡子的，他叫吕建平，小名菜汤汤，是我的邻居。"当时坐在观众席上的郑伯举老师也被周围的气氛感染，站起身来对周围的观众不无自豪地大声喊道。

台子上正在挖菜的老婆婆由于过度劳累且连日挨饿，身子突然向前一倾，倒在地上昏过去了。小演员扮演的小孙子栓柱，正在一边玩耍。见婆婆昏了过去，急忙跑过去趴在婆婆身上试图把她摇醒。扮演婆婆的张队队见栓柱光摇晃不说话，就偷偷在孩子身上使劲拧了一下。小家伙这才"婆婆，婆婆"地哭喊起来。就是这么一个简单的小动作，还是被前排眼尖的观众发现了。"不对，我看刚才躺在地上的婆婆拧了孩子一把，他才哭的，怎么还有这个情节？"幸亏这个前排观众声音不是很大，后边的观众也没太在意。虽然演出时有了这些小插曲，但后面的戏还在继续有条不紊地上演。

二帘子幕布慢慢地被拉开。"咣咣咣——咣——咣"的最后一个"咣"敲完后，演员步着铜锣点子就得走到舞台中央。但当只剩下敲最后一个"咣"时，扮演地主狗腿子季二的演员魏炳光，身穿宽松绸布衫站在舞台侧，愣怔着还在想昨晚上和他媳妇吵架的事儿。猛然有人喊了一声"该你出场了，怎么还在这儿？"说话时顺手向前推了他一把。猛然惊醒的魏炳光借着这个劲，在最后一个"咣"响起后一下子就蹦到了舞台中央，挎着盒子炮得意扬扬地唱道：

我季二今年三十八，
行了个好运真不差，
多蒙东家把我爱，
说我脸上有杀法，
天天跟上吃酒菜，
得空也能把威杀，把威杀。

被人推上台子后，魏炳光愣了一下才开了口。同时由于紧张，还把后一句戏词的"把威杀"唱成了"把娃杀，把娃杀"。他紧张且唱错戏文后傻愣的窘态，惹得台下观众哄笑声一片。他唱完后进了二帘子，随之带着驻扎在赵镇的国军部队王营长和一伙匪兵，欲强占农民吕金栓的土地。吕金栓要和狗腿子季二理论，季二遂唆使王营长动手来硬的，在吕金栓被迫无奈要和王营长拼命时，被一枪打死……饱含血泪的戏还在继续上演。

演职人员热情高涨，公社书记亲自抓，故赵镇公社业余剧团的演出活动搞得风生水起。《血泪仇》《三世仇》《进军路上》《一头牛》等戏曲在比赛时多次获得一、二等奖或优秀演出奖。尽管如此，但这些朴实憨厚的业余演员都很谦虚很低调。记得赵生福、魏炳光他们在一次获奖后，回村聚集在河南巷东边墙根空地下吃饭聊天时，人群中有人笑着问他们：

"演得不错呀！都得奖了，给了多少钱？"

"什么好不好的，就是混个工分，图个热闹。"赵生福边用筷子敲着碗，边大大咧咧地回道。

"广儿哥说得对，自己有这爱好，一天还能挣十个工分，何乐而不为呢？咱就别五花六花糖麻花了。"魏炳光说话风趣幽默。

"可不是嘛！得奖还想要钱？门儿都没有，县上能给文艺队发一张奖状就算不错了。"不知什么时候，南门外八队同在石鼓文艺队的龙套演员吕民强（人称钢水脸）也从一旁插话凑热闹。

"人家都是能行人，有人想吃这轻松饭，混这十个工分，你没喔本事只怕还混不上哪！"留着长辫的邢五老汉话说得有点阴阳怪气……

由于文化活动的带动作用，赵镇公社在礼泉的影响越来越大，知名度也越来越高。"文化大革命"开始后，赵镇公社业余剧团才随之解散，但后来石鼓又成立了"石鼓文艺宣传队"，排演出了不少经典的"样板戏"节目。尤其是在 20 世纪 70 年代初，不仅自己编了不少小戏，还排演出了《红灯记》《智取威虎山》《沙家浜》《海港》等这些人们耳熟能详的现代戏，而且大部分是全本。

通过演出，培养了赵生福、张开友（《红灯记》中饰李玉和），张宝云、吕建新（《沙家浜》中饰郭建光），董锋、周建华（《沙家浜》中分饰胡司令和刁德一），卫炳光、高桂娃、吕民强（在剧中主要饰演匪兵等反面人物，也比较出彩）等大批文艺人才。女演员中主要有杨旦清、张菊兰（《沙家浜》中饰阿庆嫂），张鸡娃、王彩玲、高秀芳（《红灯记》中饰李铁梅）等十几个主演。出彩的业余演员太多，乡党们向我介绍了许多，这里实难一一列举。他们在剧中饰演的人物及其表演水平有的甚至不亚于专业演员。剧情、社情、乡情、亲情、才情多情交融，再现了那个年代人们充实、热烈、穷而不颓、苦而不悲的精神境界。

过往的美好历史，值得人们记忆。

赵中的开水房与王二

20世纪70年代前，赵中的开水房不同于一般普通的开水房，这里有太多的故事，也烙印着赵中学子们的青春记忆。

一、水房的坐标

走进赵中的大门，东西两侧分别是收发室、学生或家长来访接待室。两扇大门的东大门中还套有一个小门，学校晚上十点门禁，鲜有学生出入。遇有特殊情况需要出入时，收发室的门卫只打开东侧的小门放行。大门两侧的第一排房子是教师宿办楼，由大影壁前朝东西双向延伸，就是两条砖铺甬道，两侧种有冬青树和花草树木。东道的右侧第二到第四排房子是教室，由影壁向西延伸的甬道西侧有五排房子，前三排是教室，向北后两排房子都是学生宿舍。西边则是学生厕所和教师厕所。

赵镇中学原传达室使用的烧水壶

学校中心轴的位置就是教工食堂，位于学校的中心偏北部。上体育课或打开水时，间或可以看到食堂的伙夫在餐厅外侧墙根杀猪宰羊，为老师改善生活。每当路过教师小灶恰逢牛羊肉煮熟时，从灶房弥漫出的一阵阵香味，令人垂涎欲滴。

紧邻教工食堂的是赵中的女生宿舍。女生院是一个专门用夯土墙围起

赵镇中学老师的宿舍兼办公室

来的院落，鲜有男生出入。远远看去，女生院的两扇大木门上有许多圆圆的红色大泡钉，门下还有一个方方正正的大木门槛。学生上课期间，大木门紧紧关闭，有时上边还挂着一个大铁锁。只有在吃饭时或晚自习后，才能远远地看到有三三两两的女生说说笑笑地进进出出，有的拿着碗，有的端着脸盆，有的提着暖瓶去开水房打水。

开水房位于赵中校园的西北部，坐北向南，北边有一个约一米深、十平方米见方的大坑，里面堆满了煤。坑的东面是个大斜坡，便于用架子车向坑里运煤或者往出运炉渣。烧开水或熬粥时就从北侧的炉口用大炭锨向里填煤，掏炉渣用的是又粗又长的铁制专用炉钩，在往外掏煤灰渣时铁钩头往往烧得通红。

开水房开始还用大风箱烧火，伙夫既要烧火，又要从井里往上绞水，劳动强度很大。后来就改用鼓风机烧，1970年前后，学校对炉灶进行了大规模的改造，把开水房改造成了吸炉。吸炉的大烟筒用砖砌成，在灶台的正上方，约有十米之高，烧火时远远地可以看到从烟筒冒出的滚滚浓烟。烟筒底下有两个风道，灶台上一溜排开三口直径约两米的大铁铧子锅，可以同时烧开两个大铁锅的开水。这种吸炉用起来特别省事，晚上不用时只消将底下的火门打开，就封炉灶了。而把火门一闭，上面的大烟筒就开始往上抽风加热了。若炉子不利时，只要用长铁钩子一钩，炉火马上就旺，熊熊火苗腾起。

二、水房与专用水井

　　学校的水井在开水房的东南方向，还是用辘轳摇的那种。学生最多的时候，每天要消耗一百多桶水。记得王二经常从井里往上绞水，出汗多了就在脸上擦一把，打完两桶水就用扁担挑往水房，倒入大铁锅里，铁锅满了就倒入水房的大水缸里存放。从水井绞水时工人用的是双绳双桶，即一股绳子往上绞水会同时放下空桶到井里，这样打水的时间就省了一半，效率也提高了一倍。但这样人很累，一刻也不能停歇，王二师傅经常累得满头大汗，气喘吁吁。由于两只手常握，用的时间久了，长长的辘轳把就被磨细了，形成了一个圆滑的凹形深槽，油光发亮。有一次因为绳子抢空，把桶掉到井里去了，王二师傅急得不知所措，他人太胖根本无法下去捞木桶。这时围观的一群学生里，早有腿快的人不知从哪里叫来了赵镇街道南门外的初中低年级同学电泡头（真名忘了，只记得这外号。好像他幼时头发就非常稀少，经常剃着亮亮的光头，故得此名）。叫人的同学说，"我知道电泡头会下飞井（关中农村的叫法），捞桶这事对他来说，小菜一碟"。话音刚落，电泡头人就到了。只见他拨开人群，往井边盘腿一坐，"嗖"的一下，一眨眼的工夫，人就不见了。正在大家暗暗称奇时，只见井边的粗绳子一摆动，几个同学一发号令，辘轳往上一摇，一个亮亮的光头先露出井口，只见电泡头悠悠地踩在木桶上，气定神闲。静默了几秒钟，四周突然响起阵阵喝彩声！直到现在，我始终没想明白他当时究竟是怎么下井的？因为从下井到捞桶，从头至尾也不过短短两分钟的时间。

　　后来，赵中学生不断增加，靠传统的摇辘轳打水已远远满足不了实际需求，有时水刚刚从井里打上来，水桶往旁边一放，就被刚刚上完体育课或等在一旁的学生用茶缸和碗舀光了。夏日炎炎，烈日当空，还有人直接把桶斜扳着，趴在桶边喝凉水。这时总有好事的同学在一边起哄："文明点儿，注意公共卫生，少喝点吧！"说完，自己先赶紧上去趴在桶边豪饮一顿，连呼过瘾。

　　时隔不久，学校号召广大师生在劳动课，或下午自习时间在操场南墙外的东南部挖掘大口深水机井，师生的劳动热情空前高涨。几十个班的学生轮班倒，有时大家甚至挑灯夜战，挖井不止。三个月后，大功告成。水井不仅挖成，在旁边还用砖和水泥修了一座方方的大水塔，平时用水泵往上抽水，水塔内可以存放几十吨水。同时，由水塔向南约20米后，向西折返砌了一个长方形水池，上有一排排水龙头，供学生洗碗洗衣使用，用水方便多了！水管向西则穿越西侧甬道，一直通向位于学校西北角的开水房（即后来的学生大灶）。从西门进入开水房，一溜排开直径约两米的三口大铁锅。说到赵中的开水房，就不能不一次次提到王二。凡是在赵中上过学的男女同学，都与开水房有交集，并习惯将赵中的开水房称作王二开水房。

三、王二其人

赵中是我们成长的地方，当时的我们在物质上是清贫的，然精神上是丰富的。我们忘不了赵中，忘不了开水泡馍，更忘不了管我们吃喝的人，一个纯朴憨厚的关中汉子——王二"师傅"。大凡赵中的学子都有满满的回忆，光头王二师傅和迟早都是开水的大铁锅，还有稀粥和汤面！校工王二，赵镇尧都王家人，五短身材，黑圆盘脸，嘴角微翘，见人木讷。我1972年在校时，王二师傅年龄大约四十岁。夏天他通常上穿一件背心，下穿一条肥肥大大的短裤，头上顶着一条湿毛巾。他脚蹬高腰大雨靴，腰缠大围裙，手持大铁锨站在灶台前煮面条、熬稀粥的一幕幕场景，这挥之不去的记忆，好似昨天！干活累了，热了，就取下头上的湿毛巾在脸上抹一把，手头的活儿总是不停。

往开水房挑水时，王二的脖子上通常套着一个垫肩，时间长了压得肩膀疼时，他还会边走边把担子从左肩换到右肩，根本不用停歇，非常灵活自如。冬天北风呼啸，天寒地冻，井边常常会结冰，人站在井台上不小心就会滑倒。这也难不倒王二师傅，最原始的防滑方法是在井边人打水时站着的地方，放上厚厚的稻草垫，既防滑又能用上力。冬季他御寒的衣服就是一身厚厚的黑色棉袄棉裤，脚蹬一双笨气的棉窝窝。风雪天外面太冷，他索性在棉袄上勒上一条布腰带，既防风又保暖。头上戴着一个蓝色火车头棉帽，两边的帽檐在走路时一晃一晃的，甚是滑稽有趣。每逢放学或午饭时，大家都会一哄而上拥向开水房。水房门前会排起长长的队列，午饭时学校规定不许用暖水瓶或其他大的容器打开水，所以学生们在排队时有的拿着洋瓷碗，有的端着碗口粗的搪瓷缸子，还有的同学拿着铝饭盒，打水器具形形色色，不一而足。

个别女生拿着送饭的保温饭盒，在当时这就算家庭条件好，比较讲究的了。排队时不同班级、不同年级、不同性别的男生女生站在一起嘻嘻哈哈，互相打闹嬉戏。听说曾有调皮的男生闲得无聊，排队时拿王二开涮，"王二师傅，娶媳妇儿了没有啊？你要是没有，我给你寻一个咋样？真的，不骗你！这姑娘大长辫子，眼睛水汪汪的，长得可漂亮了。要行，你给我多打开水，不排队就行咧。"话一落音，引起周围排队同学们哄堂大笑。正在忙着给大家舀开水的王二稍稍一愣，手一哆嗦，差点儿烫伤了正在用碗接水的那位同学。

在一片哄笑声中，王二扭头看了一眼说话的调皮男生，红脸涨到了脖子根儿上，只是憨厚地笑笑。这位男生玩笑过后，也就忘了这档子事，可王二师傅当真了，不仅问过这学生，还找到这位学生的班主任落实此事。玩笑开大了，闹得沸沸扬扬，调皮捣蛋的学生为此不仅挨了班主任老师的训，还受到了学校的通报批评。

每逢赵中停水停电时，就会看到王二用架子车拉着大圆铁水桶，去学校附近的镇粮站或镇政府拉水。从这两个地方拉着一大桶水，到赵中基本都是上坡路，非常吃力。特别是偶尔从学校东南方向的棉绒厂拉水时，从战备路由南向北到赵中的大门，是一个长长的大斜坡，一个人拉一大桶水上去就更费劲了。

但这不要紧，近千人的学校，无论什么时候，总会碰上从学校出入的学生或老师，一看是王二的拉水车，都会主动地上去帮忙推车。五六个人同行，推车人多，架子车后边挤不下，通常就上去两个人一边一个帮辕，后边几个人使劲推，大伙说说笑笑地就把拉水车推进了学校大门。进门后王二不直接进水房，而是停在大影壁西侧的横道上，解开水桶的橡皮放水口往桶里放水，等待用水的师生就从四面八方拿着碗或盆赶来打水，一大桶水一会儿就被分光了。水没了，再接着去拉，王二师傅就是这么敬业。

四、水房的变迁

　　1969年前在赵中上学时，学校开水房只是提供开水，学生每逢周三和周六回家背馍馍，再用瓶子装上自家腌制的咸菜，开饭前先去王二开水房打开水，回宿舍后用开水泡馍就咸菜充饥，都免不了与开水房打交道。从20世纪70年代开始，学校开办了大灶，即学生灶。说是大灶，仅限于上午熬稀饭，大灶还是和开水房在一起。学校号召同学们回家背杂粮交到灶上，统一交给王二熬粥。大灶按照收到的杂粮量给你发饭票，早上开饭后，学生都拿上碗筷和饭票去灶上排队打稀饭。

　　最初学生背来的杂粮有糁子、玉米面、燕麦，家庭条件好的同学还背来大米或小米。交杂粮时先过称，登记上姓名和杂粮数量，这周交得多了，下周就不用再交。表现积极、背粮多的同学有时还会受到学校表扬。最初大家背来的杂粮种类太多，需要好多口袋来分门别类地存放，熬粥时量也不太好掌握。于是，灶上又规定粗粮只要糁子，不收别的杂粮。但是问题又来了，大家背来的糁子也有粗有细，有的干脆就是熬大楂粥的那种大粒糁子。怎么办呢？对管灶的来说真是个头疼事。最后索性统一要求大家背来玉米交到灶上，再由学校统一加工成糁子熬粥，问题总算解决了。于是，开水房的功能就有所提升，原来的开水房就变成了灶房。王二也更忙了，他不仅烧开水，还要熬稀饭，可谓身兼数职。大灶房内，三口大铁锅东西向一溜排开，西边两口铁锅用来烧开水，最东侧的大铁锅专门给学生熬稀饭，熬粥时用大铁锨在锅里搅，这活儿没有一把子力气还真是干不了。去得早了先排队，开饭前只见王二拿着碗口大小的长把大铁勺，时而用力在锅里搅动几下，时而扬起热气腾腾的稀饭，粥的香味弥漫着整个开水房。看得排在前面的同学直咽唾沫，口水直淌。再看王二师傅不慌不忙，一副泰然自若的神情。有校友说，王二是所有咱赵中人心中的明星！你最多可能认识两届校长、六届同学（包括留过级的），但王二认识的或认识王二的校长、老师、学生比谁都多。你可以不认得吕校长、张校长，可以没上过赵老师、李老师的课，也可能记不全你班上的张三李四……但你不会忘了王二！不能说没喝过王二烧的开水，还有后来熬的大锅糁糁稀饭。

晚上去开水房打开水，水房的门一般微微半开着，从不关闭。高高悬挂在屋顶上的灯泡发出幽幽的红色亮光，偶尔有人进入或偶尔有微风吹来，灯泡就会轻微晃动。打开水的大铁锅前有一个木制小平台，人只有站在这个木台子上，掀开一半沉重的木制半圆形锅盖，才能够得着大铁锅里微微冒着热气的开水。

由于王二师傅不辞劳苦的出色表现，1970年年底，国家给教育系统的教职员工调工资时，他的工资由28元调到了32元。当时的调资可是有名额限制和占比的，能给他涨一级工资，实属不易。可王二师傅这个老实人既不承学校这个情，也不认这个理。他找到段旭正校长理论，说不想调工资，还发他原来的工资就行，弄得校长一头雾水，猜不透他的心思。最后才知道王二师傅认为原来二位数的工资后一位数是8，调了工资的后一位数是2，8比2大呀！28比32大，还是个吉利数字。校长笑了，说"你不能光看后位数啊，前位数不是由2变成3了吗？"给王二耐心地做了思想工作后，他才一拍圆圆的光头，憨憨地乐了。王二涨工资当时还有一个版本，即发工资时28元是两张10元加八张1元共十张，而32元是三张10元加两张1元共五张，领钱时王二师傅只数个数，嫌少有意见就是很自然的事了。这件事由老师们在坊间传开，成为当时赵中校园里的一大趣闻。

在本文成稿征求意见时有人曾这样评价：赵中的一砖一瓦，赵中的一草一木，赵中的一人一事在作者的文章中浮现，可又有谁在记忆深处把王二这个小人物深深珍藏，王二在当时只是我们茶余饭后的谈资，是我们少不更事嘲讽的对象。王二师傅他起早贪黑，每天忙碌地为师生烧开水，虽然工作简单，但干得认认真真，从不误事。

赵中的开水房，王二师傅，伴随着我们的青春记忆，印证着每一个赵中学子的美好时光。斗转星移，物是人非。唯赵中开水房的记忆，挥之不去，它将永远铭刻在我们的心里。

可敬可爱的王二师傅，你还好吗？

闲话"盘土炕"

赵镇老张日前在壮美昭陵平台发表了《打胡基》一文,这使我想到了老家的打炕坯。现代人睡的不是木板床,就是豪华的席梦思。但是20世纪80年代前,在关中特别是赵镇方圆几十里范围内的广大农村,基本没有人睡床,人们都习惯睡土炕。炕不同于床,因为炕是用炕坯盘(做)成的。但你知道炕坯是怎么来的吗?

一、也说土炕

"一个老牛没脖项,有多没少都驮上。"村口上,几个五六岁的小姑娘一边跳着皮筋,一边喊着顺口溜猜谜语。那么,孩子们口中说的老牛究竟是什么呢?按照一般的规律,人们盖好房子,入住前必须要先盘炕。尤其是寒冷的冬天,睡炕时临黑先把炕烧热,再加上比较耐烧的、煨的细末碎渣柴火,能一直热到大天明,这样的热炕睡起来既舒适又暖和,可以轻松度过严寒的冬天。同样,夏天睡在炕上,铺上用竹片编的炕席,也比较凉快。当然,除了睡炕,也有睡床这例外的选择。20世纪70年代初,我们村上有一个在咸阳毛纺厂工作并已当上办公室主任的人,坐着如同抗美援朝电影《停战以后》那种黄色的军用美式吉普车回家探亲,车停在门口后就围上了不少人看稀罕,有的孩子出于好奇围着车子左看右看,一会儿用手摸摸车头,一会儿摸摸后边的刹车灯,还有一个胆大的孩子甚至扒在车后试图向前推。这时站在车子旁边的主任家人就大声地呵斥:"别动,小心把车摸脏了,车子弄坏了你赔得起吗?快走,快走!"于是围观的人群快快地散去,孩子们也都"哄"的一声跑了。

午饭后,送主任回来的吉普车也没了踪影,不知何时已经开走了。但过了两天之后，却发生了一件意外的事，且弄得满城风雨，几乎半条街的左邻右舍都知道。话说这主任回家住了两天土炕后很不习惯，一是觉得土气，二是嫌每天黄昏烧炕时烟熏火燎的既呛人又不卫生，于是就突发奇想，把自己老婆孩子一直睡着的炕给砸了。换掉自己睡的土炕本无什么大碍，但他在砸了自己住的炕后，又自作主张地把父母老两口儿住的土炕顺便也给砸了，而且很快就换上了当时在城里最时髦最流行的新木板床。

当时两位老人正在河南老家，过两天回来后发现自家门口堆放了一大堆底部烧得墨黑、上边结满灰渣的旧炕坯、烂胡基和一堆细碎的炕灰。老汉进屋一看自己原来住的土炕早已不见了踪影，原来炕的位置摆放着一张很大的木板床。正在发愣时，大儿子笑呵呵地进来了，还试图在老人面前邀功。"大，土炕不卫生，我把它砸了换成了床，你看这新床好不？""啥？你这败家子！好好的炕，你说砸就砸咧！人老几辈都睡的炕，你不就是在这土炕上长大的吗？还嫌不卫生！不行，你把这玩意儿搬走，我还睡我的炕！"老汉用手朝着床一指，山羊胡子一撅一撅的，气哼哼地说。对儿子发了一通脾气后，慢慢地气也消了。事已至此，能有什么办法，没炕也只能睡木板床了。可住了几天后两个老人在床上辗转反侧难以入眠，翻来覆去就是睡不着觉，而且还腰酸腿痛的很不解乏，用他们的话来说睡这种床板简直就是活受罪。

由于没有休息好，两个老人眼睛肿肿的，一天到晚唉声叹气的也没了精神，老爷子甚至病得连地都不能下了。儿子一看这样下去不行，于是赶紧张罗着打炕坯又盘了一个新炕。住上新炕后，老人家的心情也好了，脸上也露出了少有的笑容。更有甚者，据说在老家还有这样的传闻。就是大姑娘在出嫁前给夫家提出，不要床，就只要一个大炕。可见关中人对睡炕的执着。这是后话，这里暂不多表。那么，这盘炕用什么材料呢？当然不是赵镇老张用生土打成的胡基，而是用泥掺入诸如短麦秸等制成的炕坯了。这里就以自己打炕坯的亲身经历，和各位聊聊打炕坯的那些事儿。

二、炕坯的制作

1971年我在赵中上高中时，家里老屋的炕塌了一个大坑，夏天住可以临时睡在一边未塌的地方，但冬天就不行了，一旦有了塌陷的地方，根本就没法点火烧炕，晚上盖再厚的被子也无济于事，人很难抵挡冬日的严寒，冻得根本无法睡觉。好不容易挨到了夏天，老母亲一再地念叨此事，再不重新盘炕实在没法凑合了。当时，我的几个姐姐已经先后出嫁，哥哥分家另过，家里只剩下我和老母亲两个人，这打炕坯的活儿就只能靠我这个男子汉了。

没办法只好叫上村里的刘大会帮忙，硬着头皮自己干了。打炕坯和打胡基不同，胡基直接取材于土，块头小。而炕坯的尺寸要比胡基大很多，且基本材料是用土和成的泥。既非长方形，亦非正方形，而是长约80公分，宽约70公分的偏长方形。厚度约为5公分，中间最厚的地方则能有近7公分。所以打炕坯首先要求有比较大的场地，位置还得向阳，利于晾晒和保存。而且，在干透前也不能随意踩动，否则新打的炕坯就很难成型。过去有人在生产队的场里打炕坯，经常可以看到小孩子在上面玩耍踩踏留下的脚印。于是，打炕坯的地方就选在赵镇剧院的土台上。学校放忙假时我先用架子车在西边土壕拉了几车子土，再用背篓去西门外离家较近的五队饲养室揽了半背篓碎麦秸，从家里的炕底下掏了一担笼炕灰，在剧院东边的郑二元家担了一担水，开始和泥了。

和泥是打炕坯的一个重要环节，直接关系到炕坯质量的好坏。把一堆土摊开在中间掏了一个大大的泥锅后，一担水倒进去立马渗得没了踪影，接下来又挑了一担水，水都渗入土中才慢慢地由里向外搅拌。看似简单的事，实际做起来却不那么容易，水倒多了又向泥锅里添土，土多了泥又发干，最后又担了一担水倒进去才勉强够用。我们两个十几岁的大孩子平时虽然见过别人打炕坯，但是真正自己动手，还都是第一次，所以开始对程序不太清楚，显得有点儿手忙脚乱。我们和泥时，旁边的几个小男孩也凑过来跟着看热闹玩泥巴。看到泥和得差不多了，就开始往泥里放短麦秸，可能一下子放得太多，麦秸积成一堆，再怎么搅拌也不太均匀，最后我们把裤腿一挽，也学人家的样子，光脚跳进泥里来回调了起来，边调边把边上的泥往中间堆了再调，这样不断地周而复始。

开始还觉得挺好玩，但调着调着感觉脚底下不仅疼而且发痒，一会儿就累得满头大汗。看来真的像农村俗话说的那样，"这牛皮不是吹的，火车不是推的"，凡事都是看起来容易做起来难啊。看别人做似乎很简单，但自己实际一干满不是那么回事了。"过来，过来。你俩也把鞋脱了，光脚进来随便跳，使劲跳，咋跳都行！"大会看到有两个十一二岁大的小男孩不时地过来在泥锅里挖泥玩耍，就朝他们喊道。两个小男孩欢天喜地地加入了我们调泥的队伍。他们在里边调，我在旁边用锨不停地把边上不容易踩着的泥往上翻。

  快到晌午时分，我们觉得泥调得差不多了，就把旁边的一片地铲平，放上从邻居家借来的木制炕坯模子，先向炕坯模子的底部撒上少许碎麦秸和炕灰，就开始往里倒泥打炕坯。只要调泥这道工序完成，一旦开始往模子里倒泥形成炕坯，进度就加快了。大会用铁锨往里倒泥，我左手拿泥刀右手握泥抹并用，及时把大会倒入的泥抹平，什么话也不用说，两个人配合得非常默契，不到十分钟的工夫就已经打好了一个炕坯。摆模子，撒碎麦秸和炕灰，往里倒泥，捣实，用泥抹泥平，取掉模子。就在我们两个信心满满地摆好模子，即将打好第二块炕坯时，有人来了。我哥丁志华的突然出现，让正在干得火热的我们两个有点措手不及。"哥，你咋来咧？"我停下手上的活儿，木木地这样问了一句。正在嘻嘻哈哈的刘大会也愣了一下叫了一声"志华哥"后，规规矩矩地站在一边，算是打了招呼。

  大哥看看我又瞅瞅刘大会，一句话也没说。只是背着手在调好的泥堆旁转了转，接下来又来到我们打好的第一个炕坯前，弯下腰用手指轻轻按压，特别是在炕坯的四个角按得很重，在那里停留的时间也最长，最后若有所思似的轻轻叹了口气。我们这时就像犯了错的孩子一样，谁也不敢先说话，就等着他看后对我们打的炕坯做出评价，看到底是行还是不行。"看把你能的，打炕坯也不提前说一声！你看看你们打的这炕坯，厚度不够中间没有鼓起来不说，这四个角还是瘪的，一块炕坯至少还差两锨泥。快把模子拿下来，趁早返工吧！"大哥说完自己接过模子重新套在第一块炕坯上，然后用铁锨使劲在泥上铲出多条不规则的印子，又用泥刀使劲在四个角砸着把泥尽量夯实，再往上边加了两大锨泥后，才开始边用泥刀捣实中间和四角，边用泥抹进行抹平。

  还别说，经大哥这一重新返工，不仅炕坯厚度增加，且中心部位也鼓起来向四周倾斜，看起来舒服多了。接着模子又重新套在了刚才尚未打完的第二块炕坯上。有了大哥第一块炕坯质量和厚度的示范，我们心里更有了数，打炕坯的速度也在不断加快。调好的泥堆眼看着越来越小，炕坯的数量也在不断增加。当刮完拢在一起的最后一锨泥倒入炕坯模子后，大功告成，十二块炕坯终于打好了。虽然我们累得腰酸背痛，满头大汗，但看着两排整齐地排列在地上的炕坯，觉得特有成就感。这还不算完，打好的炕坯在阳光下暴晒两天后，还得重新给水分基本已经蒸发掉的炕坯放上模子，拿打胡基用的平底锤子来"锤炕坯"。

曾见赵镇老张用土打胡基用力时锤子往往高高地提在空中甚至高过膝盖，然后锤子再重重地落下来，能用上力，打出的胡基也结实。而在锤炕坯时却恰恰相反，人站在炕坯上得攒住脚步，悠着劲儿用锤子轻轻地锤，提锤子的高度也只能略微高于脚面。锤炕坯时先从中间凸起的部位开始，将尚未晒干的泥逐渐向四周挤压，使其向外侧延展开来，保持力的均匀和平衡。这样一是对炕坯进一步夯实，另外也能把泥里边的水分尽可能地挤出来。

锤完后，再给炕坯上面洒上水，用泥抹仔细抹平，这个也是打炕坯的最后一道工序，叫作"收泥"。收泥后，炕坯就完全改变了原来短麦秸依稀可见的粗糙样子，显得既平整又光滑。拿开模子前，两个人还要分别扳住炕坯模子两侧，贴住地皮轻轻地移动一下，给打好的炕坯来个挪位，这样既不会连模子，也便于晾干后很轻松地把炕坯立起来，不会因粘地太紧而使炕坯发生破损。按照原有的程序，一步步地摸索着干就行。自己也曾暗自感叹，我们的祖先真是太聪明了，每一步做法考虑得那么周全，只要认真地按部就班，就没有做不成的事。

三、盘炕

要实际使用炕坯到这里还没有结束。锤完炕坯并收泥后，这样直接晾晒一周后还得把炕坯立起来，一个人先站在正面扶着炕坯，另外一个人再顺序揭起地下的炕坯呈格状靠在第一个炕坯的两端，依次类推炕坯一个接一个便立起来了，中间形成了一个个小方格，这样利于炕坯的通风和采光。在立起晾晒炕坯这几天，最怕有小孩靠近，如果小孩子玩时推倒一个，其他炕坯就会像多米诺骨牌效应一样成片倒下，致使前功尽弃。在天气好，阳光充沛的条件下，再有一个星期炕坯就能完全晒干了。晒干后再把干炕坯搬着靠在剧院的东墙上，又阴干一周这才用架子车拉回家。别看炕坯大，但却很娇气。特别是远道往回拉的时候，得万分小心。听说以前曾有人把炕坯横担在架子车上，但由于道路坎坷不平，不等拉到家，炕坯就被颠闪了。轻的中间裂开了一道缝，严重时甚至断成两截，完全报废。

按照大哥的吩咐，我们往回拉炕坯时先在架子车垫上破砧片和软软的茅草，然后把炕坯横立着斜靠在车帮上，为保持平衡一边车帮靠两块炕坯，中间放一块木条让两边的炕坯互相顶实，不能让其向下溜。来回跑了三趟，十二块炕坯终于全部安全地运回了家，整齐地靠在房檐下，再拉来一些胡基，万事俱备，只等着动工盘炕了。

这盘炕，可真是个技术活儿，一般来说很难模仿，唯一的办法就是请匠人。

"宁三老汉喔人能行得很，虽然不是匠人，但是炕盘得好。听说最近自己盘了个新炕，烧起来利郎得很，但他愿不愿意干咱可说不好，就看你娃能不能请得动了？"有人推荐了我们七队的宁三。白天在赵镇商店的烟酒门市部花了一毛九分钱买了包烟，晚上喝完汤就揣着这盒宝成牌香烟去了北门的宁三叔家。"三叔，你吃咧没？抽烟哪！"走进房门，见三叔坐在炕边，拿着他的短杆烟锅正在抽烟，就赶紧赔着笑脸先打招呼问候。"吃咧！哦，育娃来咧，坐哈，坐哈。"三叔招呼着点点头，示意我坐在他对面的屋登（关中农村的一种木制高方板凳）上。"你不上学，今儿咋有工夫到你三叔屋里来咧？"问完话又闷头吧嗒吧嗒地继续抽他的烟，烟锅里的旱烟在昏暗的灯光下一闪一闪地被吸得火红。

"说，晚上专门来寻你三叔，肯定有啥事吧？"三叔见我沉思着光愣神不说话，自己先憋不住了。"喔，是的。我家炕塌了，想盘个新炕，看三叔你能不能帮个忙？"见三叔主动地问起，我赶紧说明了自己的来意。"盘炕？不行，不行。这活儿咱干不了，这可是个技术活儿，你得请匠人，三叔又不是匠人。"听我说要叫他盘炕，三叔的头摇得像拨浪鼓似的，一口回绝。"没事，乃我就请匠人，三叔你把烟先点上。"见事儿要坏，我赶紧掏出口袋里的宝成烟，抽出一支，双手恭恭敬敬地递到三叔手里。"不用，不用，这纸烟没劲，留着自己抽吧，跟三叔还客气啥！"三叔不要，还冲我直摆手。"尝尝嘛，这可是宝成烟，好抽得很！点一根抽着试火一哈，说不定抽完一根还想第二根。"说着我嘻嘻哈哈地把烟插在三叔的烟锅里，拿过洋火把烟点着，剩下的整盒放在了炕边上。

就在放烟的一瞬间，我注意到三叔家的炕是新盘的。很明显，露在最外侧的长条炕边是用木头新做的，只是用清漆刷了一遍，还向外散发着一股浓浓的木香味。再向内侧则铺了一层砧片，新新的砧片还呈现出幽幽的浅蓝色。看到这些，我心里就有了数。"三叔，乃我走呀！你家这新炕盘得真好，不知是在哪儿请的匠人，你看咱盘炕请这匠人行不？"说着向外迈了一步，准备离开。"你看这娃，给你咋说呢！这是三叔自己凑合着弄的，没钱请啥匠人呢！"三叔说完叹了一口气。

"这不盘得挺好的嘛，乃你给老侄也凑合凑合吧！三叔，我看你就是个匠人。咱一个队，你帮忙盘炕，不行我在队里干两天活儿，到时可以把工分拨给你。什么时候盘炕，时间你定，咋样？"见三叔有些犹豫，我赶紧趁机说出自己的想法。"炕坯、胡基这些材料都准备好了吗？"他问道。"准备好了，连和泥的土、碎麦秸、碎头发都准备好了，随时可以开工。""乃是这，明天咱就开始。我得给队长说一哈叫明天耙地另外派人。你这娃，唉！真没办法，乃就破个例，盘不好可别怪我哟！"三叔终于同意了，我给三叔竖了个大拇指，一溜烟儿地跑回去做明天的准备工作。

四、过程还挺复杂

第二天上午九时许，宁三叔拿着自己的泥瓦匠工具来了，在这之前我已和好了泥，赵镇老张打的那种胡基也都搬到了跟前。原来在靠墙的地方准备用砖头砌坑墙子，但三叔说不能用砖头，因为砖头时间久了容易烧裂，一裂就没了劲道，所以还得用胡基来砌炕墙，因为泥土一是耐高温，二来传热也快。故而炕两侧和前后的立墙子，还有炕中间担炕坯的两个炕柱，都在胡基上放泥后一层一层地砌成。我看三叔还在后边留了一个烟道，这样点炕时烟就会很通畅地从烟道排出去，人不会在点炕时烟从前面出来弄得烟熏火燎地流眼泪。

匠人三叔工序熟练，活儿干得既快又利落，我这个打下手的小工也不含糊，紧跟着端胡基供泥递东西，两个小时后，四周的炕墙子和中间的炕柱就都砌成了。满头大汗的三叔直起腰来，用手在背后使劲捶了几下说，"准备抱柴填炕腔，我抽袋烟歇会儿。"

"填炕腔？怎么个填法？还要抱柴，是用柴填吗？"我不太明白，就半信半疑地问三叔。"对，是用柴火填炕腔，还要使用三种柴火。一种是麦秸、茅草这种易燃的软柴火；第二种是玉米秆、棉柴秆这种硬柴火；第三种就是树股、树枝和小木块这种更耐烧的柴火。把这些柴火依次放进去，把炕腔尽量填满。"三叔耐心地对我解释着要用什么样的柴火填炕腔。

"咱们把炕盘好后放柴火不行吗？"我有些不解。"行，当然行。但是你想，到那时只能从炕门往里填柴，那么又低又小的炕门，多不方便。而且你过后往炕腔里填柴也放不均匀，尤其是炕后边和中间拐弯的地方，你用再长的灰耙也捅不进去呀！""哦！原来如此。"三叔的一番话使我恍然大悟，敢情这盘个炕里边还有这么多的学问，真是长见识了。

目的明确，干劲十足。就在三叔抽烟喝茶的工夫，我来回跑了十几趟，用这三种柴火把炕腔填得满满的。"接下来是不是该上炕坯了？"我问三叔。"对，下来的活儿就是放炕坯、快速上泥，然后再用大火烧。如果上泥后不立即点火烧炕，泥里的水分就会渗入炕坯，炕坯一旦吸入水分一是会变软，二是劲道也可能被释放掉，这样的炕最容易发生塌陷。"三叔说完后我们就开始上炕坯，六块炕坯很快归位。四边用胡基找平，再给炕坯上面糊了厚厚的一层泥后，三叔吩咐我立即点火。于是，我迫不及待地拿火柴点燃了预先放在炕腔里的柴火。从炕门可以看到点着的柴火在炕腔内熊熊燃烧，随之从炕面上铺的湿泥中腾起一缕缕、一片片的湿气，直冲屋顶。三叔接着又叫我找来一块长木板横放在刚上完泥的炕面一边，在浓浓的烟气中，跂蹴在踩板上开始用泥抹细致地抹平收面子，抹好一溜把木板向后移一下，一溜一溜的上得很快。

收面儿是盘炕的一个重要环节，很多人在上泥后曾因烧火烘炕不及时而前功尽弃。房间里呛人的浓烟夹着湿气直冲鼻子，我极力忍耐着站在炕头不时地帮三叔向后移动踩板。炕面很快收完，又在炕沿前边铺上两排烧制的新砧片。嘀！一个平整大气的新炕展现在眼前，心里别提有多高兴了。

"行了，完活儿了。你要随时注意不能让炕底下放的柴火熄灭，要一直用大火烘，烘上它三天三夜，拔出泥里的湿气。等炕腔内塞的柴火都着完，上边的一层泥都变成白色后，说明炕已经干透，就可以睡人了。"三叔一边擦拭着他的泥刀泥抹，一边嘱咐我。

送走三叔后，天色尚早，我就开始清理现场，打扫屋子。等我忙忙碌碌地收拾完房子和院里杂七杂八的东西，抬头一看，天已经麻黑了。从房门看进去，只见烟雾缭绕，分不清是烟还是蒸腾起来的湿气，溢出房门，直冲云霄！

我像一个打了胜仗的将军，双手叉腰站在院子里，目视前方，大喊一声："成了！我的炕坯，我的炕！"

一个村官的不凡人生

2018年农历正月二十五，石鼓大队的老书记廉登峰走了，享年86岁。曾为老书记治下的臣民，长年漂在千里之外的我，听到这个消息，心情格外沉重。

一、也说石鼓大队

石鼓大队是以前人民公社时期的老叫法。现在已改为石鼓村，而且还分成了石鼓东、西两个村，如果合二为一，就是原来的石鼓大队。当年，在赵镇公社所在地，拥有数千人口的石鼓大队，连任几届、德高望重的老书记廉登峰，出生于1933年。他出身贫寒，从小就饱尝旧社会之苦难。中华人民共和国成立后积极参加互助组、合作社，1955年12月入党，并担任村民

历尽沧桑的千年石鼓

兵连长。1958年成立人民公社后即任石鼓东村书记。三年困难时期，他临危受命，合并石鼓东西两村并担任支部书记至1995年。后因身体原因又将石鼓分为东、西两个大队，即彻底引退。他的一生是平凡的一生，也是辉煌的一生。他两袖清风地离开人间，但在石鼓村的角角落落都留下了他的足迹。他的美名，他的形象也在数千名石鼓村民的心中永存。

回想起老书记，虽然他个子不高，但精神头十足。走路一阵风，手里经常提着一个带烟包的大长铜烟锅。快走时烟锅上的旱烟袋也跟着一摆一摆的，远远地光看走路姿势，就知道是廉支书来了。他一年四季都剃着光头，很少蓄长发。待人和蔼可亲，没有一点架子，更不会在群众面前摆谱。他讲起话来既有鼓动性，也很有感染力。办事更是干脆利落，从不拖泥带水。他超强的工作能力和极高的办事效率是县、乡政府领导和群众所公认的。因之廉支书在石鼓村乃至赵镇方圆十几里范围内，可谓家喻户晓，人人皆知。在礼泉县的上百个大村书记中，也是可圈可点的风云人物，具有很高的知名度。在石鼓人心目中，威望更高。

原在赵镇公社工作过，和老书记在工作上有过交集的基层政府官员这样评价他："廉老作为昔日的赵镇公社党委委员，农村最基层的领路人，终生敬业于故土，扬名于礼泉境内的赵镇四方，政绩照人。在平凡中无不体现出他老人家作为一名基层党务工作者对事业的忠诚，对石鼓村的村民造就幸福的责任担当。其所作所为充满亮点，其辉煌的人生值得著文颂扬，以不至于被后人遗忘。"……的确，关于我们的老书记廉登峰，有许多令人感动、可歌可泣的发生在他身上的动人故事。

我们石鼓大队是处于关中道沿线的数千人大村，是盛唐时期形成且位于唐昭陵兆城脚下的千年历史文化名城。也是礼泉县第一大镇——赵镇公社的所在地。而这一政府驻地的大队支书的位置，就显得尤为重要。我们的支部书记廉登峰不负众望，在书记的位置上干得风生水起，而且连任几届，一干就是20年。提起我们廉支书，似乎有说不完的话题。镇政府机关离书记家很近，除了工作上的关系，在炎热的夏天和漫长的冬夜，一些政府工作人员闲来没事也常到廉支书家串门聊天，有时公社的干部和自己的同事甚至在支书家不期而遇。有一次，公社的妇联主任王会芳做针线活儿急用剪刀，就托手下的年轻女干部在支书家借了一把。王主任用完剪子后随便放在桌子上，可能又有人拿去用，这样传来传去就忘了不知道剪子究竟放在了哪儿。晚上吃饭后，两个年轻干部溜溜达达地到支书家串门。

虽然来的是两个年轻人，但廉支书还是很热情地端茶倒水招待，没有一点架子，非常平易近人。两人坐了会儿起身要走时支书夫人突然问道，"会霞，你上次把剪子拿去，咋没拿来？你看这不把人手给打住了！""哎哟！你这一提想起来了，我回去问问王主任。""我这剪子好用得很，还是托人在远处买的，别看这东西小还真离不了。""问啥呢，再好用不就是个剪子吗！你要，我再给你买个新的。会霞你走，你姨跟你说笑呢。"廉支书乐呵呵地说着向外一指，给她们推开了房门。"以后灶上吃腻了，没事就到家里来，叫你姨给你做好吃的。"送她们出门时，他还不忘叮嘱了这么一句。

在"文化大革命"时期，毛主席发出"工业学大庆，农业学大寨，全国人民学解放军"这一号召。有一段时间赵镇流行打大口井保水抗旱，兴修小河坝和甘河坝，战天斗地改造大自然。这一项项工作，一个个任务，压得人喘不过气来，身为支书，新的工作要布置，旧的任务要检查，更是忙得不可开交。早出晚归是家常便饭，有时忙得甚至没时间回家，在大队部里指挥调度工作，困了就在大队部里屋的炕上对付一宿。在那个狂热的年代，农业学大寨修建梯田、平整土地，经常是挑灯夜战。共产党员要起模范带头作用，共青团组织更是不甘落后，经常组织各种政治活动和义务劳动。全大队共有 15 个小队，小队之间还常常展开比赛。看谁修的大寨式梯田多，看谁平整土地的面积大。就拿我们七队来说，南安的地和沟西的地都很平整，唯有北边律马涧的地处于上坡的丘陵地带，于是就成了修大寨式梯田的重点地区。修梯田不仅需要大量的石头砖块，还需要就地取土来垒起一道道坎，工作强度很大，特别是需要做海量的土方工程。

白天完不成任务，晚上经常加班夜战。在这种环境下，社员们仍劲头十足，好像谁也不知道累。当然，晚上干活挣的工分也多。白天，在石鼓大队的地界内，目之所及，到处都能看到插在田间地头的红旗和五色彩旗猎猎地迎风招展。社员拿着镢头铁锨，脖颈上搭一条毛巾，有人拉着架子车，有人推着独轮土车来回奔忙。大家个个挥汗如雨。在这个火红的年代，作为石鼓这数千人大村的带头人，工作更是千头万绪。人多村大，产生各种矛盾就在所难免。有邻里之间打架斗殴的，有发生家庭纠纷的，人与人、队与队之间的不和与摩擦层出不穷。小的，由大队文书处理，大的，由副支书、大队长处理。经他们处理后不服，还要继续上告的可就到了支书这儿了。在大队办公室没处理完，双方吵架相持不下的人再到支书办公室一看没人，就直接撵到了家里，有时书记刚刚端起碗就来人了，连一顿安生饭都吃不了。

　　一次，村上有两个大户因宅基地发生纠纷，甚至动起了手，在争斗过程中双方都有受伤的人。村干部一再调解，问题仍得不到解决，于是在午饭时找到了书记家，要老支书给他们断案。公说公有理，婆说婆有理，争吵不休，谁也不让谁。廉支书很耐心地进行调解，怎么说也无济于事。其中一个家族中有个人是个瞎娃，他不仅放狠话，而且竟然当面扭住对方一个人动起了手。"你们还有完没完？"书记一声断喝，双方几个正扭在一起的人瞬间都被镇住了。"想打架是吗？好，你们等着。"说着顺手拿过两根粗粗的，一头熏得黑黑的，放在旁边平时烧炕用的捅火棍，分别递到一方的瞎娃和另一方闹得最凶的两人手里，退后一步说，"打呀！开始打，看你两个人谁厉害，我来当裁判，绝对不偏谁向谁。"瞎娃刚要抡起烧火棍，见廉支书狠狠地瞪了他一眼，手又无力地垂了下来，烧火棍也"咣"的一声掉在了地上。另外一个人见老支书黑着脸，一看神色不对，啥话不说地先自服了软。于是，一场村民之间的激烈争斗居然被他如此这般地轻松化解。

　　然而，过了不到一个月的时间，这两个家族的人在干活时因言语不和，又发生了冲突，而且比上次闹的动静更大，涉及的人更多。这次冲突完全是由瞎娃挑起的。当早饭时一大帮人吵吵闹闹地来到廉支书家门前时，后面还跟着黑压压一大片看热闹的大人和小孩。不等这一干人进门，老支书就迎了上去，指着瞎娃和对方领头闹事的人说，"你们的事，我管不了！干脆直接上公社解决吧，我陪你们一起去。"说完用手向东边公社的方向一指，看也不看他们一眼，双手往后一背，猫着腰低着头一阵风似的自己先走了。冲突的双方一看支书朝着公社走了，一大群人也都尾随着跟了上去，一路无语。快到公社时他突然停住了脚步，回过头来站在双方两个挑头闹事者面前，指指他们问，"怎么你们的行头（意指随身物品）没有带？""行头？什么行头？带行头干啥？"这二人不知就里，其他人也都愣了，不解地问道。"你说呢？如果到公社处理，问题解决不了，弄不好把你们两个带头打群架的给扣下来，你行头不带，晚上要用咋办？快回去取，我在这儿候着。"听到支书这话，两个带头闹事的人犹豫了，脸上也露出了胆怯的神色。

"那，那书记说怎么办，我们听您的。""那好，你两个先说现在咱们还去不去公社？你们坚持要去，咱就进去。要不去也行，咱就回去。不过你们再闹我可饶不了你们！""是，是，我们知道了。""下次要想去公社，别忘了先带上行头来找我，我随时奉陪。没事了，大家都回吧！"这次回去后，这二人既没有带着自己的行头来找书记，两个家族在很长时间内也没有再打过架、起过纠纷。随着时间的推移，两个家族的矛盾亦自然化解，再也没有大张旗鼓地闹过事。

二、村办农业大学

在老支书的带领下，石鼓大队的名气越来越大，村民的生活也越来越好。

学大寨改天换地，兴修水利，廉登峰老支书多次在县、乡大会做典型发言。

学习辽宁朝阳经验，也为了安置和培养众多的回乡知青、石鼓子弟，他力排众议，在吕效祖、郑伯举等石鼓乡绅名流的倡议和帮助下，在村北划拨出大片土地，办起了礼泉县乃至陕西省的第一所"村级大学"，冠名为石鼓农业大学。

为大力推行农业技术，科学种田，他率先成立了石鼓农业科技站。

学习小靳庄唱样板戏，活跃群众生活，石鼓大队也是首屈一指。有了老支书的支持，石鼓文艺队排练剧目品种繁多，文艺人才辈出，名扬礼泉内外。

由于他们的节目异彩纷呈，群众喜闻乐见，故不仅时常在赵镇剧院演出，且他们的足迹踏遍了礼泉甘河南北的山山水水，村村寨寨。

农村基层组织开展整顿和建设工作，老支书雷厉风行，县委书记成了石鼓的驻村干部。

县上开三干会，连开三天，议题是农业发展与水利工程建设。小组讨论结束后，石鼓村的建议和做法引起了县政府领导的高度重视，会议主席团决定让廉支书在大会上做典型发言。别人大会发言时手里都拿着稿子照本宣科，到廉支书登场时他手里却是什么稿子也没有，竟滔滔不绝地连续讲了二十多分钟。他思路敏捷，条理清楚，风趣幽默的讲话不时引起了阵阵掌声，他成了会上农村干部中的焦点人物，石鼓经验也随之带到了不同乡镇和各村的千家万户。县三干会结束后回家来不及休息，他接下来又参加公社的党委会研究部署工作，晚上接着召开大队全体干部和支委会具体动员落实。

真是屋漏偏逢连夜雨，船破偏遇顶头风。那是一个酷暑难当的夏日，就在书记忙得不可开交的时候，又从甘河二坝石鼓工地传来消息，村上打坝的几个年轻人中午休息时偷偷跑到甘河去耍水，不小心把七队的杨行运给淹死了。当廉支书急匆匆地赶到出事现场时，被水泡得胀鼓鼓的尸体已被打捞上来放在了岸边。炎热的夏天，泡胀的尸体不仅让人看着害怕，而且已经有了异味。尸体旁边里三层外三层地围了一大圈人，可就是没人上前帮忙抬尸体。"闪开，闪开！不帮忙抬人，有什么好看的，还有没有一点阶级感情？"书记说着袖子一挽，就拽起了死者的一条胳膊，其他围观的人见书记亲自动手，就呼啦啦地上来几个人帮忙把尸体抬着放在架子车上，送回去了。由于死亡是发生在工地上，书记不仅尽力安抚死者家属，也对其后事做了妥善处理……

村上，镇上，县上的事情和工作一个接一个，廉支书眼睛都熬红了，操心加上劳累，真可谓疲惫不堪。

然而，任何事情都有其两面性，真所谓物极必反。久而久之，麻烦事来了。

有天晚上，当廉支书拖着疲惫的身体回家后，一掂暖瓶轻轻的，一点儿热水都没有。再上院里到灶房一看，冰锅冷灶的连火都没有点，这时候还不做晚饭，这人哪儿去了？累了一天，又渴又饿的他不由怒从心头起。正要出门找人时，老伴儿急匆匆地从外面回来了，手里拿着一大把青菜。"都几点了还不做饭，回来连口热水都喝不上，这么晚才回来！说，出去干啥去咧？"他憋在心里的话像连珠炮，气哼哼地指责老伴儿说。"你还好意思问我？你整天在外面不着家，几个孩子你管过吗？家里的事你问过吗？家里的活儿你干过吗？想吃饭，干吗不自己去做？你是不是把这个家当成饭馆、旅馆了？"老伴儿喋喋不休地反唇相讥，而且越说越生气，越说声音越大，还咄咄逼人地直往前凑。

"反了，反了！这日子没法过了！"老书记说着上前一步，气呼呼地端起了做饭的锅，又后退一步把锅高高地举过头顶，怒目圆睁，黑着脸直视老伴儿，做出要摔锅的姿势。"好，有本事摔呀！使劲摔，摔得越碎越好！"感到十分委屈的老伴儿脸气得煞白，向地下一指用尽全力大声地吼了起来。

看到老伴儿气成那样，说话不仅语无伦次，而且因为生气全身直哆嗦，眼里噙着委屈的泪花。就在这四目相对的瞬间，触动了老书记内心的最软处。是呀！自己一天到晚忙忙碌碌，整天早出晚归，对老婆，对孩子，对这个家庭究竟关心了多少？老伴儿不仅要管几个孩子，还要洗衣服做饭操持家务，确实不容易！自己回来喝不上热水，没按时吃上饭，不问青红皂白地大喊大叫，的确做得有点过头。自己太对不起她，也真的太对不起这个家了，对孩子有亏欠，而亏欠她的确实是更多……想到这里，老书记自个"吭"的一声笑了。两手举着的锅先是慢慢地放在地上，然后又端起来轻轻地放上灶台，不好意思地用手在头上一摸，垂手而立，只是冲着老伴儿呵呵地傻笑。

看到他像犯了错的小孩，似乎手足无措的样子，老伴儿觉得他当这几千人大队的书记确实辛苦，自己也应该体谅一下。"你呀！行了，别杵着了，赶紧到院里抱柴火烧锅做饭。"老伴儿说着上前用指头在他脑门上一戳，"扑哧"一声笑了。警报解除，一次家庭矛盾就在这互谅互让，在大义、在亲情、在相互理解中悄然化解。

三、言传身教话家风

有人在我前期网上发出的有关廉登峰的诗文后评论说，"廉老任支书时为人正直，两袖清风，从不以权谋私，拉帮结派，搞自己的小圈子，在石鼓村民中口碑很好。人们称赞说廉支书是个老支书，也是个好支书。"确实，廉家在石鼓是个大户，能人也很多。但他为了避嫌，在担任支书职务期间，不任人唯亲，很少随意提拔使用自家人。石鼓村有15个小队，光各小队的正副队长就有三四十人。在处理村务工作中，不管对待支部、村委班子成员还是小队的队长他都能以诚相待。有时训人看起来吹胡子瞪眼的很严厉，但发火归发火，无论发生争执还是有不同意见，事情过后他从不计较，非常内敛而大度。

有一次，老支书刚到大队部，村民张玉成就气冲冲地拖着一个村干部闯进来找老支书告状。原来他是为了维持兄弟张万成的利益，和村干部吵得不可开交，认为处理问题不公，要来讨个说法。老支书一看他浑身沾满泥土，似乎刚刚下地回来，一进门就脸红脖子粗地说个不停，似乎有天大的冤枉。就拿过旁边的电壶给他倒了一杯水放在桌子上，坐下来一句话不说，点着一锅旱烟"吧嗒吧嗒"地抽着，静静地看着张玉成情绪激动地大喊大叫。过了一会儿，张玉成大概是喊累了，就拿出插在后腰的烟锅哆哆嗦嗦地伸向烟袋去装烟。就在这时候老书记也拿出自己的烟锅，想伸到对方的烟袋子里去装锅烟。老张见状把装好烟的烟锅故意赶紧往嘴里一叼，吊在烟锅上的烟包也随之在空中一摆动，刚要把烟锅伸进烟袋的老书记也扑了个空。

嘴里叼着烟锅的老张边后退边含混不清地说着什么直冲支书摆手，意思是不想让他装烟。可支书向前凑着偏要抽他的烟，两人拉拉扯扯的，书记终于把烟锅塞进老张的烟袋使劲压实满满地装了他一锅烟。装完烟摸摸口袋，火簾没带，还要向老张借火。看着支书着急的样子，张玉成忍不住"扑哧"一声笑了。本来憋着一肚子火来兴师问罪，想出口气，却让老支书用这种软着陆的方式给磨了下去。自己这一笑"就给咱把汤可撒咧"，气儿好像也消了。他只好用手指指老支书，悻悻地离开了大队部。之后，几个村干部见老支书这么巧妙地化解了矛盾，都暗暗地竖起了大拇指。

1972年我从赵中读完高中毕业回乡，不久就被抽调到大队工作。先是在村农技站负责调查和预防棉花枯萎病，这项工作完成后又在修建礼泉至南方的北部公路工程中当大队的施工员，住在小河卢家的村民家里，整天泡在公路工地的施工现场，轮流在15个小队的灶上吃饭。风里来雨里去地持续了将近一年时间，直到分配给石鼓段的土方工程全部竣工。虽然苦点累点，但每天觉得自己过得很充实。其间老书记亲自来工地检查指导过几次工作，他言传身教，使我从具体施工到处理问题的方式方法和技巧上都受益匪浅。

工程完成后，我回到大队当了一段时间代理文书，又被调到大队综合厂当会计，我的办公地点就在北门外老庙台的面粉厂过磅和开票的地方。这样就有了经常和老书记及其他大队领导接触的机会。一天晚上我和吕百祥等三人值夜班时，半个城村上的蒙老二来磨面。他下午就把半口袋麦子掂来，过磅后排在长长的等待磨面的粮袋后面。蒙老二半夜来后，一直迷迷糊糊地坐在面粉厂的磨子旁等着，眼看就要轮到他了。可吕百祥安排了他认识的另一个人先上了磨子。睡眼惺忪的蒙老二一睁眼见安排别人在本该轮到他的磨子上磨面，就急了："轮到我咧你为啥要先叫他磨？他来得迟凭啥要插在我的前边？不行，你这是走后门，轮到我咧，我要先磨！"说着掂过他的麦袋，拿过旁边的一个斗倒上麦子，抢着冲上磨子前面的水泥高台。这蒙老二人很老实，但他做事有时认死理儿。吕百祥见状把他往下拉，蒙老二站着就是不下来，就这样二人拉拉扯扯的僵持不下。蒙老二一急，顺势脱下他身上穿的长袖外套就向吕百祥抡起来。按理说外套是软的就是抡上也不会太疼，可事实并非如此。可能是口袋里装有什么硬物，这一抡恰似有什么东西砸在他的脸上，顿时鼓起了红包，眼睛也肿了。

第二天吕百祥捂着火辣辣疼的脸去找廉支书告状，说了很多蒙老二的不是，并强调他自己如何如何有理，为大伙儿的事被打成这样自己很冤枉……想要老支书替他收拾一下蒙老二。"打住，不用说了。你输咧，自认倒霉吧！"正在他越来越激动的诉苦时，老书记皱着眉头突然打断了他。"为什么？这明明是他打人不对嘛！再说去医院看还花了不少钱，蒙老二他应该赔我。""为什么？你真的不明白！蒙老二是什么人，你是什么人？跟他闹仗，你对手选错咧！"老支书这么一说，百祥似有所悟，觉得自己真是哑巴吃黄连，有苦难言，吃了个大大的哑巴亏。遇上这样的人，有什么办法，你能把他咋办？想到这里，他"唉"的一声在自己脸上轻轻地拍了一巴掌，用脚在地上重重地跺了两下，瞅了支书一眼，哭丧着脸无可奈何地离开了大队部。

……

四、老支书的大智慧

老书记在基层农村的工作经验丰富，把一个拥有几千人的大村治理得井井有条，石鼓大队在他治下一直很辉煌，村民们的劳动干劲也空前高涨。不仅如此，老支书在培养教育孩子方面也有其独到之处。记得有次到支书家谈工作，进门后看到建社和小社在灶房前的院子里站着，不知为了什么事正在大声吵闹，拉拉扯扯地争执不下。老大建社吃完饭急着去赵中上学，可这老二小社就是拽着他的衣服不放，不让他哥走。什么事惹着他了？看来老大建社遇到麻烦，摊上事儿了，弄不好建社下午这学也上不成咧。因为我知道老书记这老二小社人称"八眉子"。八眉子的第一层意思就是又犟、脾气又大、特别不听话，第二层意思就是遇事不去讲道理，和你浑整胡然，不达目的不罢休。过去一问，听着哥儿俩急赤白脸地各自辩解，我也"噗"地不由笑出了声。

原来八眉子昨晚上睡觉做了个梦，梦见他哥偷着拿走了他悄悄藏在里边炕席下边的五毛钱，五毛钱虽少可来得不容易。这可是靠自己用平时辛辛苦苦跑着给家里打酱油灌醋找下的零钱，一分一分地攒下来的。"你一个当哥的竟敢偷着拿去自己用，我八眉子岂能放过你？想得美！"看到这情景我在旁边也直劝八眉子说等你哥晚上放学回来再说，不要再纠缠了。可越劝他越来劲，哭闹的声音也越来越大，只见建社中山装外套下边的一个扣子都被拽掉了，心疼得他直用手护住衣服，生怕上边的扣子再被拽掉。正在闹得不可开交的时候，前面大门一响，老书记回来了。看到这哥儿俩扭在一起，他就径直走了过来。

问明原委后，他就叫建社把五毛钱拿给小社，并且还训了老大几句。"我明明没拿他钱，哪有五毛钱给他？这不是冤枉人吗？"建社拖着哭腔，感到自己很委屈。"叫你拿你就赶紧到屋里去拿，有啥好说的！"老支书说着给建社使了个眼色，示意跟着他进屋。看这情形我也有点明白支书的意思，于是就没动地方地在院子里陪着小社。一进屋老书记就从口袋里掏出一大把零钱，故意找出几张皱巴巴的毛票凑齐五毛钱，递到建社手里。建社犹豫了一下似乎还想说什么，被老书记摆手制止了。"你兄弟人称八眉子，比五眉子还多三眉子，你能犟过他？快赶紧去吧！"说着向外边院子方向努了努嘴。

建社听了这话，手里捏着五毛钱，转身向外就走。"回来！把钱先装起来，给的时候再掏。"这回建社彻底明白了，装好钱后佯装很不情愿地走过去掏出钱给了八眉子。数了数哥哥掏出来的五毛钱，八眉子抹了把眼泪这才破涕而笑。远远地站在二门口看到和好如初的兄弟俩又高高兴兴地拉起了手，平时在外边非常刚强的老支书此刻的眼神柔柔地溢满了父爱，似乎能把人的心融化。

过后知道事情的经过是这样，八眉子对慈父和兄长对自己的教育、包容和忍让也是感动不已。长大后，他可是有大出息了。最初当兵参加对越自卫反击战立功受奖，接下来又上炮兵指挥学院深造。自己也收起了小时候当八眉子唬人的小伎俩，既不浑了，也不犟了，待人处世显得既干练又大方，在部队和战友，在军校和同学，在单位和同事关系处得都很融洽。这还是我以前印象中的八眉子吗？真是一百八十度大转弯。转而仔细想想，幼时八眉子的表现确实也是一种凡事不会吃亏、以求自保的最佳方式和大智慧。建社呢？读书从学士到硕士研究生，毕业后从陕西师范大学的教授、系主任，一直干到延安大学校长。老三英武也是一直读到了博士后，现在美国从事较前沿的科学研究工作。老支书的姑娘宝霞最小，读完大学后一直在外地工作，事业干得也很出色。

写到这里，我自己越发觉得对老支书应该重新再认识。因为他在任时，对外，坚持原则，不仅治理好了石鼓大队，也给全体村民带来了幸福；对内，以身作则，首先树立起好的家风，对子女的教育也非常成功。他们不仅个个优秀，而且也都特别孝顺。正应了那句"修身齐家治国平天下"的老话，这些也都一一地在老支书身上得到了印证。

在不拘一格选用和培养人才方面，老支书更是充分体现了任人唯贤的高尚情操。就拿本人来说，高中毕业返回家乡，确实如同一张白纸，一无背景，二无关系，全凭自己去奋力拼搏。可以说，从入党、提干到上大学，无不伴随着老支书的教育和培养。至今仍清楚地记得，自己是于1974年2月14日宣誓入党，而两个入党介绍人吕卫斌和董信就是老支书亲自指定的。无论是当驻队干部，还是任代理文书，再到担任公路工程施工员、大队综合厂会计，都是依靠组织培养，脚踏实地干出来的。当然主要还是得天时地利人和，机遇好，年轻时碰上了老支书这个"伯乐"。说他任农村干部两袖清风，毫不为过，因为是我亲身体验所得出的结论。可以说从本人入党、提干到上大学，老支书甚至没有抽过我一根烟，吃过一块糖，受过一次请。他的高风亮节，真真令人感动。

老支书凭着一腔对事业的忠诚，硬是把礼泉县境内有着15个生产小队、四五千人口的大村，打造成为县上和镇上的典范村。一锅子旱烟能化解双方矛盾，一个微笑能让夫人破涕为笑，甚至给打架的双方每人递上一条棍子也能化干戈为玉帛。这些都是老支书的高明之处，尤其是老支书勤政为民、两袖清风的精神，是留给我们后人的无价之宝。

2014年冬，我因姨逝世回家料理后事，专门去看望老书记夫妇。还好，这次他们没有上子女家里，正巧从西安回来不久。老书记见我突然出现在家里，高兴地搓着手招呼我先坐下，又从旁边的纸箱里拿出石榴、苹果、干炒等一大堆吃的东西，夫人则沏茶倒水说东道西地张罗着。"你是稀客，大老远的回来，高兴还来不及呢，还用带啥东西？"老书记看到我放在沙发旁大包小包的东西，看着我笑呵呵地嗔怪地说。"看娃布当滴，有心滴！育生，以后回老家就到姨这来，你看咱家地方宽展，吃住都方便。"

他夫人接过老支书的话头说道。"就是，就是。家里就我们老两口，楼上还有好几间房，不行给你留一个房子都行！"老支书嘴边挂着口罩，说话时有微微的哮喘。看到老支书夫妇这么热情，自己都觉得有点儿不好意思。多年来因工作长期在外，很少回老家，这次回来看到老支书夫妇，似有缕缕感伤袭上心头，明显地感觉到他们确实是老了。临走时，老支书夫妇硬是塞给我很多家乡自产的水果，盛情难却，我只好各样都选了几个带走……

回想起来，年纪大了的老支书夫妇时而在西安住一段时间，感觉心慌了就回赵镇老屋住一段时间，其乐融融地安享晚年。最后这次在西安连续住了几个月时间后，又想家了。离开西安大儿子建社家里时，他要儿媳把自己的东西全部收拾好，要带回去。"回去住几天迟早还要来，东西就不用收拾了吧，省得来回带着麻烦。"儿子和媳妇都不主张他把自己的物品全带回去。"下次来你妈自己来，我不来了。把所有东西都收拾好，我走呀！"真是一语成谶。老支书早晨回去休息了一下，午饭后自己骑着电动车在北安地里（原来办石鼓农大的地方）转了转，然后又在赵镇街道的东头子、西头子、北门外、南寺小学（现赵镇小学）等处转了一大圈，主城区的东西南北他几乎都转遍了。老支书似乎是心有感应，又似乎是在和他生活和工作了几十年的石鼓村做最后的告别，抑或是还在留恋赵镇这方热土。到了晚上九点多钟，受石鼓人民爱戴的、敬佩的廉登峰老书记与世长辞，永远地离开了我们，离开了他曾经眷恋的土地和他生前时刻牵挂着的全体父老乡亲。

当我将上面文字在"壮美昭陵"平台发布后，有读者留言说：看到《一个村官的不凡人生》这篇文章，感慨万分。一是从文中认识了一个不一样的具有高尚情操的基层支部书记，获益匪浅。二是文章具有丰富的内涵，既接地气又风趣幽默，可读性强。可以一口气读完，好像作者给你面对面地讲故事一样，而且情节吸引人。三是在享受美文的同时还能学到一些方言，如看娃布当滴，火簾，八眉子等！很有意思。另外老支书巧妙化解矛盾和纠纷的一些段子，也非常有感染力，彰显了他处理问题的智慧和丰富的农村工作经验。

故乡的老师

我的作家梦来源于故乡的老师。

我的故乡在陕西省礼泉县赵村镇。

说起来,这是上小学三年级时的一件往事。还差两分钟就要上课了,在教室外边玩耍的同学也都纷纷跑进乱哄哄的教室,紧张得心扑通扑通乱跳。刚在座位上坐好,班主任郭巨堂老师就进来了。

"同学们!今天是三八妇女节,女同学下午放假,男同学不要乱跑,要遵守纪律,在教室继续上自习。"话音刚落,底下就开始骚动起来,女同学开始收拾自己的书包,准备回家,而有些男同学刚表示出不满,就被郭老师严厉的目光制止住了。郭巨堂老师宣布完这个通知后,不久就离开了教室。他刚刚一走,教室里就炸开锅了。女同学过妇女节放假,男同学不服,下午的自习也不好好上了,不少同学跑出教室,在外边滚雪球,堆雪人,打雪仗,玩得不亦乐乎。就在玩得高兴时,郭巨堂老师杀了个回马枪,运气好的早进了教室,就剩下几个还在滚雪球的倒霉蛋顿时被抓了个现行。郭老师很有办法,谁滚的雪球他就让谁抱上,我滚得最小,上堡子王幸娃滚得最大,这下子可受罪了。硕大的雪球抱在幸娃怀里,他呲牙咧嘴,头歪着,表情萌萌哒生动有趣,眼泪都要掉下来了。郭老师让被抓住的六七个人排成一排,让吕晓得同学端个小簸箕给人添,谁掉一块雪就添一小簸箕,添得王幸娃都快崩溃了。现在想起来真让人忍俊不禁……

印象中,小学五年级下半学期,景生华老师开始教我们语文课,六年级时就成了我们的班主任,还是语文老师。在作文课上,他对学生写得好作文,往往会先绘声绘色地读一遍,然后再边说边写,做个点评,一节课也就只能点评两三篇作文。有一次他对我写的作文朗读并进行点评时,可能是因为激动吧,我感到脸上火辣辣的很是不好意思,觉得这是老师在鼓励我，写得真有那么好吗？我在悄声问自己的同时，偷偷瞄了一眼同学们，见他们都是一副纯真而羡慕的神情，着实激动了一阵子，且这种激动保持了几天之久。此后写东西就更注意自己的遣词造句，更喜欢上了写作。景老师不仅粉笔字写得规整、漂亮，而且语文水平高，讲起课来旁征博引，讲起话来妙语连珠，更是一套一套的。记得有同学问起他对蒋介石的评价，他就挥了挥手，瞪着细眯起的三角眼严肃地说："这还用说吗？无论是国民政府的内阁大员，还是国军中的高级将领，只要一提起蒋委员长，就"啪"的一个立正，立得像根橛一样！"景老师说这话时还带着动作，把我们一教室的学生都惹笑了。他停了停又说道："这真是他们对委员长权威的尊重吗？我看未必，而更多的应该是对蒋介石独裁统治的忌惮！"当时我们还不大明白忌惮的含义，甚至都不知道这两个字该怎么写，但课后一查字典就懂了老师这句话的意思，而且记了一辈子。

　　景老师对学生要求尤其严格，语文课学的好文章他都要求我们必须读得滚瓜烂熟，甚至还要背下来。要求背诵可不仅是说说而已，我们在教室外面早读时，他会背着手来回巡视，有人觉得背熟了就会把书交给他，当面背诵，如果磕巴或者忘了相关段落他会把书还给你并急速走开，接着寻找下一个背熟的同学。他这样要求吓得我们背不熟都不敢找他，弄不好是要挨批评或被罚站的。就这样小学课本里的范文或老师指定的佳句竟然背熟了不少，有时候一开口说话或写作文就会自然地想起学到的句子，用起来觉得很得心应手。

　　有次在讲评完马建设的作文"雄鸡高叫，天亮了"后，由于作文中的内容涉及浇灌冬小麦，于是就有同学提问道："老师，南方和北方有什么区别，为什么北方人吃面，南方人吃米？"景老师听了笑笑说："这个问题问得好！南北方不一样，具体是以长江为界划分。长江流域以南为南方，长江以北为北方。南方种水稻，去壳，所以南方人吃米；北方种小麦，去皮磨粉，所以北方人吃面。米饭不能单吃，得有菜，所以南方的烹调功夫花在菜上，而北方人，主要在面食上做文章。活法不一样，唱法也不一样。北方人唱的是燕赵悲歌，南方人唱的是吴越小曲。南方和北方不一样的地方还很多。南人睡床，北人睡炕，这叫"南床北炕"。南人坐船，北人骑马，这叫"南船北马"。南方人指路，总是说前后左右；北方人指路，总是说东西南北……景老师滔滔不绝的一番讲解，让大家听得入了迷，尤其是他那绘声绘色的神态，让人记忆犹新。

成功者一定有方法，失败者一定有原因。在绝望中一步步变大、变强。坚定的意志力是让人能冲出所有障碍去实现自己的梦想。

小学六年级时，有一个同学名叫张灵心，平时闷声不响的，尤其不喜欢算术课。他脑子虽不是最聪明的，但是特别喜欢钻研，对所有事物都充满好奇，凡事总想一探究竟。我们知道，电影并不仅仅是关于一个故事、一个任务、一个地方或者一种生活方式，它们也是一种看的方式，看的对象就是人们生活中的各种元素。别人看电影是看一遍，看完就过去了，大多是看个热闹。而张灵心不行，他看一遍不行，往往还要看第二遍。看时他不光是注意电影中的人物和故事情节的发展和表现，还要特别记住能打动自己的地方。由于电影的画面一闪就过，所以再看时灵心就会记住主要内容，分享影片中人物的故事，回家后凭记忆先罗列出基本素材，再整理成一篇观后感作文。

第一次看电影《神笔马良》，他就被影片中马良的神来之笔迷住了，甚至幻想着将来自己长大要像马良那样能写能画多好啊！于是就根据电影情节和自己的感想，写了一篇《〈神笔马良〉观后感》的作文。老师大加赞赏并在作文课上向同学们宣读了他这篇作文，后又贴在学校的宣传栏里，这使得张灵心大受鼓舞。接下来他又写了第二篇，第三篇……只要有新电影上映，他都要去看，看了以后就写观后感。

这事不知怎么被他经常光顾的电影院知道了，一次去窗口买票时电影院工作人员老来就对他说："以后你看电影免费，不用买票了。"接着又补充了一句："再写电影观后感得交给我们一份。"从此以后他就成了赵镇电影院的特约小嘉宾，看上了免费电影。

小学生的作文虽显稚嫩，不成熟，但总归是有了这么一个雏形，对电影院来说，也乐得有这样一个现成的小写手为他们提供素材，文字好好加工一下，放在宣传橱窗里谁又知道这是出自一个小学生之手呢？所以说张灵心幼时看免费电影，不是他有什么路子，那可是人家通过努力自己争取来的。

回想起来，这不都是景老师严要求的结果吗？有次午睡结束铃声刚刚响起,他就要求大家在教室南面的空地上紧急集合。我和几个同学迷迷蒙蒙地揉着眼睛紧赶慢赶着才站在队列中。景老师严肃地环视一圈后道:"看看你们几个,慢慢腾腾的,就像蜗牛爬在荆棘上。"队列中有人哧哧哧地窃笑,而我们几个动作慢的同学吓得头都不敢抬,更不敢直视景老师。

还有就是我们班有一个同学叫牛黑蛋,学习不太好还经常迟到。有次在逢集的日子里,景老师正在讲课,听到教室门口有人喊"报告",随着景老师一声"进来",牛黑蛋进了教室。老师没让回座位,他就只好乖乖地站在教室左侧的黑板前。就在老师转身在黑板上写字时,站着的黑蛋还在挤眉弄眼地和下边的同学"互动"。转过身来的景老师看看下面咪咪笑的学生们,再看看站在一旁满不在乎的黑蛋,就说了这么一句至今难忘的话:"站在这还不老实,你的脸皮厚得像城墙拐弯的地方一样!"听到老师这么形容,大家都禁不住乐了,有人更是笑得前仰后合。直到现在,无论是路过北京的故宫城墙,还是在日本参观著名的"名古屋城",车子每行驶到城墙拐弯的地方,我都会想起景老师的这句话,忍不住多看一眼。

上学时碰到一个好老师实乃一大幸事,他会激发出你的潜能甚至影响你的一生。景老师就是这样一个良师。上小学的时候,《三国》《西游》《水浒》,我几乎全看过,但都没有看全。偶尔发现一本同学带来的连环画,同学之间就会传看开来。由于有时间限制,课余时间看不完,一旦上瘾,会经常在课堂上偷着看,被老师发现就被没收了。那时公开的儿童读物只有《中国少年报》《故事会》等,其他可读书报少之又少。记得《伊索寓言》似乎是我读的第一本儿童读物。故事情节记不清楚了,只记得看完那本书以后,似乎明白了一个简单的道理,只要做一个勇敢、真诚、爱学习、爱劳动的好孩子,所有的梦想都会实现。

说起自己对写作的兴趣和爱好,应该可以追溯到四十多年前的高中时代。那是一个拨乱反正、弘扬"学好数理化,走遍天下都不怕"的年代。而在当时社会环境下,能够对文字产生兴趣,首先得益于我的历史老师王志刚,还有班主任李汉民老师,是他们将我引领上了文学之路。在短暂的课余时间和语文课堂上,我们不仅要完成老师布置的作文,而且每天还得记日记,每周写篇周记。事实证明,儿时的阅读和作文练习,真可帮你夯实基础,潜移默化地影响你的一生。

记得当时刚升入高中，上课铃声响了，有同学还在交头接耳地窃窃私语，看起来很激动的样子。随着值日生一声响亮的"起立"，就见一位身材高挑、头发乌黑、英俊潇洒，身着的确良、皮鞋擦得锃亮的年轻老师步入教室，并迅速走上讲台。他先是把手中的课本和教案随意地放在讲桌上，在同学们高喊"老师好！"之后，满脸严肃地向坐在教室里的我们环视一周，迅即回了声"同学们好！请坐下"。落座后，我们怀着激动的心情，坐直了身子，伸长了脖子，个别同学更是身体前倾，生怕看不清老师的表情或在听讲时漏掉了什么。于是，王志刚老师的第一堂历史课，就在大家的一片好奇和期待中开讲了。

　　"同学们！"他挥挥手，落落大方地说："今天由我来给大家讲历史课。要讲历史，就要先讲讲我们的祖先，我们人类是怎么来的，我们的祖先是谁？"他顿了顿看看下面的同学们，于是就有同学抢着回答说，"是猴子，人是由猴子变的。""那好，星期天爸爸妈妈带我们去动物园看猴子，是去看我们的祖先吗？"他用手有力地向下一压纠正道，"错！大错而特错！我们的祖先不是猴子变的，而是40万年前的猿猴、类人猿变的！"……

　　"对对对！"同学们课后私下议论说，"是这么回事，王老师的课讲得真好！古老的历史都让他给讲活了！"

　　"到底是大城市来的，不仅课讲得好，人也长得洋气！"

　　"谁说不是呢？你看人家的普通话讲得多自如，不像本地老师说的都是醋熘普通话。"

　　"怪了，人家只要一开口，咋就那么吸引人，越听越爱听呢？"

　　"王老师随便那么一讲，咋就能溅起朵朵浪花呢？"有同学拽起了词，文绉绉地说道。

　　自从聆听这次历史课后，我们认识了中国人民大学毕业、刚调入赵中的王志刚老师。只觉得这位老师口才好，能力太强了，大城市来的人就是不一样。这个才年方26岁的老师，在一群懵懂的少男少女心目中，简直帅呆了。

　　十七八岁，正是如花的岁月。名师登台授课，点亮了知识的圣火，年轻的我们如同仰望到了璀璨的启明星。晚自习放学回家，我们披着一身夏夜的月光，轻飘飘地按捺不住内心的激动，太兴奋、太受鼓舞了。他的夫人高华老师也是北京大学的高才生，起先就在距我们不远的北屯中学任教，每周见一次面，后来她也调入赵中，但这都是我们毕业后的事了。由于王老师的引导和影响，当时在赵中，尤其是在我们这届学生中掀起了一场文学热。他课余时间写小说，写散文，我们学生写的周记、作文他都看，是那种一目十行的看，可有些内容却已作为素材收集在他的小说里。

记得他给自己起的书名好像叫《战洪图》，不少同学都成了他小说中的生活原型，名字也频频出现在他的小说中。大家都很期待地互相开玩笑说，等王老师写的小说发表，看看他自己在故事中充当了一个什么样的角色。为使小说内容更真实，更符合世情，他还经常征求大家的意见和建议，有时还约学生去他房间就小说的内容展开讨论。韩智存同学回忆说，记得当时小说中有两个人物发生冲突对骂："你狗日的半夜撬寡妇门，你受活咧，还找别人的事……""狗日的""受活"都是陕西关中人常说的土话、粗话，把这种不雅的土话放在小说里面，他爱人高华老师觉得不妥，于是在讨论时坚决反对并建议删除，但王老师认为这是生活中最本真的东西，死活不同意，记得当时把高华老师都气哭了，当然最后王志刚老师还是做出了让步。

可以说，我们在文学道路上的成长，都与他有关，是王老师激发出了大家创作上的热情。"窗外有梧桐，春来换新容，夜来一场雨，逾比昨日青。"周英琪同学吟出此诗句后，韩智存同学很快就对出下半阕："观此生异感，愧吾面颊红，年岁正青少，何不苦争雄。"

在王老师的影响下，我们这些中学生也都心热得跃跃欲试，二班的王增兆点灯熬油地写了一万多字的小说，拿去让王老师看，王老师说"你这不是小说，只能算是散文吧！"增兆说散文就散文吧，后来不知道投给了哪个杂志，终是泥牛入海。三班的李渊校、李炳林也都写过小说或散文，终未果。我也试着写过小说，但觉得拿不出手，怕人笑话，故此只能偷偷摸摸地自我欣赏，不敢拿出示人，但毕竟是尝试过，算是迈出了文学写作的第一步。从王老师那里，我们知道了陕西当时的几个大作家柳青、魏钢焰、王汶石和写《保卫延安》的杜鹏程，尽管我们这些中学生也只有仰望的份儿，但毕竟是家乡的自豪。

王志刚老师教过我们历史，后来也教过语文，还是二班的班主任，他多才多艺，一直是我们崇拜的对象。当时在我们这些农村孩子眼里，觉得他和其他老师不一样，是个十足的城里人。而几乎同时来到赵中的王志刚、王治中和王森老师，这三王的到来，把赵中也带火了，如同在平静的热锅里突然浇了一瓢水，一下子沸腾起来，再也没有了以前的"暮气"。记得当时学校组织歌咏比赛，我们高中部的百人大合唱《山丹丹开花红艳艳》，由王志刚老师亲自做编导，他对如何发音，唱歌时大家头向哪个方向偏，身体向哪边斜，需要加什么动作，甚至于对每一个人的表情都有严格规定和要求。他自己这个总指挥也做得非常到位，结果是我们拿了全校的头等奖。

几十年过去，王老师那种潇洒自如、不拘小节的大家风范，在我们心中留下了深刻的记忆，这一记忆终生难忘……

"以前很怕你，现在很想你。"那些年，无论是小学的刘凤香老师、金保民老师、景生华老师还是初中、高中的李汉民老师、董应策老师，还有很多很多的老师，他们总是说再讲两分钟就下课，总是数落你做错一次次强调的送分题。走出学校，告别师门多年，终于懂得他们的良苦用心。同时也终于明白，对老师的最好慰藉就是铭记教诲，不忘初心，不辜负老师的殷切期望。

岁月如织，时光如梭。几十年过去后，我也出版了几本书。望着这些书，我总会想起我的青少年时代，想起那给了我灵魂的故乡，想起故乡那些引导我的文学启蒙老师。

故乡，你好！

老师，您好！

世上最疼我的人走了
——谨以此文纪念母亲逝世二十周年

家母王宏珍生于1913年，于2003年农历腊月初六下午5时40分在赵镇老家仙逝，享年90岁。即日成服，腊月初七10时破土建墓，定于腊月十四早9时起灵送往村北的七队墓地安葬。

作为次子的我工作在外且路途遥远，得知家母仙逝的噩耗后，待交接工作订票返回老家，已经是母亲辞世的第三天了。见我风尘仆仆地进门，本家主事张克俭随即打开未钉棺的棺木，轻轻揭开蒙在棺中老母脸上的白布，只见母亲静静地躺在棺木中，双目微闭，犹如熟睡一般。

瞻仰母亲的遗容，如潮水般的思念在我的脑海中奔涌，不由想起了唐代诗人孟郊的那首《游子吟》："慈母手中线，游子身上衣。临行密密缝，意恐迟迟归。谁言寸草心，报得三春晖。"

作者去镇江三姐家看望老母亲

谁说我们像小草那样微弱的孝心，能报答得了如同春晖普泽的慈母恩情？老母亲一生含辛茹苦，忍辱负重，默默地肩挑抚养我们这些子女的重担，走完了自己的一生。

倘若我是条在水中贪玩嬉戏的小鱼儿，那么母亲必是那一汪清澈的湖水，在包容我淘气任性的同时，也使我的快乐如同涟漪般一圈圈地扩散开来。记得小时候晚上睡觉时醒来，总能看到母亲手摇着纺车在嗡嗡嗡、嗡嗡嗡地纺线，好像永远不知道累的感觉，甚至于觉得老母亲就没睡过觉一样。我睡了，妈妈手里拿着搓好的棉花条在纺线，早上睡醒了看到妈妈还在纺线。有时睡觉的时候不老实来回翻身，棉絮掉到鼻孔里痒痒的，头发偶尔也会被妈妈手里的棉条缠绕上，睡眼惺忪的就醒了，揉揉眼睛再接着睡。家里这么多孩子，从种棉花、拾棉花开始经过道道繁杂的程序，把棉花搓成长条，纺线再手工织成土布，然后做成袜子、鞋和衣服，同时还要给我们做饭洗衣服料理家务，甚至还要下地干农活，现在想想妈妈多辛苦啊……尤其是在三年困难时期，母亲拿着自己织的土布，和隔壁的大姨一起到北山去给我们换粮。有次赶夜路前不着村后不着店，远远地能听到狼嚎，吓得她们躲在路旁再也不敢向前走了，隔壁的大姨更是瘫倒在地上。过了好大工夫才缓过劲来，直到听到由远而近的马铃声，这才如遇上救星一般，相跟着这个夜归的马夫到了邻近的一个村子，才临时避避寒，讨得一口热水喝。母亲在世的时候，我听过她几次讲到这件事，听得我头上直冒冷汗。半夜三更的要是真遇上狼，那不知会有什么样的结果？我想都不敢想下去了。

参加工作后，每次回家探望老母，她会催促我按时返回单位，不要贪家。一再叮嘱，"娃，该走就走，公家的事要好好干，多挣钱，但是也别太累着了……"

母亲，伟大的母亲，您哺育了我们兄妹六人。我们的生命，一切的一切都是您给的，所有这些哺育之恩，终身难以为报。俗话说："儿行千里母担忧"，我们伟大的母亲为了子女操碎了心，受尽了累。如今撒手而去，叫我们这些做子女的怎么能不伤心，怎么能不悲痛欲绝！

"事了拂衣去，深藏功与名。"生身的母亲到另一个世界去了，但她那恰似一缕阳光的母爱，却能让我们的心灵即使在寒冷的冬天，也能感到温暖如春。

母亲一生辛劳，却没能享受到儿子我的什么福，甚是愧疚。看着母亲的遗容，我心里酸酸的，不禁哭出了声，继而号啕大哭起来，并试图用手抚摸一下棺中的老母，被旁边注视着我的一举一动、准备钉棺的二姐夫张克俭拦住并拉在了一边。直到这一刻，我才猛然醒悟到：人死如灯灭，最疼我的妈妈她永远离去，我再也没有妈妈了。

老母亲的灵堂设在老宅新建大房的中厅，按陕西关中农村的习俗，在起灵前孝子贤孙守灵的前几个夜晚，为驱除阴气，必须有乡邻来灵堂旁打麻将或耍牌，俗称盼丧，而且是人来得越多越好。如果有谁家里死了人特别是老人，邻居前来盼丧玩牌的人太少，就说明死者或这家人在村子的人缘不好，是要被众邻里笑话的。还好！老母亲人缘好，打我回老家到起灵的前几个白天和夜晚，来来往往的人络绎不绝，一直没有冷清的时候，作为儿子的我也感到很欣慰。

在摆放家母棺木和设灵堂的中厅外，贴有**萱堂留慈影，空帏唤无声**横批：**悲哉老母**的挽联，而在大门口的挽联为：

处世淑贤儿敬女孝　大寿九旬乘鹤西行
横批：魂归仙境

挽联的起草者是我们七队的文化人王治民，书写者为大队文书吕卫斌。站在家对面的大街上远远望去，吕卫斌手书的大幅挽联特别醒目，白底黑字的毛笔字显得尤为苍劲有力。

母亲辞世后，随即由赵镇西街七队和本家人组成治丧小组，料理后事。治丧小组总管为村人魏炳光、刘大会、董信；收礼、接待执事为李俊凯、杨志勇、王治民；本家主事为张克俭。由于母亲临终未有遗言，故经子女及亲朋商议后，决定丧葬处理的所有事宜随大流，按农村传统方式举办葬礼。

按照我们村的传统，凡是婚丧嫁娶等红白喜事，具体办理均由我们七队人自己承担。每逢哪家有事，七队人会全家出动帮忙，只要主家定下大盘子，其他事自有人帮着干。因我常年不在家，情况特殊，故与治丧小组商定，来客正常接待，但不收礼，并在大门外贴出讣告曰：

"家母不幸仙逝,承蒙乡亲邻里安排有序,孝男孝女泣血跪安,实因各种原因,对前来治丧的乡亲近邻,深感致谢,恕不收礼!"

虽说制定了这个规则,但子女的亲朋好友比如丁门长子丁志华及其子女的亲属、次子丁峙宝鸡岳母家的礼金,及西安、咸阳远道而来的数名同学、丁门长女丁爱芳、次女淑芳、惠芳亲属的礼品及礼金不能拒绝,均照单全收。不同的是,收到礼品或礼金后,管账的执事会在礼单上分别注明吊唁者的姓名和相关亲属的关系,事后全部返还。丧事结束后,分发收到的礼品时,负责收礼的执事李俊凯和杨志勇特意叫来侄子丁全保当面做了交代,并拿走属于自己的礼品或礼金。因为按照农村习俗,收人礼后遇到别人家过事还得还礼,这就是礼尚往来,也就是俗话说的撑个门户。

这次送老母亲共杀了一头猪、一头羊,其间请了八个乐人,演了一天木偶戏和三场电影,地点均在老家的东广场空地,相比之下还是很隆重的。农历腊月十三下午4时许,我们这些孝子在数名乐人的引导下,开始一趟一趟地迎接县上母亲的娘家客及至亲好友送的花圈,整个过程持续的时间较长。

下午6时许,由礼宾先生安排,将家母的灵堂由新房中厅迁往大门外主街路中央,暖锅开始旋转放哀乐,孝男孝女及一干孙子外孙辈均跪伏灵堂二侧,开始在户外守孝。当晚6点30分,由礼宾先生丁有法主持,开始举行祭奠仪式,子女及后辈、来宾相继祭奠后,由我跪宣祭文,哭诉了家母一生的功绩:

岁在癸未,节序小寒,
志华、志俊、淑芳、惠芳率至亲后辈,
敬俱素肴,时果于慈母丁门王氏之灵前曰:
哀哉老母,岁遇癸未,腊月上浣,牵羊仙逝;
九旬寿终,魂归福地;
萱堂悬白,亲朋悲泣。
挽白拥棺,礼以屯夕,空帏唤无声,哭母恸天地。
追忆往昔,家道贫寒,母嫁丁门,生计艰难。
父挑货担,串乡过店,母为相夫,遭人冷眼。

流落赵镇，租房开店，稍有起色，三遭匪患。
　　连怕带气，父病身染，生活重担，落母双肩。
　　　　　　侍夫养家，难上加难！
　　沧桑解放，生活好转，入户石鼓，有屋有田。
　　天有不测，又遇荒年，女小儿幼，嗷嗷饥餐。
　　起早贪黑，常在田间，挖菜捡粮，为儿谋饭。
　　用布换粮，单身北山，为躲检查，几遭狼险。
　　与儿遮风，为女障寒，慈母德恩，永铭心间。
　　含辛茹苦，克勤克俭，淑贤处世，乡邻盛赞。
　　儿女成家，颐养天年，呜呼星沉，鹤驾西天。
　　　　　　难报慈恩，肝肠痛断！
　　根留三脉，花开三鲜，抚育得法，枝茂叶繁。
　　家业成立，儿孝媳贤，婿尽子职，乡里称赞。
　　血脉永继，慰心可安，悠悠白云，敬阵薄奠。
　　灵其有知，请品祭宴，伏唯尚飨，哀哀敬挽。

　　农历腊月十四早9时，家母灵柩被送往位于村北的墓地入土安葬。出殡队伍自西向东经由大街十字前行，我的哥哥丁志华在街道第一个大十字路口摔了纸盆，而后在北门外十字路口祭奠。因哥哥年事已高，下跪后半天起不来身，但在众目睽睽之下，还得咬牙坚持下去。看到眼前这一幕，我心里五味杂陈，很不是滋味。我为家母泣诉悼词后，送葬队伍继续徐徐前行。

　　出殡这天风和日丽，在空旷的北安墓地里，石鼓西村的自发暖墓者多达近百人，时任村支书吕产量亦手拿铁锨，出现在暖墓现场的人群中。

　　这次葬埋老母亲待了30席客，席间执事李俊凯等众乡邻们给姐夫张克俭以极高评价，说他婿代子职，如同儿子一样对待老人，并力主我为其敬酒三杯，以彰敬他的劳苦功高。在生前侍奉老母亲这件事上，二姐淑芳夫妇的确代我们兄妹尽了孝道，堪称孝敬老母的楷模，我心永记。

　　2003年农历腊月初六，是母亲逝世二十周年，偶尔翻翻相册，看到母亲在老屋枣树下拍摄的老照片，一股思念之情不由泛上心头，脑子里都是母亲的影子。遂成此文，献给我最敬重的老母亲。

绽放在我心里的花儿谢了

——怀念智玲

哀乐声低回起伏，声声令人心碎。许各庄第三吊唁大厅的外侧，摆放着数十个大花圈。这些花圈或靠墙、或靠窗层层叠叠地顺势环绕成U字形，由于空间的限制，儿子单位献挽的部分花圈甚至原封未动地保持着原有的折叠状态。步入吊唁大厅，映入眼帘的首先是你的一张带相框的大照片，周围挽着黑纱。凝视着这张照片，不由使人感慨万千，没想到五天前在百望山游览时兴冲冲地留影，竟成了你最后的遗像。

你静静地躺在冰棺上，身上覆盖着红色丝绒锦缎，脸上显得那么从容，那么安详。用鲜花扎成的十几个大型花篮环绕在你的周围，整个吊唁大厅显得庄严、肃穆。

远道而来的亲人还有前来参加遗体告别的同事和朋友，一个挨着一个，凝视着爱妻你的遗体，静默地向前移动着，灵堂不时响起人们轻轻的啜泣声。不少人都在想，你这么年纪轻轻的就让病魔带走，而且还走得这么急，这么快，实在令人痛惜不已！

一、突然病发

这是一个刻骨铭心，永生难忘的日子。时针指向（2024年）1月5日星期五下午一点半。正在午休的我突然接到对门邻居小红的电话，说你突发心脏病，让我赶紧回家，顺道再买一盒速效救心丸。心脏病？我心里猛地一沉，觉得很意外。妻子智玲长期患有高血压，还有最近愈发严重的眼疾，再无其他病症，怎么会突发心脏病了呢？是不是小红搞错了？心里这么想着，正在公司午休的我赶紧一骨碌爬起来，按小红说的顺道去太和堂大药房买了一盒救心丸，急急忙忙赶回家。进门一看，小红正站在床边给你倒开水，另一只手里拿着几粒白色的药丸。一看有人照料着她，顿时感觉踏实一些，也放心多了。

我并不是一个容易流眼泪的人，但这段时间却总是泪水涟涟。儿子说，他去医院开妈妈的死亡证明时，听石油中心医院急诊室的主治医生讲，这个病人活得很通透，家属不在时自己做主签字：在病危时不做过度的抢救。发病的原因是由于极度焦虑，内心的损耗太大，使她感到心力交瘁，导致了急性心脏病突发……

但我觉得首先是眼疾击垮了你，你生前老说自己眼睛越来越看不清，眼前犹如罩着一层浓雾，老是说自己活得没有质量，更没有尊严。每当我搀扶着你走路时，发现你的手总是隔空向前探，取东西时用手盲抓，常常因拿错了东西而自责自怨。走路时用脚试探着前行，有时不小心踩空往往会吓自己一跳，甚至惊出一身冷汗，似有一脚踩空于高崖边的惊心与失落。所有这些下意识的动作，让人看着心疼，不忍，却又无可奈何。尤其是最后的日子你痛不欲生，一天到晚不愿下楼，自己独处时，都是以收音机为伴，不听收音机时，常常坐在床上发呆。

据对门邻居小红讲，一月五号中午一点发病时你自己洗完澡刚躺下，觉得心口疼痛难忍，于是就去敲邻居家的门。开门时她见你嘴唇发紫，脸色苍白，头上冒虚汗，聂小全赶紧下楼到车上找了几粒救心丸让你服下，小红则一直在你的身边守护着。待我在药店买了一盒速效救心丸，急急从办公室赶回家后，又服下几粒救心丸仍不见缓解，就先去了马路对面的诊所，孙大夫做了个心电图后初步诊断是心梗，建议去管道局医院做进一步治疗。

眼病、高血压等多种疾病缠身，就是不知道你还有心脏病。去医院经急诊科诊断为胸痛三小时，在三小时前无明显诱因出现胸痛，伴有出汗，持续不缓解。几次心电图、超声波诊断结果为冠状动脉粥样硬化性心脏病，即急性心肌梗死。一番紧急抢救后，静脉滴注硝酸甘油注射液、生理盐水，进行心电和血氧饱和度监测，辅以吸氧，胸部、手上插满了管子。第一次快输完液时，你说输液都这么久了，好像还没有止住，怎么心口还疼啊！看到你躺在病床上痛苦的样子，我的心在滴血。这个时候，任何宽心的话似乎都显得那么苍白无力，有其心而无其力，恨不得秒变神医，止住你的痛，医好你的病。

一月六号9点49分你的病情仍未见好转，医院会诊确定为急性心梗，并且征求家属意见，第一个抢救措施是"气管切开"，被我果断拒绝了。告诉院方可以做"呼吸机辅助呼吸、电除颤、心脏按压"等传统的抢救措施。因为在这之前你就说过，坚决不做切喉抢救治疗，因为这太残酷了，只会给人带来更大的痛苦，还不见得有效。因为你之前曾不止一次地给我说过，在宝鸡陪伴老母亲期间，小妹智明有一个朋友，也是得了心脏病。病发后医院给做了切喉手术，人不仅遭受了极大的痛苦，最终还是没有救过来，给家庭、给孩子拉了几十万元的饥荒，最后还落了个人财两空。

年轻时的智玲

早晨九点五十九分医院急诊室下了第一次病危通知书。当天下午一点半转往急诊科病房住院。你斜躺在靠近病房内门的床上，大口呼吸着，难受时老是想拔掉管子，这时护士站就会发现异常，喊道："18床李智玲不要乱动了！"话刚落音人就从护士站进了病房。我不时地走进病房，坐在身边默默地守护着你，为你祈福。这时的你已经不能说话了，脸颊上显得憔悴而蜡黄。我担心你离我而去，往后再也看不到你了。想到这里，一股悲凉从心底而生。

当天晚上22点59分因急性抬高型心肌梗死，心脏破裂，直到心脏停止跳动，虽经多方抢救，终未能挽回你宝贵的生命。

想起你在世时的每时每刻，眼泪都会无声地涌满我的眼眶，忘不了你的微笑，是那么亲切，那么真诚，这些日常生活中的场景，时时在我的眼前闪现。总是会在心里一遍又一遍的呼喊，智玲啊，如果你在，该有多好！也许只有经历过的人才懂得，失去亲人的痛，不只是在失去的日子，而是在以后想起她的每时每刻。

挂在床头上的氯化钠注射液还满满的，已经停止了点滴，你的身体再也无法接受这些生理盐水了，鼻子里的吸氧管子形同虚设。当一大拨抢救的医生、护士退去后，看着躺在病床上的你是那么的安详、孤寂。看到你的面容，感觉天塌了似的，一种遏止不住的悲酸，使得我的泪水又涌满了眼眶。我聚着两汪泪水，怀着一颗伤悲的心，走向不远处的卫生间，想洗去脸上的泪痕，调整一下情绪。

刚要从楼道进入卫生间时，耳边突然响起一声"丁志俊"，这声音是那么的清晰，那么真实，那么熟悉，就像是你之前连名带姓地喊我一样。"是她，是她在喊我！莫非她又醒过来了？"我这么想着，急速返回她住院的十八床，可奇迹并没有发生，她还是那么仰躺着，嘴微张着，一动也不动。我坐在床前，托起你尚有余温的双手，不断地摩挲着，从内心喊出："醒醒吧智玲，我的爱妻，你睁一下眼看看我，唠叨点什么吧，哪怕只睁一会儿，不，只睁那么一下！哪怕是数落我，骂我也好啊！"我揉揉睁大了的泪眼，期待意外的发生。但是你没有理睬我，仍是那么静静地、冷冷地躺着，像是在轻轻地告诉我："丁志俊，你也别太伤心了，我早告诉过你，这个世界已不属于我，让我走吧，我想安静一下，我太累了！"

二、急诊治疗

那天我急急赶回家，问了你当时的发病情况，又让你躺在床上，稍稍缓解一下疼痛，然后带着你在对面的小诊所先咨询了一下，接着就来到河北中石油中心医院急诊科。问诊台登记完后刚进入急诊室，有一个医生就问："谁是病人？哪里不舒服？""是我，感觉心脏不适，一直疼痛不止。"智玲解释说。听到智玲的回复后一个年轻的护士又问："陪护的家属呢？""是我，在这儿。"我急忙回了一句。"年轻人呢？"她又接着问。"在这儿呐！"说着我赶紧向前走了一步，医生和护士都笑了。医生嘴角微微上扬，瞅了我一眼道："喔，年轻人，好！咱们要先做一些常规检查，你先拿着单子交费去吧。"她嘴里吩咐着，同时开始埋头写了起来。说实在的，我这时还感到比较轻松，并未意识到你心脏病的严重程度，因为以前压根就没听你说过自己有心脏病。

接下来就是抽血化验，做B超等各种机器设备的检查，医生出出进进地来了好几拨。这边是一通繁杂的检查，而我则是不停地跑着去大厅的窗口交费，拿药，拿药交费，在整个急诊大厅，已不记得穿梭了多少个来回。经急诊科检查初步诊断为"急性冠脉综合征，冠状动脉粥样硬化"等多种病症。大夫告诉初诊结果后，安排智玲在急诊室的内间住上了临时病床，算是安置下来了。医生给你做过"血氧饱和度"监测，心电监护后，同时也吸上了氧。再看此时此刻的她，手上、身上瞬间插满了各种管子。下午三点多进医院后，对你的紧急救治就这样开始了。

我这时感到很紧张，要求大夫尽量给她开最好的药，反观智玲倒是表现得很镇定，你还安慰我说自己没事，病情也没有那么严重。我这才稍微安心了一些。护士插上管子，挂上吊瓶就离开了。见我不太了解，急诊室的值班大夫对我解释说："目前给病人注射的这种硝酸甘油要一点一点地向外泵，第一轮点滴要二十四小时才能打完，陪床的家属要注意观察病人的反应，特别是晚上这段时间，不能远离病床。""好的，我会注意的。"接下来他又看了看我说，"如果你坚持不下来，我们可以给你们安排护工。""不劳您费心，我自己护理就可以。"我很干脆地说。"那你明天早上得回家拿脸盆、毛巾、牙膏牙刷这些洗漱用具，还有我的降压药也别忘了。"听大夫这么一说，你在床上侧了侧身子随即对我吩咐道。

一夜过去，趁着你睡着时，我赶紧打车回家，拿来了脸盆、毛巾、牙膏牙刷这些洗漱用品，又在医院旁边的二十四小时店买了便盆等必需品，看了看表已经是1月6日上午9时了。上午十时许，急诊科赵雅静大夫把我叫过去，面色凝重地问道："你是李智玲的家属吗？"我说"是"后，她又对我说病人的病情很严重，家属要有思想准备，接着就递给我一张打印纸，让我在上面签字。接过来一看是病重通知书，理由是急性心梗，我听闻后一下子就懵了，感觉脑子嗡嗡的，难道这就是人们常说的病危通知，这就算正式下达了吗？真有这么严重吗？我心里一下子紧张起来。

考虑到儿子一家当时正在北京爬长城玩，为了不影响他们心情，我就把这情况告诉了正在病床上输液的你。事先不知道是否有感应，你表现得很冷静，最后商量的结果是先不告诉他们，你的态度更是坚决得不容置疑。而我自己呢，也没有意识到下病危通知书的严重性，总觉得还在治疗，总会向好的方向发展，况且他们按计划翌日清晨就能返回，也就没通知孩子们。

接下来就是确定进一步治疗的问题。下午两点钟，急诊科住院部的大夫下来了，他建议转重症监护室，即ICU，且要马上推走你，这可就要认真考虑考虑了。仔细一问，方知一旦进ICU，家人既不能陪护，又不能探望，于是我和你两个人都异口同声地拒绝了。因为这样一来我就不能进去护理，不仅看不到你人了，孩子们更是看不到妈妈了，这跟他们如何交代？转到急诊科住院部继续医治不是同样的效果吗？接过张冲冲医生递过来的"住院诊断证明书"，看到是这样写的："急性非ST段抬高型心肌梗死（Killip IV级），心律失常，心室颤动，心脏破裂，心包积液，冠状动脉粥样硬化性心脏病，原发性高血压（3级很高危）。"看到这些，我才意识到你这次病的严重性。一番询问后，直接办了急诊科的住院手续。

随着楼道里一阵急促的脚步声越来越近，外甥女和儿子一家从北京赶回来了。他们在北京一直待到周日，是你一再叮嘱我，不到最后时刻，不要告诉孩子们，从国外回来一次不容易，尽量不要打扰他们，影响他们玩……闻听不幸的消息后，孩子一家和外甥女赶到管道局医院时，已近午夜一点钟，距你去世已经一个多小时了。

我把18床的床围顺着轨道拉了一圈，成了一个独立的小空间后，悄然走了出去。空气中仿佛都夹杂着悲伤……病房内静悄悄的，急急赶来的儿子一家和外甥女默默地凝视着病床上的你，都不敢出声，更不敢哭出来，很怕影响其他病人休息。他们围绕在你的病床两边，默默地流泪。儿子坐在病床一侧握着你的手，外甥女上前把你病号服上的褶皱轻轻地抚平理顺，六岁的小孙女富珊可能回来时在车上刚刚睡醒，她一副睡眼惺忪的样子紧紧地依偎在妈妈的腿上，看着躺在床上的奶奶稚声稚气的小声问道，"奶奶，奶奶怎么了？奶奶睡着了吗？"孩子稚嫩的声音这么一问，周围顿时响起一片压抑的啜泣声。我可怜的小孙女哪里知道，她自己的亲奶奶已经到了另一个世界，真真切切的阴阳两隔，今天这是临别的最后一面，今后永远都见不到了。虽然有这么多人在跟前，但我莫名地感到非常悲伤、孤独……

智玲在故乡宝鸡的花海

智玲和孙女在一起

这不由使我想起，旅居海外的儿子一家三口 12 月 25 日归来，当 2024 年 1 月 1 日跨年的钟声响起，已是其乐融融，阖家团聚的第七天了。走亲访友、拜见故旧，谈天说地，一家人似乎就没有闲过。带孩子去北京玩几天，再看看外甥女任珍的新居，也纳入了家庭计划之中。

三、紧急住院

护士一番忙碌，又是给你插上了许多管子，输液和心脏心律的监护一刻也没有停止。"感觉怎么样？心口现在还疼吗？"看着躺在病床上的你，我轻声问道。"还是那样，疼痛好像稍微减轻了一点，不用担心我，不行晚上你回家休息一下再来，目前应该没什么事的。"见我点了点头，你又不放心地问道："丁云他们不知道怎么样，明天能回来吗？"自己病成这样，还牵挂着别人，我强忍着泪水，给你掖了掖被角安慰道，"好好配合医生治疗，丁云明天早上回来，好好养病，只要你自己好了，就全都好了。"你不知道自己的病情有多严重，更不明白的是，此刻的我，怎么敢轻易离开病房呢。

"一会儿你去附近的饭店吃饭吧，回来给我随便带点什么吃的都行。"一看快晚上七点钟了，你微微仰起身子，靠在床上对我说。"那你怎么办？晚上想吃什么我现在就去买。""也没有什么特别想吃的，你吃完后给我带点，热乎的就好。""我看对面有个于大喜牛肉包子，去买两个咋样？应该还有稀饭的。""行，你先吃，回来时再带给我。"你还忘不了特意叮嘱一句，让我在饭店先趁热吃完了再给你带回来。

提起吃饭，至今仍忘不了你做的菜是那么的色香味美，吃进嘴里，口齿留香。尤其是你一个一个精心手搓的麻食，和着提前煮在锅里的大豆、黄花、木耳，煮熟后掀开锅盖，热腾腾的，一股弥漫在空气中的饭香直扑鼻子，我多么企盼着能再吃上一顿你做的美味啊！可是现在做不到了。

吃完饭，我又扶你坐起来喝了两口水，想继续喂你多喝点水，但你对我摆摆手就又躺下了，看样子非常疲惫，似乎没了一点力气。想想自进医院后，她就很少进食，吃东西喝水都很有限，用你的话来说就是没食欲，只想睡觉，感觉浑身一点劲也没有。暗夜的病房里，只有轻轻的打鼾声，我走出病房，护士站的灯光轻柔地散发着光亮，值夜的护士也俯身在电脑旁，少了日间那清脆的键盘敲击声，连空气似乎都融化在这无边的静寂之中，真像是没有了生命的梦里世界。和丁云通完电话，独自在走廊角落的不锈钢椅子上坐了一会儿，脑子里翻江倒海地想着智玲的病情，再有两天，应该可以好转了吧！我心里默默地祈祷着，希望老天爷能保佑你早日康复，早日回家。

就这样在病房和走廊来来回回地走了好几次，无奈心总是静不下来。虽然熬了一天一夜，也许是绷着劲儿的缘故，趴在你的病床沿上打了一会儿盹，就又猛地惊醒，冥冥中总感觉好像有什么大事要发生一样，可又说不清楚究竟是什么事。

你这次住院，我才真正体会到了人的重要性。身边没有人，真是难啊！虽说有儿子，但远水解不了近渴，人家一家远在国外自己过日子，即便有事也帮不上忙，这又与无子女的家庭何异？有些时候不是你想要怎么样办，而是事儿推着你往前走，容不得有自己的选择。若非心中的执念在驱使，一切都会是另一种样子。就拿这次你急病住院来说，要不是孩子们碰巧回国，遇到这种情况，假如他们人在国外，在这短短的三十六小时内，能赶回来吗？在石油中心医院的急诊科住了一夜，我第二天凌晨回家拿东西回来后，就听值班医生说你还曾自己签过一次字，意思是"不进ICU，且在非必要时不进行抢救！这是我本人的意愿，与他人无关。"因而在孩子丁云最后办理出院手续时，才有了主治医生"这个病人活得通透"这句感言。

回想起这次从陕西老家回来后，你的情绪变化很大，尤其是对眼疾的恢复失去了信心，感觉生活没有一点质量。有时候不停地唠叨，"我觉得眼睛越来越看不清了，成了一个废人，现在连简单的饭菜都看不见做，只能给你添麻烦……"

当我安慰你时，你又会说："病没得在你身上，怎么偏偏是我？劝别人谁都会劝，我怎么这么倒霉呀"云云。而且，经常是重复着同样的话，就像是鲁迅笔下的祥林嫂。最料想不到的是，你会把我当成责备和发泄情绪的对象，毫无来由地会冲着我发火，好像在有意激怒我似的。后来仔细想想，所有这些情绪的发泄都是由于你的恐惧和焦虑所致，你针对的是病，抑或是自己的不幸，而不是真的针对我本人。由于远离自己的心神，她就变得压抑、焦虑不安,当然就会胡思乱想。在一起时,当时没有这种体会,也没有那种能容忍一切的海量,甚至会闹情绪,生闷气,论是非。当恋人逝去,留在世间的那个人才在后悔和眼泪中明白:一旦失去,才懂得爱与被爱的稀缺,爱与被爱的珍贵。

在人的生命中,最美好的东西是自由而丰盈地去爱,是忘我而真诚地给予,时时刻刻珍惜并爱护对方,可实际上能做到的,又有几人?一场眼疾,使你历经了千回百转的磨难,尤其是内心深处焦虑痛苦时,那种无助还有对人心灵的摧残,那种魔幻与缥缈的感觉,那种似一脚踩空于高崖边的惊心与失落,无不痛彻肺腑。想到这里,我心里自责起来,甚至有了一种深深的愧疚感。

四、惊魂一刻

你躺在病床上,睁大眼睛凝视着天花板,似乎在思索着什么。渴望可以和我说话,但却没有了说话的力气。我注视着你的一举一动,突然发现你的目光有点弥散而呆滞,自顾自地叨叨絮语,也听不清她究竟在说什么。我知道你可能时日无多,心里觉得很酸楚。虽然知道人从一生下来,就都是黄泉预约客,终归都会有这么一天,这是无法改变的自然规律。明知有些人可以活一百岁,有些人年纪轻轻就去世。但真正遇上这件事,还是止不住的悲伤。

我记得《西藏生死书》上有这么一段话:在不可测的远方,接近隧道的尾端,可以看到一束白色的光,你专注在这个光点上,因为当你被往前推时,你期待抵达这个光。作为一个普通人,即使世间的所有爱都加在一起,还是不能和你从这个光中得到的爱相比。此时的智玲是不是在潜意识里已看到了这束光,并在开始向着这束光奔跑呢?想到这里,我心里不禁一激灵。

此时此刻,我坐在病床上,看着你半张着的嘴和失去血色的面容,泪水在眼眶里翻滚,又在暗暗埋怨自己为什么不早点告诉孩子们呢?而现在只能默默地在心里祈祷着快点,再快一点,等待着儿子一家和外甥女的到来。想着北京到廊坊这不太长的路程,几个年轻人该出发了吧?这种等待的心情如同迎着灯光扑闪的飞蛾一样,既盲目又痛苦地在心里颤动。恍惚中在我眼前，仿佛出现了一片渺无人烟的广阔原野。北风强劲地吹着上下飞舞，卷起团团细沙和粉尘，不时发出冷酷而尖细的呼啸声。就在这飞沙走石的旷野中，一个身着花棉袄的瘦小身影，步履蹒跚，十分费力地，孤零零地一步一步向前挪动着。这是此刻的你吧？我极力揉着自己的眼睛，试图看清楚一些，但这个影子很快就消失了。

1月6日晚上10点20时分，我从行军床上起身坐起来，突然发现你昏迷不醒，并且大口大口地捯气，感觉就是只有呼出的气，而几乎没有吸进的气。你的病号服领口微敞着，躺在床上，双目紧闭，枕头上的头已歪向一边。我坐在病床边，感觉你的呼吸越来越困难，于是我赶紧冲出病房朝护士站喊着："大夫，大夫！18床的病人不行了，快来抢救啊！"见我这么着急，一个值班护士打着哈欠朝前指了指说："往左侧前方走2米就是医生值班室，你得告诉医生才行。"

看到写有医生值班室的房间，我没顾上敲门嘴里喊着就直接推门而入，一个胖胖的年轻医生紧随我身后就来到了病房，他看了一眼监视器上的曲线图，然后打印了一张心电监护图又返回了值班室，说是要先研判一下。返回病房的我见你的呼吸越来越粗重，声音也越来越大，心里很害怕，觉得一刻也不能再等了。复又转身找值班医生说："病人已经非常严重了，还研判什么！赶紧抢救人啊！"见医生还在犹豫，我又大声喊道，"再不抢救就来不及了！！"

值班大夫来到病床右侧，一边在你心脏部位按压着，一边吩咐护士拿这设备那设备的。一场紧急抢救，期间护士紧紧张张地推过来几种不知什么设备，大夫和护士轮番上阵进行心脏按压，后来又先后上来了两个大夫，其中一个好像是医院很权威的心内专家。他给我做了简单的病情解释后说："病人因急性抬高型心肌梗死，心脏破裂，目前心脏停止跳动，已经没有抢救的必要了。"接着又吩咐其他人关闭机器，收起设备结束抢救。一直在紧急抢救的医生和护士闻言一阵忙碌后，很快就像潮水般褪去，顿时空落落地死一般寂静，只剩下我自己孤零零的一个，想哭又怕惊扰到其他病人，只能不舍地看着你的遗体默默落泪。在这生死离别时刻，想着以后再也见不到你了，我不由发出一声撕心裂肺的呼唤："智玲，你可别吓我啊！你醒醒，能不能对我说句话，哪怕是再看我一眼也好啊！"

你走了，永远离开了，时间定格在2024年1月6日22时59分。当我守着所爱的人，眼睁睁看着她离开人间，而又强忍悲痛不哭出来，这是多难的一件事啊！

有人说，亲人的离世，尤其是这种意外的、突然的离世，是人生的一场狂风暴雨，电闪雷鸣。智玲啊！你走了，可曾想到生者撕心裂肺，无法言喻的锥心之痛？前几天，不！应该说就在今天的几个小时前，你还在又说又笑，怎么说没就没了。一个鲜活的生命，就像电光石火般闪过，是那么短暂。又有谁能想到，你住院后不到36小时，竟会撒手人寰，溘然长逝。我过去从来没有想过死亡竟然如此真实，所以恐惧不已。仔细想想，这也是源于我们内心对死亡的一种惧怕。这个现实的经历，使我深切地感受到了生命的脆弱和人生的无常。

智玲啊！你怎么会那么决绝，以如此快的速度迈过了生死之门，连个招呼都不打，实在是始料未及。还是我们单位红白理事专员马志学会说话，他说："我们生活的阳间需要人才，阴间同样也需要人才，阴间的人事部门点名要她，也是没办法的事啊！""看你说得有鼻子有眼的，真的是这样吗？"见我不太相信，他又笑着说道。"当然是真的，只不过别人都是按先后顺序排队，而李智玲性子太急，在去黄泉的路上，她插队了。"马志学又瞅了瞅我，一本正经地回答道。的确，智玲性子急，你显然是插队了。你走了倒是再无痛苦，可你不知道的是，自己却把无尽的悲伤留给了世间的亲人。

智玲，在这个特殊的日子里，我很想念你！茫茫人海，芸芸众生，我在苦苦地寻觅。虽然我们阴阳两隔，但我觉得你一直都在我身边，从来没有离开过。你在世的时候，一直惦记着我，惦记着儿子、孙子和家人，现在你离开了，一切都化作了缕缕无奈和惆怅。现在的我，总是不由自主地想起你的温情，你的微笑，回忆起那些年我们一起走过的地方和幸福时光……

五、超越速度

儿子丁云在超越电子集团工作。对这个集团公司，我以前不是太了解，只知道老板是台湾人，集团公司下面有好多分支机构，而且在江西赣州、宜春，广东，武汉等地都有工厂，生产各类精密电子元件，产品远销美国、欧洲等国家和地区，日本的好多电子制造企业都是他们的客户，常年采购他们的产品。丁云所在的公司，就是这个集团的分支机构之一。这些情况，也是在处理妻子智玲的后事时才知道的。

　　丁云向单位请假，说明要处理母亲的后事这一情况，超越电子集团以董事长林新传先生为首的公司一众领导迅速行动起来，给智玲送了19个花圈，帛金名单上出现了41人之多的公司高管。他们这种关心员工家属的实际行动，既令人钦佩，更使我感动不已！可以想象，第二天隔空送来19个花圈，第三天又募集了数万元的香火钱，这得多么强的行动能力，这个公司得有多大的凝聚力？一个公司能做到这样，实属不易！他们对员工的关心和呵护，深深地打动了我。我想，像这样的老板，像这样的企业，在龙腾虎跃之年乃至今后，不想发展壮大，不想一飞冲天都难。

六、祈福亡灵

　　佛教认为，死亡并非完全的结束，而是一个新的开始。好像沉溺于无边无际的大海中一样。你离世60天后渡苦海，据说烧船可利益去世的亲人，于是我为你订制了三米长的竹编船，船的一侧写着"李智玲专用"五个醒目的大字，船头还有一对童男童女负责划船。据去墓地的外甥女讲，焚烧时火势很猛，在焚烧过程中，间或还有熊熊大火伴着竹节"噼啪"作响，寓意姨妈已经上船，在童男童女的引领下，一帆风顺地渡过苦海，到达幸福的彼岸。苦海无边，回头是岸，这是对活着的人说的。而对亡者而言，只有进入六道轮回之中，才能生生不息。而渡苦海，似乎就成了到达幸福彼岸的唯一途径。我突然发现你的身后是一个大深沟，就极力提醒你，"不要后退！"结果却吓了自己一跳，打了一个激灵，这才知道是处于梦境。

　　人世间，最遥远的距离莫过于阴阳两隔！智玲，从此你长眠地下，作上帝的女儿。时间过得真快啊！4月14日，你离开我已经一百天了。谨以此文，寄托哀思。时至今日，每当我回忆起这惊心动魄的36小时，总会冒出一身冷汗。但愿，但愿天国的你再无眼疾和心痛。

兄　弟

当接到千里之外的电话时，困难时期过继给我姨家的兄弟董生渊（原名丁书生）已经离开了人世。他年轻轻的刚过58岁，就这样走了，走得无声无息。没有带走一片云彩，也没有带走一分钱。

我家兄弟姐妹六人，我排行老五。上边有三个姐姐、一个哥哥，弟弟丁书生出生于1958年，在兄弟姐妹中最小，也是命运最差的一个。小时候书生长得很白，面部白里透红，虽然经常饿肚子，但他的小脸蛋总是红扑扑的，煞是惹人喜爱。记得小时候大姐二姐抱着他晚上在赵镇剧院看完戏后，把书生放在炕沿边，他嘴里会咿咿呀呀地模仿着剧中的人物，唱着谁也听不懂的戏文。大姐见状笑得前仰后合，说看碎兄弟在唱南瓜戏呢！再看丁书生脸定得平平的，小小的人儿表情严肃，四周围了一圈，别人笑他也不笑，眼皮耷拉着，只是自顾自地哼唱，现在回忆起这难忘的一幕，仿佛就发生在昨天。

"我的白面书生这么小就会唱戏，人又灵性，将来把书念成了，肯定有大出息。"每当妈妈抱起小弟时，伴随着洋溢在脸上的幸福表情，总是要小声地念叨这么几句。只可惜造化弄人，兄弟姐妹中书生的书念得最少，恐怕是让老娘失望了。

应了"生不逢时"这句老话。书生出生时，一日三餐都要从人民公社大食堂去端回家，然后再兑水分而食之。用大瓷盆端回来的汤面稀稀的，汤面里的面条少得可以数得清。稀饭是名副其实的稀饭，凑上去趴在脸盆边向里看，可以照见人的影子。每次从食堂端回饭后，先在周围摆放好碗，由父亲用饭勺舀着统一分配。每次父亲总是最后一个端碗，他的碗里面的饭也最少。后来父亲得了浮肿病，肯定和困难时期忍饥挨饿，有吃的先让着孩子们有绝大关系。直到现在，我仍记得父亲在为我们盛饭时那凝重的神情和那双抖抖动的手。

到 1960 年国家处于三年困难时期，地里的野菜、树皮甚至草根都被挖光了，家里分配的粮食远远不够吃，孩子多的家庭生活更是捉襟见肘，一天一天地艰难度日。就是在这种情况下，我的小弟丁书生被自己的亲姨抱走，去了她自己生活的县南乡功神村。小时候去姨家只记得要过好多好多村子，顺着引渭渠要向南方向走好远好远才能到达姨家这个目的地。自从小弟丁书生被抱养后，当然这里也就成了他的新家。他的家由赵镇迁到了史德公社下属的一个小堡子——功神村。他的姓也由丁改姓董，他的名字也由丁书生改为董生渊。虽然成了外姓人，但自小觉得他似乎仍然和我们兄弟姐妹生活在一起，只是他这个人去了很远很远的县南乡。从此，我和几个姐姐似乎又多了一种企盼。

每逢赵镇集日，我和三姐在吃饭前总要多次出去在大门口东瞅瞅、西瞅瞅，盼望姨会领着小弟书生来赵镇赶集。

"快，快看！书娃来咧！书娃回来咧！"

每当这种时候，我一边高兴地告诉大人，一边快步向西门外跑去。书娃总是一路小跑地向家里冲过来，而姨总是推着自行车，不紧不慢地跟在书娃后边，笑嘻嘻地看着我们哥儿俩久别重逢后高兴的样子。

三姐给书娃脱下鞋，让他坐在炕头一边揉着那双冰冷麻木的脚，一边和小弟开着玩笑逗他玩。"书娃，你最近在你堡子又学啥锅段了？给姐学学，或者你教我们也行。""行，那我今儿就给你俩教一段，可得好好学啊！"他随即开了腔：

社村戏，你甭去，
一去就是《红灯记》。
除了拉弦打板的，
剩下都是踢脸的。
除了一个唱旦的，
剩下都是混饭的。

接着他说道："我在堡子学的俏皮话多着呢，还有谝的争、煽的风、吃的鸡蛋屙得清……""记住了吗?"他问道。"没有。"我和三姐故意这样回答道。"真笨!等以后有机会了再慢慢教你们。"俨然以一个大人的口吻批评我们太笨,嫌教了几遍也记不住。姨家路太远,赶个集,吃完饭就该回家了。但找来找去就是找不到小弟人在哪里,全家大人小孩来回跑着找,最后才在后边灶房的风箱后边找到了他,原来小弟舍不得走,听说要回去了,故意躲起来。我和三姐看着身上沾满碎柴火的小弟,不禁泪流满面,虽然嘴上不说,但小小年纪什么都明白,他这分明是恋这个家呀!以后这样的场景不知道又重复了多少次,直到小弟慢慢地长大成人。

  小弟家里三口人,姨和姨夫还有小弟。小时候记得姨夫特别能说会道,听说还在史德公社当过社长,姨当时就在公社商店工作。但不知是犯了错误还是其他什么原因,姨夫一下子被免职并下放回农村,回原籍功神村成了一个农民。也可能是心里不痛快,也可能是日子过得不如人。打记事起,一到姨家总是看到姨和姨夫吵架,到饭时了冰锅冷灶的总不见姨回来做饭,姨夫只好往灶火一坐,烧锅做饭,但嘴里总是喋喋不休地发着牢骚。饭做好了,姨才从邻居家串门回来,又免不了一通激烈的争吵,有时两人甚至扭在一起打起来。大人吵架,我觉得劝也是,不劝也不是,使人感到好难堪。"哎,书娃,你爸妈平时也这样经常吵架吗?""那可不,我都习惯了。"他苦涩地一笑,淡然回答道。我苦命的小弟,每天生活在这样的环境中,他的童年能幸福吗?能快乐吗?看到书生见怪不怪、习以为常的表情,我不禁为他感到深深的惋惜和同情。

  为生存计,小弟书生在成家后做起了卖醪糟的营生。每到赵镇逢集的日子,他就会提前一天用自行车带着两白坛子醪糟,在家住一晚上,准备跟第二天的集。功神村的醪糟那可是出了名的好,全村人据说家家都会做醪糟,家家都有卖醪糟的人。有跟兴平集的,有跟礼泉集的,当然也有小弟这种跟赵镇集市的。书娃的醪糟好吃,那在赵镇东、西二村可是出了名的。当听说书娃的醪糟来了后,总有周围村里的邻居找到家里来买醪糟,有些家庭主妇没有钱,就在怀里偷偷揣点小麦,经小弟称重后换醪糟吃,每斤小麦可以换一斤半醪糟,买卖很公平。

  我的西邻居菠菜姨经常用小麦换醪糟吃,一进我家门神秘兮兮地先问书娃在不在。见到书娃人后才把怀里揣着的小麦倒在碗里,书娃也不多话，过秤舀醪糟动作熟练，非常默契。每次菠菜姨临走前都忘不了让小弟加一勺醪糟汤。每当这时候我总爱凑上去看热闹，尤其是当盛醪糟的坛子盖掀开那一刻，浓浓的醪糟味刹那间会在空气中弥漫开来，醉人地香。吃过后那留在齿间的米香和甜甜的味道，令人回味无穷。

早饭后，小弟就在赵镇街道医院前西十字出摊了。不用大声叫卖，我们姊妹几个往摊子前一围，小弟用小碗给每个人盛点醪糟，浓香的醪糟味便引来了一大拨吃醪糟的人。一大坛子醪糟不大一会儿就一扫而空，另外一坛刚刚打开又很快销售过半，小弟的秤就没离过手，我和三姐在一边帮着收钱，也忙得一直没有停歇过，两坛醪糟不到中午就卖光了。"赵村街的集真个是杀货得很！什么东西都不愁卖不出去。我回去得赶紧再量些糯米多做点醪糟，准备跟下一个集。"小弟在回家的路上如此这般地说着，难掩其面部漾出的兴奋神色。

20世纪90年代，农村缺电工，在电力系统工作的外甥民社力荐小弟当了村里的电工。别人当电工吃香的喝辣的还赚钱，但轮到他这老实人当电工不但不赚钱反而经常往里贴钱。原因是心太软，也拉不下脸得罪人。看到有的人家用了电实在没钱交电费他就自己先掏钱垫上，时间长收不回就成了烂账。你是电工，这烂账收不回，当然就得由你自己来背。干了两年实在干不下去了，他只好自己请辞。

日子在一天天地过着，先是父亲去世，母亲带着我们几个孩子艰难度日，母亲身体也一天不如一天。于是我们建议姨和母亲一起住在赵镇，老姐俩也好互相有个照应。但姨这爱串门的毛病始终没有改变，姐俩也经常为这事生气。我老母亲去世两年后，姨也离开了人世。姨的尸体在咸阳殡仪馆火化后，就埋在了她功神村的自留地里。下葬那天，满天飞着雪花，送葬的队伍深一脚浅一脚地走着，身后留下了一座孤零零的新坟头。

如今，我的兄弟也来了，陪伴你来了。姨你听见了吗？还是一个冰天雪地的日子，那凄凉忧伤的唢呐声，那撕心裂肺的哭喊声，无不表达着活着的人的心声，无不传递着深厚的骨肉之情。

小弟，这次回家与你匆匆在咸阳二院住院部十楼的肿瘤病房见了一面，看到你躺在病床上形销骨立，人瘦成了皮包骨。见到有人探望时还做出强颜欢笑的样子，我的心在滴血，泪水在眼眶里打转，伤感的表情还不能让你看出来。你知道吗？这是多么令人难以忍受！当时我真恨不能替你去病，分担你的痛苦，然这毕竟不可能做到。在咸阳住院期间，你每天靠打人工蛋白来维持生命，但你似乎不知道自己得的是什么病，反复地念叨着村里有人患了同样的肠梗阻病，但到武功去找民间郎中很快就看好了，疗效显著云云。在这花费太大，见天一千多元，还时不时地要拍片子，时不时地要抽血化验。拍拍片子多收点钱也就罢了，唯有这抽血真让人受不了。病是明摆着的，躺了几天打着养命的蛋白，没有实质性治疗还要抽血？为了哄病人，医生竟然说抽血对人体不影响啥。

不影响啥，过几天抽你几管血试试，看对你有没有影响？那个穿着白大褂的医生，这时似乎成了吸血鬼，捏着小弟瘦弱的胳膊，从四周向扎针抽血处挤压，看那架势血不抽完似乎不会轻易善罢甘休。不能不说，为了钱，这种丧失了良知，为了医院的生存，与自己的"幸福"，这类"白衣天使"也真是拼了。三天后，小弟终于冒着大雪逃离医院，回到了自己的家。我临行前到家里去探望他时，他对我说"还是躺在自己家里踏实"，谁知这竟成了我们最后一次告别。可怜的小弟，苦命的书生，你走得也太急了点吧！急得人来不及思索，急得人来不及去仔细回味往日的点点滴滴……病魔如此无情地带走了你年轻的生命，你还有好多事情没有做，还有很多心愿尚未了却。

走了，书生，你这次遂了心愿，了却了世间所有烦心事。但愿，但愿我们来生还做兄弟！

墨香星河　The Star River of Ink Fragrance

文正的人生素描

　　这人啊！走着走着就剩下了回忆，想着想着就想起了文正。过去了的时光在脑海中，如放电影般一次次闪现。

　　留不住的是生命，回不去的是曾经，悟不透的是人生。静静地凝视着照片，文正啊文正！你是那么的年轻，你在微笑，在思索，神情中透出一抹优雅和满满的自信。你还好吗？老同学！可惜啊可惜，阴阳两隔，斯人已去，泪水不听话地滚落面颊……

　　走着走着，人未变，山河原样人依旧。

　　走着走着，放眼人生之路，留下一声哀恸。

　　走着走着，文正啊！你却去了那边，令我留下了无尽的思念。

文正在老家果园

　　一切就像散了场的电影，往事成为回忆里的故事。

　　犹如这张暖心的照片，那是你回到了故乡的梨园。

　　手抓翠绿翠绿的枝叶，不知此时的你有无些许的伤感？

　　那是异地求学的当年，开水一碗、馍就咸菜；寒冬腊月，薄被御寒。

　　国外的一位先贤曾经说，凡不是就着泪水吃过面包的人，是不懂得人生之味的人。

　　赵镇中学就有这么一个学子，从数十里外的卢家河走来。

　　这位多才多艺的少年，拉着二胡，轻抚琴弦。

　　那是在赵中的联欢会上，你那无与伦比的倾情表演……

文正啊不知你是否记得，高一时我们曾如何冥思苦想，写过的一封"情书"！

语文课不能误，数学课更不能耽，体育课就成了最佳时段。

偷偷溜进宿舍，爬上学生铺硬硬的床板。

找本带着"为人民服务"字样的信笺，拿出钢笔将信纸铺张。

"你写，你写！"两人先谦让一番，开头怎么称呼还真有点难。

直呼其名，觉得太生硬，只用全名的最后一个字，又都摇头否定觉得太酸。

就这样嘻嘻哈哈地东拉西扯，你拽个词我拼个句，下课铃响起刚好写完。

站在床板前两人相视一笑，地上满是揉皱了的废纸团。

两年的高中生活有苦也有甜，迄今忆及仍是幸福满满。

记得多年前高七二师生西安聚会，有人和老师说起了文正：

这同学人既聪明又精干，偏分头，白里透红的脸，

笑时脸上的酒窝更显甜，写得一手好字更不一般。

"知道，知道，他叫卢文正，家好像就在赵镇以东的泾河岸。"

高中时期的班主任李汉民老师读完上面文字后直感叹，"可惜呀，遗憾！自古才子命运多舛"。

为悼念他这个得意门生，李老师还如泣如诉地赋诗一首：

诉衷情——读丁峙"文正的人生素描"

历尽艰难求学路，

　　备尝寒窗苦。

　　一旦就读清华，

　　　旋即脱颖出。

　　为核族，

　　　绘蓝图，

　　　成翘楚。

　　悲哉惜也！

　　若非亡故，

墨香星河　The Star River of Ink Fragrance

必多建树。

　　文正啊文正，你走有你走的苦，你走有你走的痛，怎知你走以后同学的苦，同学心里的痛，回忆起来总想哭。

　　你一个人远行太孤独，可别让千山万水迷了路。忘记了，忘记了这段同学情。

　　可我知道，知道你千辛万苦的付出，似乎早已放弃了归途，爱到深处却只剩下了无助。

　　文正啊文正，看到这张照片，听耀中说，你家原在这偏远的北部山区，中华人民共和国成立后迁往卢家河，不知是你哪次回家时专门又回到了以前的家。可我知道，你人虽在千里之外，但在游子的内心深处，从未忘记这个西北偏远山区，这个曾经的"家"。

　　走着走着，看透了很多人，看透了很多事。走着走着，我们变得成熟了。走着走着，走过荆棘，走向美丽的风景……从这个大山沟到卢家河，再凭借着自身的实力，你从卢家河，入主清华大学，终于完成了人生关键的一次跳跃式的华丽转身。你的录取通知书我见过，专业是重同位素分离，这个我印象最深。重同位素分离显然是和铀浓缩相关了，核弹乃一国之重器也。清华大学工程物理系，多么响亮的名头，真真让人羡慕不已啊！从东北上大学回家在北京中转，西荣和我曾去清华找你聊天叙旧，现在仍清楚地记得你让我们直接去住的地方，你的宿舍是立斋210，问着就能找到。我们从正门进去，穿过美丽的清华校园，顺利地来到立斋宿舍楼下。

　　在寻找立斋、打听文正的过程中，我有一种感觉，好像被问到的清华学子都很熟悉卢文正这个名字，尤其是快到立斋宿舍时这种感觉就愈加明显。从他的清华同学口中得知，文正在校时不仅学业成绩优秀，而且还是一个小有名气的政治活动家。从班上的党支部书记，再到系学生会和校学生会，均担任过不少重要职务，是清华园里炙手可热的知名人物。人有非凡之能力，方能有如此骄人之成就，文正当年在清华大学的叱咤风云，应是在意料之中。

　　在众人的喝彩声中，在他短暂而快意的生命中，不忘年少时的意气风发，奋力向前。在清华这个科学家的摇篮里，他不仅掌握了报效祖国的学识，且收获了自己的爱情。漂亮知性的姑娘赵晓芹，文正的同班同学，深深地爱上了这个关中汉子，而文正对她也是爱慕已久。两个具有同样专业、同样理想的天之骄子，终于走向婚姻的殿堂。

他们有的是"大风起兮云飞扬"的豪情！有的是"卧薪尝胆"的隐忍！有的是"精忠报国"的忠诚！两人一起来到祖国大西南，奔赴核工业的最前线，开始了他们人生的梦想之旅。文正本可以留在清华，本可以待在北京。有人说他傻，有人对此不解，但他对自己的选择义无反顾。生活在羊群里，怎么能想象出搏击蓝天的雄鹰之志？文正坦然地踏上了涉核的这条不凡之路。他踏平坎坷，披肝沥胆，刻苦钻研，砥砺前行，终于取得了成功。

他工作的单位在四川乐山，是核工业部直属大型企业，专门提炼原子弹中的核材料铀-235，有近万名职工。他从车间技术员干起，随后从厂长秘书、核心分厂厂长等，一路升任厅级的总厂党委书记，干的是风生水起。只可惜他积劳成疾，英年早逝。痛心啊！国家失去一个栋梁之材，赵中高七二的群里失去了一个好同学……

文正啊文正，你曾几次三番地约我去找你，逛乐山，看竹海。你说乐山大佛世界罕见，登高远眺竹海更是令人震撼。可惜啊可惜，我却一直未抽出空闲。乐山还是那个乐山，你说的竹海却不知是哪一片？回不去的是经历，留不住的是时间。人生像太阳那样慢慢地消失在地平线！

你在电话那头的言语犹在耳畔，可如今却再也无法兑现

文正和耀中在西安大唐芙蓉园

诺言。如今，我们彼此只留下了思念。

眼前这张耀中和文正在西安大唐芙蓉园大门前的合影，据耀中讲这也是他和文正唯一的一次合影，我也觉得文正平时似乎很少照相，与别人的合照更是少之又少。耀中老同学的一段话曾深深地打动了我，"五年前我曾专门到成都去探望病中的文正，据文正夫人讲他得的这种病叫'脑白质病变'，没有药物可治疗。他同时伴有脑梗，脑梗加速了病情的发展。当我到医院病房见到文正时，我整个人都崩溃了！因为文正平常身体特别棒，他还经常在电话中叮嘱我要注意这、注意那的，没想到他自己突然出现这么重大的变故，我从感情上根本接受不了！文正夫人经受不住这么重大的打击，也住院了。天都塌了！我急速到住院医生那里了解病情，医生说病人很危险，一直都在抢救！抢救！活生生的一个老同学突然这样，熟悉他的人都会感慨万千。"说到这里，我听到电话那头耀中的声音有点哽咽。

值得感悟的是人生。人生很长，长到任何事都有可能发生；长到让记忆泛黄，长到你可以做梦再醒过来，跌倒再爬起来。人生又很短，短到生命不知哪一天会被按下休止符！经再三追问，方知耀中同学自己不仅远赴成都探望病中的文正，逝世三周年时又专门前往吊唁。同学情谊之深厚，无以言表。

第一次听到"脑白质病变"这个医学名称，感到很陌生。而这也正是老同学文正生前得过的病，且无药可治！我就在想，这显然也是一种世所罕见的病，以前可以说是见所未见，闻所未闻。我虽然不知道文正他们的工厂具体干什么，但他的工作涉核是铁定的，那么与此病是否有关呢？很值得怀疑！

在我们赵中高七二群里，从事涉核或者涉铀这个行业的人，除卢文正外，还有张西荣等其他几个同学。西荣从事的航空物探工作，就是用飞机找矿，其中就包括带有放射性的铀矿。还有人从事教学，为相关铀矿勘查单位以及文正这类铀浓缩单位培养人才。

也有老同学在一线从事核试验工作，这就更直接，更危险了。用这位同学的话来说，"核辐射威力巨大，弄不好要死人的！我们单位曾有过类似教训。"文化大革命"时期管理混乱，两个年轻人住进库房后，不久就莫名死亡，后来才在墙角的杂物中发现有一个丢弃的放射源铅罐，且盖子也没盖好，因辐射污染直接导致这两个年轻人丧失了生命！"

真是"无巧不成书！"以上几个同学加上文正干的都是涉核、涉铀的工作，且形成了一个完整的产业链。有人先期培养人才，有人在飞机上找到铀矿，文正对铀矿进行铀浓缩后制造出核弹，再由另一个同学拿到罗布泊进行试验……

文正啊文正！你真格是不忘初心，牢记使命，把自己的一生献给了祖国的核事业；你在核工业领域的丰功伟绩，将永垂青史！雨是天的泪，天想地时，让泪把天地连在一起。人生几十年，弹指一挥间。文正啊文正，你太累了，万人大厂的党委书记啊，这担子太重太沉。想到这里，更觉得你人生的不易！

退休后本该是享天命、得安逸的时光，你却被老天爷无情拽走，未能享受到哪怕是片刻的安宁。苍天啊大地，人的生命为何如此脆弱？文正老同学啊！去路孤单，天上的星星会给你做伴。

我们相识之时，正值青春少年。如今，你匆匆去了另一个世界，但留下了精神的永恒。夜，已深；悲，更甚！所有的记忆都在疯狂奔腾，却缀连不出一个完整的画面。安息吧，文正老同学！五年过去，大家仍在怀念你。相信在来世，我们一定会再次相见！

第二辑 02

译海泛舟

Sailing the Sea of Translation

隐形的"尺子"

一、加入党组织的喜悦

1974年2月14日这一天，对我这个当时的农村回乡知青来说，是一个永生难忘的日子，值得永远铭记。

就在两天前，大队书记廉登峰亲自来到我驻队的第九生产小队找我谈话，并明确告知将在支部大会上正式讨论我的入党问题。

老书记的一番话就像给我打了一针强心剂，兴奋和激动如同决了堤的洪水，哗哗啦啦地从心里倾泻了出来，我再也无法隐藏自己的那份喜悦了……

老书记离开后，我脱下两只鞋提在手上，嘴里"噢……噢……"地大声喊着、叫着，光脚丫在拖拉机刚刚犁过的田地上奔跑，奔跑！深翻的土地暄腾腾的又松又软，浅沟横梁磕磕绊绊，每迈进一步都会留下一个深深的足印。我索性扔掉手中的鞋子，一次次摔倒在松软的土地上，又一次次地爬起来，就这样跌跌撞撞地连滚带爬，一直向前奔跑！满身的湿土也舍不得拂去。我的心在剧烈地起伏着、激荡着，身上的每一根汗毛似乎都有跳动的欢畅，世上任何语言似乎都难以表达出我那一刻的心情。

两天时间很快过去，要召开支部大会了。这天我早早地喝完汤，第一个来到大队办公室，找了一个角落坐了下来，心里反复地打着腹稿，想着在会上怎么发言，如何回答广大党员的提问。

主持会议的副支书宣布会议开始。当老支书讲完话，由我向大会做汇报发言时，人们的眼睛都齐刷刷地看向我。在明亮的灯光下，我的额头上沁出了细密的汗珠，真是太紧张了。按照自己的所思所想，我向大家汇报了自己高中毕业回乡，在村里参加生产劳动、学习以及对党组织的认识和学习党章的体会，充分表达了自己加入党组织的迫切愿望。

接下来要由民兵连长、党员朱建明向支部大会汇报我的社会关系外调结果了。我不敢直视周围人的眼睛，埋下头心里紧张得怦怦直跳。以前听母亲讲过，自己的一个舅舅年轻时加入过"三青团"，这会不会影响到我呢？还好，负责外调的朱建明只是轻描淡写地提了一下，最后的结论是社会关系清楚，政审过关。听到这个结论，我终于长舒了一口气。

至于自己在各方面的表现，我还是很有自信的。果然，董信、吕卫斌两名入党介绍人在做重点推荐发言时，不乏褒奖溢美之词。我的入党申请经大会表决，获得一致通过。

组织的关爱，广大党员的包容和支持，在我的心头产生了一股难以言喻的强大动力，更加坚定了自己的信念。在大家祝贺的掌声中，我只觉得热血沸腾，激动的泪水止不住地流了下来……

不久，经公社党委批准，我被吸纳为中国共产党正式党员（当时没有预备期），明确党龄从 1974 年 2 月 14 日算起。

"我志愿加入中国共产党……时刻准备为党和人民牺牲一切，永不叛党。"当我站在鲜红的党旗下，同大队团支书杨崇武、文艺宣传队领队张彦文等其他几名新党员，在老支书的引领下，举起右手庄严宣誓时，我就在想：今天入了党，往后就是党的人了，凡事就得用党员的标准去衡量自己。我的人生理想，我的人生信念，我的人生追求，我的人生目标统统都定格在这一天。党员这个隐形的"尺子"将时时伴随着我，不得有哪怕是一丝一毫的懈怠。

加入党组织，就得按时交纳党费了。当我从口袋里掏出一毛钱，郑重地递交给组织委员、大队会计杨克勤时，一种神圣感便油然而生，这可是自己向组织缴纳的第一笔党费啊！

在党的一百周年华诞时，我回首青春岁月，往事如同一个个电影镜头，不时地闪现脑际。

曾记得，自己高中毕业返乡不久，我的入党介绍人、大队文书吕卫斌就鼓励我向组织靠拢，三个月后我即向大队党支部递交了入党申请书。此后，不断有党员、驻队干部关心我、帮助我，老支书廉登峰更是亲自找我谈话，肯定我的进步，指出我的不足，并提出更高的要求。

入了党，读完大学后，我于20世纪70年代末被分配到中国地质科学院物化探研究所，自从到了北京后，我的外事工作更多了起来，但我始终提醒自己不忘初心，做一名合格的共产党员、一个有良知的好人。

二、一次有趣的外事活动

1982年4月，所中心实验室要从日本引进一台X荧光分光光谱仪，验收期间由我担任翻译。说实话，对X荧光分光光谱仪这种大型化学分析仪器，我还是头回听说，搞日语技术翻译也是第一次，难度可想而知……在去接外宾的头天晚上，我又是翻阅技术资料，又是背日语单词，几乎熬了个通宵。

第二天早上五点钟，司机朱文宁就开着单位当时最好的一辆黑色上海轿车，拉着我前往北京西苑饭店，接回日本理光公司的仪器专家桑原章二。当时我所搬迁来的廊坊市尚属非开放地区，九点钟接回桑原，刚安排好他在会议室稍事休息，我就被实验室秘书颜翠萍叫了出去。

只见在楼道东侧有两个便衣，自我介绍是安次的公安，其中一人还掏出证件在我眼前晃了一下。他们问了许多有关外宾的情况，还打听在来廊坊的路上都聊了些什么，是否涉及政治敏感话题，同时要求我注意日本人的行动，气氛搞得挺紧张。

所领导礼节性地接见外宾后，我们立即投入紧张的验收工作。化学分析仪器不同于其他设备，检查仪器是否合格，首先得进行样品的分析测试，看其精度是不是能达标，否则就是不合格。第一天的验收，时间安排得非常紧，开箱后直到晚上十点多还在工作，中间颜秘书还给我们送了一次餐，直到十一点多验收才算结束。由于头天晚上没有休息好，我坐在旁边困得眼皮直打架，但一想到自己党员的身份，于是就咬牙坚持了下来。

令人想不到的是，把外宾送到廊坊市招待处后，出示了护照等证件却无法入住，理由更是让人哭笑不得，宾馆收银员不收桑原先生的外汇券。

"这钱我没见过，不能收！"她看了看我说，"哪有一百元面值的人民币啊？你还是给我正常钱吧！"

"你看，这是中国人民银行发行的外汇券，没问题啊！"我拿过外汇券，指着正面的"中国人民银行"几个字对服务员说。但不知怎么了，任我怎么解释她们就是不相信。我只好让司机开车回去，换了一百元普通人民币，这才办妥了入住手续。

但事情还远远没有结束，入住房间后，日本人打开浴缸水龙头，发现光有凉水没热水，他就不干了。这头是服务员解决不了热水问题，而桑原先生坚持一定要先洗澡，再入睡，否则就要回北京住西苑饭店。这可怎么办呢？无奈之下只好让服务员找来招待处的领导，协商如何解决。

领导也感到头疼啊！因为当时招待处根本不具备提供二十四小时洗澡水的条件，想来想去只能用笨办法来解决了。这就是用小锅炉先烧好热水，然后再用人工提到外宾入住的房间。

二十分钟后，奇特的一幕出现了。几个身着宾馆服装的女服务员，有的双手拎着暖水瓶，有的端着脸盆，一路小跑着穿行在通往客房的路上。面对偌大的浴缸，几暖瓶热水倒进去连缸底都盖不住，要加满多半缸热水，这得等到什么时候啊！为加快速度，我也拎着水桶加入提热水的队伍之中。在我安排好这一切后，时间已经过了凌晨一点钟。

回家的路上，我的身影在昏暗的路灯下被拉长，显得很孤独，午夜的空气中亦弥漫着一股浓浓的寒意。也许是熬过头了，此时的我反倒觉得精神得不行，没有丝毫的疲惫感。就在这寂静的夜色中，我想起自己的誓言，想起了敬爱的党，想起了那把隐形的"尺子"，顿时来了精神，遂加快脚步向前走去，准备去迎接又一个新的明天。

水的使者
——中日技术合作的赞歌

一份由中日双方共同拟定的文件下发了。

日本国政府根据中华人民共和国政府的建议,决定与中方合作进行乌鲁木齐地下水开发计划调查,并于 1987 年 8 月就此项调查的实施与中华人民共和国政府交换了照会。

日本国际协力事业团(以下简称 JICA)为日本政府负责该项技术合作的执行机构。地质矿产部为中华人民共和国政府进行该项调查的负责机构,负责中方有关部门的协调工作,并与 JICA 派遣的调查团协作,共同实施本项调查。

1988 年 6 月 28 日,由东京飞至北京的大型客机徐徐降落在首都机场,日方实施调查团团长志户本佳孝一行三人抵达北京。他们是水的使者。

中日专家讨论合作项目计划

6月30日，我和地矿部水文司李绍武陪同日方团长一行飞往乌鲁木齐。高个子的佐佐木洋介先生戴着宽边深度近视眼镜，领带打得板板正正，登上飞机后已是挥汗如雨。当我要帮他提一件行李时，他一个劲儿地说："没事，不热，我自己来。"

北京时间下午6点整，飞机缓缓降落在乌鲁木齐机场。新疆地矿局的杨副总工程师等人早已迎候我们多时了。

当新疆地矿局的有关同志全部离开我们下榻的天山饭店后，已是午夜12点。

日本专家们真不含糊，翌日一早就商谈调查计划，准备并整理初始调查报告书。他们各司其职，忙而不乱。工作起来井井有条，令人赞叹不已。

以后一连几天一直是紧张的室内技术交流。由中日双方互相介绍情况，讨论初始调查报告书，制定实施方案，中方唱主角的是西山水源地工区主任刘恩隆同志，他是长春地质学院20世纪60年代的毕业生，一直从事野外工作，具有丰富的现场工作经验，对于地下水开发调查，堪称名副其实的专家，他经常戴着顶鸭舌帽，显得很精神。

7月5日，我们驱车沿大西沟去西山水源地外围调查。当一红一白两辆崭新的日产越野车飞驰在郊外的公路上时，路边的沙丘、荒坡等荒凉景象随处可见。但有些地方却是绿树成荫，清澈的河水缓缓流动，没有水，便不会有这种绿洲，一切生命也都难以生存下去。

西山水源地距市区只有十几公里，但比原来想象的要荒凉得多。听工区的人讲，这在野外就算不错的了。

据日本专家分析，在新疆的特定条件下，地下水的主要补给源一是靠地表水的渗入，二是靠冰雪融水。而位于乌鲁木齐河源头的一号冰川，就成为一座天然的固体水库，是一重要的地下水补给源。

为此，在紧张的工作之余，总指挥为专家们安排了一次冰川旅行考察。

虽然时值盛夏，这里却是银装素裹、冰封雪盖。我们不得不穿上厚厚的防寒服，去领略冰川的绮丽风光。

站在山脚下，远远望去，由东西两支冰川组成的一号冰川好像两条腾空的银龙，在峰间相遇时突然凝固后横卧在高山谷地之中。

登上海拔 2800 多米的峰顶，仿佛置身于一个神话般的水晶世界。虽然寒气逼人，但又好像不觉得冷。总指挥用铁锹铲下一个一个的小冰块让我们品尝，他还特意为日本团长铲下一块晶莹剔透的大冰块，让他带给夫人作为纪念。他们煞有介事地搞了一个冰块交接仪式，合影留念。据说在世界范围内，能有机会看到并登上一号冰川的人是百万分之一。

作者与植村先生在乌鲁木齐一号冰川上

最后我们还在冰雪覆盖的山顶上来了一顿别开生面的野餐。啤酒只要从车上拿下来在地上放一会儿，其冰凉程度远远赛过进冰箱冷冻的啤酒。鲜红的西瓜与白皑皑的积雪形成鲜明的对照。在这里享用甘甜的西瓜和清澈的啤酒，真是别有一番风味。

一号冰川全长 42 公里，是全国最长的一条冰川。其价值不仅是风光绮丽，更重要的是新疆必不可少的水源。在近两周时间的工作中，中日双方专家都非常紧张。

7 月 15 日下午，JICA 代表安田裕先生抵达乌鲁木齐。他来的目的主要是代表政府机构出席开工典礼。水质分析专家大盐敏树和物探专家中村浩先生也与安田裕先生同机到达。

7 月 19 日中午，签字仪式及开工典礼开始，自治区地矿局陈哲夫副局长和日方志户本团长分别致辞。镁光灯频频闪动，电台记者将话筒举在跟前。然后，地矿部水文司农开清副司长和 JICA 代表安田裕先生签字、互换文本。这时，全场响起了热烈的掌声。自治区副主席毛德华及乌鲁木齐市政府有关部门的负责同志出席了仪式。

签字仪式结束后，我们的车队奔赴现场，几十名钻机工作人员身着灰色的工作服，头戴安全帽，列队欢迎。

墨香星河　The Star River of Ink Fragrance

新疆电视台记者采访中日合作项目签字仪式

当毛副主席和安田裕先生共同剪彩后，场内锣鼓喧天，鞭炮齐鸣。总指挥点火，志户本团长按动电钮，钻机徐徐启动，并不断地加快转速……

东京JICA急电：据调查，第二批设备和仪器早已抵达天津港，货一直压在仓库，尚未发往乌鲁木齐，望查清原因。是呀，现场调查工作开始已一个多月，可急需的电法仪和测井仪却迟迟不能运抵新疆。

情况紧急。团长代理植村先生急得团团转，提出要马上约见局长和杨总。后根据双方协商，决定由总指挥亲自出马，赴京津办理此事。

地质调查、钻探、水文观测、野外物探工作进展顺利。专家们活跃在各个不同的工作岗位，忘我地工作着。8月下旬，我们赴库姆塔格沙漠看到了巧夺天工、绝妙无比的坎儿井。这种古老的水利工程至今仍发挥着重要的作用。佐佐木先生不无感慨地说："我是搞地下水开发的，可从未见过如此匠心独运的杰作！中国的古人太伟大了！"

半个月后，地面电法仪、地质-3400测量仪以及雨量计、井中自记水位计，终于陆续运抵现场。大家立刻开箱验收、调试，准备投入使用。接着，我们紧张地奔波在方圆几百平方公里的工作现场，选好设置雨量计的三个点后，在不太长的时间内，我们以最快的速度设置完毕。同时，我们还得定期地去大泉沟、小泉沟、青年渠等工作区测水的流速、深度、水温以及电导度。

一场小雨过后,我们去乌鲁木齐市自来水公司。公司经理和有关技术人员详细地介绍了该市的供水系统及饮用水净化处理情况,然后又带我们参观了燕窝水源地。这是乌市较大的水源地,利用自然落差供水,设计比较巧妙。我们下到井底,看到两股大水沿粗大管子倾泻而下,流入地下引水槽。据陪同的人讲,市里现有三个这种大规模的水源地,但仍难缓解用水的紧张状况。等你们这个水源地建成后,可能会好一些。大概只有此时,才能理解到水的宝贵,理解到水之使者的神圣使命。

9月下旬,电法水平剖面已完成约20公里,电法测深约110个点,水文钻探6个孔位1100米,并完成了大量的水质化验、岩土样测试工作。

9月26日,最后一批器材运抵乌市车站。我们来到车站货场后,但见10个车皮的货物在空旷的货场堆积着,足有半里路长。货场代理爬上爬下,又是查发货号又是拍照,露出了满意的笑容。

大批器材到达车站,可要把它们安全、迅速地运往西山工地,绝非易事。因为这不仅需要可吊一定吨位的大吊车,而且还需要大批运输车辆。工区副主任康斌使出了浑身的解数,四处奔走求援,亲自坐镇。经过几天的连续奋战,数百吨的器材终于安全及时、完好无损地运抵西山现场,可康副主任胖胖乎乎的脸上却瘦了一圈。

1988年10月26日,志户本团长和另外两名调查团成员冢本靖、森田升到达乌鲁木齐。

森田和冢本先生这段时间几乎天天泡在工地,森田两只粗大的手紧握把手,双目紧盯着显示仪表,操作着钻机,并不时地对中方技术人员进行讲解。经过

地学夏令营学生观摩水源地钻探现场

— 107 —

几天的技术培训，几位机长基本掌握了钻机性能及操作方法。下一步就是开钻试验了。

试验的这天，北风呼啸，且在头天晚上降了场雪。森田早早赶到现场，跑前跑后地做着试验前的准备。他穿得并不多，劲头十足，好像这刺骨的寒冷和他无关似的。

钻机开始运转，一切正常。

森田跳下操作台，向后退了两步，谁知正好掉进埋桩闲置的一个大土坑，软肋正好卡在洞口，疼得他直咧嘴。我赶忙跑过去扶他，森田摆摆手，迅速地爬起来，又向钻机右侧跑去，进行检查。总指挥让森田先生休息一下，他还是摆摆手，继续干他应该干的工作。

由日本国际协力事业团无偿提供的总值折合人民币850万元的设备和仪器，已全部到齐并运抵现场。从野外工作用的越野车，到室内办公用的复印机，一应俱全。其中的大口径钻探设备，用来试验设备的物探仪器，均属19世纪80年代国际先进水平。

大口径钻机安装、总调试顺利，试钻成功。

群情激昂，喜讯频传。二号小口径钻机在西山农场打出了自流水。该自流井是在地面测绘和物探的基础上，圈定了一个第三系的隐伏隆起而揭露出来的。

我陪着团长和几位专家来到这里，只见一股清清的水不断地从地下喷出。我用手捧起尝了一口，甘甜爽口，清凉无比。团长高兴得像个孩子似的，蹲下来连着喝了好几口，并不时地拍照。植村先生用电导计测了下水质，基本接近饮用水标准。据总指挥介绍，这地方以前一直被认为是无水区，所以在此能打出地下水，而且还是自流水，本身就是一个了不起的发现，它对解决附近农场的生活用水有着十分重要的意义。至于水质，在新疆这种干旱地区能达到这个水平，就算不错的了。所以，对我们来说，这无疑是一项突破性的成果，其价值不可低估。

另外，根据专家的推论，对于西山地区地下水的流向也提出了新看法。也就是说，它的流动是逆向的，与我们迄今之前的推论正好相反。

当年的工作接近尾声。中日双方的合作，真诚友好，成果累累。请看一组数字：

该合作项目年度共完成 1:2.5 万水文地质测绘 300 平方公里，电法测深 135 个点，电法水剖面 25 公里，测井 10 口。水文地质钻探 10 个孔位，总进尺 1751 米，并完成了相应的水质化验、岩土样测试、水文和地下水动态长期观测。

水，是我们赖以生存的命脉。"吃水不忘挖井人"，喝着甘甜的水，我们应该记住这些"水的使者"。

译海无涯苦作舟

一、词典出版的喜悦

1995年11月21日，北京西四地质矿产部二楼会议室，我国首部《日汉物理探查大词典》首发式在这里隆重举行。就在这次首发式上，地矿部创作室作家康平采访了词典主编。时隔几天，一篇以《辛勤与汗水的结晶》为题的文章很快见诸《北京日报》，且配发了文中人物本人彩色标准照，刊登在"北京名人"专版的醒目位置。同事、同学、老师，甚至有些远在他乡千里之外的发小纷纷打来电话，特别是生活在首都北京的大学同学马聪和光绪，更是在看到报纸的第一时间就致电作者表示祝贺。其言辞之诚恳、态度之热情令人动容。苦尽甘来，我沉浸在成功的窃喜之中，甚至是有些飘飘然了。

"报上发篇文章，你们怎么这么快就发现了呢？"言谈间我不解地问。

马同学笑了："文章前有你一个大大的标准照，想不注意都难啊！"

"大标题套红，又和总设计师在同一个版面上，你说我怎么能发现不了？"光绪同学的回答更直接且富有幽默感。

听到这些，我也笑了。这是开心的笑，也是幸福而苦涩的笑；既有成功后的喜悦，也有一丝苦尽甘来的辛酸。

《日汉物理探查大词典》北京首发式现场

不说了，还是欣赏地矿部创作室作家康平撰写并刊登在《北京日报》"名人生活"版上的原文吧：

辛勤与汗水的结晶——记青年学者丁志俊

日前，一则喜讯在地质科技界不胫而走：由地矿部物化探研究所策划的《日汉物理探查大词典》由地震出版社出版发行。日本在工程物探领域是世界上领先的国家之一，然而语言的隔阂给中日两国科技界的交流带来了困难，因此我国广大地质科技界人士非常渴望有这样一部大型工具书出版。

1995年初冬，该书主编丁总抱着百万字之巨的精装样书出现在作者的面前。作者发现，书"胖"了，而面容清瘦的丁志俊却更瘦了。采访便从主编"瘦"的话题开始。

"怎么能不瘦呢！4年时间，近1500个日日夜夜，几乎没能消停过一天。"丁志俊说。

他的语言中夹杂着些许陕西口音。不错，他是陕西咸阳赵镇人，1953年生。像所有同龄人的命运一样，他1972年高中毕业后仍处于"文化大革命"时期，升学无望，只能返乡务农。先后当过农技员、大队文书、社教队员、综合厂会计、厂长等，

作者在物化探研究所办公楼前

并在此期间入党。1974年，时年20岁的他走到了第一个人生路口：公社许诺他大队党支书之职，从此可以走上仕途；大学已恢复招生，他可以申请上大学深造。当时还是知识贬值的年代，但早就具有求知报国宏愿的他毅然选择了后者。经推荐和考试后，他被吉林大学外文系日语专业录取，历史在他面前掀开了崭新的一页。经过几年的寒窗苦读，这个吉林大学的高才生作为一名优秀的外语翻译人才被国家统一分配到地质部物化探研究所，自此开始了他的职业翻译生涯。

然而，奋斗是没有止境的。丁志俊是一个有志的热血青年，他借助物

化探研究所人才济济的优势，不断拜师求教，不断充实自己。所领导被他的求知欲感动，1978年2月，组织上为了培养、使用这个有志青年，再次送他去长春地质学院仪器系进修专业课，使他获得了第二专业。在长春地院学习期间，他除了完成学业外，不仅开始进修英语，还翻译了日本九州大学米山正雄教授所著的《脉冲与数字电路》一书，25余万字，并作为参考教材在长春地院和长春邮电学院使用，很受广大师生好评。这次的专业翻译实践，也为他此后的翻译职业奠定了坚实的基础。

又是两年过后，他作为已先后掌握物化探仪器专业和两种外语的学者回到研究所，从此开始了他人生不凡的跋涉。他利用自己的外语特长和所学到的专业知识，大显身手。他频频承担研究所和部内外的外事翻译任务，在短短几年的时间里，多次在专业刊物发表英语和日语译文数十篇，并先后有《日本工程物探译文集》《国外城市物探专辑》《城市地震小区划及工程地震勘探》等文集、专著问世，在业内远近闻名。此时他没有被眼前的胜利冲昏头脑，而是深刻地认识到，当前是一个科学技术发展迅速、我国科学界对外交流不断深入，国际交流日益频繁的时代。在众多领域中，外国语的应用愈加广泛，尤其在某些领域，对日本语的需求更为突出。我国近年来虽相继出版了一系列不同语种的地学专业辞书，但日汉物理勘查专业工具书仍是个空白，而它正是广大物探工作者迫切需要的。于是，他萌生了编撰一部日汉地球物理勘探辞书的想法。

在所领导和同事们的支持下，辞书编委会正式成立。编写工作很快启动。为了保证词典的实用性和较强的时代特征，丁志俊将原选编范围由物探专业引申到化探、石油、环境、水文、地质灾害、工程地质以及计算机等领域，将原计划中收入的2万词条计50万字扩大到4万词条计110余万字，工作量之大可想而知。

据作者所知，为了集中力量编好这部辞书，丁志俊谢绝了所领导要他出任信息开发室主任的任命而安于当一个副主任，一心一意做学问。一年前所里大规模调配住房时他主动放弃了，原因是他根本没时间搬迁和装修。一些外商和外资企业曾表示要出高薪聘请他，为辞书所系，他毫不为之所动，一一谢辞了。

他，就是这样一个人，为了工作和事业，宁可放弃一切。前后经过四

译海无涯苦作舟

作者在北京新侨饭店为《日汉物理探查大词典》读者签名

年的辛勤耕耘，在他的主持领导下，一本厚厚的《日汉物理探查大词典》终于问世了。该词典以物理探查词汇为主体，广览国内外近百种科技辞书、文献和资料，博收20世纪80年代后期本专业及相关学科中出现的电子仪器、数据处理等多门类多学科的新词汇。不但从笔译、口译的实际需要出发，按词的使用频度严格取舍，还注重现代常用词，删减简单易懂的音读词条，舍去不解自明的日文单词和复合词，尽量吸收近期的新词，具有较强的综合性和较广的实用性。为方便读者查阅，正文后附有在本词典中出现的日文汉字读音索引和22个附录。由有关部、委，中科院及大专院校的专家、教授组成的编委会，更是保证了在词汇释义上的科学性和权威性。

在部机关礼堂举行首发仪式后，《北京日报》"名人生活"版对辞书主编丁志俊作了专访并以较大篇幅对他个人作了专题报道。新华社、《中国日报》、《光明日报》、《科技日报》等首都各大媒体，均对此新闻作了重点报道，中央人民广播电台也播放了这一消息。原地矿部长宋瑞祥对《日汉物理探查大词典》的问世也给予了很高评价并欣然作序。部长在词典的"序言"中指出：

"21世纪以来，地球科学的迅猛发展，为世界经济的繁荣起到了巨大的促进作用。我国幅员辽阔，大地构造位置独特，基础地质调查的科学性、系统性在世界上独树一帜，地学一些领域的研究和矿产探查技术已进入世界先进行列。

但是，我国人均矿产占有量相对不足，各学科研究发展不平衡，许多方面与世界先进水平还有差距。因此，不断加强对外交流，为我国广大地学工作者提供国外先进地学理论、一流探查技术装备等，是实施科技兴国的重要一环。从这个意义上看，《日汉物理探查大词典》的出版发行，是地学界一件值得庆贺的事情。"

正如部长在序中所言："这部词典是我国第一部日汉语综合性地球物理探查专业辞书，它的出版填补了我国日语专业工具书的一项空白，并为广大地质、矿产、冶金、石油、铁道、建筑等行业各类专业人员提供了一部不可多得的对外交流工具。尤其是这部词典具备了紧跟时代、内容丰富、标准化强等特点，相信它将会受到教学、科研、企业等专业和管理人员的欢迎。"

部长强调说：作为一名地学工作者，更让我感到欣慰的是这部词典的编者们认真的工作态度和严谨的治学精神。词典的主编丁志俊先生为此做了长达八年的基础准备，主编单位地矿部地球物理地球化学勘查研究所立项三年，组织协调国内一大批本专业日语专家、教授和学者，并且得到了日本国多位学者专家的鼎力协助和支持。他们在国内外尚无完整词典原本参考的情况下，广泛收集资料，精心加工处理，反复审校提炼，做了大量、细致、扎实的工作，才精选出现列入词典的4万条正文词汇和22个附录。因此，这是一部本专业结构系统较为完整的标准化词典。

《北京日报》"名人生活"版专题报道

高兴的是，中日两国包括地学

界在内的科学技术交流日益增多，1996年8月中国北京将举行第30届国际地质大会，《日汉物理探查大词典》的出版更有不同的意义。这不仅为中日两国科技交流与往来增加了一座语言的桥梁，同时更进一步增强了中日两国科学工作者和人民之间的友谊。在当前这样一个和平与发展成为世界主流的时代，我们期待着这样的语言工具书不断问世。部长的鼓励和作家的感言，无一不昭示着这部词典的前瞻性和鲜明的时代特征。

这段时间，部办公厅新闻处、新闻记者、主管部门中勘院及物化探研究所的一些刊物的采编人员也频频找他约稿或采访，一些媒体也纷至沓来，找他欲进行追踪报道，这对于还担任着信息室领导职务和支部书记的他来说，真可谓应接不暇，忙得不亦乐乎。

至此，他的人生和事业可谓达到了前所未有的巅峰。

丁志俊虽刚过四十岁，但在他身上却体现着老一代科技工作者的献身精神。他主编的《日汉物理探查大词典》，填补了我国在物探领域里中日文工具书的空白，为中日两国的科技交流与合作架起了一座语言的桥梁。辞书的问世是一位热爱祖国、热爱本职工作的翻译家、青年学者向祖国和人民交出的一份满意的答卷。

二、初露尖尖角的翻译事业

自从盘古开天地，人类只有一个地球。

黑人、白人、黄种人，同属人类。

东方人、西方人，中国人、外国人，都是地球村的"村民"。人类所有的意愿，都需要通过语言这个交流的工具来表达。

然而不同肤色、不同人种、不同国度的"村民"，操着诸如汉语、英语、俄语、日语、韩语、阿拉伯语、西班牙语等各自不同的上百种语言，如何沟通？

不知过了多少天，多少月，多少年，地球村的"村民代表"在经过一次大聚会后，相视一笑，恍然大悟。终于明白了光靠指手画脚、捶胸顿足的交流，太累、太累。听着对方优美而流利的语言而不知所云，看着对方友好而和善的笑容而难以沟通，这又与哑人何异？于是有人提议：

"互派学习对方的文字，互译双方语言，使得相通晓。"这便是最古老的"通事"。于是，一个特殊而又不可替代的翻译行业——"Translation"便应运而生。

作者涉足此行业数十年，将以自己亲历的故事，撩开翻译这一行业的神秘面纱。细品此文，从中不仅可以领略到翻译人的甘苦，也可以体会到无尽的乐趣。

2003年8月中旬的一天，上午10时许，一辆挂着"京"字牌照的红色尼桑轿车轻轻地驶入位于廊坊市中心区的金光道11号档案馆，下车的三位同志表情严肃，行色匆匆，直奔位于四楼的大友翻译公司。

"辛苦了，丁总！这么短的时间，这么多的内容，提交给我们这么好的译文，真是太辛苦你们了。"一位负责人舒展笑靥，紧紧地握着我的手一迭连声地说着，感激之情溢于言表。

"不用客气，这是我们的工作，也是分内的事，应该的，应该的。"面对不请自到的贵客，我也显得有些激动。"真了不起呀！我想你们肯定是通宵达旦地开了夜车，你知道这关系着我们近千万元的投资啊！"

"这是一点小礼品，不成敬意，请收下……"

"不，您能满意，就是对我们的最大肯定，心意领了，东西断然不能收……"

双方在互相推让，气氛极为和谐、友好。

这是怎么回事呢？原来前来道谢的是北京的一家公司，几天前和美国一家企业洽谈合作事宜，双方基本上有了意向，但是对方要求中方提交项目可行性报告和计划书。这家企业已找学校的外语老师和社会上的业余翻译力量进行了翻译，但由于其对规范的文本格式乃至用语缺乏了解，加之经验不足，错译或不确切之处比比皆是，为此差点被外方谢绝合作。在了解到大友翻译公司后，他们就连夜开车赶到廊坊，向我提出请求，在三天之内重新翻译校订出这批五万余字资料的要求。于是，我连夜组织员工进行翻译，经过三天两夜的奋战，终于把图文并茂且又准确的译文交到了客户手中。

大友、大友，既是广大用户之友，又是众多翻译之友。大友翻译公司的创立就是为那些极有翻译特长的人提供一个大有用武之地的平台，为政府以及欲广交海外朋友，走向世界的企事业单位和个人设立一个便利的"窗口"。搭建语言桥梁，实实在在地为客户解决问题，这就是大友的初衷，也是主要的目的和任务。

大友翻译公司的发展源远流长，它既有国企中国邮电翻译公司的血统，又有现代企业的动态管理机制、丰富的市场运营经验和稳定的客户群。眼下，作为北京的一家大公司，在北京这样一个人才济济的地方，为何连夜开车赶到廊坊大友翻译公司请求援助，缘由何在？这是因为大友人对翻译事业不懈的追求，使公司赢得了重信誉、守交期、费用稳定、质量可靠的口碑，得到广大客户一致好评的根本所在。

成功的背后总有着数不清的艰辛和跋涉。几年前，我供职的研究所工作轻松，收入稳定，且我已被任命为副处级干部。而就在此间，本人却是忙得不可开交。上级机关有外事活动，点名要我参加；新成立的开发区也通过朋友，甚至是朋友的朋友慕名而来，要请我去做翻译；更有不少人把笔译的资料送上门来，请我帮校正。因为业务发展的需要，有的要译日语，有的要译英语，有的干脆以高薪为条件要把我挖走。

正是从这时起，我看到了一个新的市场和发展机遇。国人急于走向国门，产品要销往海外，产品要打出自己的牌子，海外的企业要进入中国市场，语言告急。语言是个大障碍，而要从根本上排除这一障碍，就需要有一个"窗口"，这个窗口可对内又可对外，而这一切首先需要解决语言问题。所以，搭建语言平台这是解决问题之根本所在。

俗话说，"病急乱投医"，看到那些跑北京、到高等学府四处寻找外语人才的人充满渴求的目光，看到翻译寻觅者匆匆的身影，我心里确实不是个滋味。别的不说，就我所在的研究所，当时就具备日、英、德、法、俄、韩等各类翻译人才，如果对此进行整合发挥其各自的外语优势，服务于社会，岂不是一大贡献？不出研究所大院，就有这么多人来找，如果要成立这么一个专门机构，公开亮出翻译公司的牌子，岂不更是筑巢引凤？而且对用人单位来说，在当地就能解决翻译难题，岂不省却了好多往返于北京的麻烦，无须舍近求远呢？这便是我最初想干翻译公司时所萌发的念头。

下面转上采访我的记者何海波先生以"大友语言桥"为题在中国文史

墨香星河　The Star River of Ink Fragrance

出版社出版的《创业者先锋》一书上选发的部分内容，亦也作为对往事的回忆：

"你一个人不可能分两半呀，因为当时找上门来的不仅有国内企业，也不乏过去给做过翻译的外国老板。"面对提问，丁志俊总经理顿了顿说："我有一个外国朋友，是搞服装业的，仅在中国国内就有好几个工厂。当时也曾几次诚心地邀我去为他管理企业，出任服装公司的总经理。开出的月薪是1万元，年终奖金另算，另外还外加每年一次的半个月海外度假。这个条件在当时已经是够诱人的了。但考虑到诸多因素，我还是毫不犹豫地谢绝了。当时也有关系不错的同事觉得可惜，但我不后悔。俗话说"尺有所短，寸有所长"。做人也是这样，有所为有所不为，如果我当时出任外资企业总经理，那势必放弃我稳定的工作，还有我挚爱的翻译事业，再说对服装行业不熟悉，对这类劳动密集型企业的管理更不在行，如果硬干，岂不是无自知之明，砸自己的牌子，毁自己的前程？现今有能力的翻译人才太缺了。诸如企业的外事交往，不同国家间的往来文件，国际科技交流及把国内作家的作品介绍到国外等等，这都需要运用外语这一手段去解决。而离开了外语，又当如何去沟通、去交流？

"可以想象，离开外语这个桥梁，对外交流就会寸步难行。也许本人是学外语出身的，对外语有特殊的感情吧，无论如何很难割舍自己的这份外语情结。从事外语翻译我是行家里手，可谓驾轻就熟，游刃有余。而放下自己精通的业务，去重新进入一个陌生的行业，又怎么能干好呢？翻译，既是我的职业，又是我的事业，改革开放又这么需要，我没有理由不选择它。"丁总旁征博引，滔滔不绝。

良好的服务和对翻译事业的不懈追求，使大友翻译公司赢得了新老客户的信任，树立了良好的企业形象。通过公司员工的共同努力，为我国和世界的交往，为国内企业走向世界及国外新技术的引进，架起了友谊的桥梁。

公司拥有一批长年从事外文翻译工作的专兼职译审、副译审级专家，符合国际翻译行业标准。同时，公司还有多名各个学科的大学教授、多专业领域的高级工程技术人员作为技术支撑，可以为中外客户提供英、日、德、法、俄、西、葡、韩、阿语、越南语等多个语种的高质量的笔译和口译服务。

目前，大友已成为科学出版社科普读物、电子工程、多媒体通信计算机等专著翻译的正式签约单位，不定期地承担该社的出版物翻译，迄今已完成《图说数字技术》《多媒体与数字信号处理》《计算机图形学》《TCP/IP 网络工具篇》等8本图书的翻译并已正式出版。同时，公司还为国际电信联盟翻译出版了《电信发展中的重要问题——融资与贸易》一书，30余万字；为人民邮电版社翻译了《国际邮政快递和海关问题业务操作汇编》，并为信息产业部翻译了德国电信法规等。

良好的企业品牌，来自领导者一流的管理水平。丁总不仅具有渊博的外语知识，而且具有很强的管理艺术，这一切都来自他对事业无悔的追求。"有志者，事竟成，破釜沉舟，百二秦关终属楚；有心人，天不负，卧薪尝胆，三千越甲可吞吴。"深知"吃得苦中苦，方为人上人"的丁总，是这么想的，也是这么做的。公司在总经理丁志俊的领导下，本着"质量第一，用户至上"的宗旨，坚持以人为本、建立高素质翻译队伍为目标，以"团结、奋斗、开拓、进取"为理念，不断提高翻译水平和服务质量，积极开拓品务领域，向国内外客户提供全方位、多层次、高质量的翻译服务。

迄今为止，大友翻译公司与信息产业部、国家计委、中信集团及摩托罗拉、北方电讯、东芝、NEC、日商岩井等国家机关和世界500强企业保持长期的合作关系。同时，公司也相继承担了廊坊市政府、开发区、管道局与美联制动、河北省"5·18"经贸洽谈会、国际管道技术与装备展等重大的涉外翻译任务。文字翻译已逾千万字之多，为廊坊的"强市名城"建设做出了积极的贡献。

三、大业唯勤友谊唯诚

还是以记者笔下的本人形象来说话吧——

初次见到丁总，他就会给你留下和蔼可亲、平易近人的印象，谈吐风趣幽默，与人交往非常随和。他是一个惜时如金的人，在时间观上，他非常认同朱自清对时间的看法，"洗手的时候，日子从水盆里过去；吃饭的时候，日子从饭碗里过去；默默时，便从凝然的双眼里过去。我觉得它去的匆匆了，伸出手遮掩时，它又从遮掩着的手边过去；天黑时，我躺在床上，它便伶伶俐俐的从我身上跨过，从我的脚边飞去了。当我睁开眼睛和太阳相见，这算又溜走了一日。我掩面叹息，但是新来日子的影子又开始在叹息声里闪过了。"这既是前人对时间的精辟描述，又包含着生活的智慧和哲理及对芸芸众生的忠告。

的确，时间如流水一般，转瞬即逝，如不及时珍惜，将抱憾终生。他是这么认为的，也是这么做的，他把时间当作自己生命的全部天珍，合理充分地去利用时间。工作中，丁志俊长期担任英、日文的口、笔译及有关国外情报的研究工作。长期以来他完成了大量的科研论文、动态等译校任务，并发表了大量译著文章，业务水平不断提高。

由于工作业绩突出，早在1993年他就被地矿部高职评审委员会评定通过，获得国家翻译系列的高级职称——副译审。

他的爱好非常广泛。除搞好本职工作外，作为一个综合大学的外语高才生，他还翻译了《埃及女王遗宝之谜》《密室四重奏》等几部日本文学作品，并分别由农村读物出版社和花山文艺出版社出版发行，一炮打响。由于他在文学方面展现出的才华和在外语方面不俗的翻译成就，先后被中国通俗文学研究会和中国地质作家协会吸收为会员，成为部内外闻名的职业翻译家和兼职作家，频频地在各大报纸发表一些散文、通讯和纪实作品。人生就是这样，时间不可虚度，生活应该丰富多彩，做人就应该有所作为，才会不虚此生。

不仅如此，他还是中国仪器仪表学会和中国环境地质灾害研究会的会员，自1985年起，连续发表论文并引起有关方面的注意，活跃在各个不同的学科领域，在人生的大舞台上充分展示着自己的才华。

在知识分子队伍里，他不仅把自己的业务干得很出色，而且还有着较强的市场意识。几年前，他就经和外方多方联系，把OYO仪器中国维修中心引入了所内，凭借研究所强大的技术和品牌的优势，在各部委相关行业强手如林的背景下，争得了这一引进项目，既扩大了研究所在国内外的影响，又产生了较好的经济效益。同时，他作为信息室副主任，又大刀阔斧地进行改革，根据工作需要第一个在研究所内集资建立"激光照排系统",购置了全套设备,按市场化模式运作,打破了"大锅饭"的框框。全所共有五十余人成为股东,而他众望所归地被推举为董事长。在所领导的支持下,作为试点开了在科研机构进行小范围股份制运作的先河,强化了人们的市场观念和竞争意识,为科研单位的体制改革开了一个好头。

随着地矿系统对外交流活动的增加,翻译工作日渐繁重。丁志俊独立承担着研究所与国外的业务联系、学术交流及不同学科的笔译和口译任务,并多次参与部内外各类外事活动,担任日语和英语翻译。学然后而知不足。繁杂的工作量和知识的过度输出使他感到有些力不从心,特别是英语。虽然日语是大学的专业,但英语却是有着更长的学习史,因为从初中到高中的外语乃至大学期间的第二外语都是英语。但一旦实际应用起来,却感到水平还很不够,应付不了实际工作。于是,经过严格的入学考试,经组织批准,他于1988年7月至1989年7月进入石油部管道学院出国特训班脱产学习了一年英语。该特训班的主要目的是要学生在口语上能有所突破,全面培养学生听、说、读、写、译的能力。这对于他来说无疑是天赐良机,因为要掌握一门外语容易,但要听懂并能自己开口说话,如果没有一定的语言环境或经过专门的训练,就不那么容易了。在校学习期间,他早出晚归,为了节省时间,后来干脆住在学校的宿舍里,开始了对英语的全力攻读。对于学校开设的英语精读、泛读、听力、口语、应用文写作这几门课程,他每门都下了很大功夫,对于每学一课的新单词不仅要全部背下来,而且还通过提前预习,查出每一个新单词尤其是动词的词义及用法,并且尽可能用单词造句或写短语,交给任课老师批改,以求提高和真正掌握使用并能举一反三。在上口语课时他尽可能自己创造机会多讲,多练习,积极回答问题。有同学开玩笑说:"上课的时候,如果老师提问,丁志俊的手总是举着的,他发言最勇敢了。"

是的,学外语就得有这么一股子劲,要厚脸皮,不好意思开口永远没有改正自己发音和语法错误的机会,更谈不上提高和进步了。而且,在上口语课和写作课时,他利用给外教写信的形式,表达自己想在课后,尤其是双休日抽时间和老师练习对话的愿望,当老师在作文批上"OK"后,他当即在课间休息时和外教约定周末练习会话的时间，此后每周都抽出2个小时，直到学业完成。美国老师认为他是当之无愧的好学生，并断言"按他的成绩和悟性，如果到了美国或其他英语国家，工作和生活应当是不成问题的……"

一年后，满载着丰硕的学习成果，他离开学校，又回到工作岗位。这时，他已能操着一口流利的美语和老外对话并能更加自如地进行英语资料翻译了。

在普通的翻译岗位上，丁志俊做出了不平凡的业绩。他痴迷于自己的外语，但他也非常致力于地质物化探事业。前几年，他甚至放弃了朋友介绍和组织推荐到国务院中国国际人才中心就职和去地矿部国际司工作的机会，继续他对物化探事业的追求。在此期间，他结合专业学科出版和发表了译作100余万字，加上未曾发表的翻译资料，笔译工作量达220多万字。在普通翻译岗位上，他的效率已经是惊人的了。时至今日，他对当初的选择毫不后悔，并且按照既定的目标前进，义无反顾。

四、不懈追求的事业

在这部书稿交付出版时，正值中秋时节，有阵阵桂花香气进入鼻息，让我想到这样几句诗文：

> 桂花开放的声音该是被夜色淹没了，
> 但我们毫不怀疑它的香气，
> 星星知道，月亮知道，
> 白天的太阳更知道。

还是以记者采访我写下的报告文学章节来印证本人的人生经历，诠释以往的时光吧——

"根植于沃土之中，才能播种出希望。无论是我在研究所工作期间，还是离开后自己创业，都离不开领导和同事们给予我的支持和关怀，没有这种宽松的环境，没有组织对我的培养和教育，就出不了成果，也就没有今天的翻译公司。所以说无论是过去的老领导，还是今天的现任所领导，我对他们都很感恩。"丁总讲这番话时，感激之情溢于言表。这也是他发自肺腑的声音。

丁总活得很累，同时，与那些跻身于洋买办、驻外使馆官员或外资公司高级职员之列的大学同学的生活相比较，他又活得很傻。他几乎没有休假日的概念，几次放弃去杭州和北戴河疗养机会，小小办公室是他多年最感乐趣的地方，过度的劳累使他提前进入了中年人的行列……可是，他却自得其乐，乐此不疲。

当记者采访他时，他苦涩地说道："数年如一日，起点一个接一个，周而复始，构成了我无数人生的阶梯，勾勒出一条坎坷艰难的创业之路。"

"为什么要这样？"总有人会问。

这位颇显年轻的翻译家侃侃而谈，"我的职业与人类赖以生存的地球有关，意义无须多说。我相信这句话——只有在不断进取中，才能找到个人的人生位置"。

面对辉煌的过去，丁总没有满足。过去所取得的成绩更激发了他对事业的追求，和向新目标的挑战。

就在这时，一个历史性的机遇来了。

经朋友介绍，在开发区建立伊始，北京的一家国有大企业——中邮翻译总公司欲在京外设立自己的分支机构，以求得更大的发展。经过上海、武汉等地多次考察后，又多次找丁志俊商议设立分公司事宜，认为他是最合适的人选，于是决定在廊坊设立分公司，并委托他全权负责新公司的筹办工作。

想到自己的事业和朋友的需要，他毅然做出了一个令很多人不解的决定——辞官下海，出任总经理，搭建翻译服务平台。这样既可为朋友出力，又能为很多驻开发区的外资企业解决翻译难题，充分施展自己的才能，直接为廊坊的改革开放服务。何乐而不为？

最后，经过多方的论证和充分的筹备，"中国邮电翻译服务公司廊坊分公司"（即"大友翻译服务有限公司"的前身）正式成立了。同年9月，邮电部中邮翻译总公司下发了07号文件，正式任命他为廊坊分公司总经理，主持全面工作。从此，历史在他面前翻开了新一页。

公司是成立了，但如何打开市场，让人们知道有这么一个专门从事涉外业务的翻译公司，可就不那么容易了，而且这个过程还很漫长。在公司成立后的前半年时间里，没有客户，没有业务，他心里直发慌，还有什么比无所事事的日子更难熬呢？虽然有邮电总公司的投资和市邮电局的大力支持，可启动资金一天天地减少，没有收入坐吃山空毕竟不是长久之计呀，坐在空旷的办公室里无业务可做，仿佛把你放在了一个被人遗忘的角落。要干点事真难，不会如想象的那么美好，这种切肤之感只有此时才有。

离开大锅饭，创业有喜有忧，这是最初的真实感受。

一个新企业的建立和正常运营，需要一系列的磨合以及逐步完善经营管理体制和制定规章制度，以此约束和激励每一名员工的工作热情。丁总上任伊始，首先着手起草了一系列企业管理文件，并出台了《翻译公司员工守则》。对约束翻译的行为规范有了具体要求。在他的领导下，分公司自成立后，在经过招聘翻译、购置办公设备到正式承担总公司首次下达的翻译任务起，总算度过了艰难的设立、创业、磨合期，步入了平稳的发展阶段。到1998年，公司的业务有了长足的发展，人员、业务水平、管理水平均步入正轨。由于前期的广告宣传和翻译队伍的不断稳定，公司在廊坊市区乃至周边地区都有了一定的影响和知名度，这也为公司的进一步发展奠定了坚实的基础。

"古人云：'工欲善其事，必先利其器。'在现代信息社会，更是如此。一交通、二通讯。便捷的交通工具和先进的通信手段对一个企业的发展更是有着举足轻重的作用。如果能在世纪之交，在分公司发展的关键时刻为我们提供一部车辆，为企业的发展无疑会插上腾飞的翅膀。"

这是提交给北京总公司的购车报告上的一段文字。

5月，一辆挂着京牌的黑色奥迪接回了分公司，丁总圆了盼望已久的汽车梦。高兴得几天没睡好觉，走路时也掩饰不住挂在嘴角的笑容。是啊，在现代社会，良好的交通工具对于一个企业，对于一个欲大力发展事业的企业家来说，是多么的重要啊！这部车的及时到来，无异于是如虎添翼了。

9月18日，在中邮翻译公司廊坊分公司成立3周年庆典仪式上，市政协副主席雷金池赠送了亲笔手书的"通讯电波传四海，语言金桥架五洲"贺联，并对公司成立3年来为廊坊改革开放所做出的贡献给予了充分肯定。信息产业部、国家邮政局和中邮翻译总公司领导也前来祝贺。《廊坊日报》以"中译廊坊分公司为对外开放架起语言金桥"为题，作了专门报道。公司在上级领导及社会方方面面的大力支持下，已基本站稳了脚跟，受到社会各界的认可和赞同。公司的成立，为渴求解决口、笔译燃眉之急的用户提供了方便。

"当每次看到用户找我们翻译时那种热切期盼的目光和拿到译出并打印好的译件如释重负的样子时，虽然苦点、累点，但从中看到了我们真正的价值和作用，倍感欣慰。"

在管理上，公司始终坚持"用户第一，服务至上"的宗旨，在服务改革开放和经济发展中不断壮大自己，逐步发展成为一个集翻译、咨询、外事综合服务为一体的公司，业务活动全面展开。几年来，公司承担各类出国及涉外函件翻译逾千件，先后与多个国家部委、第22届万国邮联大会秘书局、《中国商务》北京卷编委会及日商岩井、NEC、爱立信等知名大公司建立了业务关系，全面承担了国际电信联盟通函的翻译工作，并成为廊坊市公安局、司法局公民出入境及涉外公正的指定翻译单位，为加快当地与周边对外开放的步伐做出了积极的贡献。

五、"大锅饭"时代的结束

8年过去，弹指一挥间。

经过在国企的摸爬滚打，特别是翻译这个特殊行业，每个从业人员的自主性和灵活性显得更大，在管理上就显更具体、琐碎而又劳心。还是引用记者当时采访我后写下的文字来佐证吧：

对于他这个儒雅的知识分子来说，更是一种严峻的考验。虽历经风风雨雨、坎坎坷坷，但总能平平安安地走过来。这就是胜利，就是成功。

当今社会，新经济体制的变革是一大趋势，也是改革的必由之路。在世纪之交，中邮总公司也面临着这种变革。在国企感到束缚手脚的他认识到这是一个历史性的机遇，于是就萌发了创办自己公司的念头，于是又辞去了总经理的职务，举起了新公司的大旗。

大友翻译公司随之正式挂牌成立。

新公司成立后，在丁志俊的带领下，进行了一系列的改革。在管理上，他告诫员工首先要有一个认真的工作态度。翻译工作涉及许多专业知识、社会知识和语言知识，对每一句话中的生词都应认真对待，不要轻易放过。只有对原文融汇于心，才能下笔抒词。对待知识来不得半点虚伪和骄傲，在翻译时名词要统一，叫法要规范。其次，他要求员工要虚心学习，不耻下问，不能强不知以为知。比如今天不懂、稀里糊涂地翻译出来，下次还不会，这样就会永远处于不知的状态。同时，在翻译工作中要注意积累，总结用法，并正确对待别人对译稿的品头论足或批评。学问，学问，学而时问之。如果不懂装懂，那就失去了取得别人帮助的机会，就不会提高，更不会取得进步。

确实，翻译是一门艺术，而一个称职的译者就是一个跨语言的作家。无论是外译中，还是中译外，都要对语言进行重构，这就是人们常说的再创作。所以说，翻译容易，但要做一个好翻译、一个称职的翻译却并非易事。做翻译要涉及各行各业，甚至是极为前沿性的学科领域。这就需要博览群书，具有广博的知识面。就此而言，一个称职的翻译家首先得是一个"杂家"。这样才能应对不同学科、不同客户的需求。

"信、达、雅"这翻译三要素是对翻译人员的基本要求，也是翻译人员首先应坚持的行为准则。中文和诸多外语之间本身还有许多差别，要分析其异同，如机械照搬地翻译势必会出现"外化汉译"，这时就需"意译"，即在忠实原文的前提下，摆脱外文结构的束缚，使译文符合汉语习惯，达到和谐统一。汉译外时更得注意，只从字面译不行，而是要透彻地理解原文后再创作。否则会成为所谓的"chinglish"或完全错译。

如英文"one boy is a boy, two boys half boy, three boys noboy"。若按英文字面意思，译出即为"一个男孩，就是一个男孩，两个男孩呢，就成了半个男孩，三个男孩就没人了"。而译成英语的标准说法该是："一个和尚挑水吃，两个和尚抬水吃，三个和尚没水吃。"这就是两种语言的异同，类似这样的例子举不胜举，特别对此类谚语，已有了约定俗成的译法，若是生硬地译出，外国人不知晓，而且还会闹笑话。

再比如对于"部"的译法经常会碰到，单从字面上都是"部"，但部的大小和含意却不大一样。中央有许多部、委，而各级政府或企业也设有不同的"部"，大部委的部译成英文是"ministry"，而省以下各级政府部门或企业内设的只是一个部门的部，英文的译法就是"department"或"division"而绝不能译成"ministry"。我就碰到一个客户，要求译出政府部门的一个部长头衔，当交给他译文后，他就说了"部长"就该是"ministry"呀，怎么译得不一样呢？于是我就给他解释，字面看起来都是部，字面一样，但译法不同，此部非彼部，此部长非彼部长也。他听后心服口服。

为了增强公司的发展后劲，我和同事们在原有业务的基础上，不断扩大服务范围。利用廊坊距北京、天津近的优势，大做文章。在我的身体力行下，公司工作蒸蒸日上，业务量不断上升。经已建立了信任的那家北京大公司介绍，又有多家客户纷纷慕名而来，委托给大友公司翻译之重任，使市场不断得以开拓。

俗话说："智者千虑，必有一失。"事业的发展也一样，不光是过五关斩六将的一路畅通，同样也有败走麦城的经历。印象最深的是在新公司成立初期，聘用了一名翻译，由于用人没有经过严格把关，致使译件内容屡屡出错，严重地损坏了公司声誉，给公司业务造成了很大的负面影响。后来，公司果断地辞退了这名翻译。但她被辞退一个月后，又回来佯称找到了工作，要求公司在其打印好的证明上盖章，不想竟引起了一场旷日持久的官司。

事后才明白，当初我们为对方找到工作而感到高兴，出于好心给她盖了章，但万万没有想到，此章一盖却成了对方状告公司侵害了劳动者权益乃至败诉的书面证明。原来对方是有备而来，而我们自己却没有意识到盖这个章是要承担法律责任并付出代价的。所以，我想以自己的这一亲身经历，告诉那些善良的人们，当引以为戒。

"福兮祸所伏，祸兮福所倚。"虽然好心没有得到好报，但我和同事们却从这一反面教材中受益匪浅。通过此事，公司修改规定：一是聘用人员必须品德良好，有一定的翻译工作经历，公司领导对应聘人员都要亲自考察，宁缺毋滥，绝不含糊。应聘人员需工作认真而且必须经过6个月的试用期后才能正式录用。二是增强法律意识，以此为戒，加强管理，无论是熟人也好，朋友介绍的人也好，都不轻易在文件上盖章或出示证明，防止再次出现类似事件。

六、充满希望的前行之路

说了这么些"大友"，我似有说不完的话题。我对大友的含意还做了以下诠释："大友"亦即拥有众多的朋友，同时也是大家的朋友。公司的英译名"Good Friends Translation Service"其含义即为好朋友翻译服务。所以本公司也愿意通过优质的服务，广交天下朋友，使"大友"真正成为通往国际的桥梁，同样也使大友真正地成为企业的知心朋友。

的确，对翻译事业不懈的追求，奉行"金的品质，银的交期，铜的价格"的经营理念，使大友赢得了重信誉、守交期、费用稳定、质量可靠的口碑，新老客户纷至沓来。

有人说："世界上最快乐的人有三种。一种是经过千辛万苦完成了一件雕塑，吹着口哨欣赏自己作品的艺术家；另一种是刚刚成功地动完一例大手术，如释重负地长出一口气，把一个濒临死亡的病人从死神手里抢救过来的外科大夫；再有一种就是我们这种翻译工作者了。经过日夜奋战完成

朝气蓬勃的翻译团队

一宗举足轻重的翻译任务，当用户手捧厚厚的译稿满意地离去，这种与人共享的成就感，这种别人难以体会的快乐，绝不亚于艺术家和外科大夫。"

我时时告诉员工，做学问来不得半点虚伪和骄傲，特别是笔译，白纸黑字写在纸上，必须经得起时间和质量的考验，这也是公司能否长期生存的根本之所在。

翻译方式除有口译、笔译之分外，在笔译时，还需根据译文读者对象的不同采用全译、摘译、编译，有时还要汇集相关资料进行专题译述或综述。

身教胜于言传。对于员工的要求，我率先垂范，强调搞外语的，特别是一个好的口语翻译，就得做到"拳不离手，曲不离口"，而要胜任笔译更须"处处留心皆学问"。无论是在上下班的路上，还是置身于车水马龙的首都北京，对英文路标、各类大小不同的中英文户外广告牌，甚至于对一些进口车的外文名称都注意收集整理，以备不时之需。

"大友翻译"的牌子打出去了，我们以一流的水准和人格魅力吸引了一批优秀的翻译人才，乃至外地的一些高水平的社会翻译力量也纷纷投靠，均被纳入麾下。特别是对于一些小的语种，如日语、韩语等的翻译和打印制版问题，通过安装软件，配备专门系统设备，客户再也不必为解决此类印刷问题而舍近求远地跑北京了。

就在不久前，霸州市某企业的几名技术人员驱车赶到公司，拿出正在加工机械零件的英方和德方图纸，让公司译员当场翻译，并要求解决一些含糊不清的加工图例要求和长度单位尺寸问题。由于涉及的内容很专，又是给外方提供的加工件样品，所以公司又找来有关机械专家和翻译一起切磋、研究，终于弄清了图纸加工的具体要求和全部尺寸及内容，为客户解了燃眉之急。该企业按此下料的零部件规格完全符合外方的要求，从而争得了一大单对外加工业务，他们连连道谢。

在 2016 年，北方农产品交易会的项目交给了大友翻译公司，国际电梯展、国际管道技术与装备展也指定大友翻译公司为唯一的展会翻译单位。大友公司的业务有了长足的发展和延伸，我也更有了用武之地。在国际展会上操一口流利的日语或英语直接与外商交谈，并多次应邀出席国际会议，使公司的业务上了一个新的台阶。

酒香不怕巷子深。除原有的客户外，新客户纷纷上门与大友洽谈业务，大学城的业务来了，燃气工业园的业务来了，天津王古开发区的业务也来了……今年大友以 www.dyts.lf.cn 网址建立了自己的网站，更新了设备。大友的业务，也在以前所未有的速度不断延伸扩展。

几年来，大友翻译公司集翻译、咨询和会展服务于一体，以电子信息、通信、石油化工、机电工程等行业为主，与摩托罗拉、NEC、东芝、日商岩井等知名外企，与开发区、管道局等部门和美联制动等国内大企业密切合作，文字翻译已达到一千万字以上。所有这些，我的确付出了超出常人数倍的辛劳，也不枉为大家称为"当之无愧的翻译家、学者"的评价。我想，对己、对人时时事事高标准、严要求，才称得上是一个具有深厚文化底蕴的新世纪"儒商"。

十年庆典逸事

一、朋友的厚望

2008年，在大友翻译公司成立10周年暨乔迁之际，市委统战部长孙铎欣然题词"搭世界语言之金桥，做天下客户之大友"；市政协副主席、著名画家雷金池亦为大友作画题词。2008年4月20日，中外宾客云集市新华路203号，丁志俊要小庆一把了。他的原研究所同事，时任廊坊市政协副主席王学求在庆典仪式上发表了热情洋溢的讲话。对他的翻译事业，对大友翻译

大友翻译公司十周年庆典现场

公司，对廊坊市的改革开放，对社会的贡献做了充分肯定。面对台下出席庆典的嘉宾，王学求高兴地说：

参加今天这个庆典，我很高兴。值此大友翻译公司乔迁暨成立10周年之际，我谨向大友翻译公司总经理丁志俊先生及其全体员工表示热烈的祝贺。

大友翻译公司总经理丁志俊先生和我既是一个单位的同事，又是比较了解的朋友，当时他从研究所下海经商，在外闯荡，迄今已有10年，确实不容易。10年来，大友翻译公司坚持以人为本，以建立高素质的翻译队

伍为目标，不断提高翻译水平和服务质量，连续几年为我市"5·18东北亚暨环渤海国际商务节"及其他双边合作方面提供英语、日语、韩语等语种的现场口译和大量的文字翻译工作，为廊坊经济的发展架起了友谊的桥梁，做出了重要的贡献。

2008年不仅是我国的奥运年，同时也是世界的奥运年，届时来自世界各地的宾客将会齐聚北京，这就需要首先解决语言上的沟通问题，才能使国外来宾在顺利观赏奥运赛事的同时，更好地了解中国、了解廊坊。所以，奥运年不仅是全国人民的大喜事，也是我们廊坊人民的大喜事，更是廊坊走向世界，进一步打开对外窗口的绝好时机。面对如此喜人的形势，正是大友翻译公司大展身手的时候，既是新的机遇，又是新的挑战。今后，希望大友公司的全体员工再接再厉，开拓进取，为翻译事业的发展做出更大的贡献。

同时，也希望大友全体员工以此次乔迁为契机，以继续服务好我市对外交流和奥运年为目标，发扬成绩、架设语言金桥，用实际行动充分发挥每一个人的聪明才智，再创辉煌。

二、员工的心声

（一）大友——我的成长舞台

公司翻译部主任李化健撰稿说：

从2005年夏天到现在，我在大友翻译公司工作已经快3年了。

刚来公司的时候，要说翻译经验，可以说我一点儿都没有，有的只是在高校担任了一年英语教师的经验。那段时间我翻译完的文件连自己都看不明白是什么意思，因为许多专业性强的知识我在上学和教学的过程中都没有接触过，我所学过的教育英语在翻译管道机械、石油化工、网络通信等方面的专业文件时远远不够。大友翻译公司是一家综合性的翻译公司，方方面面的知识都需要用到，所以我只好边翻译边反复查字典，每次翻译完都要改好几次，做到自己认为最好的程度才拿给负责校对的翻译看，而且稿子校对以后我都要返过来反复看，直到理解为止。虽然没有翻译经验，但是我认真虚心努力、执着、充满热情，所以进步很快。

　　工作5个月后我开始做校对的工作，这对我来说既是挑战也是很好的锻炼机会，开始我校对得也慢，随着经验的积累，我的校对速度也在逐渐提高。公司大部分的工作都是笔译方面的，而且许多时候工作量很大，时间又紧，手上有好几家客户的工作需要同时交稿的情况也经常出现，这些情况使我学会了如何区分工作的轻、重、缓、急。现在，我翻译和校对过的稿件至少有60多万字了，这些都是我的财富啊！

　　再来说说口译吧！2006年的3月，我得到了一次很好的口译机会，为开发区某澳大利亚的企业做现场口译，我所负责的那个组有两个意大利工程师和一个德国工程师，他们的母语都不是英语，所以他们讲的英语听起来比较吃力，但是他们讲话的语速都比较慢，抓住了他们的发音和用词特点就不难理解了。在那里工作一段时间后我对这家单位的企业文化、环境、工作情况和工艺流程都有了一定的了解，两个月后，这个组的工程师们回国了，走之前，一位意大利的工程师问我："Ivy，你在意大利有朋友吗？"我说："没有。"他告诉我："我们几个都是你在意大利的朋友，你要记得我们，去了意大利也一定要找我们。"他们的话让我很感动！送走了他们之后我又给另一个组的德国工程师们做口译，他们的英语说得很好，给他们翻译一个月后我的口译水平又有了明显的提高。结束了那里的口译工作后回到公司再做笔译就觉得更顺手了。

　　很快我又得到了为开发区某家美国独资企业担任电脑系统管理软件培训工程的口译机会，这方面的知识我也不怎么懂，所以提前参阅了大量的相关资料，就是恶补，以如饥似渴的那种方式。那次口译时间是一周多，很忙、很累，也学到了许多电脑系统管理软件方面的知识，客户对我的表现很满意，我和那几位美国客户也建立了很好的友谊，后来每次他们来都会指定我去给他们做口译。到今天，我担任现场口译去过的单位有建筑综合板、飞机电缆、钢卷生产、机械化工材料、饲料、高科技传感器生产企业，等等，口译的内容既有技术方面的，也有商务谈判方面的。

　　我遇到过的客户们既有通过电话测试我的口译水平的，也有多位专业人士轮流出题目进行测试的，他们的苛刻要求同时也证明了我的能力，因为每次我都能顺利地通过测试。为不同的公司做口译员很有意思，环境的变换、翻译内容的迥异和不同国家文化上的差异都让我感到新鲜、有挑战性，完成工作后也很有成就感。

来到"大友"以后，我常常觉得自己是个幸运的人，因为从我来到"大友"到现在，公司的效益一直都很好。有时候工作太累了我也会跟同事抱怨："咱们公司不是企业吗？既然是企业就应该有淡季和旺季之分啊？怎么咱们公司就没有淡季啊，害得我总想好好休息休息却总没有时间。"不过这只是玩笑话而已，如果公司效益不好，员工又怎么能有归属感呢？何况我们还有一位很可爱的经理呢，比如，他每隔一段时间就会买一些核桃给我们吃，因为翻译工作很费脑力，他说核桃是补脑的食品。我还没见过其他单位的经理给员工砸核桃吃的呢。说实在的，大大小小的企业我也去过不少家了，其中也不乏向我抛出橄榄枝希望我跳槽到他们单位的，有些客户还提过不下三次之多，但我都婉言谢绝了。

我喜欢大友翻译公司的工作氛围，同事们就像家人一样，工作起来也很开心。加班的时间虽然也有，但不是那么多。相比较来说外企的待遇可能更高，但工作节奏和压力都会更大。我认识的一些在外企工作的朋友，他们加班的时间特别多，这是我很不喜欢的一点。请问"世界上最郁闷的事情是什么？"答案是"加班"。"比加班更郁闷的是什么？"答案是"天天加班"。这么快的节奏这么高的压力，生活还有什么乐趣呢？我的爱好是烹饪，为不同年龄段或不同职业的人做不同的膳食，这对我翻译饭店的菜谱很有帮助；我还喜欢研究化妆品，因此我在翻译化妆品方面的材料时会感到得心应手；爱选漂亮衣服，我羡慕那些从事构建美人国职业的人，希望能为这个事业也贡献点自己的力量。去年"5·18"之前我翻译过《廊和坊——她们仨》这本书中的两篇散文，现在已经出版。其中有一篇就是有关服饰色彩搭配方面的，这也是我的爱好。当然，英语也是我的爱好之一，我爱看原版欧美电影。试问又有多少人能够像我这样幸运，能把自己的工作和爱好结合起来呢？所以，翻译工作很适合我。

在这里，我代表大友翻译公司翻译部的各位同事欢迎更多的外语语言工作者加入我们的团队，同时也希望社会各界的新老朋友关注和支持我们的工作。我们将以建造21世纪的巴比塔为己任，尽自己最大的努力实现团队的飞跃！

（二）我与大友

公司客户与行政部主任裴卫芳则以下文，抒发了自己对大友翻译这个团队浓浓的爱意，她说：

转眼五年过去了，在这五年时间里，我亲眼看到和经历了大友翻译公司成长的每个过程。在公司乔迁这个重要的日子，回忆起来，这个过程是那样的艰辛，那样的饱经挫折，却又是那样的踏实。马上就要搬新地址了，看着眼前的每件东西，都让人恋恋不舍，而过去那一幕幕往事却不断浮现在我的眼前。

回想刚刚踏入大友翻译公司大门的时候，我还是一个天真幼稚的女孩。而如今已经是孩子的妈妈了。刚来到公司时，没有一点工作经验，更谈不上什么阅历。是经理给了我这个机会，给了我实现自身价值的岗位。在工作上，他不仅非常耐心地教给我专业知识，而且还把一些重要的任务交给我。开始在工作中我做得并不是很好，给公司带来了些负面影响，有的任务完成后连自己都不满意，心想经理肯定会批评我，但相反，我得到的却是鼓励。

记得印象最深的一件事是，我把客户电传到国外的一封函件中的"Hebei"打成了"Heibei"。当我发现时，已经是交稿后的第二天了，我当时非常心慌，不知该怎么办好。是告诉经理？还是不告诉？我心里很矛盾，要是告诉吧，连这种低级的错误都犯，经理会怎么看我呢？不告诉吧，我心里又非常难受。就这样憋在心里好长时间，最后才终于鼓足勇气说了出来。

当时经理并没有大发雷霆，而是笑着对我说：

"你能主动承认错误是难能可贵的，但下次千万要注

公司对新员工进行培训

意。诸如此类的错误尽量别犯，因为咱们拿出去的译文小到代表公司，大到代表中国，这是中国人的形象，也是中国人的脸面。"

然后，经理亲自给客户打了电话，表示歉意。当时我暗下决心，定要努力学习，踏踏实实地工作，尽自己最大努力来完成每项任务，这样才能对得起客户，对得起经理。这件事至今我仍记忆犹新，并且时时刻刻在提醒我自己：

"质量，质量，还是质量！"这是我们公司一直所强调的。我们与同行业之间比的是质量，是对客户的一份责任，而不是价格。

客户就是上帝。因为我经常与客户直接打交道，所以什么情况都会发生。记得有次接到客户电话，说翻译质量出了问题。我马上赶了过去，找到了经办人，经办人一见面就冲我发起了脾气，说由于翻译质量的问题，使她遭到了领导的批评，让她在同事面前出了丑。我对她耐心地解释，但她听不进去。直到我走出办公室，对方甚至追到楼道里还大声喊：

"你们有没有职业道德，怎么办事的……"且声音越来越大，我也只能是默默地听着，让她把火发完。刚走出她们单位大门，我的眼泪再也止不住了。回到办公室，经过仔细检查核对，在诸多文件中，对方所说的翻译问题，原来是客户提供的原文件中的一些标题编号出了问题。举个例子来说，原文中7.1.2结束后，应为7.1.3.，而客户提供的原稿中没有7.1.3.，直接为7.1.5了，所以译员在翻译的时候，为了忠实于原文，也就没有改。问题总算是找到了，公司对此进行了解释，客户这才理解。由此可以看出，翻译这个环节是非常重要的，每个翻译都应各自把好关，发现问题及时沟通，如果一些问题由客户发现后提出来，那就晚了。而且只要有一个文件出了问题，不仅会影响到其他文件，乃至对全部文件都要进行返工。虽然如此，但只要能换来客户满意的微笑，我们再苦再累，心里都是甜的。

作为员工，我非常敬佩经理，因为他是一位名副其实的翻译家，更是个有责任心的人，翻译质量和效率一直是他所强调的。

记得某年春节，公司与国外一家公司签订了合同。当时翻译量很大，客户又非常着急，要求我们春节上班后交稿。当时正值年底，再过几天就是春节，我们都各自放假回家了。春节后我听楼内值班人员说你们经理大年三十晚上十点多还在加班，而这个日子，正是人们全家团圆的时刻，而我们经理呢？他是为了金钱吗？不是，这是种责任。与其说他是一个工作狂，莫如说他是一个痴迷于外事外语的翻译家。正是经理这种精神打动了我，激励我自己在他身上学到了许多，更让我深刻地体会到了"吃得苦中苦，方为人上人"的道理。从他身上学到的东西，将使我受益终身。现在无论做什么事情，只要是不利于公司的，我都不做，因为我清醒地知道，做人不仅要对得住别人，更要对得起自己，更重要的是对得起自己的良心。说实话，曾有几个企业透露出想聘用我的意思，但终未能下定决心，因为我想起经理，想起公司对我的培养，就再也没有什么理由能让我离开大友。

虽然每天都很忙碌，但我觉得过得很充实，因为我找到了实现自我价值的地方，找到了属于自己的一片天空。对于经理，我只想说声谢谢！

可以说，我与大友已结下了不解之缘。因为大友翻译公司不仅是自己的单位，更是一个温馨的大家庭，这里不仅有我知心的同事，更结交了不少要好的朋友。

最后，在这里衷心地祝愿大友翻译公司：只要我们大家携起手来，心往一处想，劲往一处使，广交天下朋友，诚心诚意地为客户服务，定会创造更大的辉煌！

三、记者的注目

得到大友翻译十年庆典的消息，记者闻风而动，廊坊广播电视台记者田志友与河北工大的吴树华教授特意进行了专访，并以访谈实录，撰文如下：

廊坊翻译行业的创始人和领跑者

丁志俊，男，1953年出生，陕西咸阳赵镇人。吉林大学毕业后就职于国土资源部物化探研究所，1993年被国土资源部职称评审委员会授予副译审职称。先后任信息室副主任（副处）、支部书记，1996年辞官下海，受聘出任中国邮电翻译公司廊坊分公司总经理，为全民所有制国有企业。后于2001年转型并组建廊坊市大友翻译服务有限公司，历经十年，现已在翻译界有了较大的知名度，大友翻译公司远近闻名，名副其实地成为廊坊翻译行业的创始人和领跑者。由于丁总出色的表现，2004年被推举为廊坊市国际国内公共关系协会副会长，2006年被评选为"廊坊十大影响力人物"。现为译审，任大友翻译公司董事长、总经理。

在大友翻译公司喜迁新址之前，在一个春意盎然的日子里，记者走进了新华路203号的尚都阳光写字楼5楼——大友翻译公司，对丁总进行了一次专访。

记者： 丁总，您好！这个新办公室宽敞、明亮、整洁，感觉不错。首先向您表示祝贺，恭喜乔迁新址！关于大友，关于丁总，我们有一些了解，在大友乔迁新址之际，首先想请您谈谈您现在的心情。

丁志俊： 早也盼、晚也盼，望穿了双眼今日才得以遂愿。日日思，夜夜想，今天才有了真正意义上的公司办公空间。"从来就没有什么救世主，全靠我们自己。"国际歌唱了许多年，今天才对它精辟的词作有了一种大彻大悟的感觉。上帝创造了人类，但他既不赐给食物，更不会赐给房子，"劳作吧、耕耘吧、痛苦吧，阿门！"上帝如是说。

记者： 您的心情很复杂？

丁志俊： 没错。乔迁固然是一大喜事，可它的过程却是颇为艰难。公司发展到今天，可以说是一步一个脚印，曲曲折折地走过来的。说到曲折，不由使我回想起这几年的酸甜苦辣。酸，在我来看就是其中的艰辛，不容易；可以用甘苦寸心知来形容；而甜呢，就是一种收获的成就感，这个成就感就是每为客户提供翻译付出劳动后的幸福感。因为自己的劳动，自己的成果得到客户的认同，得到社会的承认，这本身就是一种价值观的体现，苦辣就是在这个过程中所遭受的磨难。

记者： 看来从事翻译工作也不容易，您具体地谈谈吧？

丁志俊： 公司成立初期，为了承揽业务，为了找到一点事做且能挣口饭吃，可谓到处碰壁，难而又难！前边提到过，大友翻译的前身是中邮翻译分公司，是由邮电部中邮翻译公司和我市邮电局共同出资组建的国企。即便这样，国家也不可能无休止地投入。给启动资金，接下来完全就得看你自己的本事了。打不开市场，没有业务，那就得赔。因为公司得负担7—8人的工资，虽说最初还有外事礼品店和手机营业厅，业务上不仅有翻译还有外语培训，但生意都不是太好。坐在空旷的办公室里，客户稀少、门庭冷落，能不急吗？当时的心情只能用"郁闷"二字来形容。没办法，为了找到点业务，而大老远跑到河南新乡被涮了一把，不仅没有揽到对方承诺的翻译活儿，还被骗去了数千元。现在想想，自己都觉得可笑，真笨呀！经过几年的磨炼后，总公司开始给我们下达一些翻译任务，开始承担国际电联通函的翻译工作，这也才使分公司在财政上摆脱了危机，开始有了一些进项，亏损也逐步减少，有时甚至还略有盈余。这得感谢现任国家邮政局国际合作司副司长，时任中邮翻译公司总经理王宝昌及市邮电局领导的大力支持和帮助。可以说，没有他们当初的支持，就没有大友的今天。因为对我来说，从一介书生到下海办企业，本身就需要锻炼，不经受九九八十一难，根本就成长不起来，不仅钱挣不到手，还会上当受骗。

记者：上边给任务，完成任务可以得到一定的报酬，公司正常运转了，困难就会小一些。您刚才提到九九八十一难，除了去新乡被骗，想必还有一些其他隐情吧？

丁志俊：在公司的运营过程中，言而无信者也大有人在。比如，我们曾为一家叫利生包装的企业译过6本说明书，因为以前曾有过2次业务往来，所以就只收了50元的预付金。但当译完全部资料近两万字，对方却以种种理由不愿支付翻译费，译好的文件至今还在我们手上。翻译是应客户委托而做，形成的译文就成为一种产品，而这种产品又是针对特定客户的。甲委托的文件，对乙肯定没用，所以这就砸在我们手里了。因为这不像工厂生产的一个茶杯，甲不买，还可以卖给乙，总有一天会销出去。但我们就不同了，这种文化产品太特殊，就只能干赔了。另外，还有委托我们的业务，中途叫停而不付费的，使我们损失惨重。凡此种种，至今仍困扰着我，很难找出一个两全之策。

除此之外还要谈到用人的问题。经营之难，还在于如何和人打交道，这的确是一门学问，而且还很高深。俗话说，"知人知面不知心"，对这句话我可以说是深有体会。前边提到邮电部总公司对我的支持在加大，不光是从业务上，而且还体现在管理培训和其他方面。特别令人兴奋的是不光有了固定的任务和收入，为来去北京方便，1998年总公司还为我无偿调拨了一辆奥迪轿车，这就为我们的发展插上了腾飞的翅膀，提供了优越的外部条件。就在分公司蒸蒸日上发展之时，2001年邮电部体制改革，政企分开，再加上分公司内部的原因，汽车收回，分公司也被解散，这对我这个主要管理者来说无疑是当头一棒。

记者：那后来呢？

丁志俊：冷静下来，思虑再三，是回原单位呢，还是继续干下去？这时，原先的一些老客户不时地来找我，朋友也鼓励说不能走回头路。于是，决定再次组建翻译公司，把翻译这杆大旗扛下去。2001年年底，大友翻译公司宣告成立，这才重又步入了我的翻译工作生涯，与大友结下了不解之缘。既然是重组，就得有新的动作，新的开端。我做出一个意外的决定，就是原公司的员工一个不留，重新招聘，从头培养，从建立一支过硬的翻译队伍入手。可事与愿违，当时的人才渠道不像现在这么通畅，再加上公司底子太薄，业务又少，招揽不来真正的人才。无奈之下，经同在楼内工作的一个律师介绍，招聘了一个女翻译，教英语出身，业务本来就很少，且由于其水平有限，翻译文件屡屡出错，不时地有客户打电话投诉，甚至还有的印成了成品后发现错误，遭她的客户拒收后又来找我们公司索赔，真是苦闷透了。迫于无奈，就辞退了这名翻译。因为由于她的不称职，给公司造成了经济上的损失，更严重的是名誉上的损失。有这样的人在，公司就得垮台，根本经营不下去。

记者：新劳动法对公司用人做了详细的规定，如果真是这样，企业应该有权力决定从业人员的去留，可当时是一种什么情况呢？

丁志俊：双方协商，发给应得的薪酬，又作了适当的补偿，对方也同意，想来应该是没有什么问题。谁知时隔不久，她又拿着一份证明信来找我，声称在开发区的一家外企找到了工作，但对方需要提供在大友翻译工作过的证明和薪酬数。听起来，似乎合情合理，遂连称挺好、挺好，自己当时也确实替对方高兴，毫不犹豫地在她已打印好的证明信上加盖了公章。谁知第二天就接到广阳劳动仲裁部门的电话，从而陷入了一场旷日持久的官司。

记者：看来您对这件事印象深刻，既然已进入仲裁程序，应该会有一个合理的结果吧！

丁志俊：看似简单，实际不简单，其中的原因谁也说不清。出于好心帮别人盖章，过后才知是对方设下的一个套，钻进去就不容易出来了。自己以为有理，属于上当受骗，可仲裁还判对方胜诉。官司打到广阳法院仍是如此结果，我当时真有感触呀！不服判决又打到中院，这才有了庭外和解的结果。不仅损失了钱，浪费了精力，还无端地搭进去不少时间，教训深刻。现在回想起来仍是心有余悸。但同时又从反面教材中吸取了教训，一场官司方变得成熟了许多，这不也是一种收获吗？自此以后，就不仅注意保管好公章，还严把进人关，从德才上全面衡量，更注重于从优秀的大学毕业生中选拔人才，加以培养，使其真正融入企业，安心本职工作。

记者：这个模式可以，近几年公司发展也不错，您在这方面肯定有不少感悟吧？

丁志俊：还可以吧！在政府、广大客户及社会方方面面的支持下，公司业务已从原来的重点在北京转向了廊坊，加快了本土化的步伐，有了稳定的客户群，并得到社会各界的认可，大友翻译公司已是远近闻名。这主要得益于我们重质量、守信誉，并从出成果、出人才方面入手，渐入良性循环的快车道。

记者：公司前后经过10年的发展，时间也不算短了，您能从"出成果、出人才"方面具体地量化或描述一下吗？

丁志俊：就出成果而言，迄今已为人民邮电出版社翻译"国际电信联盟"专著如《电信发展中的重要问题——融资与贸易》等近10本书，都是高标准、严要求的出版标准，而且具有很强的专业性，但我们都很好地按出版社的要求完成了任务，准时交稿，准时出版，从而和出版社保持着良好的合作关系。承担的其他各类出国及涉外函件翻译达数千件，各类企业简介逾千份，均按专业精细分工，按译校程序严格把关，有错必纠。

记者：您说的这些正式出版物都是英语吗？是否还有其他语种的译作正式出版，都是哪些语种？

丁志俊：上边提到的语种都是英语，也就是英译汉，亦即把国外的专著译成中文，再由出版社正式出版。这承揽的是出版社的业务，按稿费付给我们报酬。语种除英语外，还有为信息产业部翻译的德语专著《德意志联邦共和国电信法规》，为邮电出版社国际文献部翻译的英文版、法语版《国际邮政速递和海关问题——业务操作汇编》等书刊文献8本，现均已正式出版。此外，还有日语书稿的翻译，这主要是针对科学出版社做的。现已为该社定期翻译科普类、电子工程系列、多媒体通信、计算机等专著十余本，约三百万字，均已正式出版发行。由于公司高质量的翻译，良好的职业道德和信誉，迄今仍与这几个出版社保持着合作关系，定期或不定期地承接他们的翻译任务。这就是我说的出成果方面。出人才呢，这几年做得就更多一些，而且还在不断地总结经验，摸索出一些新的路子。

记者： 有哪些方面的经验和路子？

丁志俊： 我们是翻译公司，本身需要翻译人才，在一定的时间，还得对人员进行调整，这就出现了一个如何选拔人才的问题。最初公司进人是通过熟人介绍或自己来求职，还有就是在社会上招聘，这样弊端较多。主要是没法很好地去了解对方，往往是来一段时间觉得不合适又不好退回去，因为是熟人介绍的，碍着面子，觉得很难为情。接收时对方高兴，可一旦要辞掉就不是那么简单了，别人可不理解翻译合不合格的问题，更不理解你的苦衷。现在的经验就是看准目标直接录用有发展前途的翻译苗子。具体的做法是实行接受大专院校应届毕业生实习制度，通过在公司实习一段时间，既为院校学生提供了语言实践的机会，而且公司还可在实习生中发现优秀的实习生留用。迄今已为河北大学、廊坊师院、北华航天工业学院、燕山大学、新东方实用英语学院、职业技术学院、河北工业大学、南开大学、天津科技大学、天津外国语学院的外语系学生提供过在公司实习的机会。学校和实习生都很满意，称通过在大友实习，翻译水平就是不一样，才知道什么是真正意义上的翻译，提高不少，能真正学到在课堂上所学不到的东西。

记者： 您所提到的实习生的所在院校大部分是本地的或本省的，再有就是来自天津的。除此之外，接纳过北京和其他外地的实习生吗？

丁志俊： 有。近点来说，接纳过北京二外、北京财经学院、北京外国语大学的实习生，大都是外语专业，其中也有个别的理工科系，但又特别喜欢英语的实习生，效果都不错。此外，再远点的，还有吉林大学、东北大学、西安邮电大学的学生来公司实习，有的是学校正式介绍来的，而有的干脆就是奔着在大友翻译公司想多学点翻译知识，慕名而来的。当然，这些实习生在结束实习时，大都顺利地找到了新的与外语相关的工作，其中不乏去外企做翻译或文秘性工作的。他们在公司实习过，大都与公司保持联系，有的还在担任主管后，又开始在业务方面来反哺公司，同时也无形中成了公司的对外义务宣传员，这就是我说的新路子。就是说实习生们服务于不同的单位，又都是有用的栋梁，所以又成了向公司提供翻译业务的永不枯竭的源头。因为他们了解公司，知道会保质保量按时交稿，又能达到他们的要求，这样既踏实，又能出色地完成领导交办的任务，何乐而不为呢？还有一些实习生，在公司工作一段时间后，公司需要他们，而他们也有志于献身翻译事业，录用后又成了公司的正式职员。基础特好，水平特高，中、外文基础都雄厚的，还可以作为公司的兼职翻译，以备不时之需。

记者：您所说的出成果、出人才的真正含义原来是这样。那么对于员工的培养和管理又是怎么做的？也和对待实习生一样还是另有一套方法呢？

丁志俊：对员工就和对实习生不一样了，我很重视员工。因为他们才是公司的主人、是公司发展的根本，没有员工的齐心努力，企业就不可能得到发展。所以对员工我很爱护，同时又尽量地给他们压担子，从实践中去学习、去提高、去成才，但这主要靠自己的努力，当然这和每个人的悟性也是分不开的。在营造工作氛围上，尽量要使其既有压力又有动力。时间上也卡得不要太死，一旦需要，也搞过弹性工作制，但目前还不宜大力提倡推行。以前的误区在于把员工当作监视的对象，只想着如何管住他们，而没有考虑怎样做才能最大限度地发挥每个人的聪明和才智。因为有时管得过死反倒会引起员工的逆反心理，试想人坐在电脑前，心里想着别的或上网或收发短信玩，再8小时不动地坐在那里又有什么用呢？以往就是因为管得太死，这也限制，那也限制，反倒造成了员工反过来蒙骗管理者或糊弄人的后果，这在管理上是不可取的，会造成被动的局面，更谈不上和谐的气氛和环境了。现在我是真心地和员工交朋友，过段时间一起吃吃饭，去歌厅唱唱卡拉OK，在轻松愉快的气氛中可以及时沟通交流，使一些问题自然地得到化解。无论什么时候，只要以诚相待，及时地沟通和交流，就没有解决不了的问题。至于上、下班时间等，就全靠自律了，太自由散漫真看不过去时，也只是适度地提醒一下，点到为止，一般注意尽量不去伤害员工的自尊。

记者： 听起来你们公司员工和管理者之间很和谐，有没有互相闹矛盾或争吵的，员工对你又是怎么看的，对于这样的管理方式，员工认同吗？

丁志俊： 从目前的情况看，我觉得应该是认同的。但人与人之间因为性格的不同或认识的差异，总有意见不同的时候，这时出现一些工作上的矛盾，甚至拌几句嘴，我认为这很正常。不高兴归不高兴，但吵完就完，互不相记就行，这样吵几句又有什么呢？有意见总得提，有不满适当地发泄一下有什么不可以的？但是，目前在公司这种情况极少。团结就是力量，如果出现内耗，那就危险了。开始的时候我说过，大友的前身中邮翻译分公司的解散，是由于体制改革的原因。但员工之间互相倾轧，内耗才是迫使公司解体，员工自己丢掉饭碗的主要原因。当然我也负有主要责任，因为当时是把员工作为自己的监督对象，而缺少沟通及和谐的氛围和环境造成的。

记者： 看来您对目前的状况很满意。要乔迁了，还有没有别的新的想法？

丁志俊： 说很满意谈不上，觉得存在的问题还不少。比如迟到早退问题、上班时间注意力不够集中，无休止地收发短信，煲电话，我不在的时候放松对自己的约束，看报纸、上网或干一些其他与工作无关的事。因为虽然不都是这样，但即便是个别人也会影响到别人，学好难偷懒学坏毕竟很容易。您说是吧？所以，下一步准备采用一种全新的管理模式，那就是奖勤罚懒，责任到人。分给你的任务，你首先得完成好，不仅保量，关键还得保质，否则做的半成品光等着别人去斧正那怎么行。如果是新员工，当然得有一个积累经验和提高的过程，这大概得需一年以上。而对于进公司一年多甚至时间更长的员工，就不能这样要求了。基础好的，有进取心，肯钻研的，那也应该能在某种程度上拿得起业务了，否则就只能是不适合从事专职翻译工作。因为这行对从业人员各方面的要求都要严一些。除了责任到人外，在劳动分配上应体现出绩效工资，这就看你的贡献大小、能力和水平了。能者多劳就多得，能力不足者当然就只能少拿了。还有加班应予以鼓励，这都按规定要明确增加相应报酬，以调动员工的积

资深翻译讨论工作中的难题

极性。目前的情况是都不大愿意加班，如果通过管理模式或分配方式的改变，出现什么时候有任务大家争着干的局面才是最正常的。多增加点收入谁不愿意？但前提是你得先付出，这个道理应该每个人都懂。最终的目标是要把大友翻译打造成一个为有能力者提供展示自己能力的平台，形成比学赶帮的良好局面。人的问题解决好了，发展才能步入快车道。

记者： 随着世界经济的进步和廊坊的不断发展，翻译这个行业也显得日益重要，翻译需求量估计以后可能会更大一些，架设对外语言桥梁，大友翻译公司首当其冲，对此您有信心吗？另外，除了一般书稿文献资料的翻译之外，你们是否还为政府比如5·18国际商务节提供口译服务？这样的机会多吗？

丁志俊： 当然，随着对外开放力度的不断加大，中国也逐渐发展成为世界制造业基地，翻译的需求也大有增加，但这既是机遇，又是对我们的挑战。因为任何时候都要以客户为根本，以质量求生存，质量是第一位的。如果没有好的质量和信誉，大友也走不到这一天。做好我们的翻译服务工作，我充满信心。因为我们有这个基础。说到这里，我又想起最敏感的价格问题。有些客户往往不考虑质量的好坏，而一味考虑价钱，而且有时出价低得出奇。您想想，古来就有一分钱，一分货的说法。这就是说你图便宜，就买不到称心的东西。翻译也一样，只追求价格低，那质量能保证吗？再说目前翻译公司的准入门槛也很低，是人就能注册，对法人或管理人既没有学历上的要求，更没有职称或其他准入条件的限制，这就会在某种程度上造成对翻译行业的负面影响，因为用人不一样，成本低，价钱当然要低得多。举个例子说，住饭店还分个三六九等，既有五星级，又有一般小旅馆，甚至还有地下室呢。试问，这价钱能一样吗？当然是你出什么价就只能住什么店了。但反过来说，既然要翻译，证明还是有这个需要，而使用了粗制滥译的东西，能收到期望的效果吗？答案是显而易见的。一个错字连篇的外文企业简介，外国人看了，只能有负面影响，还不如没有的好。近几年来，我们不仅为众多内企、外企及一些做印刷业务的用户提供了大量的翻译服务，而且也为政府的5·18国际商务节提供翻译。除少量英语外，主要是韩语和日语方面的现场翻译，2007年就派出十余人之多。这项任务已经延续下来，一直是我们在做，政府部门对我们的翻译也比较满意。说起这样的机会，我想以后还会增加的。

记者：对客户坚持高质量、高标准，那么对译员的要求就应该更严格，没有好的译员，这个目标看来也很难实现。如何使译员水平提高，公司目前采取什么方式呢？

丁志俊："业精于勤荒于嬉，行成于思毁于随。"要很好地胜任工作，做一个称职的翻译，首先得勤奋，这就是说要多下功夫，要敢于做别人不敢做的事，追求别人不敢想的目标。我是知识分子出身，对员工的要求比较严。也许他们感到在业务上要求过于苛刻，但当真正地历练出一手好的翻译功夫时，可能就会理解到严要求的良苦用心。惜时如金，不浪费每一分钟宝贵时间，在业务上就不会荒于嬉了。

公司翻译出版的各类图书

记者：上边您已经谈了很多，现在能否对公司近年来的业务情况做一个简单的概括呢？

丁志俊：十年创业历程，虽然曲曲折折，饱尝了坎坷和艰辛，但其中也充满着乐趣和成就感。迄今如果加上为出版社翻译的几十本书和其他内企、外企的零散业务，翻译字数已达到近三千万字。同时，我们还为来实、利比、中粮等几个企业的技术引进、设备安装、人员培训提供了全方位的英语、韩语、日语口译服务。既为客户解了燃眉之急，同时又锻炼了我们的翻译队伍。目前的业务重点已放在本地，前段时间又承担管道局中哈二期管道项目、俄罗斯项目、利比亚项目、苏丹项目的招投标翻译工作，也算是为石油管道走向世界尽了我们的一点微薄之力。用户满意并认可就是对我们的最大鼓励。由于在翻译领域的突出贡献，前廊坊市市长蔡义川和市政协主席雷金池先后为我本人和公司题词，充分肯定了我们的工作。客户和领导两方面的肯定和鼓励，还有媒体的关注，已成为推动公司发展的动力，更增加了我的信心。

记者：我们想请您谈谈大友翻译公司的企业精神和愿景。

丁志俊："大业唯勤，友谊唯诚"就是大友翻译公司的企业精神；"用最优美的语言构建和谐的世界"就是大友翻译公司的愿景。

记者：采访就要结束了，您还想对用户说点什么吗？

丁志俊："路漫漫其修远兮，吾将上下而求索。"今后的路还很长，不知道还会碰到什么困难。但无论问题多大，困难再多，我们将矢志不渝，永不退却，以极大的干劲，饱满的热情投入翻译工作，以答谢广大客户，回馈社会。对广大国内外客户，我们将坚持"服务至上，质量第一"的服务宗旨，重信誉，守交期，使每一次合作都成为今后长期合作的开始。

田记者的访谈录不仅全文刊发在市公关协会刊物《公关天地》上，且很快见诸报端，极大地鼓舞了大友员工的士气和从事翻译工作的积极性。

四、作家的深度挖掘

地质部创作室作家陈宏光早在三十年前就关注到我这个小人物，1992年8月他就以变革中的先锋为题，撰文并辑入地质部宣传处组织编写的《中国地质拓荒录》一书。

丁志俊的故事

生活反复告诉我们：小人物的经历，往往也并不是平凡的。技术研究的权威单位，地矿部物化探研究所在地球物理与地球化学勘查方法研究上被同行称为"地矿部物化探总武器库"。在这个研究所内，藏龙卧虎，人才济济，30多年来成果绵绵不断地涌出。负责科技情报研究的丁志俊，便是其中普通的一员。

陕西礼泉县的赵镇，曾经是丁志俊的少年时代的全部天地。他在那里读小学，读初中高中，返乡插队并入党。1974年以前，他还不能深入理解外面的世界有多精彩。那年8月，吉林大学外语系日本语专业录取了他，从此改变了一个关中小青年的全部命运。

1977年9月，丁志俊从吉林大学毕业，被分配到物探研究所。那时，他甚至根本就不知道什么是物探，什么叫化探？组织上为了培养、使用这个年轻人，又再次送他学习英语，并派往长春地质学院仪器系进修专业课程两年。从而使他获得了第二外语与第二专业。直到1980年年初。丁志俊才正式到物探所情报室上班。此时，他已经不必再傻乎乎地问人家什么叫物探什么叫化探了，他捧回来一部自己翻译的书稿，厚厚的，25万字，书名叫《脉冲与数字电路》。到1984年，他的另一部译著《物探技术的发展与展望》发表时，对技术对外语便都已经得心应手了。

随着地矿系统对外交流活动的增加，翻译工作日渐重要。丁志俊独立承担着物化探所与日本的业务联系，学术交流及不同学科的笔译与口译任务；并多次参与部内各类外事活动，担任日、英语翻译；结合专业学科出版和发表了译作100余万字，加上未曾发表的翻译资料，笔译工作量达220万字以上……在普通翻译岗位上，他的效率已经是惊人的了。

然而，翻译丁志俊却出人意外地关注起城市物探与地质灾害的研究……

他认为，中国是世界上遭受灾害最多，灾害史最长，受灾最深的国家之一，用科学的方法研究与防治地质灾害，是地质工作者应尽的社会义务。自1985年起，他连续发表介绍，论述城市物探与地质灾害防治方面的文章，逐渐引起有关方面的注意。他不仅被吸收加入了中国地质灾害研究会，而且主持了一项关于城市地震小区划问题的调研课题。至1991年，一部由丁志俊主编的25万字的学术专著《城市地震小区划及工程地震勘探》由国家地震出版社出版。终于使小人物的这项研究达到了比较辉煌的高度。

丁志俊活得很累。与那批跻身于洋买办、使馆官员或外资公司高级职员的大学同学的生活相比较，他又活得很傻。他几乎没有休假日的概念，几次放弃疗养机会，小小办公室是他多年最感乐趣的地方，过度劳累甚至使他显得过早像个中年人……可是，他却自得其乐，乐此不疲。"数年如一日，起点一个接着另一个，周而复始，垒成了我无数人生的阶梯，勾勒出一条坎坷的艰难创业之路。"他这样说。

为什么要这样？总有人会问。

这位年轻的翻译家回答："我的职业，和人类赖以生存的地球有关，意义无须多说。我相信这句话——只有在不断进取中，才能找到个人的人生位置。"

时间到了2008年4月10日，作家陈宏光闻讯又专程从北京赶到廊坊，采访了公司总经理丁志俊，对大友翻译公司十年的发展历程做了深度挖掘，撰写了报告文学"激情与责任"。这时的陈宏光，已经是全国闻名的企业文化作家，写过不少有影响的企业报告文学名篇。

激情与责任

大友翻译公司总经理丁志俊的人生素描

上篇：青春之梦

仰天大笑出门去，我辈岂是蓬蒿人。

——唐·李白

出礼泉县城往北10余公里，便是古老的赵镇。说赵镇古老，其实缘于赵镇小学校园内现存的一只石鼓。这石鼓非同一般，高达数丈，直径也是数丈，立在那简直是个小石山。据老辈人传说，这只巨大的石鼓是汉代刘秀以超人之力挑到赵镇来的，还有另一只不知去向，而现有的这个从古到今无人再能挪动。当年赵镇还是人民公社时，下辖的一个生产大队便叫石鼓大队，就是因为这只石鼓而得名的。

1953年11月25日，丁志俊出生于赵镇石鼓大队一户农民家庭。

童年本应是一首纯真而朴素的摇篮曲，而丁志俊的童年却是一首充满悲怆情调的陕北民歌。丁家是贫农，1929年，父亲从山西夏县逃荒来到陕西礼泉县城，曾当过学徒，做过小买卖，22岁时与母亲成婚后来到赵镇安家。经过多年的奔波和苦心经营后，不仅有了自己的杂货店和小饭馆，而且还买了房，置了地，丁家在当地也算得上是衣食无忧的殷实人家了。谁知好景不长，在中华人民共和国成立前夕遭到了土匪抢劫，稍值钱的东西和商品被洗劫一空，不仅元气大伤，而且还背上了债务。母亲虽是家庭妇女，却读过几年私塾，为人忠厚纯朴，对子女管教甚严。父亲识文断字，在乡里也算是有本事的汉子，却养活不了膝下的两儿三女。父亲体弱多病，母亲拖儿带女，家中没有拿工分的壮劳动力，年年生产队分口粮都因为工分不够而要补交粮食钱，丁家是多年的"短款户"。丁志俊童年的记忆最深的莫过于饥饿，家里的灶锅经常是煮的萝卜和蔓菁，以至到如今他都闻不得萝卜汤的味道。为了养家糊口，父亲暗地里做点小买卖，还多次被大队干部以"投机倒把"论处查抄。丁志俊至今忘不掉的场景是，家里难得地煮了一锅大米粥，孩子们围锅端着碗，父亲为了平均分配一点一点地给每个儿女碗里添着粥，唯独少给了自己。如此场景，现在回想起来就心酸。

无论生活怎样艰难，父母都决意供儿女们读书。

从小学到中学，丁志俊都是在故乡赵镇读完的。从读初中开始，他就开始利用假期下地干农活，虽然小孩子一天只挣5个工分，但他始终没放弃贴补家庭的唯一机会。有一次，他忍不住嘴馋，偷偷从父亲的衣袋里拿了一点零钱，到街上买了块西瓜吃，被父亲发现后暴打了一顿。就在挨打后的那个夜晚，父亲又把他搂在怀里，声音哽咽着说："娃呀，好好读书吧，爸妈跟不了你一辈子，今后的日子全靠娃自己努力哟。"一句话凝结了父母的万千恩爱和无尽牵挂。

1967年春天，丁志俊刚刚考入赵镇中学读初中不久，正在课堂上读书

作者回乡访石鼓

的他被姐姐喊出来，姐说："爸不行了……"他发疯似的往家里跑，进屋就扑倒在父亲床前。弥留之际的父亲似乎知道小儿子回来了，伸出手紧紧握住丁志俊的手，两行泪水顺着脸颊无声地淌了下来，却一句话也说不出。丁志俊只是哭，没有话语，心里却斩钉截铁般立下豪志："爸，爸呀，我一定争气！一定对得起您老人家！"那年，他只有15岁。

一棵小树开了花，谁说他不是在微笑？一片红叶落了地，谁又说他不是哀怨喀血呢？

失去至亲的痛楚或许使一个少年顷刻间成长为男人，他将在风雨人生中迈出成熟的步子了。读高中期间，丁志俊利用假期到宝鸡峡水利工地上当了一段时间民工，第一次坐了火车，也第一次尝到了生活艰辛的滋味。修水渠需要从渠底下往上甩泥巴，他甩不动时连人带锹跌倒在烂泥巴里；稚嫩的肩膀抬几百斤重的石块沿陡坡往渠顶上走，腰被压得直不起来，腿打战，流着泪也不敢放下抬杠。年长的同乡长辈叔叔说："娃，苦吧？累吧？不好好读书只能干这个呀。"

没背景，没指望，但他发誓要当工人、当干部，走出农村。

1972年高中毕业，丁志俊没当成干部、工人，成了回乡知青。

人生的每一次转折都隐藏着机遇和祸福。

回到生产队务农后的丁志俊明白一切只能靠自己，希望总是在努力之后。由于表现出色，他先后被大队抽调出来搞人口普查、到综合厂当会计、到战备公路施工现场当施工员，还被公社派到别的队当过"驻队干部"。1974年2月14日，刚满20岁的丁志俊在赵镇公社石鼓大队加入了中国共产党。同年5月，省内外大学招收工农兵大学生的报名招生开始了，丁志俊立即报了名并参加了文化考试。那时上大学的回乡知青，要经生产队、大队、公社三级考核推荐，还要由公社党委讨论决定，几乎是百里挑一的机会。石鼓大队党支部书记问丁志俊："一是留下来当大队支书的接班人，二是上大学，娃，你选啥？"丁志俊毫不犹豫地回答："我要读书！"

青春梦想就这样清晰地浮出了水面，像一匹绿色锦缎。

最后，到县文教局参加面试，面试老师是吉林大学外语系的负责人。说是面试，还得动笔，老师让丁志俊当场以《记一件难忘的事》写篇文章。难忘的事？太多了。他想想，以当公路施工员为线索，写了一个年轻人只要有理想有抱负就能把一件完全陌生的事干好的青春之歌。面试老师十分赞许。

1974年7月，他被吉林大学外语系日语专业正式录取。

离开赵镇时，入学的激动已平复，内心深处的记忆在苏醒。他不会忘记父亲分粥时抖抖的手，他不会忘记母亲秋收后到地里从土中一粒一粒捡回的麦粒，他不会忘记一个无知少年的青春之梦……

中篇：激情岁月

人生交结在终始，莫以升沉中路分。

——唐·贺兰进明

如果把人生比喻成一本书，那书的结尾永远是个谜。

踏进大学校门，在吉大外语系召开的新生大会上，丁志俊听到系主任宣布"你们都在教育部备了案，就是国家干部"时，那种激动几乎无法言表。然而一接触专业课却傻了，日本话只知道电影里那种"八格牙路、咪西咪西"式的怪腔，太遥远太神秘了，可怎么学呢？况且，要学好外语必

作者吉林大学班级毕业照

须先学好普通话，这对陕西娃也是个难题。

第一个学年，他始终没有回家，一头扎在日语五十音图的练习和初级语法、会话的学习里。

吉林大学外语系教学是十分扎实的，老师们对新入学的大学生更是充满耐心和理解。到第二个学年，丁志俊的日语成绩已经很出色，而且第二外语英语也有了很大进步。从入学第二学期开始，他担任了班长，一直到大学毕业。长春的冰雪冬寒、高粱米饭、玉米窝头都没有丝毫减弱过小伙子的求知热情，国家给予的钱数不多的生活补贴几乎是他整个大学期间的生活费用，1977年9月毕业时，丁志俊获得了全优的成绩。他说："我终于掌握了一门通向世界的外语工具，同时找到了一个通向世界的窗口。"

1977年9月，丁志俊大学毕业，被分配到地矿部物化探研究所。

到单位报到之后，接待他的人问："你知道什么是物化探吗？"丁志俊如实说完全不懂。那位同事告诉他"就是用地球物理、地球化学的方法找矿呀"，这时他才明白原来是地质找矿的科研所。再次踏进陌生领域，摸不着头绪，英雄无用武之地。

国家发展的迫切需要，蕴藏着年轻人的前途。物化探所很重视对年轻人的培养使用，先后送丁志俊到长春地质学院仪器系、中国石油管道技术学院进修，使这位文科生有了理工科和地质学方面的知识，也找到了工作的信心。在此期间，他还被安排两次进修英语，外语应用水平更得到极大提高。1982年丁志俊随物化探研究所由陕西蓝田迁到河北廊坊市，离北京部委更近了，参加外事活动更多了，个人的才华与志趣便渐渐显露出来。1987年至1990年，他几乎用3年时间全程参加了日本国援建的新疆乌鲁木齐市地下水资源勘探开发项目的实施，日方专家来往不断，中方翻译只有丁志俊一个人，并涉及多种学科专业和生活接待，经常需要日、英双语翻译，更使他这个年轻翻译在实践中得到磨炼。1990年2月，因为要完成该项目最终报告，他第一次到日本考察研修。在不到两个月时间里，他从东京、京都、名古屋一直跑到南部的鹿儿岛，对日本有了最真切的接触。此后，随着廊坊经济开发区的兴起，外资企业纷纷在廊坊落户，更多的翻译事务找上门来，丁志俊日渐繁忙。在与外商广泛接触中，收获的不仅是外语的纯熟，更多的是商务谈判的技巧和手段。曾几次有外商看中了这个才华横溢的年轻人，许以高薪聘请丁志俊到外企任职，然而他始终不为所动。出乎所有人预料的事是，正当他在商场如鱼得水之时，突然戛然而止，毅然投身到一个艰苦卓绝的科研项目中。

1992年，由丁志俊主持的《日汉物理探查大词典》正式立项。

在物化探所工作10余年中，丁志俊已发表过日、英语译文数十篇，并有专著和文集出版，然而他一直感到有一项国内空白必须及时填补，那就是日语和中文间地球物理探查专业术语的交流困难。多年实践让他深感交流的不便，这影响着科研、教学、双方合作及学术翻译多方面的进展。做这件事难度极大，但有了机会丁志俊决意要完成。或许正因为这部辞书的编撰适应了经济发展的需要，立项事宜不仅得到地矿部有关部门和物化探所领导的支持，也得到了日本石油公团、日本计测株式会社等日方企业的赞助。然而，年轻翻译主编大辞典，在那个年月仍几乎是天方夜谭。丁志俊倾心于此，整整投入了四年的心血。他和助手们广泛收集资料，仅资料卡片就制作了八万余张。他们以严谨的科学态度选择、确定词汇，先释义，再对释义按五十音图排序，同时考虑学科交叉因素，最终才列入词典。这部辞书收入词条多达4万余条，全书计110余万字，完全是个规模浩大的系统工程。人在无私投入时肯定是不计成本的，丁志俊在编撰辞典这四年时间里，不仅消耗了精力和健康，还主动放弃了一次担任情报室主任处级领导岗位的机会，那种投入是一般人难以理解的。

1995年年底，《日汉物理探查大词典》出版问世成为地质学术界的一件盛事。时任地矿部部长的宋瑞祥先生亲自作序，首都各大新闻媒体都为该书出版发了通稿，首发式在地矿部机关礼堂举行，日本国诸多企业也纷纷发来贺电，北京的几个大报也对丁志俊进行了专访……无疑，这是青年翻译学者事业发展中的一个峰巅。

生活始终在继续，成功与失败都不过是个过程。

1996年7月，中国邮电翻译服务公司廊坊分公司成立，经与物化探所协商，借调丁志俊出任总经理，他从此步入翻译经营市场。

市场竞争说到底是思维方式与思维观念的竞争，但是初入市场风云的丁志俊并没有彻底入门。中邮翻译廊坊分公司仍属国有企业，启动资金只有区区5万元，而他面对的是陌生的市场，依靠的却是旧有的管理体制，经营风险不可预料。凭着一股子对事业的激情，丁志俊投身商海，几年下来伤痕累累，辛酸满腹。个别员工依仗国有体制不思进取，总想分光吃光，不关心企业长远发展；个别老知识分子知识更新跟不上时代，且思想固执不适应市场经济；个别翻译人员缺乏责任感，在工作中忽视质量只求进度，造成的错译、漏译、误译给企业声誉带来难以挽回的损失，更有个别人端着"铁饭碗"稍不如意便搞点内耗，增加了管理的难度。还有，就是丁志俊经商经验不足，在经营过程中难免出现的失误。这一切使成立没几年的公司大伤元气，渐渐隐入了困境。丁志俊筋疲力尽，有点焦头烂额了。

丁志俊的作品和译著

2001年中，内外交困的中邮翻译廊坊分公司宣布解散。

解散遗留事务拖延了几个月，丁志俊身心痛苦了几个月。

首战失利。丁志俊败走麦城。

由事业峰巅到人生谷底，短短几年的大起大落令人尝尽了酸甜苦辣。看庭前花开花落，望天际云卷云舒。夫人李智玲始终站在自己身边，支撑着丈夫，无怨无悔。当时，丁志俊感到最大的幸福，莫过于与爱人在岁月长河中携手承受苦难，分享未来的欢乐了。

前途像一片没遮没拦的黄沙，有的只是心中不灭的激情。

下篇：责任似钢

大业唯勤，友谊唯诚。

——大友翻译公司的企业精神

有时候，人宁愿为尊严活着，而不仅仅为了温饱。

结束中邮翻译廊坊分公司的事业，丁志俊的去留成了大问题。虽然办了

作者在公司与客户洽谈业务

"停薪留职"手续，但回物化探研究所仍然是条路，可是男人的尊严让他无法回头。认识商海了，就去搏击吧。

2001年4月，大友翻译服务有限公司在廊坊市注册成立。

又一个梦，横空出世。

公司董事长、总经理、法定代表人全是丁志俊。

前途与命运不再靠别人了，心中充满了被自己感动的欢欣。

从公司开业的那一天起，丁志俊就给自己定下了一条规矩：我不单是公司领导者，还是员工的真心朋友，要讲真话，办实事，以诚待人。他说："市场化了，商品化了，人与人的真情是否就淡漠了？我不信。我相信人心换人心，黄土变成金。"

正是真诚使大友翻译公司在短时间内凝聚了一批人才，建立了由数百人组成的翻译网络；正是真诚使大友翻译公司在几年内结识了一批有眼识的客户，并经口碑相传有了广泛的客户群体；正是真诚使大友翻译公司内部出现了民营企业少有的精神凝聚力，员工以企业为家，为企业着想的团结氛围是空前高涨的。

其实，社会责任感的落脚点正是人与人的真诚。无论任何企业，激发员工们爱的激情，那是企业领导者过硬素质的体现，而这种过硬的素质往往不经艰难曲折是难以获得的。坎坷的人生旅途恰恰使丁志俊懂得了人生的真谛。

走进如今的大友翻译公司，有一种家庭般的和谐气氛，人与人之间交往没有阻隔。节假日里，丁总和员工们一起去郊游，欢声笑语使他和年轻人一样焕发青春；紧张工作后，丁总和年轻人一起去卡拉OK，愉快的歌声驱走了所有劳累；无论哪位员工有了困难，丁总总会出现在他的面前，和他谈心，帮他解难；口译有补贴，加班发补助，办了三项保险又办了住房公积金，大友翻译公司的员工心里很踏实；兼职翻译也是自己人，要事事替他们着想，站在他们的立场上考虑问题……丁志俊说："以人为本绝不是一句空话，这体现在企业管理的每一个环节之中。"

今年4月4日，恰在清明节放假前一天的下午，一家企业拿了一份标书要求加急翻译，标书正文50页，PDF图表100多页，工作量着实不少。客户要求收假那天必须交活，因为投标急用刻不容缓。客户部主任带头表态，保证按时保质完成客户要求，承接了这份急件。就在清明假期里，员工们自觉加了班，翻译部主任一人便完成了近80页图表的翻译，收假时，经统一校对后，准时交给了客户。

不经长期造就，这种责任感如何能闪现？

2003年12月，丁志俊的母亲逝世，他千里奔丧，赶回礼泉。

跪在母亲灵前，他大声泣诉："母亲，伟大的母亲，我们的一切都是母亲给的。我们伟大的母亲为了子女操碎了心，受尽了累。如今撒手而去，叫我们这些做子女的怎么能不伤心，怎么能不悲痛欲绝……我们想你呀，母亲！唯有全力搞好自己的工作，才能回报伟大、亲爱的母亲，回报社会。"

母亲享年90岁。赶上了儿女成才的好光景，应是幸福老人。而让人惊讶的是不知还有没有哪位企业家，跪在母亲灵前呼喊过"回报社会"？

丁志俊的确不同一般。

北京一家科技公司准备参加国际投标，20多万字的标书急需在几天之内翻译成好后投出，但在北京却没能找到合适的翻译公司。经人介绍找到大友翻译公司后，丁志俊应诺按时完工。那几天，公司上下几乎全投入这项工作，他们仍坚持"一译、二校、三审、四检查"的严格工序，把这份标书译成了精品。投标之后，这家公司的负责人专程赶到廊坊向丁总致谢，他们说："你们翻译的准确和文笔优雅，代表了我们中国企业的实力和水平，为我们在海外增了光！"

廊坊经济开发区有多家外资企业，有的属于世界500强之列，大友翻译公司数年来多次为他们提供了翻译服务。一家加拿大企业从设备安装、技术交流直到员工培训，延续几个月，涉及多语种，均由大友翻译公司协助完成。加方老板说："大友真是我们的朋友哇！"大友翻译公司翻译部主任是位年轻姑娘，曾承担一家美国公司财务人员几轮培训的口译任务。她不但熟练使用诸多财务用语，而且更熟练解读诸多计算机软件，并在口译任务完成的同时又为公司完成笔译任务，受到美方人员的交口称赞。

丁志俊说过："真诚待人就是我们对社会的回报。"

真诚待人永远是商海竞争中值得歌颂的企业佳话。

2008年4月，延续前身中邮翻译廊坊分公司的历史，应当是大友翻译公司10周年的庆典了。丁志俊要小贺一番。

有时人生很单纯，有时人生又很复杂。关键是在于环境、感觉和视觉。任何一项事业，永不放弃都是不容易的，正像任何事业想持续发展也是同样不容易的。丁志俊纪念事业成败的做法也就别具一格。经与好友商议，他在10周年前夕，确立了大友翻译公司的经营理念，那就是简单的八个字："大业唯勤，友谊唯诚。"一个"勤"，一个"诚"，把大友翻译公司的精神发挥得淋漓尽致了。

庆典前夕，丁志俊闭门思过，把半生坎坷与幸运梳理了一遍，决心把自己的经验、教训告诉全体员工。在与文人朋友切磋后，有了如下诗文，题为"大友翻译公司员工操守律"：

　　　　创业方伊始，事业重于山；
　　　　满必招损至，谦自益无边。
　　　　非义而不行，非道而不言；
　　　　风正人心顺，有责心自宽。
　　　　忘我方为忠，逆耳才称谏；
　　　　以微而知明，以近而知远。
　　　　译学如耕作，勤惰尔自检；
　　　　俯不羞于人，仰不愧于天。

阅罢，通篇全是真诚。

严于律己，为他人付出，是一个人道德操守是否高尚的标尺。

担当责任，为社会奉献，是一个企业是否能持续发展的准绳。

真诚待人的故事永远会在中华大地上久久流传。

让我们相信吧！

读完这篇报告文学，满满的都是感动。作家陈宏光回京前一再叮嘱，做企业一定要有自己的骨干，分兵把守。作为经营管理人，做得要稳妥一些，扎实一些，站稳自己的脚跟，千万不能虚。而且企业一定要有自己的知识含量和文化含量，用人要看其是否能站得住，有前景。企业家的最大能力是如何识人，如出租车司机在客人上车后说三句话就知道你是干什么的，是好人还是坏人，这还不是被迫无奈练出来的？对于员工，大事上要有原则，小事上没有太多的原则，就是人情味儿。

是凡每件事要发挥它的多功能作用，不要单一。同一件事情，单一忽略和多功能作用效果不一样，有时其作用会成倍增长。经商多年，难免有很多社会上的朋友，但多是泛泛的朋友或酒肉朋友，真正的朋友不多。欲成大事一定要结交真正的朋友，关键的时候能帮你，这才是真朋友。哪怕有事约朋友来，谈一谈，心胸就开阔多了，有启示。朋友不在于多，而在于心诚，交心。

企业家和搞文学创作一样，要有灵性和悟性。有的人是土财主，我们要做的是资本家，有战略眼光。要让员工很舒服地接受你的剥削，这是资本论早就论述过的。土财主成不了大气候，就是没有灵性和悟性，也就是没有文化。"为官之道，在于找替手也。"这是曾国藩家书中的名句。在管理上，沟通能力很重要。对内应强调无障碍沟通，员工之间、上下之间，应营造这种气氛。

如企业服装的制作，白领要有白领的样子，做翻译工作的女性多，要让她们有点气质、有点儿底气。毕竟是翻译，要大方得体，毕竟她们的言行举止都代表公司形象，她们的服装要大气讲究，在着装上不能像餐厅服务员。

关于企业危机，廊坊市委党校的常务副校长安育中在市公关协会的一次企业高管培训班上曾讲过这么两个故事：故事一是甲和乙两人在大森林同行，谈到遇到老虎怎么办。甲说："我有球鞋，老虎来了，我只要比你跑得快就行。"乙无语。谁也没有料到，甲乙两人有次进入大森林，老虎真的来了。乙灵机一动，避开了跑，一跃上了树，避开了终将导致的悲剧。而甲则在自做聪明地换球鞋的时候，沦为了老虎的口中食。安校长强调说："有球鞋怎样？甲和老虎赛跑，是不自量力。企业遇到危机，也应像乙那样量力而行，这样才能扬长避短，走向坦途。"

在大家的啧啧声中，他又讲了第二个故事：还是在大森林中，一位自驾车的绅士遇到了三位需要求助的人。在这三位人中，一位是垂危的病人，一位是救过绅士性命的恩人，而另外一位是绅士自己的梦中情人，而他的车只能搭载其中的一位。于是，机智的绅士放弃了司机的角色，把车钥匙交给了恩人，让他赶紧送病人去医院，而他自己就顺理成章地和梦中情人共度美好时光。

在和学员互动之后，他又睿智地点评道：固守"司机"的角色，路会很窄，不救病人不仁，不救恩人不义，不救情人不愿。有没有和谐之道呢？有！那就是换个角色，把"司机"这个角色，让给更适合的人，落个皆大欢喜。听完这两个故事，发人深省啊！

在经营公司的岁月里，每当遇到困难，尤其是企业的发展处于瓶颈期时，安校长的故事总会给我以启迪。不由让人好好思考一下，该"上树"了，还是该"下车"了。

翻译人的苦与乐

一、有故事的翻译作品集

在吉林大学外文系苦读几年日语，却阴错阳差地成为一名科技专业翻译。物化探研究所本是国土资源部的在京直属单位，报到时却钻进了蓝田的小山沟。专业一窍不通，工作无处下手。让我这个擅长文科、酷爱文学且对地质、物化探一无所知的"翻译匠"着实苦恼了一阵子。茫然之时，被组织派去长春地质学院仪器系深造二年，获得了地质、物化探知识，解了我的专业之困。

19世纪80年代末被外派日本，又唤起了我根植于内心的文学梦，对日本文学产生了浓厚的兴趣。自此之后，在长期从事日语翻译工作过程中，结交了许多朋友。为他们翻译的不仅有五花八门的日文说明书、文献资料，更有不少朋友拿来很多日本小说请我去翻译。

近年来，闲暇时偶然翻出一叠厚厚的小说译文手稿。每本五十页、每页足足四百字的方格手稿竟有几十本之多。放在茶几上仔细端详，厚厚的足有半尺高，掀开一本本微微泛黄的手稿，轻轻抚摸着圈圈点点多处改动的初稿，还有誊写得工工整整的第二稿、第三稿，爱不释手，真想痛痛快快地放声大哭一场。这可是洒满自己辛勤汗水，初次翻译的几部长篇、中篇、短篇小说处女作啊！见到我无意中拿出的珍藏多年的书稿，终有高人策划曰，"既然花费了这么多心血，莫如自行结集出版。不作为商品，而作为馈赠交流之用，对社会也同样是一种贡献，使其发挥应有的娱乐大众的作用"。这样，才有了这本译著的公开面世。

二、《埃及女王遗宝之谜》是一部长篇悬疑侦探小说

该作品以日本驻埃及公使大原揭露国内高级官吏和埃及高级官员相勾结盗运埃及女王遗宝遭暗害开篇，以大原之女麻子和记者冲为揭开京都盗宝案之谜而展开的一系列活动为故事的发展部分。其中包括一系列谋杀和一系列阴谋活动，最后以揭开大原临终遗言之谜，解开全小说之谜。结构巧妙，推理步步深入，人物描写越来越深刻，反映日本当代高层和中下层现实，真实深刻。

该小说有悬念而无恐怖暴力凶杀的渲染，有对高层官员腐朽生活的揭露，但没有性描写的渲染，是一部比较健康的社会派推理作品，有一定的认识价值和欣赏价值，尤其适于喜欢侦破小说的读者。

该小说精进的推理及逻辑思维的严谨，也使我深深体会到为什么由光文社于19世纪80年代正式出版后，会在日本引起很大反响，一时成为颇受追捧的人气小说之理由所在。

这部小说表现手法新颖，若即若离，虚实相映。案件步步惊心，谜底层层揭开。故事情节令读者越想越多，甚至由一部小说联想到整个社会、人生。该书曾经作为"花山文艺出版社"的外版小说选题，已经进入新华书店的新书征订目录，计划于1989年7月在全国范围发行，遗憾的是因版权问题而被搁置，未能正式面世。

这本日文原版小说一到我手里，开篇就被书中的人物吸引，故事情节深深地打动了我。每看完一章，遂将故事情节讲给办公室的几位同事听。20世纪80年代末正值国外尤其是日本侦探小说热的时期，渐渐地同事也是听得入了迷，书中的主人公每当发现一个新的线索，接下来又会出现什么样的转折？嫌疑人究竟是谁？同事们也很想知道接下来的内容和故事情节的发展。"从你讲的前几章的内容来看，这部小说很好看，挺吸引人的。你是翻译，这么精通日语，干脆把它给译出来吧，我们给你当第一读者。"有人这样鼓动我道。自己的沉迷、同事的鼓励，促使我下了这个决心。从而不断地坚持这项翻译，到故事高潮兴之所至时，甚至经常通宵达旦地开夜车。就这样，我像打了鸡血一样，在工作之余，断断续续地用一年时间译完了这本小说。自己的心情仿佛也随着故事的层层推进跌宕起伏。时而

紧张，时而放松，时而不由自主地开心一笑，已然不由自主地进入了故事之中。和主人公一同哭，一同笑，一起思考，一起探案。

值得一提的是，作者山村女士具有惊人的取材能力和分析能力。为撰写这本书，专程去埃及20天采访取材。她冒着超过50℃赤日焰焰的极度高温，在大沙漠地带，以坚忍不拔的毅力寻访了有关遗迹。走访了人山人海、混乱不堪的自由市场……充满着神秘之感，且古代和混沌的现代相交错的埃及，大大地刺激了她的创作欲。为使小说内容更加翔实，她参考了大量的公开文献和许多未公开的背景资料。因此，小说出版以来，引起了众多读者的瞩目进而充满了欲对古埃及一探究竟的兴趣，掀起了一波又一波的埃及热。

作者以埃及、京都为舞台，以盗宝案为主线，展开了一个场面宏大的、多格调的、逻辑性极强的长篇推理。作品从年轻的中学老师大原麻子去开罗探亲开始入笔，描述了卡诺普斯容器丢失及寻找的惊险过程。作者描述道："较之容器本身，壶盖上雕刻的女王头像栩栩如生，面部具有神秘的美感和迷人的魅力。女王那柳叶眉，丹凤眼的头像，像希腊神话中的女神一样端庄美丽，同时又透出一股威严的气息。"

在举办埃及展的京都美术馆内，欲盗取展品中的埃及女王遗宝——卡诺普斯容器（盛放木乃伊的内脏盒）的年轻男子突然中毒死去，卡诺普斯容器也像谜一样被换成仿制品！

两年后，京洛中学二年级的女学生西条香子从修学旅行所住旅馆的楼顶坠楼身亡。临死前留下了"埃及、木乃伊"的遗言……

接着，又发生了第二、第三个像谜一样的暴死事件以及隐藏在其背后的中学生卖淫问题？！案中案，奇中奇，故事情节扑朔迷离，扣人心弦。在麻子孤身奋战查找真相的关键时刻，冲记者的加入使案情发生急剧变化，峰回路转。犹如拨开乌云见晴天，一步一步地揭开造成这一悲剧的谜底。

日本经济的畸形繁荣，加剧了社会矛盾和精神危机，充满着荒诞和丑恶。作者以政治敏感和驾驭生活的艺术匠心，一反侦破小说中那种出于个人恩怨、桃色纠纷或谋财害命而发展为官僚政客和上层人物，为了政治上的阴谋而杀人灭口。通过埃及女王遗宝在日本展出时的遗失、追回的侦破推理，揭示了日本黑社会的内幕。诸如日本高层社会的黑暗、复仇、暗杀等。从而赋予推理小说以思想性，并向其深层开发推进，具有强烈的时代特点。此书内容是严肃的，表现手法通俗且富有很强的逻辑推理和感染力。

作者对书中的主要人物大原公使、大原麻子、冲记者以及堂本校长和山下警部等人物性格描写各有特色，令人惊叹。该书集知识性、趣味性、资料性、可读性于一体，图文并茂，洋洋二十余万言。作者以其生花之笔，在是与不是间取得神似，将一个富有时代气息的题材，写得新颖而丰富。掩卷之余，给人以不尽的回味。

三、其他翻译作品

我的另一部长篇翻译小说《密室谋杀四重奏》本已被"农村读物出版社"纳入年度出版计划，亦遭到了同样的命运。

大学生西川明夫去看望姐姐，却发现她和本校的白石副教授双双死于寓所。为查找线索，明夫进入目击证人洋子就读的明和大学却被两个学生打伤。学生部长丸木清三拿出 50 万日元要求和解，令人生疑。明夫在姐姐厨房的餐桌下发现了被人涂掉的写有"彡"的符号，后来洋子从白石副教授的西服口袋里又发现了同样的符号……接着，明夫家吸尘器中的垃圾不翼而飞！这是一所什么样的大学呢？作者做了专门交代："这所位于闹市区的私立大学，校园却意外地宽敞漂亮。校园绿草如茵，树木繁茂，显得郁郁葱葱。提起绿色的校园，这也是明和大学吸引人的一大特色。作为女子大学时用红砖盖成的校舍，被翠绿的常春藤覆盖着。这所遗留下来的古典式学院的倩影，与漂亮、时髦的新校舍交相辉映，形成鲜明的对照。"

陷入迷茫之中的明夫和洋子，不断向久我先生求助，犯罪嫌疑人渐渐浮出水面。先生建议警方对参条副教授实施抓捕，到场后却发现参条在居室已服毒自杀，而颤抖不已的丸木顺子就在案发现场。美和子和参条之死，似乎都和这位漂亮姑娘有关，究竟谁是背后的真凶？

读者只要看完这部小说，将会从这离奇曲折、神秘莫测的故事情节中，拨开层层迷雾，获得心灵上的满足及美的享受。

《圣兽与少年》是一部动物小说。作者用拟人化的手法揭示了人与人，人与动物之间不可分割的亲密关系。体现出动物的灵性，深刻揭示出了人性的真善美。作者以一个小螃蟹为主线，构成了一幅生动形象的众生图。面对少年和颇有灵性的狗和螃蟹这些小动物，唤起了人们根植于内心深处的本性和良知。少年，狗和螃蟹，把一群素不相识的汉子们紧紧地凝聚在了一起。贝田发表演讲时说："老人让少年陪着小小的螃蟹进行七八公里之遥的徒步旅行，经历了各种艰难险阻。比起书本上的知识，无疑是给少年上了极为生动的一课，人生关键的一课。如果成功，就会培养出少年坚韧不拔的意志。"

为保护这一特殊的群体，人们空前团结，看法高度一致。等待——不惜牺牲宝贵的时间，保护——甚至不惜以身试法。虽是一部儿童小说，但同样适用于成人。整个故事结构严谨，构思巧妙，直击灵魂，令人动容。而且，小说最后的结尾更为精彩：

"圆圆的月亮从云端钻了出来，浪花在静静地拍打着海岸。真一和黑子以及贝田，如同雕像般伫立在海滨的一角，周围是黑压压的一片人群。

"陡立的悬崖东西延伸着。电视台的白炽灯光一齐射向这里，把悬崖照得如同白昼。无数的螃蟹正从这里往下爬，雪亮的灯光在不断地向下移动。

"人们屏住呼吸看着。除了海浪的拍打声和摄像机的旋转声外，周围一片寂静。"

有读者看了《圣兽与少年》这个动物故事后，于 2020 年 6 月 20 日的一个星期六，专门给译者寄来一封信，具体内容如下：

丁先生：您好！

我是一个普通的上班族。出于偶然机缘，我有幸拜读了您的翻译大作。

手机的时代，人们都是碎片化的阅读，能看几页纸质书，真是需要静下心来。

两个悬疑推理故事，一个惊悚玄幻小说，都很精彩。读起来真是欲罢不能啊。

您这几个故事中，我最爱的是"圣兽与少年"。可能出于女性的柔软之心吧。看到一众人等为了守护少年小小的愿望，不惜与警察对峙，真的是看哭了我。成全的不仅仅是少年的心愿，同时也是守护了少年的成长之路。

我平时常刷微博，一些新闻总会让人产生焦虑。鲍毓明性侵少女啊，缪可馨自杀啊，每一个少年如果能像少年斗台真一一样都能得到成长的呵护，那么世间的美好会更多。

可是我们的教育没能做到这些，社会的舆论导向也没有做到对少年的保护。

我只能说所幸，我的孩子，在我们的保护中平安成长。

您的手记中提到"作家风光、译者辛酸"。就在昨天，北京外国语大学的法语老师，也在群里晒出了自己这两年编译的三本书。他提到的译者辛苦，跟您所言，虽不是同样的话，但表达了同一个意思。

这也正是我看到最后，决心要写这封信的起因。因为我的娃，他也想要走这条路，这条辛苦的路。

从先生的译作中，我汲取了力量。我不能阻止，只能尽力帮他赶走毒蛇，治疗伤痛，由他自己走向前方，如同斗台真一。

最后，还是要感谢先生的无私分享。先生有这样的毅力，译出了这样长的小说，千万不要放弃，继续努力啊。

一个普通读者

"中魔探秘"是一部短篇魔幻小说。内科医生伊泽千彦看完午夜的棒球比赛，等待女儿回家。突然接到一个神秘电话，去他自己曾经住过的公寓，为一个曾经被自己搭救的女孩出诊。从这本已打不进来的电话，知道女儿麻美被拐。神秘的少女在电话中说：

"你尽管放心好了，麻美小姐目前被安全地监禁着，没有什么生命危险。如果先生不尽快赎回她的话，事态也许会向极坏的方向发展。"她的声音听起来低沉、微弱，但却使人感到冷冰冰的，俨然带着一种大人的口气……

想到这里，伊泽不由猛地抓住了理惠的肩头。就在他定定地凝视着这张脸庞时，似乎不由自主地引发出了一种不可抑制的欲望。这并非是被这半裸的少女搂住脖子后，从生理上引发出的中年男子的冲动，而完全出于一种变态的猎奇心理，想通过亲手触摸这个肉体，验证一下理惠是不是那天晚上的姑娘。

在朦胧的夜色中，少女身上的伤痕清晰可见，说话声音瘆人。他的听诊器听不到女孩的心跳，却被动地与这浑身是伤的女孩发生了关系。翌日清晨，发现这公寓根本没有住人。是鬼？是魔？是幻？无法断定。

神秘少女的出现引领故事主人公走向什么样的命运道路？这世界上究竟存不存在鬼魂，人在紧张时会不会发生幻觉？《中魔探秘》为你解惑。

四部作品中有侦探小说，社会推理小说，更有适合少儿阅读的动物小说。在本人翻译的过程中，颇有感触的一点是，四位作者以自己对生活的理解和对艺术的追求，把政治、经济、文化等各方面的斗争生活，纵横交错地融汇在一起，从宏观上进行整体文学构思，以庞大的舞台、五光十色的社会世相，生动地展示了人与人之间、人与动物之间，各种人物之间错综复杂的关系。他们把高度的夸张融合得恰如其分，从一个个出人意料的前提开始，引发出一系列离奇的情节。意想不到的结果总是使人大吃一惊，意乱情迷，陷入故事之中不可自拔。这些小说虽然题材不同，但内容不拘一格，各具特色，非常值得介绍给国内的广大读者和文学爱好者。

一直以来，不仅是我，同时通过很多朋友在日本去找四位作家联系，未果。弥足珍贵的手稿静静地躺在我的书柜里，可惜呀！真可谓"满纸荒唐言，一把辛酸泪。都云作者痴，谁解其中味？"作者不荒唐，译者荒唐。作者风光，译者辛酸！用这句话来形容我此时的心情，再贴切不过了。做了三十年翻译，在科技领域虽说翻译出版了十几部专著，干得可谓风生水起，游刃有余。然跨界翻译小说并出这么厚一本自己的翻译作品集，这可真是"大姑娘坐轿，头一回"。内心既忐忑不安，然又充满期待。

困难面前，我没有失望，更没有放弃。我一边继续寻找朋友和日本的四位作家联系，一边将这些书稿整理印刷成册，广泛征求大家的意见，使它更忠于原著。

以上，是作译者想要说的几句心里话，先聊到这里。不说了，说起来全是泪啊！

值得一提的是，我的孩子丁云高中毕业后去日本留学，十年后归国，日语精进。不仅帮我翻译了《密室谋杀四重奏》小说的部分章节，且在后期对译文做了大量的校定及加工润色工作，为本译著的面世助力不小。

承蒙曾出版过数本小说或报告文学、写过十几部电影剧本并搬上银幕的我亦师亦友的朋友——中国作家协会会员、中国电影家协会会员，中国电影金鸡奖评委、国家一级作家，全国五一劳动奖章获得者，原地矿部创作室主任黄世英先生，不顾年迈体弱为本译文作品集策划方案，提出不少宝贵意见。他不仅抱病仔细浏览几部小说，并为这本译著专门写了特别推荐，令人感动。

四、读者回音壁

出版过数部诗歌、散文、报告文学，科普作品的中国作家协会会员，中国国土资源作家协会副主席、国土资源部物化探所教授郭友钊博士在百忙之中，以"用最优美的语言构建和谐的世界"为题为本书作了序，也是一个很好的书评，全文如下：

丁志俊，其形俊，其志俊。其形俊者，俊俏也：同在科研大院三十多年，我观之，十有八九时西装革履，白衬衫、花领带，架金边眼镜，一米八的个子顶着一头黑发，如一片飘逸的云。其志俊者，才俊也：创作散文、主编词典、创办经营翻译公司，其记叙抒怀、其填补行业空白、其服务京津冀之涉外文稿；其志俊者，俊杰也：二十多前的译稿，组成厚实的译文集，让我对这位本以为熟悉的同事刮目相看，欲意重新认识！

"石鼓的诉说"是丁志俊的一篇长文，从一个侧面描绘了其故乡陕西省礼泉县赵镇的文化历史，也是其成长的土壤。赵镇石鼓制成于盛唐，呈硕大的圆柱体，外周刻有陀罗尼经咒，与故宫珍藏的纪事石鼓不同，实为鼓幢。何为陀罗尼？《佛地经论》定义它是一种记忆法，依记忆一法、一文、一义而总持无量佛法，能持善、能遮恶，能净一切恶道，人间依之渐步吉祥美好。在这尊千年鼓幢下，丁志俊曾聆听校长郑伯举、张爱玲讲解家与乡、唐与宋、佛与道、善与恶等。考上吉林大学后离开了故乡，丁志俊去学习可遏恶扬善的一文。

"闪光的足迹——赵大师往昔追忆"是丁志俊的另一篇长文,从另一个侧面叙述了其成熟史。其带着是日文的一文,进入了科研单位,从事科技情报工作。在此,其幸遇由图书馆馆长赵华所操持的另一文——博大的中文。赵华,北京大学图书馆系毕业,对国学各类别均有涉猎,尤擅长篆字、金文、篆刻、书法,曾给大学生开设《中国通史》《中国书史》等讲座、教授"金文篆刻""甲骨文研究"等课程。赵华是君子,伸缩可自如。他自己号蜕翁、蜕之,或者退翁、退之、赵退之。退则蜕矣,蜕则新生也。平时赠同学,赵华书"为人岂可处下风";1989年特殊时期,赵华书"总理若在,何至如此",对个人、对国家均表现得进取,勇敢而无畏。丁志俊与赵华共事十年,并成为一生的密友挚友,厚得赵华国学的熏陶,也深受赵华精气神的感染,因此尊赵华为"大师"。在大师影响下,丁志俊精进并深化了自己的母文——中文。

母文中文,外文日文,丁志俊如老虎添两翼,构筑成了中日之间交流的桥梁。20世纪一二十年代或者更早,日文中的"科学""哲学""美学""进化论"等被翻译成了中文的"科学""哲学""美学""进化论"等,梁启超、严复等先贤们引进新思想,大大推动了我国的新文化运动;而在20世纪八九十年代,改革开放之前,向日本学习,学习先进的技术、学习理性的管理,则加速了我国现代化的进程。丁志俊赶上了后者,不仅翻译了大量的最新的日文文献,如《脉冲与数字电路》《城市地震小区划及工程地震勘探》等专著,尤其是组织力量主编了《日汉物理探查大词典》。这部词典在1994年终审时,国家发改委、国家科委、地质矿产部、水电部、城建部等专家参加了,《光明日报》《科技日报》《中国日报》《北京周报》等媒体参加了,共40余人,会议级别之高、规模之大,可见这第一部日汉综合性地球物理探查专业辞书填补空白的重要意义。出版时,地质矿产部部长宋瑞祥为之作序,称赞它是"语言的桥梁、友谊的纽带"。

《日汉物理探查大词典》在我办公室的书架上站岗已有二十多年了,我习以为常。而最近整理出的书稿《丁志俊翻译作品集》,却让我一而再、再而三地惊讶。我本想,文集仍然是文献,仍然属科技,而想不到是小说,属文学,涉及社会。我本想,文集中的小说可能是微小说、短篇小说，这样容易利用周末、假日等有限的时间内完成翻译，而不是洋洋洒洒二十多万字的长篇小说、数万字的中篇小说，需要数个月甚至数年的时间持之以恒才能完成。我本想，文集一定是出版过的作品，而不是呆呆地待在书柜二十年的誊写稿！我本想，文集的小说很可能是言情小说、通俗小说，这样好看又有好市场，容易出版容易获利，而不是逻辑严谨的侦探小说、扬善罚恶的刑事小说、深入内心的动物小说。

细思之，丁志俊不计利名、不计业余时间地翻译文学作品，也在情理之中。鼓幢曾给他启蒙：一文可持善遮恶；赵华曾给他题过字：用最优美的语言构建和谐的世界。翻译科技文献，供少数从业者参考；而翻译有社会意义的小说，则可以供许许多多的人士欣赏，达到惩恶扬善之目的。这是丁志俊之有志人生的逻辑的必然拓展。

有幸奉读作品集，清厘丁志俊成为翻译家、文学家的文化背景与社会推力，写了以上几段话。四位作家的四部小说，从不同角度呈现社会表象的真与伪、人性深渊的善与恶，值得广大文学爱好者一读。

同事友钊如是说。

著名画家、书法家范曾、欧阳中石的嫡传弟子何俭（号啸谷）应约专门为本书封面题字，为本书增色不少。

家乡礼泉县的作家白孝平2020年5月10日发来贺信说：

丁志俊，是资深的翻译家，我至今未曾见过面，却通过文友荣幸得到他惠赠的《丁志俊翻译作品集》，获知他是一位著名作家，因为我也是一个爱好文学创作的作者，人不亲行亲，从内心深处崇敬先生之情又近一步。

他还对该翻译作品集做了这样的评价：

翻译外国文学作品，必须有娴熟的外语基本功力，又需要储备丰富本语、文学的、哲学的、历史的、民族的等等方方面面的知识，丁先生两个方面都如鱼得水，才思敏捷，令人敬仰。

礼泉，多俊秀。

祝贺祝福丁志俊先生！

愿老师的翻译文学艺术之树常青！

李光清是我的文友，现为邯郸市作协会员、曲周县作协副主席，在文学上我们多有交流。他擅长散文随笔写作，著述颇丰，出版有《寒门影事》《流年碎影》《月光下的杨树林》等文集，虽未曾谋面，但在看到《丁志俊翻译作品集》后，随即做了一个很有见地的书评，现将此文与读者分享如下：

由丁志俊先生译作《圣兽与少年》说开去

劝君莫食三月鲫，万千鱼子在腹中。劝君莫打三春鸟，子在巢中待母归。劝君莫食三春蛙，百千生命在腹中。对世间万物的悲悯，是人类高尚的情怀，是人类区别于其他动物的显著特征。近日，读罢资深翻译家丁志俊先生的译作《圣兽与少年》后，心情久久不能平静，为书中人们对弱小动物的悲悯情怀深深感动。故事是写给少年看的，情节并不复杂：一位父母离异命运多舛的少年，遵从叔父的遗嘱，和一条狗共同护送一只螃蟹到海边产卵，其护佑的过程历经艰难，少年、狗和螃蟹阿红，靠着坚强的意志，超常的耐力和毅力，一点点、一寸寸，艰难地行进，最终到达理想的海边。人和动物之间，可谓心有灵犀，和谐相处。为了实现既定的目标，用行动谱写了一曲意志、耐力和毅力的奋进者之歌。故事情节虽然简单，但作者用曲尽其妙的笔，写得曲折有致，神韵独到，把人与动物描述得生动有趣。

开头描述一位少年自带干粮，蹲在公路上，守护着一只螃蟹，还带着一条狗与之厮守，阻挡了过往的车辆。渐渐地，车辆越聚越多，当人们了解事情真相后，全都表现出宽容、理解和谅解的态度，进而，大家纷纷表示，宁可延误几个乃至许多个小时，也要让螃蟹能够自主行动。在此期间，没有一人抱怨，更无一人违背螃蟹的意志，人为地移动它。若那样，无疑就破坏了动物的本能属性，不利于到指定的海边产卵。为了保护这位叫阿红的螃蟹，人们还成立起动物保护协会，有组织地佑护这位阿红。人们静静地等待，耐心地守候，佑护阿红的决心是那样的空前高涨，目标是那么的异常一致，其良苦用心，让人动容。

阿红在行进过程中，也是异常的艰难，曾面临着车辆、蝮蛇、老鹰等的侵扰和破坏，但为了到达目的地，实现自身既定目标，是那样的坚定而不可动摇。因此，它与自然和其他动物、猛兽、飞鸟等，展开决绝的战斗，历经千难万险，百折不挠，尽管行动缓慢，还是按照规定的时间，到达了理想的海边，和千万只同类汇合，融入大海。

故事情节大致如此，要之，译作在描述上，用笔独到，较为传神。如写道："借着灯光，只见一只螃蟹鼓着双眼，举着鲜红的大夹子，慢慢地向旁边爬着。小狗蹲在旁边，侧着身子，定睛注视着螃蟹的一举一动。"把螃蟹的神态和整个场景写活了。再如，文中还有大量的细节描写，也都惟妙惟肖，十分到位："少年悲切哀求打动了贝田，使他产生了一种异样的感觉。就在年轻司机抓住少年的瞬间，借着灯光，他看到了少年纯真哀怨的面部表情和额头上沾满的汗渍。"还有一些作者不懂的知识描述，也非常地耐看："……这种螃蟹，叫红夹螃蟹。这种螃蟹在每年的七八月间交尾，而雌蟹会在九月间月圆的晚上，都云集在海滨的滩涂。等涨潮上来后，在七点半到九点时海浪冲上海滩的时候，蟹妈妈就会迎着海浪把卵甩进滚动的海水里，让已经成熟的螃蟹卵进入大海。"

丁志俊先生的长篇译作《埃及女王遗宝之谜》，堪称高水平的推理小说。在这部小说里，作者倾注了大量的心血。小说以埃及和京都两地为舞台，以盗宝案为主线，展开一场多格调的、逻辑性极强的推理，可谓层层剥笋，逐渐深入，悬念迭起，给人一种不读不快的感觉。小说从年轻教师大原麻子去开罗探望父亲入手，在举办埃及展的京都博物馆里，参观埃及女王的遗留宝物，恰遇一青年被害身亡，进而围绕卡诺普斯容器，铺开故事。谜一样的卡诺普斯容器，随后引发了一连串的疑案，学生跳楼死亡、学生卖淫事件、学校播音室的死亡事件，等等，一个个意想不到的悲惨事件，接踵而来，让读者随着作者的描述感到惊悚、纳闷而好奇。为破获此案，年轻的报社记者冲和大原麻子相互协商，相互配合，多方调查取证。在此过程中，校长和各位老师的表现，谜一样的，十分地微妙，让人琢磨不透，难下定论。身处最基层的中学，与处在最高层的首相之间的联系，本身就让人感到微妙，二者的关系纷繁复杂，构成了这部书的主干，也从侧面反映出日本高官的腐败和腐朽生活及他们的丑恶嘴脸。小说主题鲜明，立意上乘，构思巧妙，语言晓畅，集政治性、思想性、娱乐性和可读性于一体，是目前我看到的不可多得的一部优秀长篇推理小说。

作为翻译家，丁志俊先生还翻译了《密室谋杀四重奏》和"中魔探秘"两部小说，尽管一部为凶险小说，一部为魔幻小说，题材不同，有着一定的差异，但却篇篇精彩，让人爱不释手，其高超而独到的眼光和翻译能力，令作者刮目相看！试想，没有见微知著的独到眼光，没有扎实深厚的文学功底，没有甘于寂寞、乐于奉献的吃苦耐劳的精神，没有高尚的思想境界，是断然翻译不出这些文字的。

作者与丁志俊先生素昧平生，并不相识，因为都是孔夫子的弟子——喜欢书，在微信群里结识，未曾见过一面。丁先生不弃愚钝，广交朋友，为人和善，宽宏大度。谈话后，丁先生曾说"给你一本书"，不料，他一言九鼎，一日竟将他耗费心血翻译的厚厚的著作寄给我了，感动之余，挤时间拜读。不读则罢，一读则欲罢不能。他翻译的日本长篇推理小说《埃及女王遗宝之谜》故事精彩，悬念迭起，环环相扣，曲折跌宕。

看过丁先生的译作才得知，丁先生是资深翻译家，陕西咸阳赵镇人，是知名作家和翻译家，毕业于吉林大学外语系，2006年进入廊坊市国际国内公关协会，当选为副会长，2008年入选"廊坊市十大影响力人物"。2019年在自然资源部作协主办的"新中国成立七十周年十部优秀地质题材影片"评选中任评委。现为中国翻译家协会、中国自然资源作家协会、中国大众文学研究会、中国仪器仪表学会、中国灾害地质研究会及中国日本关系史研究会等的会员。

读过丁志俊先生译作的总体印象是：翻译量大，质量优，文笔精细、独到。文学作品，特别是推理小说中，描述暴力和恐怖，恰如其分，没有过分渲染，而又给人耐看、耐读的感觉，看后引起深长的思考，或叫发人深省吧。总之，丁志俊先生的译作事业，已经达到相当高的水平，作为读者之一，我只有仰视，愿意并迫切盼望读到他更多更精彩的力作！

五、唐闻生为我颁奖

2019年，适逢中华人民共和国成立七十周年，国家大事不断，个人喜事连连。国家忙，自己似乎更忙，妥妥的连锁反应。国家忙阅兵，忙表彰，忙世界各地政要来访，忙那些数不清的庆祝活动。自己究竟在忙些什么呢？有些事，说起来有趣，听起来更有意思。

十一国庆期间，我不只要忙公司的工作，同时要忙本人"翻译作品集"的稿子。当然，自己的这些忙纯属偶然的巧合。自然资源作家协会"新中国成立七十周年十部地质题材优秀影片"评选，作者又被聘为评委，这又是忙上加忙，而且必须是在指定时间内完成影片的推荐和评选工作。当然，对个人来说，这是一件很荣幸的事。忙，是忙了一点，但却忙得开心，忙得高兴，忙得有价值。同样是因为中华人民共和国成立七十周年，这不，又接到中国译协通知，要求11月9号赴京参加"中国译协年会及资深翻译家命名表彰大会"。因本人在翻译领域的突出表现，在众多候选人中脱颖而出，将被中国翻译协会授予"资深翻译家"荣誉称号。能得到国家行业协会的认可，这可是中国翻译界的最高荣誉了。我要去领奖了，高兴啊！激动啊！躁动不安的心情，似乎有点按捺不住。

在去北京领奖的前几天，我就开始有点坐卧不宁了。"资深翻译家，名副其实"，有不少朋友表示祝贺说："资深翻译家，实至名归、当之无愧。"朋友的赞誉砸得我忘乎所以，晕头转向，差点儿找不到北了。这个表彰大会，究竟是怎么个表彰法呢？发钱？发奖状？奖品还是证书？众说纷纭，莫衷一是。还没去领奖，就有人替我操心，替我着急了。更有赵中学弟张克俭在微信中说："丁兄是翻译界的唐僧！"这话说得深刻。不知怎么的，我恍然大悟地明白了，也被打动了。"资深"很一般，"翻译"很普通，关键在于这个"家"字上。古人云"成名成家"，只有成了名才能成家。这个"家"寓意为"专家"或"大家"。若照此引申下去，他这句话就很好理解了。我这个翻译界的唐僧终于修成正果，取得真经了。俗话说"天道酬勤"，看来这些年的付出，这些年的努力确实没有白费。被中国译界最高机构授予"资深翻译家"荣誉称号，不就证明这一切了吗？这项荣誉，实在令人心动不已。而这种心动，又非外人所能道也……拿着转发给我们单位"中国地质科学院地球物理地球化学勘查研究所"的这份"关于对丁峙同志进行资深翻译家表彰的通知",觉得沉甸甸的。百十来字的这份文件,翻来覆去竟然看了好几遍。这么好,这么高兴,这么值得庆贺的事,总得有人分享吧!想想还是小范围的低调一些好。除了家乡的"赵中校友群",我想到了和我保持有微信私聊,并一直在大学微信群"同学仙聊斋"中的恩师刘福庚。刘老师不仅亲自为我们日专的学生授业解惑,还任过我班的辅导员老师。总得给老师报个喜吧,于是这份电子版的"红头文件"即刻到了老师手里。

中国译协发给单位的文件要求,"除受表彰者外,单位须有一名部门领导和工作人员参加。"接到通知后,所办毕竟站位高、有全局观,很快就做出了批复。于是,老干部处的领导石珊和同事余恂陪我一起赴京领奖。余恂在单位是主管基建的,且在江西赣南扶贫时,由单位委派当过三年的科技副县长。虽早已离职,但我们有时仍开玩笑称其为"余副县长"。今天,"余副县长"不仅是工作人员,而且还得当"车夫"。我们一行三人一大早六点就准时出发了。"今天雾大,京沪高速暂时封闭,途经的司机朋友请提前绕行。"清晨的北京交通广播中,不时发出播音主持人温馨提示的声音。"丁总看看你的点儿真背!到昨天一直还是晴朗的天气,到你这儿怎么又是大雾了!"老余踩了一脚刹车,拍拍方向盘,急火火地说:"雾大上不了高速,这时间可就无法保证了。"言谈间我们已经快到开发区的高速公路入口处了。"没办法,那就赶紧绕行找下道吧!"我说。石珊坐在前边的副驾位上,眯着眼睛一声不吭。又走了十几公里,到了北京采育进京和高速入口的大十字路口。好家伙,远远望去,在弥漫着浓浓雾气的公路上,排满了各种车辆。特别是一辆辆大货车像一堵堵大墙,一眼望不到头,根本弄不清前面为什么堵车,更不知道堵塞路段究竟有多长?几辆小轿车在来时反方向的空隙中穿来穿去,试图掉头原路返回。"哎呀!麻烦了,看来这没个头呀!怎么办?咱们是等还是另找出路?"老余问话时满面愁容。"看前面好多小车都在调头,要不咱们也调头吧!兴许还能找到另一条道路。"我小心翼翼地建议道。"好,那咱们调头原路返回吧!"说着他一打方向盘,倒车、前进往复两把,就又行走在了来时的路上。突然,发现在我们前面调头的车向北方向的一条小路上插了过去,我们也就尾随着驶上了一条窄窄的、两边全是庄稼地的乡道。路虽然不宽，但车毕竟少多了。余副县长开着他最近新买的引以为豪的福特汽车，宽大的SUV车体不时地穿过一些大雾笼罩的路段，一团团的雾气缭绕，有的甚至连两米的视野都没有。只能打开雾灯，开着双闪，小心翼翼地缓缓前行。

终于穿插到了西三环的大道上。路上的车排着三路纵队，时快时慢地在路上奔驰。突然一个急刹车，把坐在副驾驶位置上的石珊惊醒了，头差点撞上前面的挡风玻璃。"你这车是怎么开的？还老是吹你开车技术如何如何高超，就这水平？！"猛然的急刹，受到惊吓，出了一身冷汗的石珊直抱怨。"睁大眼好好看看吧！前面有事故知道不？还我的技术不高，要是你开肯定就撞上去了……"余恂摸摸脑袋，顺便把头顶两侧稀疏的头发往中间拢了拢，不无讥讽地反驳一句。抬头一看，果然，在左前方不远处有几辆车连环追尾，乱糟糟地互相挤成了一团。车上下来的几个司机有人在打电话，有人在指手画脚地吵吵着什么。按照导航系统提示，距离我们的目的地只有八公里路程了，虽然老余在几个车道间不时地变换着钻来钻去，但车仍行进缓慢，根本跑不起来。"像这种路况，要石珊开，就更不行了，说不定上午都赶不到。"余副县长的嘴巴老不闲着。

"还老吹他的酒量大，如何如何能喝酒。怎么样？还是不行吧！上次去白石山和我拼酒，喝高了，醉了吧！"说完得意地瞅了石珊一眼。"吹吧，你就吹吧！反正吹牛不用纳税。"石珊反唇相讥。"把窗户打开，通通风！""开窗户干什么？外面这么冷。""你这车味儿太大，一股胶皮味儿，实在受不了！""什么胶皮味儿，我怎么闻不见？事儿妈似的。""还我事儿多！还没味儿，不信你问问老丁，看有没有味儿？"说着说着话赶话，两人的抬杠又开始了。

"还行、还行！可以忍受。"我插话说。说实话，新车的味道确实不小。而且车座的皮革上，连棉垫都没有放，坐着感觉屁股都凉。心里这么想着但我没有说出来，怕伤老余的自尊。再说，两个人抬杠，总不能火上浇油吧，于是就打了个马虎眼息事宁人。

俗话说，"棋逢对手，将遇良才"。同样，这抬杠也得有对手，而且还得是旗鼓相当的对手。我就很高兴听他们两个人抬杠，觉得不仅轻松愉快，心情好，而且很有乐趣。这确实也是消除疲劳，解闷的一个非常好的途径和方式。"明摆着的事，这还用吹？"余恂接着上边的话茬说。"还吹牛说自己能喝红酒，才喝了多少？就这水平！"石珊不服。"红酒我喝了一瓶多，将近两瓶了，还不行吗？""还两瓶！有那么些吗？忘了我喝了多少白酒了？""多少？你自己说说！一瓶都没有喝完，还净说醉话！""咱俩不知道谁说醉话，明明是一大瓶，老丁他们不过帮了几小盅，还死犟！算了，不跟你抬杠了。"石珊说着掏出了一根烟，放在鼻尖上嗅着，眯上了眼睛。"你看，不高兴了吧！又开始玩儿深沉。"老余续续地叨叨着："瞅瞅，喝了酒这样，今天又没喝酒，怎么还这样？咱们石同志总是默默无语泪水流，耳边响起驼铃声。"石珊瞅了瞅我，无奈地摇摇头，表示了无声的抗议。

说起他俩拼酒还真有其事。那晚爬山回来，借宿在农家乐。累了乏了，吃饭时就多了一个喝酒的项目。石珊喝白酒叫板老余喝红酒，按1:2的比例，两人都没少喝。石珊喝酒有个特点，在喝二到三两时就开始面红耳赤，手舞足蹈的而且话还特别多，表现出一副舍我其谁的英雄气概。但到喝过五六两的时候，状态可就完全不同了。这时的话不仅少，而且越接近一斤量的时候表情越是严肃，甚至给人一种故弄玄虚的感觉。喝到位了，默默无语，沉思着，眼角似乎有一种亮晶晶的东西在滚动。耳边有没有驼铃声倒不清楚，但在他过去当兵的河北丰宁坝上，确实有骆驼。哎！人人都有一本难念的经，此时眯着眼睛似睡非睡的石珊虽然是一个现实版的钻石王老五，一万多的月薪，有车有房，老家香河还有一亩三分地的老宅子。五十多岁的人了，离异后至今还单着，这可能也算是他的一桩心事吧！"到了！看，就是右侧的这个饭店。"老余的声音把我从沉思中唤醒。——首都，北京世纪金源大饭店。这是一个位于北京西郊，与著名的301医院毗邻的综合性大酒店。门口的停车场塞满了不同车型，颜色各异的小汽车。这个凹进去呈圆弧形的大饭店门前两侧摆放着数不清的绿植和花篮，十数个红色条幅从空中悬停的大型氢气球垂吊下来，微微地随风摆动，似乎在迎接我们这些急匆匆赶来的参会代表。"祝贺中国翻译协会本届年会胜利召开"及"祝新中国成立七十周年资深翻译家表彰大会圆满成功"等标语口号格外引人注目。到一楼大厅报到时，比会议规定的注册时间足足晚了一个多小时。当然,大会已经按时召开。"等等,谁是受表彰的资深翻译家?过来一下。"当我们一行三人要急急赶往二楼会议室时,被会务人员叫住了。当工作人员在我胸前佩戴上一朵鲜艳的小红花时,不觉产生了一丝神圣的、与众不同的傲骄。人似乎也精神了,一种自豪感油然而生。

会场内外的人太多了。打听一下方知,除了正式代表之外,还有"听会""探会"甚至"蹭会"的众多外语爱好者。北京市区的,甚至外地远道而来的也不在少数。一层二层的楼道,会议室门口乃至电梯口边的侧厅,到处都是熙熙攘攘的人群,或聆听或神色匆匆地走动或交头接耳地说着什么。工作人员顾不上招呼我的同事,径直领着我步入二楼主会场。她说我在中间第三排,找自己的名牌就座。会场前方两侧的大屏幕投影显示出翻译协会的会长正在致辞,而国新办领导和国家外文出版局局长的讲话已经结束。举目望去,正中会议桌上每个人前边摆有茶杯的几个大方阵似乎座无虚席,两边则是几个密密麻麻摆放着椅子的方阵,人也坐满了,甚至在左右两侧和会议室的后边都站满了人。

颁奖大会会场

找名字对号入座,可我的座位在哪里呢?正在我猫着腰来回睃目时,那位引导我进来的工作人员向我招手,并向面对主席台正中的方阵第三正中间排指了指,顺着她手指的方向侧身进去,终于找到了一个摆着"丁志俊"名牌的空位。大致翻阅了一下会议手册,见不少要人出席了会议,甚至连国际译联主席库克·凯文也赫然在列。落座后透过第二排人背影的空隙向讲台看过去,颇感意外的是,在我左前方的第一排,竟然坐着大名鼎鼎的唐闻生先生。这么幸运,是真的吗?这个突然的"发现"令我百感交集,兴奋不已。"祝贺丁志俊同学荣获资深翻译家光荣称号，干杯！"没想到的是，我的大学老师在收到信息的半小时内，就迅速地做出了反应。这份"红头文件"，很快出现在了"仙聊斋"同学群里。微信真是个神奇的好东西，很庆幸大家在短时间内很快都能看到。长城内外、大江南北，无论你人在内地还是外地，在国内还是国外，只要没出地球，只要有 WiFi，只要拿着手机，就能看到群里的任何信息。很快就有亲爱的大学同窗，同在一个教室和另一个教室学习过日语，从事翻译的同行——不久前刚受到日本可丽娜东京总部特别表彰的驻京首席代表马聪；学外语出身却逆天地当上了"演员"，且在《平凡的世界》等影视剧饰演过不同的角色，演技堪比专业人员的卢鲁等数名热情的同学在群里表示了真诚的祝福。

"祝贺丁志俊！恭喜刘老师！"后面是一束束玫瑰。

"老师的好学生，好学生的老师都值得赞！"考虑得全面。学生取得的成就离不开老师的教诲和悉心栽培。确实是这样。"为我们班长获得资深翻译家称号点赞！老班长你真棒！"

少数民族兰玉娟同学这发自内心、热情洋溢的祝福令人动容！看到老师和同学的祝福文字和竖着一溜串大拇指的图标，心里暖暖的。"刘老师，同学们，大家好！伟建和竹子同学说得对，学生取得的成绩，均离不开老师的培养和栽培，在这里谢谢恩师们了！吉林大学名师众多，其中印象最深的当数刘福庚老师、李万春老师、孙连璧等老师。还有平易近人的杨老师，永远忘不了！谢谢同学们的陪伴和祝福！"如此统一回复后，我又和同学们在群里热情地互动了一番，心情舒畅，感触良多。翻译大会继续进行。当听到主持人宣布下一个议程是资深翻译家表彰时，心里紧张得咚咚直跳。包括我自己在内，中华人民共和国成立七十周年全国共有 76 名资深翻译家这次将受到表彰。意外的是，颁奖时大会组委会安排只上去了几个代表，为节约时间，其他受表彰者在小范围内颁发。主持人这样宣布后，颁奖嘉宾和受奖者站成一排，从领导手中接过证书和一束鲜花，合影后很快就结束了。"我这时刻准备着，你怎么没上台领奖啊！"事后，同事余恂拍拍沉重地斜挂在胸前、装好远距离变焦镜头的尼康单反相机，不无遗憾地说："看看！这么好的装备。就等着留下你上台领奖的光辉形象，见证这历史性的时刻。可惜啊！可惜。没用上，白带了！"

墨香星河　The Star River of Ink Fragrance

作者获"资深翻译家"证书

　　说起唐闻生，可是翻译界的翘楚，外交界的精英，更是一代人的偶像。特别是在20世纪60年代末70年代中的"文化大革命"时期，报纸上有名、电台上有声、电影新闻简报中频频出镜的风云人物啊！她1943年出生于美国纽约，父亲唐明照是著名的外交家，第一任中国常驻联合国代表。母亲张希先是燕大毕业的高才生，与其父唐明照在纽约结婚。父亲忙于外交事务，整天早出晚归的奔波在外。这一日又是很晚回家，父亲刚刚踏进家门，女儿就出生了。按照预产期本应晚一月出生，巧就巧在这闻父归而生，故取名唐闻生。

　　随父回国后，她操着一口流利的美国英语在北师大附属女中就读。同学中有毛主席女儿、刘少奇女儿，当然也有普通百姓的闺女。19岁毕业后考入北外英语系。凭借深厚的英文功底，用三年时间修完了五年的全部课程。在北外这个中国外交官的"摇篮"里，秀丽端庄，学识出众的她终被内部选定，1965年这个高才生一步跨进了外交部。

　　当然，外交事务错综复杂，绝非一个新人所能马上胜任的，她进外交部后也只能跟在资深的老翻译后边，做一名见习翻译。通常干一些翻译国外往来信函或其他外交文件的辅助性工作，以增加外交知识，积累临场经验。

　　机会总是留给有准备的人。

在发言中，她回顾了自己的外交翻译经历。深入浅出，高屋建瓴，娓娓道来的毛、周等伟人在外交场合一些鲜为人知的故事，听来使人感慨，令人泪目。

1966年7月，年逾古稀的毛主席畅游长江。适逢有53个国家参加的亚非拉作家会议，要求主席接见。由于这是一个临时安排，外交部的政要翻译赶不过来。当时有备用的西、法、阿语翻译，英语翻译只有唐闻生。情急之下，别无选择，只能让在场的这位新手上场了。对于这个年轻女孩来说，不说翻译，就是见到主席这样的伟人也紧张啊！更甭说这种重要的场合让自己上场了。这可怎么办呀？主席接见时不知说什么，要引用一些高难度的古诗词不会说就麻烦了；还有，主席的湖南口音听不懂怎么办？再说，接见的又是作家，还不知道他们会提什么刁钻的问题哪；要是翻译不上来，这个影响可就太大了——得到指令后，在忐忑不安中挨过分分秒秒的她，终于控制不住自己，吓得几乎要晕过去。"你可不能晕，坚持住，救场！不然就没人了。"廖承志、齐宗华等随行大员急切地呼喊。唐微微睁开眼，在外交部礼宾司几位工作人员的搀拥下，跌跌撞撞地来到了会见大厅——"不用紧张，主席不讲话了"。直到主席身边的工作人员过来通知，迷迷糊糊的唐大翻译才如释重负，长长地"吁"了一口气。这，便是她在激情燃烧的岁月，重大翻译生涯的第一次。

20世纪60年代末，毛主席会见菲律宾总统马克斯时，说了一句"木秀于林，风必摧之"。唐翻译没有听懂，现场直发愣，主席就一笔一画地写给她看，并耐心地做了解释。还有，第一次开始给总理当翻译时，由于对所谈论问题背景不了解，对交谈所在国的国情不熟悉，还紧张，会谈难以顺利进行。于是中间总理果断地让她下场，由资深翻译冀朝铸上，而她仅在旁边做记录。"翻译，无论是中文还是外文，同样需要深刻理解其中的含义，并探求能引起心灵相通的表达方式。"事后，她这样回忆说。

作者与唐闻生合影

20世纪70年代，中美打破外交坚冰，她几乎全程参与了期间的重要谈判。毛主席曾用"对牛弹琴"的比喻批评一些传播方式，指出不能全都怨牛，还是要从弹琴人身上找问题。在主席、总理的言传身教下，她在外交部美大司任司长时不到30岁，20世纪70年代即成为我国外交界一颗璀璨夺目的明星。

也许从那个年代过来的人都记得，她白皙的脸庞、清爽的齐耳短发，身着一袭灰蓝色的列宁装，青春靓丽，说着一口流利的美国英语，出现在各种重大的外交场合。她这个万里挑一的主席、总理翻译，以其精湛的译技和人格的魅力征服了外交界，极高的知名度为国内外传媒所熟知。20世纪70年代直到主席去世，她和主席的侄外孙女王海容（终身未婚，余生沉默）闻名遐迩，总是活动在人们的视线之中。几乎参加了来访的各国政要，知名人士的所有会见。甚至和王海容一道，成了主席和外交部之间不可或缺的联络员。

上午的日程安排得太满了。中间十分钟的茶歇，楼道里拥挤得水泄不通，想上个厕所都要侧着身子拼命地往外挤，人太多了。快一点钟时大会主持人终于宣布上午会议结束。我赶紧跑上前去，伸出手说："唐老师您好！我是来参加表彰大会的资深翻译家丁峙，也是您的粉丝，想找您合个影可以吗？""合影，可以啊！"她和我握握手，开始收拾桌上的东西。"谢谢！那我先过去了，在前边等您。"说着我赶紧边找准备为我照相的小法语翻译任惟佳和同事余恂，边在大会搭建的背景舞台上寻找合适的拍摄地点和位置。糟了！一眨眼的工夫，唐老师身边怎么围了这么多人？眼瞅着总参的一个少将和大校，也有商务部和上海译协的几个嘉宾，都抢着和她合影，唐老师根本走不脱。这可怎么办呢？想了想我对小翻译和余同事招招手，等那几拨人合完影后马上站在了唐的身边。照片后面本应是主席台，但根本来不及转身。咔嚓、咔嚓地一通拍摄后，背景倒成了空荡的会场。这个紧张啊，就像打仗一样。这时，还有几个年轻人凑过来，想要和唐老师合影，但被两个会务人员拦挡着，搀扶着唐老师去了餐厅。

我翻看着照片，足有十几张。但遗憾的是两个人的每张合影后边都多出了一个脑袋。只见老余戴着帽子，笑眯眯地站在我们两个人侧后的中间位置，显得那么和蔼可亲。这伙计怎么回事？合照两张没关系，可你总得回避一下，给我一个完整的双人照啊！这总是多出一个脑袋，照片可怎么用啊！这位说起来也是见过世面，当县长时曾被人前呼后拥过的人哪，不至于吧！这么没有眼力见儿。在手机上快速地翻看着这一张张弥足珍贵的合影照，实在是哭笑不得。过后他虽一再叮嘱我用时可以 P 掉，但这画面处理起来着实费了一番功夫。

对于这位同事，我们平时嘻嘻哈哈的不当回事。可一旦外出到延庆或张家口的赤城地区去玩，和村民聊天或在老乡家借宿时，朋友王建国总是笑嘻嘻地露出两颗闪闪发亮的大金牙，腼腆地搓搓手向人家介绍说："这几位是我的朋友，没事出来转转"，介绍到老余时表情格外严肃，通常都要半开玩笑地提念一下"这位是余副县长，来考察考察"。你别说，这玩意儿还真管用，次次都灵，屡试不爽。老乡不知道什么司长、局长，但一说县长却都认。知道这曾经的余副县长比村长还有乡镇的镇长都大，立刻会显出一副比较恭敬的样子。每当这种时候，老余也总是很配合地挺挺他凸起来的将军肚，摆出一副县长大人的派头。

"晨读，是我几十年如一日的习惯，现在仍在坚持。"唐闻生笑了笑说："这也是学外语人的一个基本素养。所谓拳不离手，曲不离口，就是这个寓意，否则很快就会忘记。"已近耄耋之年的她矢志不移，初心不改，无疑是给我们这些翻译工作者树立起一个鲜活的标杆。作为中国译协顾问，她至今仍在关注和研究一些新的词汇的出现和译法。

在此，我想提出一个小建议。我们现在面临很中国化的新词不少，往往在新出现时译法多样。例如："一带一路"，曾经并不准确地译为"One Belt One Road"，后经多次研究才确定为"Belt and Road Initiative"，简称 BRI。她站在讲台上继续侃侃而谈："但鉴于这种译法已在国际上流行多时，建议成立一个由一家牵头、多家参加的权威翻译小组，及时研究一些新出现的重要新词汇的译法。然后由各家主要对外媒体统一采用，争取更早发出一致的中国声音。"言之凿凿，掷地有声。她的这个提议得到了与会者的普遍认同，同时也顺应了时代发展的大趋势和潮流。

多年没有参加过这种全国各地、各行各业代表九百七十多人的全国性大型翻译行业会议了。群贤毕至，大咖云集的场面，着实令人震撼。虽然自己这次也是受表彰者之一，但相比之下，深切地感受到了自己的渺小。

特别是大会向翻译家曹都颁奖时，提到他不仅翻译《马恩选集》《毛选》一至五卷第二版，而且还译了大量名著，诸如《第二次握手》《夜走灵官峡》，不禁眼前一亮。尤其是对选自著名陕籍作家杜鹏程"光辉的岁月"中的《夜走灵官峡》这篇散文，印象太深刻了。在上小学时语文课本上就有，这也是他的扛鼎之作，影响了整整几代人哪！目前已经或临近"年过半百"的同学应当都曾学过。几十年了，至今有些句子甚至还能背诵出来："纷纷扬扬的大雪下了半尺多厚。天地间雾蒙蒙的一片……一进灵官峡，我就心里发慌……随便你什么时候仰面看，只能看见巴掌大的一块天。目下，这里，卷着雪片的狂风，把人团团围住，真是寸步难行……"这美得令人窒息的文章，使人陶醉。进而又想到了他的名作《保卫延安》和《在和平的日子里》等几部在儿时就耳熟能详的小说。

今天，有幸遇见翻译《夜走灵官峡》这篇名作的译者，间接地、不由自主地又陶醉了一次。汉译英、汉译法、汉译德、汉译日、汉译俄、汉译西、汉译阿拉伯、汉译尼泊尔语，汉译为世界上所有的语种。这种浑然天成的杰作，不仅属于中国，也属于全人类。这，也是我辈翻译人的神圣职责。攸乎间，我想起了同事友钊写在我的"翻译作品集"代序上的这段话，确实很有道理："翻译科技文献，供少数从业者参考；而翻译具有社会意义的小说，则可以供许许多多的人士欣赏，达到惩恶扬善之目的。"

迄今为止，局限于自己所在单位的专业，翻译的东西只能提供给本专业领域的少数人甚至极少数人看，出了单位的大门外边可能极少有人懂了。而只有文学，才能惠及亿万大众，才能走进千家万户。反之，如果自己不是处于科技领域的尖端位置，估计也难以入围资深翻译家。因为无论是从业绩上，还是贡献上，根本无法和那些砥砺奋进，宗正创新地致力于古今中外名著、《史记》、《论语》等翻译的译界前辈相比。唐闻生就是这样的杰出代表，也是吾辈学习的榜样。"可喜的是，我们的各位译界同人，都是努力向前奔跑的追梦人。看今日外交翻译，乃至整个翻译界，人才济济，后浪推前浪。"她这铿锵有力的话语犹如空谷足音，至今仍在作者的耳边回荡，回荡。

第三辑 03

雪泥鸿爪

The Vestiges of the Past

北京的发端与历史渊源

一、北京的历史与名称由来

随着时代的变迁，北京名称也在不断发生变化。但无论如何变化，老百姓仍习惯将其称为帝都，更多的是叫作京城或皇城。据司马迁在《史记》中记载，西周初年周武王灭商后，曾封重臣召公一处名为北燕的地方。在历史文献中，这也是对"燕"最早的记载。但是，北燕究竟在现在的什么地方呢？

在北京，有一个遗留的战国时期城址叫蓟城，据说这个蓟城就是当时雄居天下之一的燕国都城所在地。郦道元在《水经注》中曾做过这样的记载，他说蓟城之名得于蓟丘。有些历史学家认为，在今北京广安门白云观西墙外有一高丘名为"蓟丘"，这里就是古蓟的城址。考古人员经过长时间的考证研究后，又在蓟丘的周边地区发现了大批燕式瓦当、水井等，所以他们据此推测，古时的蓟城应位于今宣武门到和平门一带，占地面积不是太大。

与这段历史巧合的是，1965年在北京西郊八宝山以西约500米，有农民在种地时，无意中发现西晋大将王俊夫人华芳的墓葬。据墓志铭记载，华芳葬于燕国蓟城西20里。根据当时的度量衡制度，晋代的20里就相当于我们现在的8712米，由此完全可以断定，西晋蓟城的西城墙，就在今天的会城门附近。到了秦代，蓟城承袭战国时期的原貌，其位置仍在北京城的西南部。战国时期的蓟城南城墙，应在今法源寺以北，而北墙应在长安街以南，这也是根据考古资料推测出来的。

历史在发展，时代在更替，正可谓一朝天子一朝臣。这不，辽太宗又在唐幽州城的基础上大兴土木，并将原名称改为"南京幽都府"。虽说将其称为"京"，但在它属辽的 187 年中，只有燕王耶律淳在这里当了 10 个月的皇帝，所以也算不上是辽国真正的国都。到了金贞元元年即公元 1153 年 3 月，完颜亮正式下诏迁都，从此北京才成为国家的首都，并被后世的元、明、清三朝沿袭。遗憾的是，这座宏伟的古城仅存 62 年后，就被攻破金中都的蒙古军队一把火烧毁，宏伟的金皇城宫殿，毁于一旦。以至于元世祖忽必烈初到金中都旧城时，由于没有宫殿，只好住在当时的北海太宁离宫。几年后，忽必烈令人在金中都东北方营造新都城，并将其命名为"大都"，意为大汗之城。

元大都是在空阔的平地上兴建的，城墙用夯土筑成，沿袭了外城、皇城、宫城三重城垣相套的传统结构。元大都城经过周密规划，在今鼓楼以北设立了"中心阁"，全城的街道纵横交错，犹如棋盘。城墙四角建有角楼，今建国门外南侧的古观象台，就是元大都东南角楼旧址。北面城墙在现德胜门外祁家豁子一带，并向东西两侧延伸。明永乐四年（1406），明成祖朱棣下诏，敕建北京宫殿。重建的北京城，依然采用了元大都的格局，只是在原基础上又加筑了外城，呈"品"字形，早先北京四九城的叫法，也来源于此。

明朝时，北京的格局是外城套着内城，内城套着紫禁城。满人入关定都北京后，清政府对北京城区进行了扩建，新增了一些街道、胡同，修建了不少王府和四合院，并于顺治五年（1648）颁布规定，只允许满、蒙、汉八旗官兵及其家属居住内城，以巩固皇权，拱卫皇帝，而其他原住民则一律迁往南城居住，当时的南城亦即现在的崇文门、正阳门、宣武门外，这就形成了现在北京旧城的基本风貌。但总体来说，清代北京城的建设，仍是以明北京城为基础，整个架构没有什么实质性变化。

由于清朝采取了这种隔离制度，因之当时来京的外国使节，都习惯于将内城称作"鞑靼城"，而将外城则称为"汉人城"，以示区别。由于内城旗人的社会和经济地位很高，他们自视高城外的汉人一等，平时说话时带着轻音和儿音腔调的满式汉语，便势不可当地向住在外城的汉人辐射，于是就慢慢演变成了今天俗称的北京话、京片子，抑或是北京普通话。

伴随着一句京味儿十足的问候，老北京鲜活的画卷正向我们徐徐展开。人们或骑着永久、凤凰、飞鸽自行车，抑或是步行着穿梭在老北京四通八达的胡同里,街坊邻居互相热情地打着招呼:"吃了吗?您哪!""冰糖葫芦,酸甜可口!走过路过不要错过啊!"小贩们此起彼伏,热热闹闹的叫卖声不绝于耳。天桥的把式、各路杂耍,咿咿呀呀的京剧表演和京味儿十足的叫好声,热气腾腾的卤煮火烧……这就是北京的市井气儿,也是老北京人的生活,其中也蕴含着传统的老北京文化。而老北京文化的核心就是讲规矩,讲礼仪,讲传承。今天,当您和北京人聊天时,他们口吐莲花般经常白话的净瞎掰、有猫腻、太邋遢这些词汇或短语,其实都是些满族话。所以在满人和汉人长时间交流的过程中,汉人也就慢慢习惯了他们的表达方式,反过来也使用起了满语,他们被"满化"了。所以在清朝统治时期,不但汉人被满人"满化",同时满人也在被汉人逐渐"汉化",有了此类交互性的语言行为和各方面的往来,久而久之就自动形成了一种年代并不久远的"老北京味"。直到一个世纪后的清道光年间,这种人为的界限才被彻底打破。

就京城的结构而言,明清时代的北京,是个圆环套圆环"环环相扣"的结构,从里到外分别为紫禁城、皇城、内城。紫禁城与内城也就是今天的二环之间的区域,就是皇城了。在北京的老城墙被拆除之后,皇城相府的概念也变得模糊起来。直到现代的21世纪,明代东黄城根遗址才在城建施工中重见天日,并被北京市人民政府专门辟为"皇城根遗址公园",并向广大民众开放。皇城根遗址公园的东北角,有条名叫"翠花"的胡同,妄图复辟帝制的张勋就住在翠花胡同9号院。1917年,张勋率辫子军进京,欲拥戴已经退位的溥仪再度称帝,这种开历史倒车的行为遭到全体国民的反对,段祺瑞政府的共和军亦即刻发起了讨伐行动。他们在南河沿张宅附近的城墙和北大的教学楼上,架起大炮猛轰张宅。当时有颗炮弹命中了住宅内的客厅,将大院和复辟官员一起炸成尘埃,燃起了熊熊大火。在冲天的火光中,只见留着长辫子的遗老遗少们纷纷四散奔逃,作鸟兽散。翠花胡同里的四合院布局规整,周围树荫蔽日,其安安静静的模样,让人很难将它与昔日炮火连天、硝烟弥漫的风云际会联系在一起。

北京有许多以古老的建筑为代表的物质文化遗产,比如北京的故宫,它作为北京标志性的皇家建筑群落,作为先朝历代帝王居家和办公的地方,在普通老百姓的心目中,显得格外神秘。还有位于北京西郊的颐和园，更是世界上最大的皇家园林，它占地四千多亩，主要由万寿山和昆明湖两大部分组成，一进门就要通过画有一万多幅彩绘的长廊，这些彩绘隐藏了太多人们喜欢的故事，具有重要的历史文化价值。颐和园是太后老佛爷慈禧养老的地方，占地面积比故宫还要大四倍，尤其是在她生命的最后时期，每年有大部分的时间都是在这里度过的。太后老佛爷的个人生活极为奢侈，她不只是满足于享尽人间的美食和荣华富贵，而且还具有非常强烈的好奇心。洋务派代表人物李鸿章投其所好，曾把一辆德国造的小火车送给慈禧，并专门铺设了一条铁轨，供她享受玩乐。

　　于是在紫禁城内，就有了北京城第一条真正意义上的铁路。李鸿章进献的这列小火车共有六节车厢，内部装饰均按清王朝的尊卑等级严格区分。用黄缎装饰的是老佛爷的御用车厢，红缎车厢用于皇亲国戚，而大臣和一般官员则只能享受蓝缎车厢，等级非常森严。老佛爷坐上这洋玩意儿后，担心小火车开动后的噪音破坏紫禁城的皇家风水，于是慈禧下令不许开发动机，而是用人力拉动火车，这些拉火车的人当然就是宫里的太监和宫女了。老佛爷一声令下，小火车启动了。大内总管李莲英在一边指挥着，前面和两侧拉着黄绸的太监和宫女先是齐步走，再变为慢跑，火车行驶得非常平稳，速度也越来越快，老佛爷看着太监和宫女一个个气喘吁吁、大汗淋漓的样子，终于露出了开心的笑容。小火车从仪鸾殿到镜清斋缓缓地行进了一小段距离，但此后的大清却向前迈开了一大步。打那次以后，老佛爷就对火车产生了浓厚的兴趣，她的思想也由反对修铁路转变为积极地倡导修铁路，墨守成规的老观念被彻底打破了。

二、北京城的风云变幻

　　八年后，往返于北京与天津的铁路终于开通，可以说这是中国第一条正规运营的商业化铁路。起初，铁路的终点站是在马家堡，后被八国联军将终点站迁至正阳门。也是在同一年，铁路冲出了以往限定的范围，首次穿过了明清城墙。自此以后，新增加的铁路轨道如同剑戟一般，从皇城向各个方向延伸。先是瓮城被拆除，接下来箭楼又被推倒，十五座西式火车站紧贴城墙，不断地喷吐出滚滚浓烟和尖利刺耳的呼啸声，满载着人和货物，不时地往返皇城，少了以往的宁静与和谐。曾经的帝都威严和风水布局，此时已荡然无存。皇城根儿的命运似乎真的关系到帝都的"龙脉"，就在古城墙被相继拆除不久，大清也走向了末路。

北京天坛是皇帝清明祭祀的地方，在中国的几千年历史长河中，无论是历代的哪个皇帝，都会把祭天祈福这件事，放在一个非常重要的位置。辛亥革命后，北洋军政府对于全国的控制力逐渐削弱乃至于最后倒台。这是一个质的改变，意味着北京开始向一个现代都市转型，而不能再像帝制时代那样，任意地向全国索取各种资源了。

而更大的变化还在后面。1928年北伐军进入北京城，这些来自南方的官兵，对北京这座充斥着皇权遗迹的城市本就没有什么好感，认为这里的一切都是腐朽没落的东西。在他们眼里，袁世凯在天坛祭天后强登帝位，应该都与北京这座古城的特殊氛围有关。要知道，这一切都发生在民国政府的"黄金十年"。于是首都就迁到了南京，北京也被改称为北平市。

自北平失去首都地位后，民国政府每年的巨额开销没有了，一些大银行也将总部迁到了上海，城市商业活动越发萧条，工业发展停滞不前，城市失业人口剧增，北平的经济一落千丈。产业工人的基本收入还不够养家糊口，他们首先要拿出百分之七十的工资用于购买食品，而且基本都是米面粮油这些主食，蔬菜和肉类对一般百姓来说就成了奢侈品。民国时期的北平，如同老舍小说《骆驼祥子》里的主人公那样，人力车夫成了北平老百姓最普遍的职业，他们拉着人力车在城里转来转去地找营生，每天要工作十小时以上，一年到头几乎没有休假的工夫。终其一生，唯一的愿望是想拥有一辆属于自己的人力车。

但反过来说，北平不再作为首都，对这里的学者文人来说未尝不是一件好事，因为当时北平唯一能维持的，就是其思想与学术上的中心地位。而南方的新派知识分子在北平有较高的薪水，属于社会等级中的精英人物，所以在官员和资本纷纷南下的时候，苏、浙、沪三省市顶尖的知识分子却开始北上进京。他们在这里一边享受北平的宽松闲舒，一边思考中国的政治与出路，以一种"超凡者"的身份，相对自由地发表一些不同的论点和见解。事实上也是这样，在中国的历史上，几乎所有新思潮都发端于北平的清华与北大。结果就出现了这样一种奇怪的现象，什么现象呢？

就是在经济发展滞后的故都北平，其思想却是最激进的，学术也是最领先的。

更让古都北平失意落寞的，还有其近邻城市天津的崛起。本来作为北方一个重要的大都会，北平一直保留着与蒙古、东北、西北及南方各地的贸易往来，处于交通与物流的中心地位。但天津卫却凭借其通商口岸的便利与低税收的优势取而代之，抢走了北平这一位置。到了20世纪30年代中叶，天津的工厂数和产业工人数已超出北平一倍，各国在津设立的洋行更是接近五百家，一度取代北平，成为北方一个新的经济中心。

1949年北平和平解放，中国人民政治协商会议同年9月通过"中华人民共和国首都、纪年、国旗、国歌的决议"，北平重新更名为北京。我们的伟大领袖毛泽东主席于1949年10月1日的开国大典上，向全世界庄严宣告，中华人民共和国中央人民政府成立，从此中国进入了一个新的时代，北京也重新恢复了其原有的首都地位。

由于我国的城市沿袭了明清时代以来的府制，所以北京所占有的市区面积很大，但总体来看，这偌大的皇城内外布局非常合理，可以说没有任何土地是闲置无用的。北京以其域内丰富多彩的地理环境和自然资源，成就了今天的宏伟壮美。如同星星一样散落在四周的一个个郊区县，也在拱卫着我们的首都，为北京人的物质以及生活提供了最根本的保障。

然而，从1954年年初起，北京就开始对老城的牌楼进行大规模拆除。北京城内原有的九座古城门建筑，拆除得只剩下了正阳门城楼、箭楼和德胜门箭楼，北京外城原有的七座城门，无一幸免。到了1969年"文化大革命"时期，内城的城墙亦被当作"四旧"全部拆除。

三、北京区县名称面面观

北京很大，除了主城区内的几个大区，还管辖着多个远郊县。拿今天的丰台区来说，就属古北京蓟城的郊野。丰台区的历史沿革既复杂，又简单。因为从汉唐时期到明清时期它曾隶属蓟、大兴、宛平等县管辖，自金代建都北京后，发生了较大变化。这是因为在金中都的永定河古道附近，草木葱茏，景色宜人，故而出现了一片一片的别墅群，成为京城士大夫、达官贵人在近郊休闲度假的重要场所，名曰"远风台"，逐渐成为远近闻名的观景圣地。到了明朝，此处已慢慢形成了一个很大的村落，名曰"风台村"。在人们口口相传的过程中，这个新兴的村落被老百姓简化为风台，随后又有人按谐音书写为丰台，有着期盼丰收、五谷丰登等更丰富的内涵。说到这里，不能不提到一个叫于敏中的历史名人。

于敏中是江苏金坛人，他家境贫寒然自幼饱读诗书，于乾隆二年（1737）高中状元，后官至文华殿大学士兼军机大臣、翰林院编修，是当时颇有影响的书法家。人们都知道《四库全书》的总编修是纪晓岚，但主持此事的最高官员究竟是谁却鲜有人知。乾隆三十八年（1773），于敏中任乾隆年间《四库全书》正总裁，史籍里有一本专门叙述北京历史的"大百科"。在这本书中，几乎囊括了关于古都北京的所有文字记载，这本古籍书就叫《日下旧闻考》。而于敏中正是编撰《日下旧闻考》的总负责。他在该书第90卷中详细记述了关于丰台的来历，他认为"丰"说的是这一带的林木茂盛、植被丰富，既有山地，又有平原，域内多河流、多湖泊，且地处京城近郊，优势多多。而"台"则是指这里建有不少亭台楼阁以及卢沟桥、莲花池、辽金水关、金中都遗址和宛平城等众多文物古迹，更有千灵山、青龙湖等风景名胜。由此可见，于敏中认为丰台二字主要源于此处的地理、人文景观及其建筑特点，而不仅仅只是环境优美的亭台楼阁。

北京猿人，想必大家都知道吧？北京猿人遗址就在房山区的周口店，距北京城区西面约50千米。这里是北京猿人的原始发祥地，也是世界上旧石器时代最有代表性的早期人类生活遗址。

从1921年开始，考古学家先后经过三次挖掘，在"北京人"洞穴外，发现了三枚人类牙齿化石和头盖骨化石，同时还发现了"北京人"生活、狩猎的工具和钻木取火的遗迹，证实50万年前北京地区就有人类活动，这一重大的考古发现，瞬间震动了世界考古界，北京房山区的周口店也成为人类文明的重要发源地。

位于北京最北端的延庆县（现延庆区），曾成功举办了世界园艺博览会，这里山清水秀，风景如画，其名称也与连接北京与塞北草原的居庸关大道有着密切的关系，这得先从我国的少数民族蒙古人说起。马背民族蒙古在历史上向来以能征善战闻名，当他们持续征战坐拥天下以后，遂建立了上都和大都两个都城。大都在今天的北京，而上都就建在距北京正北方向 270 余千米的多伦县的内蒙古草原，他们称其为夏都。由于皇帝每年都要来往于大都和上都之间，因之居庸关大道就成了一条绕不过去的必经之路。

公元 1285 年 4 月，在皇帝离开大都，前往上都的途中，一位皇子诞生了，这位皇子后来成了大元的第四任皇帝元仁宗。为了表明自己真龙天子的地位，仁宗登基后便将他的出生地赐名为龙庆州。到了明代，他们不再沿用大元的名称，又将同音不同义的龙改为隆，以示区别。明穆宗即位后，由于其纪元的年号为隆庆，朝中的大臣们认为隆庆州与隆庆年号犯忌讳，又提议将隆改为延，于是就有了今天的延庆。

与延庆区接壤的顺义、怀柔两区，也是因东北方向的古北口大道，为北京的农耕文化与塞外的游牧民族紧密联系的重要通道而得名。从历史上来说，还得追溯到唐贞观年间。那就是自从大唐打败契丹后，就有大量的契丹人归顺，这些归顺者中有一大部分人就沿着古北口大道来到了今日的顺义、怀柔地区。大唐王朝为了安置这部分归顺的契丹人，专门设置了一个归顺州，下辖怀柔县（现怀柔区），以向这些少数民族表现出一种"安抚"的诚意。在唐末明初，官府将归顺州改称为顺州，又将顺州降为县，改名顺义县（现顺义区）以彰显王朝更迭，顺应民心。与此同时，又把昌平、密云的一部分划分出来，重新设置了怀柔县。

这就是今天北京的顺义、怀柔二区名称的由来。

接下来，我们再说说北京的通州区。通州作为京杭大运河的起点，早在古老的新石器时期，域内就有人类的活动。如果说顺义、怀柔和延庆的名称与陆地的主干道有关的话，那么通州区的设置与命名，则与北京的水路漕运息息相关。

话说海陵王完颜亮在天德三年（1151），下诏将金王朝迁往燕京后，见当时的通州地界是一个漕运重地，遂在此新设置了通州，取漕运通济之寓意。从某种意义上来说，金代通州的设置和命名，在通州区的发展历史上，具有划时代的意义，因为这标志着通州作为北京水路门户的地位已经确立。与通州区内的大运河以及漕运相关的名称，还有朝阳区。细说起来，朝阳区的得名还与北京内城的东门——朝阳门有关。朝阳门在元代时被称之为齐化门，而在明正统年间又被改为"朝阳门"。可能有人要问，这么大一个北京，光是众多的城门就号称"内九外七皇城四"，为何单单是朝阳区就由一个城门名演变为区名了呢？原因其实很简单，因为作为一个拥有百万人口的国家首都城市，在人口还不是太多的明清时期，北京每年就要消耗掉数百万石粮食。这么多的粮食，在当时交通尚欠发达的情况下，就必须依靠京杭大运河来进行运输。而运来的这数百万石粮食到达北京后，就是通过朝阳门进城的，由于事关京城百万人口的温饱问题，影响力巨大，所以朝阳门又被称作北京的"粮运门"。正是有了这一历史渊源，于是在1958年北京行政区划调整时，北京市政府就把北京城东部的这一大片区域正式设立为朝阳区。

北京市的面积为1.6万余平方千米，在众多的区中，海淀区虽然只占北京市总面积的百分之二，但它却比新加坡、马尔代夫都要大，完全可以傲视群雄！随便拿出海淀区的一个镇，都要比澳门大许多。那么海淀区的名称是怎么来的呢？有人说海淀区的得名，是因为这里有一个很大的淀泊，于是人们沿着淀泊临水而居，慢慢就形成了一个古老的居聚村落。这个村落的名称从历史上历经了从"海店"到"海淀"的逐步演变。还有一种说法是，海淀区的由来是因为在历史上，这里曾经有大片水域而得名。

金元时期，北京的万泉河以北，苏州街一带地势较高，是古代商旅驼队歇息的理想地点。同时旁边却毗邻富有江南水乡风光的洼地，有着水产以及食品供应上的诸多便利，故而得名"海店"。由于海店距离城区比较远，而"甸"在古代是对城市远郊区的别称，正如晋代的杜预在《春秋左传》中所述那样，"郭外曰郊，郊外曰甸"。故此到了明朝中后期，人们就较多地使用起"海甸"这一名称。这种"海甸"的叫法，既表明了周围的环境，同时也营造出了北京近郊的水上风光，较形象地点出了所处的区域位置。明人王嘉谟有诗句云，"帝京西十五里为海淀"，由于海淀更能体现其地域特色，故这一名称很快被人们接受。

元大都城垣遗址公园就位于海淀区内，迄今已有七百多年的历史。目前，该遗址公园已被改造成北京最大的城市带状公园。可以说，无论是海淀区还是位于海淀区的元大都遗址公园，都承载着历史上蒙古帝国的兴与衰、功与过，有着讲不完的故事……

四、老百姓眼中的北京

（一）京城究竟有多大

写下这个题目，眼前又浮现出在新疆克拉玛依的一段往事，虽然过去了很久，然当时的场景却仍历历在目。谈论的内容就是北京大不大？究竟有多大这个话题，那是1984年的夏天，我跟随单位电法组去克拉玛依油田出野外，主要是为油田的钻探定井位。我们研究所的吴国强、聂馨伍、周安昌在这方面那可是响当当的专家，加上有中国科学院地球物理所的张赛珍团队相助，所以电法综合定位的效果非常好，经钻探在确定的井位上，有了明晰的油气显示，作为业主的油田很高兴，我们就更开心了。

就在这天晚上，项目组安排了一次大会餐，又是烤馕又是烤串的，再喝点小酒，大家美美地哐了一顿，别提多开心了。酒足饭饱之后，有人回屋歇息，有人下棋，我和同事赵敬洗还有陈德志三个人说着笑着，溜溜达达地就出了宾馆，散步去了。回来后，碰到两个值班的服务员坐在葡萄架下，正在闲聊。见我们回宾馆，其中一个爱说话的小女孩就和我们搭上了话。

"听说你们是从北京来的，好羡慕啊！北京咋样？"她用手撑着下巴，歪着头很天真地问道。

"咋样？北京是首都，当然好了。"老赵很认真地回答道。

"是吗？反正我没有去过，也不知道北京大不大？"小女孩又问。

"大，很大，有时间去看看就知道了。"我看着小女孩说道。

"那你们看看那一望无际的大戈壁滩，再加上漂亮的新城区，还有没有我们克拉玛依大？"

"对，姑娘说得对，北京哪有你们克拉玛依大，还不如这个城市的一个角呢！"老赵大概是觉得她的问题太离谱了，迟疑了一下没有说话。旁边的老陈比较聪明，他可能认为她们想得太天真，就笑了笑说了上面一番话。我听出老陈这是故意说反话，于是就随声附和道，"对，走过很多地方，很多城市，还是你们克拉玛依大，还是克拉玛依好！"说完我见旁边另一个服务员用胳膊捅了问话的小姑娘一下，打声招呼拽着她就去了值班室。看到她们高兴的样子，我们也很愉快。

回头再看看现在的北京，就拿地铁来说，运营线路多达几十条，长度也已达到五百多千米，年客运量竟然达到了惊人的33亿人次，你想不服都不行。想购物吗？您不用担心钱没地儿花。靠近天安门广场的王府井大街，是北京最有名的商业街，这里的日用百货、珠宝钻石、五金电料、金银首饰、服装鞋帽等多种商品种类繁多、琳琅满目，是号称寸土寸金的购物天堂，如果你想要逐个商场看看，可能一天也转不过来。

"我住长江头，君住长江尾。日日思君不见君，共饮一江水。"这是北宋词人李之仪的一首诗，这里我想做一个小小的改动，来隐喻一下京城一对正在热恋中的情侣，就知道北京有多大了。

"君住东城头，我住西城尾，日日思君不见君，同饮一库水！"

北京就是这么大，大到欧洲人无法想象。早晨，你人还在德国，驱车一小时，你就到法国了，然后再开一小时的车，你又到了意大利，可以坐在餐厅里优哉优哉地享用美食了。而在北京，可就没有这么近便了。有次心血来潮，我们几个同学约好在北京西苑饭店聚会，吃完饭散场以后，天津的同学坐高铁已经出站，我开车也已回到廊坊，等打电话给北京的同学时，一个开车的同学说我还堵在回天通苑的路上，一个说我还在地铁上呢，再有二十分钟就能到家！在北京就是这样，即使不堵车，一小时前在海淀，一小时后可能连海淀都还没有出呢……

每天夜深人静的时候，京城的垃圾车队出动了，他们装载着一车一车的生活垃圾，浩浩荡荡地行驶在三四环或五六环的大道上，奔向不同的垃圾填埋场。同时，各路高速上轰鸣作响的大卡车拉着成吨成吨的鲜鱼大肉、蔬菜、鸡蛋、瓜果或者其他货物，急急奔向夜色中的北京。这头巨大的神兽、成了一个无尽的大胃，吞噬着这一车一车的食物，似乎永远都无法填满……

（二）从北京时间到大地原点

1.北京时间的由来

在日常生活中，我们从广播、电视或其他各种媒体，经常可以听到现在是"北京时间"几点或十几点这种整点报时。很多人可能一听北京时间，就想当然地认为报时点的发布就在北京，其实不是这样的，这就是我们常说的知其然而不知其所以然。说是"北京时间"，其实它的产生和授时发布，从地理上讲都不在北京，而是远在千里之外的西安市临潼区，因为中国科学院国家授时中心就位于这里，距中国大地原点只有50千米。

"北京时间"其实只是一个定义。随着量子力学的发展，科学家们发现原子或分子能级之间的跃迁既稳定又精确，由此便诞生了利用测量原子振荡频率确定标准时间的原子钟。高精度的原子钟不仅极大促进了科学发展，而且和人们的生活也息息相关。比如我们通常使用的GPS导航、地址定位、通信、股市交易，甚至无人驾驶技术等，都离不开高精度授时。

我国准点报时的铯原子钟建在秦岭山脉的深处，钟的大型地球磁力仪重达百吨，在地面和地下有几层楼房高，只可惜没能亲眼看见这个独一无二的原子钟。该铯原子钟是在19世纪60年代初由敬爱的周恩来总理亲自主持建成的，精度误差每百万年仅为一秒。因受地磁场引力作用，朝日出，夕日落，包括零点零分零秒的起始，都会被该大型地磁仪采集整理出来。秦岭地磁仪记录的结果报到授时中心和中央人民广播电台，然后再嘀嗒的最后一响，"北京时间"就出来了。为了确保时间精准无误差，保护当地环境不受任何干扰和影响，这个报时点一天二十四小时始终有军人守卫，并且严格要求，军人站岗走路都不得有响声。

位于陕西泾阳的中国"大地原点"正门（左）和塔楼（右）

那么，"北京时间"为什么要从陕西发布，它本身产生的原理又是什么呢？带着这个问题，我们决定实际去一趟这个"原点"，一探究竟。

秋天，正是关中平原收获的季节。一路之上，目之所及皆为金黄色的玉米，火红的辣椒，黄色的向日葵或累累的苹果梨枣挂满枝头，令人心旷神怡，垂涎欲滴。我和两个朋友，从西安出发驱车向北约行驶40千米，一路闲谝着、品味着八百里秦川的皇天后土，不知不觉就到了咸阳市泾阳县永乐镇的石际寺村。我们开着车先沿着这个村子绕行一圈，感觉村子虽然不大，但位于村子西侧的一座八角塔楼却格外引人注目。在当地朋友的引领下，我们来到了这座塔楼前。塔楼位于一个院子中间，其周围高大密集的翠松，隐隐散发出几分庄重和威严。当地朋友介绍说：这就是"中华人民共和国大地原点"，以前对外通信使用的都是代号，一般称之为多少多少号信箱或某某工程，是一个非常神秘的存在，1978年刚建成时曾有重兵把守，闲杂人员根本不许随便靠近。

站在路边就能看到院子里的圆顶塔楼。公路边很醒目地竖着一块陕西省人民政府所立的石碑——中华人民共和国大地原点。虽然我们对大地原点的了解还处于懵懵懂懂的状态，但还是抑制不住内心的激动。现在，这里已经成为一个文化旅游景点，出入游览也方便多了。我们随着稀稀拉拉的几个游客，从塔楼的一楼大厅走到地下室，又置身于一个屋顶高达约8米的大厅，大厅正中间是一座厚重的大理石基座，基座为整块大理石凿成，重达7吨。基座上面是一个方形玻璃框，大地原点的实物标志就放置在这个玻璃框底部的中心位置。其中心位置镶嵌着一颗直径约为一厘米的玛瑙球，正中刻有一个很明显的十字交叉点，这十字交叉点就是中华大地的"原点"。

"一楼大厅的高度是由大地原点的第一个观测点的距离所决定的。从楼梯向上可到达顶部，向下可到达原点标石所在的地下室。"随行的当地朋友在一旁讲解道。大地原点的整个设施由中心标志、仪器台、主体建筑、投影台四大部分组成。我们登上塔楼的顶部后，从观察室向下俯瞰，发现有与大地原点相对应的一个圆孔，该圆孔与地下室的原点标志正好在同一条垂直线上，且大小相同。仔细观赏埋设于地下室正中的中心点，顿时给人一种庄严而又神秘的感觉。很难想象，这一重要的地理和文化标志，会隐藏得如此之深，而且还安放在这样一个小小的村落里。

经多方查找历史资料，这才得知之所以把大地原点选在这里，主要是基于对以下几个方面的考虑，一是底层的地质结构相对稳定，二是位置适中，三是周边环境好，四是交通四通八达，具有方便的生活条件，最后一点就是测量起来方便，更利于日后的工程施工和日常观测。

诸位，可千万别小看了位于泾阳县永乐镇的这个大地原点，它并不是指国土中心点，而是国家地理坐标系的基准点和起算点，这个人为设定的点，是中国的大地原点。也就是说，中国的军事，民用纵坐标、横坐标的测量，你所看到的几乎所有定位数据，都是从这个中心点导出去的坐标。

2. 大地原点的确定

有人可能会问、大地原点有什么样的作用和意义呢？这还得从实际应用说起。在日常生活中，人们从事的各种工作，都需要坐标位置，比如以前丈量土地、砌墙盖房、工程建设、兴修水利等，需要先做规划。再比如要修建一条从北京至广州的高速铁路，它的规划选址、路线设计、桥梁布置等，都需要根据山川、地形等的走势先进行实地查勘和测量，拿出极其精确的图纸，才能开始施工建设。隧道开挖更是如此，要从两端同时开凿，相向推进。若要保持精准对接，又取决于一组精确的测量数据。而这组数据的定位依据，就是"大地原点"。再举一个简单的例子，现在我们开车出门都会用到全球定位系统 GPS "导航"，你想去哪儿就能给你导到哪儿，觉得很神奇。因为它不仅能指引前行的道路，甚至于连前方是什么地方、什么时候拥堵都能给你说得清清楚楚，感觉就像是在头顶上有人指路一样，人们觉得出行大为方便，再也不用停下车来问路了。这其实就是给每台手机里面加上一个坐标的卫星定位信号，即可获得持机人的坐标位置，想去哪里就告诉你具体方位，这就是我们所说的坐标信息。而这个坐标信息，实质上就是靠大地原点解决的。

大地原点不仅是纯粹的地理概念，更是代表着一个国家的主权和尊严。可能人们都想象不到，很长时间以来，我国根本没有自己的大地原点，地理测绘都是以苏联列宁格勒的大地原点为基准。想想看，依据这个距北京一万多千米的坐标点，那测量误差能不大吗？因此，建立我国自己的大地原点和坐标体系，就成为当务之急。

据现场工作人员介绍，为了建立这个坐标系，我们的测绘人员远在解放以前就着手准备，在全国各个山头布设了几万个钢标点，给我国各行各业的测绘作业提供了坐标基础。1975 年 3 月，在国家大地测量工作会议上，提出了建立我国大地原点的设想，并对选点工作提出了具体要求和部署。有了坐标基础，国家抽调了大量的测绘、地质人员开始对多个城市的地形、地貌、大地构造、重力和大地测量等多种因素进行实地考察。他们奔走于各个地质队，收集相关地质和地震资料，最后在泾阳县的永乐镇发现了一个高约10米，占地面积约10亩的大平台，经过对钻探和地质、地震资料的综合分析，勘选组工作人员一致认为，这里的条件独特，是设置大地原点的最理想场所。最后，将我国的大地"原点"，就确定在陕西的泾阳县境内。

3. 背后的付出与艰辛

大地原点的位置确定后，陕西省测绘局第一大地测量队派出翁梅芬、佟祥禄等精兵强将组成了大地原点基建组，奔赴生产建设第一线，去履行和完成这个伟大的使命。他们带上帐篷，带上简单的行李，在工地安家驻扎下来。经过两年多的艰苦努力，巍峨挺拔的大地原点观测楼和大地原点建筑群，终于矗立在泾阳的大地上，建成时间为1978年12月，后被人们称之为"1980西安坐标系"。

建成后，国测一大队又对其进行了天文、重力、三角、水准、长度等多工种的综合观测，直到符合严格的应用标准。从此，我国的北京时间，从这里发出，我国的山河测绘，从这里出发。当时，从北京迁出的物探研究所也正驻扎在陕西蓝田，据说应陕西省地质局和相关部门之邀，也派人参与了授时中心和大地原点选址的地质基础勘查工作，算是为大地原点的选址和建设做出了应有的贡献。

说起位于陕西省会西安市，负责大地原点勘测和建设施工的国测一大队，可谓居功至伟。自1954年成立以来，国测一大队人用脚步丈量大地，在过去的几十年里南征北战，历尽艰辛。现为自然资源部第一大地测量队的他们，不仅勘测设计了我国的大地原点，还把测绘点布设到了2万公里之外的南极，乃至海拔7790米的珠峰营地。这支被誉为"经天纬地、穿山跨海"的测绘队伍，曾40多次深入青藏高原，6次攀登世界屋脊珠穆朗玛峰，对峰顶高程进行测量，50多次踏进新疆维吾尔自治区的戈壁荒漠，为国家苦行，为科学前行，填补了我国测绘领域一项又一项空白。他们的足迹踏遍了除台湾以外的全国三十多个省、自治区和直辖市，测量总行程超过五千多万公里，为祖国的测绘事业做出了卓越的贡献。1991年国务院通令嘉奖，授予国测一大队"功绩卓著，无私奉献的英雄测绘大队"荣誉称号。

别人向幸福奔跑，他们偏向艰苦挑战。他们工作的地区，有最热的也有最冷的，最热的测区温度高达59摄氏度，而最冷的测区温度则在零下40摄氏度以下。面对高山缺氧、冰雪严寒以及难以忍耐的高温酷暑、洪水猛兽乃至车祸病患等种种威胁，他们一次次地向生命的极限发起挑战，付出的不仅是青春和汗水，甚至还有宝贵的生命。鲜为人知的是，这个英雄群体先后有46名职工因公殉职在工作岗位上。他们或壮烈或默默无闻，无一例外地都把自己年轻的生命献给了祖国的测绘事业，有的人殉职了，甚至连一块墓碑也没有留下。

时隔30年，当中国政府再次向全世界发布珠穆朗玛峰的最新高度为8844.43米的那一刻，震惊了全世界。但又有谁知道，这个官方发布的珠峰新高度权威数字，就是自然资源部第一大地测量队的杰作呢！

永驻心中的蓝田

一、薛家村记忆

你熟悉蓝田，去过蓝田吗？

蓝田是位于中国秦岭北麓的一个小县，人口58万，放在全国百万分之一地图上你只能看到一个小圆点，面积很小很小。别看蓝田小，但她的名气却很大，是一个颇为了不起的地方。这里，倚青山钟灵毓秀，临绿水腾蛟起凤；古往今来，它凝聚了天地间的灵气，孕育出了数不清的杰出人物。

说她名气大，是因为我们人类的始祖就在这里，这里有举世闻名的蓝田猿人遗址，是人类文明的发源地。80万年前，我们的祖先就在这里繁衍生息。

离别蓝田已经40年了，但我对她仍魂牵梦萦。因为这里是我从学校第一次走向社会，从大学生成长为国家干部，人生扬帆起航的地方。这里有我人生的起点，成长的足迹，奋斗的动力和无限的期冀……在梦里，我有时为她哭，有时为她笑。我梦见我的同事，梦见雷治平、张斌等这些村里的老朋友，更有聆听地质科研巨匠我们的老前辈谢学锦、黄树棠这些科学大儒教诲的深刻记忆。在那段时间里，我总是在做一些稀奇古怪的梦，梦中的我时而来回穿梭于高大的建筑物之间，时而漫步在云端，天马行空般地独来独往，俯瞰大地、山川河流以及小如蝼蚁的人群。我什么时候会飞了，还能在时空中穿越？奇怪的是，梦境中的自己一点也不觉得这有什么不正常。

我一会儿在美丽的省会城市长春，明明是去教室上课，可不知怎么又来到了鸣放宫，一会儿又坐在校图书馆阅览室，周围看书的有学生也有老师，几乎全是陌生人。回头一看，发现我们班的同学马聪也在看书，可他抬头看了我一眼又继续看他的书，好像压根就不认识似的。我想不明白，也很沮丧，出了图书馆大门又来到了斯大林大街（现人民大街）。我迷迷糊糊地转了一会儿，宽阔的街道消失了，人好像又置身于蓝田，见同事孟广娥和毕德启坐在薛家村商店前的村道交叉口的凉粉摊前正在吃凉粉，一会儿苏大升也从远处过来了。我站在旁边看着，没有人搭理我，我想和他们打招呼，就是发不出声来，就这样眼看着几人吃完凉粉，朝着107大楼走了，只留下我呆立在那里发愣。

蹲在凉粉摊前长条凳上的乡党老孟笑眯眯地看着我，就是不说话。这是怎么了？太伤自尊了，我怎么这么没人缘？梦中的同学、同事为什么都不理我？我很伤心，于是就轻声啜泣，哭着哭着就从梦中惊醒了。往事去矣，梦里那些雪泥鸿爪般的片片段段，如同一些烧得只剩下一角的老照片。黑暗中，我呆呆地大睁着眼睛，回想着这些奇怪的梦，出了一身冷汗！

蓝田—长春，长春—蓝田总在我的梦里萦绕……

四年的大学生活即将结束，吉林大学的校园沸腾了。一个个富有青春活力的学子，在宿舍或在学生食堂喧闹着来回奔走。我和同学们从八舍食堂打回了学生灶精心准备的十几道菜，围坐在一起，准备美餐一顿。条件所限，盛菜的碗大小不一，有搪瓷碗，也有食堂的大瓷盘，丰盛的美味佳肴摆在桌上，满满当当的，香味直往鼻孔里钻。有同学还弄来两瓶白酒，蹾在桌上，准备在这毕业宴上来个一醉方休。马上要各奔东西了，面对满桌的美味，同学们却少了以往的狼吞虎咽，嘴巴似乎也没有平时那么馋了。

大家吃着、喝着、叫着、闹着，热议着各自的分配去向。当同学们听说我被分配到地质部物探所时，都用羡慕的眼光看着我，说还是班长运气好，分到一个好单位，老师也说这是中国地质行业最大的一个所，还是部属单位。听到这些，我心里美滋滋的，既开心又兴奋，首都北京，这可是千百个莘莘学子梦寐以求的地方啊！

可就在我即将报到的前夕，接到的派遣函上又通知我去陕西蓝田报到，这地儿怎么不是北京而是蓝田呢？手捧派遣函的我仿佛被兜头浇了一盆冰水，一下子凉了半截。

二、美丽的辋川河与古道文化

单位的家属楼大都在村南的边口，这里是历史悠久的蓝关古道通往外界的咽喉要塞。韩愈当年被贬潮州，行至蓝关时，曾写下"云横秦岭家何在，雪拥蓝关马不前"这一著名诗句，可见其山之险，其峰之峻。

沿着古道向深山里走，弯弯曲曲的七盘坡有一个关隘叫"鸡头关"，自古以来就是兵家必争之地。据《蓝田县志》记载的民间传说：汉光武帝刘秀在东都洛阳登基以后，亲率大军灭王莽，沿蓝关古道把王莽赶上了七盘坡。这里的蝎子精念王莽谐音为其同类，便领着群蝎来助战，刘秀的兵马被蝎子蜇得寸步难行。光武帝仰天长叹："天哪！苍天！我刘秀追莽贼到此，却遇群蝎把关，这却如何是好？"说完，抽出宝剑，砍向路旁一块巨石道："若汉室当兴，则剑劈石开。"说完手起剑落，巨石被劈成两半，声震九霄，这就是史上有名的刘秀劈石问天。

话说这声巨响惊动了南天门司晨的金鸡，向下界一看，原来大汉天子被蝎子精挡在七盘坡，便急忙领着一群天鸡来关前为刘秀助阵。眨眼工夫，把遍地蝎子吃了个精光，连领头的蝎子精也被金鸡撕成碎片，分而食之。

不承想金鸡私自下凡，触犯天规，就被玉帝贬下凡永守此关，不许返回天庭。被贬的天鸡经天长日久的风吹雨淋，变成了石鸡，这座关隘也就被人们称之为鸡头关了。当地人说"蝎子不过鸡头关"，至今，关北的蝎子都不敢过关南，曾有好事者不信有这等蹊跷之事，于是从鸡头关北逮蝎子带到关南，结果这些蝎子全都难逃一死的噩运。

健谈的村民薛建虎，人老几辈都住在这里，提起古时的薛家村，他还绘声绘色地讲了一个狗护银袋的故事。

"听村里的老人讲，从前有一个商人在外经商发了大财，年关将至，带着许多银两回家过年，有爱犬紧紧相随。

"路过这里歇脚后又起身匆忙赶路，却因疏忽丢掉了自己的银袋。狗见主人丢了东西，便围着银袋原地打转并'汪汪'直叫，但归心似箭的主人只顾赶路，全然没有在意，以为狗见人要回家了就高兴地叫着玩儿。

"到蓝田县城后，这客商才发现自己丢了银袋，再一看，狗也没有回来。他立即意识到，狗那几声狂吠可能就是提醒他丢了东西。想返回去找吧，月黑风高的夜晚天上又飘着雪花，还是等明天去找吧。"说到这里，他清了清嗓子，端起杯子喝了口水接着讲道：

"第二天，他冒着风雪赶到昨天歇脚的地方寻找银袋，见那里鼓起了一个大雪包。扒开积雪，令人感动的是，银包原封不动地压在狗身下，而平卧在银袋上的狗却早已冻死。狗舍身护银一事让主人感慨万千，为纪念这只忠肝义胆的爱犬，就决定用失而复得的那包银两给它修个庙，人称'狗头庙'。"

狗头庙和狗护银袋的故事，至今仍被人们感慨不已地口口相传。

我们不难想象当年的古道驿站薛家村，处于车水马龙，商贾云集的一派繁华景象。骡队马帮往来，贩夫走卒，川流不息。随着想象力的不断拓展，我们仿佛还能听到悦耳动听的马铃声在夜色中回荡。

位于村中间的千年古槐，直径近两米，盘根错节，枝繁叶茂，是薛家村的活地标，见证了它的沧桑历史岁月。青槐上开的一串串黄花如槐米垂下，阵阵微风吹来，落花如雨，别有一番诗情画意。

薛家村的千年古槐树

沿村西的辋川河逆流而上，秀美的山水风光令人陶醉。远方的山峰以不同的姿态展现在眼前，高大得让人景仰，惊险得让人生畏。站在天马山上举目远眺，秦岭层峦叠嶂，辋川烟云，美如诗画。

站在雄伟的天马山前，人也显得格外渺小。由南向北蜿蜒的辋川河沿着河床静静地流淌，河水冲刷着岸边的石头，发出轻微的哗哗声。靠近两岸的河水是宁静的，平缓的水面泛出一片银灰色，好像凝滞不动似的。河中央，却翻滚着清澈的水流，正向北方的下游奔腾而去。

从照片中可以看出，这是一条美丽的、滋润着两岸数千亩良田的母亲河。对面的黄沟村与薛家村隔河相望，黄沟人要去县城时，必须得先渡过辋川河才能到达公路，所以在河边经常能看到东西两岸的村民摸着河里的石头或踏着裸露在外的大块顽石，像舞蹈一样扭动着身子迂回前进，一蹦一跳地踩着石头，涉水过河。

夏天到了，孩子们一个个地光着屁股在河里扎着猛子耍水，女人们有的看热闹，有的兴之所至也挽起裤腿，几个人手拉手地站成一排在水里走来走去，时而互相撩水嬉戏打闹，时而在岸边的静水洼子抓鱼摸虾，谈笑声、拍水哄闹声在空旷的河谷中响成一片。到了汛期的暴雨季，河水就会疯涨，波涛汹涌的洪水裹着泥沙翻滚而下，想要过河的人只能眼望洪水兴叹。

美丽的辋川河

每当发大水时，河的东西两岸站满了看热闹的人群。站在河东岸的我们，可以看到对面黄沟村的男男女女老老少少，黑压压的一片站在陡立的西河岸上，人们看着滔滔的洪水，不时有人指着顺水漂下来的东西大声惊呼。有胆大的青壮年村民则拿着绳子、铁锹、大铁钩等工具，身子向前探出，随时准备捞取河里的东西。

从上游漂下的东西不仅有木头、家具、农具等，甚至连猪、羊、鸡等这些活物都可以看到。由此可见，每发一场大水，上游不知有多少村民会因此而倾家荡产。

今后就要在这里工作、学习、生活了，弄得不好，甚至可能要把自己的一生交待在这个叫作薛家村的地方。此刻的蓝田，无疑与我是息息相关的。

虽处于偏远的山区，但这里"水深土厚，民风淳朴"。不仅有世界闻名的蓝田猿人遗址，还发现了距今约八十万年的女人头盖骨化石和石制工具，蓝田玉更是闻名海内外，文化底蕴不可谓不深厚。

三、蓝田玉枕头

蓝田产玉，早到这里安家的老同事都知道。

中国有四大名玉，新疆和田玉、河南独山玉、辽宁岫岩玉、陕西蓝田玉，其中蓝田玉独领风骚。据史书记载："自秦始皇得蓝田玉以为玺，汉以后传用之。"可见秦始皇的传国玉玺也是蓝田玉所制。

夏天，披着一身的绿叶儿在暖风里跳动着来了。田野里的麦子不知不觉地由青色变成了金黄，使一片原野换了黄色的新装，微微的热风不时地送来布谷鸟"算黄算割、算黄算割"的叫声。每当夕阳西下，经常看到人们喝完汤后，搬着小板凳坐在生产队靠公路边的场院纳凉聊天，互相追逐嬉戏的孩子们在大人的身边跑来跑去，笑骂声、训斥声不绝于耳，但这丝毫也不影响孩子们打闹的兴致。

三三两两散步的人在村旁通往边口省道的斜坡上走来走去，这些遛弯的大多是物探所的职工。他们虽从北京来到了这个小山村，但仍保留着晚饭后散步的习惯。男的多是戴眼镜着休闲装的知识分子，他们迈着飘逸的步伐，气质优雅，卓尔不群；女人大多穿着时尚的裙子，迈着轻盈的小碎步，说话轻声细气的生怕吓到谁似的，和当地粗喉咙高嗓门的村妇形成鲜明的对照，形成了一道亮丽的风景线。因为这一群人的到来，薛家村的繁华胜过当时的一般乡下村镇，蓝田当地人曾一度将物探所驻地薛家村戏称为"小北京"。

在这些散步的人当中，有的背着手走得很慢，上坡时甚至有点步履沉重，仔细一看后边还牵着一根粗粗的绳子，绳子的末端绑着大大小小的石头块，白色、青色及墨绿的各种颜色都有。上前一问才知这是在磨玉，大块头的玉石磨光了做枕头，稍微小一点水头足的玉石块磨光了可以作为籽料，加工成吊坠挂件或其他饰品。

起初也不知他们是从哪儿淘来的，后来一打听才知道有些是在山里寻的，有些是花钱从老乡手里买来的，老乡一般把玉石当作普通的石头，在院子里随便扔，二三十元钱就能买一大块，非常便宜。当时在辋川山里的采石场就有不少这种玉石。在大家对蓝田玉最热的时候，因距离太远，周末单位有时还专门派大卡车，送大家到秦岭山脉腹地的葛牌古镇去专门淘买玉石。

这个位于大山深处的采石场有一个很大的原石展厅，里面摆满了各种各样的原石籽料。在这些原石籽料中，一般玉石比较便宜，二十元钱甚或是几元钱就可以买三五十斤重或再小点的一块原石。但像各种如猴子、兔子、熊猫等动物造型的原石就要贵得多，一块需要二百多元钱。大家在采石场的展览大厅走来走去地转着，有一个同事看中了一块玉石，外面有鸡蛋大一块翡翠绿，一问价需要三千元，吓得咋了咋舌头走开了。

听懂玉的人讲，这块绿色不只是在外面有，而且越往里翡翠绿越大，肯定能买涨。但当时大家都是几十块钱的工资，没人能下这个决心出手去买下来。再说里面究竟怎么样，有没有翡翠真的像赌博一样，赌的就是个运气，谁也没有这个赌一把的勇气和想法，只有选择离开。

这种东西多了，似乎也就显不出它的价值，单位的同事买原石时对此好像也都不太放在心上，买的目的大多是想磨成玉石枕头，没有人想刻意对此进行收藏或买卖。但时间长了，边口小区家属院内不少同事门口都积起一堆堆原石，散步时拖着的都是磨枕头，自用或送亲友，唯独没有刻意对蓝田玉原石的囤积或买卖。

四、"勺勺客"闯天下

用一把勺勺即可走遍天下。听当地人讲，在中亚有一个民族叫"东干族"，讲关中方言，代代相传的他们都说自己是关中"东岸子人"，这个

"东岸子"即泛指蓝田,也就是说他们是蓝田人的后裔,且大多精于厨艺。

18世纪60年代,农民起义的太平军直逼长安,清王朝为镇压各地义军,需筹措巨额军费。贪官污吏借此机会横行乡里,勒索鱼肉百姓。一般老百姓忍气吞声的也就认了,然回族穆斯林民风强悍,宗教抱团,以清真寺、掌教、阿訇为中心,一个教坊动辄上千人,一旦与汉人产生矛盾或发生冲突,立即就有教众帮忙相助。

有一天,官府的衙役上门找几户回民征粮收税时,因衙役态度蛮横和乡民发生争执,双方大打出手。有几个回民老乡被打伤,其中一个重伤的因抢救无效死亡。这下事儿可闹大了,回民抬着尸体上街游行并告到官府,谁知官府不仅偏袒衙役还不分青红皂白地说:

"回人聚众勾结长毛太平军,意图谋反。杀一个,就少一贼。"

又判决了两个领头的回人,抓走数十人。

这下如同捅了马蜂窝一样,回人乡勇郝明堂利用这个借口煽风点火,鼓动回民造反。响应者众,很快就有万余回人组成回民队伍,在街上以及村庄四处烧杀抢掠汉人。

见势不妙的同治皇帝命他的老师张芾出面,试图先礼后兵,尽快平息此乱。没想到有人在张芾的轿子里发现了"秦不留回"的字条。一时间朝廷要杀光回民的消息传遍全国,各地回人纷纷响应,这场反清、反压迫的回民反乱迅速遍及八百里秦川,队伍很快就扩大到二十万之众。

各路回民在陇东组建了十八大营,首领有洪兴、任武、白彦虎等人。清廷曾派胜保、多隆阿征讨,均大败。最后,大清王朝不得不委派左宗棠为陕甘总督,才杀退回军。这场延续近十年的战乱,致汉民死伤近两千万人,回民战死或被屠杀者不少于六百万人。

149年前的1873年,败退的白彦虎等回民起义军首领,带领数以万计的回族人,拖家带口地向西逃跑,在清军的围追堵截下,一路且战且退,穿山越岭溃败到中亚的哈萨克斯坦时仅剩下三千余人。当地的部落首领问他们是哪里人时,答曰"东岸子",对方误听为"东干人"。被部落首领收留后,他们从此就在此定居,修起了陕西村,迄今为止已经延续了七八代人。

他们至今还保留着蓝田人农历六月过会,看忙罢的习惯。在这里,他们还沿袭老辈的传统，修了一座送子观音庙。庙宇两侧的廊柱上写着一幅"求子得子；求孙得孙"的对联，经常有父母带着儿子或女儿或媳妇来此叩拜求子。庙宇旁边则建有一个"打儿窝"，求子心切的男女青年通常要在此过夜，竟然也有"意外"的收获。

他们承奉"人有善愿，天必佑之"这一信念，得子的男女或家人为表示内心的虔诚，事后得再来此"还愿"，留下一定的香火钱或进行施舍。故此庙宇常年香火旺盛，来者绵绵不绝。

这些外籍的"蓝田人"语不惊人死不休，他们把说话叫"言传"；把男人称为"外头家的"，男人把女人称为"屋里头的"；把昨天叫"夜儿个"，不想理人叫"不招识人"；男人是顶门立户，养家糊口。女人是洗衣做饭，养鸡喂狗；看某人不顺眼时就说："看把你涨的！"形容某人的能力太强或能行时就说："看喔人把南山的雀儿都吆来咧！"

我们的老先人常说的"根脉所系，一脉相承"确实是至理名言，人类遗传基因之强大，由此可见一斑。

在蓝田的日子里，每月只有四十九元五角钱的工资虽不算多，但精神上却觉得很充实。八小时之外，自己可以随意寻开心找乐子，倒是一段妙趣横生的时光。

这里远离城市的喧嚣，没有灯红酒绿，甚至你在那里连一个漂亮姑娘也见不到，出门看到的多是扛犁带耙的社员或追逐嬉戏的孩童。少了诸多外界的干扰，这种安静的氛围倒是不错，是被禁锢在水泥壳中的人所体会不到的。况且，生活在这里也有许多意想不到的乐趣。

五、"火烧楼"的传说

1967年年初，靠近所车队小院的一栋即将建成的三层楼作为临时周转房，住进了建字211部队的家属，窄小的楼道里，堆满了劈好的木头柴火。这些储备的柴火冬天用来取暖烧开水，平时用来做饭，对于每户人家来说，都是必不可少的生活用品。

也不知道是哪个家属在点炉子时，因堆在自来水池旁的木柴受了潮，炉子只是冒着滚滚的浓烟就是着不了，点不着炉子的女人一着急，就顺手

墨香星河　The Star River of Ink Fragrance

"火烧楼"家属区

拿出存放在墙角的一小塑料桶汽油，浇在炉子上，谁知"噗轰"一下，火苗子突然蹿得老高，她一慌神手中的汽油桶就掉在地上，流得到处都是。尤其是堆在楼道的一堆堆柴火被引燃后，大火直向两侧和楼外蔓延，熊熊的烈火瞬间吞没了整层楼。

这场突如其来的大火，引起周围村民和本所职工的一阵恐慌，同样也惊动了蓝田县的消防队。几辆"呜哇、呜哇"拉着警报的消防车匆匆赶到时，现场的火烧得正旺。消防员们拉开架势，几道交叉的水龙和泡沫朝着大火一通猛浇，熊熊燃烧的大火被扑灭后，又泛起团团雾状的浓烟，弥漫着整个大楼。着过火又被消防队员浇灭的楼房一片狼藉，过火的整栋楼都被熏成黑黢黢一片。

当时正处于"文化大革命"初期，业主单位和建字211部队对这场大火的原因也没有深究，但所里的在建楼房着火这件事却已是妇孺皆知。搬到薛家村后，不只是过火的这栋楼，甚至连处于同一位置的其他另外两栋家属楼，都被人们称之为火烧楼了。

1969年所部迁至薛家村，1970年年底整体搬迁工作全部完成。

陕西蓝田薛家村的村民大都憨厚朴实，也很善良。在走出所部107大楼，沿斜坡向西行20米的南侧不仅有粮站，新华书店和理发馆，还有配套的派出所、邮局和薛家村商店。派出所就设在火烧楼家属区的一楼，小小的邮局只有两个工作人员，但在通信条件落后的那个年代极大地方便了我们给家里寄信汇款或收发电报。小商店是所搬来后新建的，几个营业员也都是单位的家属。商店虽小，但烟酒茶及油盐酱醋、锅碗瓢盆这些生活用品一应俱全，还有种类繁多的副食品可供选择。

商店卖的醋也是就地取材，是用山区盛产的柿子酿造的柿子醋，这种醋，酸里透出一股淡淡的甜味，开始吃着还不太适应，但时间一长也就习惯了这种特有的味道，四分钱一斤的价格也很亲民。商店向南就是通往边口的公路，由此向东和南方向又分出两个岔道，这个道路交汇的地方就成为薛家村最"繁华"的中心地带。不仅有几个固定卖豆腐脑、凉粉，卖饸饹、炸麻花的小吃摊，还经常有周边的村民挑着自产的蔬菜、鸡蛋、核桃、板栗、柿子等山货，摆在路边叫卖。

核桃和板栗不是论斤而是论碗卖，三毛钱可以买一平碗板栗或一大碗核桃。鸡蛋论个卖，五分钱一个。最有意思的是卖"火罐儿"柿子的老乡，他们远远地从山里挑来两筐柿子到薛家村，刚一放下扁担，人往筐子后边一蹲，就围上了不少职工家属。这些比核桃稍大一点，熟透了的"火罐儿"柿子太软，买了也不能带走，所以买主一般都是蹲在筐前直接吃，吃完了再走。若从柿子顶部慢慢地剥下红红的、薄如蝉翼的外皮，对着阳光甚至可以透视过去。

吃小火罐儿柿子很有讲究，也有一定的窍门，剥完皮必须马上一口吞下去，否则鲜红的汁液会沾满一手。其糯而甜的味道入口即化，一次花两三毛钱就能美美地咥一顿，过一把"火罐儿"的瘾。吃完后，老乡会数一数每个人丢在地上的柿子把儿，算账收钱，价格是一毛钱十个。

也有不老实的浑小子趁老乡不注意时，把部分柿子把儿故意踩在脚下，少算几个数，省下几个小钱。有次就曾看见一个年轻小伙子脚下踩着柿子把儿，结账后见老乡瞅着自己，做贼心虚的他一直不敢抬脚。老乡看出蹊跷后，上前推了他一把后，脚下的柿子把儿立马暴露在众人眼前。

见自己捣鬼露了馅儿，小年轻不得不嘻嘻哈哈地再掏出一毛钱交给老乡，老乡不给找零又吃了两个小火罐儿后，才打着饱嗝儿走了。当然，这些数把儿吃柿子的人除少数当地村民之外，大多是研究所的同事。

六、情系薛家村

（一）

2019年春节团拜会上，坐在大厅正中的新任所长刚刚结束了他热情洋溢的讲话。离退休的干部职工们围坐在会议桌或乒乓球台周围，说着笑着，剥橘子吃香蕉，聊天嗑瓜子，其乐融融，一团祥和之气氛，一派热闹之景象。

忽然，主席台左侧的西北方向有一阵躁动和轻微的喧嚣声，只见有几个人或站或侧着身子围在几个人的周围，热情地打着招呼。他们是谁呢？有这么大的号召力和吸引力？

"喔，没看出来？是卢林生和几个同事专门从北京来了，大家在和他打招呼。"坐在旁边的德武和崇民看我不相信的样子笑着说。

"老卢？真是老卢吗？蓝田的老同事、老朋友，好长时间不见了！那可得赶紧去看看。"

猫着腰穿过密集的人群过去一看，果然是久未谋面的老卢和夫人老黄一行，已然是耄耋老人了。他们坐在靠近主席台的会议桌旁，后面放着一把轮椅，还有一根拐棍靠在墙边。握握手，还没说上两句话，后面就马上有人凑了上来，抢着和他们说话，打招呼问候。人太多，老卢见我走过来，颤颤巍巍地想要侧身站起来，我忙扶他重新坐下。

作者与卢林生在 2019 年春节团拜会上

"您好！卢老师，还认识我吗？"见我这样问，他略显茫然地和我握握手，也不知小声咕哝了句什么，估计一时还没认出来我是谁。

"哎呀！你是…是小丁啊！你看，时间太久，差点认不出来了。"他定定地瞅了我一阵后，似乎才反应过来。

"是啊！这一晃近四十年，当年的小年轻也都退休了！"

几个一旁的同事也纷纷插话，脸上显现的都是一副唏嘘不已的神态。

老卢是我参加工作后的英语老师，也是情报室的老同事，当年毕业后分配到蓝田物探所，在办公室最先见到的人是他，在外语上特别仰慕的人也是他。

初到情报室，记得我第一次推开办公室的门进去时，老卢正在凝神静气地托着下巴，埋头翻动着，查阅一本《英－英大百科辞典》。这可不是一般的书，而是一部奇特的大开本工具书。其幅面宽一尺多，长约三尺，厚厚的足有一尺多，光托着辞典的木架就有一米多高。

我好奇地上前用双手抓住掂了掂，纹丝未动。粗略地估计了一下，这本辞书少说也得有一百斤重。老卢见我愣了一下赶紧问了一句说：

"重不？一个人可是动不了，这个大家伙必须两个人合力才能挪动。"

眼前这个又大又厚又笨重的带折叠木架的纯英文版工具书，对我这个刚走出校门的农村孩子来说，可算是大开了眼界。

说起来老卢也算是个老蓝田了，要知道迁址时他是首批从北京到蓝田的人。我国首部专业工具书《英汉地球物理探矿词典》就是由他任主编，与张南海、程家印、李发美、孟广娥、杜公民、颜和昆、王艳君、戴金华等人在陕西蓝田编撰完成的，出版后在地学界产生了极大的影响。

（二）

我的思绪随着卢林生老师的到来发生了剧烈的跳跃，又定格在2019年9月下旬的一次蓝田薛家村之行。

那是一个周末的下午，我从西安国际机场坐上了前来接机的蔺应涛先生的小车，直奔几十年前的单位驻地——薛家村。走了这么多年，现在的薛家村不知怎么样了？我怀着一颗忐忑不安的心，脑子里回想着这里的人，这里的山，这里的水，还有当年工作、学习过的办公楼、生活娱乐区以及那绵延数百米的家属院。朋友蔺先生是当地人，又是蓝关镇（原大寨公社）医院的一名医生，所以对这里的情况相当熟悉。

路边的一棵棵大树在快速地向后移动，平直的公路两侧一座座拔地而起的建筑物，涌动的车流还有道边的绿植令人目不暇接。几十年过去，一切都显得那么的陌生，而在这陌生中又透出些许亲切的感觉。

"蓝关镇到了，这儿就是以前的大寨公社所在地。"

喔，这么快！随着蔺先生的介绍，车停在了一座大楼前。站在街头，举目四望，展现在面前的，是一个我几乎完全不认识的崭新的城区。瞧，那一幢幢新建的红砖青瓦的住宅，掩映在茂密的绿树之中；马路两旁整齐地排列着三层楼、十层楼的建筑；宽阔平展的街道，整齐划一的人行道景观树，路沿旁的花圃，给人一种赏心悦目的感觉。三十年前，这里完全是一片田野，现在俨然已是一座小城了。这里不仅有邮局、商店、银行，还有一所新建的蓝关小学，宽敞的操场上，一群群活蹦乱跳的小学生大声吵吵着，正在跑步或进行其他体育运动……

肚子饿了，先吃饭吧！意外的是，除了商店、邮局、学校等必需的生活、服务设施，这里还新建了一条整洁、漂亮的美食街，陕西各地风味、蓝田的特色美食小吃在这里应有尽有。这还是以前的大寨吗？我真的有点不相信自己的眼睛。

薛家村北的迎客牌坊

（三）

吃点什么呢？在美食街转了一圈，我一时没拿定主意。"有羊肉泡吗？"我问蔺先生。"有，这儿有一家羊肉泡很有特色。"就这样，在去薛家村之前，先美美地咥了一顿羊肉泡。那硕大无比的陕西大老碗一端上桌，茵茵的香气便扑面而来，那亲切的乡音，油而不腻的羊汤，劲道的发面饼，以及那久违的家乡的味道，实在醉人！

摸摸肚皮，酒足饭饱，该上路了！感觉开车没多长时间，在斜插向蓝关古道的公路上，远远地就看见了一个大大的拱形门，两侧有一副苍劲有力的手书对联，上联是：云横秦岭家何在；下联是：雪拥蓝关马不前；横批：蓝关古道欢迎您！上面还有斗大的三个弧形排列的字——薛家村。啊！薛家村，多么熟悉的名字，几十年过去，不知曾有多少次出现在我的梦中。今天，我终于回来了！车直接停在106号大院门口，一边有人诧异地盯着我们，显得很好奇。

"请问这是以前的物探所大院吗？"蔺先生不知道大院的编号，所以下车后看到有人就直接问道。

"对，这就是物探所的106号大院，你们是哪儿来的？"

"这位先生是物探所的，今天专门来看看老单位。"

"是吗？好，那你们进去吧，随便看。"

听着蔺先生和老乡的对话，使人既有几许淡淡的神往，又有一种莫名的伤感。我怀着既期待又好奇的复杂心情，将目光投向空旷的大院深处，迫不及待地走了进去。

原物探所106号大院

"劫火烧残变陵谷，浮云阅尽经沧桑。"面对大院一片荒芜而凌乱的现状，不觉一股辛酸泛上心头。整个大院似乎多年没有收拾或打扫过。左右两侧的大楼前一人多高的荒草，在微风中摇曳，似乎在向人诉说着它的无奈。位于大院西南内侧的计算机房，门前杂草丛生，进入必须先拨开门前的灌木和杂草。地上有厚厚的一层水泥灰斑，机房内空空如也，卫生间也被拆得七零八落，里面的设施几乎全无。朝向大院的窗台上有厚厚的一层积尘，因时间太久已经板结。我想上二楼看看，但楼梯上的碎片烂渣加上水冲到地上一层厚厚的墙灰，根本无法上去。看着一楼的惨状，二楼恐怕也是好不到哪里去，还是算了吧！

这时听到外面老蔺和一个人的说话声，正要离开大楼时，从一楼的墙角窗户突然扑棱棱飞出一只麻雀，抬头一看窗户和楼的夹角处有一个很大的鸟窝，旁边不远处还挂着一团蛛网，有一只蜘蛛在蛛网中不时地慢慢蠕动。

出了计算机房，上了屋后的台阶看了看，最里面一人多高的灌木死死地挡住了去路，还是早点下来吧！我这样想着走下高台。老蔺旁边的一个人主动和我打起了招呼："您是物探所老丁吗？"我愣了下说是，但无论如何也没有想起来面前这个人是谁。他自我介绍说自己姓薛叫建虎，还顺口说出了沙昭、鹿彦才、赵子龙、孟志学等一大串老同事的名字。还说他认识黄树棠、外国人卢林生这些大专家，和余恂、林泉等好多职工子女是同学。越说越近乎，他索性兴致勃勃地和我聊起了他自己还有所里的一些趣事，这时天下起了蒙蒙细雨，建虎冒着雨，边走边指指画画地当起了义务导游，老蔺则跑前跑后的用手机为我们拍照。

我们转着特意去看了看位于大院东北部的老锅炉房，年久失修，外面的墙皮脱落，正门紧闭的大铁锁似乎已经锈死，上面蒙着一层厚厚的铁锈。工厂的几座厂房也都紧紧地锁着，看样子一直没有使用。迈上大院最后面的高台阶，原来的化探五室和后勤的楼房，四周已被荒草和废弃的杂物包围，斑驳的房子已经看不清原来的模样。我特意绕到房子后面看了看，密密匝匝的荒草足有一人多高，根本无处下脚。

我神色黯然地走下实验室和后勤的高台台时，差点被放在外边的废木头绊了一跤，仔细一看，有根粗大的木头裂开了一尺多长的缝隙，从发黑的颜色来看已经腐朽。

站在大院中间的养蜂人笑眯眯地看着我们，他的身后是一排排蜂箱，有蜜蜂在蜂箱上嗡嗡地飞着，不远处就是养蜂人用帆布搭起的黄色帐篷。

建虎用脚踢了一下斜放在眼前的木头说："这玩意儿现在乱扔，80年代可是缺物，我们村不少人在南山背过木头，我也和他们一样，当过木客。""木客？什么是木客？"听他说起这个，我也来了兴趣。

"以前人们盖房子，要大量地使用木材，从南山往出背木头或用架子车向山外拉木材，或买卖倒腾木材以此谋生的人，就叫木客。白鹿原上的王庄村，是蓝田的主要木材交易市场。林业局当年在辋川设有昼夜木材检查站，对出山的木材进行严查，如无木材转运许可证，绝对不允许出山，更不允许私自买卖。"

"那偷运木材时，被检查站的人抓住了怎么办？木材会被没收吗？"我紧跟着问了建虎一句。

"听村里人说，那时候公家人（检查站或公社的人）如果把偷运木头的人逮住了，不仅椽、檩要没收，还要把人送到附近公社关押一个晚上，饿一夜不给饭吃，以示惩戒。碰上这事，这趟木头不仅白扛，还得做检查甚至被罚款。没办法，为了生活，还得从头再来，晚上偷运木材当时被抓住的人不在少数。"

"如果运气不好，被检查站的人逮到，可就白忙乎了！"

"是啊！木客们三五成群肩扛木材走的是羊肠小道，需要翻山越岭。为了躲避辋川检查站，往往要从便道下河蹚水绕开检查站再过河上路。拉架子车过蓝葛公路出辋川偷运时，到薛家村必须过河经黄沟再肩扛上白鹿原。因为是偷着拉，所以我们村上的人，即使晚上路过自家门口，也不敢有片刻的停留，生怕走漏风声，被公家人或村干部逮住。"

"听你这么一说，干木客这营生可真不容易啊！"

"苦啊！出一次门前后得几天时间，穿草鞋裹绑腿，吃干馍喝冷水，斗酷暑战严寒，忍饥挨饿还得躲避检查，有的人脚磨出血泡肩压出老茧，还得坚持负重前行。为的就是挣几个辛苦钱，维持全家人的生计。所以说凡是干过木客这活儿，现在的苦那都不叫苦。"

（四）

在绵绵细雨中，我们转到了107号大楼，这是所原来的机关办公楼，楼北侧加盖了一个小房子，但楼门挂着一把铁锁。远远看去，从楼前通往图书馆的通道似乎还是以前的水泥路，只是上面有一些细碎的树枝和一层薄薄的灰尘。问建虎他也不知道大门的钥匙在谁手里，所以也无法进去看一眼，更不清楚这楼现在究竟是空着还是有人在使用。

大楼门前原来有两户人家，但现在已经不见了踪影，可能是已经搬走了。大楼前面的视野显得很开阔，举目远眺，直接就可以看到横贯东西的蓝关古道。拆除房子后的路面加宽，看来是重新硬化过，旁边用砖头垒起了路沿，显得比以前更敞亮也更干净了。出大楼右侧原生产队的场院也盖上了房子，房顶的烟囱上冒着缕缕的炊烟。沿公路前行几步，右侧就是原来的商店、邮局和理发馆，仍旧是以前的老样子没有变，尤其是薛家村商店几个大字和上面的红五星格外醒目。

这个低矮的小平房，有了这几个字的点缀，显得更加灵动。它似乎在

作者在原物探所107号办公楼前

向人们昭示着它曾经的辉煌，已褪去蓝漆的屋门和斑驳的墙面，更是彰显出它承载了几十年亘古岁月的痕迹。我暗暗庆幸具有历史和纪念意义的商店和邮局这一排小平房没有拆除，尤其是薛家村商店几个字还保留得如此完好，使得来到这里的我们还有一个念想，还有这么好的一个怀旧的地方。感谢上苍，感谢淳朴的薛家村乡亲们，给我们留下了这个"古迹"。

来一趟不易，站在路边向下一番拍照后，本想从高台下去站在商店门口留个影，无奈门前堆积的杂物和丛生的杂草根本无法下脚，在老蔺和建虎的劝阻下，只好作罢。

从这里向前再走几米右转就是我们所以前的大食堂了，按照原来路线走过去后，高高的一堵墙横在面前，去往食堂的路从西侧已经彻底封死，只能站在粮库院子里，隐隐看到食堂的一个尖顶。

绕过村中心的大青槐，沿左侧的村道向前不远，就是单位以前的车库所在。以前坐车去西安或蓝田，都是在车库门前的这个小斜坡上等车坐车，昔日坑坑洼洼的土石子路也都变成了光滑的水泥路面，两侧的排水沟旁是一排排翠绿的景观树。

距这里不远，就是以前经常放露天电影的小广场了。虽然这只是一个空旷的场院，也不知为什么？我竟然有点小小的激动，特别特别地想去转转，看现在是个什么样子。

"看，这就是原来放电影的空地，现在都盖上了房子。"建虎指着前面的几户人家说，门口坐着的一个老者见来了几个陌生人，比比画画的还不停地拍照，就热情地和建虎打起了招呼，并示意我们进去坐坐。

（五）

蒙蒙细雨洒在身上凉飕飕的，我们就走进了刚才打招呼的这家农户，坐在屋檐下避避雨，也顺便休息一下。建虎见我对木客的事这么感兴趣，就用手抹了把被雨淋湿的头发，端起主人递过来的茶抿了两口，若有所思地聊起了他自己当木客的一段经历。

"进山背木头拉木头时我还小，反正结伙成群地跟着大人跑，出苦力就是，虽然提心吊胆的，但毕竟不用自己操太多心。就是遇到什么事，也有人管，队伍里年富力强、威信高的人自然就是大家的头目。"

"进山背木头一般是一大早去，赶在天黑前回来。当然，这个前提是必须要一切顺利，如果天黑前还没有走完一多半路程，中途就需要借宿一个晚上。冬天大家挤在火炕上睡觉，夏天店家主人给院前铺张凉席或草垫，就能凑合一个晚上。无论是冬天还是夏天，店家每人收一元钱住宿费，稀饭开水免费供应，要吃点好的得另外加钱。下苦人不容易，一般来说只要有开水或稀饭，热乎乎地泡上馍吃点咸菜就对付了。不管冬夏，歇完脚天不亮摸黑就得出发，为的是能赶个早集，快点儿让木材出手并能卖个好价钱。"

"是吗！一般来说一支背客队伍中有多少人，木材是偷伐还是在山里的集市或老乡家收，回来时碰到过检查站的人没有？"由于对他说的一切都感到很新奇，故而中间这样问了一句。

"唉！这个说来话长，我们村的人大多采用盗伐和购买的方式倒腾木材。盗伐成本低，但风险大，有时在白天上山砍柴时，就已经瞄好了要盗伐的树木并做好标记，晚上去了就直接下手。上山里收木材风险小，但成本高而且还要懂行，收购时若看走眼了有时不仅赚不了多少钱，被检查站抓住了还会赔个底儿掉。"

有一次我们九个人一伙拉着四辆架子车进山拉木头，力气大的两个人一辆车，老弱病残或年龄小的三个人一辆车。那年我虚岁20，和我爸拉一辆车，装满木头的架子车拉起来很重，尤其是上坡翻山时拉着的梢绳绷得笔直，人几乎是贴着地面走，累得青筋外暴、满面通红，头上的汗珠不停地往下掉。但仍要咬紧牙关，坚持到下一个歇脚点，歇息片刻后再跟着领头人的架子车继续向前奔。

为了预防我们的木材在半道上被检查站的巡逻人员没收，木材在装车时需要捆绑成活头，夜晚行走就像做贼一样，精神需要高度集中。前面的人传话，告诉大家对面发现车辆灯光后，我们以最快的速度就近进入一个岔道，然后迅速解下木材捆绑的活头，将木材和架子车分别藏在路边后，人迅速地卧倒。

我们前面的架子车一慌神在拐入岔道后翻了车，这时也顾不上管了，大家趴在道边等汽车过去后，才七手八脚地帮他们重新装好了车。

之所以害怕得犹如惊弓之鸟，是因为当时的汽车很少，所以晚上只要发现有过来的汽车，就会认为是公家的巡逻车，必须尽快地躲开。装好车后，领头的二叔大声吆喝着为大家提神壮胆，开始了夜间急行军。在黑蒙蒙的夜色里，没有人说话，耳边听到的是一片杂乱的脚步声，和我们上气不接下气粗重的喘息声，同时还夹杂着车轮向前飞奔时嘎吱嘎吱的脆响声。

"注意警惕，都别出声！"二叔一声令下，大家都放慢脚步，大气儿也不敢喘，前方不远处就是山口的检查站了。按照二叔的吩咐，我们找地方把架子车先藏起来，然后派年龄最小的二狗子去侦查一下有没有人值班，栏杆是否放下？所有这些事都要提前弄清楚才敢通过。

一会儿看到一个黑影跑了过来，气喘吁吁的二狗子道，"平安无事！检查站的值班人员在睡大觉，怕我们通过时惊醒值夜班的，我还偷偷地用木棍把他们的木门给别上了，这样就是发现咱们，他也出不来了，哈哈！"看到二狗子得意的样子，二叔笑着踹了他一脚说，"还不赶紧去拉车，尽快过检查站！"说话间我们都纷纷拉起自己的架子车，飞速地通过。

"后来呢？"看到他谝得眉飞色舞的样子，我有点意犹未尽。

"后来？后来我们过河上白鹿原卖掉木头，蘸着口水数着到手的一摞票子，咬咬牙每人买一碗热窝子面，喝一大碗面汤，再啃点自带的锅盔馍饱餐一顿后，精神头又上来了。大伙儿先大谝一通国际形势，再谝谝国内莺歌燕舞的大好局面、大千世界的奇闻逸事，八卦一番男女之事，嘻嘻哈哈地一通穷开心后，再原路返回。"

往事不堪回首。一提起当木客，建虎就滔滔不绝地停不下来，眼睛红红的似乎触碰到了他的痛点。他此刻的心情我能理解，当过木客的苦和难，犹如一道刻入岁月深处的疤痕，始终难以抹去……

（六）

"生活不易，向前看日子会越来越好的。"沉默良久，我才挤出这么一句安慰建虎的话。我们接下来又到边口和火烧楼家属院转了转，边口那么一大片住宅楼，几乎看不见有人居住，靠近东侧的一栋楼门前，偶尔只看到有两三个人进出，太冷清了。位于半山腰的李四光部长楼离这里很近，但下雨天也只能远远地看一眼了事。火烧楼大院也是门可罗雀，靠西边村道的一栋楼有人生火做饭，看样子好像一直住在这里。见我们几个人站在楼前向这边张望，她主动地和我们打起了招呼。

"你们是从北京、廊坊来的吧？前段时间来了两拨人，都是物探所的。"

"是的，他就是物探所的，特意来这里看看。"见建虎走了过去，同行的老蔺指了指我介绍道。

"一猜就是，我这里经常有人来看，进屋坐会儿吧！"

住在这里的女主人显得很热情，这楼是租的还是买的呢？我心里这样想着，但没好意思问她。站在门口向里扫了一眼，楼房还是原来的水泥地没变，屋里的陈设也很简单，从方位上来看，估计是聂志海家以前住过的地方，因为我见过杨义珍在这楼门前的水池子淘米。没错，应该就是一楼的这套单元房，已然是物是人非了。

我给老蔺和建虎在闲谈期间一直念叨着辋川河，这是无论如何也要去看看的一个地方。以前我们出大楼从田间抄近道去河边的小路已经不见踪迹，代之以杂乱的一堆堆石头和沙子，原来的一片稻田也没有了。老蔺开车拉着我从西边的一座桥过河，来到了河对岸黄沟村的地界。

站在桥头，看着裹着黄沙，滚滚东去的河水，感慨万千！眼前的这条河，就是我魂牵梦萦的辋川河啊！它曾不止一次地在我的梦里出现，梦里的人在黄昏时，总是抄近道散步到这里，漫步辋川河边，看着清清的河水想心事，挽起裤腿在河边的小水洼里或摸鱼或撩水嬉戏。

从桥上往下俯瞰，水太大了，而且河面似乎也比以前宽了许多。雨一直淅淅沥沥地下着，一会儿大一会儿小，根本没有停下来的意思。老蔺从车上拿出一把伞站在我身旁，想为我遮雨，奈何我一会儿站在西边的桥栏看河的上游，一会儿又跑到东边栏杆望河的下游，手举大伞的他根本就赶不上我的节奏。尤其是在雨小点儿时，淋点雨也觉得挺爽，打伞反倒觉得碍事。来到河边，总想多看一眼，最好能把流动的河和湍急的河水这幅画面深深地印在脑子里。

站在桥头，看着湍急的河水，又想起住当年露天电影院广场的刘姓村民说过的有年发大水，他们薛家村有人在山里拉木头过河时被洪水冲走了木头。一见千辛万苦拉来的木头被冲走，这人不假思索地跳下河追着一根最粗的木头想捞起来，没承想木头没有捞出来，最后连人都冲走了。已经过河的人眼睁睁地看着自己的同伴被大水冲走也毫无办法，特别是领头的见水把人冲走，害怕得腿都吓软了，因为这弄不好可是要出人命的。如果一旦人被洪水淹死，他这个领头的肯定脱不了干系，不仅要在经济上赔偿，可能还得在生产队的大会小会上受批挨斗。所幸的是，这个机灵的家伙死死地抓住木头不放，最后还挣扎着趴在了大木头上。被大水向前冲啊冲的，在下游的一个急转弯的地方，连人带木头被大水冲上了岸边的浅滩，才逃过一死，总算是捡回了一条小命。

当年的木客是从哪里过河的呢？反正不会是架桥的这个河段。当年看黄沟人过河的地方就是我们经常去河边玩的地方，离蓝关古道和薛家村商店很近，从来就没有听人说过有西边的这座桥，因为人们过河都是踩着石头过，水大的时候是摸着石头过河，一些老年人或孩子大多是被背着过河的。我问了一下老蔺，他也没有说清这座桥究竟是什么时候建起来的。

看着波涛汹涌的河水，我在想象着当年那个木客被洪水冲走的场景。想象着他怎样冲向木头，如何勇敢地和凶猛的洪水搏斗，求得生还。

变了，一切都变了。今非昔比，薛家村还是薛家村，但已经不再是当年的模样。陪同我的老蔺说，蓝田划归西安市后，这个小山沟的村民也都成了城里人，薛家村人也开上了挂着陕A牌照的小车，人们的生活比以前有了极大的改善，木客的这种苦日子已经一去不复返了。只有我们单位无人照看的老院子，老房子杂乱不堪，较之单位驻在时的热火朝天，眼前却是一片沧海桑田。

惬意的田园生活

一、进山抓鸡割韭菜

干了一周枯燥的资料翻译，为了慰劳自己，也想适当地换个环境，改善一下生活。听说农民家里的活鸡很便宜，和英语翻译毕德启一合计，在一个天气晴朗的星期天，我们决定到村西靠近深山的一个村子去买鸡，自己炖着吃。

19世纪70年代末，人与人之间有城乡差别、工农差别和脑体差别这么三大差别。城乡差别的直接标志是农业和非农业户口，而工农差别的最根本区别就是挣工资和挣工分，吃定额商品粮和生产队自产的分配粮。国家对大学生的粮食供应标准是每人每月34斤，而参加工作后的干部标准成了每人每月27斤的定额，发给等量的粮票。开始发陕西粮票，后来由于我们单位工作的流动性，就改发全国各地都可以使用的全国通用粮票，这也算是地方对中直单位的照顾吧！可对于我们这些刚出校门的年轻人来说却是很不习惯，口粮不足，吃不饱啊！于是只好常常自己想办法解决了。

旷野的空气无比清新，站在高高的土丘上，仰望天空，俯瞰大地，对面就是一条深深的沟壑，一群山羊悠闲地在山坡上吃草，羊倌哼着山曲儿，不时地挥动着手中的鞭子，驱赶着离群乱跑的小羊羔。一向沉默寡言的同事毕德启也不禁伸出手臂，大喊一声：

"哎……天……马……山，我来了！"

"喂……哎！天马山，你听见了吗？"

"我们找你来了，行不行啊？"

"德启想吃鸡了，有吗？"

我们这么一唱一和地喊着，走下了山丘。同事德启是个标准的东北大汉，一米八的个子，人长得是天庭满，地阁圆。相貌轩昂的国字脸，嗓音高而浑厚，所以每喊一句，就会传来远远的回声。而我的嗓子尖细，喊话的回音效果就差了许多。

一路上我们环绕着山峁，行走在一条条田间小道上，看着满目绿色的田野，陶醉于蓝田山乡浓厚的农耕文化之中，不时地会看到村民们正挥汗如雨地在田间地头劳作。为了节省时间，两人沿着庄稼地弯弯曲曲、高低不平的田埂，说着笑着一直向山沟下面走了近一个小时，来到了一个靠近天马山的小村落。

这里两山夹沟，有小河流从村落里穿过，里面有小鱼小虾。村周围长满了青草和不知是哪一年长出来的树。村口有两个碌碡胡乱摆放着，上面积了厚厚的一层灰尘，不远处就是一个大碾盘子，在碾盘上面外侧积满黄土的沟槽里竟长出了几株稀疏的杂草。

当地村民的家，有的只有住房，连院墙都没有。村民散养的鸡三两成群，叽叽呱呱地叫着，在外边空地上跑来跑去地觅食。有一只傲慢的大红公鸡，正在一个很大的柴垛底下，认真地刨着，寻找那些被遗漏的粮食颗粒。它时而低头寻觅，时而昂起头来，伸长脖子，引吭高歌一曲。

毕德启在边口家属院　　　　　　作者在薛家村循迹

见来了两个陌生人，一只凶猛的黑背狗跑着追着我们狂吠起来，叫声时大时小，还不时地朝一个远远站着的主人瞅一眼，似乎在向它的主子表功一样。见我们只是围着村子转来转去的也不说话，还对自家门前跑来跑去的鸡指指点点，有些村民向我们投以诧异的目光，可能心里在想，他们

是干什么的呢？有一个50多岁口里叼着烟杆的村民，大概看出了一些端倪，知道了我们的来意，就主动地上前搭话，打起了招呼。

"你们是要抓鸡吗？"

"对，我们来是想买只鸡吃，这群鸡是你家的吗？"

"是，这几只鸡都是我家养的。"他朝旁边跑着的一群鸡指了指说。

"这只鸡卖吗？"同事德启指着蹦得正欢实的一只红冠子公鸡问。

"噢，你说那只呀！卖，想要我给咱抓。"

"一只多少钱？论斤卖还是论个卖？"我看着准备抓鸡的老乡问。

"你们是挣大钱的公家人，不像我们山里人，看着给吧！"

"给个实价吧！我们是第一次来，确实不知道行情。"德启笑着说道。

"论个，看上哪只抓哪只，三块五一只，你们给我四块钱吧！"

"三块五一只，为啥要我们给你四块钱？"我和德启对视了一下笑着问。

"唉！欠人家钱，四块钱正好还账，把人难缠得不行了！"

说这话时，这个老实巴交的农村汉子，瞅瞅我们俩，搓着粗糙的布满老茧的大手，好像有点儿不好意思。看着老乡朴实憨厚，可怜兮兮的样子，我们很痛快地答应了他的要价，成交的条件是自己抓鸡。

我们两人看准了一只健壮的大红公鸡围追堵截，德启张开两只手试图悄悄地靠近，猛地迈出两步，眼看就要抓住大公鸡时，但它扑棱着翅膀，连跑带跳地又飞走了，这一闪使德启自己摔了个屁股蹲儿。看他狼狈不堪的样子，我想笑但忙着撵鸡也顾不上笑了。

"跑，叫你跑！我还不信抓不住你了。"

德启嘴里嘟囔着，站起身来拍了拍屁股后面的土，看看我苦笑了两下后接着追，我在旁边堵，如此反复几次，累得满头大汗的我们，在老乡的帮助下，终于抓住了这只活蹦乱跳的大公鸡。

累了半天，转身正要离开时，一个老太太用小篮子提了半篮鸡蛋追了出来，顺手拿出一个灰皮鸡蛋让我们看。

"这鸡蛋是要卖给我们吗？"

"对，想卖了换几个钱花。"

问价后，觉得鸡蛋很便宜，大的六分钱，小的五分钱一个，还是地道的柴鸡蛋。本没有买鸡蛋的计划，但看着老人期盼的目光，怎能忍心拒绝呢！回去时，除了这只大公鸡，我们手里又多了几十个鸡蛋。

找一根粗树枝挑着我们的战利品，肩背手提地穿插着绕到了官道，沿着辋川河东侧往回走，可以看到不少搭着庵子的菜地。见前方的一块菜地有人，我们就沿着一条蜿蜒的小路走了下去，想顺便买点青菜带回去。

看到一大片绿油油的韭菜，甚是喜人，就不由自主地走了过去。一问菜园主人韭菜的价格，也觉得很奇葩。他顺手从庵子里拿出一把镰刀，递到我手里说：

"一人给五毛钱，韭菜随便割，能拿多少就割多少，不限量。"

"随便割，还不限量，有这等好事？"我看着老乡似乎有些不大相信。

"是的，拿回去包饺子，保证好吃。但青菜不好保存，买太多了也放不住，容易坏。"

"那你就不怕有人贪心，多割一点拿去卖吗？"

"没事，这个不用担心。来到这里，就是缘分，再说一瞅你们也不是那样的人。"

原来如此。手拿弯勾镰刀，蹲在地上"嚓、嚓"地割着韭菜，远处的一座座山包隐约可见。不由想起了东晋大诗人陶渊明的"采菊东篱下，悠然见南山"这一千古绝句。

我们很快就割了不少青青、嫩嫩的韭菜，直起身来，捶捶酸痛的后背，抬头即见各种鸟儿叽叽喳喳地叫着从眼前飞过，更为美丽的大自然增添了几分浪漫。

"山气日夕佳，飞鸟相与还。此中有真意，欲辩已忘言。"诗人描绘的不就是此时此刻的情景吗？这样想着我和德启拿去韭菜让老乡捆成了几大捆，离开菜园子时，已经是肩扛手提的满载而归了。

二、食堂敲碗风波

蓝田人骨子里流淌着灞河水，厨艺可以说天下无敌。有一句俗话说得好："要找蓝田乡党，大小衙门食堂。"凡是冒烟的地方，就有蓝田人，蓝田同乡。而且，由于在外给人做饭的大厨、名厨以男人居多，所以在蓝田就有了男人不在锅灶上"挖抓"就没有出息的说法。

民间传说慈禧老佛爷和光绪皇帝在西安避难的一年多的时间里,蓝田厨师大出风头。其中最为出名的是薛家河的李芹溪,她13岁学艺,16岁即可独立办席,能做出不同品种、不同口味的菜肴,厨艺极其精湛。入宫掌勺不久,老佛爷即被她烹饪的美味折服,使得逃难中郁郁寡欢的太后胃口大开,遂满意地将李芹溪这个炉头册封为"御厨"。在陕西关中方言中,"勺勺客"是对厨师的别称,而名厨辈出的蓝田无疑就是"厨师之乡"了。

我们单位食堂有两个炊事员,就是蓝田人。食堂起初用的厨师都是从北京带来的,有的甚至是干了二十多年的老厨师。但一到蓝田这个厨师之乡就不灵了,越来越显现出其颓势,一句话,饭菜不合大家的口味。要知道当时从北京搬过来时,有很大一部分职工是单身赴任,家属在北京工作,根本过不来,所以在食堂吃饭的单身男女职工就不在少数。

伙食不好怎么行?事有凑巧,也该着北京厨师运气不佳。有一次,中午的开饭时间足足晚了三十分钟,早早等候在售卖窗口的职工,排着几溜长队,不知是谁,开始小声敲碗以示抗议。

在这种情况下,只要有一个人先敲,就会有人跟着起哄。接着,第二个人跟着敲了起来,第三个,第四个,第五个……起初只有几个零零散散的声音,在前几个人的带动下,敲打的人越来越多,我也跟着敲碗起哄,最后所有排队的人都跟着敲了起来。节奏虽不太一致,但大伙儿的劲头一上来,敲打的声音越来越大,越来越嘈杂,空旷的食堂内群情激奋,各种碗声响成一片。敲着敲着,有人开始合拍,敲起了《大海航行靠舵手》的曲子,排着几路纵队的职工们不觉跟着唱了起来,有人索性拿着筷子在一边指挥。敲打声有了铿锵有力的节奏感,整个餐厅开始

位于薛家村商店后侧的物化探所原职工食堂

沸腾起来，构成了一首奇妙的碗筷饭勺奏鸣曲。

小窗口打开了，见外面闹得厉害，食堂管理员伸出来的脑袋很快就缩了回去。主食仍是馒头、米饭，菜品依然是豆腐、白菜、土豆老三样，外加一个红烧肉。排队买饭的人手里都拿着一把饭票、菜票，想吃啥买啥。排在最前头的人买好了饭菜，一吃米饭是夹生的，还有一股糊巴味，于是就端着挨个给后面排队的人看，霎时食堂大厅内可就炸了锅。

"冰冻三尺非一日之寒！"对于食堂的伙食和管理以及大师傅厨艺平平的状况，大家早就牢骚满腹，颇有微词。"馒头越来越小，菜量越来越少。"是大家的共识。更有人怀疑食堂管理员贪污，要求单位彻查。一时大家议论纷纷，既针对食堂管理员，也针对单位领导。最后众人达成一个共识，干脆"罢饭"。

里面打饭的师傅见嘈杂的大厅突然静了下来，也没人递碗买饭，也没了先前的吵吵声，感到很奇怪。出来一看，只见大家不吵也不闹，就这样默默地等着。动员来动员去，也没人上前买饭。

炊事班长带领食堂工作人员打躬作揖地赔礼道歉，也未奏效。最后惊动了主管后勤的老红军姜瑞华副所长，亲自来食堂给大家做调解工作，让食堂新做了米饭重新炒了菜，这才恢复了正常秩序。

当然，这场风波过后，原来两个炊事员有的去了锅炉房，有的调换了其他工作，主灶掌勺的也换成了蓝田当地的炊事员。职工开始有口福了，食堂的菜品花样不断地翻新，味道也非常可口。我最喜欢吃的是食堂每个周日中午用小白瓷碗蒸的米粉肉和小酥肉，每份只要三毛钱，糯糯的口感，鲜美的味道入口即化，太好吃了。现在想起来都馋得流口水，这就是我亲身经历过的蓝田大厨。

不仅是国内，国外也有不少蓝田籍大厨，他们在异乡漂泊，心系家乡父老。俗话说，饿时给一口，强似饱时给一斗。"授人以鱼，不如授人以渔。"就是这个道理。做得好了，有名气了，就介绍提携自己的亲戚朋友，久而久之，蓝田在外的厨师群体就像滚雪球一样越滚越大，入行的人也是越来越多，让蓝田的勺勺搅香世界，用他们看似平凡的厨艺人生，缔造了不平凡的传奇。

三、令人着迷的露天电影

"这么早啊！晚上又有电影吗？"

"对，今晚有电影，没事早点往那儿挪呗！"

"是啊，是啊！演什么片子知道吗？"

"听说是国产战斗故事片《奇袭白虎团》，彩色的！"

"是吗？这个电影去年演了，我看过。"

"管他呢，我也看过，要不没事待着干吗？"

"那是，我得赶紧回去吃饭，早点去占地方。"

这是周末的一个傍晚，两个村民之间的对话。

远远看去，一个人匍匐在村里的土路上，正在"哐当……哐当……"地挪动着手下的小方板，后面拖着用粗布层层包裹着的两条短短的残肢，艰难地向前爬行。

这是村民薛定国，十年前一直当"木客"，去山里往山下倒腾木头，挣两个钱花。在计划经济的19世纪七八十年代，据说薛家村以此谋生的村民不在少数。

一天晚上他和父亲用架子车从山里往出偷运木材时，被检查站的人发现后，一直紧追不舍。由于心里害怕加之晚上视野不好，架子车一歪翻到了路边的沟里。驾辕的父亲除脸部蹭伤外，腿只是摔得有点瘸。而薛定国由于紧贴着架子车拉梢，翻车后被重重地甩出去后，车轮子又从大腿上轧了过去，腿部受了重伤。到医院后医生建议他高位截肢，命是保住了，但他从此就成了这样一个残疾人。

出门时，完全靠自己一点一点地向前挪动。时间一长，薛定国自己习以为常，左邻右舍的村民们也都看习惯了。只要他在周末这个时候一出现，似乎成了告知全村的活广告，不只是村民，就连我们都知道晚上又要演电影了。

这不，他早早地喝完了汤，又准备去物探所车库看露天电影了。

在那个文化娱乐活动贫乏的年代，人们的业余时间怎么打发？大人们饭后走家串户闲逛或坐在门口天南海北地乱谝；孩子们则满街疯跑，变出各种花样的玩儿。

不管大人还是孩子，还有一个共同的兴趣，就是打听哪里放电影。只要得到这样的消息，大人小孩就会成群结队地去看露天电影。

　　露天电影最大的优点在于场地广阔、空气清新，人与大自然可以融为一体。人们看场电影就跟过年似的开心。夜幕降临，周围村子十里八乡的人都来了，尤其是对面黄沟村的人，晚上来我们薛家村这边还得过河，虽然如此，人们看电影的热情丝毫不减。

　　"社员同志们注意咧，社员同志们注意咧！"薛家村大队的高音喇叭中断了正在播放的京剧《红灯记》开始讲话，这时正在忙碌的人们都停下手头的活计，知道大队又要发布什么重要通知了。

　　"今天晚上物（木）探所演电影，大家赶紧吃饭，吃了饭上物探所车库里，上物探所车库里噢！"接下来又强调："去迟了我可不管，没地方我可不管噢！"春夏秋冬，一年四季，只要没有狂风暴雨、大雪冰雹，每周末基本上都有电影放映。

　　冬天看露天电影时，大家都穿着厚厚的军大衣，外带一条围巾，裹得严严实实嘴里吐着哈气，兴趣丝毫不减。夏天，是看露天电影最好的季节。看电影时，中间位置基本都留给物探所和211部队的人，似乎成了约定俗成的规则，村民们都是自己在周围找位置。所以占位子，就成为电影开演前最热闹的时候和村民的头等大事。再看看满地的长板凳、矮椅子、半截砖头、碎胡基，还有地上密密麻麻的框线，用粉笔标注上这是张三家的，那是李四家的，还有王二麻子的地方等，旁边甚至还会写上诸如"谁要坐到我这里就是孙子，王八蛋！"这类骂人的话。

　　那些家住在放映场所附近的，晚饭干脆就蹲在现场吃了。

　　大人们端着碗，一边听着"知了……知了……"的蝉鸣声一边吃着饭，嘴里还不停地聊着家长里短，谝着闲传。孩子们吃一口停一会儿，跑来跑去地玩一会儿，一刻也不闲着。

　　不管哪一次看露天电影，都是人山人海的，人挤人，人挨人，用密不透风来形容，一点也不为过。

　　"拴娃！唉……拴娃！你在阿搭哩？"

　　"哎……大，来咧，我在这儿哪！"

　　"我把你个狗日的碎崽娃子！吃完饭早就野出来了，你占的地方呢？"

拴娃爸让儿子先来占地方，来时儿子跑得没影，也找不到自家的地方，气得大呼小叫地直骂大街。

"好，我的大呢，你甭急，地方早占好咧……"

"唉！我占的地方呢？哪个驴日的把我的杆杆挪咧！"

拴娃跑过来一看，也傻眼了，自己占好的地方只剩下放着杆杆和半截砖的那一小块地方，急了。

这种时候，人人是有地儿必争，个个是寸土不让。场院里，小孩儿哭、大人叫的热闹极了。特别是电影开演的前几分钟，那些晚来的人总是弯着腰找位子、大声喊着寻人，时不时因踩着别人的脚而听到几声尖叫或谩骂。

记得单位有个放映员叫王启汉，是蓝田当地塬上人（这塬上指的就是陈忠实小说中的白鹿塬），平时就好开玩笑，脾气特别好，别人和他开玩笑也从不急，更不会翻脸，人称"排长"，非常有趣。每次在电影开演前，他都要宣布一下所演电影的名字，讲几句话。本想飙两句普通话，谁知说着说着就又说成了自己老家塬上的土话。

有天晚上演的是国产反特故事片《看不见的战线》，他"噗，噗"两声试过麦克风后，照例对着放映机的扩音喇叭介绍说："静哈咧，静哈咧！"话音刚落，下面就响起"噢……噢"的一片起哄声。"今晚（经皖）演得四龟（国）

露天电影开演了

产贩特故事骗（片），盯不着的（低）占现，现在开（凯）四！"观众又是一阵"噢！噢……醋熘咧，醋熘咧！"的起哄，在一片嬉笑声中，灯光熄灭，一束亮亮的光柱射向银幕。在放映机哗……哗……轻轻的响声中，观众瞬间静了下来，电影开演了。

每一次的露天电影都是由211部队和我们单位轮流放映，我们单位当时就有两个专门的放映员。放映的片子有《闪闪的红星》《沙漠追匪记》《永不消逝的电波》《列宁在一九一八》《奇袭白虎团》《铁道游击队》《冰山上的来客》等。广场上，等待露天电影开演的人们挤得密不透风。

记得一度最火的片子，当数朝鲜宽银幕故事片《卖花姑娘》。演员在银幕上演，观众在下边抹眼泪。当卖花姑娘说着"卖花了，先生请买束花吧！"可怜巴巴地叫卖时，偌大的广场静得落针可闻，周围只听到一片啜泣声。

像《卖花姑娘》《地道战》这类常放的影片，看过多少遍也不烦。这些电影的故事情节，人物对话的台词甚至都能背下来。电影里的人物说上句，我们在下面甚至能接出下句。

现在回忆起来，最有画面感的是有天在车库放映电影《停战以后》的那一个晚上。偌大的广场上人挤得满满的，甚至银幕正面的墙上都坐满了一溜小孩，现场一片嬉笑打闹的声音。

突然，人群静了下来，电影开演了。当银幕上出现一位身着深绿色军服，戴着无檐帽的美军谈判代表时，现场观众"轰"的一下炸开了锅。"看，卢林生！"众多观众齐齐地指向银幕，一片声音响起，现场气氛格外热烈。

"可不是吗？你看，就是卢林生，物探所的卢林生。"

大家都认出来了，那个演员，那个英俊、潇洒的美国军官就是卢林生。

他惟妙惟肖的表演，成为露天电影现场的一个花絮，也成为观众热议的话题。

看露天电影，最怕看到一半时突然停电。有时人等不及，刚走一会儿又来电了，大家又急忙跑回去接着看。这种情况还不是最糟的，最上火的事是等着跑片子。有时，是几个地方同时放一部电影，而拷贝只有一个，那就只有专门开车来回取片、送片了。有一次跑片因时间衔接不上，等啊等，直到凌晨一点钟才看完电影。

刮风下雨是露天电影的大忌。最有戏剧性的是一次放映南斯拉夫故事片《瓦尔特保卫萨拉热窝》，影片放映到关键处，先是刮起了一阵大风，银幕像鼓起的白帆呈弧形，如同哈哈镜一样，不仅声音失真，影片中的人物也都变得异常滑稽搞笑，银幕前的孩子们更是笑得前仰后合。

一阵风过后，天又下起了小雨，这时银幕里的瓦尔特和他的战友们恰巧也出现在了暴风雨中，一时间银幕内外的大雨小雨交织在一起，使观众真有几分身临其境的感觉。夏天的阵雨，来得猛也去得快，电影演完了，天也放晴了。

电影散场后，大人呼、小孩叫，有些孩子被挤得找不到妈哇哇直哭，人流像潮水一样涌出放电影的场院，向四面八方分流。官道上，小巷里，成群结队的人们高声喧哗，兴致勃勃地聊着电影中的人物和故事情节，就像赶场一样，把整条街道都闹醒了。

正在街道两旁摇着蒲扇乘凉的老人，见到看完电影的村里人一打招呼，就有年轻人扬扬得意地模仿着电影中的人物，故意把脚上的解放鞋踩得山响，哼着"咣……咣咣、咣咣咣咣、拱拱拱拱……"的小曲儿，填上自己瞎编的词，嘻嘻哈哈地扬长而去。

啊！太难忘了，昔日的露天电影！从那个年代过来的人，谁没看过露天电影？摆凳子，占位子，赶场子，等片子，正面没位反面看，个子不高上树看！那时精神产品太少，就那么几部电影反复看，经典台词都能倒背如流了！从残疾人薛定国的提前挪动，到村广播员的广播通知，从拴娃和他大的对话，到放映员王启汉的醋熘普通话，那是多么的生动有趣。露天电影的情景，一下子就把我们拉回当年，拉回放电影的现场。

时至今日，到了每年的夏天，总想好好地再看一场，体验一下那种氛围，寻找那种像孩子一样无拘无束的快乐。如果能再现一下当年的情景，那真是一件很惬意，很浪漫的事。故事里的人在看电影，我们在看故事里的人，也是电影！

四、诗情画意话蓝田

精于物化探的前辈们，在繁忙的工作之余，也为我们留下了不少的诗作，作者在此仅想与读者诸君分享一下我所几位前辈的部分作品，以睹地球科学先贤之风采！

毕业中秋

人声慢寂心事重，灯火渐灭月更明，

轻声小语问嫦娥，月宫可招研究生？

这是吴如山教授1962年大学毕业前夕，写于中秋月夜的诗句。深刻表达了作者孜孜不倦地秉烛夜读，臆想着有朝一日能踏出国门，实现读研的梦想及对知识的渴求。大学毕业后，吴如山分配到北京地质部，来到物探所从事地球物理勘探工作。然好景不长，70年代又随单位辗转到了陕西蓝田，1975年借出差之机回到北京，爬上香山鬼见愁后，他登高望远俯瞰京城，不禁感慨万千地写下了《峰》这首诗抒发情怀：

峰

云雾罩处峰必在，风烟变幻山愈奇。

立及青霄不攀天，坐连黄土不染泥。

冷眼且看蝶恋处，苍间春秋知多几？

今番又是红叶林，登高始知人间稀。

吴如山的两首诗勾起了我的好奇心，以前只是听说单位有这么个人，而且还是个大才子，于是找所里的老同事多方打听，终于有了回音。同事老李发文称："又要写吴如山了？看来你的格局越来越大了，非常好。在此也顺便说一点本人对吴如山的感觉。吴兄是我所四大才子之一，也可以说是个传奇人物。他中等个子，自然的分头，飘逸着天然的大波卷发，双眸黑亮，炯炯有神，充满着智慧、力量和活力……"

"1978年赴美留学后，就再也没有见到过他。但我非常想念他。他为人和善，思维敏捷，未言先笑，嘴唇上蓄有浓密的短胡须，说话带有一定的地方口音，就是西北一带人的地方口音。我也特别喜欢和他在一起。那时，我还时常去他在火烧楼的宿舍，我们在一起聊天，说说笑笑，在接触中使我感觉到他是一个学识渊博的人。"

同事在言语中不乏溢美之词，他说："我想，凡是有才干的人，都会有着自己的某些爱好。老吴自然也不例外，他会拉二胡，还会吹笛子，也会吹口琴，记得他的宿舍里挂有两把胡琴，还有一个长箫和几支笛子。印象深刻的是我听过他用二胡拉的《草原上升起不落的太阳》、当时乘火车时经常播放的《紫竹调》《步步高》等曲目。对了，我又想起来吴如山还用二胡拉过《苏武牧羊》《送别》《莫斯科郊外的晚上》等曲子；用笛子吹过《我是一个兵》《我们新疆好地方》等流行歌曲；还听过他用口琴吹的苏联歌曲《喀秋莎》，这让我在那个缺少文化艺术的年代里，得到了心灵上的慰藉，甚是一种享受。当然，每当这种时候，宿舍的窗户和里外两道门都是紧紧关着的。"

"欣赏音乐，娱乐大众，这不挺好吗！为什么还要关上两道门呢？"当我抛出这个问题时，同事苦笑着摇摇头，轻轻地叹息一声：

"此一时彼一时也，现在当然没事了，可要知道当时的社会环境，对国外歌曲和港台的靡靡之音颇有微词甚至是禁止的，所谓多一事不如少一事，谁愿意没事找事啊！"他顿了顿又说，

"当然，像当时流行的那些红歌他有时也会吹上一段，拉上一曲。总之，他是一个多才多艺的人，也是在我的生命中留下深刻印象的人。我很敬佩他，也很想念他！倘若有机会，真想听他再吹吹笛子，拉拉胡琴，听听那些熟悉的曲子，可惜呀可惜！只可惜此愿今生很难实现了……"

听了同事的一番肺腑之言，我自己的心里也感觉酸酸的，很不是个滋味。

蓝田，是我所曾驻扎过的地方，对于老同事来说，更是留下了很多美好的记忆。由原中法队物探分队队长、我所副所长袁学诚的七律《徒蓝田》这首诗中，即可窥见一斑。

徒蓝田

一别京华雾满天，
春风何日绿秦川。
愁看飞雪迷归路，
喜梦奇花映碧天。
挈妇将雏秦岭夜，
荷锄执耨坝河边。

莫惊北国风来急，
抖擞春光跃进年。

袁学诚教授的另一首七律《海南寄思》，也同样令人回味无穷，让我们一起欣赏。

海南寄思

朝别秦山忧忡忡，
关山一日万千重。
常怀壮志超寰宇，
暂慰杯醪度暮冬。
西岠雨中看赤叶，
南屏梦里听禅钟。
海南潮急惊蝴蝶，
一夜相思两地同。

好一个"一夜相思两地同"。这句诗一语道破了地质人漂泊不定、四处奔波的职业特点，匠心独运，行云流水。上午还在西北的秦岭，晚上就到了海南的琼崖，虽说是南北不同、天各一方，但却阻断不了两地的同一个相思。

他的另一首十四行诗《西湖》，可以说和上一首《海南寄思》有着异曲同工之妙，整个诗句都充满着浓浓的爱意和满满的回忆。

西湖

是不是在这草地上，

在唇边第一次盖上爱情的印？
是不是在这亭子旁，
偎依着风雨夜中的人影？

是不是在这小沟,
我深情地望着你摘下那鲜红的蔷薇?
是不是在这桥头,
我搂着你的腰肢凝视着那落日的余晖?
在这西子湖畔哪!
那夏夜的梦,带着逝去的青春,
慰藉着我忧郁的心灵。

我的心呀!在憧憬中,
早就飞到了那遥远的北京。
那烟也似的细雨呀!伴着早春,
不知什么时候已润湿了我的全身。

几次惊险的遭遇

一、登山访庙

所里为树立新毕业大学生献身科技，热爱物化探的情怀和奋斗精神，政治处干事张连权把我们当年入职的大学毕业生 23 个人编成一个班，并任命我为学习班的班长，许世荣为学习委员，高振为文体委员，进行了为期六个月的所情所史教育和专业英语培训。

虽然已经走向社会，但刚刚走出校门的年轻人在一起同吃同住同学习，很自然地又过起了与高校大同小异的学习生活。

最明显的是我们每天早晨六点钟起来坚持出操跑步。在文体委员高振一二一的哨子和口号声中，每天早晨在 106 号大院门前集合，沿着蓝关古道一直向山里跑，有一次连走带跑地不觉竟来到了山下。

站在公路上，天马山近得似乎触手可及，好像再跑十分钟就可以直接登山了。于是大家在路边或坐或站的休息时，就突发奇想，有了周末找时间一起爬山的动议。

这座山位于蓝田城南约七千米处，天马山是我们自己的习惯叫法，经查阅蓝田县志，官方名称为竹篑寺或祝国寺山，当地人叫祝国寺即竹篑寺。山顶有一座寺庙，峰顶建有文峰塔，古刹名塔气势恢宏，善男信女登山参拜，文人墨客络绎不绝，来这里求子求福的人不在少数，故此香火旺盛。

以前，这座庙里有两个老和尚和一个小和尚，这里既是他们的家，也是他们的道场。山里的日子很无聊，小和尚平时除念经打坐外，寂寞时只能和庙里的猫、狗这些小动物玩。小和尚长大了，15 岁正是情窦初开的年纪，夏日的酷热如同小和尚的心境，躁动不安。

一日，受师傅差遣，小和尚要下山去化缘了，临走前老和尚一再交代：

"山下的女人是老虎，遇到了千万要走开！"

从来没有离开小庙的小和尚在村里晃悠了半天，饥渴难耐的他转到了一个徐姓的人家。

这家人是从外地流落到此地的旁姓，年近七旬的徐传福夫妇有四个女儿，最小的女儿徐芳年方16，几个姐姐出嫁后，徐芳更是成了老两口的掌上明珠，什么事情基本都依着她。

见前来化缘的小和尚明慧眉清目秀，彬彬有礼，传福老人就让女儿领进门，专门给明慧做了斋饭，并拿出家里仅有的十多斤荞面让小和尚带回寺庙。临走时见小女徐芳恋恋不舍的样子，心里就有了想法。

小和尚见到徐芳后，接下来的日子里两人的来往也越来越多。他不仅自己下山，还约徐芳去山里玩耍，她在水里捉鱼，明慧就在岩石上观看，两人的关系也日渐亲密。终于有一天，小和尚又下了山，再也没有回来。

我和高振如同壁虎一样呈"大"字形，双手抓住即将消融的岩土，身子紧紧地贴在陡峭的半山腰，想上上不去，想下又下不来，这可怎么办呢？之前只是觉得登山是对大自然的挑战，登山人如同行者一样，会有艰辛过程的感悟和驻足的迟疑，但当登顶时站在最高处的那一刻，该是多么的自豪而有成就感啊！

远远看去天马山上的文峰塔隐约可见　　同事马厚芝重回边口家属院（后面背景为天马山）

可现在呢？借着换手的机会向下偷偷地扫了一眼，近百米的高度使人胆寒，山下几个同事的身影似乎也小了许多。这要掉下去，不死也得摔残了。

"咱们从南坡的山路上去吧。"来到山下，面对陡立的山峰，有人建议道。

"那样的话绕远，有没有上山的捷径呢？"

"有啊！从这爬上去最快，能少走弯路。"高振接着我的话头说。

"不行，太危险！你看山峰多陡，好像没人爬过。"

"是啊！还是从南边的斜坡上山吧！这样保险。"翟军校说完，郑方中、张西荣几个人也有点担心。

"这，那干脆就算了吧。"我看看高振，再看看险峻的山峰，心也有点虚。

"怕个球，没事，能上去，还有谁一起？"高振冷哼一声问道。

"能不能上，就看有没有这胆识了。"有人在激将。

"算上我一个，有老大带着怕啥？"我自告奋勇。众人互相看了看，再也没人吱声。

就为了省事走捷径，放着南坡上山的路不走，偏要从陡峭的天马山正面抄近道，不幸被卡在了半山腰。

"我这是何苦呢！人家说不行，自己偏要逞能，完了，完了。"我看了同样贴在左侧的同事高振一眼，小声嘀咕着，这时谁也帮不上谁了。慌乱之中又蹬掉了脚下的一片泥土，山下即刻隐隐传来一个女同事惊恐的尖叫声。

纵然年轻气盛，纵使一直坚持要从正面爬上山的自己这时也害怕了，只能紧紧地贴在那里，一点也不敢动。

这是2月一个周末的早晨，在这春寒料峭的季节里风和日丽，辋川河里的冰开始融化，地里的麦田绿油油的一片，广袤的大地生机盎然。我们学习班的同学们跑完步之后，相约爬天马山，欲登顶访祝国寺时所发生的一幕。大家的目的既不是烧香，也不是拜佛，只是出于好奇，想去寺庙看看现在究竟有几个和尚，香火还旺不旺？

"看样子他们是上不去了，赶紧打电话叫消防队救援吧！"有人这样提议。

"不行！消防车来，也开不到山跟前啊！"

"那怎么办呢？"

"小丁和高振看样子也坚持不了多久了，得赶紧想法子。"

"是啊，是啊！这不想着哪嘛！"

"要来个直升机多好，抛下一根绳就行了。"

"想得美！这大深山里，哪来的直升机啊！"

几个同学在山下议论纷纷，急得如同热锅上的蚂蚁，想着解救我们的办法。

"噢，对了。你这一说倒提醒了我，背包里有一卷绳子啊！"

经常爬山，热衷于户外运动的翟军校拍拍脑门说。

"可绳子怎么给他啊？人又在半山腰。"有人担心地问。

"看来只能赶快从北坡上去，顺山体把绳子放下去，就能把他们拉上来了。"

在这些人中，还是郑方中比较有经验。

于是，留下两个人断后，苏建升、毕德启等年轻力壮的人都从北坡上了山。

这时我有点坚持不下去了，手指甲都抓出了血，试着向右侧移动了一下，还是没有成功，只能等同事想办法救援了。

二十分钟后，一根大绳从山顶吊了下来，我像抓住了救命稻草一样的拽着绳子，手脚并用地被同事拉着终于攀上了山顶。

又累又怕的我，软绵绵地瘫倒在地上，厚厚的几层衣服全湿透了。

"要不是山体解冻土质松软，我肯定能爬上去！"

旁边的高振大口喘着粗气，似乎还有点不服气地说道。

"你这是煮熟的鸭子——嘴硬！"

"打赌输了别找借口，请客吧！"

"刚才多危险，自己惹了多大麻烦知道吗？"

"好了，别说了！算我倒霉行了吧！"

大家七嘴八舌地斥责着我们两个，见高振这货满不在乎地还在强词夺理，说话还这么气人，有人半开玩笑地干脆上去踹了他一脚。

山顶上，一座小小的寺庙似已年久失修，显得破败不堪。平时不烧香拜佛，也就懒得进去了。我们站在海拔约千米的天马山观终南浮云，看千村炊烟，广袤的大地仿佛铺上了一层绿色的地毯。一道道山梁高低起伏、蜿蜒不绝，美丽的辋川河沿着白鹿原一条宽宽的川道流过，汇入灞河。夹杂在薛家村民房中的物探所办公大楼和家属区绵延几百米，扼守着历史悠久的蓝关古道。

二、夜半野浴

夜深了，窗外的蝉鸣声响成一片。刚刚看完一篇论文的我伸伸懒腰，这才感觉到自己身上全是汗，背心几乎湿透了。进入中伏的天气，太热了。旁边的电扇虽呼呼地吹着，但仍无济于事，细密的汗水一直在身上流淌。

我抬腕看看手表，23点已过，乡村的夜晚静悄悄，四周没有一点声音。天这么热，身上黏糊糊的太难受了。恰在这时，门外传来"哐哐、哐哐哐哐"的敲门声，打开门一看，苏建升满头大汗地站在外边，手里提着一个装有换洗衣服的小包，肩上搭着一条毛巾。

"现在夜深人静的，没啥人！咱们干脆去下河耍耍水，顺便洗个澡吧！"

"好，正合我意，那就走吧。"

找出两件换洗的衣服，拿出单位发的长筒强光手电，肩上搭条毛巾，就向河边走去。白天经常来河边散步，所以我们很快就找到河床南边的一个大水泡子，痛痛快快地泡了个温水澡。

天气干旱，这个夏季也少雨。辋川河边通往回家路上的土石子路，崎岖不平，我和苏建升高一脚低一脚高地往回走着，一边机警地观察着四周的动静。我们小声说着一些闲话，走过了一片片稻田和布满了厚厚青苔的湿地，横在前面那条熟悉的国道已隐隐可见。

正在快步走着，忽然觉得周围好像有飒飒的声响，在静谧的夜晚听起来格外瘆人。我的头发不觉竖了起来，暗暗的夜色中似乎隐藏着一种什么危机，于是就不由自主地放慢了脚步。建升打开强光手电筒向前方扫了一圈,突然发现距他自己左前方不到二十步开外的一个小土坎上,蹲着一个似狼似狗的动物。在手电光的照射下,灰色的皮毛皱皱的,嘴巴半开着露出两排尖利的牙齿,两眼闪着凶光,一双绿幽幽的眼睛正虎视眈眈地盯着我俩。

啊!是狼。我知道狗的唇粗短,尾巴细而且上卷,而眼前的这个家伙大大的嘴巴,耳朵直竖,短而下垂的尾巴夹在两腿间,不是狼又是什么?可从来没听同事或当地村民说过村子附近有狼啊!怎么就让自己碰到了呢?我在心里嘀咕着,腿也有些发软,示意苏建升别出声,一起暗暗地想着对策。

我从小在农村长大,很小的时候听父亲和村里的老人讲过"狼"的故事。据说荒郊野外一个人走路时,狼会跟在你身后,然后将毛茸茸的爪子搭在你肩膀上。如果你一回头,它就会立刻死死咬住你的喉咙,直到死神降临。听老人说在野外遇到狼的时候,千万不要慌,更不能掉头就跑。如果狼真的追上来,麻烦就大了。

狼和狗一样,人在前面越是跑得快,它就追得越狠。如果遇到了,应正视狼的眼睛,让它看不出你的下一步行动。也不要背对着它,否则在它看来你就是猎物了。但狼也有软肋,老辈人说狼是铜头铁背麻秆腰,一棍子打在腰上狼就起不来了。

此时的苏建升像被定住了似的站在原地不敢出声,他怕狼伺机扑过来;我也恨不得能马上脱身,但两条腿颤抖着如同打摆子,像插到地里的木棍一样,想动也动弹不了。

这里荒无人烟,凌晨一点多钟的深夜,死一般的寂静中充满了神秘与恐怖的气息。

狼依然蹲着,它也不敢轻举妄动,更不敢发起进攻,它也怕人过来打死它。就这样,人与狼久久地对峙着,一分钟、两分钟、三分钟……刚洗完澡的我因为惊吓,身上的衣服已被冷汗浸透。看看侧前方拿手电的苏建升,也好不到哪里去,似乎比我还要紧张。时间过得真慢,估计十分钟、二十分钟有了吧?我圆睁的双眼已经快要睁不开了,建升紧紧攥住手电筒的手也有点发抖。我的左脚稍微动了一下,感觉前面似乎有块石头滚动了一下。狼蹲在那里盯着他,瞅着我,还是一动不动。

  这可怎么办？不能再耗下去了，得赶紧想办法脱身啊！我真的急了。没有其他办法，只有龇牙咧嘴地装出很凶狠的样子大声嘶吼，或许这样才能给自己壮壮胆，才能吓走狼，才能绝处逢生！

  想到这里，我悄悄向脚下的石头靠近，暗暗地做着准备，把这个打算也悄悄传递给建升，鼓足劲运好气，准备最后做殊死一搏。

  "啊……哇……"我用尽洪荒之力发出一声嘶吼，同时快速下蹲，用左手捡起了脚下的石头，同时用力猛然向狼砸去。这几个连贯动作太快了，几乎是在瞬间一气呵成。狼受到惊吓，突然站了起来，但还是没有走，仍死死地盯着我和建升。我又捡起来一块石头，哆哆嗦嗦地担心要再击不准目标，狼要扑过来可就麻烦了。

  就在这千钧一发的时刻，忽然听到由国道的东侧方向也传来"喔噢……号号……"的叫声。有人回应了，路人听到了我绝望的嘶吼声。

  得抓紧时机啊！"噢……号号……"我和建升回应着，举起了手中的石头，建升用手电筒的强光对准狼的眼睛，向前走了两步，我推了建升一把，同时猛地向狼冲了过去，用尽全力借势把手中的石头向狼砸去。

  狼的腰部挨了一石头，它看到我和建升死命地冲了过来，听到国道方向有人来了，开始慢慢后退，突然一转身倏地消失在夜色中，没了踪影。

  建升脚下打了个趔趄坐在地上，我看到国道上不断走近的那个越来越清晰的身影和"嗒嗒嗒嗒"的脚步声，突然就没了力气，整个人如同虚脱了一样，一下子瘫倒在地上。

  我又惊又吓，第二天就请了病假，连续休息了两天。后来听说建升也吓蒙了，躺了两天才缓过劲来。不知建升是何感觉？多年以后想起这件事还觉得后怕，真的庆幸自己是有惊无险，捡回了一条小命。

三、谁是"小偷"

  在薛家村，一般吃用的东西可以就近解决，但要买到物美价廉，种类齐全的东西，就难以做到了。为方便职工生活，所每周末上午往蓝田县城开一趟生活班车，想上县城的职工可以免费乘坐，上午买好东西后，班车中午吃饭前返回。而要买时尚的服装或其他什么高档耐用消费品时，去蓝田县城解决不了，就得上更大的城市西安市去了。

虽说车次比较少，但每星期去一次西安的单位班车，还是有保障的。西安距薛家村的距离比较远，所以单位规定班车早上去，下午三四点才返回，这样大家也有比较充裕的时间，办自己的事。无论是去西安还是蓝田，班车并非是现在的大轿车，而一律是单位的解放牌大卡车。冬天站在车厢里，男人多是军大衣或灰色的劳保大衣，女人大多是棉袄加上厚厚的毛围巾还有自织的毛线保暖帽。单位有澡堂，但每周只开放两次，还有一次是专门针对当地村民的。

4月初的一天，我和苏建升坐着所里的大卡车去了一趟西安。夏天穿着薄薄的外套，迎着车头或站在卡车的车帮周围，头发被迎面而来的大风吹起，反而觉得很凉快很惬意，但在这4月天还是有一点点寒意。说是坐车除了年龄大点的职工铺点东西就地坐在车厢以外，年轻人大都是围着车帮四周站成一圈。建升新婚的媳妇过两天就要来探亲了，得去西安置办点东西。

大卡车一路开得飞快，不知道过了多少个村庄，又穿过繁华的闹市区，车终于停在了西安车站的站前广场。还没等司机打开车后厢板，我们就迫不及待地踩着卡车的大轮胎，从车上蹦了下来。

下车后相互一瞧，车跑时卷起的疾风，使每个人身上都蒙上了厚厚的一层灰尘，显得灰头土脸，只有两只黑色的眼睛骨碌骨碌地转着。正如人们所调侃的那样："远看像逃难的，近看像要饭的，一问才知是搞地质勘探的。"这就是社会上对地质人的真实写照。大家互相开着玩笑，拿起自己的手提包纷纷离开，一会儿就走得没了人影。

而就在这次进城，单位一个叫李文忠的工人师傅在路过西安站前广场时，遇到一个行窃的小偷。"路见不平一声吼"的李师傅本是侠义之举，却不幸被小偷反咬一口，阴错阳差地被警察当成小偷带走，闹了个大乌龙。于是，抓小偷的李师傅回单位后，很快就有了一个响亮的绰号——"小偷"。

虽说是久远的事了，但回想起发生的过程，仍不禁使人哑然失笑：话说那天我和建升下车后，在车站广场一边走着，一边聊着国外的形势、单位的事儿，还有买东西应该去哪个商场之类的话题，聊得非常投入，完全无视旁边匆匆而过的路人和川流不息的车辆，觉得这些似乎都与自己无关。直到走过一个路口的时候，忽然发现有两个人一前一后地正在追着一个男的跑，并大声喊着"有小偷，快拦住他，抓小偷啊！"第一个追小偷的人穿着宽大的灰色的工作服，那颜色看着很熟悉。正在这样想着时，只见后面的黑衣男子也大声叫喊着"抓小偷"，并用手向前边指着，像是指向第一个人，似乎又是指着追小偷的第二个工人模样的人，一时间我和苏建升也糊涂了，街头的行人就更闹不清谁是小偷，谁是好人了。

就在大家不知所措时，我们远远地看见被追的小偷在十字路口向右侧拐弯时，匆忙中撞上了一辆从侧面疾驰而来的摩托车，重重地摔倒在人行道旁，脑袋撞上了马路牙子，顿时血流如注。就在第一个追赶者发愣时，在他后面追赶的人飞快地上前扶起了小偷。戏剧性的一幕霎时发生了，小偷抓住第一个追他的人不放，对周围的路人说追他的人是小偷。是这人故意猛推他，这才撞上摩托车的。这时，一位老人从后面才跌跌撞撞地赶了过来，要找他丢失的钱包。

原来他从火车站出来时，突然发现自己的钱包不见了，正好路过的李文忠师傅亲眼看见黑衣男子从刚刚出站老人的右口袋顺出一个白色的布包，迅速塞进自己黑色外套的口袋之中。这套动作一气呵成，真真是一瞬间的事！而一旁的李师傅却看不下去了，他仗着自己人高马大有力气，想也没想就紧跟着追了上去。

小偷一晃而过，我老远扫了一眼，只见他凶狠的目光下是一张黑瘦的国字脸，眼睛不太大，身高约有 1.75 米，30 岁出头。尽管李师傅比他高一些，但如果真的动手，肯定不是他的对手。小偷见事情败露，赶紧向车站正前方的大街逃跑，迅速消失在人群中……

小偷拿走的可是老人给小孙子治病的救命钱啊，他千里迢迢从陕北农村来到省城西安，小孙子还在四军医大学医院躺着，等着这一千块的救命钱呢！

老人赶到后看到小偷用手捂着脑袋，血流不止的稍愣了一下，但还是冲上前去，想要从小偷那里要回自己的钱，但被对方一推，当场瘫倒在地。

"该死的贼！我的一千块钱，可是一分一分地找亲戚、邻居凑起来的呀！现在钱没了，这可怎么活啊！"老人捶胸顿足地呼喊着。看到哭得要死要活的老人，围观的人都流泪了。

见义勇为的李文忠师傅被小偷紧紧地抓住，想走也走不了。

见小偷受了重伤，李师傅自己也很害怕，觉得自己倒像是成了小偷似的。随后赶到的警察看到身穿工作服，浑身沾满灰尘的李师傅就问：

"说说，怎么回事？你是干什么的？"

"我是抓小偷的，亲眼看见他偷走了老人的钱。"李师傅一指小偷说。

"谁是小偷？你才是小偷哪！"小偷反咬一口。

李师傅急了，就一个劲地向警察解释，强调自己是路过抓小偷的人，追到这里后，是小偷自己撞到摩托车摔倒在地的云云，简单讲了事情的经过。

"不对，他就是小偷，我亲眼所见，一路追过来的。"

见后边追他的那个人也凶巴巴地指证他，李师傅也傻眼了。想要周围的人证明他不是小偷，看来是不可能的了。他重重地叹了一口气，蹲在了地上。警察见李师傅衣服脏兮兮的，且前言不搭后语地说不清楚，就把他和第二个追赶的黑衣男子一道，当作小偷抓进了车站派出所。

随着救护车的阵阵尖叫声，小偷被抬上车送进了医院。

世上自从有了贼，就有了防贼抓贼的人。在大多数人的传统认知里，小偷是很招人嫌的，估计谁碰见了都会二话不说先上去胖揍一顿，正所谓过街老鼠人人喊打。

然世事难料，人们在路见不平的时候，势必要权衡一下要不要发出这一声吼或成为冷漠的路人。

下午三点钟大家都按时到达集结的地点上了车，清点人数时发现始终差一个人，我和建升看到车上穿工作服的几个师傅，这才恍然大悟，敢情我们上午看到抓小偷的那个人就是单位的同事。我们把上午看到的情况说了一下，这才知道他叫李文忠，他的工作服和车上几个工人师傅穿的可是一样一样的啊！可左等右等就是不见李师傅回来，于是有人出主意到车站派出所问问，结果正是被临时扣押在派出所。

同行的车上有所办公室一个同事出面说明情况，我和建升两人也做了证明笔录，要求担保放人也未奏效。就这样，开车时间比平时延误了近一个小时才发车返回蓝田。第二天，单位专门开证明并交了一百元的医疗费才领回李师傅。

经过公安局讯问才弄清了事实真相：那名被追的黑衣男子偷了老人的钱包，里面确实装有一千块钱。李师傅在后边追赶，男子在逃跑过程中不慎撞上摩托车摔倒致使男子头部受伤，而第二个跟在后边把李文忠师傅当作小偷追的另一个男子是他的同伙，他是在贼喊抓贼，企图掩护同伙逃走，并嫁祸于人。

当问及警察到场后为什么当时没有搜到老人被偷的一千元钱的原因时，原来在同伙扶起小偷的瞬间钱已经到了另一个人的手里，当然搜不出来了。

后来这件事就成了大家口口相传的一个笑话。而抓小偷的李师傅回单位后，很快就有了一个响亮的绰号"小偷"。当然，这个称呼仅限于老同事之间的玩笑，年轻人可就不敢这么叫了。

但大家又心有不甘，于是在年轻人口中就有了一个更恭敬的称谓"偷师傅"，时间一长，"偷师傅"也就慢慢接受，习以为常了。

这件事让人感慨的是李文忠师傅的侠肝义胆以及"偷师傅"雅号的美好结局。通过这件事我就在想，社会需要"偷师傅"这样的侠义之人，击碎世间丑恶，唤醒人间真情。

四、同事的不幸遭遇

刚结束了学习班的课程，分到情报室后第二天，室里的临时负责人付学信就让我去山西出差，任务是给《物化探研究报导》书刊看"校样"。火车票已经提前订好，是一趟直快列车。当天晚上我就赶到西安火车站，准备登上开往长治的火车。

在喧嚣的候车大厅，南来北往的旅客手拿车票和行李，急慌慌地寻找自己车票对应的检票口。站台上黑压压的一群送行者，上演着各种缠绵的离别。

"呜……呜……呜……"三声汽笛鸣响，就在火车要开的一刹那，只见从前边窗口突然扔进一个手绢包着的小包，前座的女孩接过小包起身向窗外频频招手喊着再见,但她的声音即刻被火车内和站台上的嘈杂声淹没。

站台上的人影在不断后移、缩小。驶出车站后,火车冒着一股黑烟,长长地鸣叫了一声,"咣当、咣当"地加快了奔跑的速度,向前飞驰。

不仅是座位上,就连过道上都站着不少人。此刻,列车上的那些扛包的、拿筐的贩夫走卒和市井百姓;那些为生计而奔波的人们,都静了下来,各归各位。

生命的意义在于行走。坐不同的车,去不同的城市,带上一本自己喜欢的书,与不同的人交流,旅途中旅客各种街头巷尾的小道消息,各色人等对美好的憧憬……

有一些事,有些人的心得,总能丰富生活,触动自己的灵魂,给日后的工作甚至人生带来帮助。

长治古称上党,位于山西东南部晋、冀、豫三省交界处,取长治久安之意。我要去看稿的地质图制印厂,就位于市区十千米外的一座山头下。

翌日早晨九点多钟,我出长治火车站后转了两次车,步行约一千米路程才到达厂区。拿到书稿清样后,我立即进入校对工作。看到书稿中复杂的图件和大量的数学符号,我才恍然明白要来这里出差的理由了。当时印刷书刊全靠人工拣字拼版,要求精度极高,而只有眼前这个能印地图的工厂,才能满足我们的印刷要求,跑这么远看稿实属不得已而为之。

印刷厂的厂区依山而建,距离长治市区约有十几里地,周日休息没事干,就坐公交车去市里逛了一天,不管怎样第一次到一个城市,还是应该熟悉熟悉,也不枉出差一次。每天开往印刷厂前的公交车只有四趟,上下午各两趟,每趟间隔两小时。上车坐下后交钱买票,每张票两角五分钱,可以直达市区。听售票员讲这是市郊车,所以价格远高于市内五分钱一张的票价。我在市区晃晃悠悠地闲转了半天,感觉这些中小城市基本差不多,再说也没有什么要买的东西,中午随便找个饭店吃了一碗刀削面,就又返回工厂了。

一周时间很快过去。我在靠近山沟的工厂招待所,一遍又一遍地终于看完了一稿二稿三稿,要回去了。临离开长治前的一个星期天,我在工厂附近的沟坡地塄上转悠了一个上午。面对眼前绿色的庄稼和野花野草,不

作者在山西长治出差时留影

由生发出一种伤感。远离繁华的城市，没了工作的压力，在大自然的净土中沐浴身心，放松心情，方可卸下一切烦恼和忧愁。

回去报账，用糨糊在报销单上一张一张地贴上票据，看到这两张二角五分的公交票时，可犯了难，该不该贴上去呢？市内交通没有这么贵的票价，如果这么都粘上去，领导要问了怎么解释？单位规定公出除了出差补助，其他票据都是实报实销，但出差时自己坐车去市里玩，这来回的车票能报销吗？我拿不准，也很纠结，这毕竟不是公事啊！最后索性狠狠心，把这两张公共汽车票撕了，省得为这五毛钱揪心。

人为生活奔波，动物为生存奔忙。出差，到处都有美食美景，有山有水有花开，重要的是要学会欣赏。这次出差只是个开始，此后在单位工作的日子里，我的出差成了常态，而且出发和返回的时间经常是早晚两头不见太阳，非常辛苦。

及远处，多年后这些足迹沉淀的岁月，一定会散发出不一样的光芒。

除宝岛台湾外，全国各地包括港澳几乎都留下了物化探人的足迹，甚至在世界不少国家都会出现他们忙碌的身影。作为全国物化探情报网的网长单位，就连入职没几年的本人也是经常参加或出席在全国不同城市召开的情报会议，偶尔还得在大会发发言或做个报告什么的。

查个外文资料、国际文献什么的，就是西安这种大城市仍满足不了要求，有些专业的外文书或者物化探方面的期刊根本就没有，必须去北京国家地质图书馆、中国科技情报所或国家图书馆这些地方才能解决问题，所内其他专家们的频繁出差就更成了家常便饭。蓝田虽说安静，环境也好，但毕竟地处偏僻的山村，搬来没几年时间，大家又觉得这里不适合搞科研了。

据我所在蓝田一直搞供应的刘吉田回忆说：当时是计划经济时期，物资的紧张程度，远不是你现在所能想象到的。像钢材、水泥、煤炭、木材这些紧缺物资，都是由部里发放指标，国家统一分配。比如木材指标分配到陕西太白林场，就到太白去拉，若是分配到东北的兴安林场，就得派人派车上东北去拉了。

当时所里搞航电、地下物探透视、电磁等仪器的研制，整流器、电子线路板甚至一些特殊的二极管、三极管这些元器件的需求量很大，采购几乎都得跑北京四机部、无线电公司等单位，不少物资都是由地质部装备司直接调配的，市面上根本买不到。

因此，物化探所的人，如同长了翅膀的旅行者，时常为一段段旅途所填满。工作性质使然，物化探专家们时常要去各省局物探队进行技术指导，要讲课、要对他们进行培训，出差的目的地总是不时地调整，经常地更换。搞科研不能闭门造车，出野外也是一项必不可少的工作，就连谢学锦、黄树棠这些大科学家，也会实际深入野外工作区，收集数据，验证物化探方法和仪器的实际效果。但作为经常外出的旅行者，他们的眼界却要比一般人宽，见识更要比一般人多。

我在新疆乌鲁木齐市三年的中日政府合作项目工作期间，就曾见过从事航电数据处理的张西荣、重磁室出野外的朱金路等一大拨人，还有搞岩矿物性的李旭升等都在乌鲁木齐市转场时碰到过。无论是在车站、码头、或机场，到站或者出发的火车站候车室或机场的候机大厅，总是能遇到所里的人。

1980年10月29日下午6点15分的北京火车站，一个四十五六岁的中年女性手提行李走进位于车站二楼西侧的候车大厅，还没等坐下来，突然一声巨响，车站高大的建筑一阵剧烈地抖动，一股浓烟冲天而起，候车厅的所有人都被山崩地裂般的震动惊得目瞪口呆。爆炸中心位于车站二楼南走廊的正中心位置，西南约四米处仰卧着一具被炸得五脏六腑外翻，两臂无影无踪的男尸。哀号声、哭泣声、尖叫声不绝于耳，现场一片混乱。

这个中年女性就是我所职工聂军，准备坐火车去外地出差。

很多人起初以为发生了地震，但当看到滚滚的浓烟后，才知道是发生了爆炸，这就是震惊全国的北京车站爆炸案。就在爆炸发生的一刹那间，聂军和所有在爆炸现场的人都懵了，幸亏她离爆炸中心较远，只是腿和脑后部受伤，相比之下，她的伤势算是最轻的。

聂军大脑一片空白，她下意识地捂着伤腿，一瘸一拐地逃出候车厅后，就晕倒在地上。短短的二十分钟内，宽敞的候车大厅便空无一人。120急救车很快赶到，不断有伤者被抬出来，送往附近的东单医院。

但伤者实在是太多了，根本就来不及送走，很多人眼看着就要因为抢救不及时而丧命。

"事故现场的工作人员根据聂军的身份证，直接打电话通知单位，我见到她时，人已经被送到了东单医院住院部。从住院人数来看，估计死伤者的人数不会太少，太吓人了。"事后赶往现场看护聂军的同事刘吉田告诉我说。

讲到这儿，大家明白了，这具男尸就是这起爆炸案的制造者，凶手以电发火装置自杀式引爆。

这是一个30岁的北京知青王志刚，报复社会所酿成的悲剧。凶手1968年初中毕业后到山西万荣插队，后当兵复员到运城拖拉机厂做维修工，因感情不和，女朋友还与他分了手，有人曾不止一次地听到他在宿舍里放声大哭。

这起爆炸案在社会上引起极大轰动，加上爆炸现场还有物化探所的人，在我所更是引起了热议。凑巧的是，当时从山西刚刚调往我所的一个马姓同事在闲聊时，说他还认识王志刚这个人，因为他是王志刚朋友的朋友，平时还多有来往。马同志是真的认识还是吹牛虽无法考证，但他提供的几个细节，还是引起了我的注意。

他曾绘声绘色地说王志刚临回北京前，分别给几个关系要好的同事写了告别信，其中包括他认识的那个朋友。信上说："我走了，永远地走了，你们也不要找我……我去的地方虽不理想，但终究是个归宿。"

信的内容充满着决绝之情。但这些善良的朋友们万万没有想到，看上去文质彬彬甚至有些懦弱的王志刚，竟然会制造出这起惊天大案，走上一条罪恶的不归之路。

而准备去外地出差的同事聂军，遭受这横来之祸，腿部严重灼伤，成了城门失火所殃及的"池鱼"。

闷罐子车里的故事

单位搬家，接到了押运火车的任务，整个一节车厢由我和工厂的程全锁师傅，还有化探室的张营三人押车。货车不同于客车，没有窗户，更没有空调，如果闷罐子车上的小铁透气口不打开，里面就是一个漆黑的世界。习惯了这种黑暗后，才能隐约看到两个同行者的面孔。一周多的时间，怎么打发这无聊呢？

一、群众内部的派系之争

1968年，"文化大革命"进入了高峰期，人们也分成了保皇派和造反派两大派别。大家由口头辩论开始变为动手互殴，由棍棒长矛发展到了使用打猎的霰弹枪和民间土制武器。也不知道是从哪儿来的，有的群众组织甚至有了真正的枪支弹药。实验工厂的师傅也不甘落后，不仅自制出手雷和炸药包等火器，甚至还用拖拉机改装出了土坦克，以防另一派的进攻。

"好汉不吃眼前亏，对方实力太强，这样蛮干肯定还会有新的伤亡，吃亏的是我们自己。"

群众的怒火就这样被压住了。几天后，工厂有人偶尔在502军火库大门外的麦田里发现扔有大量的步枪和子弹，其中还有两挺轻机枪和几挺转盘机枪。这些枪支是谁藏在这里准备给哪一派的不得而知，但有一点是肯定的，就是这批武器和驻扎在军火库的部队有关。他们暗中虽说是支持保皇派，但其中也有人支持造反派，也就是我们实验工厂这一派。不管怎么样，这个军火库一时成了两大派关注的焦点，因为这里存有大量的枪支弹药甚至重型武器。

"快快快！快去502仓库门前麦地里拿武器！"第二天一大早，工厂就有人通知大家去军火库前拿武器。人越来越多,丢在麦地里的武器拿完后,后来的人以为是在军火库拿,索性赶走警卫人员直接闯了进去。理由很充分,这就是对方有武器,而且已经打死了四个无辜的学生,我们要保卫毛主席的革命路线,自己手里就必须有枪。一时间凡是到502仓库的男男女女职工手中都拿着枪,有人身上甚至背了不止一支枪。事件还在不断升级,实验工厂的盟友闻讯也从咸阳赶来,足有五六十人之多。另一派知道这件事后也试图抢占军火库,大的冲突再次发生。双方剑拔弩张,大有一触即发之势。

进攻开始了,另一派的人不时地放着冷枪,向前进攻。工厂的工人们也纷纷拿起武器自卫,今非昔比,这回可是真枪实弹了。在土坦克的掩护下,工人们也向对方发起了进攻。曾当过步兵和汽车兵的穆忠凯师傅肩上斜挎一长串黄灿灿的子弹,端起机枪一阵点射,地上的黄土"噗噗"地就泛起一片尘土,向空中射击时也是枪口抬高一公分,一下子就把对方镇住了。实际也就是吓唬吓唬他们,只要撤离就行,并没有想着真要打死谁,毕竟都是无辜的群众。如果枪口对准对方的人真打的话,那伤亡可就大了。因为我们这边当过兵的不只有穆师傅,最起码得有七八个人,实力可是够强的了。说起工厂在永乐店的事儿,那就多了,可能三天三夜都讲不完,现在工厂那些晚上背着手在大院散步的人,几乎每个人都有故事。

程师傅对我们聊起的这段往事,现在回想起来,确实无论是哪一派的人,每个人都觉得自己是革命的,无论文斗还是武斗,大家都是在捍卫毛主席的革命路线,个人的生死甚至都可以置之度外,这,大概就是信仰的力量吧……

见程师傅有点感冒且掏出了一包同仁堂的感冒冲剂,大张着嘴用温水冲服,于是我就借题发挥,讲起了同仁堂的传奇故事。

二、同仁堂的民间传说

在老北京民间流传着这样一个故事:话说康熙皇帝得了一种病,这个病说轻不轻说重不重的反正很奇怪。宫中的御医们几乎用尽了所有的手段,也开了不少方子,用了不少名贵药材,可皇帝的病情不仅不见好转,似乎还有加重的趋势。这是怎么回事呢？御医们谁也无计可施，康熙皇帝也感到非常蹊跷，他决心出去走走，看看民间有无高人，医好他这怪病。

于是，康熙皇帝连着几天微服出宫，想要碰碰运气。有天晚上他走着走着就来到了故宫前的大栅栏，这里有很多小店铺都关了门，突然发现有一个小药店却亮着灯，且不时传来隐隐约约的读书声。皇帝心想，此时已是夜深人静，这个小药店却还亮着灯，开着门，我何不进去看看，说不定还能遇上真正的高手哪！这样想着，康熙帝便移步上前，轻轻地叩响了药店的大门。

"谁啊？请进来吧！"里边的人停止了读书，应声招呼道。

进门后，只见这个店面不是太大，有一个二十七八岁的年轻人正在秉烛夜读，见康熙进来后忙起身施礼，于是他便猜想，这年轻人想必就是这药店的掌柜了。

"阁下深夜光临敝店，是需要用什么药吗？"店掌柜见有人来访，便恭敬地起身问道。

"深夜造访，多有打扰。也没什么大事，只因我得一怪病，浑身起红点子，而且还发痒。看了好多医生，都没有治好，也没弄清楚什么原因，不知先生有没有什么办法？"皇帝道。

"噢，这样啊，请先生褪去上衣，让我瞧瞧！"

康熙褪去上衣，店掌柜看了一眼便淡然说道：

"没事儿，不是什么大病，不用担心。看样子是山珍海味吃多了，再加上长期吃人参就起了红点子。火气一上攻，身上就容易发痒起红点子。"

"这病好治吗？"康熙问道。

"好治。只要用些中药调理调理，很快就可以治好。"店掌柜非常肯定地说。

言罢，他便伸手抱起药柜上的一个大罐子，抖开一个包袱，从罐子里倒出一大堆中草药，看起来足足有二三公斤重。

"这么多药，需要吃多长时间啊？"皇帝见状一愣，就随口问了一句。

"这叫大黄，是外用药，不是让你吃的。"店掌柜笑着，继续耐心地解释说：

"这些药你拿回家去，找一个大缸，再把部分大黄放入缸内，等水温调得冷热适中后,便可入缸洗浴。这样泡上三到五次,你的病就可以治愈了。"

"你的方子真那么管用吗?"康熙半信半疑地问道。

"阁下请放心,这药您拿回去,只要按我说的方法使用,治不好病,我分文不取。"店掌柜见康熙面露疑色,便笑着说道。

"那好!只要能治好我的病,日后我定有重谢!"

话说康熙回到宫中,把大黄交给太监后就依店掌柜所言,每天如法沐浴,果然觉得浑身很是清爽,妙不可言。如此连洗几天之后,身上也不觉得痒了,再找人一看,发现身上的红点子竟神奇地消失了,这下康熙皇帝可高兴坏了。

几天后,皇帝又来到这家小药店。店掌柜见康熙面带笑容,不用猜便知他的病已痊愈,于是故意开玩笑说道:

"客官大驾光临,有失远迎!请问今天是来送药钱的吗?"

"正是。先生你说说想要多少钱?"康熙皇帝见状也故意打趣道。

店掌柜哈哈大笑:"岂敢岂敢!那天晚上见先生气度非凡,我才故意说治不好病分文不取。如今病治好了,还是分文不取,权当和先生交个朋友罢了,但不知阁下尊姓大名?"

"本人姓黄,字天贵,乃一介书生。"康熙说完微微一笑。

"我叫赵贵凡,也是一介穷书生。"店掌柜一听也很高兴地说道,"父母想让我考取功名,光宗耀祖,可谁知连考多次均名落孙山。如今也只好在京城开一个小药店,边行医边努力攻读,希望有朝一日能来个鱼跃龙门。"

"好啊!依赵兄你高超的医术,我可以推荐你进宫当御医,这不就是鱼跃龙门了吗?"康熙说道。

"进宫当御医固然好,但不能为天下百姓解除病痛,非我所愿啊!"赵贵凡笑了笑回答说。

"仁兄的德才令我敬佩之至!既然你屡试不中,何不安下心来在医道上大展拳脚呢?"康熙皇帝听后,不禁说道。

"谁说不是呢?只是行医也需要本钱呀!老兄若是日后发了大财,能资助我一把,建一座大点的药店,也算咱们没有白认识一回。"赵贵凡半开玩笑地说。

"是吗？如果真要建药店，叫什么名字好呢？仁者周济天下，咱们就叫它同仁堂吧，你看怎么样？"康熙笑了笑认真地问道。

"刚才我那只是一句玩笑话，你还当真了？建大药店需要好大一笔银子，可不是闹着玩的，咱们只是说说而已。天边的事儿，远着哩！"赵贵凡见天贵竟然当起了真，便笑着对他说。

"不远，不远！好说好说，眼下咱们不妨试试。"康熙说着从桌上拿起一张便笺纸，"刷刷刷"写下两行字，又小心地盖上印章，交给赵贵凡说：

"拿着这张条子，明天你到内务府衙门去走一趟，找到我的一位朋友，说不定真能管事。"说完，告辞而去。

看着匆匆离去的黄天贵，赵贵凡像做梦一样，但他又忍不住自己的好奇心，心想这事到底是真的还是假的？第二天，他半信半疑地拿着字条找到内务府衙门递了上去。

等了不大一会儿，就出来一个太监，毕恭毕敬地把赵贵凡领进门内，穿过一所院子来到一个侧房前……

"要知后事如何，且听下回分解。"见张营听得入迷，眼睛都直了，我故意停下来，卖了个关子。

"这么多毛病，说吧！别下回分解了。"程师傅大概看出我故意捉弄张营，也看着他直乐。

"要一气讲完也可以，只是口渴了，想让张营沏一杯茶润润嗓子。"我故意板起面孔，看着张营说。

"看把你牛球的，没有开水，怎么沏茶？"

"没关系，现烧也行，我正好歇会儿，养养精神。"

虽说不太情愿，但同事张营还是用程师傅的煤油炉烧了一锅开水，给我沏了杯茶。只是递给我时扭回头看也没看，且明显感觉他还使劲推了一下。看着他勉强的样子，我差点笑出声来，但还是忍住了。

喝完茶，我咂叭咂叭嘴说，"各位看官听仔细了！"

话说太监打开门，朝里一指说："请问赵先生，这些银两够不够您盖房子的钱？"赵贵凡定睛一瞧，不由大吃一惊。只见眼前的两个大箱子已经打开了盖，里面全是白花花的银子，他一下子惊呆了，感觉就像做梦一样，站在那里不知所措。

就在这时，只听太监说："万岁爷有旨！赵先生你看好了皇上的病分文不取，所以圣上要送您一座同仁堂，看看这些银两够用了吧？"

赵贵凡这才如梦初醒，原来自己并不介意要跟他交个朋友的黄兄，竟是当今皇上。他很后悔，后悔自己当时一点儿也没有察觉出来。

果然，没过多久，一座高大雄伟的大药店拔地而起，店名"同仁堂"。赵贵凡在搬进新店开业之时，怎么也没想到康熙皇帝竟亲自前来祝贺，慌得他手足无措，吓得哆哆嗦嗦，赶紧下跪，说话时连头也不敢抬：

"不知圣上大驾光临，请受小民一拜！"

"免礼，免礼，快快起来！"康熙笑着说。

"小民不敢，不知圣上大驾光临，还望恕罪！"

"你莫要紧张，药钱我可是还上了，下次再找你看病，可仍得分文不取呀！"

"是是是，是……不敢，小民不敢！"赵贵凡结结巴巴的不知说什么才好。

说到这里我停了下来，算是讲完了。

"那后来呢？皇上是怎么说的？"程师傅也少有地这么问了一句。

"后来？没有后来，皇上什么也没有说。"从此以后，在北京城里便有了"同仁堂"这个非常非常有名的大药房，而且成了上市公司，一直流传下来。

三、同事张营的一段往事

"该到我了，讲什么好呢？就讲讲我自己吧！"张营挠了挠头说。

"好！就讲讲你自己，张营的故事。"我立即附和道。

"好吧！说了可别笑话我啊！"

"那是，别啰唆了，放心讲吧！"我催促他说。

张营表情严肃起来，开始讲起了自己的一段往事：

"在上大二的那年，我刚满19岁，学习成绩虽好，但性格比较内向。说来也巧，我和班上一个非常铁的哥们儿，也就是我们班长同时喜欢上了一个女生（名字就不说了），那个女生和我们同年级但不同班，人很腼腆，长得也非常漂亮，是学校男生们公认的校花，也是大家暗恋的对象。我和哥们儿各有优势，他是班长而且家境不错，我的优势是和校花是老乡，而且住的村子距离很近，很容易搭上话。"

"哎，这个好啊！你是近水楼台先得月。"程师傅从旁插了一句。

"北京的冬天特别冷，基本都会下雪，这个冬天也不例外。在一次周末的时候，我们几个男生几个女生，约了暗恋的对象，到颐和园后面的山上去堆雪人。我们堆了两个雪人后，就来回扔雪球，打雪仗玩儿。那年月比较流行穿牛仔裤，我打雪仗时一不小心就把雪团扔到了暗恋的校花胸前，大伙儿瞬间都愣在原地，弄得她也满面通红……"

"你小子居心不良，故意的吧？"见张营停顿下来，我插话说。

"算了，不说了，不说了，口渴了，来杯茶喝吧。"张营也依法炮制，耍起了我曾用过的小伎俩。

"好好好！等会儿，我这就给你烧水沏茶。"我心里明镜儿似的，知道他这是在卖关子，故意捉弄我。

"好茶！平时怎么就品不出茶的味道呢？"张营接过我奉上的茶水，香香地呷了两口说，"第二天，我们余兴未尽地聊起昨天的事，这才知道我们喜欢的是同一个女生，我表示要退出，但班长拍拍我肩膀说：'兄弟，冲吧！我机会多。'就这样，我哥们儿放弃了，把这个机会让给了我。"

"你这哥们儿还挺意气的！"

"可不是吗？很有男子汉气概！"程师傅和我同时插话说。

"哥们儿如此大度，看来我不用心都不行了。此后我就开始了对她的猛烈追求，挖空心思绞尽脑汁地给她写各种情书，最后她终于答应和我交往。那时候脸皮薄，自从我们在一起相处后，连手都没有牵过，因为她说过，处朋友可以，但不能影响学习。"

"这个女孩学习一定很好吧？"我忍不住问道。

"对，她不仅是校花，还是学霸，学习成绩在我们年级一直名列前茅。"

"让小张接着讲，别老打岔。"程师傅对我有意见了。

"几个月后，也就是10月9号是我女朋友的生日，这天正好也是一个周末。我特意约上我们班长，也就是我的铁哥们儿，她也约了她最好的闺密，我们找了一家环境比较好的饭店，美美地吃了一顿。女友的闺密还专门买了一个大蛋糕，饭前我们四个人围在蛋糕周围拍手为她唱生日歌，她高兴地吹灭了蜡烛，眼睛里蓄满了激动的泪水。当天晚上，我们又走进了黄寺大街的一家迪厅，一起去蹦迪。随着迪厅震耳欲聋的音乐和一闪一闪、时明时暗的灯光，我隐约看到我哥们儿在亲吻我女朋友的闺密。哎哟喂，他们是什么时候好上的呢？就在我感到不解的时候，我女朋友也看到了，然后我也就势吻了上去，没想到她居然没有一点拒绝的意思……"

"然后呢？"见张营停下来，我立即追问道。

"然后我们的关系越来越好，越来越密切，就那么轰轰烈烈地读完大二，大三时都在忙着复习功课或应付毕业考试，自己各忙各的，也就没有太顾及对方，结果情况就发生了急剧的变化，她考上了长春地质学院的研究生。当她拿着录取通知书站在我面前时，本人却一点也高兴不起来，我知道，我们两个人的关系该结束了。可以肯定，这一纸通知书也成了大学生和研究生的分界线，已成为横在我们两人之间一条不可逾越的鸿沟。"

"这么好的女孩，太可惜了！"

"那你最后没有再争取一下吗？"听后我和程师傅都替张营惋惜。

"怎么争取？我们之间的差距太大了。本来说好的毕业后分配在一起，最后只有我自己分到了物化探所。分别前我们抱头痛哭了一场，起初还有点联系，但以后就慢慢地断了。毕业以后虽然我也谈了几个女朋友，但还是一直忘不了她，那一幕幕记忆太深刻了！"

"……"听到这里，我们两个也哑然了。

"其实，这也是我的个人隐私。但这些话憋在心里好久了，今天给你们讲出来，我也觉得舒心多了。"张营看着我们，苦笑了一下说。

廊坊古今轶事

地处华北平原中部的廊坊人杰地灵,自古名士荟萃,乃龙飞凤翔之地。这块风水宝地不仅哺育了勤劳、勇敢、智慧、善良的人民,历代出现了无数将相之才、慷慨之士。正是这些人同普通民众一道,创造了具有地域特色的燕赵文化。尽管历史巨变,朝代更迭,但来源于生活的大众文化、喜闻乐见的民间故事,仍在这片土地上生生不息地广为流传,成为廊坊人茶余饭后津津乐道的话题。

一、龙凤呈祥的由来

细说起来,廊坊这个城市的龙凤呈祥之美称,和民间一个古老的传说,凤娘的故事有关。

四千七百年前,黄帝征战蚩尤,其长子玄嚣率军战于安墟,与当地一个漂亮的姑娘凤娘相识,遂产生了爱情。两千年后,又有汉光武帝刘秀,与安次姑娘金凤相爱的美丽传说,故当地人都把凤娘视为爱情女神。传说刘秀率大军在安墟征讨王莽残部尤来,在行军途中队列忽然一阵混乱,难道是遇到了敌兵?刘秀这样想着不由策马向前,只见一名少女在大树下边牧羊边唱歌,那百灵鸟般的歌声和少女的美丽顿时令他沉迷,少女的倩影也深深地刻在他的脑海中。

都说英雄爱美人这话确实不假,是夜月光明媚,刘秀就寝后辗转反侧,彻夜难眠,朦朦胧胧中忽见一老人走近,把一根红绳系在他的手上,并说凭此信物定会遇到有缘之人。他欲问老人详情时梦却已醒,并惊出一身冷汗。这是真的还是在做梦?他这样想着一骨碌翻身坐起,不意却看到了真真切切地系在他左手的红绳,觉得很是蹊跷,梦中的老人莫非就是传说中的月老？在为他的婚姻牵线。

第二天，他把昨晚上的梦说给军师听，军师邓禹听后微微颔首道：这是天意啊！遂又问了句将军是否还记得行军途中的事，是否还记得那个牧羊女？

话说这牧羊女金凤生于安墟金姓之家，本是凤娘转世，出生百日就有一老者前来贺喜，并将一红绳系于女婴右手，说这丫头乃富贵之命，将来定会有贵人迎娶，说完就转身离开金家，出门后很快就不见了踪影。

军师邓禹受刘秀之请到金凤家提亲，奈何金凤一听死活不同意。在众人的一再追问下方知，金凤是因家乡干旱贫穷，不愿离开生养她的父母和这方土地，自己去独享荣华富贵。邓禹回大营实情相告后，刘秀一时也没了主意。就在大军开拔之际，仍未想出个能使金凤回心转意的万全之策，这可如何是好？

岂料第二天，就有军士来报："启禀将军，奇了，奇了，出奇事了！夜间营地外天降双河，一河在军营南，一河在军营北。"

"竟有此事？再探再报！"说完刘秀率众将出营观看，但见一条大河激流滚滚奔腾向前，恰似一条巨龙；另一条河碧水涟涟，水波荡漾，在阳光的照射下流光溢彩，如同彩凤。军师邓禹说，"好兆头啊将军！一夜天降二河，既应了龙凤呈祥之意，土地可得灌溉，又可成就金凤姑娘热爱家乡之美愿也！"

随后又去金家提亲，金凤欣然应允。后来刘秀登上皇帝宝座，金凤成了皇后，人们就把南边的河叫龙河，北边的河称凤河，廊坊也因此而享有龙凤呈祥之美誉。要说这刘秀就是帝王命，连上苍都格外眷顾他，为他的婚姻大事助力。

在清宫影视剧中，清末的大太监李莲英可以说是出镜最多、炙手可热的人物，而他就出生在直隶河间府大城县，李莲英原名李进喜，是一个土生土长的廊坊人。据清宫档案记载，李莲英生于道光二十八年（1848），原在河间府一带混生活，后来到北京，由郑亲王端华府送进皇宫当了太监。由于李莲英人机灵又掌握了一套梳理新发型的窍门，经同乡太监沈蓝玉介绍，进宫当了慈禧太后的梳头太监。

此时太监安德海正得慈禧宠爱，红得发紫。但因他依仗着老太后的权势飞扬跋扈,狂妄自大而得罪了不少人,终以"违背祖制,擅离京师"的罪名被山东巡抚丁宝桢砍头。可李莲英就不一样了,这个人既聪明又乖巧,知道应如何摆正主子和奴才之间的关系,不仅学会如何揣摩主子的爱好,还能时时小心谨慎,千方百计讨主子的欢喜。进宫14年后受到慈禧宠爱,曾任清王朝大内的总管太监,人称"九千岁",成为清末慈禧太后时期最有权势的宦官,就连李莲英这个名字都是太后老佛爷赐给他的。

二、火车拉来的城市

"自从盘古开天地,三皇五帝到于今。"有人说,廊坊是火车拉来的城市,现在看来确实如此。

四千多年前,我们的祖先黄帝在一统中华民族的过程中,曾到过廊坊安次,古称安墟,所以说这里是黄帝征战时驻留过的地方。据廊坊史志记载,当时的这片土地战乱不已,生灵涂炭,而日渐衰落的炎帝又无可奈何,只好求助于黄帝。英勇善战的黄帝临危受命,毅然肩负起稳定天下的大任,号令天下诸侯小国,到釜山相聚会盟,以统一兵符将令。

就在黄帝统领大军在前往釜山的途中,曾在安墟驻扎数日。随后挥师西北,与蚩尤决战于广袤的涿鹿平原。在大将风后、力牧的辅佐之下,黄帝终生擒蚩尤而诛之。平定天下后,黄帝遂被众诸侯拥戴为天子,取代炎帝而成为天下的共主。

中华民族终得一统,黄帝播百谷草木,创造文字,建造舟车,亲自躬耕发展生产,定算数,制音律,创医学,开创了中华文明的先河。廊坊域内的多处出土文物表明,早在公元前4300年,人类的祖先就在这片土地上繁衍生息,创造和延续着人类的文明。屈指算来,距今已有六千多年,可谓是历史悠久。

廊坊的前身是安墟,这是廊坊境域最早有文字记载的名称,泛指现在的安次、广阳、永清、大兴、通州一带,现今的廊坊城区就处于其中心位置。在廊坊的发展史上,安墟具有里程碑的作用,她是廊坊历史轨迹的重要坐标。

两千二百年前,汉高祖刘邦曾在古安墟设置安次县。安指的是古安墟，而古汉语对次字的解释是："处也、舍也，临时驻扎和住宿也。"汉高祖刘邦当时想到这里是黄帝曾停留驻扎过的地方，故赐名安次。

那么后来为什么又叫廊坊了呢？"廊坊本叫侍郎房，一千年前把名扬。"一段童谣，唱出了廊坊的由来。说起来这个名字与出生在当地的一位历史人物有关。这里先讲一个故事，听后就明白了。

"宰相肚里能撑船"这句话想必大家早已是耳熟能详了，但并没有多少人知道这句话的渊源。当年魏武帝曹操北伐乌桓路过廊坊，见龙河和凤河环绕，就挥舞着马鞭对文武官员道：此处人杰地灵，是龙飞凤翔之地。果然，从晋朝到民国，竟然出了六位宰相。有晋朝的张华、北魏的周惠达、辽国的韩延徽、元朝的史天泽和民国的内阁总理张绍增。尤其是在距今一千多年前的北宋初年，有一个宰相很出名，他的名字叫吕端，字易直，就是幽州安次人。

吕端出生在官宦之家，他自幼好学上进，曾历任成都知府、枢密直学士，后官至宰相，终成大器。他的父亲吕琦也是五代后晋的兵部侍郎。他的名气虽然不大，但他的儿子在历史上却是赫赫有名。"诸葛一生唯谨慎，吕端大事不糊涂"中的吕端，就是吕琦的儿子。吕琦在任时，在老家盖了一所大宅院，地点就在现在的廊坊市区。据祖辈几代都生活在此地的老人说，在清乾隆十四年（1749），这里还只是一个十几户人家的小村落。由于吕宅盖了一大片房子，占地面积又非常大，加上房子的主人是兵部侍郎，他的儿子吕端又是宋朝的宰相，父子俩人名声显赫，所以这所宅子也远近闻名，成为这一带的标志性建筑。十里八乡的老百姓都知道这是兵部侍郎的府邸，私下里就管这片宅子叫"侍郎房"，久而久之，"侍郎房"就演变成了一个村名。

也许有人觉得叫"侍郎房"不太顺溜而且又太拗口，言语中卷舌音"侍"字不知什么时候就被吞掉成了郎房。在不经意间又经过长期的口口相传和文字书写，慢慢地就由郎房演变成廊房，侍郎的"郎"字变成了走廊的"廊"字。后在官方定名时又把房子的"房"字改为"坊"字，这才有了今天的廊坊，蕴含"连京津之廊，环京津之坊"之寓意。

在当地人的记忆中，廊坊的成长与铁路有着密不可分的关系。晚清光绪年间，随着京山铁路的修建，在郎房村西设立火车站。这些早期的铁路修建者将"郎房"站牌写成了"廊坊",自此一直沿用下来。有了车站,就有人来来往往地上下火车,就有了货物的运输和装卸,也就有了销售的市场。在车站出口一片空旷的田野里,几株大柳树旁就成了人们临时歇息、喂牲口、堆放货物的场地。

随着人流和货物的增多,客商开始云集,人口与日俱增。人们在大树下打了一口水井供人畜饮用。随后,在此卸煤的业主,就地建起了三义煤栈、任家大车旅店,后又有了仁远粮行、棉花贸易货栈等商行。这些商行由三条路线向各村辐射,就形成了一个大的三角,这就是三角地的雏形,故有人说三角地是廊坊的"原点",也有人说廊坊是一个移民城市,也是火车拉来的城市。

说起来很有意思,估计现在的年轻人是无论如何也理解不了的。在那个物资极度短缺的年代,买粮要粮票、买布要布票,买油要油票,甚至买自行车、缝纫机、手表这当时的"三大件",都需要用"票"买。总之无论买什么稀缺的东西都要"票",如果你手头没有这些"票",那你只有靠边站了,即使你再有钱,也甭想买到你想要的东西。年轻人结婚时,要买齐"三大件"和收音机,当时叫"三转一响",往往得用一家人甚至几家人几年时间凑齐的"票"才行,否则这种票一时半会的凑不齐,东西就难以到手。到了 20 世纪 90 年代,各种供应票证逐渐退出了市场,在三角地东侧的邮电街上,被废弃不用的各种票证,作为一个时代的象征,作为一个不可再生的遗存,甚至作为古董开始被人们收藏。当然,邮电街上交易最多的物品,还是邮册以及国内外各种邮票。喜好集邮的人不仅可以在这里买,也可以拿着自己多余的盖销邮票来这里进行交易。作者就曾用许多信封上剪下来的国外邮票,在摊位上和别人交换过朝鲜、越南的纪念邮票,而且还都是新的。按当时的交易规则,国家不同,邮票的价值也有很大差异,朝鲜、越南的邮票属于便宜的那种类型。花花绿绿,形形色色的邮票收藏起来,就是图看个热闹,顺便也能从邮票上了解到异国他乡的民族文化。

唯一使人不解的是,廊坊市区很多路公交车上标注的起点站和终点站名都是一样的。比如"阳光佳和—阳光佳和""廊坊站—廊坊站""美好水业—美好水业""警察大学—警察大学"这些雷人的公交区间站名,有时连我都弄糊涂了，这公交车是开了还是没开？哪个是起点，哪个是终点啊？其他坐公交车的市民，尤其是外地人，站在公交车站牌前，是不是也有和我一样的困惑呢？

闲暇之余，我喜欢骑上自行车到各个不同的地方溜达溜达。新世纪步行街是廊坊的另一个商圈，该街由一大街到八大街这八条大街组成，这八条街横贯东西，全长达五千米，而未改造以前却是一条不招人待见的臭水沟。聪明的廊坊人化腐朽为神奇，把昔日的臭水沟改造成了廊坊的"香榭丽舍"大街。这条街集购物、娱乐、餐饮、健身等为一体，也是国内目前最长的一条商业步行街。

记得刚到廊坊工作时，市民休闲娱乐的去处非常有限，位于新华路西侧的人民公园是唯一的选择。这是廊坊的第一个公园，1990年建成后对外开放，入园可是要收门票的，记得当时的门票是五角钱一张。尽管如此，那也是我最喜欢去的地方。当年为建造这个大型公园，市民们积极响应市政府号召，有钱的出钱，有力的出力，我还曾踊跃地捐献了20元钱哪！

如今，穿行在廊坊市区笔直宽阔的马路上，沿着横跨京山铁路的银河大桥下的道路西行，便来到了当年的郎房村，曾是深宅大院的"侍郎房"早已无迹可寻。这里的原居民绝大多数已经搬走，远远望去，银河高架桥下那一大片用土红色砖块垒起的小平房，反倒透出那么几分质朴与本真，使人浮想联翩，心生爱怜。紧靠京山铁路的，是已被废弃的廊坊老火车站，这座历经百年风雨的晚清建筑，在周围一片高楼大厦的映衬下，更显落寞。廊坊人对于这片早已失去昔日繁华，似已"被人遗忘的角落"，却有着特殊的感情。或许在不久的将来，这里会成为人们放飞怀旧思绪的一个好去处，让历史与现代在这里相互交融、产生碰撞。

喜讯传来，全城沸腾。沉甸甸的全国文明城市荣誉，是对一个城市的最好褒奖，490万廊坊人民孜孜以求的创城，终于梦想成真，社会文明程度也迈上了一个新台阶。十八载创城梦，承载着全市人民的梦想，也寄托着每一个市民的希望。创城难，守城更难，这份沉甸甸的荣誉，也随着中国最大临空经济区的建设，廊坊的起飞利好正当时。北京的远郊化和廊坊追梦到资本大市，从未来的发展潜力、可塑性、商业资源集聚度、人的活跃度、生活方式多样化等几个方面评估，首都旁的这颗明珠早已是万众瞩目，向首都圈迈出了一大步。人常说，遇见阻力的水流会激起更大浪花，有时候这个浪花还更好看更美丽。首都北京旁第一城市，未来的可塑性再次拉近了廊坊与北京的时空距离，这里的土地仍很畅销。不是廊坊不想低调，实力真不允许啊！京廊一体化，已获得重磅助力。

在老三角地伫立凝视，每当火车疾驰而过时，感觉脚下的大地似在震动，巨大轰鸣声总是会惊飞在房顶上悠闲觅食的小鸟。窄窄的街道，临街的房屋，灰暗、破损的墙体让人一看便知是已有年头的老屋。

据史料记载，当年宋太宗在想用吕端为丞相时，曾有人谏言说吕端糊涂，不堪当此重任。太宗皇帝微微一笑说："然也。端，小事糊涂，大事不糊涂。"后来的两件事能够证明皇帝果然慧眼识人，吕端在小事上不计较，但在大事上的果敢与谋略果然不同凡响。

有一年，西夏守将李继迁拥兵自重，临阵倒戈要造皇帝老儿的反，这还了得！于是皇帝御驾亲征，所到之处叛军闻风丧胆，所向披靡，不久就逮住了叛将李继迁的老母。文武大臣甚至包括寇准寇老西儿这个朝中重臣，都主张一定要严惩叛逆，要求皇帝把李母杀掉，以震慑那些企图造反的人。在这最重要的关头，面对众多大臣，只有吕端站出来表示了不同的见解。他对皇帝说，咱们今天逮住了李的母亲，明天就能逮住李继迁吗？如果不能的话，那么杀了李的母亲，就会和他结下不可消除的仇恨，更促进了李反叛的决心，所以李母坚决不能杀。皇帝听后觉得有道理，于是就把李母养了起来。后来，李继迁果真投降了。倘若不是吕端的及时谏言而诛杀了李母，那无疑会铸成大错。

还有一件事情也很能说明吕端每临大事有静气，在历史的重大关头能明辨是非，做出果断抉择。那就是太宗皇帝赵匡义，在自己的晚年才立了太子。就在赵匡义病危弥留之际，他身边的内侍王继恩、大臣李昌龄、李继勋等人密谋，欲另立太子取而代之，不料这个阴谋被吕端及时识破。但他却装出一副傻乎乎什么也不知道的样子，故意麻痹他们。等太宗驾崩后，吕端立刻把王继恩等人先软禁起来，然后马上面见皇后说，先帝立太子就是为了今天，如果我们违背先帝的意愿，不让已定的储君太子当皇帝，定会引发社会的动荡，千万不能这么做。于是，皇后接受了吕端的意见，让太子赵恒登基称帝，垂帘接受众臣朝拜。这还不够，细心的吕端怕有人暗中调包，为保险起见，在朝拜之前特意将帘子卷起来，证明是真正的太子，这才率众大臣三呼万岁，顺利完成了小皇帝的登基大典。

从以上几件事可知，吕端堪称是谋略缜密的一代名相，国之栋梁也。

然而，谁人又能想到，短短的几年时间，廊坊就从一个不知名的小村落，迅速发展成为一个小镇，并随着清光绪二十六年，即1900年的义和团廊坊大捷而蜚声海内外。

发生在庚子年初夏的廊坊大捷，是中国近代史上撼人心魄的一次重大战役，是整个义和团运动期间一件具有深远历史意义的大事。廊坊人对此也是有口皆碑，引以为豪。在这次战斗中，中国人民敢于和八国联军血战到底的民族精神和英雄气概，震惊了全世界。

事件起因于清光绪二十六年（1900）。英、美、俄、法、德、日、意、奥等国，以救援北京使馆为借口，在天津组织了一支由英国海军中将西摩尔为司令、美国海军上将麦卡加拉为副司令、俄国上校沃嘎克任参谋长的两千多人的联军，准备沿京山铁路经廊坊进攻北京，软禁清光绪皇帝和西太后。

联军司令西摩尔参加过侵华的第二次鸦片战争，他们在中国的土地上横行霸道惯了，认为从天津到北京之行，对一支拥有洋枪洋炮武装的外国军队来说，乃是朝发夕至的事情。于是在行动前对他的部下说："这是一趟十分顺利的行军，当天晚上就可到达北京，与北京公使们共进晚餐。"

1900年6月10日早晨，八国联军强行冲进天津火车站欲调用火车，遭到铁路部门拒绝，于是他们便强夺机车，换上他们自己人驾驶。上午9时半，第一列载着英、美、奥、意五百余名军人的列车驶出天津站。接着，载有六百余名联军主力及后勤补给的第二列、第三列火车随后出动，向北京进发。联军的列车经过杨村车站时，驻守车站的聂士成军并未加阻拦，但前方铁路已被义和团拆毁，铁路边的电线杆也被团民砍倒，有备而来的西摩尔随行人员中有一些修铁路的人，而且他们连枕木、铁轨及修路工具也都带着，这样边走边修边向前推进，如果不出意外的话，的确可以赶上在北京吃晚餐了。然而他们哪里想得到廊坊人有多么勇敢！

由于铁路破坏严重，联军的抢修难度很大，火车几至爬行。联军到达廊坊南十千米的落垡车站，被迫停在落垡站以东的大铁桥附近，欲抢修铁路。这时埋伏在铁路两侧的二千多名义和团民,在首领倪赞清的指挥下,手持大刀长矛向火车上的联军发起猛攻。北史家务乡北昌村约100多人,代表人物高景太,最小团民刘景全12岁。他们呼喊着刀枪不入的号子,勇敢地冲向敌人。联军看到奔涌而来的义和团,吓得立即回到车上,以密集的火力向外射击。身着白袍的团民章小山骁勇异常,他左冲右挡地手挥大刀直闯敌阵,飞身向前将敌大旗夺在手,正要刀劈联军副司令麦卡加拉时,被麦的手枪射中牺牲。另一团民徐顺冲锋在前不幸中弹,他的儿子徐喜仁见状怒火燃烧,毫不畏惧地冲向敌人,最后也不幸中弹身亡。义和团的勇士们虽成排地倒下,但他们仍冒着敌人密集的弹雨,前赴后继。这时,后面的美国军队上来后驾起大炮猛烈轰击,义和团终因伤亡过大而自动撤退。

13日夜,联军到达廊坊车站。廊坊车站附近菜豆庄、小廊坊、大官庄、小官庄村,今已更名为西小农村,主要为义和团战场。14日上午,安次、永清、武清等地数千义和团闻讯赶到,迅速包围了廊坊车站,并轮番向联军发起攻击,联军撤到列车上,退回廊坊车站向外射击。双方激战几个小时,义和团又有不小的伤亡。时值夏日,联军列车被团民围困,饮水、食物短缺,遂派一列车回天津取给养,到杨村又重新被困。联军看前进无望,只好撤退。

廊坊大捷历时九天,从10日开始到18日结束,共打死八国联军62人,打伤332人,义和团、清军及当地百姓死伤近千人。迫使西摩尔带领的八国联军退回天津,给清廷撤离北京及大量财宝文献的转移赢得了时间。

西摩尔事后回忆说:"如果义和团所用武器是近代枪炮,那么,我率领的八国联军必定会全军覆灭。"

这场力量悬殊的战争虽然只持续了九天时间,但在中国民间抗击外侵敌人的历史上却保留下了浓墨重彩的一笔,至今仍被人们津津乐道地口口相传。

廊坊近现代传奇人物

一、以身殉国的三兄弟

许多人都看过《甲午大海战》这部电影。印象最深的莫过于"致远"号舰长邓世昌率舰撞向敌旗舰吉野号这个情节。舰上的二百余名官兵临危不惧、浴血奋战的斗志,令人钦佩。当战舰加速冲向敌舰之际,勇士们脸上表现出的那份淡定和从容,至今震撼心灵。"我立志杀敌报国,今死于海,义也,何求生为!"这就是我们的民族英雄邓世昌,面对坚船利炮的敌舰,冒着敌人猛烈的炮火,向前,向前,毫无惧色。奈何未及撞上敌舰,就被敌舰击沉。誓与"致远"号共存亡的水兵们,除七人获救外,其余官兵几乎全部壮烈殉国。舰长邓世昌毫不犹豫地跳入茫茫大海,以身殉国的壮举,更是令人泪目。

1894 年 5 月,朝鲜爆发了东学党起义,中国协助朝鲜政府镇压。日本也趁机派重兵入朝,挑起丰岛海战,致使中国的"广乙"号巡洋舰搁浅,"高升"号运兵船被击沉,有多达八百余名陆军官兵在此役中阵亡。

这一不幸消息传来,刘发魁三兄弟等北洋水师官兵义愤填膺,邓世昌更是愤怒至极,发誓要与日本舰队决一死战。不久,邓世昌率队出海,在大东沟海面与日本联合舰队遭遇,爆发了规模空前的中日大海战。

开战之前,北洋海军排列成雁行小队,"致远"和"靖远"舰互相策应,在北洋舰队阵形的右翼投入战斗。战斗打响后不久,北洋舰队旗舰"定远"号的信号索具就被日舰击毁,失去统一指挥的各舰艇群龙无首,顿时处于各自为战的混乱状态。为掩护我方指挥系统失灵的旗舰,邓世昌率领"致远"号冲入敌阵,给日舰以猛烈的炮击,使日方的"比睿"号和"赤城"号连遭重创,被迫撤出战斗。战至下午三时许,"定远"号旗舰再次被敌炮击中，舱面燃起熊熊大火，战场的形势十分危急。

为保住旗舰，邓世昌再次将"致远"号驶至"定远"号之前，迎击敌舰。敌方的炮弹雨点般地落在"致远"号甲板上及其周围，舰体被炸开好几个大洞，湍急的海水"哗哗"地灌入舰中，舰上的一些官兵见状有些慌乱，不知如何是好。可刘发魁三兄弟却稳如泰山，继续坚守着各自的岗位，并鼓励身旁的兄弟说："我们跟随邓将军保家卫国，早就把生死置之度外，不必惊慌，坚守岗位。我们一定要扬水师的军威，这才是报国！"三兄弟的镇静顿时稳住了周围官兵们的心神，大家这才全力以赴地扑火堵漏。

激战数小时后，由于"致远"舰受伤过重，弹洞难以堵住，舰体时刻有沉没的危险。加之北洋海军"超勇"号舰艇被击沉，"平远""广丙"等数艘军舰中弹起火，"致远"舰更是伤痕累累，战争形势出现严重逆转，日军舰队明显占据上风。这时，不可一世的"吉野"号巡洋舰，以高达二十二节的航速，示威似的正好从"致远"号前掠过。这是日本舰队的旗舰，也是北洋舰队目前最大的威胁，邓世昌决定立即拔掉这颗钉子。

他命令"致远"号开足火力，全线攻击，占魁等炮手把一颗颗炮弹推入炮膛中，可是发出去的却都是闷弹，哪里出问题了？情急之下占魁带着炮手打开最后的几箱炮弹，却发现炮弹里灌的都是沙子……

"这帮丧尽天良的采办们！弹药也竟敢做假！"炮手们心里咒骂着，却也毫无办法。"撞沉吉野！"在这千钧一发的时刻，邓世昌果断地下达了主动出击的命令。于是，"致远"号立即开足马力，直奔"吉野"号而去。邓世昌、占魁三兄弟等船员挺身而立，面对猛烈的炮火和眼前的庞然大物，毫无惧色。日舰面对汹汹而来的"致远"舰，顿时一阵慌乱，几艘舰同时向"致远"号进行炮击。在密集的炮火轰击下，"致远"舰发出一声沉闷的巨响，很快便完全沉没了。

这一仗，致使北洋舰队全军覆没。清朝最终与日本签订了丧权辱国的《马关条约》，把台湾和澎湖列岛割让给了日本，并赔偿白银二亿五千万两。

说起"致远"号上刘发魁三兄弟，还有这么一段故事。

清朝末年，在直隶大城县刘远庄，住着这么一户刘姓人家。哥儿仨大魁、二魁、三魁从小就失去了父亲，是母亲一个人饥一顿饱一顿地把兄弟三人拉扯大。家里穷，吃了上顿没下顿，上不起学，母亲就自己教他们识字，教育他们如何做一个对社会有用的人。

他们一家四口住着一间茅草房，每到下雨天房子就漏水，经常是外边下大雨，屋里小下雨，这母子四个就不得不忙着往外舀水。二魁、三魁拿着盆盆罐罐接，大魁则负责往外倒。看着三个儿子跑来跑去地忙碌着，身上几乎被雨水淋透，里外操劳的母亲心疼不已，分不清她的脸上是雨水还是泪水。一晃，三兄弟长成了半大小伙子。

常言道福无双至，祸不单行。有一年，大城县闹蝗灾，铺天盖地的蝗虫就像龙卷风一样，所到之处庄稼连秆茎都没剩下，田野里光秃秃的一片，饿死的人不计其数。于是大魁对母亲说："娘，与其饿死，不如出去找条活路。咱们逃荒去吧，我们哥儿仨有的是力气，不愁养活不了您。"

大魁娘看了看他们说："我都这把年纪了，死也要死在家里。再说也走不动了，你们自己逃命去吧。"

兄弟三人见劝不动娘，于是大魁说："我和二魁先到外面去寻找出路，三魁留在家里照顾老母亲，等我们挣到钱了，再回来接你们。"

事情就这样决定下来，一家人一夜无话。

第二天早上，大魁刘占魁和二魁刘德魁兄弟二人离开村子，一气儿走了几十里路，兄弟二人又渴又饿。眼看着太阳都偏西了，见前面有一户人家，兄弟二人就上门讨水喝。这家主人就老汉一人，很盛情地招待了他们。兄弟俩喝完水又把老汉的水缸挑满后就要走。老汉见兄弟俩实在，就和他们聊了一会儿。兄弟二人将家里闹蝗虫，家里还有老母亲和小弟弟的事一一告诉了老伯。"就是想找个活儿干，吃苦受累都不怕。"大魁最后说道。

"那正好。我有个外甥在天津船厂当工人，听说他们那缺人，要不你们哥儿俩去他那里看看。"于是老伯马上写了一封信，并告诉他们他外甥的姓名和住址。大魁兄弟俩有了具体目标，千恩万谢地告别了老伯，直奔天津。

到了天津，兄弟俩在老伯外甥的介绍下进了船厂，干起了船只修理的活儿。这兄弟俩好像天生就是吃这碗饭的材料，没有多长时间，就熟悉了船舶修理的基本技术，简直就是无师自通。别人修不好的机器，到了兄弟俩的手中就乖乖地转了起来。再加上两兄弟工作勤恳，对人又仗义，因而人缘非常好，船厂的人都很喜欢他们。

一晃两年时间过去了。有一天，大魁兄弟刚上工不一会儿，就听到门口有人找他们。出去到门口一看，是弟弟三魁。两年不见，弟弟发魁长高了，也壮实了很多。"三魁，娘呢？娘怎么没和你一起来？"见到弟弟，大魁、二魁急忙问道。

"大哥、二哥，娘三个月前就走了。娘怕你们分心，一再叮嘱我千万别告诉你们，她老人家走得很安详。"弟弟三魁带着哭腔，对两个哥哥说。兄弟三人终于团聚了，弟弟刘发魁也同哥哥们一起进了船厂。

自 1840 年鸦片战争后，清政府腐败无能，帝国主义列强纷纷侵略中国，尤其是在天津、上海等沿海城市，帝国主义列强划分租界，在中国人的土地上不允许中国人居住。三兄弟在船厂虽然不缺吃，不少穿，学会了不少本领，对于船务也是融会贯通，但却怎么也高兴不起来。虽然他们没有读过什么书，可忠君爱国的道理，他们懂！娘从小的教诲，难忘记。

机会总是留给有准备的人。有一天，北洋舰队有人来到大城三兄弟所在的船厂，给舰艇上招募船员。大魁三兄弟一看，为国效力的机会来了，便毫不犹豫地报了名。一起干活的工人弟兄们出于好心，劝他们不要去冒这个险，可如何能拦住铁了心要报效祖国的哥儿仨呢？

后来的事情，不用说，大家也都明白了。

史上著名的甲午大海战，让人们记住了海军提督丁汝昌、舰长邓世昌这些民族英雄的名字。然而，我们不能忘怀的，还有致远舰上的刘占魁、刘德魁、刘发魁三兄弟这些并不为人所知的，默默无闻的悲壮之士，也在这次大海战中以身殉国。他们同是清史上的英雄人物，也是值得缅怀的廊坊人。

二、感动中国的英烈陈然

（一）一首震撼人心的诗篇

任脚下响着沉重的铁镣，

墨香星河　The Star River of Ink Fragrance

> 任你把皮鞭举得高高，
> 我不需要什么"自白"，
> 哪怕胸口对着带血的刺刀！
> 人，不能低下高贵的头，
> 只有怕死鬼才乞求"自由"。
> 毒刑拷打算得了什么？
> 死亡也无法叫我开口！
> 对着死亡我放声大笑，
> 魔鬼的宫殿在笑声中动摇。
> 这就是我，
> 一个共产党员的"自白"，
> 高唱凯歌埋葬蒋家王朝。

　　我的"自白"书，为烈士陈然所作，早已是广为流传的不朽华章。中华人民共和国成立后，小说《红岩》中的成岗即是陈然的原型。作者以一个共产党员的浩然正气，抒发了对国民党反动派的刻骨仇恨和对变节者的蔑视。七十年过去了，无论什么时候，读到这篇昭示着革命先烈英勇就义，视死如归的"自白"，都会使人热血沸腾，心潮澎湃。也许有人会想，这首诗曾被收入小学语文，谁不知道啊！我在上小学的时候就读过，而且还能倒背如流呢！

　　对此作者深信不疑。但凡上过小学的，就没有不知道这首诗的人。语文老师上课时不仅绘声绘色地讲给大家，甚至会要求每一个同学都能熟练地背诵，可以说是无人不知，无人不晓。烈士陈然的这首英雄诗篇，犹如星星之火，凝成火把，照亮后辈前行的道路。至今读来，仍会一次又一次地为之感动。

　　陈然1923年出生于香河，乳名"香哥"。他上有两个姐姐和一个哥哥，下有一个小妹，陈家兄弟姊妹五个，因父亲的工作调动曾先后移居北京、上海、芜湖等地。但他们个个心系民族之大义，投身革命事业，实为我辈之楷模。就此而言，陈然的家庭也是一个革命的红色家庭。

　　烈士人去浩气存，英魂归故里。这个故里，就是廊坊。陈然这个名字，将会被历史铭记，成为故乡廊坊一个永远的丰碑。

（二）兄弟姐妹的革命情结

陈然的大哥陈崇基，小名"稳哥"，从年龄上来说，他只比香哥陈然大两岁。稳哥不同于香哥的顽皮、好动，他学习成绩好，人也很稳，小哥俩从小就是一对非常亲密的小伙伴。

在这个大家庭里，陈然爱父亲的正直、爱母亲的善良，大姐陈佩琪更是他念念不忘的榜样。但老辈人和比他大九岁的大姐总归不太理解他的心思，只有哥哥和他最知心。他和哥哥谈理想，谈未来，谈对国共两党的看法，谈红色革命圣地延安，唯独没有暴露自己的党员身份。1946年，哥哥离渝去沪，送站时他对哥哥说："我们决不能屈服于生活，也决不放弃自己的理想，你放心走吧，我来照顾家！"二人握手告别，没想到这次告别竟成了他们兄弟的永诀。

在长沙从事地下工作的哥哥得知弟弟被捕的消息时，虽然心急如焚，但也只能干着急。以至于弟弟牺牲之后，这才知道弟弟和自己一样，都是党内的同志，更是难过得几天吃不下饭，想他的时候，只能夜深人静时看着和弟弟的合照默默流泪。为了纪念并让下一代记住他亲爱的弟弟，他给自己的孩子特意取名"英然"。1962年7月，哥哥饱含深情地写下"忆我的弟弟陈然烈士"这篇文章，刊登在《重庆日报》上。

陈然大姐陈佩琪出生于1914年，她是一个有志的爱国青年，经常向弟妹们讲抗日救国的道理，在淞沪抗战期间，她和一些女同学参加了慰问伤兵的活动。随着父亲的调动，陈然全家迁居芜湖。这期间，当地几个爱国青年组建了一个业余剧团，宣传抗日救亡活动。大姐和二姐陈佩玮与这几位青年相识后，都想参加剧团的演出活动。父亲虽然也有强烈的爱国心，但总觉得女孩子去演戏不太合适，也不放心，母亲更不赞成，这事引起了家庭中的一番争论。他们联合起来做父母的工作，终于征得父母同意，让佩琪、佩玮参加了剧团。从此，陈然放学以后就经常到剧团去看姐姐们排戏。剧团里有许多进步文艺书籍和报刊，尤其是邹韬奋主编的《生活周刊》，更是引起了他浓厚的兴趣。

有一次，上海的救亡演剧八队来到芜湖，宣传抗日救亡。大姐佩琪觉得机会难得，便瞒着父母毅然参加了演剧八队，随团到各地演出。在剧团里，她受到进步思想的影响，常常寄些进步书刊给弟妹们，写信鼓励他们积极参加抗日救亡运动。大姐的勇敢深深地影响着陈然，他钦佩大姐，并把她看作自己学习的榜样。

1938年秋，佩琪到武汉周边农村巡回演出时罹患伤寒，被送到武汉医治时，正值敌机疯狂空袭，找不到医院收治，也买不到治疗的药物。终于为中华民族的解放事业，献出了她年仅24岁的年轻生命。临终前，她为弟弟妹妹们留下了"去延安，寻真理"的遗言。

遗憾啊遗憾！若陈佩琪没有英年早逝，她一定能在新中国的文艺事业上做出一番成就，实在令人痛惜不已。

陈然的二姐陈佩玮极具演艺天赋，她继承了母亲的善良坚韧，却过早地挑起生活的重担，独自抚养几个孩子，并与陈然一起照顾生病的母亲。她感到累或身心疲惫的时候，偶尔也会轻轻哼一段抒情的歌曲，回忆回忆自己在剧团演出的激情岁月，仅此而已。

作为一个家庭主妇，她对弟弟陈然的朋友们却十分热情，只要有人来，她就高兴地张罗着杀鸡宰鱼招待。时间长了，陈然的朋友们也就不再客气，有时甚至还把临时换下的脏衣服丢给二姐浆洗，然后关上门跟陈然谈工作。

在陈然被捕的那天晚上，母亲悲愤万分要以死抗争，被二姐及时救回，后又在临街的窗户上挂出了报警暗号，这才向外传递出了陈然被捕的消息，保护其他同志免遭特务逮捕。

我们知道，父亲给孩子最好的教育，不是溺爱，更不是事无巨细的体贴照顾，而是指引人生方向的立志教育。一位好的父亲，要在格局和立志上为孩子做好榜样，这在未来将会决定孩子所能抵达的高度。陈然的父亲陈凤书就是这样一个人。他从杭州法政学堂毕业后就在杭州法院当书记员，本想为穷人打官司，但正直善良的他从业后才深感法律界的腐败，于是便辞去工作，转而报考海关。

他虽然换了一个新的工作，并未想到天下乌鸦一般黑的道理。直到调任上海海关后，这才发现旧中国的海关，受制于英美帝国主义，上海更是狂妄的外国人横行无忌的"乐园"。

有一天，陈然父亲下班回家时，路过一家商店买了点东西。当他刚出商店门要过人行道时，一辆开得飞快的小汽车朝路边直冲过来，躲避不及的他被车轮碾伤脚背骨，痛得倒在地上动弹不了。附近的人纷纷跑过来救护，可肇事的洋人却没事人似的驾车绝尘而去。巡捕来了，也是帮着外国人说话，陈然的父亲反倒落下了一大堆不是。

父亲遭受车祸后，陈然的母亲四处筹钱求医。经过几个月的治疗，父亲的脚伤愈合，病情稍有好转之后，为了一家人的生活，又忍气吞声地回到海关上班。

正是因为受尽了屈辱和欺凌，陈然的父亲有着强烈的爱国心，也深知和平的宝贵，因之对儿女们参加的抗日救亡活动，他是持赞许态度的。

陈然的父亲一生正直清廉，守志爱国，对儿女影响深远。1945年上半年，世界反法西斯战争捷报频传，激动不已的他多喝了几杯，竟引发脑出血而意外身故。

小妹陈佩瑶比陈然小9岁。在家里，她和小哥陈然的年龄最接近，所以什么话都愿意给他说。陈然很关心小妹的文化生活，小时候，他带小妹玩耍，从来不嫌烦。周末一有空就带她去看进步电影，看完后还给她讲解电影中的故事情节，有时还会带她进小馆子吃上一顿，打打牙祭。在小妹的印象中，小哥陈然孝敬父母，尊重哥哥、姐姐们，在家里既讲民主又讲道理。他常给小妹讲，只有共产党才代表人民的利益，告诉她应该跟党走。尤其是他说过的"幸福是牺牲换来的"这句话，不啻为空谷足音，更是令小妹警醒。

在陈然的影响下，小妹的思想有了很大转变。有一天，她从一位进步老师手里意外得到一份《挺进报》，激动不已的她回家后兴冲冲地把报纸背在身后，让小哥猜是什么东西，想给他一个意外惊喜。不料小哥看到后不仅没有夸奖她，反而把脸一沉，不停地追问她是从哪里得来的？给她的人都说了些什么？为什么要给她？哥哥这一连串的诘问也把小妹一下子问懵了。

最后还板着面孔严厉地训斥道："你还小，以后不许往家里带这类东西！"满心高兴的小妹，就这样被陈然兜头泼了一盆冷水。"小哥这是怎么了？这还是最疼小妹的那个小哥吗？"她越想越委屈，索性跑到自己房间关上门掩面而泣，以示对哥哥这种粗暴态度的抗争。

然而，只顾高兴的小妹忽略了重要的一点，就是老师给她报纸时让她看完就烧掉的交代，以致造成小哥这么大的误会。事情过去几天后，陈然对自己这么简单生硬地对待小妹也感到很内疚，他决心找小妹认真解释一下，说出怕小妹因此而引来麻烦，甚至招致杀身之祸的担忧。

冥冥之中，陈然似乎有了某种预感似的，就在被捕的前几天，他把小妹特意叫到平时刻印《挺进报》的房间里，向她说明了一切。

小妹听后就哭了。她仿佛一下子长大了许多，抹去脸上的泪水对小哥坚强地说："放心吧小哥，这些我懂。就算真的有什么事发生，我不怕吃苦受累，哪怕是去做帮佣，也一定能挣钱抚养母亲。"

陈然被捕后，党组织非常关心小妹佩瑶的学习与生活，将她转移到育才中学去读书。该校学风浓厚，同学们互帮互学，老师不仅教学生文化知识，还给他们讲独立之精神，自由之思想这些革命的道理。学校的炊事员还自己种菜，自己养猪，想方设法地给学生们改善伙食。佩瑶她们解除了思想上的禁锢，积极投身各项活动，有一次还参加了全市"反饥饿、反内战、反迫害"大游行。她跟着学生队伍，一直游行到重庆市中心。小妹在育才中学读书的时间虽然不长，但这段学习生活却给她留下了非常美好的印象。

中华人民共和国成立前夕，白色恐怖笼罩着山城重庆，国民党特务天天都在搜查共产党员和嫌疑分子。组织上怕她出问题，就派人护送她去辅仁小学做了一名教师，特意把她保护起来。

陈然狱中难友罗广斌从白公馆逃出后，找到小妹佩瑶告诉她说：

"你小哥哥好样的，他是个坚强的硬汉子，我们在白公馆被关在一起。他说家里有个老母亲和一个小妹，如果我能出去，让我一定要设法找到你们。并让我转告小妹你，一定要跟着共产党干革命……中华人民共和国成立后生活就会好的。"哥哥临刑前的嘱咐，小妹陈佩瑶一刻也没有忘记。

（三）烈士生命的最后时刻

家庭是人类生命的摇篮，是人出生后接受教育的第一个场所。家庭教育不是一味地疼爱，而是约束，家庭教育不是一味地责骂，更是引领。父母带给孩子什么，往往决定他们会成为什么样的人。就此而言，英雄绝非是凭空产生的，在他成长的道路上，家庭的影响同样不可或缺，我们的烈士陈然也同样如此。

他的母亲黄竞英，秀外慧中且正直善良，是位出生于扬州的江南女子。陈然小时候活泼好动，没一刻闲着的时候，他不喜欢读书，还时常因打抱不平跟别的孩子打架，母亲一边要向挨打孩子的家长赔礼道歉，一边又苦口婆心地教育他要有仁爱之心，不要老是和别的小朋友打架。母亲的行为举止、思想品德，在陈然的心灵上留下深刻的烙印，逐步形成了他辨别美与丑、善与恶、是与非、好与坏的基本原则。母亲虽然时常责罚他，但内心却十分喜爱他，她从陈然身上看到的是，这个小儿子的诚实倔强和骨子里的大义。因为她知道，让孩子留存自己的天性，是父母教育孩子最应该做到的，这个时期的基础打得如何，会决定他将来成为怎样的一个人。如果有一天父母把孩子的所有都承包了，那这样的孩子就会一事无成。相反，如果让孩子释放出自己的天性，那他遇事便会独立自主，未来定会有一番大的作为。

抗战爆发后，年仅15岁的陈然就积极投入抗日救亡运动，并于两年后入党。陈然得到组织批准，本应前往革命圣地延安，终因战局混乱而未能如愿。由于原来和陈然同在抗战剧团的向长忠叛变，组织上决定让他离开重庆到外地暂避。不料他在此期间患了严重的痢疾，在重庆家里经过一段调养，身体虽得到恢复，但是也和组织失去了联系。

与党失去联系的陈然没有消沉，仍积极从事团结群众、教育群众的革命工作。抗战胜利后，为了揭穿国民党蒋介石集团假和谈、真内战的阴谋，陈然积极参加各种集会，呼吁和平，反对内战。1947年秋，中共重庆市委创办了《挺进报》，陈然重新入党并被任命为《挺进报》特别支部书记，承担了最机密的印刷工作。他当时是重庆一家小工厂的代理厂长。白天要在厂里正常工作，只有夜间才能进行《挺进报》的印刷分送工作。陈然通过学习、钻研印刷技术及反复实践，使得他刻写的蜡纸，由最初的只能印四五十份而增加到一千多份。

被陈然和同事蒋一苇用作《挺进报》印刷的储物间，就在母亲卧室的隔壁，每次的印刷活动母亲都听得清清楚楚。为了发行《挺进报》，陈然总是想方设法将印好的报纸隐藏好，到深夜再投放出去。除了印《挺进报》外，他还印刷《反攻》等各种宣传革命的小册子。老母亲虽然不知道儿子和他的朋友天天晚上在干什么，但却知道他们是在进行一项危险的秘密活动。

于是母亲决定问个明白，弄清他们夜里神神秘秘的究竟在干什么？陈然当然不能说呀！被母亲盘问时他只能支支吾吾地含糊其词，这就使母亲的疑虑进一步加深。见事情瞒不过去，征得组织同意后，陈然开始做母亲的工作。他对母亲谈时事，谈解放区的新事物，谈共产党领导的中国革命，谈自己所从事的印刷工作，母亲这下放心了。她的心情也越来越好，不仅支持，而且积极参与儿子的革命活动。晚上听见狗叫或看见街上有手电晃动，她就到临街的窗口去瞭望或敲墙通知。有时晚了还给陈然他们两人送去开水，或者宵夜。如果他们白天工作，母亲就会坐在门外，手里做着针线活，帮助他们"望风"。

随着《挺进报》发行量的不断增加，陈然的工作量愈来愈大，但为了理想，他甚至忘了吃饭，忘了睡觉。同时，派发出的《挺进报》在社会上的广泛流传，也引起了国民党反动派的极大恐慌。国民党重庆当局曾三次下令限期破案，直到1948年4月才从叛徒口中得知《挺进报》的机关地址。上级知道党内出现了叛徒后，即刻通知陈然尽快转移。但他仍坚持印完最后一期《挺进报》，蜡纸烧掉后，门外就传来阵阵脚步声。他冷静地推开窗户，刚刚把准备好的扫帚挂在窗台下面的钉子上，几个特务便破门而入。

敌人急于从陈然口中得到更多地下党的情报，对他施以种种酷刑，但他始终坚贞不屈，大义凛然地承认自己是共产党员。《挺进报》的编辑、印刷、发行，全是他一人所为。

陈然先后被关押在有"两口活棺材"之称的白公馆和渣滓洞集中营里，特务怕他向其他"政治犯"传递消息，就把陈然单独关在一间小牢房里，没想到这竟给他提供了更大的便利。原来，陈然所在的那间阴湿的牢房，早就被难友们打穿了一个秘密孔道。

就是通过这个小小的孔道，他和狱中的党组织取得了联系，并得到了半截铅笔和一些香烟盒纸。他忍着重刑之下剧烈的伤痛，先是在一张香烟盒纸上，端端正正地写下"《挺进报》第一期，白公馆出版"的字样，然后凭着记忆发布一些振奋人心的消息。

小小纸片顺着秘密孔道迅速传遍各个牢房，传到了每个难友的手中。当同志们遭受到毒刑拷打或伤痛的折磨时，读了陈然的狱中《挺进报》，就会受到极大的鼓舞，感到浑身充满了力量。

中华人民共和国成立的消息传到监狱时，陈然和难友们抑制不住激动的心情，亲手缝制了一面五星红旗，表现出了他们对新中国的热爱和向往。

感到末日来临的国民党反动派，不甘心自己的失败，对共产党人进行疯狂的报复。特务对陈然的酷刑和威逼利诱，更使他心中燃起熊熊烈火，这是一个革命者理想和信仰的烈火。这种内心的烈火一旦燃烧起来，使他可以舍弃一切。甚至连生命本身，也不是那么值得吝惜的了。

面对气急败坏、无计可施的特务，他一改严词拒绝的态度，索性拿起笔来，愤然写下了这一气势豪迈，惊天动地的"自白"书。整篇感情炽烈的"自白"犹如脱口而出，表达出一位共产党人坚如磐石的革命信念，让人不由为诗中的那股凛然正气而震撼。

1949年10月28日，陈然在重庆大坪被特务枪杀，年仅26岁。

深明大义的母亲在陈然被捕后，虽然受了很大刺激，但却一直没有丧失信心，她相信革命一定会胜利，儿子一定会回来。

然而……她的爱子终究没有回来！

新基地的迷人魅力

一、创造奇迹的"园艺师"

位于廊坊市金光道与东安路交叉口西北侧的物化探所院内，很快建起一大片新的建筑群，一栋栋楼房拔地而起，一座高高的水塔矗立在大院北部一隅。基地建设工作千头万绪，远的不说，大院的平整和绿化就是一项繁重的任务。

人性使然。在当今社会，芸芸众生里，有人追求高位，有人追求金钱，有人追求出国，而她，李秀华追求的却是一项无名无利、默默无闻的艰辛工程——义务绿化。

1981年，地矿部物探所从陕西蓝田迁入廊坊时，偌大的一个院落，光秃秃的瓦砾遍地，杂草丛生，一片荒凉的裸露土地，环境亟待整治。

领导多次开会研究，既没有找到合适的人选，也没有拿出更好的方案，难啊！工作区有办公大楼、中心实验室、监控站和实验工厂；生活区有医务室、招待所、托儿所、浴池、水塔和职工食堂；住宅区有一栋栋砖混结构的职工住宅楼和单身楼、鸳鸯楼等这些建筑物都分布在这块土地的不同位置，要规划好这么大的一个大院，可不是口头说说那么简单，难度可想而知。怎么办呢？就在这难以确定的关键时刻，李秀华挺身而出，主动挑起了整治环境，绿化大院这副重担。她的本职工作，是为全所的机关单位、各研究室采购和发放办公用品，本来就够忙的了，若再给她压上这副担子，无疑要占用大量的业余时间，这样行吗？所领导抱着试试看的态度，做出了这个决定。就这样，李秀华怀着一颗无私奉献的拳拳之心，义无反顾地在这片荒芜的土地上，开始创造美丽。从此，她就与花、草、树结下了不解之缘。无论是炎炎夏日还是数九寒冬，在办公楼前或是家属楼后，总是能看到她忙碌的身影。

在园林的设计、规划和施工中，李秀华不会就学，不懂就问，先后到南京、杭州、天津、青岛等市参观学习，虚心取经求教。同时，她还委托谢学锦院士请来北京林学院和植物园的专家来所现场指导，帮助制定绿化蓝图，使整个大院形成有草坪绿地、有灌木、有乔木、有高大树木的四层立体绿化景观。她在实践中边干边学，很快成为园林绿化方面的行家里手。

在选择树种时，她犯难了。当时大多数人主张栽种杨树和柳树，原因是这两种树长得快，能使大院很快变绿，领导也接受了这种方案，而她却有了新的想法，坚持要栽种法桐。说起来这件事还和副所长邵跃有关，他去过法国在上海的领事馆，发现庭院里种的全是法桐，树干挺拔，根深叶茂，不仅高大上，而且显得很有气势。他说："古有栽桐引凤之说，也寄托着人们美好愿望。而凤凰之性，则是非梧桐不栖，就说明了这个道理。这么好的'神树'，怎么不考虑种它呢？"

邵跃这番话对李秀华触动很大，且从内心也接受了这个观点。她查阅了几本园林绿化和树种方面的书籍，从文化意象上，知道法桐不仅是孤直的落叶乔木，在庭院中种植，不仅是家国情怀的一种象征，而且还象征着祥瑞。"梧高凤必至，花香蝶自来。""只有一枝梧叶，不知多少秋声？"从精神层面讲，法桐还是人类爱情和高尚品格的象征。

管他呢！树先种上再说，李秀华终于下定了决心。一番神操作，从市园林部门引入法桐，一排排的法桐树苗整整齐齐地栽种在大院的几条主干道上，可由于她自作主张，树苗钱却没有了着落。据说所财务不给她报账，直到园林部门追讨，才支付了这笔树苗钱。

当时的她虽年近五旬，有自己的家，有自己的工作，可她宁愿牺牲大量的休息时间，数年如一日，风里来，雨里去，投身于纷繁杂沓的绿化及管理工作。特别在每年的三四月间，是她最忙的日子，乃至经常饭都顾不上吃，披星戴月，四处奔波。有一次，她要出差到南方去采购树苗，临行前多年患病卧床的母亲病重，需要她留下来陪同照顾，但时令不等人啊！如果这次不把景观树苗买回来，那可就得耽误一年时间哪。在公与私、单位与个人之间，她选择了前者。咬咬牙把母亲看病住院的事托付给丈夫付学信，硬是风风火火地出了一周差，树苗终于按时栽种上了，可就在她出差的这几天，病重的母亲却险些没抢救过来。事后有同事问她：

"老李，你母亲病重时没守在她老人家身边，万一有个好歹，你后悔不？"

"那也没有办法，自古忠孝两难全嘛！不过我还是很幸运的，这不没事吗？"李秀华笑呵呵地回答说。

"我所的绿化工作，曾得到范士林副所长的鼎力支持，大楼前的藤架，就是在范副所长力排众议，亲自主持下才建起来的。那是当时廊坊市的第一座藤架，廊坊电视台曾来拍过一部 15 分钟的绿化专题片，在河北省电视台播放，里面还有范副所长的身影。"李秀华补充道。

在整个大院的绿化过程中，她既是总设计师，又是现场实施者，更是铁面无私的保护者。在我们这个大院，李秀华的大嗓门，直性子，尽人皆知。只要有人损坏了她的花，她的草，她的树，无论是谁，她都不留情面，对于绿色生命的珍惜和爱护，可以说已到了如醉如痴的地步。

记得 20 世纪 90 年代初的一天上午，办公室的上班族纷纷离开大楼，大家都匆匆地走在下班的路上，有人回家，也有不少单身直接奔向食堂，我也夹杂在这股人流中，正一门心思地琢磨着中午去食堂买点什么好吃的。忽然听到一个尖细的嗓子在喊：

"不要在草坪上踩，出来出来！那儿是路吗？抄近道能差几步啊！"

"噢，对不起，对不起！光顾着说话，把这事儿给忘了。"

我循着声音向前望去，只见说话道歉的人是副所长奚家鉴，他和手下的一个室主任阳明，一边走一边聊着什么，可能无意中走进草坪，也把李秀华铁面无私这碴儿给忘了。见李秀华当着这么多职工大喊大叫地不给他留面子，我愣了，当时走在我前后的同事们也都愣了。只见刚刚迈入从绿色草坪踩出的一条白色羊肠小道上，想斜插过去的奚副所长，闻声脚步似乎迟疑了一下，接着就一迭声地边说着对不起边退了出来，尾随其后的阳明见状也挠挠头，很快退回大道上。一个副所长，一个室主任，当着这么多人的面，李秀华喊叫时竟然不留一点情面，难道她不怕得罪人，不怕这位副所长报复吗？若非亲眼所见，委实很难令人相信这一事实。可见她真的是心底无私天地宽，已经到了无我的境地。嗨！您还别说，她这么当众一喊，而且喊的还是一个副所长，真的就有了那么点杀一儆百的作用。从那之后，再也没有人敢从绿色草坪的羊肠小道上走捷径了。

职工如此，大院里的家属也几乎都听说了这件事，知道了李秀华的厉害。如今，在她的感染下，护花护草护树似乎已成为人们的自觉行动，连幼儿园的小朋友都知道，李秀华阿姨说了："损坏花草树木是可耻的行为。"

部创作室作家文乐然同志的文章《一枝一叶总关情》，写的就是她；奚青同志的电视专题片《绿色的梦》中的主人公也是她。啊！绿色的梦，多么美好的意境！她，李秀华正是在逐步地把这种梦境变为现实。在大院里常常可以看到这样的场景，大人领着小孩在院子里漫步游玩，见小孩子上去要折花或踩草坪时，有时说着还不听，但只要一喊李秀华来了，孩子就会乖乖地缩回小手或退出草坪。

有一次，几个职工的孩子在冬天玩火时，不慎烧毁了一片草坪，现场留下了一大片黑色的残烬。看到草坪上一片狼藉，这可把李秀华心疼坏了，她不仅严厉地对几个孩子进行了批评教育，还罚他们原地站了两个小时以示惩戒，当然她也是全程站在一边监督执行的。有职工从旁边经过时，见几个孩子乖乖地站成一排头也不敢抬，李秀华站在一边板着个脸谁也不理。人们知道她在教训这几个惹事的坏小子，虽然感到好玩但谁也不敢上前询问，只有吐吐舌头快速离开或远远地看着。据说李秀华最后还找到领头小孩的家里，向家长通报了这件事，而且还通过所里罚了这位职工的款。从此，职工都加强了对自己子女的教育，大家对来大院玩耍的孩子的管教都严了起来，也没人轻易敢触李秀华的霉头。

功夫不负有心人，在她的精心培育和苦心经营之下，院内目前已种植常绿乔木、灌木等各种树木三千余棵，草坪一万平方米，花卉六千七百多盆，品种达七十三种之多，在六万平方米的可绿化面积中，绿化覆盖率已达百分之七十。使大院形成了四季有青，三季有花，高矮有序的新格局，创造了一个优美、舒适的科研、生活环境。不仅如此，她还转让部分苗木花卉，累计收入十三万余元。对于这笔额外的收入，李秀华分文不取，既没有用于发奖金，更没有私分截留，而是全部投入绿化工程中去，用于发展再生产。

杨少平全家在办公楼前留影（左图）　　　　　　　同事们在花海中徜徉（右图）

　　关于大院绿化，作者多次和她聊过，也曾专门采访过。她说："昨天的努力，并不是为了今天的索取，而是为了奉献。我很赞成这种提法，搞园林艺术本身就是一种享受，一种美的享受，我自己所付出的这一点劳动，比起别人从中享受到的毕竟要少得多。"

　　五一国际劳动节、十一国庆节、春节，这些都是我国的重要节日。每逢节日，在我们单位的大门前、办公大楼前和科技中心门前，都要摆放造型各异的花坛，以示庆祝。这些花坛以前都是向花卉养植场提前预订，到时候他们就会拉来一小盆一小盆各种颜色的鲜花，拼成各种不同造型的花坛，红的黄的蓝的绿的鲜花拼凑在一起，一个个不同的造型就出来了。我默默地合计了一下，一个大点的花坛造型，大概需要几百盆鲜花和绿植，那这几个地方的花坛加在一起呢？绝对不是个小数目，至少得花费几千元钱。

　　待我自己注意到这件事时，李秀华已经开始行动了。在绿化经费逐年减少的情况下，她将挣来的这笔钱全部投入了副业，雄心勃勃地开辟了养花种草，养鸡，养兔饲养业。用她的话来说就是以副养主，进而逐步达到绿化经费的自给，这就是她的追求。她把所大院东部中间的一块空地收拾出来，周围简单地圈了一下，南边安上大门后，一个简易的花房就算建成了。从这以后，每年摆放的花坛不用花钱外包了，草坪也不用花钱采购了。再到重大节日前，都是由李秀华在自己花房直接拿出自己养的花摆放花坛，不仅省下不少钱，而且用自己养殖的花，自己设计摆出的花坛，显得更鲜艳更漂亮了。

所里的不少职工，都品尝过李秀华花房放养的家兔和散养的鸡蛋。每到晚上下班前，杨宝田、戚巧俊等几个花房的工作人员，就在花房的大门前等着，有的提着鸡蛋，有的筐里放着两只兔子，而李秀华则手里提着一杆秤，高喉咙大嗓子地向下班回家的职工兜售他们的"土特产"。见他们这样拿着东西叫卖，起初还都有点不好意思，但买过两次后，大家反应不错，一度断货。再后来他们根本不用出花房大门，东西就早早地被抢购一空。这种货真价实的绿色食品，在花房存续期间，一直处于供不应求的紧张状态。

拳拳之心谁与似，数年辛苦不寻常。李秀华现虽已退休二十多年，正在颐养天年，但她的绿化事业得到了传承。也可能是耳濡目染的影响，也可能出于她的言传身教，她的儿子如今也子继母业，当上了维护大院花草树木的园林工。

在大院里，除了几个外来的农民工，经常可以看到一个身穿迷彩服，少言寡语的中年男子，一年四季在大院的花花草草中奔忙。他，就是部队转业到物化探所的职工，李秀华的儿子付铁铮。只见他时而拿起割草机修剪草坪，时而拿起剪刀修剪绿植，总也不闲着。夏天他戴着一顶没了颜色的旧草帽，在炎炎烈日下战高温；冬天他戴着一顶呼扇呼扇的火车头帽子，在呼啸的北风下战严寒。无论什么时候从大院走过，人们总是能看到他忙碌的身影。

春天，他补栽树木，浇水施肥；夏天，他喷洒农药，去除虫害；秋天，他侍花弄草，剪枝修叶；冬天，他冬青搭架，大树刷白。手里的活儿，似乎总也干不完。长江后浪推前浪，有了李秀华前期的努力，有了付铁铮他们今天的辛苦劳作，所部大院的花草会更蓬勃旺盛，生生不息。

李秀华、付铁铮和他的同伴们的苦，换来了大院的美。

四十年过去，弹指一挥间。今天，当你步入物化探所院内，就会看到一排排高大的梧桐，一棵棵潇洒的龙爪槐，一片片翠绿的草地，一块块美丽的花坪，纵横交错，错落有致。灌木丛丛，垂柳依依，一股清新气息扑面而来，沁人心脾。

蜜蜂、彩蝶在花间飞舞，年轻的情侣在拍照留影，昔日杂草丛生的大杂院，变成了一个美丽的大花园。自1984年以来，物化探所年年被评为绿化先进单位，并在 1987 年被当地政府命名为"花园式单位"，李秀华本人多次被评为市绿化先进个人和本所先进工作者。

在深远的夜空里，许多看似渺小的，无名的星星，其实比地球甚至月亮还要大得多，只是过于遥远而不能被人们准确地认识罢了。她，何尝不是如此呢？

李秀华，只有李秀华把对物化探所大院的绿化当成自己的事业来做。

二、温馨的家园

中华人民共和国成立以来，从最初的地质部、国家地质总局、地质矿产部，再到国土资源部，直至现在的自然资源部，职能的优化配置，改革的电闪雷鸣，在地质人心中留下了永不磨灭的烙印。

如今，昔日的老同事，有的已是白发苍苍，行动不便，有的已经永远离开了我们，但他们的高贵品质和甘为人梯的长者风范永存。

历史总是惊人的相似，也许是命运安排，也许是先天注定，也许是偶然的巧合，几十年后，前文提到的当年那位从小就受到父母和身边叔叔阿姨们这股蓝田精神熏陶的小男孩，果然去盖楼了。

他不仅深深地爱上了地质这一行，而且曾任地质矿产部赣南扶贫办副主任、江西某贫困县的副县长。两年挂职回单位后负责单位的基建工作，盖

作者（左1）一家人在国际中心大楼前合影

起了一栋栋高质量的家属楼，还有一座现代化的"联合国教科文组织全球尺度地球化学国际研究中心"。什么是子承父业，什么是薪火相传？这就是一个活生生的例子。

我们不缺人才，缺的是发现人才的眼睛。对地球科学的热爱，对自然

科学的好奇，对文化的感知，对知识的思辨，这就是研究所之魅力所在。65 年只是历史长河的一瞬，在这大半个世纪，物化探所在祖国大地上留下了自己深深的足迹。

在十五届全国矿床大会上，物化探所派出强大的阵容，所领导亲自挂帅，分别从航空物探、地面电磁探测系统研究、金属矿地下物探技术、矿产资源立体地球化学勘查、纳米地球化学与深部找矿、浅钻化探方法技术应用等多领域、多学科、全方位介绍了物化探方法、技术和仪器装备的研发及其应用效果。

"找矿勘查技术方法及其应用"专题，还获得此次大会优秀组织奖。

踏进物化探所的大门，仿佛进入一座清幽怡人的庭院。草木葱葱的中心花园，淡远了尘世的喧嚣；漫步在红砖铺就的曲径，看阳光在枝叶间嬉戏，微风在花草间穿行；联合国教科文组织全球尺度地球化学国际研究中心大厦，物化探所高高的办公大楼，掩映在一片花草树木之中。唯其静，唯其美，才不枉了"花园式单位"这一光荣称号。

美丽家园一角　　　　　　　　　来赏景的情侣

大院里绿树成荫，鸟语花香，令人心醉神迷，流连忘返，忘却了人生的诸多烦恼。春天到了，在那桃花盛开的时节，飘散的花香，温馨又浪漫。外面好多大姑娘、小媳妇们打扮得花枝招展，穿红着绿的笑靥如花，摆出各种姿势在一片粉红色的桃树下拍照、留影，她们可是慕名而来啊！可生活在这花园式大院的我们却少了这份欣赏的心情和雅致，这也可能是一种身在景中不知景的审美疲劳吧！

三、树欲静而风不止

这里不仅有现代化的科研大楼，还有装备一流的中心实验室和实验工厂。随之配套的医务室、电工房、木工房、水房、浴池乃至托儿所应有尽有，一个大的研究所从此在这里安营扎寨。远远望去，耸立在科研大楼顶上的"高科技兴所、物化探领先"几个大字格外醒目。世界的、国家的精锐都在这里，与我所毗邻的另一个兄弟单位地矿部勘探技术研究所就建在马路对面。

然天有不测风云，有一天，单位大门不知被什么人给堵上了。

下班了。第五研究室的青年科技人员李琳迈着轻盈的步伐，刚走出大楼。只听得"啪"的一声闷响，一锹土冲她而来，其中一个硬硬的大土块正砸中她的头部。她顿时感到一阵剧痛，用手本能地捂住头部，鲜血顺着指缝流下来，一滴一滴地掉落在她那漂亮的连衣裙上。

这真是祸从天降，正从大楼鱼贯而出的职工们愤怒了。

下班的职工纷纷停下匆匆的脚步，络绎不绝的人流宛如奔腾的河水被大坝拦截一般，很快就聚集起黑压压的一大群人。出了什么事？门怎么堵上了？这是谁干的……看到村长带来的一伙村民，再看看大门口的一大堆土和垃圾，人们心里就有了数。大家纷纷议论着、猜测着，一贯整洁、安静、秩序井然的研究所办公楼前顿时乱成一片。嘈杂声、抱怨声、诅咒声，不绝于耳。

原来又是他们！附近于家庄的农民。一个40岁光景的妇女站在满载着垃圾的马车上，正在用铁锹向大门口抛洒，面对围观的人群，全无惧色。

"再用劲往上扔，把门堵住，快！"一个老农站在旁边指手画脚地指挥着。

"又是打人，又是堵门，还有王法吗？"人，越聚越多。

"打人？还王法？哈哈！老子今天就是要打！"一个五短身材、紫红脸膛，身穿中山服的中年汉子边喊边蹿上大楼的台阶，眼露凶光，说着就捡起了几个小砖块，拉开了架势，几块砖石脱手而出，直飞大楼的玻璃窗。"哗啦"，窗玻璃碎了好几块。

"抓住他,别让他走了。"

"扔土的停下来!"

人群中有人在喊。扔土的妇女迟疑了一下。

"说得轻巧,继续扔!"汉子说话了。

这些人不知是附近的村民还是花钱雇的社会盲流?胆子怎么这么大!就在大家胡乱猜测时,中年妇女又开始了她的"工作"。

事态还在发展……

"这还得了,光天化日之下,打人闹事,你们还讲不讲道理?"

说话人是高级工程师刘平均。老先生德高望重,既是研究所中心实验室主任,又是市政协副主席。

"你是干什么的?叫你们领导来见我。"

汉子从台阶上蹦下来,走到前边的一辆小车旁,拿出了摇把儿,在空中挥舞着。楼前空地上还停放着他们一辆小车,旁边站着的几个人在不停地呐喊助威:

"一亩地八百块钱,哪儿有这么便宜的地皮?没有了土地,我们吃什么喝什么?不行,一百五十亩地的差价必须补给我们!"

"临时工还不用我们村人?你们还有点良心吗?"

"叫你们领导马上出来答复,要不然我们不走!"

"今天豁出去了,不得全胜,绝不收兵!"只见这伙人七嘴八舌地喊着,职工们都愣了,这可是一帮没文化的失地农民,不好惹啊!

然而,只见几个年轻人凑上去了。

"快打电话给公安局,把打人的带走,好好教训教训他们!"

"抓住打人凶手!保留现场!"

愤怒的吼声,严正的要求,此起彼伏。这时现场的气氛极为紧张,可谓一触即发。

一阵刺耳的警笛声由远及近,在保卫科长的陪同下,身着白色警服的公安人员终于到了。

"你们是哪个村的?"其中的一个矮个儿警察问道。

"于家庄的。"中年汉子显得老实多了。

"你叫什么名字?到这干什么来了?"

"郭卫民，村长。到这……"汉子语塞了。

"你呢？是一起的吗？"公安老王用手指指老头。

"是的，我叫郭海，是于家庄的治保主任。到这是找他们领导，要求赔偿损失的。"

"当初买地双方定下的价格标准，能随便改吗？再说也有合同，要求加钱是没有道理的，无据可依。"主管行政的所领导答复说。

三番五次，还是要钱。钱！钱！什么时候是个头呢？

"赔偿？赔偿什么损失？"派出所老王追问道。

"一是他们得补偿部分土地款，另外以后大院里植树或其他零活儿得优先安排我们村人干，用外面人就是不行。"

"还有，我们一再警告，他们还是往我们田里倒垃圾，毁坏农田。"郭海还在狡辩。

"为什么要打人？"

"打人？是我们在向大门口倒垃圾时，她自己碰上的。"郭卫民强词夺理道。

"他胡说。人是他有意打的，至于垃圾，是倒在废坑里，况且那块地皮已经征用，更谈不上毁坏农田。"

"他们这是无理取闹，有意干扰国家的科研和生产。"

平时埋头科研，很少过问闲事的知识分子们也忍无可忍了。

"好，你俩先跟我来。"老王又面向保卫科长，"咱们进去谈吧！"

然而，事情远没有人们想象的那么简单。大楼门口的土和垃圾，一直堆了好几天。直到某外国代表团到来的前一天，这堆土和垃圾才被于家庄的几个村民清除掉。原来几个在单位大院做勤杂工的人也被这几个村民取代，且还是政协副主席亲自出面做了交涉。

常言道：强龙压不过地头蛇，看来此话不假，咱们毕竟搬过来时间不长，估计以后会慢慢好起来的。事情过去了很长时间，职工们对这件事仍记忆犹新。

一场风波平息了，但类似的风波还会再起吗？

四、用哲学思想引领物化探

20世纪90年代初,社会上兴起一阵学哲学用哲学的"哲学热",物化探所也不例外,机关、物探和化探党总支先后组织起了几个哲学读书会。这是一次哲学读书会活动的素描,也是一个画面回放。

地矿部物化探所五楼会议室里座无虚席,哲学读书会的又一次讨论开始了。到会的30余名读书会成员大多表现出浓厚的兴趣,目光齐刷刷地集中在会议的主持者——物化探所副所长兼读书会会长林存山同志的身上,他正在做开宗明义的会前"动员"。

"……我们这个读书会成立一年来,学到了不少哲学知识,也解决了不少实际问题,能坚持下来更是不易。今天的讨论题是'学习哲学的心得体会及如何用哲学的观点指导科研工作',大家可以联系自己的思想和工作实际,自由发挥,畅所欲言。"

主持者的话音刚落,高级工程师付学信发言,他说:"哲学我过去在大学时学过,这次又通过读书会的系统学习,觉得很受启发。"

"我也赞同这种观点。辩证地看,物探或化探在哲学思路上是寻找机遇,但用僵化的形而上学的思想是找不到矿的",所党委委员鄢明才同志接过话头说。

在讨论会上,主管化探的副所长邵跃举了这么一个例子:广东省物化探队对阳春盆地一千三百平方千米的面积进行了化探扫面,尽管发现了大量异常,但要在如此大范围确定哪里有矿、哪里无矿却极为困难,该队对此感到束手无策。我们运用由此及彼的哲学思想,从已知到未知进行推测,抓住重点,对大量数据资料做了综合研究比较,由一千多平方千米的面积中选出一百平方千米的"靶区",并做出了该地可能有铜矿和稀有元素的结论。

经再次详查,证明该推论是正确的。这就充分说明任何活动的发生,都是主体主动作用于客体。主体的目的性越明确,对信息接收的质量也就越高。在找矿或地质勘查的过程中,只是人们未充分认识到罢了。许多同志都认为,找矿是从已知的现在推断未知的过去,靠经验类比。因此,寻找机遇的基础是依靠越来越新的技术和越来越有效的野外工作方法。

"这就是哲学思想，老邵把它用在找矿圈定异常上，解决了工作中的难题，我觉得这就是现实中的哲学观。"说话的是化探方法室的张华。然而，毕业于北大图书馆系的图书馆馆长赵华却语出惊人，提出了不同的观点。

他说："科学是好的东西，但人们对科学的理解却不一样，认知不同。科学是求真，宗教是求善，艺术是求美。在科学上，相对论又被量子力学否定，在医学上，中国人迷信西医，崇尚西医，放疗、化疗，花了一大堆钱，最后人还是死了，无人怀疑，也没人说不对。而对待中医就不行，人们片面地认为中医庸医太多，不少是用狗皮膏药类的东西骗人钱财，使中医一度寸步难行。"

"对，有段时间，中医似乎走入绝境，险些使中华民族的这个瑰宝失传。"见有人插话肯定，赵华点点头顿了顿又说：

"无论是宗教还是哲学，人没有信仰是不行的，凡事应以科学标准来衡量，不能因为有假气功就否定了真气功。科学可以造福人类，也可毁掉人类。无宗教约束的人，什么坏事都干得出来，这就是人性。但我相信总有一天，喧嚣过去，世界总会回归本有的秩序。"

赵馆长滔滔不绝的一番高论，犹如在平静的水中投入一块巨石，激起了很大的浪花，会场的气氛顿时活跃起来。

我所化探党总支组织的这个马克思主义哲学读书会成立以来，已集中学习讨论十余次，在总支乃至全所范围内引起较大反响。一股学哲学、用哲学的热潮正在兴起。由于与会者争先恐后地发言，以致主持人在讨论时不得不提醒大家顺序发言，保持秩序。来自不同研究室的30多名读书会成员大多是该总支所属的中层干部和技术骨干，觉得哲学思想可有效促进技术创新，思想上也有了从不自觉到自觉的转变，从而对哲学更感兴趣。

王春书在所化探质量监控站一直从事标准样的研究，他说：搞标准样是谢院士首先提出来的，在蓝田最早参加样品采集和研制的人除了鄢明才和我本人，还有翟军校和仲平等人。有了哲学思想，在谢院士的悉心指导下，一百多种标准样品的采集、农业土壤分带的主要工作，我差不多全部参加了，经我亲手制作的标准样品就将近20种。

我们制成的标准样，不只是在国内，在国外也是很抢手。价格也和黄金一样，是论克卖。国内每克一元钱，卖到国际市场则是每克一美金，价格就是这么定的，没得商量，紧俏货啊！没办法。他强调：我们研制的这些地球化学标准样，其中的"岩石GSR 1-6、土壤GSS 1-8和水系沉积物GSD 1-12"这三个系列、26个标准物质均被国家定为一级标准物质，成为独创性的科学研究成果。它的应用范围遍及美、日、德、法、英、葡等在内的世界30多个国家，且研究成果还获得过国家科技进步二等奖，获地矿部、国土资源部科技一、二、三等奖多次，这也可以说是谢院士的一大贡献。

党总支书记吕鸿云发言时强调：以上发言，很有启示作用。哲学是对人类思想的高度概括与总结，它必然贯穿并渗透在我们所从事的科学技术活动之中，使我们的科技活动总是自觉或不自觉地接受某种哲学思想的指导。科学研究如融入哲学思想，将会打开我们的科技创新思路，收到事半功倍之功效，所谓磨刀不误砍柴工。

没有矛盾和差异就没有世界。世界上找不到完全相同的两片树叶，差异和矛盾是事物发展的生命力，有了多样性，才有自然的生态和谐。人们往往只能看到洁白的天鹅亭亭玉立于水面，但却不知妩媚动人的天鹅藏在水下不停扑腾着的双脚。

哲学是时代的精神家园，是文明的活的灵魂。每个时代最精致、最深刻的思想，都集中在哲学的殿堂。笛卡儿说，"我思故我在"，思想者的存在主要在于其思想，而哲学是"思想者"追求自由的路，这条路一直通向"求真务实"的科学世界。实践性要求思想者知行合一，即把自己的思想变成信念和行动，哲学的"思以求通"的无用之大用正在此处。

自2002年起，联合国教科文卫组织发起了每年11月的第三个周四为世界哲学日活动，旨在让公众注意到哲学在公共生活和全球问题上的启蒙作用，促进对话和独立思考。古人云："纸上得来终觉浅。"然理论是灰色的，实践之树常青，脱离了实践和时代的哲学，是无源之水无本之木，只能是幻想和梦呓。

五、迟清华结缘物化探所

（一）千里马常有伯乐难寻

迟清华，1964年10月生于山东蓬莱，1986年7月从长春地质学院化探专业毕业后一直在物化探所工作，2003年任教授级高级工程师，应用地球化学博士，长期从事国际地球化学填图、全球地球化学基准、区域地壳元素丰度和地球化学标准物质研究。迄今为止，他在监控站工作12年，在应用地球化学研究室工作24年，曾两次获得国土资源科学技术二等奖，出版科技著作5部。自进入物化探所以来，他默默无闻地做事，持之以恒地搞科研。36年来，几乎每年都要在野外工作三至六个月的时间，足迹遍及我国30个省、自治区、直辖市，见证了新疆大地的广袤浩瀚、蒙古高原的辽阔坦荡、黄土高原的雄壮粗犷、青藏高原的大美无限和云贵高原的壮丽画卷，若是把这些年的随车工作行程加在一起，里程已超过百万千米。

迟清华1989年从江西全境全球地球化学填图野外采样工作的探索开始，便开启了随车采样的"长征"之路。2000年夏天，他同王学求、程志中、刘大文、李文江、张建海等人在新疆东天山—罗布泊15万平方千米的荒漠戈壁以地为床、天为被，坚持了长达三个月的野外采样。2006年以后，他又不时同徐善法、聂兰仕、刘汉粮等人在中蒙边界地区额济纳旗—二连浩特—呼伦贝尔一带的广阔草原开展超低密度地球化学调查采样，一干就是七年。到了2011年的鼎盛时期，除去春节、五一、十一这三大法定假期，当年的野外工作时间长达11个月。为开展国际地球化学填图和全球地球化学基准值研究，他和同事们还赴秘鲁、蒙古、老挝和俄罗斯，不时开展野外采样和培训交流工作。

2019年10月，他和同事张必敏、孙彬彬、胡庆海博士们远赴秘鲁，为采集河漫滩沉积物，以船为家，在波澜壮阔、世界第一大的亚马孙河流域漂了近一个月。适逢亚马孙的春季，每到晚上，冷暖空气交织在位于赤道附近的亚马孙丛林之上，充满了神秘感。每当下雨，河水就会暴涨，甚至会淹没周围的森林。在河岸上远远眺望，亚马孙热带雨林上空不是下雨就是闪电，而且闪电非常频繁，但奇怪的是总听不到雷声。可能碰巧了，他们所看到的亚马孙闪电，就处于世界上三大闪电烟囱之一的亚马孙热带

新基地的迷人魅力

迟清华在湖南野外工作留影

迟清华在秘鲁亚马孙河支流开展全球地球化学填图

雨林区,另外两个闪电烟囱就是非洲的刚果热带雨林区和东南亚热带雨林区。

2021年6月起,迟清华他们在新疆、青海、西藏等西部地区采样,三个月的行程达到两万五千千米,无意实现了他人生的又一次"长征"壮举。他说:"这次采样旅程数或许是一种巧合,但也许会成为我今生的最后一次'长征',因为付出太多,再说身体也大不如以前了。"

他在接受采访时对我说起了初识物化探所的经过:"那是我在长春地质学院读大二时的事,1984年,我乘坐从烟台到北京的绿皮火车准备在北京与同学会合前往河北承德平泉县(现平泉市)进行野外实习,火车在廊坊站作了短暂的停留，当时我的心为之一动，廊坊！多么熟悉的名字，著名地球化学家——谢学锦院士的单位物化探所不就在这里吗！这还是谢院士在长春地质学院为化探专业师生讲学时才知道的。到了第二年的夏天，讲授化探课程的黄熏德教授准备安排我在七八月到物化探所进行野外实习，当时我正在长院读大三。廊坊，又一次进入我的视野，这次要是能成行的话，我不就可以见到物化探所从事化探的专业人员，向他们学习了吗。

"由此可见，当时长春地质学院与物化探所在院所科研合作方面的关系是多么的密切。后来老师告诉我说，带我实习的人是物化探所邵跃教授的硕士研究生李维天，他主要从事矿区化探原生晕的研究。从那时起，我就一直盼望着能早早来到物化探所，开始野外生产实习。到了8月初，我终于来到物化探所，心情也特别激动。一开始，李维天原本安排我去新疆阿勒泰富蕴县的喀拉通克铜镍矿，但由于路途遥远，最后终未成行，开始还感到有些遗憾，心里寻思着这大美新疆不知何时才能看到……还好，过了几天后，他又为我找到了另一个新的实习地点，在广西河池罗城县宝坛锡矿完成了为期一个半月的野外实习，觉得实际工作和课本上学的就是不一样，收获挺大。"

迟清华博士的人生经历，与监控站的创始人鄢明才也有着千丝万缕的联系。1986年7月，迟清华学成，正式入职物化探所，这一干到现在就是36年。他说自己初来监控站，与鄢明才主任相见于单位主楼三层东侧的主任办公室。向鄢工自我介绍时说，"我所学的专业是化探，1964年生于山东蓬莱，我的老家蓬莱还是一个神奇而有故事的地方，比如明代抗倭英雄戚继光也是蓬莱人。他作为明朝著名的军事家，曾率军在大明王朝的东南沿海抗击倭寇，前后历时十余年，大小经过八十余战，终于荡平倭寇之乱。他是当之无愧的民族英雄，留下了'封侯非我意，但愿海波平'的著名诗句。宋代文人苏东坡虽然上任登州知府只有5天，但却在蓬莱阁写下了著名的海市诗，'东方云海空复空，群仙出没空明中，荡摇浮世生万象，岂有贝阙藏珠宫'，这就是传说中八仙过海的地方，也是海市蜃楼不时出没的地方"。

老鄢听后高兴地说："巧了，苏东坡可是我们眉山人啊！说起来我们的关系就更近了，可以说是因大文豪苏东坡而结缘哪！"

"是，先从地质结缘，再从东坡居士结缘。"

"缘上加缘哪！"老鄢随声附和道。

"我们二人虽是初次见面，但相谈甚欢，尤其是老鄢显得特别高兴。最后我还显摆地强调说：苏东坡在任登州知府期间，不仅把地方治理得井然有序，而且他还上书朝廷，为这里减了不少盐税，至今蓬莱人民还一直感恩他的丰功伟绩呢。"

当时监控站正主持编著《地球化学标准参考样的研制与分析方法 GSR1-6 GSS1-8 GSD 9-12》这本书，准备在地质出版社正式出版。办公室桌上纸张成卷的原始数据堆了几大摞，这是由全国45个中心实验室分析定值的72种元素，要先按元素符号排列，再粘贴到A4纸的版心之中。这真是个细活儿，裁切的纸张长度和宽度严丝合缝，多一行少一行都不行。而且纸张背面刷的糨糊必须均匀，少了粘不牢，多了会鼓包或留下印迹，直接影响下一步的照排制版。顾铁新当时正在河北地质职工大学学习，监控站只有老鄢、王春书和陈燕平三个人，人手太少，根本忙不过来。看到我来监控站上班，鄢工自是高兴，心想又多了一个新生力量，客气一番后，马上开始向我介绍目前正在开展的工作。

看到打印好的数据纸、刀片、糨糊、小毛刷、钢尺、铅笔这些东西整齐地排放在专用的玻璃板上，我就琢磨着按照尺寸，用钢尺和铅笔先画出版心，再用刀片切好数据纸，均匀地刷上糨糊，粘贴到版心中，然后轻轻地按压平整。我的工作得到鄢工的首肯后，就一直坚持下来，用半个月的时间将原始数据表和最佳估计值表贴到一百五十多张打印纸上，后来的影印制版效果非常理想。每当看到这部专著时，就不由想起当时手工排版的情景。尽管书里没有我的名字，但一想到这是自己刚刚参加工作就协助出版的专著，觉得也很有成就感。只要有空闲，老鄢就给我讲解岩石、土壤、水系沉积物72种化学元素的含量状况以及适用的测试方法，为我从事地球化学标准物质研制、地壳与岩石元素丰度研究，还有目前所从事的全球地球化学基准和国际地球化学填图工作打下了很好的基础。

鄢明才主任为了进一步培养这个年轻人，让他随同化探方法研究室的科研人员，前往甘肃蛟龙掌多金属矿区开展沉积物、原生晕、植物地球化学和水化学试验采样工作。1987年8月，在杨少平的带领下，迟清华和高平、马生明、高艳芳、刘应汉从北京站乘车，于15日凌晨抵达天水，先是在甘肃地矿局第一地质大队查找资料调研，三天后又从天水出发，乘坐北京212吉普车前往工区，一路向北攀爬，不知经过了多少险道急弯，当汽车驰骋在陇东的黄土高原时，看着天上的朵朵白云，顿觉天高地阔，每一个人的心情也感到无比的舒畅。

黄土高原一下大雨车就容易陷进去，有时一陷就是几个小时。这次在甘肃平凉，就让杨少平和迟清华他们碰上了。

蛟龙掌矿区位于甘肃省平凉市庄浪县，这里是近年来的旅游热点之一——庄浪梯田的核心区域。汽车沿着葫芦河边缓缓行驶，他们的野外采样工作将在这里展开。据迟清华讲："8月24日这天与往常一样，天空晴朗，万里无云，早晨七点钟，我们带着一天的好心情，向蛟龙掌进发。上午的工作非常顺利，不曾想还没到午饭时间，天气说变就变，突然就下起了瓢泼大雨。"

"在野外干活，就怕这种突发情况，那附近有地方避雨吗？"

"前不着村后不着店的，哪有避雨的地方。大伙紧喊着匆匆收工，上了车就往驻地返。看着前方的雨像掉线一样的下个不停，有人在车上就开玩笑说，可能这几天干活，动了土地爷的土，惹得老天爷也动怒了。"

"你们工作的地方离附近的村庄或者乡镇远吗？大概有多少路程？"

"远啊！最近的也得20多里地，当时这个急啊！"迟清华说，"我们的车沿着胡芦河边急行，大家说着笑着，当车行驶至离驻地威戎镇近4千米的位置时，发现有条小河与葫芦河交汇，小河冲下来的黄土被堆积在路上，看起来虽然只有二十几米，泥土也不太厚，司机远远地加大油门准备冲过去，不曾想湿湿的泥土黏性极大，车刚走了将近一半的距离，底盘就被黏稠的泥土吸住，根本控制不了，只要你一加油车就打滑，丝毫动弹不得。"

"没想到这么黏，大意了。"司机不好意思地说。见车被捂住了，大家从车上下来开始想办法。还好，此时雨也停了。高平、高艳芳在路上叫救援车，我和刘应汉用铁锹挖土。可是，虽然挖得满头大汗，可刚挖开一个小坑，马上就被小河不断堆积的泥土填满，累了半天什么作用也没有。那时路上行驶的机动车很少，根本看不到来往的过路车，最后在威戎镇专门找了一辆大卡车，才把我们的北京吉普拖了出来。就这么一折腾，前后耽误了近 5 个钟头，大家就一直饿着，坚持着，每一个人都抱着乐观的态度，毫无怨言。

遭遇种种困难和挫折，似火的青春能把冰水化为蒸气，也能把阳光聚成火种。

干地球化学标准物质研制工作也是这样，出野外采样、出差来回奔波可以说是一项必修课。有时时间紧任务急买不到卧铺票，就只能坐硬板甚至是一路站着，那也照去不误，没有什么条件可讲。

我们把时间拨回到 1988 年 4 月的一天，迟清华和顾铁新从北京站出发，前往陕西汉中勉县采集沉积物标样。随着火车的行进，从北向南逐渐展现出不同的景色，树叶由小变大，大地由黄变绿，尤其是南方绚烂的油菜花铺满大地，好一片美丽的风光！听迟清华讲，他们从北京站出发时，没有买到 T9 次特快列车的硬卧，白天坐在硬座车厢感到很无聊，所以就不时地和列车长闲扯两句。说我们是地质人员，主要从事质量监控工作，明天早上列车经停的旬阳，就有一个大型汞矿，这里出产的水银，可能正在秦始皇地宫里的暗河流淌云云。说完这些，还不忘问问是否还有硬卧，方便的话给我们解决两张，很辛苦的，下了车就得马上干活啊！

"这嗑儿还真没有白唠，到了晚上 11 点许，列车长过来告诉我们有人在古隆中襄樊下车，但只有一张上铺硬卧，看你们要不要？"迟清华说："就是一张票也得要啊！"补票后我们先是互相推让了一番，铁新说，"你小，还是你先去休息吧"，我说，"你大，还是你先去睡吧，我怕我一觉睡到大天明，回不来换你"。就这样互相让着，我们谁也没有动。

"最后怎么解决的？铁新去了吗？"

"后来我们一合计，明天到了还要采样，休息不好可不行，再者咱们两个人都瘦，要不你先去，等一会儿我再去，免的被列车员发现。一觉醒来，还是被列车员发现了，'教育'了我们一顿。列车沿汉江一路向西，经十堰，过旬阳，从安康站转乘列车继续向勉县进发。到汉中盆地时，绿油油的山，薄纱般的雾，奔腾的汉江水更是吸引人眼球。"

"是啊！这里地势险要，不仅是三国时期蜀汉兵家必争之地，而且还是重要的粮仓。"

"采样期间，我们亲眼看见了勉县定军山诸葛亮的武侯祠与武侯墓以及马超墓等各种古迹，站在三国时期的古战场上，不禁使人遥想蜀相孔明的神机妙算和赤壁周郎的雄姿英发……"迟博士感叹道。

（二）老鄢的胸怀和"野心"

1987年4月，年近50的鄢明才主任带着刚刚毕业的迟清华，对云南、四川、广西、湖北、江西、浙江等省区区域化探全国扫面的岩石采样和实验室分析进行调研，长达一个月的长途旅行开始了。他们转战祖国大江南北，不是乘火车，就是坐汽车，抑或乘船航行在辽阔的长江流域，可谓舟车劳顿。迟清华翻开他的日记，我发现他们真是经历了一次漫长的旅程。在一个月的时间里，火车、轮船、长途汽车乘坐时间长达近200小时，如果再加上市内公共汽车和三轮车的乘坐时间，这一个月的行程，竟有四分之一的时间在路上。

正如迟清华所言，一下子走了这么多地方，开始还感到新鲜、兴奋，时间长了难免感到疲惫、厌烦。特别是看到一脸倦意的鄢工这么辛苦，就生出很多感想，甚至也很心疼，真不理解他是怎么想的，完全不顾自己的劳累，下了火车坐汽车，有时为了赶车，明明到饭点了连饭都顾不上吃，只是一个劲儿地赶赶赶，有时连我都追不上他。为了中国有自己的区域地壳元素丰度，鄢工真是拼了。

"有几件事我印象最深，"迟清华说，"我们乘坐T7特快列车从北京到成都，列车穿越华北平原和关中平原之后，于翌日下午5点左右到达宝鸡站，经由宝成铁路继续向南行驶。当时是春雨时节，从火车窗户远眺，秦岭一片云遮雾绕，列车驶出宝鸡站开始缓缓前行，一路迂回盘旋，杨家湾站至秦岭站直线距离虽然只有6千米多，但由于铁路线反复迂回盘旋，在6千米的直线距离内竟盘绕了27千米。这27千米就是世界铁路建筑史上著名的秦岭主峰观音山8字大展线，又称之为观音山展线。从宝鸡站出发大约两个小时，才抵达位于山顶的秦岭火车站。"

宝成铁路是20世纪50年代新中国修建的第一条电气化铁路，该铁路北起宝鸡市，向南穿越秦岭和大巴山，桥梁和隧道的长度超过全线的六分之一，到达天府之国四川成都市，全长669千米。这条钢铁巨龙是连接西南和西北的重要铁路干线，从此改变了"蜀道难，难于上青天"的历史。

秦岭火车站是宝成铁路位于陕西宝鸡凤县黄牛铺镇的一个火车站，距离宝鸡45千米。凤县地处深山，古称凤州，因凤凰栖息而得名。据《方舆胜览》记载，"凤鸣于岐，翔于雍，栖于凤"，凤县冬无严寒，夏无酷暑，春如四季秋有雨，蜿蜒向西直达秦岭梁顶。穿越历史时空，让古老与青春相遇。三国时期诸葛亮六出祁山伐魏，就是这个地方。当年，几十万铁路大军不畏艰险地日夜奋战，才有了这条铁路，也让"宝成"这个名字变成了一首波澜壮阔的英雄史诗。

"在这里下车，感觉怎么样？"

"这里地势特殊，海拔较高，自然景观秀美。从秦岭火车站一下车，云遮雾绕，顿觉一股凉意袭来。出站后，老鄢和我冒着淅淅沥沥的小雨拾级而上，到一小饭店，简单点了一个西红柿炒鸡蛋和凤县鲜蘑炒肉，外加一碗胡辣汤，连吃带喝的觉得又好吃又实惠。我们边吃边欣赏秦岭云遮雾绕的大好风光。秦岭，东西走向，起源于现昆仑山，在秦以前也称昆仑，是一座国脉所系的地理山脉。唐代岑参描写秦岭诗句，'槛外低秦岭，窗中小渭川'就说的是秦岭的大气磅礴，还有它雄伟的气势。"

"秦岭站虽地处深山，但也是一个小小的铁路交通枢纽，吃饱喝足，深夜我们又从秦岭站登上了西安至重庆的快车。列车一路沿着嘉陵江行驶，两个半小时后抵达略阳火车站。下车后天蒙蒙亮，我们便马不停蹄地直奔略阳汽车站，早晨八点又坐上了开往甘肃陇南武都的长途汽车，于午后抵达武都，开始与甘肃省地矿局化探队的化探同行商讨工作事宜。"

"一提到甘肃，你可能马上会想起戈壁荒漠、黄土高原、大漠孤烟直的荒凉与干燥，但到了武都就完全颠覆了你的想象。武都属于北亚热带、暖温带、中温带的过渡带，人称塞上江南。4月的农田里已是蔬菜遍地，满眼皆绿。站在白龙江畔极目远眺，只见山岭重峦叠嶂，植被丰盛茂密，江水奔流不息，好一派北国的江南风光……"

"第三天，我们又从武都乘长途汽车到略阳继续前行，坐火车先到广元，再到成都。除了品尝辣味十足的四川美食，为了弥补一路上的劳累，还在成都休息了两天，算是补足了觉。之后又乘火车前往云南昆明、广西柳州、湖北鄂城、江西向塘、浙江瓶窑、山东济南，再与各地物化探队和中心实验室商讨工作事宜。这一趟差出的啊，差点没累趴下。我都这样了，那鄢工呢？"说到最后，迟博士来了这么一句灵魂的拷问。

全国区域化探扫面工作大部分完成后，谢学锦院士开始谋划更大的项目了。有一次对来办公室找他的老鄢说，"我的全球国际地球化学填图要正式立项了"。老鄢就说"好啊！老谢，那我也得告诉你一件事，我想把中国大陆地壳化学元素丰度研究项目立起来"。老谢当时就说，"噢！你的野心比我还大！"老鄢说，"我想先把架子搭起来，我们起好头，让后人来做"。说起来当时国际上在地壳元素丰度研究的竞争也很激烈，俄罗斯做过西伯利亚的地壳元素丰度研究，但是数据不够理想，一直还想继续做。大陆地壳尤其是区域大陆地壳的元素丰度一直是理论地球化学研究和地球化学勘查中非常重要的参数。老鄢的计划确实很大很遥远，就连当时地矿部科技司的吴承烈处长听了都直摇头，他认为地壳元素丰度值的研究难度太大，劝老鄢不要上这个项目，以免无果而终。由此可见，当时开展的地壳元素丰度研究，还是有一定压力的。但老鄢却是铁下心来痴心不改，坚持要做中国东部地壳区域元素丰度研究。他认为这项工作难度虽然大，但是很有意义，所以这个风险值得去冒，值得去探索。

科学研究，必须得寸进尺地深入、扩展、创新，才有可能结出丰硕的果实。经过多年的准备和积累，到了1992年，地质矿产部重点基础地质研究项目"中国东部上地壳区域元素丰度研究"终于实施并全面铺开。物化探所与长春地质学院、中国地质大学以及十余个省局区调队、物化探队合作，在中国东部约330万平方千米的区域内，按时空分布系统地采集了五百余条标准地层剖面、八百余个有代表性的火成岩和变质岩总计二万多个岩石样品，组合成近三千件分析样，采用以中子活化为主体的分析方法，取得了元素周期表中除惰性气体和不稳定元素之外78种元素的实测含量值。依托该研究成果，1996年在北京召开的第三十届世界地质大会上宣读了"华北地台地壳元素丰度"，1997年科学出版社出版的《中国东部地壳与岩石的化学组成》专著和2007年地质出版社出版的《应用地球化学元素丰度数据手册》在业内获得了广泛的应用。

项目实施期间，需要在部分省份租车进行野外采样，再加上两千七百余件岩石组合样品以及部分大组合样品的分析测试费，下拨的36万元项目研究经费远远不够。尽管他们想了许多办法，仍然无济于事。所以原本应该雇人干的，现在只能自己来做，研究人员也就面临着工作和经费的双重压力。本着项目优先的原则，监控站只能靠销售标准物质的费用来补贴经费之不足。那个时候大家的工资也都不高，还有年底靠多卖标准物质发奖金的习惯，这么一来原来要发的奖金基本就泡汤了。凡事都要亲力亲为，时间自是被大量占用。撰写项目成果报告，出版专著，就必须经常加班加点，有时甚至要工作到凌晨四五点钟。因此，可以毫不夸张地说，正是有了监控站人的牺牲精神，也才有了今天的辉煌成就。

地壳与岩石元素丰度数据是基础地球化学数据不可或缺的一部分，对区域地球化学、勘查地球化学、环境地球化学、岩石地球化学、大地构造学、基础地质学等领域的发展意义极大，尤其是对当时开展的区域化探全国扫面获取的水系沉积物地球化学数据的推断解释具有实际意义，这也是老鄢坚持开展实测地壳区域元素丰度研究的根本原因。而岩石样品加工，又是丰度研究的一个重要环节。

从粗碎、中碎到细碎，都需要一丝不苟。由于岩石样品种类繁多，不同岩性的地球化学背景差异极大，所以加工时绝对不能混样，需要耐心细致地保证每一个环节准确无误。有鉴于此，老鄢他们首先准备了精细的样品加工间，墙体一侧安装上排风扇，按不同岩性排列，在无污染高铝瓷颚式破碎机上进行加工，在加工样品时开启排风，避免粉尘四处飘散。每加工完一件岩石样品，都用气枪吹出散落在颚板上及角落里的岩石颗粒，将颚板及分装样品的设备清理干净。鄢明才以身作则，经常与迟清华轮番上阵，严格把控每一个技术环节，以保障每一件岩石样品加工的绝对可靠性。

老鄢深知知识的重要性，所以他在人才培养方面，很舍得下本钱，经常鼓励年轻人要努力学习专业知识，力求上进。20世纪90年代中期，地质行业不景气，科研单位面临很大的压力。为稳定科研队伍，物化探所推出一系列人才培养政策，迟清华很幸运地被所推荐攻读长春地质学院应用地球化学专业的博士研究生，几年后完成学业，成为物化探所最早的一批应用地球化学博士。

随着国际地勘行业的不景气和中国地质勘查工作的萎缩，国内外需求锐减，标准物质研制工作也进入了低谷期，监控站的发展遇到了前所未有的瓶颈。在最困难的时候，有人熬不住了。但在老鄢瘦小的身躯里，却蕴藏着巨大的洪荒之力。他深知"道阻且长，行则将止；行而不辍，未来可期"。前方的路会有曲折，但也充满希望，荣辱不惊才是大智慧！

老鄢一直担任监控站的领导工作，1997年退休之后，还一直继续他的标样研究，这一干就是30多年。看到他退而不休，每天来去匆匆、忙忙碌碌的样子，还是和以前上班时一样，于是就有人好奇地问他："老鄢，你一直这么干着，什么时候是个头啊？"每当这个时候，老鄢会操着他一口浓浓的四川口音，不紧不慢地回答说："只要一息尚存，我想一直干到我生命的最后一刻。"老鄢是这么说的，也是这么做的，他用自己的实际行动，践行和兑现了他的诺言。

六、侯博士北京十年磨一剑

别怕吃读书的苦，那是你通向世界最好的路。读书改变命运，奋斗赢得成就，从来不是一句空话。只有你今天的日积月累，才会换来明天别人的望尘莫及。

侯遵泽1982年本科毕业于山东大学计算数学专业，硕士研究生毕业于北京大学数学地质专业，而后又在哈尔滨工业大学读完了博士。侯博士曾是我所第三研究室的技术骨干，尤其擅长计算机软件和编程。他曾几次对我说："刘文锦是个勇于开拓进取的人，他很善于捕捉社会与行业信息，是一个非常具有战略眼光的科技专家，所以我一直很佩服这个老领导。"早在1981年，他就提出了"区域重力资料处理与成图自动化系统"的构想，在全国范围内，开启了重力资料处理的先河。接下来，又谋划实施海底重力测量，这项工作更是搞得风生水起，最后甚至组建起了自己的船队。这还不够，刘文锦为解决人员到达不了地区的勘探难题，又率先开展航空重力测量实验。

但由于飞机飞行时，仪器吊在机舱下，一旦起飞，上下左右摆动幅度太大，根本就稳定不下来，磕磕碰碰的很容易损坏仪器，无奈之下只好偃旗收兵，另谋他策。虽然他倡导的航空重力实验结果没有用在科研上，但他这种敢于尝试，勇于探索的精神，却成为年轻人在科学研究道路上矢志不渝、努力进取的动力。

20世纪80年代初，全国1∶20万重力调查的野外调查工作基本完成，提交成果前大量数据资料亟待处理。此时，刘文锦、奚家鉴及时推出了自主研发的"重力资料整理、处理方法"软件，虽说尚不够完善，但却解了计算过程中的燃眉之急。恰好就在这个时候，新毕业的大学生侯遵泽分配到了物探所三室。当时，计算机普及程度还非常有限，要进行计算机数据处理，只能到地质部北京计算中心去做。刘文锦、奚家鉴等领导经各方联系，便在北京计算中心专门注册了自己的上机账户，又在计算中心招待所租了房间长住下来，准备大干一场。

当时，M160机的用户非常多，不仅有中国地质科学院物化探所等几十个在京单位，而且还有北大、清华、地质大学、石油大学、长春地院、青岛海洋地质所等多家大专院校和企事业单位，涉及专业极为广泛。这些用户纷纷从全国各地，络绎不绝地来到北京，找到刘文锦他们处理重力资料。而物探三室北京计算小组的常驻人员只有刘文锦、奚家鉴、侯遵泽和罗壮伟，他们既要开发各种计算机制图软件，同时也要面向全国物探队和其他部委，做重力资料数据处理，工作量非常之大，但他们几个人硬是靠着奋力拼搏、更是靠集体的智慧顽强地坚持了下来。

彼时，客户带来的数据都是在五孔纸带上打孔，一个省物探队一次就会带来一大箱子数据资料。数据少则五十盘，有时甚至多达上百盘，每一盘数据读进去、打印出来都要进行校对。如果出错，找到纸带的出错处用剪刀剪、用胶水粘贴，用这种方法要改好一盘纸带上的数据，既费时费力又麻烦。针对这个情况，奚家鉴、侯遵泽他们及时开发了一个应用程序，每盘纸带只需读一次即可，从此以后，再也不需要剪刀、胶水和补孔板这些辅助工具，极大地提高了工作效率。他们的这种方法程序，在全国范围内迅速得到推广，穿孔纸带数据的纠错处理也就此终结了剪刀加胶水的时代。

M160机是并行的多用户服务式计算机，外部设备比较齐全，运行速度极快，只有包机的时候才可以自己进机房操作。计算机通常是一年到头地开着，而包机必须提前几天预约，任务重的时候他们经常半夜包机干活。为各个单位做地形改正、趋势分析、解析延拓以及绘制各种等值线图，需要编写很多应用程序。那时的方法软件基本上是根据工作需要和用户需求，靠自己研发、编制。正如侯博士所说那样："我们经常是绞尽脑汁地钻研算法、编写程序，灵感来了，即便是在深更半夜或者甜蜜的睡梦中，也要一骨碌爬起来摸黑记下新的灵感和想法，等天亮后再整理、编写、上机求证。"

侯遵泽在工作中发现，在所有的数据处理中，都要用到或需要做的是随机数据的网格化。不论是地球物理还是地球化学抑或是其他行业，都离不开它。而当时普遍使用的常规方法软件，对于数据量小的处理还可以，一旦数据量增大，其运算量也会激增。比如他们对每个省的资料，都需要做网格化，做一次通常需要四五个小时。有一次包机时他们做的一个网格

侯遵泽（右二）与刘文锦（右三）、罗壮伟（右四）

侯遵泽（前排右二）与三室的同事们

化作业，计算机都运行八个小时了，居然还没有做完，这不仅浪费了大量的资源和钱财，而且效率低下。于是，侯遵泽开始琢磨，如何才能提高效率，解决这个问题。他从理论和计算两个方面入手，把计算点进行分条分块，自动计算出最优的条块数目，使得运算量达到最小。他的这个方案很快得到了令人满意的结果，原来八个小时没有结果的那个作业，仅用两分多钟就完成了，实验证明了这个方法的优越性。侯遵泽把这项成果连同他编制的程序及时地发表了出来，在各个行业中得到了广泛的应用。这一成果从理论上得到了最优的分条分块方法，比之前广泛采用的软件的计算速度提高了几十倍到几百倍。后来这个方法软件成为图像处理所使用的通用软件，这也是他在计算技术科技进步上的重要贡献之一。

从 1984 年起，各省物探队和其他很多应用部门和单位纷纷提出要求，要求提交原始测点上的处理成果图件。当时在北京计算中心的用户中，有多家相继开展了三角网方法绘制等值线图软件的开发工作。然限于当时的设备条件和难点，大家的研发工作进展非常缓慢。都说是时势造英雄，面对这一情况，刘文锦和奚家鉴及时采取了行动，他们安排侯遵泽从头开展该软件的开发工作。于是，侯遵泽全力以赴地投入研发工作之中，他苦思冥想地全身心投入，仅用了不到三个月时间，就开发出一套三角网方法绘制等值线图的方法软件，并很快投入实际应用之中。

侯博士用高超的技艺解决了长期困扰他人的边界变形问题和图框适配问题，几经完善后，开发出了包含绘制点位图、剖面图和等值线图在内的"计算机制作平面图"软件系统，安装在 M160 机上，供用户使用，在业界产生了巨大的影响。

当然了，这项工作如果现在来做，单就工作环境而言，会便利得多。但是那个时候的计算机，还不能做到人一机交互，从在计算机上提交制图作业到见到做出来的图，有一个从磁带数据传递到绘图仪这样一个过程，需要比较长的时间，这对于软件的开发和研制的制约就很大。单说时间，做一次实验，等到出来结果图，最快要半天，慢的时候需要三五天或者一周多，赶上忙的时候等待的时间或许还要更长！侯遵泽说他当时经常在想，如果程序运行后，结果图能够马上出来该有多好啊！其实，他当时的这个梦想，现在早就实现了。

这个问题放在今天就简单多了，因为现在的计算机运行完后，即可绘出结果图，哪里有问题一目了然，可立即修改程序重新制图。但在那个时候，要发现问题修改程序，就得等结果图出来，与现在相比，效率相差何止百倍啊！为了抢时间，同时也为了避免出现错误，侯遵泽每次都是细心再细心、检查再检查，还经常自己模拟计算机的每一步运算，把可能的结果手绘出来，从中寻找可能存在的问题，以此检查结果的正确与否。

"作为负责人的刘文锦非常重视这项工作，他不仅从总体上进行部署，还多次提出设计方案，甚至还亲自编制一些功能模块程序，为我提供各种保障。而奚家鉴和罗壮伟则主动承担了各个单位来算题的工作任务，真正体现了同事之间团结协作的精神。"侯遵泽回忆说。

当他用三个月的时间把这套程序做出来后，几乎所有的知情人都震惊了，速度之快超出了他们的想象！在当年的所学术会议上，当侯遵泽报告这个成果后，得到了软件专家林存山教授的高度赞扬，经他推荐，报告很快就在一家计算机核心期刊上发表了。

重力勘探的目的是得到合理的地质解释，以确定油气、金属矿体的靶区，为此，需要采用计算拟合的方法。当时国内外普遍进行人—机交互的方法。侯遵泽注意到，重力异常的计算需要的工作量巨大，进行人—机交互的时候，地质模型稍微复杂一点，一次计算需要的时间就会很长，而要得到好的结果，人—机交互至少需要十几次，这样下来，往往做一个模型就需要几天的时间，很耗费资源和时间。

奚家鉴设计的一个模型，在M160计算机上做一次重力异常的计算，就需要十二个小时。针对这个问题，侯遵泽进行了理论分析和计算实验，经过深入钻研，取得了重要的成果。以往需要十二个小时的奚家鉴的那个模型，用侯遵泽实现了的算法仅仅不到四分钟就完成了快速计算！与往常一样，侯遵泽把这一成果以《一种重磁模型的快速计算方法》为题公开发表在《物探化探计算技术》上。运用这个成果，不仅大大提高了工作效率，还使得复杂模型的人—机交互对话成为可能。

在北京打拼期间，侯遵泽与刘文锦、奚家鉴、罗壮伟他们在计算中心长期包了一个房间，平时吃、住、讨论问题都在这间房子里。吃比较简单，一日三餐基本都是在计算中心的职工食堂解决，带上饭盆揣着饭票按点去吃食堂是他们的生活常态，有时过了饭点就得上附近的小餐馆或干脆泡碗方便面了事。他们的生活轨迹基本就是机房、宿舍、食堂三点一线。每天上午是公共上机时间，包机大都选在夜晚0点到8点这个时间段，任务多的时候，干脆就采用"全包"，即从下午包到第二天早上8点。说起包机可不是想象的那么简单，因为每次包机都需要提前做好各种准备，比如要先列出任务书，准备好要提交的作业，排好程序，打好任务与数据的连接卡片等等。夜里0点上机，至少晚饭后就得做好准备工作，经常会因此而耽误了早饭，耽误睡觉就更不用说了。侯遵泽说，"食堂下午5点开饭，吃完晚饭就连着上机到第二天8点多，整理完数据到中午11点半才吃午饭，整整18个小时不进食，这种状况一度成了生活的常态"。有的时候下半夜饿了，实在坚持不下去时，就到操作员值班室蹭顿方便面吃，安慰一下咕咕叫着提意见的肚子。

家住廊坊，而长期工作在北京，这就需要每周在廊坊、北京之间奔波。交通工具一般都是乘坐绿皮火车。当时每周只休一天，周日大多是从廊坊去北京，周六则是从北京返回廊坊。当年去北京时，从物化探所到廊坊火车站没有公交车，要不找人送站，要不就是步行前往。

后来他就想法骑自行车去车站，把车子停在火车站附近往往一放就是六天，然后回廊坊时再直接骑回家。而火车到北京站后，往往需要转三到四次公交车或地铁才能到达学院路计算中心招待所。从廊坊到北京一路紧赶慢赶也得4个多小时。从北京到廊坊所用时间大体相同，所不同的是，周六在廊坊站下车后大都是晚上，有时还是深夜到达。"三角地火车站到物化探所十几里路，如果不把自行车放在车站的话，就只能靠步行回家了。"侯遵泽看着我，苦涩地笑了笑说。

有一次从北京回来，在廊坊站下车后已是后半夜了，他步履匆匆地行走在金光道上，路很宽很长，微风拂面，很是凉爽惬意。放眼望去看不到前方的终点。他紧了紧肩上的背包，走到电线杆林立的变电站再向前，两旁都是一片片的玉米地，没有路灯，没有行人，蝉鸣、蛙叫，远方的狗吠，树叶的沙沙作响，伴随着他自己行走的脚步声，无端地生出一种恐惧感，感觉头皮一炸一炸的。一会儿，终于看到前方单位大楼的灯光，这才长出了一口气。

这么晚了，是谁在加班？从内心深处他很感谢这个给自己带来光亮的人。心想，廊坊火车站什么时候能有出租车就好了！他这么期盼着，不久，廊坊火车站就有了人力三轮车，出租车辆清一色的全是北京神牛。自从有了这种人力车之后，侯遵泽不久就与在廊坊火车站外常年趴活儿的几个三轮车夫混得很熟，感觉来往车站也方便多了。

1984年暑期，他爱人孙培香带着女儿来到北京计算中心探亲，刘文锦、奚家鉴几次三番找招待所的马师傅，请求她给找一间房子，当时因为招待所房间紧张，马师傅专门收拾出一个堆放杂物的仓库，又仔细地打扫了一下，算是解决了侯遵泽一家住宿的问题。刘文锦、罗壮伟他们则从所里借了床板和煤气罐等一应生活用品运抵北京，几个同事主动帮助抬床板和煤气罐，场面委实令人感动！侯遵泽家属孙培香的到来，使大家在生活方面得到了改善。她一边带孩子，一边给大家买菜、做饭，尤其是在半夜上机、早晨下机时，大家终于能吃上热腾腾的饭菜了。

成功必先付出，每项成果都饱含着血汗与艰辛。然在和谐、互助的工作氛围中，生活的艰辛也就发生了转化，快乐如影随形！北京计算中心的十年，尤其是开始的几年，侯遵泽是在不断地克服各种艰难困苦中度过的。他与爱人两地分居，各自的父母也都相距很远，他们的孩子1983年出生后，那种生活状况实在是太艰难了。当时，侯遵泽的单位在京畿重地廊坊，但工作却在北京，父母在山东平度，岳父母在安徽蚌埠，妻子女儿在山东兖州山东农业机械化学校，几代人待在四个地方，天各一方，谁也帮不上谁，给生活带来严重的困扰！

1984年夏天，岳父母经过各种努力，上海铁路局计算中心决定调入侯遵泽夫妇，但侯遵泽当时手头的工作太多了，他自己也舍不得放弃，刘文锦更是爱才、惜才，作为室主任的他开始努力找上级做工作，要求尽快解决侯遵泽夫妻两地分居的问题。他诚恳地对侯遵泽说，"你安心工作，我替你跑，这样我们可以提高工作效率"。有一次，为了争取时间，刘文锦一天从北京—廊坊跑了两个来回，为他家属调动的事操尽了心、费尽了力。时任所领导朱梅生也很给力，调动问题很快得到了解决。一家人团圆了，没有了后顾之忧，侯遵泽的心安下了，他的工作也更加努力，更加全力以赴。

1989年的春夏之交，侯遵泽经历了他人生最痛苦最煎熬的49天！那是1989年5月的一天，正在北京全身心工作的他，突然接到了口信，有急事让他赶紧回家。因为这天正好是周六，本打算晚上回家的他，急匆匆收拾了一下就奔向火车站，到家后才知道女儿病重住进了廊坊市医院。尽管医生全力救治，无奈孩子的病情不仅不见好转，反而越来越严重了！到了第二天，孩子眼看快不行了，在妻子孙培香的强烈要求下，医院才同意了他们转院的请求。

在这关键时刻，刘文锦通知所里并要了专车，在所医务室高云等朋友的陪护下，来到了北京儿童医院。到医院急诊室检查后院方就下了病危通知，当侯遵泽拿着这个病危通知时，他的手在不住地颤抖，这个坚强而倔强的山东汉子几乎要崩溃了。他忍着没掉的眼泪，看着躺在病床上的孩子，终于忍不住自己难掩的悲伤，恳求医生一定要想办法救回孩子一命。她是那么可爱，那么无辜，遭受如此病痛，身上插着那么多管子，让人心疼得不忍直视。幸运的是，在同事和医生的共同努力下，孩子最终在急诊观察室住了下来！这下有救了，侯遵泽夫妇的心才算是暂时平静了下来。然而新的难题又来了，就是住院押金7000元必须在三日内交齐，那个时候的侯遵泽根本拿不出来，又多亏了刘文锦的鼎力相助总算凑齐了这笔钱。

对于当时的情况，侯遵泽是这样描述的：翌日，医院又一次下了病危通知书，甚至有医生当面建议侯遵泽夫妇："放弃治疗，另做打算吧，治愈的可能性太小了！"但他们夫妇二人坚持决不放弃，恳求医生一定要全力以赴救治孩子！医生们也很同情他们，因为孩子病情加重的根源是药物过敏，很多药不能用，只能用中药和物理方法进行处置，于是院方重新制定了如紫外线、冰袋降温这种科学、完整的治疗方案。这种方案好是好，但需要24小时陪护，一刻也不能离人。虽然有护士，但他们夫妻仍不放心，两个人白天黑夜地轮流照看着孩子，量体温、换冰袋、擦拭孩子口腔中不断流出的血水，给孩子讲故事，并想方设法地安慰她，鼓励她要战胜病魔。然而，医院有医院的规矩，一般来说是不允许家属陪床的，于是他们两个人偷偷摸摸地如同打游击一样，日夜躲躲闪闪地守在病房的门里门外。

一有间隙，就溜进病房守护在孩子身旁，常给孩子讲讲刘胡兰、赵一曼等革命先烈历尽磨难、宁死不屈的事迹，讲关云长刮骨疗毒的故事，鼓励她要坚强勇敢，树立战胜病魔的信心。"几天后，孩子终于度过了危险期，她看到我们着急、焦虑的样子，还反过来安慰起了我们。说没事，现在感觉好多了，咱们很快就能回家。"多懂事的孩子啊！侯遵泽说当时听到这句话的妻子激动不已，忍不住回头抹起了眼泪，差点儿哭出了声。

在这期间，计算中心那边有来算题的上海、辽宁、广东省物探队的人，时常到医院来与侯博士商定工作方案，他也时不时地抽空回去上机，处理、计算完成他们等着要看的图件，直到他们带着满意的结果返回各自的单位。物探所的同事也在时刻关心着他们，所党委书记高俊生、副所长奚家鉴、刘文锦，团委书记王梅珍等领导，项永国夫妇等一大批同事先后多人到医院看望他们和孩子；侯遵泽从事医药工作的舅舅得到消息后，连夜从济南赶到北京，联系了几个专家会同儿童医院的医生来给孩子会诊。同事亲友的到来，使他们感受到了无与伦比的亲情和温暖，也坚定了战胜一切困难的决心和信心。主治医生王大夫，还有多名当值的护士，冒着挨批评甚至被处分的风险，默默地帮助侯遵泽夫妇，特许他们进病房照顾孩子……1989年6月30日，他们终于渡过了这场劫难，孩子出院后，侯遵泽的妈妈专门从山东赶来，他的工作才又恢复了正常。

奚家鉴升任地矿部软件中心主任后，就卸任了北京计算中心的工作；罗壮伟考上长春地质学院的研究生后也离开了北京。这样一来，北京计算中心的数据处理工作，就完全落在了侯遵泽的肩上。1989年，侯遵泽也考上了北京大学的研究生，但他仍然全力承担着北京计算中心的工作和三室的科研项目。好在北大离计算中心也不算太远，侯遵泽就经常骑车来回奔跑着，做到了学习、工作两不误。可想而知，这种付出是多么的艰辛，多么具有挑战性！

20世纪80年代后期，刘文锦申请上了编制全国重力异常图的地矿部重点项目。侯遵泽又全力承担了数据处理、计算机制图的新任务。按照规范要求，首先需要把所有的重力数据按"五统一"的要求进行处理。此时，刘光鼎院士的国家重点项目"中国海域及其毗邻地球物理系列图"也需要侯遵泽他们的重力数据，且需要在工作上予以配合。在这项工作的数据处理上，侯遵泽提出并实现了"小比例尺重力自由空间异常图编制方法",此成果 1990 年获得北京大学"五四"优秀论文二等奖,并在"中国海域及其毗邻地球物理系列图"项目中得到了应用,刘光鼎院士给予高度评价。为让更多的人使用该方法技术,他又在计算机核心期刊上予以公开发表。

就这样,侯遵泽他们不断解决客户提出的问题和要求,开发出的程序越来越多,系统也在他们手中不断完善。及至 1992 年,在刘文锦的带领和部署下,侯博士他们在北京计算中心的十年间,接待了全国包括地质矿产、石油、煤炭、冶金、地震、海洋地质等部委的上百个单位,开发研制

侯遵泽(右二)与在北京大学读研时的学友

侯遵泽(右一)与硕士研究生导师林存山副所长(左二)和徐振邦教授(右二)

出了多个先进的重磁数据处理方法软件。这些成熟的软件和好的算法并非是他们自己独享，而是无私地提供给同行无偿使用，引领了行业的进步。

侯遵泽博士1987年远赴新疆，就曾把一整套完整的重力数据处理方法软件移植到了西北石油局的工作站上。从此，新疆具备了自己的重磁数据处理能力，接下来又陆续移植到众多的地矿、石油、冶金等部门，也被移植到了千千万万的个人计算机上，正在发挥着重要的作用。而且，从1986年起，他们把自己积累的成果数据，陆续提交给部物探局，成为全国重力数据库建立和维护的基础数据。

这个时期他们的科研成果多次获得地矿部科技成果奖，他们参与的刘光鼎院士负责的"中国海域及其毗邻地球物理系列图"项目，获得了国家科技进步二等奖。与此同时，"重力场分解"这一困惑他们多年的世界性难题，也深深印在了侯遵泽的脑海，为后来这一问题的研究，埋下了希望的种子。及至1995年，侯遵泽在杨文采院士的指导下，开创性地提出了"重力场小波多尺度分解"这一方法技术，使得重力场分解这个困惑整个世界的难题得到了突破性的进展，取得了前所未有的良好效果。几十年来，这个方法被作为行业内最先进的技术而被人们广泛采用。直到今天，仍处于国内领先地位。

如今，随着计算机的广泛普及，北京计算中心的M160机也完成了它的历史使命。侯遵泽他们这十年的成果，也在全国重力数据处理与解释领域遍地开花，长期积累的大量数据也都陆续融入了全国重力数据库，正在发挥着重要的作用。

在应该奋斗的年龄不应选择安逸，给自己一个新的机会，去奋力拼搏一把，改变自个儿未来的人生。这世界上，有两样东西是别人永远抢不走的，一是藏在心中的梦想，二是读进大脑里的书和掌握在手上的技术。这也是侯遵泽博士的切身体会，他感慨地说："在北京计算中心的十年，尽管工作很累很辛苦，但我的感觉是幸福的，也是很值得的。因为所学即能所用，工作起来如鱼得水。当看到我们编写出来的一个个程序，马上就能发挥作用并可立即得到验证，试问，还有什么能比这更幸福的事呢？"他略微停顿了一下，表情凝重地说，"现在想起来，唯一对不起的就是自己的爱人，我几乎把所有的时间和精力都放在了工作上，而爱人孙培香为了支持我的事业，多次放弃了学习和深造的机会，做出了太多太多的牺牲。"

物化探所三室在北京计算中心工作过的这四个人，后来都得到了很好的发展。

刘文锦、奚家鉴、罗壮伟均担任了物化探所副所长；侯遵泽博士研究生毕业后，1995年即开创了"重力场的小波多尺度分析"方法技术，之后应聘到中国人民武装警察部队学院，就任学院安全工程与技术学科带头人、教授，享受国务院特殊津贴。侯博士认为，在北京计算中心的十年，是积极进取的十年，是广泛涉猎的十年，更是不断创新的十年。这十年无论是对他个人的发展，还是对科研事业的推动，都是一个十分重要的历史阶段，值得铭记。

共和国不会忘记

一、一封被泪打湿的信

（一）张绥录的念想

我叫张绥录，今年43岁，1965年毕业于大连工学院（今大连理工大学）无线电工程系，现为地矿部物化探所工程师。按理说我这个年岁正是为国家出力做出贡献的年华，遗憾的是，1983年年底单位体检时才知患了肺癌，现已做了左全肺切除手术。

癌症是至今在世界上尚未攻破的疑难病症，生命属于我的时间已然不是太多了。在术后休养和治疗期间自己曾反复地想过，党和国家培养我多年，但我并未做出什么突出贡献，这次手术是党给了我第二次生命。那么，在生命有限的几年里我还能为党和国家做些什么？积极治疗病愈后再回科研项目组继续干？自己现在的身体已是力不从心，看来希望渺茫。何况痊愈谈何容易，继续攻关已不现实。但是这样苟延残喘地活着，让国家白白地养着，无疑是社会的累赘，这样的生命又有何意义？

我从事科研工作多年，眼下还能动，头脑还很清楚，工作两三年还是有可能的。按自己现在的身体状况，做些测试和检验工作应该是能够胜任的，即使不同专业的工作，稍加训练还是可行的。如果哪些部门或哪些科研项目，有危害生命的测试、检验或影响寿命的工作，我可以去承担，这是我和爱人商量过的，也是我们的共同心愿。特恳请你们帮助联系，如有需求，招之即来！

我只想在生命的最后时刻，继续为祖国的"四化"建设发挥光和热，绝无哗众取宠之意。恳求你们不要将此信公开，或者转回我们单位，只求你们帮助联系，若有需求，请直接通知我本人，届时我会向本单位说明情况。

  我相信党组织会支持我这样做的。如能满足我这一愿望，我将死而无憾，盼望你们早日回音！

  看到上面这封信，大家也认识了写信人张绥录，也明白了他写信给科委这件事的因由。张绥录出生于辽宁复县，自幼喜欢读书，他就读的大连工学院是国家重点大学，而他本人也是该校无线电工程系的高才生。1965年入职物探所的他，至此开始了物化探仪器设计、研制和维修的职业生涯。"文化大革命"开始，别人风风火火地搞运动，而不愿参与其中的他无专业可搞，索性当起了食堂管理员，解决大家的温饱问题。

  也许张绥录做的事太普通，太微不足道，在物探所大院，一提起张绥录，人们只知道，他可是个热心为大家帮忙的"老好人"。同事家的收音机、录音机、电风扇，甚至电视机坏了，找到他二话不说，打开逐一检查线路，直到修好能出声为止，有些三极管二极管这些小元器件坏了，他自己花钱买，还不好意思向别人要，经常是搭上功夫还要搭上钱。这个"老好人"发挥自己专长，默默地耗费了多少心血、熬了多少次夜，究竟帮多少人家业余修理过家用电器，他自己也记不清了。

  直到20世纪70年代以后，张绥录这位电工系的高才生才算真正归队，搞上了自己的电子专业。为发挥中年知识分子承前启后的作用，其后的十几年，他一头扎进电路图，手持电烙铁，更加忘我地勤恳工作。同张在一起工作的吴凤翔多次提道，"张绥录维修的仪器，实际使用起来总是让人很放心"。

  和他一起出过野外的年轻同事也不无感慨地说：

  "老张这个人啊，想得比谁都周到，只要到了野外，工作、生活这些琐事，根本就不用我们管。"所以他人缘特别好，大家都愿意和他共事。

  1978年是科学的春天，我所的FX-1型振幅比相位差探矿仪获得全国科学大会奖，而这部仪器上的主桥路线圈，就是他设计制作的。

  物化探所的大院里，既有花也有草，鲜花释放出芬芳的香味，醉人心扉，令人流连，而小草，一棵棵的虽不起眼，却也汇成绿色一片，充满勃勃生机。所有这些美丽，不是他视而不见，而是他无暇欣赏，因为他实在太惜时了……

是的，1983年是物探所搬到新基地廊坊以后，科研生活逐渐进入正轨、各项工作有序推进的一年。国家对知识分子很重视，单位出于对知识分子的关怀，史上第一次对技术人员进行了全面身体健康大检查。不久，从单位医务室就传出一个不好的消息，就是有人从身上查出了癌细胞，而且好像还是晚期。这个人就是我所的中年知识分子张绥录。此消息在单位大院不胫而走，全所职工的情绪一时笼罩在一片惊恐与伤感之中。

张绥录，这个默默无闻的普通工程师，像你，像我，也像他。他体检被查出癌细胞，但他自己还不知道，也没人敢告诉他。1984年春节一过，就要去住院治疗了。在收拾行装时，也许是他有什么预感，也许他担心一检查就被留下来。他把一本本正在读的技术资料和英文刊物，还有一本英汉词典放进书包里，一会儿就装得鼓鼓囊囊的，其他日常生活用品倒没地方装了。

妻子心知肚明，已经知道他患的是肺癌绝症，含着泪想要把刊物，还有那些专业书籍从书包里拿出来，但老张倔强地拦她，不让往外拿。

"你就让我背着，有备无患嘛，万一有时间了还可以翻一翻，有什么不可以？"

"要住院了，拿这么多书？还有什么用啊！"

妻子哽咽着说。她心里苦，但又不能明说。

"还是带着吧，又费不了多少事儿。"他执拗地坚持着，再次把书本塞进书包。他可能心里还抱着这样的幻想，就是个肺部球形阴影，有这么可怕吗？或许是肺结核哪。

然而，他想得过于乐观了，无情的病魔把他送进了医院，到北京通州肿瘤医院检查后，得知张绥录患了肺癌，且已大面积扩散。

得知这一情况后，所领导也很重视，办公室主任王关保不仅帮着找医生，而且特意赶到医院，请求医院领导说："张绥录此人属中年知识分子，是专业技术骨干，是国家的宝贵财富，恳求医院能予以重视，尽一切可能抢救云云。"3月初，就要上手术台了，老张明白了一切，自己得了不治之症，生命就将结束！在这一瞬间，他看向爱人的目光交织着痛苦、期待，还有不舍……

医院果然很重视。赵主任是肿瘤医院肺部外科的扛把子，他也是给张绥录做肺部切除手术的主刀医生，经验非常丰富。硬是把因为广泛扩散而不能手术的肿瘤剥离了下来，延长了老张的生命周期。从手术台下来后，他的五片肺叶只剩下三片。几小时的手术下来，老张面如白纸，没有了一点血色，病床上老张的双脚冰凉冰凉的，没有了一丝温度。只见他爱人本能地撩起衣襟，将老张一双冰冷的脚紧紧地抱在怀里，用她自己的体温慢慢地焐着暖着，眼泪像断线的珠子无声地流着、流着……不知道过去多长时间，老张的脚才有了一点温度，苍白的脸色也有了一点血色。做完手术需要输血，他哭着硬是不肯接受，他觉得血输在自己这个将死之人身上，是一种浪费。

做完手术后，是一次次的化疗和放疗，尤其是化疗极易摧残人的血管和皮肉，如果稍微出一点偏差，皮肉就会坏死。所以，一般病人最怕遇到新来的实习护士，唯恐避之不及。而他却满不在乎地鼓励护士说：

"没关系，就在我身上试吧，凡事总得有一个熟练的过程。"

有一次，有一位护士忙乱中拿错了药给他注射，结果引起了中毒性过敏，反应很厉害。这个护士因为害怕，再换药时吓得就不敢进来了。结果他知道后反倒安慰起了护士。他说，"你也别太介意，又不是故意的，下次注意就是了"。

他的妻子感慨道："真的，这一幕我永远忘不了。我的丈夫是位高尚的人，他勤恳工作，热爱生活，顾家爱家，直到现在我也忘不了他。离开的人，可能一瞬间就走了，而活着的至爱，痛苦将蔓延一生。" 20 世纪 80 年代癌症患者还比较少，所以他这一得，大家都很担心，也很同情。几个月的住院治疗，尤其是在术后那几个月的时间里，不知道有多少同事、朋友、亲戚来医院探望。北京的同事坐公交车来看，经常有人从单位开车来，有时六七个人一进来，病房都挤得站不下了。一拨又一拨的同事探望时带来奶茶、藕粉、水果、点心，一位所领导探望时特意送来一棵人参，让他熬了补养身子。这位所领导送给张绥录人参的事，倘若不是他爱人出于感激之情说出来，恐怕在所里会成为永远的秘密。

她说："我所科技处副处长张春甫到医院探望张绥录，送来有二三斤鸡蛋，装在一个大搪瓷缸子里，印象深刻……更令人感动的是，所里女同事李智玲听我叨说病房冬天温度低，穿棉衣打针换药不方便，胸部术后穿毛背心不容易脱，于是她专门买好毛线给老张织了一件前开襟的毛背心，托人给送到医院。搬家几次，有好多东西都扔了，但唯独那件浅灰色的毛背心我现在还留着，一直舍不得扔掉，舍不得这份情这份义。"

时间长了，就有同病房的病人都好奇地问，"你爱人在单位是干什么工作的？肯定是当官的吧？要不有这么多人来看，还送东西。"

"没有，他就是一个普通技术人员，不是什么当官的。"妻子老刘说完，看到周围的几个病友还是一副半信半疑的样子，只有苦笑着摇了摇头。

"在老张病重的两年中，所里许多同事都给了我们真诚的安慰和无私的帮助。两年出出进进医院若干次，尤其是刚入院那会儿，突如其来的病魔把人打懵了，把家打散了。首当其冲的是两个孩子没人管，一个6岁，一个10岁，同事刘性敏一家二话不说，把孩子接到他们家，照顾他们的生活起居、上学读书……直到后来老张的手术做完之后，才把两个孩子送到姥姥家。这真是于危难中见真情，我将终身不忘感恩不尽。"老张的妻子补充道。

（二）最后一搏

半年时间很快过去，张绥录终于出院回到所里。他的组长吴凤翔说："老张开始虽有点悲观，但依然主动要求工作。大家知道他刚做完手术，不忍心让他干活儿，确实是怕他累着。"

同事们本是好心，但无事可做，一刻也不愿闲着的张绥录却忍受不下去了。

他思虑再三，摊开一张稿纸，就有了写给国家科委的那封信。这封满篇悲壮、饱含大义的泣血之文，读之令人心碎，也许有人对他当时的心情有些难以理解。而现在看来，若设身处地地换位思考，当时对于刚做完肺切除手术的他来讲，知道生命属于他的时间已经不多，竭力报效祖国似乎成为他唯一的愿望。

PEM脉冲电磁仪，是我所从加拿大引进的一套重要设备。仪器的同步系统出现故障后，已带病工作多年，到1984年年初基本已无法使用。仪器的病因最难诊断，需要向密如蛛网般的印刷电路板"问诊"，加之引进时无图纸，故障原因更难查明。有权威人士给出的建议是：要么彻底更换同步系统，这个是省钱的方案，但能否修好存在有一定风险；要么直接送国外修理把握性更大，但需要花费约3200美元的外汇。

张绥录觉得这是自己发挥作用的一次"机会"，他决定揽下这个貌似不可能完成的"瓷器活儿"，并向单位立下军令状，就是拼上性命要在今年五一前修好这台进口仪器。这不仅是他遗憾国家科委未能给他提供"损寿"的工作，更重要的是人们期待着这台设备早日修复，以在五月中旬如期用于黄金部队提出的找矿项目。

由于长期化疗，张绥录人瘦得脱了相，在夏天穿短袖的胳膊上，留下的针孔隐隐可见，穿在身上的衣服显得松塌塌的，唯有一双充满智慧的眼睛散发着坚毅的光芒，表现出一种执着的信念。

承担这一任务之后，坐在他四楼的一张大工作台兼书桌前，全身心地投入工作。他的脚下靠墙角处有一只煎药的砂锅，前面是一张张线路板和电烙铁，远处是堆放在桌上的电子书籍，有一本书还半打开着，似乎准备随时翻阅。白天，他像正常人一样坚持上班，面对着仪器分析研究。傍晚，妻子拽着他外出散步时，他的头脑仍围绕着仪器的问题思索。每天下班还要把有关技术资料带回家中，一有时间就分析琢磨。

从单位家属楼到办公室几百米的距离，对于正常人来说，似乎不算什么事，但对他这个拖着病体的人而言，每天上下数百个台阶就没有那么容易了，况且在脑子里还要时时思辨图纸上浩繁的线路和功能。另外，张绥录的妻子还注意到，他每次调配环氧树脂和黄香时，总是会冒出来一股浓浓的蓝烟和刺鼻的味道，当时好像没有任何防护措施，反正觉得他每次调配焊料时，这个腾起的烟雾和刺鼻的味道总是要人吸饱后再由肺给过滤掉，同时他虚弱的肺叶还要不断地吐纳烙铁上焊锡的烟尘……

一天深夜，从睡梦中醒来的妻子，见张绥录在客厅里铺满一地图纸，正跪伏在上面察看。由于他的专心致志，甚至连妻子站在身后都没有察觉到。见他这么辛苦地熬夜工作，妻子真的是既心疼又生气，他却没事儿人似的说："别担心，刚刚下床，你就让我安心干几天吧！"

有一次，张绥录深夜顿开了思路，他便穿衣下床直奔大楼，打开办公室的示波器连夜验证，终于找到了以往未能发现的问题，加快了排查的进程。

五一国际劳动节前，平时不轻易向别人夸口的张绥录，以他的勤奋和丰富经验，终于找出了故障，治好了仪器的顽症。一个普通的劳动者，一个平凡的技术工程师，向自己的节日献上了这份珍贵的礼物。无须更换整套同步系统，只是更换损坏的元件即大功告成，仪器性能基本上恢复到引进时的状态。

　　仪器修好了，可张绥录身体却累垮了。带病拼搏的他脸儿蜡黄，他的肺部明显下坠，刀口越发疼痛，甚至一度站起身来走路都很困难。同事劝他住院，他却摇头说："我没事，缓缓就好了……"

　　张绥录得到了100元的奖励，那是单位对他节省3200美元的肯定和嘉奖。是的，也许繁重的工作转移了他的注意力，可他为什么不去养花遛鸟，不去练太极八卦？不去下棋丢方，健身抗病呢？答案是肯定的，这就是他胸中有大义，心里有家国。

张绥录野外工作留影

　　快乐，若无人分享就会减半，痛苦，若无人倾听就会增加。照理说，若走向生命的尽头越来越近，对快乐的体会也会越来越淡薄。然而，仪器修好后的那几天，却成了张绥录一生最兴奋、最开心的一段时光。

　　1983年年底查出病症，1984年3月在北京动手术治疗，1986年3月去世。正应了医生那句话，手术后还有两年的生命周期。妻子老刘在沉痛中念及丈夫的好处，她埋着头喃喃低语：他这辈子，他这辈子可真的太不容易了！打从结婚起，就没见他有个悠闲的时间，没过一天舒心的日子。

　　那些年，上有老下有小的，两个人刚刚100元的工资，一开工资他寄15元，我寄15元，老家的父母得养啊！剩下有数的钱还得养孩子，还得维持家庭的正常开支，难啊！他这个人心细脾气好，什么事都埋在心里，默默地承受着工作和家庭的重负。

"唉！眼见得日子一天天好了，他人又没了……"妻子老刘叹了口气说。

人，走了；信，却留了下来。多年以后，当我看到这封略显潮湿的信纸时，才知那是他的妻子曾用眼泪浸湿过的。她认为这不仅是一封信，而是丈夫给她留下的一个"念想"。她说："我偷偷留下了这封信，想等两个孩子大了让他们看，让他们了解爸爸的不甘，让他们了解爸爸的大义……"听着她这一字一句、带着哽咽的话语，我泪目了。

张绥录病重时，他的小儿子只有五六岁。从北京动完手术回家后，去他家探望的同事络绎不绝。当张竞业从门外蹦蹦跳跳地跑回家里，见来了这么多人，他瞪大好奇的眼睛，看到熟悉的刘性敏阿姨曾发出这样的灵魂拷问："我爸咋了，他得病了吗？"听到这天真稚嫩的声音，一屋子的人都转过身，偷偷抹起了眼泪。

几十年后，当时的小竞业也许会读到爸爸那封褪色发黄的信，知道他的爸爸张绥录，一个平凡的工程师，怎样从很远的地方走到他幼小的记忆里，又怎样默默地向很远的地方走去。

张绥录的病情急剧恶化。他的干咳声让人听着揪心，吐出的痰带着鲜红的血迹，人瘦得皮包骨头，憔悴得似乎一阵风都能刮倒。1986年3月，张绥录吃力地让妻子扶他起身，靠在床上突然问了一句：

"你说我死了，能不能把我的骨灰悄悄埋在所里的树根下？随便找个地方就行，我真舍不得！"说完竟然呜呜地哭了起来。

"好好养病，快别胡思乱想了！咱好些就回家。"

"好，回家，回家，回家……"张绥录喃喃地说着，声音越来越小，脸上亦随之浮出一丝淡淡的笑容。

"出师未捷身先死，长使英雄泪满襟"，为物化探事业耗尽最后一滴心血的张绥录，躺在医院洁白的病床上永远睡着了。晴朗的天空无端地刮起了大风，昏沉沉地带着哨音仿佛在为他鸣咽。他的妻子特意请所实验工厂的。工人师傅用铁丝焊了一个花圈，用洁白的丝绸写下这副挽联，将其敬在家中多年，以祭奠这个早逝的魂灵。

二、一个长眠非洲的英灵

生命是一朵盛开的花,是一幅绚丽的画,是一杯香醇的酒,她有清新的芳香,有浪漫的色彩,还有一丝醉人的甘烈,是世界上最美好的东西。

如果你选择了地质物化探事业,那么就必须无怨无悔地付出。如果你投入了大自然的怀抱,就必须学会坚强,去面对这空旷的戈壁,苍凉的沙漠,辽阔的草原,还有那巍峨的大山……如果这只是一次短暂的旅行,那么对旅行者来说,将能够最大限度地亲近山川河流,一切都是那么的美不胜收。但对于野外物化探工作者来说,却是一项终生为之奋斗的光荣事业,必须拿出绝对的勇气来面对。

(一)远赴非洲苏丹

在遥远的非洲苏丹国戈壁大漠,至今仍矗立着一块援外中国地质学家的墓碑,正面用汉语书写着"中国地质学家余学东之墓,1954—1998",背面则是一段由英语书写的墓志铭。

一提起"高温"和"酷热",人们的印象或许是三伏天的汗流浃背,抑或是窗外知了不知疲倦的鸣叫声。其实不然,这些热若是和真正的、实打实的"高温之地"相比,就只能是小巫见大巫了。

大家都知道《西游记》小说中的"火焰山",就位于今天新疆吐鲁番盆地的北缘,这里地势低凹且距海洋遥远,湿润气团无法进入,夏季气温达到47.8℃,而地表最高温度高达70℃以上。有人曾在火焰山下做过这样的

同事们为余学东修建墓碑

共和国不会忘记

地质学家余学东的墓碑

实验,在沙子里埋个鸡蛋,几分钟就可以焖熟,而且味道和平日里煮熟的鸡蛋并无太大区别。

如果说中国的火焰山已经足够让人窒息了,那么位于非洲的世界火炉苏丹呢?那就更令人感到恐怖了。苏丹全称苏丹共和国,位于非洲大陆东北部、红海沿岸、撒哈拉沙漠东端。苏丹一词源于阿拉伯语,意为"力量"或"统治权",在伊斯兰教历史上是一个类似总督官职的称谓。

苏丹全境均位于热带地区,其北部是热带沙漠,由于受到太阳直射,加上日照时间长且缺少植被,热空气不容易消散,也就成了世界上最热的国家之一,素有"世界火炉"之称。据从苏丹工作回来的同事讲,在他们野外采样期间,地表温度有时高达70℃。70℃啊!该是个什么概念?这个炎热程度简直不敢想象,大概穿着登山鞋在地上走一圈,脚丫子都能感受到来自地面的"热度"吧!

而这里,也正是余学东和他的同事们曾经工作过的地方。

在异国他乡陌生的荒漠地区工作,经验不足加之其他条件所限,余学东在苏丹阿卜萨里 Coya 村附近山谷中,进行1:5万化探扫面采样时,不幸因中暑以身殉职。听一起执行此次援外任务的同事讲,余学东在远离城市的野外遇难后,天气酷热遗体无法保存更难以运回,只好捡拾柴火堆在一起,在工区营地现场含着热泪将他的尸身焚化。乘飞机时还不敢公开说明,而是大家分散着,偷偷地把他的骨灰带回了国。

讲起这件事时,孙忠军博士还有些后怕,他说自己有一次也险些迷路，要是迷路那可就完了。沙漠里的太阳火辣辣的，即使你站在树荫下也无济于事，登山鞋里一会儿就被汗水浸透了，它周围的温度高啊！若不及时补充水分，人身上的水分很快就会被蒸发干。至于临时雇用的黑人，根本就指望不上他能给你提供什么大的帮助。当时也可能是因为余学东热得晕头转向，加上 GPS 失灵导致方向路线判断错误，和他一起采样的黑人走出去了，而他却永远留在偏离的测线旁，留在了遥远的异国他乡，长眠于非洲的地下……

请永远记住 1998 年 5 月 8 日这个特殊的日子。也就是这一天，物化探所的好职工，我们的好同事余学东为了中非人民的友谊，不远万里来到苏丹，在酷热的野外采样现场，献出了他年仅 44 岁的宝贵生命。

余学东 1954 年出生于河北省唐山市玉田县城关镇，1979 年毕业于长春地质学院地球化学专业。来到物探所尤其是 1991 年以来，他先后作为技术骨干，参加了全国铁矿会战并相继承担了"热液金矿床地球化学特征及原生分带的研究"以及"新疆喀拉通克成矿带勘查地球化学综合研究及靶区优选"等多个省、部级重点科研项目。

其中有项目获得新疆维吾尔自治区二等奖和地矿部三等奖各一项，先后公开发表科技论文 28 篇。就这样，他从一名普通的技术人员，成长为一名高级工程师、科技处副处长。在二十多年的地质生涯中，余学东无论是作为基层科技工作者、课题组长还是部门负责人，始终坚持战斗在科研生产第一线，为我国化探事业的发展做出了积极的贡献。

1998 年 4 月，正是我国北方大地春暖花开的季节，余学东和物化探所援苏丹金矿化探项目组的全体成员告别亲人，肩负着打开国际化探市场，特别是非洲地质市场的重任，信心满怀地奔向苏丹工区。

谈起对苏丹的印象，孙博士深有感触地说："一句话，还是落后啊！当我看到当地向导那失神沧桑的眼神，那些枯干如柴的双手，那些赤脚垢面的儿童，还有那些徘徊在这酷热土地上的生命。所有这一切都击中了我内心最柔软的一面，叩击了我们的灵魂，让我对生命有了新的思考。"

余学东作为援外队伍中的一员来到非洲后，野外工作期间始终吃苦在前，享受在后。他心里想的是如何搞好这次外援，如何打出中国化探的品牌，如何尽快完成这次野外采样任务，以不负所领导和全所职工的殷切期望。

所领导谈及苏丹项目以及余学东的表现时说：此次援外任务比在国内想象的要困难得多，为尽快完成任务，项目组每天要开12个野外采样台班，而工作用车只有4辆，所以每天安排工作时，余学东总是主动提出自己步行采样，把车让给其他同事使用。有时考虑到大家的体力情况，安排少数人休息，他也总是把机会让给其他同事，他的这种先人后己的精神，起到了很好的带头作用。在一个多月的艰苦工作中，由于长时间超负荷工作，使得余学东同志体质明显下降。

"所领导虽未安排余学东为野外项目组领导成员，但他处处从大局出发，时刻不忘自己是代表所科技处去的，又是搞化探的科班出身，所以他对此次野外工作的质量、采样方法、野外记录、工作方案的制订等提出不少建设性意见，对领导小组的工作给予了很大支持。"

"噢，是这样。"对余学东的选择，我真不知道说什么是好。

"余学东遇难前最后做的那条测线，成杭新他们按照设计要求对每个点又都重新验证了一下，他说老余每个采样点都找得非常准，一个错的都没有。"

（二）他长眠于苏丹

5月8日一大早，余学东像往常一样，提前做好了出发前的各项准备工作，精神抖擞地坐上了前往工区的越野车。汽车行驶在通往大漠深处的道路上，很快就到了余学东取样的测线位置。这里需要说明的是，他们每个采样点都要留标记，每天出工都是车先把每条测线的人挨个送到不同的起始点上，送完人后车就又开到一个固定的地方去等。估摸着每条测线都干完活儿后，司机又开车挨线再去把工作人员接回来。

据同事讲，在送余学东到他的测点后临下车前，其他测线的同事还问过要不要十点钟来接他。余学东很干脆地回答："不用，等你们干完活儿再来接我吧，不然的话，今天的活儿干不完，明天还得再来一趟"，说完就和他的黑人助手一起下了车。这，也是余学东遇难前给他的同事、家庭乃至世人留下的最后一句话。

5月8日这天的天气酷热，太阳高悬在当空，炎炎的红光如箭镞般洒向地面，反射出一股股淡淡的热流，地表温度达到了60多摄氏度，周围的树叶仿佛只剩下了树干。空气中的蒸腾、酷热、憋闷夹杂在一起，人的五脏六腑仿佛要发生颤抖而炸裂了。

60多摄氏度的高温天气啊！出野外干活！谁能告诉我这该是一种什么样的感受？谁能体会到在非洲大沙漠的酷暑灼烤之下，余学东他们外出采样的艰辛？和余学东同去苏丹的同事用最直白最形象的比喻给出了答案。他们说：如此高温下在野外奔波一天，无论是谁，只要有裸露的皮肤都会被灼晒得通红，这种火辣辣的疼过去几天之后，人的身上就会开始蜕皮，感觉这皮肤好像不是自己的皮肤似的……

说起来这天也真是邪性，不知道是哪里出了岔子，汽车就没有接到余学东他们这条测线的人。其他测线采样的人陆续返回营地，唯独没有余学东的任何消息。这么热的天气，不会是出什么事了吧？一种不祥的预感顿时袭上苏丹项目组每个人的心头。

中国驻苏丹大使馆闻讯也出动了直升机，直升机在空中盘旋了两圈，由于当时出现了沙尘暴天气，无奈只好返航。

事出突然，情况紧急！全体人员立即行动起来，现在只能靠苏丹现场的同事们自己出去寻找了。大家冒着火辣辣的太阳，找啊，找啊！在蒸腾的大漠中，汗水如雨滴般从他们体内向外流淌，肌肤的水分严重流失，这时候找人的人自己都有一种幻觉了。领队汪明启跌跌撞撞地边走边说：

"余大哥你快显灵吧，这大热天的兄弟们都快坚持不住了啊！你说再倒下一个两个的，这可怎么办呀！"

"余学东，你在哪里？"

"老余，你显显灵吧！我们实在走不动了啊！"

"学东，你到底在哪儿？你倒是说句话呀！"

就这样，大家在荒野里一边找一边喊，互相鼓劲壮胆儿。在寻找的队伍中，跟余学东一起采样的那个苏丹黑人，也不停地叨咕着，"余，余，前面有'余'！就在那儿！"他边说还边用手往一个大沙丘的方向指着。

"对，对对对，我也看见了。"这个黑人一说那个"余"在那儿，就在前边。大家也都异口同声地说看见了，其实他们当时在烈日暴晒下，都已经出现幻觉了。胡瑞莲道："余学东当时就戴着临行前我给缝的那顶草帽。去苏丹之前大家都说苏丹热，所以我还特意给草帽周围缝了一圈纱布，以更好地防晒遮阳。"

大家顺着黑人向导手指的方向，来到了第一个沙丘，一看什么也没有啊！人在哪里呢？黑人接着又带他们偏离了测线一点位置，继续寻找，大家找着喊着，最后在十二点之前，终于找到了余学东的遗体。找到时余学东斜躺着靠在一个小沙丘上，遗体已经僵硬。他当时可能又累又饿，想打个盹歇会儿，结果一下子睡着了，再也没有醒来。

"后来听现场找人的同事讲，当他们找到余学东的时候，他还把GPS紧紧地抱在怀里，也许是他担心把定位设备晒坏，还用样品袋特意盖在GPS上面。水壶就放在他的右侧，里边的水虽只剩下了一点点，但还没有喝完。"余学东的妻子胡瑞莲回忆说。

即使余学东在茫茫沙漠中迷路，在他的生命受到严重威胁的紧要关头，因体力不支而放下身上的地质包去寻找回营地的道路前，他也没有给他的亲人和家属留下只言片语，只是写下了样品和地质包所放位置的经纬度，并小心地存放在自己身边，直到他在距地质包三百米处最后倒下。写到这里，我不由泪崩了！就在余学东走完他人生的最后三百米之前，他心里想的不是自己的家庭和妻儿老小，心心念念惦记着的，却仍是野外采集的样品和我国的物化探事业。

"也许是心灵感应，也许是一家人的缘故吧，就在余学东出事的那天晚上，我做了个梦。"余学东妻子说。

"做梦？梦见什么了，是梦见余学东野外出事了吗？"

"我梦见余学东头上缠着纱布，肚子上也缠着纱布，我说这为什么，他缠纱布干啥呀？因为感觉像真的似的，醒来之后出了一身汗，自己还纳闷怎么就做了这么个梦了呢？"

"后来呢？后来怎么样了？"

"等到项目组的汪明启、成杭新他们从苏丹回来之后我就问他们，我说我怎么会做这么个梦呢？我就把梦见余学东的这个梦说给他们听，我说我当时觉得特别真实，就像刚刚在我面前发生过似的。他们说他当时就是这个形象，你这个梦挺灵验的，当时余学东头上确实缠着纱布，肚子上也缠着纱布。我就问他们说为啥？他们说警方怕有人暗害，所以他的尸体当时就给解剖了。解剖后刀口不是要缝合嘛，所以给他的头上缠着纱布，肚子上也缠了纱布。"

"这么说还真挺神的，这大概就是人们常说的心灵感应吧！"

"过后我还一直在细思量，怎么就做了这么个梦？当时在梦里觉得特别真实，我还对他说，'大家都在找你，你上哪去了呀？'可是我跟他说了半天话，他也没有理我，就像不认识似的直接坐床上了。当时做梦的时候，根本就没有觉得这是做梦，而是真实发生的事。"

"骨灰带回来了吗？是怎么带的？"

"飞机上不允许带骨灰，所以项目组成员从苏丹回来时，只能分散着一个人拿一小袋，就这样把他的骨灰化整为零地带了回来。带回来的时候，也没有什么迎接仪式，这边接余学东的单位代表和我们这些家属也只是带着骨灰盒。飞机在首都机场落地后，大家都拿出来一小包一小包的骨灰，集中往骨灰盒里倒。"

"噢，我很理解他们这么处理，要是公开往回带的话，在苏丹肯定要办很多手续，时间耗不起啊！"

"当时张华还给我一小包，他说'你看看这个骨灰是不是有什么问题呀？'"胡瑞莲说："我看了看那是腰椎，就给他说余学东腰不好，骨头有点发灰。而且由于不是在焚化炉火化，而是他们在野外把大骨头就地掩埋，然后立了个墓碑。把小骨头收起来架了一堆柴火烧的，所以有些骨殖并没有完全烧化。"

"那肯定是，人骨单纯用柴火是很难烧成灰的。"

"汪明启说他有一年去苏丹，还专门去余学东的墓地祭拜过他。他们当时在坟前刻的碑文，'中国地质学家——余学东'仍清晰可见。"

（三）人虽去，精神永存

余学东虽然不是党员，但他思想进步，勤奋好学，加入党组织是他终身的夙愿，就在他出国的前两天，还向党组织郑重地提交了书面思想汇报……没想到啊没想到，他身体这么好的人，愣是永远地倒在了烈日下。

1998年5月29日，物化探所在科技交流中心为余学东举行了隆重的追悼大会，数百名职工及家属自觉地前来给余学东送行。在一阵阵肃穆的哀乐声中，他的妻子胡瑞莲泣不成声，悲痛欲绝，人们都在暗自抹着眼泪，默默地为逝去的亡灵祈福。时任所长朱立新在悼词中说："余学东同志是为了我所开拓非洲地质市场,为了我国的勘查地球化学走向世界,为了支援苏丹人民而不幸殉职的。在余学东短暂的一生中,他把毕生的精力都奉献给了祖国的化探事业和我所的建设发展之中,直至魂撒异国他乡。"

余学东追悼会现场

天经地纬苦为乐,奉献一生化作魂。这场苦与乐、幸与不幸的历练,涵盖了余学东一生的追求和悲壮的人生之路。"逝者已矣,生者如斯。"余学东的不幸殉职,使我们失去了一位好同事;他永远定格在44岁的年龄,欠妻子一个告别,欠父母一次团圆。给他昔日的同事,给亲朋好友留下了无尽的哀思。余学东的离去,悲痛的气氛不只是笼罩在家属身上,也同样笼罩在物化探所的上空。在很长一段时间内,大院内少了平日里的欢声笑语,甚至没有人高声说话,大家走路都低着头,似乎仍沉浸在余学东离去的悲伤之中。就连平时见面都很少打招呼的家属老太太,见到老余的妻子都没话找话地安慰她说:

"闺女啊!小余走了,我们也都很痛心啊!孩子还小,你可得挺住啊!以后有啥事说一声,大妈会帮你的。"

"对,别担心,还有我们哪,有事可别不吭声啊!"听到这些暖心的话,余学东妻子的眼泪不由自主地流了下来。她默默地发誓,一定要坚强,一定要好好地活着,把孩子带大,否则怎么对得起这些好心的大妈,对得起离去的余学东啊!

翻看物化探所苏丹1:5万化探扫面报告,技术质量负责人李应贵对采样质量做出了这样的评价:

物化探所技术人员于 1998 年 4 月 8 日至 5 月 8 日在阿卜萨里地区，共完成化探扫面采样 2203 平方千米，采集子样 6828 件，其中 552 件为重复样。在采样期间，苏丹项目组每天在野外工作后都进行了自查，甲方亦组织在野外现场进行了两次抽查。甲方抽查后认为，野外采样到位率百分之百，6589 件采样介质为岩屑，239 件为水系沉积物，采集的样品很有代表性。从采样布置图上看，重复样的布局合理，已超过设计书所规定百分之三的要求。经检查后认定，本次采样质量已达到或超过设计质量要求，可提交甲方验收。

最后注明的日期是 1998 年 5 月 15 日。数量达标，质量合格，余学东在这次援外采样工作中的遇难，似乎成了唯一的遗憾，成为项目组全体人员心中永远的痛。

余学东，虽死犹荣，我们会永远记住这个名字。

三、张威——生命的绝唱

奋斗与不奋斗，造就的结果截然不同；人活着，就是要用生命去诠释自己的信仰。作为一个人，只有欣赏到山峰的险峻，才会看到自己最有价值的一面。

张威 1980 年出生于甘肃省白银市，2005 年走出大学校门来到物化探所，主要从事电磁法勘探技术的应用研究。经过短短十年时间的历练，他就从一个刚走出校门的学生，成长为一个可独当一面的项目负责人。在这十年间，由他带队完成多个物探资源勘查项目，同时不断加强自身专业知识的学习，复又考取位于北京的中国地质大学的研究生，并于 2014 年获得地质工程硕士学位。

张威赤心事上，忧国如家。2011 年春，山东遭遇几十年不遇的大旱，当物化探所接到上级要求支援泰安抗旱找水的任务后，来自甘肃白银市农村的张威，深知干旱缺水地区群众之疾苦和对水的迫切渴望，遂向单位主动请缨抗旱找水。刚刚过完春节，张威就辞别妻儿，踏上了驰援山东找水的征程。

他找水所到村庄的对面有一条河叫顿河，由于该地连续干旱，宽大的河床上只有浅浅的水在流淌，有些河段甚至断流，露出了泥湿的河滩。有两头牛正在大摇大摆地横穿顿河，看样子从河这边走到对岸，想要到那片绿色的草地去吃草。

远远望去，距离顿河不远的一大片庄稼已经打卷了。"旱得这么厉害！可苦了这里的老百姓了。"为了旱区人民能早日喝上干净的地下水，张威心里暗下决心，合计着一定要尽快找到地下水，以解当地抗旱救灾的燃眉之急。

奉献，不动声色地滋润着这个世界。在这乍暖还寒的日子里，张威和他的同事们带着仪器辗转泰安市的多个乡镇，不辞劳苦地进行野外施工。他的这种干劲和吃苦的精神，深深地打动了当地水利部门的一名负责同志。当他看到张威的工作计划和每天忙碌的身影，不由赞叹道："张威这个年轻人真了不起，没想到他技术这么过硬，这么能吃苦，真是个不可多得的人才。"由于张威在抗旱找水工作中做出了突出贡献，最终受到国土资源部嘉奖，获得部"北方四省抗旱找水打井先进个人"荣誉称号。

人，是需要一种精神的。只要有信念，有追求，什么艰苦都能忍受，什么环境也都能适应。

西藏是个神秘的地方，这里有灿烂的阳光，碧蓝的天空，洁白的云朵，连绵的雪山和安静的湖泊。最富有特色的是高原那稀薄的空气，内地人到了这里，首先要克服的困难就是严重的高原反应，有人一去就得肺水肿。而我们的张威，作为野外负责人，为了我国的物探事业，就不得不一次次地来到西藏，来到安多，甚至来到渺无人烟的高原无人区。

张威在唐古拉山口

在挑战高原严寒的这支队伍中，大多都是和张威一样的年轻人。工作环境虽然艰苦，但在关键时刻，张威总是能用自己积极向上的精神带动大家克服一些意想不到的艰难困苦，给人带来欢乐，带来惊喜。有次在藏北完成野外工作，大家抬着仪器、背着装备下山要返回营地时，张威在一个陡峭的地方突然两眼一黑，猝不及防地打了个趔趄险些摔倒。

"张威，你怎么了，没事吧？"幸亏紧跟其后的一个同事反应快，扶了他一把，这才没有摔倒。

"没事，没事！刚才不知道怎么的，突然感觉头疼头晕，大概是累了吧，现在好像又不怎么晕了！"

"不行吧！保险起见，还是找医生看看为好。"

在同事们的坚持下，下山后即刻就近送他去了一个诊所，医生诊断他患上了突发性高原病，建议他尽快去拉萨治疗并要注意多加休息。但他既没有上拉萨也没有采纳医生的意见多休息两天，而是在诊所简单治疗，感觉病情稍微稳定点后，又匆匆赶回了工区。

"哎！张威，你不好好看病，怎么又回来了？"大家都很担心他的身体，希望他能多休息几天。

"你看我身体多棒，不用这么大惊小怪的。休息啥，这就挺好。"张威嘿嘿一笑，还故意抡了抡胳膊对同事说道。

"这不好吧！万一要有什么事我们可不好向你媳妇交代啊！"和张威关系比较要好的一个同事半开玩笑地说。

"看你说的，没那么可怕。不过我可警告你小子，这事可千万不能告诉我的家人噢！她要是知道了，我可得找你算账啊！"

张威说完对他家人保密这句话，大家当时也都没有太在意。事后才知道，他的妻子怀孕已经 5 个月了，那是怕她担心啊。

采访时有同事对张威做出了这样的评价：他这个人啊，总是严于律己，宽以待人。自己病了满不在乎，可当同事中有人生病可就不是这个态度了。助人于危难之中，此乃为他人着想的善良。记得有一年，一位同事出了野外，他的孩子半夜突发重病，张威得知后，连夜开车把孩子送到北京儿童医院救治，并全程陪在这位同事孩子的身边，直到脱离危险。

做一件好事容易，但要始终坚持连续做好事，就不那么容易了。有同事病了，他会首先亲自送病人到医院，并嘱咐不用担心工作，若是病不彻底治好，就绝不许出院。这，就是张威的格局和为人处世之道。

有人说过：奉献是每个人应具备的品格和精神，奉献是一种不求回报的给予。张威就是这样,他在奉献的同时,照亮了别人,也体现了自己。

2015年8月,张威带队来到西藏安多地区开展野外作业。西藏的雨季,每天不是下雨就是下冰雹,导致河水上涨,道路泥泞,稍不留神就会发生陷车事故,这也是来西藏作业的所有野外工作者最头疼的一件事。在张威他们抵达工区后,中石化的一支地震勘查先遣队也前来踏勘,野外搭建的帐篷与张威他们的营地隔河相望。

也许他们不知道西藏天气的神秘莫测,即便是在夏天,夜里也冷得会结冰。当他们的帐篷扎好的时候,天已经黑了。然而,对恶劣环境估计不足的他们既没有取暖的煤炭,也没有烹饪的灶具,只能喝着凉水再吃一些随带的压缩饼干等干粮充饥。张威得知他们的艰难处境后二话不说,就带领大家把做好的热饭菜送到河对岸的兄弟单位手里,同时也向他们提供了取暖的煤炭及炉具等一应用品。

"真是太感谢你们了,要不今晚我们不仅没饭吃,可能还得熬过一个寒冷的夜晚啊!"他这种无私的大爱,像闪电一样击中了对方,使他们的领队感动不已。

"同是天涯沦落人,相逢何必曾相识。小事一桩,应该的,用不着那么客气!"见对方领队这样说,张威也不忘幽默了一把。

俗话说,"麻绳专挑细处断,厄运专挑苦命人"。

就在中石化先遣队一众平安度过一天之后,第二天晚上又突降了一场大暴雨,暴涨的河水夹杂着一股泥石流汹汹地奔腾而下,无论是人和车都无法涉水过河,眼见对面的人无水无饭地陷入了绝境。这可急坏了河这边的张威,他在河这边上下跑了好几个来回,试图找到一个可以过河的地方,终未能如愿。无奈之下他索性带领大家找到一个较窄的河面,从这边向河对岸抛掷绳索,在河两岸终于架起了一个生命通道,可以为河对岸的人提供热水还有食物了。这种暖心的举动一直持续了一个多星期,直到对方单位的后续人员抵达后这才作罢。就这样,分属两支不同部门的地质勘探队伍,在西藏这个雪域高原,结下深厚的友谊,现在一提起此事,还一直被中石化和我方的人员津津乐道。

跑野外的人经常会和民工打交道。有天张威他们在跑完一条测线休息时,有民工突然很好奇地问:

"你们干这么苦的活儿，工资应该高得很吧？"

"也不算太高，每月工资拿到手的还不到七千。"有个工程师犹豫了一下回答道。

"骗人哩吧，我家雇了一个放骆驼的人，一个月都三千四千的呢，还管吃住。"

"是啊！你这人不实在，我又不要你的钱"。民工甲话刚一落音，民工乙就接着说道。

"那……这……"所有在场的工程师、博士都默默地走开，继续他们的野外作业。

男子汉的责任就在于应该竭尽全力地去做他能够做到的事。就是在这一次，张威在西藏一干就是 6 个月。等他回来出现在同事面前时，破衣烂衫的又黑又瘦，再加上满脸的胡须，几乎没人能认出他是张威。回到家里，儿子见到他也很快跑开，压根儿就没有认出他这个爸爸来。直到他爱人招呼他，儿子也才慢慢地走了过来。而他也只是嘿嘿一笑，自我解嘲地对爱人说，"这样才更有男人味，白白净净的，哪还像个搞地质物探的，你说是不是这样"。

现在好多人还清楚地记得廊坊市 2012 年 7 月 21 日晚至次日凌晨的那场特大暴雨，如同瓢泼一样从天而降，市区的道路霎时积满了雨水，昔日的马路瞬间变成了一道道宽阔的河流，沿着不同的方向涌动。我所的中心实验室样品库、配电室，还有监控站的标准物质楼等这些地势较低的地方不时有雨水漫进，面临着被淹的危险。这些地方一旦被淹，将会严重影响到一大批国家重点科研项目的进展，国家财产也将受到数以千万元计的重大损失。

偏偏在这时候，廊坊市电力设施也因遭到暴雨袭击，造成全市大面积断电，监控站和实验室的抢险现场顿时陷入一片黑暗之中。就在这千钧一发的紧要关头，张威和他的同事们闻讯赶到，他们找来了发电机和抽水泵等应急装备，尤其是张威，一会儿顶着倾盆大雨跑出去检查设备，一会儿泡在半米深的冷水里调整抽水泵的位置，头上的雨水汗水交织在一起，顺着脸颊不断地向下流，这时已分不清哪是汗水哪是雨水了。一夜的紧急抢险过后，张威和他的同事这才收拾好他们的设备，拖着疲惫的身体离开，这时东方已露出了朦胧的鱼肚色，新的一天又开始了。

作为一名年轻的物化探工作者，张威在野外工作多年，每年秋夏，别人都在享受着城市的繁华，而他不是在野外就是在出野外的路上。

2015年8月12日，张威在西藏自治区那曲地区双湖县开展野外工作过程中，不幸发生交通事故，年轻的生命永远定格在风华正茂的35岁。

张威远离城市，远离父母，撇下妻儿，甚至与外界断绝联系，在荒无人烟的沙漠，无边无际的戈壁荒原长期作业，任汗水湿遍全身，任荆棘划破衣裳，也毫无怨言。

时间可以计算生命的长短，但却无法衡量出生命的价值。张威带着对地质事业的执着和梦想，带着对家人深深的眷恋，将自己的生命之花镌刻在了高原冻土之上。无论是在抗旱找水，还是在暴风雨中的抢险救灾，无论是对工作还是对他人，无不彰显出他的个性和高风亮节。

让我们一起缅怀他的青春年华，还有他生命中最出彩的日子。

四、刘占元——岁月不老，青春不朽

一个人的一生应该是这样度过的：当他回首往事的时候，不会因为虚度年华而悔恨，也不会因为碌碌无为而羞耻。这样，在临死的时候，他就能够说："我的整个生命和全部精力，都已经贡献给了世界上最壮丽的事业……"

刘占元，河南巩义人，1955年出生。1982年从成都地质学院地球深部探测专业毕业，一直在物化探所工作。1992年被物化探所评为工程师，1996年任职高级工程师，2003年任职教授级高工。

说起来刘占元也算得上是一个老化探了。他在国家攀登计划及地质调查项目支持的基础上，深耕"地电化学"这一物探化探融合技术。通过创新研究，建立了"独立供电偶极子式"地电化学技术体系，并先后取得了3项技术专利。其研制的"固体载体型元素提取器"被国土资源部、核工业总公司及多个地质院校与地勘单位广泛应用于覆盖区矿产勘查工作。该技术打破了电提取方法仅可开展大比例尺勘查的局限性。

他先后负责完成化探勘查市场服务项目十多项，为矿业公司圈定出多处化探异常，创造效益一千多万元。内蒙古兴业矿业公司根据他的化探成果，很快就找到了锡林郭勒盟阿巴嘎旗白音图嘎的铅锌铜矿和金矿、东乌旗洛恪顿铅锌多金属矿、准布尔嘎斯台银铅锌矿3个新矿区。由于刘占元的出色表现，兴业矿业集团公司董事长在公司会议上，特别提出把物化探所指定为兴业公司化探勘查项目的首选单位。可以说，是刘占元卓有成效的工作，为物化探所创造了效益，争得了荣誉。

无数事实证明，只有全身心地投入你所从事的工作，不畏辛苦地百折不悔，才有可能登上科学技术的高峰。

2017年6月，在研究室人员紧张、工作任务繁重的情况下，退休返聘的刘占元同志，主动请缨辅助年轻人共同开展"浙江省衢州市等地1∶5万土地质量地球化学调查"野外工作，在江山市峡口镇开展野外工作时，突发脑干出血，虽经长达4年的多方施救，终因医治无效而于2021年8月1号不幸辞世，他把一生献给了物化探事业。

日前，作者采访了刘占元生前所在地球化学探测室副主任孙彬彬。

"彬彬你好，刘占元那次具体执行的是什么项目，负责人是谁？"

"实际老刘参与野外工作的是一个地质调查子项目，所属二级项目为'珠江下游及浙江基本农田土地质量地球化学调查'，子项目负责人是贺灵，二级项目负责是周国华和我。因为贺灵负责的这个子项目野外工作时间紧、任务重，所以老刘作为一个有经验的老同志主动前往，协助贺灵实施野外作业。"

当问及刘占元的工作情况时，孙彬彬用钦佩的口气说道："老刘不愧是一个老党员，他人好、身体也好，工作积极认真，野外工作中从来都是抢着干最难的测线，虽说是60多岁的人了，可他在野外爬山干活，比年轻人还要厉害。其实当时的退休返聘工资很低，他作为三级教授，退休工资足够他衣食无忧了。可能正是割舍不下从事了一辈子的化探工作，才让他一直选择返聘吧！病发时是他退休返聘的第3个年头！"

"当时他们住在哪里，病发是白天还是晚上？能谈谈发病的具体过程吗？"

"他们住在浙江省江山市峡口镇，2017年6月16日晚饭后出门散步，那天还下着毛毛细雨，走着走着，老刘就突然倒在了地上。紧急送到峡口镇医院简单处理一下后，就直接叫救护车把他送到了江山市人民医院。经医生诊断是突发性脑干出血，此后一直住在江山市人民医院 ICU 室救治。2019 年 1 月 31 日，经和家属协商，单位把老刘接回廊坊市人民医院 ICU 室继续救治。"孙彬彬又道：

"老刘他们做的这个项目，为浙江省江山市的土地资源管理、特色土地资源开发、'最江南'绿色休闲试验区规划建设、农业种植结构调整、土壤污染详查与治理以及乡村振兴等提供了有力的支撑。老刘发病的那天，野外工作也结束了。因为江山离上海比较近，他本来打算先不回家，直接去上海参加毕业三十五周年大学同学聚会，第二天去上海的票都买好了，谁知又出了这么个意外。"

"项目计划多长时间，在野外干了多久，是第几天发的病？"

"是野外工作全部结束的当天晚上发的病，此前已经干了近三个月的时间，那天下午他把所有的野外样品都打包整理好了准备邮寄实验室。在病倒前的最后一刻也没有耽误哪怕一点点的野外工作进度。冥冥之中倒是符合了他干工作有始有终的性格。要说老刘这个人哪，平时身体好得很，没有任何诸如'三高'之类的基础疾病，发病那天晚上也没有饮酒只是简单吃了点饭，谁能想到会发生这样的事情！"

"他发病或到医院后是什么状态？在发病后说了点什么吗？"

"脑干出血，当时已经说不出话了。刚开始别人喊他，问听见了没有？他还眨了几下眼，但几分钟就又昏迷过去了。先是就近在峡口镇医院做了简单抢救，然后又用救护车拉到江山人民医院做了 CT，确定为脑干出血，且小脑也有部分出血。"

刘占元 2014 年在福建龙海

"直到刘占元去世，最后一直是在 ICU 吗？"

"后续的救治过程比较磨人。因为他脑干受损，自主呼吸恢复几个月后，一直不稳定。虽然有自主呼吸，但最长两三天，就需要使用呼吸机来维持，因此出不了 ICU。大夫一直说他不会有自主意识，但我感觉偶尔还是有的。老刘就像我的第二个父亲，从 2003 年我到所里工作开始，十几年来一直对我倍加关照，我们两个人在野外一起住的时间甚至比和老婆住在一起的时间还要久。如果我时间长一些不去看他，在他耳边说说我们过去的经历以及项目组的事情，他的眼睛就会突然半睁，甚至有时眼角会有眼泪流淌。治疗到后来，随着各项身体器官功能的不断衰减，老刘的血管已经萎缩到了很难下针埋管的程度。也许由于他身体底子好吧，在 ICU 里硬是坚持了四年。"

"有关刘占元，你还有什么想说的吗？比如他的工作表现，平时的为人什么的，还有哪些亮点？"

"老刘在培养年轻人方面比较无私，可以说是不遗余力。他会主动让年轻人当项目负责人，然后不计代价地在各方面帮助年轻人把项目干好，即使个人待遇受到影响也毫无怨言，很多以他个人能力申请来的项目也是如此。年轻人由于家庭、孩子等原因对出野外有顾虑时，他总是主动冲在第一线，是真正正正地把自己的一辈子奉献在了祖国的大地上，奉献给了地质事业。"

"另外，他这人比较幽默，善于调节气氛，和年轻人之间没有代沟，而且和司机、野外民工什么的都能打成一片。老刘年龄虽然大，但他善于接触研究新事物，什么微博、GPS 软件、制图软件的，我们都还没有接触呢，他都已经玩儿得贼溜了。我们最佩服他的一点就是从不争名逐利，项目组人与人之间要是有什么矛盾，他总能够很好地给化解掉。"

"听说他长跑得过奖，而且名次还非常靠前，但不知这事是在市里呢还是在大学期间的事？"

"中长跑是老刘的强项，他曾是成都市大学生运动会的 800 米冠军，一个非专业人员和一堆体校的人同场竞技。现在有没有人打破这个纪录不太清楚，据说很长一段时间，成都理工大学的 800 米纪录一直是他保持的。"

生逢其时，重任在肩。作为恢复高考后的第一届毕业生，刘占元教授用自己的足迹丈量着祖国的大好河山，把自己的一生奉献给了物化探事业。退休后仍终其一生参与化探野外工作，不幸倒在了采样的工作现场。这个社会如果人人都有刘占元同志这种奉献精神，社会将会进步一大截。

五、张喜丰——赤子其人，寸心如丹

人的生命只有一次，有长有短。但总的来说，这世界上没有比生命更宝贵的东西了。

张喜丰，1951年出生于吉林省四平市梨树县，1975年毕业于长春地质学院金属物探专业。后分配到物探所老三室，即后来的重磁室，跟随王忠敏、孔庆大、刘文锦等老一代磁法和重力专家，从事重磁数据采集、处理与建模等研究工作，参加了获得部二等奖的海重野外数据采集与室内资料解释推断工作。他在工作中吃苦耐劳，善于思考，在业务上很快独当一面，成为重磁研究室的主力。

张喜丰在海上作业

不幸的是，张喜丰在天津港作业时，因中风而突然倒下。当时海重的工作船停靠在塘沽港，大家吃住都在船上，在中风前几天张喜丰就说手有些麻，大家也都没当回事。但为保险起见，晚上收工还是送港口医院检查了一下，医生也没说有多严重，只是叫他们多注意、多观察。谁知道当天晚上情况就有些严重了，人说不出话来，甚至大小便失禁。当地港口医院建议立即转院，在征得家属同意后，无奈之下直接送往廊坊中国石油天然气中心医院治疗。据和他一起在海上作业的同事讲，当时从天津海重驻地送他走的时候，人连鞋都穿不上了。

见中国石油天然气中心医院也没有把握治愈，马上又送到了北京一家著名医院，大夫一看病情说送得有点晚了。经过抢救治疗，张喜丰的生命算是保住了，但生活和行动却不能自理，有段时间只能扶着墙走路，后来病情还在不断恶化，直到走完生命的最后一程……

关于张喜丰，在"浅海重力弄潮儿"一章中已经提及，他的赤子其人、寸心如丹的精神永远值得后人铭记。

让我们向所有的地质工作者致敬！他们用泥泞的双脚，把祖国的千山万水丈量。张绥录身患绝症，怀着拳拳之心还给国家科委写信要求，"把危及生命的工作交给自己"，当他的夫人一字一字地读完那封信再放进信封时，信纸已被泪水打湿。为支援非洲，余学东埋骨黄沙；为解大地之谜，张威殒在无人区的远方；为了化探事业，刘占元献身野外；为了浅海重力，张喜丰倒在了海边……

就在马上要杀青"共和国不会忘记"这个章节时，又有噩耗从野外传来，我所的老职工、任劳任怨的老黄牛郑海军又在青海海西州德令哈出野外时以身殉职。我的思维似乎瞬间冻结了，不知道如何表达自己此刻的心情。每每听到或看到同事献身物化探事业的消息，都会令人痛惜不已。身上若无千斤担，谁愿拿命赌明天？逝者已逝，他们做出的贡献也将永远被后人铭记。

从事野外科学研究不仅是要流汗，要奉献青春，甚至还要献出生命。我们在总结工作，谈到成果的时候，一个个鲜活的生命，一桩桩往事就会涌上心头，这是永远都不能忘记的痛。因为在我们所取得的大量成果中，都凝结着为物化探事业献身者的血和汗。

让我们以此缅怀失去的生命，让人们牢记这些光荣而又伟大的物化探工作者！也愿要出野外或正在出野外的同事们筑牢安全防线，使类似的悲剧今后不再重演！

最后，愿他们去天堂的路铺满鲜花，再无病痛和烦恼。

第四辑 04

朝花夕拾

Dawn Blossoms Plucked at Dusk

创　新

讲台上，一位银丝满头的老学者面对坐得满满一堂的青年男女们，第一句话这样问。

"谁能回答加法与减法，有什么相同之处，有什么不同之处，它俩谁优于谁？"

"我再说两个字'创新'……我们的知识永远在革新，欧几里得是两千年前的大数学家，但他对非欧几里得几何却一窍不通，和他去讨论概率论，他大概也会大惊小怪；爱因斯坦是大科学家，和他解释模糊数学或灰色体系，可能也不十分容易。我国的现代青年，在这知识迅速更新的时代，渴望新知识的青年，对于新知识可以有两种态度。第一种态度是在博览群书之后，学习其中前人的部分精华，著书立说，这种态度可以升高工、教授。第二种态度是在博览群书以后，发现其中前人的一些错误或不足之处，创立新说，供后人学习。我希望更多的年轻人，采取第二种态度……"

"哗哗……"如雷般的掌声。

这是我们在北京参加全国首届青年勘探地球物理工作者学术讨论会开幕式上的见闻。这是一场年轻人的会议，与众多地质物探学术会议相比，它显得更加活泼、充满生机和青春气息。著名地球物理学家、中国地球物理勘探的创始人翁文波用一串智言妙语，抛出了"创新"两字的全部真实意义。刚刚离位的副部长夏国治语重心长讲"创新"对科学工作者，尤其是对地质科学工作者一生奋斗的实际价值和重大意义；因病未到的中国地球物理学会名誉理事长顾功叙老先生的书面报告则铮铮作响："创新"，将是任何一位立志求大成的科学工作者必备的利剑与巨斧！

1990年10月10日晚上的见面会，宽敞的大厅内座无虚席，青年代表们争先恐后地上台亮相，表演节目，欢声笑语此起彼伏。来自核工业总公司的狄增晨在热烈气氛的感召下，兴致勃勃地当场说："金秋十月会北京，老少三代此心同，振兴物探共携手，上下努力代沟平。"来自海洋石油总公司的赵志勇，是个很帅气的小伙子，他感慨道："我以前曾在研究中心的学术会上获得一等奖，但很少参加这种跨行业的全国性会议，这次真是机会难得。听听别人的发言，可以做横向比较，进而提高自己，所以我特别赞成交流。"

华东地质学院物探系的年轻教师杨亚新，原来是学核物探的，以后又读了地质学研究生，她显得既文静又大方。当被问及为什么要改学地质时，她的回答是："我毕业后一直从事放射性物探教学，带学生外出实习时，常苦于地质知识不够。比如站在构造上不知道是构造，苦头吃了不少，所以我就选择了读地质专业，否则自己的专业很难发展。我们学院在经费很紧的情况下，专门留出预算，支持我们5位同志来参加会议。临行前系主任还嘱咐说，一定要把好的经验带回来。所以我把这次会看得很重，认为挺难得。"从这次会议的组织者那里了解到，类似的事很多。许多单位领导对青年人参加这次讨论会热情支持。中国地质学会的老专家们对这次会议更是备至关心和支持，长春地质学院物探系穆石敏教授千里迢迢专程从长春赶到北京。老专家赵廷业、王立和刚从外地出差回来没回家就先来到会上指导。石油物探专家于占元利用会议间隙处理公务，坚持参加会议。

据了解，本次会议的论文征集通知发出后，回执如雪片般向秘书处飞来，有二百多人报名参加，最后不得不做了严格筛选和只允许论文第一作者参加会议的规定。而且，思路清晰、观点明确、立意新颖的论文不在少数。敢于直言，这是年轻人的显著特点，在本次会议上也得到了充分的体现。宣读论文时还用幻灯显示内容，并限定时间，听众可以自由流动等，这些做法都是国际学术会议惯常采用的。

会上，有的代表还主动找会议组织者提出自己的看法。有色金属工业总公司的代表何涛说："平时我们在基层，上面有会也不上，就是参加会也多以学习为主，而这次可以拿出自己的东西，平等地竞争，这是一种锻炼。平时苦思冥想而不得其解的问题，听了别人的发言，大有茅塞顿开之感，对今后的工作很有帮助。"

来自新疆的王建伟，只有 22 岁，脸上还透着一股稚气，是代表中年龄最小的一个。当他坐在我们面前时，显得很腼腆，手都不知往哪儿放似的。"这种会我是第一次参加。初次上讲台，我满是胆怯，但我感到高兴和充实。"

交流发言结束后，由专家组成的评委们在评奖时一致认为论文的水平大都比较高，绝不逊于一些大型会议上的成果。评选揭晓后，我们访问了三位论文的一等奖获得者涂国田、张明华和黄金莉。张明华说："专家的直接参与和灵活多样的交流发言使老少之间的代沟得以消除，对青年人增强事业心有好处。通过交流，可使代表了解全国同行业青年人的水平和动态，以减少不必要的重复劳动。就此而言，本次会议已带来了一定的经济效益。这种会应像美国的 SEG 一样固定下来，至少两三年办一次，可使我们少走弯路。"

涂国田和黄金莉也接过话说："我们也有同感。这次会基本反映了地球物理专业的发展趋势和水平，我们期待各行各业的领导和老前辈们都能放手大胆地让我们年轻人在科学的实践活动中去创新，去拼搏。"

会议组织者、中国地质学会勘探地球物理专业委员会主任委员陈云升告诉我们说："既然有了今天，就一定会有明天。中国地质学会勘探地球物理专业委员会今年的工作重点之一就是培养和发掘年轻人才，真正把青年物探工作者这个主力军队伍建设好。"

我们相信，并且预祝其成功。

此文为作者丁志俊与原《中国地质矿产报》记者、中国作家协会原副主席、著名作家何建明共同撰稿，发表在 1990 年 10 月 17 日《中国地质矿产报》二版头条上。

神奇的中医针灸

大学同窗光绪对中医此次在抗击新冠疫情中所起的作用大为赞赏，并联系实际，颇为感慨地讲了一件自己的亲身经历，引起其他同学的强烈反响。原帖是这样的："各位仙客、老师好！中医是国之瑰宝，近几十年，渐被边缘化了，这是中华民族之悲剧。有一件事是本人的亲身经历，想与大家分享一下。几年前，我得了甲沟炎，去北京某大医院外科就诊。医生看后对我说了治疗方法——拔指甲。无奈之下我又去了北京宽街中医院，还是外科。大夫看了看后，就到隔壁处置室，用弯头剪子给我处理了一下，涂了一点膏药，包扎好，治疗结束，整个治疗过程无任何疼痛。然后，开了一盒该院自配的膏药，药费、治疗费5元。这就是中、西医的不同。晕吧！"

看到这段话后颇有同感，其他仙聊斋的仙客也都觉得很有道理，对中医这个中华瑰宝的赞誉帖子不断，一时引发一场热议。

马同学说："西医是一门科学，但科学并不代表正确，说中医不科学也不代表不正确。我们从小所接受的僵化且教条的'热爱科学'的教育害人不浅，以至于中医越来越被边缘化，并多次出现了难以为继的断层。和中国的一些老字号一样，已经很难恢复了！这件事发生在中医药发源地的中国，本身就是件很可悲的事情。"

"对，我赞成这种说法。"

木子同学对光绪的诊断"遭遇"也深信不疑。接着，她也讲了自己看病的真实故事。

"两年前因病术后不慎导致'刀疝'，即腹腔内膜刀口撕裂，脏器脱出，形成腹部包块。西医建议尽快手术修复，以避免裂口愈撕愈大。即使修复后，亦需避免腹腔压力过大，否则缝合口失去弹力就有再次撕裂的可能。而中医则认为是手术伤了元气，中气不足导致脏器下降而脱出，只要补中气就可缓解。同样的病症，中西医各执一方，我选择了中医。服用中医汤药一个月后改为服用'补中益气丸'这个极普通的老中成药，半年后这个包块竟然神秘地消失了。西医认为腹膜没有自愈能力，而中医说只要中气足了，脏器自然回到原位不下逆了，神奇吧！"

如果说光绪的情况是一个"意外"，那么木子呢，难道她会刻意贬低西医？答案是否定的，她只是通过一个病人的亲身体验，解读了中医与西医的碰撞，诠释了这两种医疗体系的不同诊断方法，庆幸自己最后所做出的"英明"抉择。

再回到此次抗击病毒，欣慰的是中医药发挥了令人瞩目的效果，有些西医解决不了的问题，中医马上跟进。据说在援外医疗队对西班牙、意大利的诊疗救治中也发挥了不容小觑的奇效。在欧洲这些完全以西医为主导的群体中，中医能够出彩，能使西方人认识中医，信任中医，也是推动中医药走出国门的极好契机。回眸历史，外国人当然也包括相当一部分国人固然对中医有偏见，但在活生生的事实面前，总归是会改变的。治好病，能救命，胜过任何空洞、虚无的理论。倘若做到了这一点，那么弘扬中华医药文化，传承老祖宗留下的医药宝典，造福人类可以说是指日可待。

别人信不信不知道，反正我信。这也源于自己的一回亲身体验，神奇的中医从此进入我的视野，甚至溶化在血液里。现在想起来，回忆起整个治疗过程，仍觉得如同做了一场梦，一场刻骨铭心的噩梦。

说起来也是八年前的事了，夏天我从威海乳山银滩度假回来不到一个月，就患了一种奇怪的眼疾，眼皮总是耷拉着，挡住了视线，别说看书写字了，日常生活似乎都成了问题。一切都发生得这样突然和意外，觉得自己就像从云端跌落到万丈深渊之下，黑暗像大山般压在头上，人生的所有美好和梦想，在这一刻都土崩瓦解，全部被淹没了。坐在屋里的沙发上，眼皮沉沉地耷拉着，忽然觉得能睁开双眼成了一件奢侈的事情，多累多不容易啊！举目四望，平日熟悉的办公室周围是灰蒙蒙的一片。身体飘忽，脚下只有一片虚空，似乎没有了立足的地方。

既然患上眼病，就赶紧去看吧！可去哪儿去看好呢？首先想到的就是眼科医院了。起初还不是太厉害，自己跑来跑去地走了市眼科医院、人民医院眼科、天津洛基眼科医院等几所医院，验了不知多少次光，各种眼药也滴了不少，验光检查的各种设备统统都用上了，不仅没有好转，好像还越来越严重了。最雷人的是，无论哪个医院，无论是普通大夫还是专家门诊，眼睛为什么会这样，还有发病的诱因谁也没有搞清楚。

听说中医院来了北京的专家坐诊，在周日上午9点之前就急匆匆地赶了过去。胖乎乎的老眼科专家态度和蔼，不紧不慢地望、闻、问、切后，伏案疾书地开了一个药方，龙飞凤舞的字虽然看不大懂，仍然满怀希望地带回了两个疗程的中药，满满的一大兜子。为了确保药效，又特意去杂货店买了一个药锅，专门熬中药。两个星期很快过去，一大堆中药也在不断减少，最后一服药终于吃完，可眼睛呢，仍未见好。进过太多的医院，男的女的老的少的大夫也见过不少，钱花得像流水，可眼睛就是不见好，人也渐渐失去了耐心。

有一天，照样自己开车出门，没想到的是，在东外环左转时和从南边直行过来的一个小面包撞了。要知道当时开车时，可是用右手撑着眼皮，单手操作方向盘，视线注意前后，却无法覆盖左右。不用说，已方全责。一番交通事故赔偿折腾后，内心彻底崩溃，狠狠心最后连自己心爱的汽车也卖了。怪谁呢？归根结底，都是自己眼睛不好闹的。

小车处理了，没有了平时出门依赖的"腿"，上班或出门看病，打车就成了唯一的选择。站在街头茫然不知所措，川流不息的车龙如同大海的波浪一样起起伏伏，街上的行人模模糊糊的似乎都飘飘然地走着太空步。尤其是在夜幕降临的傍晚，打车时看不清顶上的灯光显示，无法判断车上有人还是无人，只好见有出租过来就挥手拦车，眼见着一辆一辆的出租疾驰而去，就是不停在我面前。怎么办啊？难道这就是上帝的惩罚，命运的安排！我甚至觉得，世界上没有任何一种痛苦能够和我此刻的痛苦相比，这种痛苦是那样深刻，那样复杂，那样沉重。面对现实生活，在治疗眼睛的三个月里，成了我人生中经历过的最痛苦、最昏暗的一段日子。

无奈之下，又走进了中石油天然气中心医院。

在人头攒动的大厅，去药房交费时，竟和迎面匆匆走来的一个胖妇人撞在一起。见我连声道歉，还用手撑着眼皮的狼狈样，她小声嘀咕了一句什么，大度地走了。不知为什么我当时还很庆幸人家没刻薄地说一句"你瞎呀！"如果那样，可能会更锥心，更痛苦。

到了眼科，直接挂专家号，这个叫林达的专家据说能耐不小。

"眼睛怎么了？现在还难受吗？"说着他用手在我眼前晃了晃。

"能看清楚吗？"

"能看见，就是不太清楚。"

说话时我用右手的大拇指和食指支起了眼皮，"这样还好一点。"

"那怎么行，坐好。噢，我看看。"说着戴起了一个像头盔似的窥视镜。

"先去做一个检查吧！"说完"刷刷"地写了几笔，递给我一个小处方笺。

这样，我又开启了在这个三甲医院看眼病的漫长历程。缩瞳，散瞳，验光，配镜，各种小型眼科仪器不知道反复使用了多少次？专家的招数眼看就要用尽了，甚至于还征求我的意见，在胸部打了一针，据说是生物治疗，以此类推发病的根源。我当然同意试试，对他提出的每一种治疗方案和建议都是积极响应，尤其是在最后，对每个方案似乎都抱着莫大的希望。胸部打这一针时，刺激作用太大，简直有种痛不欲生的感觉，为了治病，这些痛苦似乎都微不足道，算不了什么了。接下来又推荐去医院的神经外科查查，看是不是神经系统出了问题。

神经科门诊部，接诊的是一个年约 40 岁的女大夫。

她接过单子，看了看问：

"性别？"答："男"

"籍贯？"答："陕西。"

"职业？"答："翻译。"

"什么？"她似乎没有听清，又追问了一句，"你说什么？搬运？"

"不是搬运是翻译，就是把外国字译成中文的翻译。"我认真地向她解释道。

"看看这个是几？"

见她伸出三个指头，马上答曰："三。"

接着她又不断地变换着不同手指和个数，有一次把两只手的十个手指头都伸了出来，而且速度越来越快，我都对答如流，觉得头脑从未像今天这么清晰，心想这么简单的问题，岂能难住我。接着她又用一个小木榔头敲我的手和身体其他部位，以此观察我的反应。

"行了，神经没啥问题，走吧！把这个诊断结果交给眼科医生。"她似乎有点不耐烦。

回到楼下眼科，把诊断结果递给专家后，他盯着单子沉思良久，强装出一副自信的样子，却又无计可施般地用手在自己头上摸了摸，没有说话。看来我这眼病太复杂，这个专家又难住了。

"目前没有查出究竟是什么问题。"他瞅了瞅我说："这样，我给你开个单子，给头部做一个核磁共振检查，看看结果如何。"

查不出病因，又治愈不了，看来专家还是怀疑和眼睛有关的脑部神经出了问题。好在这个三甲医院科室齐全，设备先进，不出门诊大楼，核磁共振检查就能做完，两天后就可以拿到检查结果。由于是仪器检测后的复诊，也就免去了挂号排队的麻烦。等到林肯专家门诊的日子，我把核磁检查单子直接交到他手里，等待最终诊断结果。

"哎呀！"他好像很感意外地轻轻叫了一声说：

"从核磁设备检查看，你脑部神经没什么事啊！这就奇怪了！"

"那您觉得问题在哪里？应该怎么治啊！我总不能一直这样吧？"

"是啊！你这种眼病，和我遇到过的沧州中行的行长是一模一样的。"

"那他最后是怎么治好的？眼皮总不能一直耷拉着吧？"

"听说后来去了北京医院，怎么治的，就不知道了。"

"那我这种情况下一步怎么治疗，还有别的办法吗？"

"没有了，我也不知道。对不起！"

"哪？这……林大夫，您看能不能再想想？"

"想也没用，实在是没有别的招了，我尽力了！"

"算了，走吧！看来真的是没治了。"

一直在一旁听着我们对话的爱人老李扯了扯我的衣角，拉着我一起走出了诊室。离开了眼科门诊部。跌跌撞撞地向前走了几步，看看通往两侧楼梯的出口，不知该往哪儿走？我犹豫了。向东还是向西，向南还是向北？回家，实在是心有不甘哪！向大楼前方通道一看，有一个空着的长条椅子。见我止住了脚步，老李劝我说：

"着急也没用，先歇会儿再说吧！"我目光呆滞，无力地坐了下来。

"中医科向前五十米，左转上楼。"老李小声地念着指示牌上的文字。

"什么？中医科？"我听后精神为之一振，循着她的目光望去，右前方墙上的导医牌映入眼帘，后面一个长长的红色箭头还向上钩了一下。

"走，上去看看。"说着我站起身，好像抓住了最后一根救命稻草。

在中医科区域，外面挂着各种小牌子，有中医诊疗，中医按摩，中医推拿。这些都没有留住我们的脚步，因为开始已经看过北京的老中医，药汤子也没有少喝，无效。所以，这次径直走向最内侧的针灸病房。

"又来了一个，哈哈！肯定是疑难杂症，没办法才想起我们了吧？"见我们推开门咨询，一个身着白大褂的中年女大夫笑呵呵地说。

"是，是的。我是刚从眼科过来的，眼病能不能扎好？"

听到她说的这些玩笑话，我心里似乎一下子踏实了不少，暗暗庆幸自己来对了，至少是看到了一线希望。她问了一下我的症状，看了眼科开的单子，又简单地检查了一下问：

"没扎怎么知道，今天就开始针灸吗？"她指了指旁边的一张空床又对我说，"躺上去吧，现在正好有床位，先扎扎看吧，手续可以补办！"

"你现在去一楼大厅办手续，针灸一次35元，先交一个疗程的费用，收据拿回来给我就可以了。"说完开了一张处方笺交给了陪我看病的老李。

我的针灸治疗就这样开始了。

躺在床上，我偷偷地环视了一周，整个诊室约有五十平方米。除了里面的一个小套间外，外面就是一个不足三十平方米的针疗区，密密麻麻地摆放着七张病床。扎针和起针时，大夫和护士不时地在给病人施针的床与床之间狭窄的通道里穿行。

这个小小的针疗室不大，却充满了温馨的气息。针灸的是一个叫白俊玲的女大夫，她40岁出头的年纪，鹅蛋脸，尖下颏，圆圆的大眼睛，薄薄的嘴唇，个子不高不矮，属于女人中的标准身材。她的衣着显得合体、整洁，套在外面的白大褂，一尘不染。她嗓音细而清亮，说话语速很快，一看就是一个干脆利落的人。给病人施针时，她的嘴总是不闲着，谈天说地，谈东论西的，非常风趣幽默。尤其是她那银铃般的笑声，总是能给针灸室带来快乐，欢声笑语不断。躺在病床上，有等待扎针的病人就和白大夫聊上了。

"白大夫，你人长得漂亮，性格又这么开朗，怎么没有去搞文艺呢？"

"还真让你给说着了，我当年当兵时，差点进了部队的文工团，但遗憾的是最终还是没有去成。"

"为什么？是什么原因导致你没有去成，是不是没有考上？"

"哎呀！考是考上了，但最后政审时没有通过，筛下来了。"

"那太可惜了！可惜浪费了你这个人才。"

"我看没去成更好，当年的白大夫如果不进卫生队，哪有今天这么高超的针灸技术？"另外一个在国资委上班的女患者插话说。

"是啊，是啊！如果进了文工团，哪有今天的白大夫？"

"你们说的都对，白大夫对我们这些病人多好啊！"

一时几个病床上的患者七嘴八舌地都插上了话，越聊越热闹。

"好了好了！安静一会儿吧。那都是过去的事情了，说了也是白说，后悔更是没用。"

每当大伙儿聊到兴头上时，白大夫总是适时地出来给大家泼泼冷水，维持一下诊室的"秩序"。

每天早晨我8点前准时赶到医院。因为床位太少，来得晚了，只能在一边等着，有患者走了，腾出床位才能开始治疗。有一次来晚了，足足等了近两个小时，做完针灸已经过了午饭时间，白大夫连中午饭都没有顾上吃，她还风趣地说自己正好减着肥哪。

第二个疗程又开始了，这七天时间过得还真快。给我的感觉不像是在医院看病，倒像是在参加一个什么学术交流会一样，使人感到快乐无比，兴趣盎然。一个星期过去，病人之间彼此也都熟悉了，大家躺在床上，聊得不亦乐乎，白大夫也常常插话凑几句热闹，使这个小针灸室充满了温馨，其乐融融。施完针后，大家有一搭没一搭，有一句没一句地说着闲话，间或还互相开开玩笑。

静静地躺在床上，我的头部和足部都扎上了针，尤其是脸上像刺猬一样，密密麻麻地扎了20多针。白大夫施完针，在针灸室巡视着，间或给患者进进针，又讲了一段发生在她战友身上的故事。说到高兴处，她还时不时地带着动作比画几下，逗得满病房的人哈哈大笑。我也被她的乐观情绪深深感染，在轻松的气氛中竟忘记了自己的疾病，忘记了痛苦。

"白大夫，今天我感觉好多了，眼睛好像能正常睁开了啊！"

第二个疗程尚未结束，大夫第五天刚施完针，我突然觉得自己已经好了。

"是吗？那就是见效了。"她说着翻翻我的眼皮，又捻了捻眼睛周围的几根针说：

"坚持两天，扎完这个疗程，再巩固一下更好！"

"谢谢，谢谢白大夫！听您的，继续扎完这个疗程。"我高兴得不知该说什么了。

两天很快过去，扎完最后一次针灸，我从床上坐起来，有些不相信似的揉揉眼睛，看了看周围那些羡慕的目光，默默地看着我的病友们，眼睛有点湿润。

"就这么好了？"我不知是问他人，还是问自己。转而走向白大夫鞠了一躬说：

"白大夫，您真是神医啊！前面费了这么多周折都没治好，这么难的眼病让您轻而易举地扎好了。"看遍西医，跑遍各大医院，仪器检查加各项药费、治疗费用近万元，而用针灸两个疗程14天的花费不足500元！至今想起来这件事，就像做梦似的。这中医，这针灸也太神奇了吧……

日本自由行纪事

这是一次难忘的出行。

也是一次与新天皇"偶遇",和新纪元同步的东瀛之旅。

一、烂漫樱花季

阳春三月,特别是在樱花盛开的季节,心情更是大不同。每当这个时候,日本大大小小的街道都被樱树环绕的粉色包围,好不壮观。

樱花,绚丽多彩地盛开,恬静淡雅地凋零。生而热情奔放,高雅纯洁,落而温婉从容,悠悠然飘逸。樱花在日本人心中是一期一会、一年一度的美景。

樱花烂漫时,在天空飘散的花雨是最浪漫的雨,粉色的花瓣将空间点缀得纷纷扬扬,簌簌飘落一地。冥冥之中,似乎总有那么多的惊喜在等着你。

抵达东京稍事歇息,翌日清晨就迫不及待地乘坐有轨电车去了鲁迅先生笔下著名的赏樱圣地——东京上野公园,一览樱花的美色。

漫步在矗立着两排粗大樱树

日本东京上野公园赏樱花的人群

的林荫大道上，风划过枝头，带下一团团纷繁细碎的花瓣，飞舞着、飘散着、轻旋着，香气浓郁，似一阵转瞬即逝的粉色雨。恍若一位曼妙佳人着粉色轻纱留下一道残影，浪漫、凄美。可惜，可惜这么美的花瓣儿，随着一阵扑面而来的清风扬起散落天涯，不知所踪。

前来赏花的游客络绎不绝，人们的脸上洋溢着幸福的神色，就连公园通道的长椅上也散落着飘下的粉红色花瓣，似乎让人感觉多了几分浪漫的味道。从樱花树下经过的人，或行色匆匆，或不时地驻足伫立注视成团成簇的粉色花朵随风触入蔚蓝的天空中，或举起相机、手机拍摄，记录着这美好的瞬间。

对东京当地人来说，除赏樱，坐在树下品尝美食也不失为人生一大快事。

来到上野公园的樱花树下，就好似来到了梦中的世外桃源。暖风徐徐吹来，花团锦簇，婀娜多姿的樱花，美得胜过满天的云霞。正可谓：

含露摇曳浮枝丫，

樱树千棵满目春。

放眼望去，一群群的赏樱人或站或带来各种各样的食物饮品席地而座，四面八方的游客，一眼望不到头。上班族似乎也放假了，都出来赏樱休闲，放飞心情，人们尽情地享受着大自然赐予人类的这一份烂漫和宁静。仰望高大的樱花树，飞花留影，沁香扑鼻。兴之所至，采一瓣在手轻抚把玩。稍稍扬手，随风而去，留下一抹淡淡的清香。

一群鸽子在悠闲地漫步觅食，时有小朋友过去投食。每当此时，鸽子从四面八方聚拢在一起，有的甚至飞到游客和小朋友的手上，"咕噜咕噜"地叫着，似乎也在向人们诉说着，表达自己愉悦的心情……眼前的一拨年轻人，男男女女着统一服饰，貌似某一会社的职员。他（她）们足下每人一块坐垫，正在吆五喝六地饮着清酒，猜拳行令。闹归闹，但每个人的声音却都很小，生怕影响到身边同样在赏樱的他人。

聊天喝酒享美食，无论是甜的还是淡的，配着樱花飘落的场景，总有一种难以言喻的意境美。樱花盛开的时节，总是伴随着快速的衰落，这就难免给人一种美而凄凉的感觉。赏花的同时享受美食，似乎可以冲淡这份哀伤。静静地看着樱花的飘零，也会带给人无尽的思念。

忽然一阵悠扬的管弦乐演奏声传来，循声不觉来到了位于上野动物园南侧的湖边广场。只见正在演奏的管弦乐团，阵容庞大，被游人里三层外三层围得密不透风。从人群中看过去，只见指挥乐团的一个中年男子正要下台，而接下来的指挥者竟然是一个十一二岁的小学生，这就更勾起了我的好奇心。不由往前凑了凑，打算继续看下去。

经打听才知道这是一场由民间艺术团体组织的樱花节音乐会，且这个音乐会是公益性的，不收取任何费用。在正式演出结束后，在场的所有对指挥感兴趣的观众都可以报名上去充当指挥者，指挥整个乐队的演奏，不用掏银子，只要报名且在一旁排队等候即可，轮到的人就可以上去当乐队指挥。

指挥方式和个人的现场发挥不拘一格，主持人和乐队指挥还会适时地进行一些指导和点评，这倒挺有创意哦！

两三分钟一场，临时指挥者轮番次第上阵。上至七八十岁的老人，下到七八岁的孩子，都兴冲冲地过了一把指挥瘾，下边的观众也都觉得既新鲜又好奇，一个劲儿地鼓掌加油。这不，在笑声和欢呼声中，居然上来了一个尚不足半岁的婴儿。她不是自己上来的，而是由妈妈抱上来的。上了指挥台后，妈妈从主持人手中接过指挥棒后，先塞进婴儿手里，就这样抓着婴儿的小手完成了这次指挥，其间人群中的欢声笑语不断，就连几个小提琴手也笑得直不起腰，险些忘记了自己是在这个小婴儿指挥下的演奏者。

演奏暂停，乐队该休息了。

抬腕看表，已经到了午饭时间，肚子也饿得不行，该吃饭了。

不要紧，樱花节还专门设有小吃一条街。小吃、大餐应有尽有。饮料、酒类，门类齐全。就连朝日啤酒的厂家都专门布了摊位，现场销售新榨的鲜扎啤。

要份炸猪排，来份咖喱饭，再来一杯榨啤酒。赏美食，品美酒，看花欣赏音乐，置身于喧闹的人群中，酒足饭饱。这时的心情只能用一个字来形容，那就是"爽"！

"吃饱了，喝胀了，咱就跟皇上一样咧！"这句老家赵镇人在得意时常说的一句俗语蓦然闪现在脑际。风和日丽，天空晴朗，那就接着往下转吧。

在大道左侧百米开外的广场上，围着一大圈人，隐约地还听到有稀稀拉拉的掌声，这又是干什么呢？赶紧去看看吧。走近才看见在自搭的高台上，有人在向观众表演杂耍。脚踩滚动的轮子不时展示各种高难度动作。头上顶着一个大球，随着脚底的滑动而滴溜溜地转，层层不断地增高，但球就如同粘在头上的陀螺一样，转得飞快，就是掉不下来，周围观众大都站着看，里圈居然还坐着两排人，其中不乏年轻的女性和儿童，每到变换动作的险要处，总会很配合地响起阵阵掌声和欢呼的尖叫声。

表演结束后，艺人摘下头上的礼帽放在前边，散去的人群中有人上前搭讪，表达自己激动的心情，当然也得适当地掏点银子。不少人向帽壳里放钱，孩子们投的多是一百日元或五十日元的硬币，大人多是一千日元的纸币。不大会儿帽子壳中几乎放满了面值不等的现金，最大竟然还偶尔会看到五千日元的大面值。粗略地估算了一下，这场杂耍下来艺人也能收到三四万日元。看到游客纷纷慷慨解囊，我也似乎有一些莫名的兴奋。摸摸口袋，也向里放了几枚硬币后，默默地走开了。

咦！这人该不是日本耍猴的吧？刚刚离开人群，看到过来一个着表演盛装的一个年轻人，手里牵着一根布条拧成的红绳子，后边跟着一只可爱的小猴子，上身还套着红红的马甲，在快步走过。小时候在我们老家赵镇每逢集日，总是有卖狗皮膏药和各种杂耍的，尤其是耍猴的更吸引人。日本猴见过，但真正耍猴的还真是少见。今天运气不错，再能看看日本的耍猴，就更不虚此行了。想到这里，就加快了步伐，尾随着跟在耍猴人身后，说不定马上会停下来在前边找个地方开耍。这么想着又向前跟了有二三百米，其间可爱的小猴子还回头看了我一眼，调皮地做了个鬼脸。谁知牵猴的年轻人却越走越快，根本没有停下来的意思，一会儿就隐没在人群中。看来这个热闹是凑不上了，想到这里只好悻悻然地转身离去。

离开上野公园时，似乎有些意犹未尽。恋恋不舍地一步三回头，蓦然想起了唐朝诗人李商隐的一首诗，似乎更贴近此时的心声与意境。

何处哀筝随急管，
樱花永巷垂杨岸。
东家老女嫁不售，

白日当天三月半。

……

看着满树的樱花和落在地上的花瓣,自己触景生情地吟出下面几句:

枝上浮花艳若梅,
翩然雪海醉芳菲。
昙花一现白驹远,
落香散尽香无痕。

二、鬼怒川汤浴

4月1号,我们一行四人乘坐大巴去了位于日本栃木县北日光市的鬼怒川。下榻的伊藤园温泉酒店,就位于鬼怒川河边,风景秀丽,风光旖旎,犹如镶嵌在群山之中的珍珠,虽不是那么璀璨夺目,但却实在令人流连忘返。

鬼怒川大桥是一座人工大吊桥。修桥时由于河的两侧没有任何可以固定的地方,就在河的两岸用大水泥混凝土方墩浇筑固定,平行嵌入了两条粗大的钢缆在两侧进行牵引。为保持平衡,桥的周围从四面八方又用钢缆固定,以保持相对稳定。这样人在桥上通过时就不会剧烈地晃动,能够始终保持平衡状态。

长逾百米的大桥下面没有使用任何桥墩,从桥上向下俯瞰高近百米的大河头直发晕,甚至不由得产生一种虚幻的感觉,使人

鬼怒川桥头的楯鬼

不由对大自然的鬼斧神工产生了敬畏感。据说大桥建成后一直有楯鬼守在桥头两侧，保护着过往行人的安全。

关于这楯鬼的说法在当地民间还流传着这样一个美丽的传说。

远在遥远的昭和时代，鬼怒川还是一条隐藏在深山老林里面的自然河流，虽森林茂密，山清水秀，但却是人迹罕至且常有凶猛的野兽出没。当时的交通工具就是牛和马以及独轮车，而要来鬼怒川连一条像样的路都没有。有的只是进山打猎的人留下的一串串脚印和猎犬的足迹。

话说有一个猎户的儿子名叫植村次郎，长得高大英俊又帅气。有一天，他在江户城附近狩猎时邂逅了一个将军的女儿佐佐木由子，两个年轻人一见倾心，遂成恋人并私订终身。

然纸里终究包不住火，二人的恋情终被将军府的家人发现，于是由子小姐被软禁起来，不让出门。一天过去了，两天过去了。就这样不觉过去了十多天时间，猎人的儿子次郎猜测这其中肯定有不得已的原因，否则由子小姐是不会突然变心，故意不见他的。于是天天躲在将军家门前的小树林里等呀等，有一天傍晚终于看到由子小姐出门，于是不顾一切地冲了过去，拉住由子扭头就跑。小姐见到心上人，也不管不顾地跟着小伙子奔跑，两人很快没入了茫茫夜色中。

就这样风餐露宿，净挑偏僻无人的地方走，一路上靠打野物和摘食野果子饱腹，生怕将军府的人追上来。

这次二人私奔，时间一晃就过去了二十多天，其间所吃的苦、受的罪确实难以用语言来表达。

走啊走，走啊走。5月底的一天傍晚，循着水声，两人终于来到了日光市的鬼怒川河边。清澈见底，滔滔奔流而下的一条大河呈现在眼前。加之河川周围美丽的景色，这对热恋中的青年男女，竟然没有留意到天空已然布满的乌云，而是不顾一切地更衣下水，忘我地泡起了汤泉河水浴。夜色是那么宁静，耳边只有潺潺流水声和周围时有时无的鸟啼声，还有他们的窃窃私语声交织在一起……

突然，天空响起了一声闷雷的咕噜声。接着电闪雷鸣，狂风大作，倾盆大雨如同瓢泼一般从天而降。两人急忙上岸。可就在此时从河的上游猛然冲下一股夹杂着泥沙的洪水，可怜小姐在匆忙之中被脚下的石头一绊，仰倒在了湍急的河流中。待小伙子回头，只见小姐挥手拼命地挣扎着，头发在水中一浮一沉，眨眼就没了踪影。

这突然的变故，根本使小伙子来不及想，甚至连反应的时间都没有，一个活生生的姑娘，在他的面前就这样没了。次郎发疯般地沿着河岸向下游追，但眼前只有鬼怒川河水卷起的滔天巨浪，奔腾不息地流向前方。

年轻的次郎一天又一天地呆坐在河边，就这样既不吃也不喝，如同丢了魂儿似的望着河水，口中喃喃地重复着由子姑娘的名字，直到离开人世。据说最后尸体羽化成了一块人形石。

后来，鬼怒川吊桥建成。人们为了纪念这对痴情的青年男女，就在大桥两侧用青石雕刻成了楯鬼，守护着鬼怒川大桥，同时也在此等待着他心爱的姑娘，盼望着重逢的那一天。现在，这个爱情故事还一直在民间流传。

参观完鬼怒川大吊桥，回到下榻的酒店美美地泡了一次温泉。

日本的温泉分户内和户外。户内既可随意泡温泉也可以冲澡，户外温泉则可抬头看到蓝天白云。泡着温泉，喝着啤酒或饮料，好不惬意！在室内的硫黄温泉泡一泡，先好好地洗个热水澡，解除一天的疲劳之后，再打开通向户外温泉的通道，一股冷风扑面而来，但一没入池中，立即感到浑身舒爽无比，所有的烦恼似乎在这一刻都荡然无存，有的只是王侯般的享

作者父子在温泉餐厅就餐

受。躺在池中仰望星空，想着自己的心事，看着从源头喷涌而出的温泉水持续倾泻，蒸气中弥漫着一股浓浓的硫黄味儿，自然喷涌而出的温泉含有丰富的矿物质，保健美容养颜功效显著。泡一泡浑身爽滑通透，置身于户外瀑布的声音及硫黄熏蒸香气的包围之中，人的整个身心也彻底放松了。

泡完温泉，不妨在酒店餐厅享受一下美味吧！

温泉酒店的晚餐颇为丰盛，人们换上宽松的和服，陆续到二楼的大厅就餐。吃饭自助，有些枥木县产的几种地方特色清酒，亦可供客人随便饮用。这里有各种不同风味的日本地方名酒。清酒、烧酒、红酒、啤酒，各种软饮品种类繁多，各种美食应有尽有，都是随意取用。日语"食放题"即意为不限量地随便吃，"饮放题"则是指的放开随你喝。品味着纯正的清酒，再来一杯清爽可口的凉啤酒，凭窗远眺，翠绿宜人的景色，加之从远方流去的河流，蜿蜒流淌，顿觉心情格外宁静。手端清酒品美食谈天说地，不知不觉已到了深夜。

这样的大餐，令人可随心所欲地享用。一句话，敞亮，痛快！不仅如此，我们还享受了当地的特产——草莓。颜色红润饱满，咬一口唇齿留香，这样的应季水果也是不限量噢！

在返回东京的途中，我们还去了位于县北深山名水之乡的日光菓子工房。该厂是一个一脉相承的百年老字号品牌，产品有各类点心一百多种。是一个工厂直营店，日接待来访游客一千人以上，可尝可买可参观生产流水线，甚至于还可以尝试亲手制作点心，孩子们认真学习、动手制作，开心得不亦乐乎。

这种营销理念和模式真的不错，很有创意，到了该返回大巴的时间，人们手中大包小包地提着购买的点心，脸上洋溢着满满的幸福感。回头望去，在大门口迎送游客的店员则仍在深度鞠躬目送访客。

再见吧！鬼怒川大吊桥。

别了！我的温泉之旅！

三、意外的"偶遇"

这次旅行，不仅看到了初春的风景，且在无意中与新天皇"相遇"，赶上了日本的"改朝换代",亦成了见证新天皇即位的外国观光客。

> 初春令月,
> 气淑风和、
> 梅披镜前之粉、
> 兰薰珮后之香。

此诗出自日本古事记《万叶集》卷五,《梅花歌三十二首并序》。

前8个字是说:在早春时节这美好的日子里,天空晴朗,气氛平静。徐来的清风和畅而柔软,似乎就连空气中也漂荡着美好。天儿真好,梅花真好看哟!怒放的梅花披散下来,如同一个美丽的少女在镜子前略施粉黛,梳妆打扮的白粉竞相绽放;兰花飘来阵阵芳香,沁人心脾,就像在一个佩戴着美玉的漂亮女孩的镜子面前穿着"粉末",透着清香。深吸一口,甜美醉人。

香氛,已经逐渐成为生活中人们期待的另一种美丽,另一种遐想,更多的是另一种怀念和认知。

非常婉约,怡然,平和,灵通。

新年号"令和",其氛围和寓意同日本之前的年号不太一样。它并非取自政治性的古文,而完全取自四季美景,可谓去政治化。

据日本官房长官厅的说明,新年号的命名和确定是费了一番周折的。除最后选定的"令和"之外,还有其他五个备选年号。

其中的"英弘"出自《日本书纪》;"久化"出自中国的古典;"广至"出自日本的古典;"万和"出自中国的古典;"万保"则也是出自中国的古典。

在这六个方案中,各有三个选项分别出自《日本书纪》《古事记》和中国的汉籍古典。在发布新年号的前夕,多个日本政要和一大拨的政府高级顾问经过一天一夜的讨论后,方于4月1日由日本官房长官厅在《朝日新闻》正式对外发布。

"由于新年号的出典是《万叶集》,因而摆放在东京各大书店架上的《万叶集》已被抢购一空。这阵读书热还将持续一段时间,由此也感受到了新时代的到来。"东京大学的历史学教授佐伯昇先生如是说。

"令和在重视传统的同时，也是向未来的一个挑战。实际上是把一些美好愿望都附着于其中，这和对日本今后的进步展示出一个全新的姿态很相吻合。"《新闻周刊》著名评论家宇根合田先生发出这样的感慨。

悠闲地品着咖啡，看着外面来来往往的行人，时空似乎倒转。原本快节奏的生活，此时此刻似乎已完全抛之于脑后。就在作者4月1号去鬼怒川观光之际，正赶上新的年号正式发布。

作者与小孙女一起赏樱花

一时间日本各大媒体、报刊上的报道铺天盖地。加上正值日本各地大选，街头的宣传车、民间团体的活动比比皆是。热衷于政治的人们奔走相告，热情空前高涨，电视台对此更是借势大肆渲染。只要打开电视，就可以看到记者或电视主持人手持话筒，喋喋不休地对民众进行采访，解读。

新年号一经发布，名字叫作令和的人，一时成为人们议论的对象和媒体关注的焦点。"汉字，读音完全一样啊！"全日本的令和，都发出了惊叹的声音。

"真是完全一样啊！"满头白发的原半田市公务员榊原令和先生（76岁）看到电视直播后惊恐万分地说。友人、原同事及亲属亦纷纷打电话、发邮件恭贺祝福。

有着8岁和6岁两个孙子的榊原令和先生在接受记者采访时说，"对于孩子们来说，希望令和年代如同孩子们心中的梦想一样，成为一个能使他们快快乐乐、健健康康成长的一个稳定的新时代"。

　　特别是在日本街头采访名叫令和的人，问他（她）们对此新年号有什么看法，或者自己与新年号同名有什么样的感受？在当年取令和这个名字的时候，还发生过什么样的故事等问题及各类八卦新闻，数不胜数。据官方数字统计，在日本名叫令和的人多达数千人。从老到少，由大到小。从男到女，由政府高官到普通的平头老百姓，不少人由于自己的名字与新年号的契合而频繁出镜，被媒体或记者追踪采访。

　　生于明治三十六年，116岁高龄的田中令和老人，听说这个消息，激动地喊出了"第五个时代万岁！"因为迄今为止，她已经历了明治、大正、昭和、平成到今天的令和这五个朝代。老人不仅亲身经历了前面不同的四个朝代，并在116岁的高龄见证了令和时代的到来，更是受到了人们的普遍关注。得知老人喜欢吃巧克力的当地商人安藤知幸，为了纪念新年号的发布，亲手制作了写有"令和"二字的巧克力相赠。在福冈市东区的养老院收到这份特殊礼物后，老人高兴得合不拢嘴，直称好吃，好吃！

　　巧克力公司也发现了这个新商机，不失时机地推出带着令和字样的巧克力发售，在市场上着实热了一把。

　　图为日本最高龄的田中令和老人，手执雕刻着明治到令和这五个时代的巧克力照片。

　　在酒店门口，酒店大堂，酒店客房，汤泉中，人们谈论的几乎是同样的话题。酒店大厅书报架上的《朝日新闻》《读卖新闻》《经济日报》《日本经济新闻报》等各种报纸被抢阅一空。人们拿着报纸面露严肃的表情看得聚精会神，甚至有人不由自主地读出了声，但声音却很小。

　　一对拿着报纸的日本老夫妇走过来，见我从沙发上起身对着报纸在拍照，微笑着点点头小声打招呼后就默默地坐在沙发一边开始读报。就在我拍照完准备离开时，老妇人突然笑呵呵地递给我两枚硬币，并拍拍我刚才起身坐过的地方。我这才注意到自己刚才掏手机时不小心带出了二百日元硬币，她这是捡起来要还给我。这个小小的举动，使我颇受感染。就在接到硬币的一瞬间，心里突然就觉得暖暖的。

5月1号日本明仁天皇作为前任天皇即将退位。

同时,59岁的德仁长皇子将于本日正式即位天皇。

自1989年到2019年,长达三十年的平成时代结束,而德仁会成为日本史上第126代天皇。从此,日本将步入"令和"这个全新的时代。

从德仁天皇的受教育程度和经历来看,他的知识面不仅广博,且视野开阔,学贯古今。有评论认为,令和时代有望将日本皇室外交提升到一个全新的高度。他客观认识世界的历史观,将与明仁天皇一脉相承。

德仁的名字来源于中国儒家经典著作《中庸》里面的"苟不固聪明圣知达天德者"。

新天皇热爱历史文化,还是牛津、剑桥的高才生。他1982年进入日本学习院大学深造,选择的专业是"中世纪交通史和流通史"。在读研期间,于1983年至1985年间前往英国牛津大学留学,是日本第一个出国留学的皇室成员。

2007年德仁就任联合国"水与卫生顾问委员会"名誉主席,也是第一个在联合国常设机构任职的皇室成员。他常以和蔼可亲示人,具有一定的国际视野和认知。

皇太子妃小和田雅子则来自一个外交官家庭,她的父亲曾任驻苏大使,日本驻联合国常任代表等政府要职。雅子毕业于美国哈佛大学经济系,曾留学英国牛津大学,回日本后又读了法学硕士。因其长年随父母在国外生活,英语精通且口语非常流利。回国后进入外务省,曾经给首相安倍晋三的父亲,时任外务大臣的安倍晋太郎当过翻译。

在这"初春令月"时节,祝愿日本这个一衣带水的友好邻邦能够真正走上"气淑风和"的道路,努力坚持做一个和平美丽的国家。当然,这些有趣的观光得益于浅川国际文化交流公司紧凑的行程和无微不至的贴心安排。行得自由,游得舒心,使我在意犹未尽中度过一周快乐的时光。一次旅行让我这个无意政治的人偶遇新天皇,讶异、新奇感满满。随之将自己的所见所闻呈现出来,旨在和读者诸君共享,别无他图。"他山之石,可以攻玉。"了解一件新的事物,洞察一个新的朝代,可能对我们深刻而理性地看待问题有所借鉴。同时,对于国家和民族自身的发展和文化传承也会带来一些有益的启示。

墨香星河　The Star River of Ink Fragrance

闪光的足迹

日前，汉简传人，范曾的关门弟子，中石的得意门生，朋友何俭书赠作品一幅。展开欣赏，煞是喜欢。此幅书法一挥而就，疾徐有致，大小相若，磅礴大气。连我这个门外汉也心驰神往，爱不释手。然仔细观之，其中有两个字，既像篆字，又似金文，上下颠倒，左右端详，怎么琢磨也看不懂，难解其意。哎，只怨自己才疏学浅，又不好意思问原作者，还是请教高人吧。于是，拿起电话，习惯性地拨通了那个常用的号。"

"您所拨打的电话是空号，请查证后再拨。"

耳畔不时响起柔柔的女声提示音。怎么回事？莫非这老兄又换号了，可前不久还通过话呀！"小丁，你忘了？我在这儿，已经升天了，现在咱们是阴阳两隔，阎罗点名要我，他们那儿的书库好大好大，装帧精美，好似乾隆年间的《四库全书》，全是线装本。但缺少有序管理，点名要我，身不由己呀！"赵兄说着，仿佛远远地从空中飘然而至。还是先前的神态，似乎胖了一些，面带微笑，若有所思，又似心事重重的样子。"那天，我躺在冰冷的小床上，身旁堆满了鲜花。伴随着低沉的哀乐，看见你胸佩小白花，排在长长的队伍中，悲悲戚戚地为我送行，我人躺在那里，但魂灵已脱离躯体。我能看见在场的每一个人，但我说不出话，只能远远地看着。别了，我眷恋的人间，别了，我至爱的亲朋，招呼也来不及打。就这样去了，去了，一切的一切都一了百了……"

赵大师的身影似在渐渐消失，蓦然回首，一只飞鸟从办公室窗前掠过，把我从幻觉中惊醒。目之所及是外面林立的高楼大厦，耳之所闻是马路上络绎不绝、川流不息的汽车飒飒声。我的思绪才猛然回到现实，复又拉回追悼会现场。

2015年11月12日早上8点钟，廊坊殡仪馆。告别大厅门前人头攒动,数以百计的人表情凝重,先生的亲人、朋友来了,同事、领导来了。各界朋友相送,亲朋悲泣,无不令人动容。

一代才俊,赵华先生静静地躺着,躺着,他双目紧闭,瘦削的面部,棱角分明。似乎是累了,在静静地休息,显得那么安详。

是的,大师真的走了,他再也无法接听电话,永远永远地离开了这个世界,离开了我们。回首往事,一桩桩,一件件,仿佛就在昨天。先生突然逝去,噩耗传来,怎不叫人肝肠寸断,悲痛欲绝。

赵华于1982年的深秋以内部选定的图书馆馆长身份到国土资源部物化探研究所走马上任,时年39岁。正值人生的黄金年龄,赵馆长摩拳擦掌,准备小试身手,大干一场了。

一、牛刀小试

然而,一到刚刚搬来的图书堆放现场就惊呆了。图书馆的书架、阅览桌、办公桌、椅子、板凳、打字机等物品堆积如山,且均未拆封。装图书的箱子堆在后勤的仓库里,满满几大屋子,码得足有三米多高,装箱的封条原封未动,包裹的草绳、麻袋上落满灰尘……现场凌乱不堪,百废待兴。面对如此繁杂的工作,千头万绪,何处入手?赵华没有被困难吓倒。他精心规划,细心安排,袖子一挽,和图书馆的同事们一起投入繁重的体力劳动之中。因为女同志多,拆封、开箱、去包装都是力气活,赵华便向单位申请要了几个民工,协助搬运挪动,先打扫书库,摆好书架,再对书箱进行开封,一一上架码放。那段时间,他是晴天一身土,雨天一身泥,身先士卒,奋战数月,书刊到位,归置得总算有了点眉目。

良好的开端就是成功的一半。功夫不负有心人。

他充分运用在北大所学的图书学知识,按不同专业、不同门类、不同出版社、不同作者对图书、杂志进行归类,重新登记建档。部直属研究所的外文期刊、资料、图书文献很多,很杂,他又按不同语种,不同学科,不同国家的文献源进行细分,设立卡片、标明出版年份、著作人姓名等,进行有条不紊的规范化管理。迄今为止,建档原来都是按时间顺序,对图书编目。而现在采用新的分类法,用卡片建档,查找起来方便多了。以前是读者在偌大的书库自己查找，而所需文献现在按图书分类，一查卡片，立即知道该文献放在哪个书库，在第几个书架上，甚至连摆放在书架的第几排都一清二楚。赵华卓有成效的图书分类管理法，深受时任所图书馆名誉馆长谢学锦院士的欣赏，所内各科室的研究人员对他也是赞不绝口，觉得现在图书借阅不仅快捷，查找文献也方便多了。赵馆长这么一改，真正收到了事半功倍的效果。

赵华所就职的图书馆在行政管理上隶属于"情报室"。该室除下辖图书馆外，还有档案资料室、情报组、内刊室、照相室、绘图室、复印排版室，"物探与化探"（一直在北京）、"物化探研究报导"、"物探化探译丛"、"物化探科技消息"等几个编辑部。

我们这些学外语的，都在情报组，主要从事国外物化探技术资料的翻译、检索、查新、调研工作。这样，我也有幸成为赵大师的同事。由于同在一个科室，我们都是党员，又同属一个支部，且我一直任支部书记。工作、学习、开会、出差乃至一些小的集会，所内文体活动自然也出不了这个圈子。他年龄虽长我近一轮，但为人谦让、大度，知识面广，唐诗宋词汉文章，信手拈来，《周易》、占卜无所不通，遇事经常向他请教。党员学习时读报、学文件有些生僻字他不仅能准确地告诉你读法，而且还能说出该字的结构和渊源，常以小故事的方式说文解字，形象而生动。工作之余，我们常在一起说古论今，谈天说地。也常请他帮我答疑解惑，指点迷津。在外语学习上我则经常指点一二，给他一些帮助。久而久之，我们在工作时是同事，在生活上是朋友，遂成无话不谈的"忘年之交"。

赵华的办公室在大楼一层，足有五六十平方米大，三个人在此办公。周围摆满了书柜和卡片柜，办公桌上摆放着新到的中、外文图书，凡所内新到的图书都要先在这里登记、制卡、编目后再上架、入库。

他的桌上除堆放的图书外，再就是有一样东西必不可少，那就是笔墨纸砚这文房四宝。每天他都要抽空习字临摹，砚台里总是研好了墨，随时可用。

1984年，单位给职工分房，按工龄、所龄总分大排行，我从两小间调到了新四楼两大间。按分房办法，赵华也分到了一套，但他说在科委情报所有小二室房住，就没有要。始终住在外边来回骑自行车上下班。要好的同事都劝他说,"要吧,住在院子里,也免去鞍马劳顿来回奔波之苦,中午还可以休息一下,多方便呀!"但他说"我住着科委分的房,这里就不能再要了"。毅然放弃了所里一套已经到手的住房。

当时家属区住户的垃圾,都是在每个楼层的中间部分留有垃圾倾倒口,总有人倒垃圾时不注意,不仅在途中遗洒,而且在垃圾口常有遗留的剩余垃圾。冬天脏乱不堪,夏天更是臭不可闻,招来苍蝇"嗡嗡"地飞。有时往里扔东西,下边孔道堵了,垃圾倒不下去,还得用大棍子往下捅,就更麻烦了。我家住四楼,来回上下起码要经过三个倒垃圾口,看到凌乱的遗洒垃圾和斑斑污迹,心里别提多烦了,真是苦不堪言。说吧,邻里邻居的不好开口,再说也不知道是谁倒的垃圾,思来想去,在一张白纸上写了"请勿乱倒垃圾"让赵华用毛笔写一下,这样贴在垃圾箱的铁皮盖上,谁都能看得见。再说,他不是老练字吗?这样写不也是练字嘛。我拿到办公室去找赵华,他二话不说拿起毛笔就写,我还要他写了三份,贴在不同的楼层上,免得大家看不见。后来,我们闲聊时提及此事,他苦笑着说"以后这样的事不要找我了"。我听了一愣,"有辱斯文!"他又加了一句。想想也是,书法家的墨宝只能登大雅之堂,贴在脏兮兮的垃圾筒铁皮盖上,确实不合时宜。他这一句有辱斯文也点醒了我,听后相视一笑自己也乐了。我这才意识到,当时找他帮忙,虽然心里不舒服,但人家给你留面子,没有直接拒绝。

不仅我常麻烦他,所里的学术会议通知都是他操刀;20世纪80年代中期,所工会每周末举办舞会,通知时贴在外边大大的"舞"字都是赵华的杰作。由于他知识渊博,又精心研习《周易》,所里同事孩子起名或有什么不解的难题,都愿意找他帮忙,而他也是全力付出,热心助人,有求必应。

1984年,所人事教育处为提高技术骨干的外语水平,举办了为期半年的全脱产英语培训班。赵华报名了,同时也拉着我一起参加英语培训。因为我的专业是日语,英语也需要再系统地学习、提高,觉得机会难得也就一起参加了。当时情报室参加培训的学员还有其他几个同事,参加人数最多。当然,担任英语授课老师的也是我们情报室的同事,英语翻译毕德启,南开大学毕业,另一个则是刚分配到所的英语翻译施博林,复旦大学毕业。教师阵容强大，学员也足有40多人，科技处的处长米双杰（曾挂职平泉县副县长）被推举为班长。我是学外语的，底子好，担任学习委员，负责协助老师收作业、印考卷等一应杂事。另外还有一个生活委员，负责教室开门、值日和环境卫生打扫工作。参加学习的学员英语水平参差不齐，有的老同志是20世纪50年代毕业的。在大学的外语是俄语，赵华也是，英语基础几乎为零。虽然兼顾部分学员从发音开讲，但还是有一部分基础好的人希望进度快一些，能多学点语法和句法。所以赵华学得就很吃力，加之偶尔有公务要处理，缺课还得补上，所以他经常在上完课后通宵达旦地温习功课，写作业。

在来回上下班的途中，他的那辆二八轻型永久牌自行车前的车筐里，常常竖着一本书，边骑边看单词，有时放着一摞卡片，口中念念有词地边骑边背。有几次注意力不集中，骑车差点撞着行人。还有一次他看单词卡片时一不小心顶在了路边一个卖桃小贩的三轮车上，车头一歪，不少桃子滚落在地上。他把车子支在边上，捡起来一迭声地向小贩道歉，为此还赔了人家十元钱。赵华骑车背单词，险象环生。"以后在马路上骑车不要看书背单词了，太不安全。"我劝他说。"这算什么，有一次过马路，快过去时稍一愣神，一辆转弯的汽车速度很快，瞬间就冲到我跟前，吓得我出了一身冷汗。司机猛一刹车，我一拐弯就冲进了自行车道。"偶尔闲聊时，他说起这样一件事，且面露得意之色。这可不成，如果遇上个新手司机，如果汽车刹车失灵，后果不堪设想。学习任务这么重，下午有时还要处理工作，这样下去可不行。于是支部向室领导建议，给他临时要了一间单身宿舍，中午吃饭有食堂，还可以临时休息，不用再来回骑车跑了。这样一来，他自己在马路上骑车也小心多了。学习班经常考

赵华主持图书馆会议

试,尤其在后期接触到英语语法、词法、句法和时态变化时,有不少学员打了退堂鼓,人数也由原来的近50人(包括旁听生)减少到了30多人。赵华学习虽然吃力,但仍在坚持。记得有次考试,他得了61分,觉得老师扣分太严,有道题好像多扣了他9分,正常应得70分。拿到打完分的考卷后,见赵华呆呆地坐在书桌前,眼里噙着泪花,啃着右手的手指头,憨憨地苦笑着,要去找老师理论,觉得太冤枉。自己这么努力,才刚刚及格,两个老师有一个说可以改,但有一个就是坚持不改。那几天他的情绪很低落,对学习的重视和对考试成绩的较真,由此可窥一斑。英语学习虽然困难重重,一波三折,但他还是以良好的成绩结业,有始有终地完成了本次培训。并将学到的英语知识,实际应用到英语科技文献的检索、编目之中,有些简单的英语编目翻译,查查词典自己就能解决,再也不用事事求人了。

  记得1990年夏天的一个周末,我和同事约好去拜访他,当时赵华住在党校家属楼。去的目的是北京有单位要上调同事,但他本人又拿不定主意,故想让他用《周易》八卦占卜一下未来,指点迷津。

  在他家六楼封闭的阳台上,养着各种鲜花和绿植,几幅书法作品悬挂在书房的墙上,书柜外的台面上摆放一个古典的笔架,上面挂满了大大小小、粗细各异、长短不一的毛笔,足有六七支之多。更神奇的是,看到有几只小鸟在绿色的植物间和花丛中飞来飞去,发出叽叽喳喳的叫声。出于好奇,我们刚打开凉台门想去看个究竟,真有一只小鸟顺着门缝飞进了屋,落在沙发旁的茶几上,跳来跳去,煞是可爱。我们都担心鸟飞走,他说没事,而后伸出手,嘴里吱吱地学着鸟叫,这只小鸟立即落在他的手掌上,小眼一眨一眨,尖长发红的小嘴左右扭动,叽喳个不停,似乎在给他诉说着什么。这时,只见赵华手微微一抬,这只小鸟又扑棱棱地飞走了。复又落在密布在阳台的绿植中,眨眼不见了踪影,这一幕使我和在场的几个同事,看得目瞪口呆。

  一幅字,一杯茶,喂喂鸟,养养花,享受自然之美,这就是大师的境界。落座后,只见他拿起一炷香点燃,口中念念有词地举着香拜了三拜,然后插在一个小铜香炉里。拉开抽屉,取出一个小布袋,三个亮闪闪的小铜钱被倒了出来,拿着放在同事的手里要求他连抛三次,且要求每次抛出时要在手里多摩梭几次，以准确地传达出人体信息，这样结果会更准确一些。每抛一次，他都把正、反面的结果记在一张小卡片上，然后拿出一本薄薄的占卜书来查找相应的卦象结果。这本薄薄的书略微发黄，每一页的书角卷得皱皱巴巴的，有的页码甚至缺了角，看来是经常翻页查找所致。一会儿他手里的小卡片上就密密麻麻地写满了字，是那种硬笔蝇头小楷，工整隽秀，但内容很诡异，天书似的反正我是看不懂。看着同事的表情，就知道他很满意。在单位，除正常的工作外，这样的活儿是没少干，但他总是乐此不疲，而且完全是义务，分文不取。他虽未拜佛，但已存佛心，且很虔诚。据说每天晚上子时都要用点完一炷香的工夫打坐，且天天坚持，从未间断。

二、新官上任

1992年，因工作需要，赵华被调至中国石油管道学院图书馆任馆长，离开他辛勤工作了十年的物化探所，依依告别了昔日的领导和同事，又踏上了新的征程。

常言道："新官上任三把火。"管道学院图书馆经赵华重新整顿后，面貌大为改观，教职工觉得图书阅览环境不仅焕然一新，而且借阅手续也大为简化，馆员的积极性空前提高，他创造性的工作方式和精益求精的严谨作风，调动了每一个人的主观能动性，职工的工作热情空前高涨。图书馆不仅在校区设立了几个读报栏，而且还不定期地组织学院师生搞书法、绘画展览，一时间搅得学院掀起了书法、绘画和摄影热，广大师生员工只要有时间都愿意上图书馆坐坐，因为这里不仅经常举办书法展览和比赛，而且还有各种书画培训和讲座交流，师生可根据自己的爱好自由选择旁听或接受培训。

赵华在这方面的点子可谓不少，而且也在不断地推陈出新。鉴于他杰出的管理才能和突出的工作成绩，经管道局局长办公会研究决定破例给调来的赵华在刚刚建成的新六区分了一套三室一厅的房子，以改善他的居住环境。钥匙到手后，他曾邀我和物探所的几个朋友去看他的新房，看到他像个小孩一样领着我们到处参观显摆，激动之情溢于言表。看到这套新房，我们也替他感到高兴。新房装修后住了不到一年的时间，孩子小牛要结婚，所以他们又搬回那套小鸟在阳台飞来飞去的党校宿舍楼。由于六层太高，上了点年纪觉得上下不太方便，于是处理掉党校的住房，又添点钱托朋友在康庄小区买了一套位于三楼的三居室。房子到手，也完成了从六楼到三楼，由党校到康庄小区的置换，皆大欢喜。这样，不仅解决了则平贤侄的婚房，他们老两口也不用再爬高上低了，省却不少麻烦。这是一套两间朝南，一间面北的房子，中间的客厅宽敞明亮，一台46寸的彩电摆在中间，他的书房兼卧室就在东南角带阳台的那一间屋子，一般篆刻、书法、占卜都在这里完成。我也感觉这房子不仅结构好，整体也比原党校住房舒适多了。那段时间赵兄心情极好，有时见他走路都甩着膀子哼着小曲。

离岗后，他广交朋友，博览群书，又亲自在中国石油管道学院创办京剧班，后又开设书法班，亲自授课，在教学上发挥余热，寻找乐趣。同时，悉心培养教育下一代，视孙女丫丫为掌上明珠，自三岁起就开始教她背《三字经》《百家姓》。含饴弄孙，乐此不疲。

在生活中，大师性善，一心向佛。听他师弟祥宏讲，2003年，他突然想上五台山烧香拜佛，皈依佛门。但身体这么弱，家里人不放心，要去，必须有人陪伴，反正他自己不能去。那就从朋友中找吧，于是，五大三粗的马祥宏就成了最佳人选。同年7月，作为保镖，陪伴体弱多病的赵华一起上了五台山。"咱们皈依该找谁呢？"赵华着急地问。慢慢地溜达着，二人一路走到了清凉山第一庙——大显通寺。当逛到大殿前时，看到粗大的红柱子旁，一个30多岁的和尚，身着灰色袈裟，正要进大殿门。

"师傅，我们想皈依，这儿收人吗？"祥宏胆子大，见状赶紧凑上去问道。

他瞅了瞅祥宏，又看了赵华一眼，点了点头问道："你俩是读书人？好，师傅今天正好在，我带你们去找。"

"是吗，师傅在？"赵华说着眼泪"哗"的一下就下来了。三人穿过大殿，出后门朝西北方向走了十几分钟后，见有一个三层楼，由此楼向后绕又转到一栋灰色的小二层楼前。

"二位施主请留步，稍等，我先给师傅通禀一声。"二人在外边等了约二十分钟，只见进去的那位和尚走了出来。

"二位久等了，师父刚打完坐，答应见你们，请随我来。"

进去后看到一个大和尚坐在一个离地四五十公分的木质床榻上，下边垫着一个黄蒲团，背靠窗户，双手合十，示意二人靠近。走到距师父有二三米远，见后边还坐着六七个人，一片"嗡嗡"的念经声戛然而止。随从祥宏介绍着赵华，同时把他推到前边，师父问了不少话。赵华在不断地表达着心意，边说边掉泪，说早就有皈依的想法，只是苦于没有合适的机会。师父刚说可以收你皈依，他激动得差点哭出了声，"扑通"一声自己就合掌跪了下去。这时随行的祥宏像没事儿人一样，背着手东瞅瞅，西望望，站在一旁看热闹，对这里的一切都觉得好奇，觉得很神秘。虽然人在那里，但又觉得这一切都离自己很遥远，虽存有佛心，但从未想着自己有一天也会皈依，成为佛门弟子。而赵华是有备而来，祥宏陪着一起来的目的，是给他办皈依这件事，不是来游山玩水。况且佛教对人性有很大的梳理，千古不灭，教理颠扑不破，普度众生，教人向善，谁执政都得有。赵华跪在右侧，随从站在侧后方，一脸茫然。

"阿弥陀佛，善哉善哉，施主身后所站何人？"就在祥宏胡思乱想时，突然觉得有人用左手捅他，"师傅说你哪！"一直站在祥宏侧后位置，带他们进来的小和尚提醒道。

"怎么，让我也跪吗？"祥宏猛地醒悟过来，问的声音比较大，赵华闻声先是向他使眼色，见没有反应，又狠狠地瞪了他一眼说："师傅问你话呢，还站在那儿，此时不跪，更待何时？"这声断喝，吓得他一哆嗦，腿一软，"咚"的一声就跪下了。

后来他说："跪下的时候，由于寺庙屋内的土地凹凸不平，觉得膝盖很疼，但偷偷瞅一眼旁边的赵华，见跪得很稳当，人家一点事儿也没有，脸上一副虔诚的表情，双手合十，非常淡定。""禁行守，不杀牲，汝能持否？""能持"……祥宏也学着赵华的样，人家师傅问什么，就答什么。没听懂不知道如何回答时，领他们进来的和尚就在后边小声提醒。接下来就和电影少林寺中的觉远皈依佛门一样，住持要问很多话，原来这皈依还有一个简单的仪式。从开始到后来，整个过程挺长，持续了约50分钟，旁边一直有几个和尚在念经。

仪式结束，都起来了。仪式后给每人发了一个皈依证，成了佛门弟子。知赵华身份后，师傅说他是随喜功德，赵华走到跟前，合掌和师傅握手，合影留念。一入佛门，师傅赐法名时他二人被排到永字辈，即第一个字为永，第二个则为原名的最后一个字，赵华法名成了永华，而祥宏则成了永宏。师弟永宏话多，拿证后还问要不要布施（就是给钱），带他们来的和尚说不用，只要心诚就行。居士虽不出家，但有规矩，有可做事，有不可做事。事后听说度他们入佛门的师傅叫释果护，级别还挺高，是个大和尚，现已圆寂。赵华生前谈及此事时还挺激动，说那种场合很庄严，很有幸福感，信仰有了寄托，终生难忘。师弟则说，"夫子信了一辈子教，烧香、拜佛，但对家事，对工作上的事，人与人之间的事，还是没悟透。我陪夫子上五台山，本来是照顾他，作为保镖去的，可他这一入佛门，把我也绕进去了。不过还好，信佛向善毕竟是好事"。自此以后，永宏果然不像以前那么咋咋呼呼，遇事也处理得当，人也显得成熟多了，这也和师兄的教化及平时耳濡目染的影响有很大关系。皈依后二人成为要好的师兄弟，经常一起聊天，一起谈经论佛，在师兄生病期间，更是形影不离。

三、多彩生活

赵大师退休后也进入了人生的第二个阶段。较之以前在职时，好像事更多，人也更忙了。除在管道学院给学生带两门课，还常给老年大学办讲座辅导京剧，身边常有一帮票友和他切磋或求教。他还受聘于东方大学城教委，为十几所大学的学生讲国学文化、书法、京剧、古文赏析、汉字的历史与结构、诗词解读等课程，很受学生的欢迎。每逢他讲课，偌大的教室，学生总是挤得满满的，都知道赵老师的课不仅知识含量高，而且风趣幽默，引人入胜，最大特点是没架子。

记得他曾对我说，60岁是人生的金秋，工作压力小了，生活节奏慢了，却可以细细品味人生，欣赏人生旅途中的各种风景。信佛后告诉我"有钱别省，有福别等，有爱别放，有气别忍，有恨别记"，记着这人生五别。人生短暂，无论是什么事，放过今天，今生就永不再来。没有挂碍，才能自由自在。最令人意外的是，他在大学城，还开设了甲骨文这门课程。因为我从小就听老师说，甲骨文很难，很深奥，除了考古学者，也只有郭沫若这样的大学者才懂。所以就问他，为什么汉字中有甲骨文，还有钟鼎文（金文），这二者究竟有什么区别？最后知道，甲骨文用于占卜，金文用于记事，这两种字的作用和分工大有不同，这也是大师生前教给我的知识。2005 年后，他连续几年获优秀教师称号，教师可谓干得风生水起，自己也觉得每天过得很充实、很有意义。

2007 年适逢物化探所 50 周年大庆，赵华主动回所，又是帮忙设计、篆刻纪念印章；又是校对专刊，撰写纪念文章，全力付出、无私奉献，忙得不亦乐乎。

赵大师的墨宝

2008 年，由我创办的大友翻译公司乔迁新址并兼十周年庆典。事前赵大师又是看风水，又是帮着布置办公室，事无巨细地出谋献策，并亲自用钟鼎文手书"大业唯勤，友谊唯诚"——大友翻译企业精神和"用最优美的语言构建和谐的世界"——大友翻译公司愿景两幅大字。装裱在古色古香的玻璃框内，这两幅大字洒脱飘逸，很有艺术感染力。闲暇时，我总要看着欣赏一会儿。

大师的墨宝，至今仍摆放在办公室的醒目位置，有客户来时总会驻足欣赏。睹物思人，每当看到这古色古香的书法作品，脑海中总会浮现出大师的影子，挥之不去。正可谓"手书墨宝今犹在，不见当年赵大师"。

大师乐于助人，还表现在生活琐事的方方面面。有同事的孩子高中毕业要出国留学，感觉原先的名字不太理想，父母不满意，孩子也觉得特刺耳。上课时，老师提问突然点到她，自己往往会吓得一哆嗦，是不仅大众化，且很俗的那种。赵华给取名时查阅了不少古文典籍，甚至有的新名还源自《康熙字典》，写满了几张小卡片。记得我约他在四大街西头的海中游自助餐厅见面，边吃边聊。我驱车赶到时，大师和几位朋友已先到了，大师坐在电梯外的长椅上，乍一看病恹恹的，他头顶的头发越发稀少，牙也少了几颗，脸色蜡黄，人明显瘦了。乘电梯上楼，各种自制火锅食材倒很丰盛，但他一看摇摇头说不行，牙嚼不动，胃也不好。最后，我们去了三大街北外街对面他常去的"福满楼"饭店。在雅间落座后，他从身上背的"红军不怕远征难"黄色书包里掏出两张写满名字的卡片，解释一番后，征询我们的意见，并让大家从中选出一个喜欢的，起一个新名。两张写满候选名字的卡片，交替着在大家手中传来传去，备选的新名竟有34个之多，大师还真是下了功夫。看来这起个名也并非想象的那么简单，不仅要有深厚的中文功底，还得花不少时间、费不少工夫反复琢磨。

孩子和家长去了，还有另外两个同事，一时大家七嘴八舌，选的名字都不一样，有的喜欢古典式的，有的喜欢现代的，有的喜欢从字面即可知男女性别的，而有的则建议采用中性的名字，一时争论不休，莫衷一是。我建议用抓阄的方法，无记名投票，大师和孩子本人也投，票多者胜出。于是，从饭店要来纸笔，撕成7个纸片儿交到每人手里，在大师所提供的34个备选名中，每人选一个认为中意的名字，最后按票数多少选出了两个名字。同事说，其中有一个名字挺好，但一直犹豫着没投，因有一个字和自己的姥姥犯冲。大师说那就按这个结果，回去你们家里人自己商量一下定吧，最后就取了一个"圣琪"。现在，这个女孩在加拿大留学，一顺百顺，学校知名，专业称心，成绩优异，近期即将学成回国。

赵大师对人以诚相待，默默无闻，毫不张扬。在大学城连续几年被评为优秀教师，他讲课语言风趣幽默，精彩绝伦，领导、师生无不交口称赞。可谓"百家讲坛不识才，大师若讲更精彩"。后期他的书法突飞猛进，隶书、钟鼎文、行草书多次获奖，不仅在廊坊闻名遐迩，就是在全国也小有名气。求字的人越来越多，他有点应接不暇了。夏日的一天，有次我找他为别人求一幅字，进屋只见大师光着膀子，穿着一个七分裤，正在写毛笔字。脸上滚动着几滴汗珠，也顾不上擦，说后边还有十几幅字等着写呢。其中还有《金刚经》的抄录，一幅就有百余字，一不小心写错一个，全部都得作废另来。闲聊时得知他的字现已有估价，每平尺几百，一幅字一般就得上千元。并笑着说以后可别给他揽这些事儿了，根本忙不过来。加之身体不好，天天熬夜，人实在受不了。这绝非大师贪财，要走市场，而是婉拒呀。2014年12月，大师疾病缠身，住进北京中日友好医院，病后同事、朋友、同学多次去医院探望，后又转入廊坊中医院，中间出院在家曾治疗过一段时间。

2015年春节后的一个晚上9点许，我突然远远看见一个熟悉的身影，沿康庄道向东骑行，还是那辆陈旧的二八型永久牌自行车，修了坏，坏了修，几乎伴随他大半生。太熟悉了。这不是赵大师吗？大师生活俭朴，从不铺张，也不浪费，更

作者与赵大师在北京为同事孩子主婚

不是买不起。别人早已完成了从自行车到摩托车、电动车再到汽车这些现代化交通工具的更新换代。汽车甚至从手动到自动，从低端到高端，从国产到进口，从普通到豪华，有的私家车甚至换过好几辆。我曾鼓动他买一辆家用小轿车或至少换一辆电动车，作为代步工具。但他只是笑着摇摇头说，"不用，花那钱干什么！我觉得骑自行车挺好，既环保又锻炼身体"。看来，他压根就没有动过这念头。一个月前曾去探望过他，一直住院。不在家养病，这时出来干什么？过路口时见他下了车，推着单车在夜色中前行，凛冽的北风吹着他头上的丝丝白发，走路时步履蹒跚，颤巍巍地佝偻着腰，不时地见他用右手按在腰部，人也瘦多了。

我突然感到我敬重的兄长老了，看着他风烛残年的凄凉晚景，让人难

免心生一丝心酸，本想追上去打个招呼和他聊几句，但又不忍打扰。就这样远远地目送着，见他推着车向前快走了几步，蹁腿儿上车，渐渐隐没在灯光幽暗的夜色中。"赵大师，慢点儿骑，好好养病，你可要挺住啊！"我在心里默默地祝福着，头脑中不时浮现出大师的身影，过去的事就像放电影一样，当时的场景历历在目。想着昔日赵大师在大学讲台上口若悬河，想着他在阳台上气定神闲地侍弄花草，想着人生如此无常，泪水不禁蒙住了双眼。

季菱妣是我的同事，也是赵大师的生前好友，她看完这篇文章后感慨地说："我曾经的同事丁峙用他的笔，用他的心撰写了《追忆忘年之交赵华老兄》这篇文章，读后心情久久不能平静。文中主人公赵华也是我曾经走得较近的同事，朋友。当时我在工会工作，需要做一些宣传栏，办一些文娱活动，经常请赵华帮忙。文中工会举办舞会只是其中之一，一米多高的舞字，足见赵华的功力。他是有求必应，一丝不苟，认真执着只是赵华人品的一部分。拜读了丁教授的文章，一个更多面，更具体，更感人的赵华呼之欲出。是的，这就是我曾经熟悉的赵华，这也是我未曾了解的赵华，一个才高八斗，满腹经纶；一个热爱生活，追求真知，真诚待人的老兄，却过早得离我们而去，让人心痛，让人惋惜！"

赵大师曾说过，人生六十耳顺，七十从心所欲，顺从自己的想法随遇而安，享受品味人生酸甜苦辣的回忆所带来的一番别致感觉。他已逾古稀之年，本该放慢脚步品味人生，但他却像一个拴在战车上的斗士，脚步一直没有停下来。朋友都劝他，别上讲台了，著书立说，留传后人，弘扬国学文化，正当其时。而他在第一次病愈出院后，又带着心爱的孙女丫丫上了北戴河，回来后又病发，在住院后期还一直想着丫丫，心里惦记着亲朋好友和他的学生，唯独没有他自己。

在抗战七十周年之际，他心潮起伏，激情澎湃，强拖着虚弱的病体，站在书案边，书就"宁洒卫国血，不留亡国泪"这十个雄浑有力的大字参展。他以铮铮铁骨，凛然正气，拳拳赤子的爱国之心，激浊扬清，弘扬正能量，为后人留下了珍贵的墨宝。

多彩人生，良心写就。"对赵华要重新再认识"，赵华大哥的这句话，情深义重，令人回味无穷。大师的言行，大师的为人，大师的豪迈情怀，当引为我们的楷模。就在市中医院住院期间，前去探望他时，还对我说："过两天出院，回去我就着手整理讲稿，要不就来不及了。"是呀，名师赵华满脑子的知识，一肚子的学问，不留传后世，岂不抱憾终生？大师言犹在耳。可就在两天后，不幸的噩耗传来，我敬爱的兄长赵华虽经多方施救，终因医治无效，大师还是走了。

仁兄赵华，一路走好！应逝者家属和《心之迹——缅怀赵华先生》编委之约，草就此文。大师的一生，看似平常，但又极有亮点，令人感怀。他工作生活学习的点点滴滴，生活的碎片看似不少，但又很难拼凑在一起。纵有万语千言，似乎也容纳不下大师今生之万一。动起笔来，似乎很难收手。这也是生者与逝者的心灵对话，本想将一个鲜活的赵大师呈现在读者面前，才疏学浅的我，不知能及否？诚惶诚恐，话别于此。倘有疏漏或不当之处，还望赵兄的同学、亲朋好友及读者诸君海涵。

游北京世园会小记

一、异彩纷呈的国内馆

2019年7月中旬，高悬在天空的太阳火辣辣的，正值炎热的夏天。家里来了远方的客人，总得出去转转吧！可一问天安门、王府井、西单甚至北京地标性的八达岭长城都去过了。想了一大圈，大热天的，一般景区都不想去。去哪儿好呢？噢，对了，北京正在举行"世界园艺博览会"，还在北部的延庆区，这不是现成的旅游景点吗？机会难得。于是，我们就决定逛逛这许多外地人远道慕名而来、人人向往之的世园会。

一大早六点钟，我们就坐上了专门开往世园会的旅游观光大巴。车上的人满满的，大家都饶有兴致地说着、笑着、聊着，议论最多的自然还是我们要前往的世园会。过了北六环不远就是北京的北部山区，公路两侧几乎是连绵起伏的高山丘陵，被树木及其他灌生植物覆盖得郁郁葱葱。北京的地形特殊，北部的山区全部险峻，青山绿水环绕。而南部地区则是一马平川的大平原，几乎看不见大山和丘陵地带。

我们的大巴车跨过大平原，在群山峻岭中疾驰。弯弯曲曲、上上下下地穿过了几条长长的隧道后，一个四面环山如世外桃源般的地方，清晰地显现在人们眼前。世园会终于到了。

本届"世园会"2019年4月29日开始，10月7日结束，共计162天，持续近乎半年的时间。其主题是"绿色生活，美丽家园"。这是一个尊重自然，保护自然的全新理念。整个会场面积占地七千多亩，室内外展区共一百多个，每天参观的观众能达到十万人次，仅服务大会的志愿者就有两万多名。

墨香星河 The Star River of Ink Fragrance

北京世园会百果园

在炽热的阳光下，世园会址虽有群山环绕，但视野十分开阔。园内百花盛开，花团锦簇。道路两旁有巨大的盆景艺术造型，蓝天下显得格外美观漂亮。由于世园会所处的延庆距八达岭长城仅有十公里，所以也被称之为长城脚下的世园会。这个世园会太大了，四周不同方向分别绵延数公里，景点多得一眼望不到头。参观时往返每一个景点之间，几乎全靠两条腿行走，一天根本看不完。

下车前导游一再叮嘱："大家参观时得有重点，挑主要的看。比较好看的有植物园，以及生活体验馆。"他强调说，"中国馆和国际馆一定要看，其余景点就看你自己的时间了。"告诉大家下午返回的时间后，人们就开始自由活动。随着涌动的人流，我们首先来到了植物馆。

据专家介绍得知，地球上已知的植物有三十多万种，其中的十分之一生长在中国。有养育了地球半数人口的水稻；有给人类生活带来深刻变革的茶叶；有促进东西方文化交流的桑树；更有影响了世界园林审美的花卉。而且，中国在世界上还是最早兴起园艺业的国家之一。

三层约一万平方米的植物馆外形别致，格外醒目，颇吸引人的眼球。远远看去，犹如一条条一缕缕植物根系垂直向下，错落有致。入口处的围栏千回百转，挤满了等待入场的观众，乌泱乌泱的一大片人。没办法，只好随波逐流地一拨一拨往前挪动。

刚一进植物馆大门，只觉得一抹冷气扑面而来。不同种类的珍稀植物，名目繁多。植物馆内除植物之外，还有不少设计精巧的人工小瀑布，散发着团团雾气的自动喷雾系统；绿色的热带雨林，叽叽喳喳的鸟叫声，辅之以潺潺流水，感觉凉爽湿润，空气清新；奇花异草满园，好多都不认识；如果没有周围密集的人群，仿佛使人觉得置身于亚热带什么地方的某个原始丛林之中。

眼睛似乎都不够用了。在植物园里东瞅瞅西望望，匆匆忙忙地拍了几张照片后，被后面的人流裹挟着，沿着弯弯曲曲的木质阶梯，盘旋着上了二楼。这里主要是各种盆栽植物和花草，不如一楼那么吸引人，大概看看就过了。三层有一个中信书店，摆放着许多有关植物花卉的书，但根本没有时间去看，里面只有稀稀拉拉的几个人，有人在哗哗地翻书，有人在左顾右盼地走动。楼顶平台是一大片芳草地，有几只巨大的大小长颈鹿造型。铭牌上写着"莫莉一家人"，给人一种身处非洲草原上的感觉。此时面对此情此景，不觉吟出几句小诗：

> 北京世园延庆建，
> 长城脚下尽欢颜。
> 奇花异草披锦绣，
> 绿树浓荫显幽闲。
> 漫步徜徉植物园，
> 热带雨林多奇观。
> 花花草草看不完，
> 观者称颂人惊艳！

在走向生活体验馆的途中，道路两旁种植着各种可供游客进行农耕文化体验的庄稼和其他植物。从这里不仅可以了解各种植物的知识，特别培育的一片片庄稼亦使人感到格外亲切。

体验馆宽敞的大厅中展示的"生生不息"的夯土墙种子空间，五色土采自中华大地东、西、南、北、中五个方位。五色之土是指青、红、黄、白、黑五色土壤，寓意中华疆域地大物博，多姿多彩，也被视为土地神

墨香星河　The Star River of Ink Fragrance

北京世园会中的北京馆

明、江山社稷的象征。这不由使人想起了我国西北的黄土和东北的黑土。西北的黄土高原比较贫瘠，长庄稼必须多施肥。而东北的黑土地黑油油的，似乎随便撒把种子就能长庄稼，就能结出累累的果实。

一个省，一个地区，一座城市的后面，历史和文化不可或缺。

诗曰："天地初开，草木苏萌。先民探知自然玄机，问源清渠，率土有耕。瞰华夏沃野，观地利天时，植苗成圃而江山烂漫。"冬种感冰雪消融而萌，春草承栉风沐雨而生，夏花闻蛙声蝉鸣而绽，秋果望雁南霜晴而实。这种天时、这种历程，一如叠翠繁花香氛远播，方能使这大千世界欣欣向荣，从而使人类，使万物生生不息！

中国馆到了，宏伟高大的中国馆展区面积达1.5万平方米，各省、自治区、直辖市可谓八仙过海，各显神通，纷纷使出了浑身的解数。红色的北京馆，展示的园林艺术充分体现了首都的人文精神与风范，大气磅礴。当然，在这个展会上，展示的不仅仅是园艺，更有地方特产和人文景观交相辉映。比如甘肃馆对莫高窟佛教艺术的展示；齐鲁园五岳独尊的泰山、趵突泉，还有孔府孔庙，使人感受到了浓浓的儒家文化；当然还有属于世界非物质文化遗产的江、浙园林艺术、绿化景观，更是满园春色关不住；七彩云南印象最深，奇花异草种类繁多，争奇斗艳。

贵州山水、奇山异石，黄果树大瀑布首当其冲；四川园则以竹子为主题，山河锦绣，辅之以熊猫的造型；吉林园是一个全方位的开放式布局，正中央摆放着一棵巨大的人参，四周有鲜花、绿植环绕；古人云："仁者乐山——山色四时仁者静；智者乐水——古来万事东流水。"人与自然和谐相处，人与自然共享天地。道法自然，这才是人类生活的真谛。望"一丘山水当鸣琴"，听"一曲青山映小池"。作者看到中国展馆的最底层，就有这样的一个去处。站在喷水池的旁边，听着哗哗的水声，抬头就会看到天空的蓝天白云。周围则是一溜溜的旧时房屋，很有中国传统民居的味道。看到这个，不由使人想起神似的陕西、河南地下民居，体验到一股浓郁的西部民俗文化。

西藏馆的花草很少，呈现的多是草地、牦牛和毡房；江西、福建风情园，很有江南园林风格；上海的展区除了园林景观之外，还透出一股浓浓的都市味道；作为陕西人很想好好地欣赏一下故乡的园艺特色，实际情况却令人失望。陕西园是一个围着的大院子，周围摆放着一些花草，进门正中的一个大圆柱上环绕着花草绿植，一直通向顶部。远看挺红火，但走近用手一摸，大圆柱上面的花非鲜花，实为人造也。听到周围几个观众边看边评论的不屑表情，自己这个老陕都觉得有点儿不好意思。

海南和广西馆布置得花团锦簇，水山家园的生态理念亦凝练其中；走进湖南园，徜徉其中，富有湖南风味的歌声在飘荡，驻足流连许久，方恋恋不舍地离开；新疆馆充满了浓郁的异域风情，展示的园艺造型亦异于内地，有自己的特色。少数民族温婉动听的传统曲调，不绝于耳；湖北馆的展馆四面开放，一侧书有"惟楚有才、於斯为盛"，体验出厚

世园会景色一瞥

重的荆楚文化。其展区的精致独特，山清水秀自不待言。这里单说说这"惟楚有才、於斯为盛"。"惟楚有才"出自《左传》。相传清嘉庆二十二年（1817），袁名曜门人请其撰写大门联，袁以"惟楚有才"嘱诸生应对。正沉思未就，贡生张中阶至，众人语之，张应声对曰："于斯为盛"。这副名联就此撰成。可见，荆楚真是出人才啊！

总体而言，中国31个省、自治区、直辖市的园艺，各有所长，独具特色。可谓一次多姿多彩的，看了还想再看的园艺盛会。

漫长的时空走廊，奇幻的光影森林。其周围用声、光、电相结合的大屏幕映射出《山海经》中的奇花异草，不断跳动，不时转换；虚拟的视觉与人机互动技术，融合了中国传统文化和绘画技巧。游客在这里可穿越时空，开启一场梦幻般的光影世界，身临其境的神奇感妙不可言。

特别是北宋王希孟的长卷《千里江山图》巨作，纳千里外景，既融合了南北方俊秀山河的风光之美，展现江天辽阔之气势，又栩栩如生地展示了人物与建筑的井然布局以及山水林田湖草，万物共生共存的意境与内涵。

正所谓：相依相宜——道味自然玄境外，刚柔相济——云飘柳絮风入松。

唉！午饭时间到了，人也累了。

接下来就要说到国际馆了。本次参加世园会的有世界110个国家和国际组织。国际馆连同其他展馆一道，将成为长城脚下又一处北京城市新地标。成为充分展示人类科技创新成果，反映世界各国人民追求绿色生活，建设美丽家园的重要平台。

二、千姿百态的国际馆

国际馆的外部是一个由94把花伞构成的主体结构，设计风格独特亮眼。远远望去，如同一片花海从空中飘落而下。漫步在馆前广场，各国的国旗，一杆杆一排排在蓝天下哗啦啦地迎风招展。变换着风向，也变换着色彩。晴空下五颜六色的万国旗阵如同波动的海洋，上下凹凸起伏，蔚为壮观。

入口处的序言写道："水之至，万物生。"简洁明了，入木三分。翻过

游北京世园会小记

大山,跨过草原,行进在雨林与沙漠的奇幻美洲,让我们一起去体会自然与心灵的对话;国际馆内诸如叙利亚、缅甸和孟加拉这些小国,不仅有限地展示自己的花卉园林,更兼售卖各种特色商品和具有民族特点的各类手工艺品。站在巴拿马展位前,不由自主地想起闻名世界的巴拿马运河。花卉绿植少,然巴拿马运河所承载的历史不能说不厚重。

再向右前方行走,浅灰色横楣上的三个朱红色大楷体映入眼帘,"索马里"我重复念叨着这个国家的名称,自己不由得笑出了声。对于索马里这个国家,几乎没什么太多的印象,但一提起索马里海盗这五个字,却是耳熟能详,太有意思了;这个国家究竟带来了什么?有什么花卉草木,有哪些特产?强烈的好奇心促使我快步走了进去。陈列的展品极少极简单,这个本在意料之中。又朝前走了几步,只见最内侧有一个摊位前挤满了人。凑上去一看,大多是珍珠、贝壳之类的海产品和一些奇奇怪怪的工艺制品,其他倒没啥特别的东西。

世园会国际馆叙利亚展区

德国、土耳其展区显得幽静、温婉秀美;印度馆佛教色彩浓厚,各种手工艺品令人眼花缭乱;荷兰馆的大小风车表现出鲜明的欧洲风情,设计风格简约大方;法国馆既有浪漫的情调,同时展出琳琅满目的花草植物和园林艺术,特别富有现代气息;与之毗邻的俄罗斯馆,外观虽显得很大气,但进去后却显得空空荡荡,零乱稀少的花卉盆景绿植,也颇令人失望。

在国际盆栽展示馆,有不少盆栽竞赛获奖作品,很漂亮很有创意。真的是夺人眼球,美不胜收。英国、新加坡的盆栽、花卉美轮美奂,充分体现了将生活融入自然的多姿多彩，使人流连忘返；日本馆前飘扬着红蓝两色鲤鱼旗，庭院中专门挖了一个大水池。清澈见底的池水中，有各色漂亮的鲤鱼在游动觅食，引来不少参观者驻足观看。

使人大跌眼镜的是，国家不算太大也不怎么出名的卡塔尔馆，在参与的国家中拔得了头筹。因为从建场馆到展品的布局，他们显得特别认真，特别卖力气。无论是陈列的花卉，还是自己的其他特色产品，都特别下功夫。三层建筑的展馆设计精美，加上手工编织地毯的现场工艺展示，看后使人觉得走心，很难忘记……

场馆实在太多，它们之间的间隔距离又太远，粗略地算了一下，今天走的路程不会少于三万步。手拿着特意购买的一本"2019年中国北京世界园艺博览会"纪念册，在各个国家的展馆之间来回穿梭着，想多盖几个纪念章。临走前又急匆匆地跑了几个国家展馆，本想再多跑几个地方，但时间实在来不及了，只好快快作罢。虽然如此，但仍觉得意犹未尽。一步三回头地瞅着散布在各处的展馆，只能留待以后再说了。4点半发车，该往回走了。园区太大，只能排在长长的队伍后边，等着坐摆渡车返回原地。

现在写这篇文章，还不算马后炮。有人说："这文章，你当时为啥不写，过了这么久现在才想起来？"其实情况并非如此，8月已经动笔了，只是天气太热，头昏脑涨的实在写不下去，就搁置起来了。展会虽已结束，但北京市和延庆区政府计划仍保留部分场馆，对游人开放。而且要以此为基础，把这里打造成一个园艺产业创新基地，为延庆的发展插上绿色的翅膀。当然，一些设施同样可以用于2020年北京冬奥会。各位要去走走看看，还不算晚，游览世园会的愿望仍然是可以实现的哟！

施托费尔的故事

一个值得记住的同事,一段难以忘却的历史。

——题记

一、英语老师

这是朋友讲给我的一个真实故事,再说给大家听。

看到名字,各位看官可能大惑不解,肯定会猜到是个外国人。对了,他是个外国人。但现在是,以前不是。

以前的他——施托费尔(Stoffel),不只是一个名正言顺的中国人,而且还是朋友赵鑫的同事。坐在办公桌对面的赵鑫呷了一口咖啡,慢悠悠地讲起了施托费尔的往事。为叙述方便,在本文采用第一人称"我"。

说到施托费尔,也许无人知晓,因为这是他平时不怎么用的父名。如果把时间向前推移40年,但凡提起老卜,在我们冶金大院乃至他以前工作过的石油能源勘探系统,无论是老的还是小的,是职工还是家属,鲜少有人不知道他,那可是鼎鼎有名的风云人物。

施托费尔是一个具有日耳曼血统的混血儿,他的父亲是位援华的德国专家。曾在中国北京、广州等地做过科学研究,也当过大学老师。曾历任工程师、教授等职,为新中国的建设事业做出过很大贡献。母亲是新加坡华侨,一直从事教育工作,跟随丈夫辗转各地。施托费尔随父母来华后,20世纪50年代初考入上海复旦大学外语系就读英语专业,大学毕业后分配到了北京,工作单位是石油部直属的能源勘探中心,几年后即被任命为国际部主任。

顺风顺水的工作和升迁,为他的快意人生奠定了坚实的基础。这是他人生的重要阶段，也是他人生的辉煌时期。意气风发的施托费尔在业务上的发展和进步，同样也增强了自己的专业自信。频繁的外事活动，使他积累了丰富的经验，从而也更有"底气"。无论是接待来访的国外代表团，还是陪同部长出访美国、澳大利亚、加拿大、比利时、法国等六国这种重大的外事活动，部领导均给予高度评价。自信满满的他还特意为石油能源勘探中心设计了标志和信头，一直沿用至今。由于他的出色表现和超长发挥，石油能源勘探中心曾一度成为石油部对外交流的"窗口"。

中外混血儿的特殊身份和国籍归属问题曾困扰过他，因为他既没有随父姓，也没有跟母姓。为申请加入中国国籍，自己取名卜昆仑，据说这个新取的"卜"姓，还颇有一番来历，是他的学生给找来的。

他的幽默诙谐，常常令人忍俊不禁。在英语课堂上，他不仅用英语给大家讲笑话，还经常进行各种有趣的互动，使学生不仅能学会并记住一些词句，而且印象深刻。有一次上课时，他还利用英语会话的机会，公开向同学们征名。一时群情激昂，大家七嘴八舌地给他起了十几个名字，而且还带着姓。不仅如此，学生还得用英语对自己给老师起的姓名做出解释。同学们起的名字既有卫华、吴多艺、赵改善、艾华等这些大众化的，也有孙百成、蒋昌建、尤国利、张建设、牛卫东等这类具有鲜明时代感的，都没有使他满意。当看到有个同学举手要求发言，并在黑板上写下"搏昆仑"这个名字时，他的眼睛亮了。

中国的昆仑山，他早有耳闻。施托费尔不仅喜欢昆仑山的雄伟壮观，还有它的高大险峻。《山海经》里曾多次提到昆仑山，并有这样的描述：

"海内昆仑之虚，在西北，帝之下都。"

也就是说，昆仑山是中国神话里的世界中心，是一座神山，是天帝在人间的都城。它位于大地的中心，是一座会转动的山，也是天枢，是众星环绕旋转的中心。

昆仑山地势高耸，气候寒冷，是青藏公路上的一大关隘。山麓的一眼泉水终年翻涌不息，被当地人称为圣水。即使在冰天雪地的隆冬，也喷涌不止，从不封冻，取名不冻泉，成为一大奇观。起这个名字的同学是个能源勘探专家，他对昆仑山的一番解读不仅迷住了英语老师施托费尔，同学们也同样沉醉其中。昆仑山这么神奇，这么高大险峻，那搏击它的人呢？其雄心、其壮志，其敬畏的情怀不言而喻。

"好！就是它了。"施托费尔高兴地用教鞭在空中一挥，英语脱口而出。

"哎，不对，姓什么呢？百家姓里也没姓搏的呀！"

"好办，老师不用担心，咱们可以用'卜'姓来代替这个"搏"，寓意相同。"

起名的同学似乎胸有成竹，用蹩脚的英语磕磕巴巴地解释说。

"好，这个姓好，也和'搏'同音，我赞成！"

"不错，既彰显一种自信，还具有挑战性。"

"同意，我也赞成！"

"没意见，张杰同学这个名字起得好！"

"好啊！好……"

同学们纷纷表示赞同，施托费尔也非常满意，卜昆仑这个名字就这样诞生了。

从此，同事见到他，也就"老卜、老卜"地叫开了。

老卜的外表随父，长得高大伟岸，黄头发、蓝眼睛，酷似外国人。不仅如此，他还生性风趣幽默，具有音乐方面的异禀天赋，吹拉弹唱样样精通，堪称多才多艺。然而，他从思想、感情方面受母亲的影响较大，来华后一直认为自己是中国人。虽然长着外国人的模样，但他骨子里却是一颗与生俱来的中国心。

国家搞三线建设，他积极响应。他先是从石油部调到冶金工业部，再下放到冶金部所属的冶金地质研究所，从北京来到了距省会贵阳足有290公里之遥，地处贵州偏远山区的丹寨县苗乡。

来到冶金所后，他办过的英语学习班不少于N次，培训对象大都是技术人员。除了日常的专业笔译之外，英语"教学"似乎也成了他一项主要工作。根据培训目的，有一个月的短期速成、有三个月的专业培训，还有六个月的口语培训等。"人怕出名猪怕壮"，随着一拨拨学员相继走出课堂，扎实掌握英语这个对外交流"利器"，老卜的影响越来越大，培训需求亦日趋旺盛。有不少外单位的人慕名而来，到贵州丹寨县苗乡这个偏僻的山乡屹崂，拜施托费尔为师，脱产参加学习。

多年来，他培养出了一大批英语人才，可以说是桃李满天下，去海外访问、交流或参加国际会议的学生几乎遍及五大洲，四大洋。他自创的教学方法深入浅出，不可谓不好，名气不可谓不大。

在单位家属院，认识他、上过他课的人不在少数。许多人曾经都是他的"学生"或在外语上受过他的指点，他教出来的学生在各自单位发挥了重要作用。在石油以及冶金系统，不少赫赫有名的专家都曾跟他学习过英语。

老卜的职业是翻译，任务由单位直接下达。也根据课题项目和科技人员出国交流或发表论文之需要，对国外文献进行查新、检索或者翻译。

搞翻译、教英语，加上他待人真诚、性格开朗，名气也越来越大，活动范围甚至跨越到影视文化领域。

二、电影演员

20世纪六七十年代末的国内还比较闭塞，在北京街头也很少看到来华的外国人。

就在这个时候，"北影"要拍摄一部抗美援朝的电影《三八线》，里面必须有黄头发、蓝眼睛的美国人出镜。导演找了不少个头高、膀大腰圆的壮汉，先把头发染成黄色，再把鼻子用塑料垫高，但西方人的深蓝色瞳仁怎么也表现不出来，试过镜的不少演员都不理想。导演着急啊！没有合适的人选怎么办？多方打听找到老卜后，就通过冶金工业部向冶金地质所求援，请老卜出山扮演影片中的美国军官。站在导演面前的老卜身材高大粗犷，面部棱角分明，一头浓密的金色头发，高挺的鼻子，微翘的嘴唇，深蓝色的眼睛如一泓海水，深不可测。冷傲中却又透出一股英气，无不张扬着高雅的气质。

"OK，就是他了！"导演高兴地打了个响指，对旁边的剧务人员说。

"神了！现成的托马斯，连化妆都不用。"制片人也很满意。

电影《三八线》公演后，只见影片中的老卜潇洒地迈着醉步，手握酒瓶，口中"哈喽、哈喽"地喊着，在公路上拦住了迎面而来的一队志愿军假扮的李承晚部的小股部队，进行例行检查。看到老卜惟妙惟肖的表演，认识他的人尤其是同事们都乐了。首战告捷，他在片中饰演的美国军官大获成功。他的表演天赋，在此得到充分的展示。

此后又先后受"长影"和"西影"等制片厂之邀，去广西北海和山东青岛拍摄过几部海战片，在片中饰演外国水手和大副等不同角色，有些还是剧中的主角。他这个非专业的"业余"演员，竟然剑走偏锋，一次又一次地取得了意外成功。

搬迁到丹寨苗乡不久，老卜的第三个孩子出生。喜添人丁的快乐也随之弥漫在这个小家庭，然"文化大革命"的开始打破了这份宁静，万万没想到一场灾难即将降临这个幸福的五口之家。在这知识分子成堆的地方，不知是上帝无意中打开了潘多拉的魔盒，还是有人开启了互害的按钮。各种猜忌，互黑，人整人，人防人的群众运动日甚一日。

职工很快就分成造反派和保守派（也叫保皇派）两个派别，各种流言蜚语充斥着单位的每一个角落。辩论，串联，批斗之风甚嚣尘上，工宣队的人更是从中推波助澜，煽风点火，唯恐"运动"不起来。

一天，冶金所的一位领导被造反派职工围在办公楼前质询、批斗，老卜也围在人群中看热闹，跟着喊口号。当时，他可是什么派别也没有参加。"批臭、打倒！"的口号声不时响起。当群情激昂的造反派的注意力都集中在被批的走资派领导身上时，人群中忽然不知谁喊了一声：

"卜昆仑！把里通外国的卜昆仑揪出来！"

"对，假洋鬼子！一看就不是好人。"

"打倒卜昆仑！老卜滚出来，向群众低头认罪！"

人群中，一个熟悉的声音响起之后，张杰走了出来。大家七嘴八舌地喊着，现场乱成一片。

按照国人惯常的思维方式，因为长相的巨大差别，施托费尔虽是在籍的中国公民，但他好像从来就没被认同是一个中国人。特别是一有政治运动，但凡有一点点风吹草动，就会触及他的灵魂。人们就会想起老卜这个背景比较"复杂"的人，认为他绝非普通的"革命群众"，而应是政治运动的"对象"。

就拿上文提到的"起名"这件事来说，本来就是很公开透明的一件事，没有任何目的性可言。可在运动中却被人扒了出来，上纲上线地成了他的一条"罪状"。有人说他起名"卜昆仑"，犹如堂吉诃德举着长矛与风车搏斗，是螳臂挡车，自不量力；还有人说他起这名的目的不纯，是对巍巍昆仑的蔑视……莫须有的罪名都来了。就连曾给他热心起名的学生在工宣队做动员后也临阵"反水"，跟着揭发昔日的英语老师老卜，今天的五类分子——施托费尔。

就这样，厄运来了，挡都挡不住。人倒霉了，躺着都中枪。一眨眼的工夫，正在看热闹的老卜，也就是施托费尔成了"德特"，成了一个里通外国的坏分子，成了革命群众的敌人。

人哪，要想摆脱厄运，不但要有胆识，还要付出百般的努力。经过长达半年的关押，继续一段"劳动改造"后，老卜才重获自由，到"冶金科技译丛"做了一个编辑。

可怜的老卜经过多次政治运动的"洗礼"，再也没有了昔日挺直腰板做人的如虹气势，而一反常态地在人前卑躬屈膝，低头认罪。在"狠批"的压力下，一次又一次地对组织写下违心的"交代材料"。

有时为了求得顺利"过关"、不得不表现出下作的态度，恨不能把只要用得上的批判词句，都统统放到自己的"检讨书"和"认罪书"里。至于昔日的功绩和辉煌，似乎已不复存在，要老卜说出自己以前的"优点"或"长处"，更是想都不敢想的事。小心翼翼地夹着尾巴做人，似乎成了他唯一的选项。

三、死里逃生

20 世纪 70 年代搞"一打三反"运动，老卜又被揪出并扣上"德国特务"的帽子。在工宣队主持的批判会上，又以过去的"重罪轻判"为由，当场绑送丹寨县监狱。当朋友谈及老卜当年 24 个月的"牢狱"之灾以及他的"重生"经历，仍心怀同情，唏嘘不已。

24 个月呀！人生能有多少个 24 个月？况且还是在他人生的黄金时期。对个人心灵的煎熬，对翻译事业的损失，均无可估量。丹寨县当地的一个民兵曾问朋友的一个同事说：

"你们冶金所有一个'外国人'关在监狱,我们轮流看守时还给送过饭哪。"该民兵强调说,"人挺好的,就是不知道为啥给关起来了。"

谁说不是呢?老卜虽被关押,但仍不断有去丹寨公干的同事前去探望。特别是在月末的半天探视日就比较松泛一些,老卜不仅可以出来,还可以上街。当然,得去探视的人进行担保,后面也少不了有民兵远远地盯着稍。

一次几个年轻同事在探视日去看望他,办完手续大家就陪着老卜上了街,他快步走着,显得很放松。在街头的一个摊点买了一堆油条,没等吃完就离开了饭馆。不少行人看着边走边吃油条的老卜这个黄发碧眼的"老外",显出一副好奇的神色。

"老卜老师,别吃了,你瞅有人看咱们哪!"有女同事提醒说。

"那怕啥?他看你,你看他呗!"

"哎呀!卜老师的心真大,什么都不在乎。"说完大家一起哈哈大笑。

的确,在这特殊的时期,如果没有他这种强大的内心世界和博大的胸怀,真不知道这日子一天天的该怎么熬,尤其是在监狱里。也就是老卜这大大咧咧的性格,一般人根本就不行,被人这么折磨,愁也得愁死。

虽然如此,牢狱生活毕竟是难熬的。就在将要结束羁押期的一天,狱警打开牢门,后面跟着两个干部模样的陌生人。

"你就是卜昆仑?"陌生人问。

"是,我就是。"老卜小心翼翼地回答。

"那好,现在跟我们走一趟吧!"说完向后挥挥手,上来两个狱警,即刻把老卜五花大绑地捆了起来。

监狱的大铁门被哗啦啦地推开,一个民兵把一个木牌挂在他胸前,上面画着一个大大的红叉。

这是怎么回事?他感觉到大事不好。身体扭动着正想问问认识的管教时,已被推上了停放在一边的有十几个民兵把守的卡车上。

"这是要去哪里?"老卜略微挣脱扭着他的民兵问。

"老实点别乱动,到了就知道了。"押送的民兵面无表情地小声回了一句。不管怎样说,看这阵势,看周围人严肃的表情,神秘兮兮的样子,他似乎感觉到一股死亡的气息。

汽车一路向西，到一个小树林旁的土壤里，停了下来。狱警上前把老卜推出去，对面的两个行刑者举起枪，试着瞄准了一下，其中一人还"咔嚓"地拉动了一下枪栓，清脆的金属碰撞声格外刺耳，现场的气氛顿时变得紧张起来。

周围死一般的寂静，偶尔只听到几声乌鸦"呱哇，呱哇"的怪叫声，阴森森的，瘆人。两个陌生人中的一个头目对狱警挥了挥手道："给他松绑。"

"好，捆得可真紧啊！"老卜苦笑着整了整衣衫，理了下发型，扭了扭身子，转了转头。绑的时间长了，他感觉手腕子都有点麻木了。

"活动活动，松松筋骨。喝碗酒，再暖暖身子吧！"头目说完，接过手下递过来的一个倒满酒的小白碗，恭恭敬敬地双手递到手里。这时的老卜反而更淡定了，他什么话也没有说，默默地接过这个头目手中的酒，先是放在鼻头闻了一下，接着仰起头一饮而尽。空碗顺手往旁边一扔，感到似乎多了一份梁山好汉的"豪气"。

"说吧！带我到这儿来，荷枪实弹的，又给酒喝，究竟要干什么？"

"不干什么，只是奉命处决你！"头目正了一下衣领，缓和了一下语气，

"所以我想问你，在行刑前你还有什么话要说？"

沉默，沉默过后的他似乎有点无可奈何，但流露出的更是几分不甘。

"我的问题，北京石油部已经有结论了，要处决人，不知你们奉的是谁的命令？"老卜像是回答问题，又似乎自言自语地嘀咕了一句。

"什么？你再说一遍！"头目加重了语气，"你的问题，北京有过结论？为啥不早点说？枪一响可就没机会了……"

说完把旁边的另外一个人拉到一边，嘀咕了一阵，好像是在商量应该如何收场，再回来时，就像换了个人似的。

"对不起，卜昆仑同志！由于我们的疏忽，险些酿成大错，对不起！关于你的问题，我们回头再做调查，进一步核实。"

"回去吧，不好意思，今天让您受惊了！"

这个人搓搓手，略带内疚地在脑袋上摸了摸说。

四、重操旧业

听到这句话,老卜觉得恍如隔世,如同从一场噩梦中惊醒一样,他悬着的一颗心,终于落了地。

死里逃生,化险为夷的事真的是硬生生地落在了他的头上,这真的是上天的恩赐。人的一生中,总会遇到那么一两个危难或厄运缠身。这种情况下,如果能够顺利地逃脱,真的是一种万幸。

因为这拼的不仅是人品,还有好的运气。大难不死,必有后福。这是不是预示着老卜会时来运转呢?当然,单位和冶金工业部的有关局办也在过问协调此事,终以"事实不确"被丹寨县"无罪释放",回所工作。

人啊!活着真的是不容易。

由最初的春风得意,到被戴上"敌特分子"的帽子,再到24个月的牢狱之灾,和险些被枪毙,再到落实政策摘帽子平反,老卜的人生可谓一波三折,充满了传奇色彩。

退休后携妻带子回到德国,本该含饴弄孙,安享天伦之乐了吧,可惜造化弄人,老卜在2008年又遭遇车祸,致使肩胛骨碎裂和右腿严重骨折,人一度处于重度昏迷,最后才抢救过来,差点搭上了性命。有位哲人说过,不是人人都能过上想要的生活,可人生还得继续,还要活下去,不是吗?以往走起路来大步流星,腰杆笔直的他不得不坐上了轮椅。

捡回一条命的施托费尔虽移居国外,但他仍不忘初心,抱着乐观向上的人生态度广交朋友,加入德国的华人社团,教唱中英文歌曲,发挥自己的一切特长,积极传播中国文化。重新营造起了自己的生活小天地,晚年生活过得有声有色,这就是老卜。

根据朋友赵鑫的讲述,写下上面一段文字,献给他的同事老卜。在快要脱稿之际,本人既觉得忐忑,又觉得不安,不知老卜会不会看到这篇文章,会不会接受对他写下的这段文字。说实在话,手头事情纷杂,本不想写这个故事,但朋友讲完后,老卜的影子总在我的心头萦绕。思绪一会儿在丹寨,一会儿又跳跃到北京。我深切地感受到,而且也惊奇地发现,时光荏苒岁月蹉跎,这一切的一切,太快了!

俗话说,多快的手也抓不住阳光!屈指算来,老卜已到了人生暮年。

"自己年轻时就一直崇拜的施托费尔真的老了！不知不觉的几十个秋冬，似乎才注意到他们这代人太伟大，太能干了。"朋友感慨万千地说："老卜的故事应记载下来，还有这段历史。"

当在本文画上最后一个句号时我还在想，如果朋友的同事老卜2008年没有遭遇车祸，没有遭受那么多的磨难，人生可以厚看一眼，那现在应该又是另一种样子了！但是，但是人生没有"如果"……

活跃在大院的作家们

地质部从她诞生那年起，就一直有重视文化的优良传统。一批批作家先后来到部里，深入基层体验生活，创作了《年青的一代》《李四光》等多部优秀电影剧本和文学作品，在全国产生了重大影响。但这些外请的作家、诗人，往往在写好东西完成任务之后，住了一段就又走了。孙大光部长上任之后，尤其重视地质文化工作，他就在想，怎样才能有一支常备不懈，永远不离开的作家队伍呢？他想到了向解放军学习，自己培养，于是，地矿部文学创作室诞生。很快，地矿部就从全国地质系统和文化系统调来一批作家，把他们的创作基地放在廊坊，由物化探所代管。作家们的到来，不仅丰富了职工的文化生活，也为所里培养了一批优秀的文学人才。

接着又成立了中国地质作家协会，这是中国作协的第一个行业协会，第一次代表大会就在廊坊举行，部领导和中国作协的领导都出席了这次隆重的会议。这些作家到了物化探所之后，除了完成他们自己的创作，还通过文学作品去积极反映所里的生活。物探所在西藏进行地热资源普查，部创作室作家黄世英就几次到西藏去，跟随项目组体验生活，创作出电影《世界屋脊的太阳》，他本人也因此获得全国五一劳动奖章。

在人民大会堂首映时，他把全所的人请去观看。奚青小说《天涯孤旅》，也改编成电影，在北京民族文化宫首映时，所里的许多职工都应邀参加了首映式。当国土资源部在赣南一带扶贫工作受到中央表彰时，作家康平及时创作出了《最忆是赣南》长篇纪实文学。作家文乐然深入所里生活，他多次跟踪采访名誉所长、院士谢学锦，并创作了纪实文学《沉重的崇高》，在大型文学刊物《当代》发表后，又专门出了书，在社会上曾引起强烈反响。同时，创作室还邀请全国著名的报告文学作家乔迈来所里体验生活，他创作的报告文学作品在《新生界》上发表。

作家陈宏光将所里援外人员的工作和生活写成作品，出版发行。作家们似乎已经成了物化探所的一员，他们和所里职工打成一片，积极到所里各个项目组去体验、去采访，把所里的很多活动，所里的一些模范事迹和先进人物都揉在他们的文学作品里。科研人员的苦与乐，成功与失败，在他们的作品里，都得到了充分的反映。

所领导也很关心创作室和作家们的工作与生活，经常到创作室和作家们座谈听取意见，有什么困难尽可能及时帮他们解决。作家出的书也都赠送给所里的每个人，大家看完以后也会和他们进行交流，在作家与读者之间建立了非常密切的关系。黄作家说：写小说的秘诀就是"编"，作者一定要有艺术想象力，带着感情去创作，只有把自己感动了，才能打动读者。他还说：从地质作协，到地矿作协、国土资源作协，一直到今天的自然资源作协，相继向社会输送了一批优秀中青年作家，出任中央与地方文化部门的领导，去助力全国与地方文化事业的发展。

文友们不仅祝贺他们，也为之感到骄傲与自豪。孙大光部长也说过：地质工作具有独立性、流动性和分散性，一个没有文化的队伍，不可能有好的素质，也不可能"拉得动打得响"。

有这个便利条件，我也经常混迹于作家们中间，时不时地写一些小说或散文，向他们讨教。久而久之，在和创作室这些文人的交流沟通中，我不仅学到了很多写作技巧，还从他们做人做事的风格上，领悟到了很多生活的哲理。有时在写作上遇到问题，和他们聊一聊，确实有一种"听君一席话，胜读十年书"的感觉，思路一打开，笔下的人物顿时活了，观察事物的眼光也变得敏锐了，也懂得了在写作时如何布局，如何抓住读者。

写作就是这样，只有了解更多的人、更多的事，经历他人的过往，你的阅历和人生就更多姿多彩！而这种阅历更不是用钱能买来的。就我自己而言，在意的是这个过程，在意的是在这个过程中开阔了视野，交到了朋友，体会了人生中的酸甜苦辣，由此更体现了自己的人生价值。

自此以后，我又重拾久已搁置的文学，开始在文字的海洋里快乐畅游。

自部创作室入驻以来，中国地质作家们相继推出了《大漠孤烟直》《夏日清凉》等地质题材作品，在《中国作家》等刊物上发表。地质文学作品先后有两部荣获全国"五个一工程"奖、三部作品获国家政府奖、四部作品荣获当代文学奖。

中国文联的领导赞誉说:"地质文学是中国文坛上的一朵奇葩。"中宣部的领导也曾称赞说:"地质作家群是当代中国产业作家群中的一支劲旅。"

应该说,作家们不少作品的创作,都和物化探所有着千丝万缕的联系,正是物化探人为他们提供了不竭的素材和灵感。

文乐然,湖南桃源县人,中国作家协会会员,地矿部文学创作室专业作家。主要作品有中短篇小说集《桃花溪》,中篇小说集《温柔的荒原》等。现为中国地质作家协会副主席,《山野文学》杂志副主编。《山野文学》迁京改版后,1989年12月31日,作者对他作了一次专访:

一、哪里有地质工作者哪里就有《山野文学》

问:你是否已经出任迁京后的文学期刊《山野文学》负责人?

答:主编是李长清,我是他的副手。

问:你有多大权限?

答:主编愿给多少就是多少,就我而言,他给的越少越好,编辑部工作多且杂,我希望把心力完全集中在组稿、选稿上,自然,我还得搞点业余创作什么的。

问:迁京后编辑部工作人员有较大调整,你们是否制订了新的办刊计划?有没有新的办刊思想?

答:办刊思想来自党的文艺路线,无所谓新旧。我们倒是为北迁后的刊物拟了一个副题,或者说一个奋斗目标吧。这就是:哪里有地质工作者,哪里就有《山野文学》。

我们希望这份杂志首先在地矿系统获得欢迎,进而走向全国,成为社会各界了解辉煌的地质事业和地质工作者美好心灵的一个窗口。要做到这些,很难很难。刊物那么多,人家为什么一定要订你的?你拿不出"绝活儿",办不到一定的水平,读者就不买账。因为,读者是喊不来的。

问:你们的"绝活儿"是什么?

答:山野特色。我们就是要搞山野特色,探索山野之情。1990年第一期上孙隆椿同志写了一篇题为《探索山野之情》的文章，我建议出刊后你读读，那篇文章写得漂亮极了。

问：您有信心达到上面讲的这一切吗？

答：没有信心我就不干了。等哪天发现自己没信心时，我也就不干了。坦率地说，我是不会把自己的精力浪费在一份平庸的刊物上的。我这个人很平庸，但我希望我们的《山野文学》不平庸。要做到这点，得引进竞争机制。本来文学是挺人情味的，但一当编辑，人情味就得变变，得把好作品组来，挑来。在作品面前人人平等。我们还要向社会开放，我们将有意识地做吸引工作，特别是吸引那些知名作家。这样，我们竞争的起点就变了，刊物也便更有看头。

问：对部内作家、作者不给点照顾吗？

答：严格地说，是不能照顾的。刊物不是慈善机构。我们要给读者的是好的精神产品，首先向读者负责，一个刊物是照顾不成作家的。我相信部内作家、作者会支持我们这么干的。我也相信在一个竞争的环境里，我们会提高得更快。我们首先寄予希望的仍然是部内作家和作者，特别是青年作家，我们将尽力为他们创造条件。部内作家在山野题材的创作上有着"先天"的优势，其生活之丰富、感受之真切是地质行业以外的从事山野文学创作的作家所难以比拟的。他们（不是全部）暂时缺乏的是独到的艺术眼光和娴熟的写作能力，还有就是缺乏点自信心。地质生活充满着探索性、神秘性。它和现代科学以及古朴的大自然又是贴得那么紧，这是地质行业外的作家梦寐难求的东西。

我们有多少优势？我们的生活中有多少撞击着科学和艺术、人和大自然、中国和外国、事业和爱情、历史和未来……在诸多的行业，唯地质是为明天工作。地质工作者生活在今天，也生活在未来。人是为未来活着的。地质工作的超前性和她深邃地面对古老而年轻的地球所产生的心灵的颤动，有多少可使我们思考和挖掘？你的眼光穿透了五亿年前的震旦纪，你的眼光同样要能穿透现时的五秒钟哪……你探索着地球的奥秘、你探索着人类首先是你自己的奥秘。把地球的奥秘揭示开来，这就是地球科学。而揭示从事地质工作的人的心灵奥秘，便是《山野文学》了。

《山野文学》的希望当然首先在这批与地质贴近的作家、作者身上。

问：在版面上，有什么新的格局？

答：除了一般意义上的小说、报告文学、诗歌、散文，我们将陆续开辟《地质苦旅》(作者对象：老地质工作者)、《新生代石笋》(作者对象：地质院校学生)、《履痕处处》(作者对象：所有地质工作者)这些栏目。我们的刊物不仅要向社会各界作家开放，还要向地质战线广大读者开放。在一个全方位开放的环境里，我们的地质文学创作便会出现新的势头，涌现出大批优秀人才。真正形成一支过硬的在全国有一定影响的山野作家队伍。那时，我们的刊物便会更有特色，更出"绝活儿"了。只有在那时，我们才能真正做到：哪里有地质工作者，哪里就有《山野文学》。我们将为那一天努力工作。

丁：我期待着这一天，谢谢你了。

文：该谢谢的是我。

丁：对，我们还应该谢谢《中国地质报》，是他们首先提出了约稿采访的要求。

二、读作品《逐梦人生》有感

作家黄世英先生是我文学之路上的导师，同时也是我多年的朋友，故此我们的关系也可以说是亦师亦友。当我称他"黄导"时，既是表明对他职业特色的概括和他作品多产的敬佩，然又带有些许的调侃。

我一直认为，编剧是电影的先导，没有剧本，何谈电影？再好的导演，没有了剧本，就是无根之木无源之水，所谓巧妇难为无米之炊，可见电影剧本对于每一部电影、电视剧的重要性。但直呼他一级作家时，确实就是一种尊重了。黄作家虽大我许多，但由于他人随和、没有架子，故有时私下和他，以及朋友高导闲聊时，就有点"没大没小"了。

我们同在单位大院生活，但实际接触的机会却不是很多。特别是黄先生这几年天热时往北戴河、吉林等凉处走，天冷时则往海南这热处走，那里有他漂亮的海滨小别墅。不拘一格地四季变换、来回奔走，基本过上了"候鸟"式的隐居生活。但只要他一回到北京或单位大院，那我们必定是要相聚并小酌一下的。我虽然在地质作家协会成立之初就成为其中的会员之一，也翻译过一些小说、发表了一些纪实文学、小说、散文之类的作品，但毕竟有限。特别是在实际经营翻译公司实体这20年间，写作根本无暇顾及，基本处于"停摆"状态。

直到前两年，在黄老师的鼓励和带动下，我才增强了信心，重新唤起了根植于自己内心的"作家"梦，并付诸行动。在他的影响下，我的创作热情高涨，且一发而不可收，十分痴迷。除正常工作之外，这几年先后在一些文学平台上发表了几十万字的"乡情系列"作品。

去年5月，他来到我的办公室，当我把从书柜里翻出来的几大摞手写译稿堆在他面前时，他的表情马上凝重起来。"可惜，太可惜了！这可是你辛苦劳动的成果呀！"他"哗啦哗啦"地快速翻看着手稿说："与其这样放着让书稿睡大觉，不如结集成册自费出版，送人也行啊！"

"这样行吗？说着容易做着难，具体如何操作，我心里可是一点儿底也没有。"起初我还有点犹豫。

"别担心，干！事在人为。"他拍了拍我的肩膀说，"详细内容，如何实施，回头我给你列个单子。"只要一进入工作状态，他的时间，在短短的一个小时，堆满了动作，几乎没有一分钟是白白浪费的。他接着又给我详细作了讲解，喝了口茶起身离开了。

第二天早上黄老师就打来电话，让我找他去拿出书方案。

从他手中接过两页稿纸，只见他在用过的打印纸背面写有满满的两页文字，是工整的手写稿。后来我才知道，为了写这个策划方案，他那天晚上几乎彻夜未眠。在黄老师的亲自策划和指导下，我46万字的翻译作品很快就整理好并结集出版。

可以说，没有黄作家的关心和支持，也就没有我这本翻译作品集

作者与作家黄世英探讨翻译作品集出版事宜

的问世。他的雷厉风行，他的勤勉以及他超强的执行力，给我留下了深刻的印象。就此而言，我很感谢他这个文学老师，是真正的朋友，也是我写作路上的领航人。

每次见面，他都要和我谈论文学创作，并问我最近写了什么作品，不住地督促我这个"懒人"在写作上要坚持，要勤奋，一定要制定自己的目标云云，否则一事无成。说到写作的构思以及艺术手法的运用和表现，他说："作家的秘诀是'编'，要选准主攻方向。创作，首先一定要抓住艺术感知力、艺术想象力和艺术创造力这三力。"

艺术感知力是指平时对生活中所发生的故事的观察和捕捉，就是要抓基本素材。有了素材还不够，还得从中进行提炼，加上作者自己对生活的感悟，即作品来源于生活，但一定要高于生活，不能生搬硬套，这就是艺术想象力。写作绝非简单的罗列和文字的堆砌，还得发挥丰富的联想和编造，好的作品一定要有空灵感，这就是上边所说的艺术创造力。不仅创造，还必须有艺术感染力，这样才容易产生共鸣，打动读者。对于他的这个言传身教，我至今仍印象深刻，没齿难忘。

神交已久，我一直认为自己很了解他这个专业作家，因为平时看过他不少搬上银幕的电影、电视剧，还有他送给我的不少本著作，但终归是比较零散的东西。而对他的实际作品数量，对他在写作上的建树，根本没有一个全面、系统的认识。最近看了他写下的洋洋四万言的"逐梦人生"，看到他的个人大事记年表和出版的电影电视剧本，真的是被吓到了。

一句话，震撼，着实感到震撼！我觉得对他的成功，对他的贡献，确实是时候应该重新认识一下了。粗略地梳理了一下，从他1982年开始在《电影文学》上发表电影剧本，到1985年拍摄第一部电影《天涯孤旅》，从2000年到2018年这18年间，是他电影、电视剧的高产期。

如果算上他2019年投拍的《打工皇帝还乡》和2020年新定稿的电影剧本《清明上河图》，足以证明，他虽然退休了，但逐梦的脚步从未停歇。

他至今已编写影视剧本38部，《踏遍青山》等舞台剧本7部，出版《西天旅行》《无言的雪山》等专著12本。看看这些数据，确实令人惊叹！这么多剧本，这么多专著，摞起来该有多厚，这就是人们所说的著作等身吧！我简直无法想象，这么多的著作，这么多获奖的电影电视剧，要一个字一个字地码下来，该花费多少时间，耗费多大的精力啊！

就这个幼稚的问题，我曾专门问过他，但他从来都是云淡风轻地付之一笑说，"多花时间呗……"从闲谈中得知，他一般晚上工作到十点后休息，凌晨五点钟起床就开始写、写、写的，几十年如一日，从未间断过。做到这一点，该得有多大的毅力啊！恕我直言，在作家中，像他这么努力、高产的人，还真不多见。现在，还有这么耐得住寂寞，这么勤奋的人吗？要做到这一点，很难。别人不清楚，反正我做不到，也吃不了这个苦。就此而言，别人送给他的"拼命三郎"这个雅号，可谓实至名归。

在培养文学新人方面，可以说他自己就是一个标杆，是文学爱好者学习的榜样。

"命运的钥匙就掌握在自己的手里，要坚信一切皆有可能！只要敢于将不可为之事变成可为，梦想就会变成现实。"这是他在文中的一段话，也是作为一个作家的感悟，堪称写作的金句。洋洋数万言，我几乎是一口气读完的，一点也没有冗长的感觉。掩卷沉思，留下的是满满的感动。特别是在他写到'长影''小白楼'这个章节，特别感人。用黄老师自己的话来说，这是他电影创作和梦想启航的地方，所以饱含着浓浓的爱意和满满的崇敬之情。看到这一章节，同样也感动了我。

他在电影文学交流大会上的发言"打造电影强国"写得也非常出彩，不仅思路清晰，而且还有很强的可操作性，可直接模仿着进行实际创作。我觉得，这篇文章不只是具有史料性，还有益于青年作家的学习和成长，具有普惠性的教科书作用。

以上所言是有感而发，学习了。

三、长篇小说《命运交响曲》的随想

田志友是我多年的朋友。在我的印象里，他是一位出色的记者，曾经采写过《车祸猛于虎》《中国牛王"牛"起来》《给白岩松颁发金牌》等优秀新闻作品，还组织了"最美廊坊人颁奖盛典""漫话廊坊""廊坊市网络春晚"等大型活动，是一位卓有成就的资深新闻界人士。

壬寅岁末，他来到我的办公室，在我的办公桌上放了一本2022年

7月号《今古传奇》，原来他在这本杂志上发了一部长篇小说《命运交响曲》。20多万字的小说，不仅一次性发表，而且还放在了杂志的头条，这让我很震惊。

有些小说读了开头就味同嚼蜡，实在是读不下去。但阅读《命运交响曲》一下子就把我吸引住了，以至不能自拔，一口气阅读完毕。

"一年有365个日子，有很多重要的日子都被宋爽淡忘了，但有两个日子就像铁钉一样钉在了他的心里：一个是1994年12月4日，另一个是2008年9月14日。一个日子令他痛不欲生，而一个日子让他喜出望外，难道这就是命运吗？生活似乎跟宋爽开了一个玩笑，只是这个玩笑太残酷了！"

这是《命运交响曲》的开头，从一开篇就紧紧地抓住了读者的心，使人不由自主地去思去想，在这两个不同的日子里究竟发生了什么？会使主人公宋爽如此刻骨铭心？为故事在后来的进一步推进和铺展埋下了伏笔。

故事是由宋爽儿子宋郑宁和同学王志豪的相识开始的。他们长得一模一样——"撞脸"了。

"撞脸"成了这部长篇小说最重要的线索。原来是宋爽在采写揭露性报道因为触犯了某些人利益而遭到报复，绑架了他的双胞胎儿子中的小儿子宋佳宁。

无巧不成书，宋佳宁现名王志豪被宋爽的初恋赵艳霞收养了。更加巧合的是，宋郑宁和王志豪同时考上了华北大学。苍天有眼，失踪了十几年的儿子就这样被找到了！

"认亲"，是这部小说的高潮，同时也是结尾。

读到小说认亲这一片段，我泪目了。虽然知道这是看《三国》掉眼泪，替古人担忧，但我还是沉浸在小说人物的感情纠葛中不能自已：

赵艳霞干杯之后又给自己倒了一杯，说："今天是我们的大喜之日。志豪找到了亲生父母。就是找到了水之源树之根，我比你们谁都高兴。我跟传喜商量好了，从今天开始，就让志豪恢复他原来的名字宋佳宁。"说得激动了，她站起来让王志豪来到自己的身边，说，"借今天这个机会给志豪一个认亲的机会吧！来，志豪，跪下来，给你的亲生父母磕仨头，感谢他们的养育之恩。"

王志豪面向宋爽和郑卫红，"扑通"一声跪下来，接连磕了三个响头。一瞬间，宋爽之妻郑卫红就哭出了声音。她扶起王志豪，紧紧抱在怀里，哭得全身颤抖。宋爽也不由自主地走到王志豪身前，眼泪"啪嗒啪嗒"地往下掉。三个人紧紧地抱在一起，在场的人都哭了。

王传喜带着哭音说："志豪，你现在就叫宋佳宁了。"他指着宋爽说，"来，叫一声爸爸！"又指着郑卫红，"来，叫一声妈妈！"

王志豪大声叫道："爸爸！妈妈！"再次引发一片哭声。

王传喜再次指了指宋郑宁说："来，叫一声哥哥！"

王志豪跟宋郑宁紧紧握了握手，说："哥哥，今后我有了哥哥，你有了弟弟！"宋郑宁说："弟弟，别哭了。今后无论遇到什么困难，都有哥哥给你挡着呢！"

在儿子身上，宋爽看到了未来。

大家的感情平静下来之后，宋爽说："我和卫红给大家都准备了见面礼，下面就让卫红拿出来！"他接着又说："给你们一人准备一个手机，没别的意思，就是希望我们经常联系，不要像过去那样十几年连个音信都没有。"

王传喜说："今后我们就是一家人了，当然要常联系了。"

宋爽说："2008年9月14日是鼠年的中秋节，是我们团圆的日子。我提议，今后每年的9月14日作为我们两个家庭的团圆纪念日，让我们相亲相爱，有福同享有难同当！"

王传喜、赵艳霞是王志豪的养父养母，他们与宋佳宁现名王志豪没有血缘关系，但却胜过亲生，他们无私地养育了王志豪，就是把养育了十几年的孩子还给亲生父母也无怨无悔，这种亲情感天动地。宋爽和王传喜两家人因为王志豪这个纽带又走在了一起，为了他们共同的儿子喜极而泣。只有双方的善良，才会有这么完美的结局，才会使有爱的人聚成相亲相爱的又一个大家庭。

《命运交响曲》展现了宋爽个人的奋斗历程，以他的悲欢离合为主线，通过他的"婚恋""高考"以及"工作"等关键节点，展示了一个人在金钱美色诱惑以及威逼打击报复下对人生底线的坚守。从现实社会情况来看，这种坚守是艰难的，甚至是痛苦的，唯独如此，也是更有价值的。正是因为拥有一批像宋爽这样的人生底线的坚守者，我们这个社会才充满了阳光，充满了未来和新的希望。

田志友说：在写作《命运交响曲》的日子里，我发现我不由自主地写到了很多个饭局，这些"饭局"成了这部长篇小说的重要部分，因为这就是"生活"。在写作《命运交响曲》的日子里，我还发现这篇长篇小说有很多作者的影子，由此我明白了，长篇小说在某种意义上就是作者的自传。有人曾说："写作那口气一旦松了，就很难提起来。它需要每天都在想这个事，都在琢磨它，脑子里全是它，才能处于随时可以写的状态中。专注需要的不仅是热情，它还需要持续输出的体力。专注的纯度，决定你能不能写成一个作品。"

的确，人就是这样，谁都有惰性。写作的气一松，就懒了，就不想动笔了。我很佩服志友的坚持和毅力。别人不能做到的事，他做到了，而且做得很圆满。

著名作家黄世英说过一句话："作家是靠作品说话的，说别的都是白扯。"实际上，早在三十多年前，田志友就已经在《河北日报》《天津日报》《少年报》《儿童文学》《少年文艺》《当代少年》等报刊发表了大量儿童小说，其《这就是咱们中国》还被1984年第一期《儿童文学选刊》转载，成为中国儿童文学界一颗冉冉升起的新星。1992年3月，河北少年儿童出版社为他结集出版小说集《小诸葛失算》，成为改革开放后廊坊市出版个人儿童小说集"第一人"。

如今，田志友再创佳绩：他的《命运交响曲》成为改革开放后廊坊市在大型期刊发表长篇小说"第一人"，可喜可贺可羡。

在撂笔前，想附给他几句话，也算是互勉吧！

情感深，灵魂一，宣泄尽，命运出。

洒落二十万言，余音袅袅。叙事曲折而撩人，直抵灵魂。

灵感乍现，感动瞬间。

世间万物，人情冷暖，你用文字来诠释。

与人物对话，也是与自己叙谈；

无生活之灵感，焉能打动内心之柔软？

轻轻焉，缓缓焉，

如讥的文字，能不引发心灵的震撼？
岁月洪荒，总有悲欢辗转，
若未悟透，如何立足人间？
书情怀，莫叹情深缘浅，
抒平生，莫负时光荏苒。

生命的呐喊

最近看了一部长篇小说《人间值得》，读后颇有感悟。

该书通篇始终着墨于女主人公樱子不幸而又幸运的命运。

先说说樱子的不幸。樱子一出生就是个双足内翻畸形的足残女，家人担忧她日后嫁不出去，是个累赘，会拖累一家人也会苦她一生，便狠狠心把她丢弃了。然而，苍天有眼，这个不幸的女婴命大，几天几夜哭闹不止，家人不忍，才又抱回了她。

出生农村、肢体残疾的樱子多灾多难，常常遭受歧视。然而，她并没有被生活的残酷与不公打倒，而是在一次次磨难中找寻前进的方向。她不满足于自己的人生境遇，通过不断努力，在文学的滋养中找到了生命的依托、精神的宿地，并感恩文学带给她的一切。最终实现梦想的目标，成为一名堂堂正正的公办教师，生命的轨迹走向了圆满。

读完这本小说，掩卷沉思，一个坚毅、丰满的女性形象就会展现在你面前，过目难忘。

一、命运

樱子一出生就给家人带来无尽的烦恼和绝望。

从她少不更事的孩提、少年时代，就要承担一些别的同龄孩子所难以承受的责任和苦难。她从四岁起，就要替父母照看幼小的弟弟。有一次，她带着大弟和二弟到距家不远的池塘边玩耍，大弟看到池塘里的莲子，觉得很好玩，就想伸手去摘，然而却因距离太远不小心自己掉到池塘里了。眼看着弟弟掉进水里，樱子吓得赶紧上前伸手去拉，够不着的她自己又差点掉进池塘。幸好有附近路过的大人看见，这才把呛了水的大弟捞起来，侥幸逃过这一劫。父亲知道后怪她带弟弟去塘边玩耍，遂把樱子狠狠地打了一顿。稍大一点，她除了带弟弟妹妹，还得帮着父母烧火做饭。由于当时生火的柴火稀缺且没有来得及晒干就用来烧火，所以常会被呛得睁不开眼，有不少次做成夹生饭。幼小的她，因为这些小错，还要经常受到大人的打骂。

上天不眷顾樱子，致使她一出生就用脚背着地，脚底朝天的方式走路，可怜的她小时候从没穿过鞋袜，即使在寒冷的冰天雪地里也是打赤脚行走。樱子的读书生涯，更是充满了心酸和眼泪。上天给人创造了这方面的缺陷，却又从另一反面给予补偿。现实虽然很残酷，但她始终觉得似有一个未知的远方在召唤自己。于是樱子拼命读书，试图通过后天的努力，来改变自己的命运。她说："我自幼多病，从少年到青年，从中年到老年，经常在诸多病痛中苦苦挣扎。每当病痛来袭时，我就想起文学作品里的人物，然后受到鼓舞，咬牙挺过病痛。病好后，我第一时间把患病时的经历与所思所想及时地写出来，以期感染读者，化病痛为人生前行的伴奏。"

在学习上，樱子付出常人难以想象的艰辛与努力，她喜欢阅读课外读物，课外知识的积累和储备，成就了她，也拓展了她的视野和眼界。阅读能改变一个人，塑造一个人。樱子写的作文经常被老师当作范文念给全班同学听；每逢节日的时候，学校出墙报，上面肯定有她的作文，有时还不止一篇，多的时候甚至多达两三篇。当同学的父母训斥自己孩子的作文不能上墙报时，同学往往都以"她是蹩脚，所以她才特别会写"为理由回怼父母。樱子的作文上墙虽风光无限，甚至于成了学校的小名人，但她听到上述刺耳的说辞也非常烦恼，也很伤她的自尊。

外婆用土法给她矫正残足，结果只矫正了左足，右足仍瘸。这就决定了樱子的命运是坎坷沉重的，樱子要想从这崎岖坎坷中冲撞出一条生路，她注定要比健全人艰难困苦得多。事实也确实如此，樱子读了小学和小学附设的两年制初中，因足残就不能升高中了，无奈中只能回生产队放牛。偏偏她又多病，又残又病的樱子对前途命运有多么的绝望。此刻一些世俗观念的人以另一种方式来同情她，给她说媒，介绍一个承诺能养活她一辈子的大龄男人给她，才十几岁的樱子伤心地哭了好几回，好在父亲婉拒了媒人。

樱子回村参加生产队劳动挣工分，减轻了父母的负担。看着选上高中的同学高高兴兴地上学去，樱子伤心痛苦委屈地哭过好几回，她绝望极了，这辈子我能干什么呢？父亲见樱子没能考上高中，很生气地骂她，说你小小年纪上不了学，回生产队能干什么，难道让我养活你一辈子吗？她在生产队能做的工种很有限，挑担，上山，下地的活儿干不了，只能去老年组与一些老人一起干一些力所能及的活儿，所受磨难非常人所能忍受。无奈之下，樱子只得在队里当一个廉价的放牛妹。生产队的全劳力是一天十分工，而樱子放一天牛只能挣五分工，虽然和别人的差距很大，但放牛时的空闲使她有大把时间思考人生和进行写作。

在农村苦闷、彷徨而无助的日子里，樱子只能到文学书籍中去寻找精神抚慰和心灵栖息，沉入文学故事中与那些人物同喜怒共哀乐，以此法来暂时忘却自己的不幸。她找村里的小伙伴借书，在借不到未读的新书时就到母校去找老师借，进行海量阅读。出入校门多了，老师们都知道樱子这个昔日的学生喜欢看书，原先的班主任李老师见状就开导她说，"你老是看别人的书，为什么不写些你自己的文章让别人看？你读书时作文写得那么好，再不写你的笔就会生锈了。"

这无意的随口一句话却让樱子上了心，她很感激母校的老师们没有歧视她，同时也肯定了她写作的天赋，给了她写作的动力。于是她便用一些废旧纸张写些抒发内心世界的感想，自己写给自己看。没有桌椅，她就搬个小凳坐在床边写，为躲避父母的干涉，她经常躲在黄麻蚊帐里写，经常熬到深夜。母亲痛惜煤油，所以还要防着她，写作时尽量遮住外泄的光亮。写些什么内容呢？她很茫然，起初她只是模仿着写点小短文抒发一下感情，还大包大揽地替要好的闺蜜写过情书，惹得男方对写情书的闺蜜穷追不舍，效果出奇的好。在农业学大寨兴修水利大干快上时，她经常给大队的油印刊物和广播员写稿，有不少篇被大队广播并且选登。其中有几篇还被送到公社广播站广播，后又被选到县广播站向全县广播，樱子心里很愉悦。

不知天高地厚的樱子，向省刊物投稿，编辑看中了她的一篇稿，经过县文化馆派人辅导她修改，这稿就上了省刊。然后省文艺单位出钱出力送她到省医院矫治残足，由于错过了手术最佳时候，内翻畸形的残足，脚板是扳正过来了，但走路仍瘸，虽然是这样，却比原来好了许多许多倍，能穿正常的鞋袜，还能骑单车了。樱子有多激动，感激从上而下的政府部门对她的救助，使她获得重生。

再然后，公社领导批准让她免除体检，入读公社高中，高中毕业又让她当了民办教师。樱子脱胎换骨了，重生了，由一个生产队的放牛妹成为一个教书育人的乡村小知识分子。老天的眷恋，社会主义制度的优越性，由上而下各级政府部门的温暖关爱，让樱子由一个不幸的人变成了一个幸运的人。

祖母也万分激动，说："我为她烧了多少香，在神灵前磕了多少次头，也没能让她的残足好转，医生这一刀就扳正过来了，还是医生比神灵有办法，共产党政府的人就是好。"

祖母曾在神灵面前祈愿，求神灵保佑樱子能走路，能生娃，能自己养活自己，并能养家糊口，能担起女人的担子。现在能走路，能自己养活自己这两条已经实现了，祖母很激动。

但是要用残足走完这一生，樱子还有多么漫长而又艰难的路程啊。

文学是一束光，是照亮樱子前行的一盏明灯，让她心中充满光明和希望，让她前进有目标方向。樱子之所以能坚持追随文学半个多世纪，除了热爱之外，她还要感恩报恩，是文学把她从苦难中拯救出来，对决定她前途命运有恩的文学事业，她会一辈子追随不弃的。所以，在她性命攸关的生死关头，在手术的麻醉中醒来，她念念不忘的还是她的写作，每场大病过后，她都有文章写成，这就是她对文学的报恩。

樱子很节俭，也很努力，她从妈妈那里要的零花钱，舍不得吃也舍不得穿，几乎全买了纸和笔。当时的信笺纸一分钱两张，很便宜。一分钱可以买一个或两个信封，甚至把旧信封翻过来，用糨糊粘上也可以用来寄信，这也成了樱子省钱的一个好途径。当时的信纸是那种横行的格式，樱子根本不知道投稿要用方格纸来抄写，她就用几分钱买的横格信笺纸开始写作，写好了不用贴邮票，只要在信封右上角写上邮资整付就能寄出去，由收稿人付邮资。她将稿件抄在横行信纸后，先后给广西壮族自治区的《广西文艺》编辑部寄了好几篇，寄出后根本不奢望那小字密密麻麻像蚂蚁爬的稿件会变成铅字，权当是对自己郁闷心情的一种自我宣泄，以此来充实空虚的内心世界。

樱子无论是在生产队劳动，还是作为放牛妹在山上放牛，一直坚持写，写，写。先是在报角发一些小豆腐块，再慢慢地变长，变多。从报纸再到杂志，从县上到市里，再到省里，很快引起了县文化馆和省市一些刊物的注意。就这样，文学眷顾她，樱子成了她们县甚至市文化界的小名人。

从小白到作家，樱子历尽艰辛和痛苦，如果说幸福在彼岸，那么文学就是船。用樱子的话来说就是："文学可治病，写作可疗伤。"虽然人生路上苦难重重，但只要活出自己，就会发现"人间值得"。因而，绝处逢生，自我拯救，也是这部小说的精髓之所在。

二、转机

高中毕业后，该干什么呢，她又能干什么呢？命运之神会怎样安排呢？因为残疾，她的高考屡屡受挫落榜。1976年国庆后，大队里一个教高中二年级的语文老师请病假四十天，校长通知樱子去代课。

于是她就成了一个临时的代课老师。

学生很难管。男生打架，女生吵闹，当面解决了背后又打闹起来了。上课第一天，班里一个女生头上长了虱子，把头发全剃光了，包上头巾，上课时还戴着一顶竹笠，伏在桌上不敢抬头。看不到黑板上的字还遭男同学耻笑，处理这些乱七八糟的事就花了樱子不少时间和精力。

民办代课老师的报酬却很低廉。当时公助民办的工资一半由上面下拨，另一半由大队向各生产队按人口筹集，粮食则全部由大队向生产队筹集。代课老师若是代公办老师的，钱粮都由上面给付，若是代民办老师的，则全部由大队统筹支付。而且，农村中小学的老师可不是那么好当的，白天老师上课，社员下地干活，大家都没空，所以遇到家访的事情，只能晚上才能去学生家。老师辛苦不说，有些家长还很有意见。

樱子是个苦命人，但她又是幸运的。从某种意义上来讲，也可以说是文学拯救了她，通过在文字这个海洋里畅游，她实现了自我救赎。因为在她每到山穷水尽的时候，总会有贵人相助，就连上天也会伸出援手。她爱写东西，有喜有忧都宣泄于纸上。她屡屡在本县县刊《花洲》、玉林市刊

《金田》以及省刊《广西文学》发表散文或小说，也曾出席县文代会，成了小地方的知名人物。

这天，改变她命运的机会终于来了。

金秋十月，玉林文化局召开文艺创作座谈会。县文化馆的人几乎全部出席，同时通知樱子也去参加。这个意外的好消息使樱子喜出望外，这个平时连小圩镇也没出过的放牛妹，连一套像样的衣服也没有，长到十几岁还是第一次出远门，只好临时借了二姑的一身衣服，先应付应付场面。瘦小的她穿着二姑这套宽大的衣服很不合身，松松垮垮的一点也撑不起来，看着很是滑稽可笑，但也就只能这样将就了。这是樱子第一次坐班车，更是第一次参加地区文艺创作座谈会，这是以前想也不敢想的事，激动的心情难以言表。

在座谈会上，樱子认识了玉林文化馆的吕馆长和本县几个有名的乡土作家、中国作协会员黄飞卿老师、儿童文学作家施敬达老师，还有本地区许多有名的作家。读了他们的作品，和这些文学领域的翘楚面对面交流，樱子再次体会到了文学的魅力，领略到文学创作的要领和精髓。吃饭时县文化馆苏副馆长招呼樱子坐在他旁边，还不断给她夹菜，席间鼓励她要增强营养，争取长高长胖，还多次向外县作者介绍樱子，说她是个放牛妹出身的业余作者，很努力也很有培养前途。会议期间樱子的胃病又发作了，苏副馆长派人带樱子去看病拿药，还安排人带她到地区医院骨科去诊断她的残足，看能不能治好。当医生遗憾地下结论说，十岁前可以做手术矫治，现在只能到高一级的医院去或许能治好时，苏副馆长又鼓励樱子说，多写出好作品来，争取到高一级的地方去学习并且治好残足。

同年十一月，樱子又接到"广西文艺"编辑部通知，让她带稿件去参加省里的文艺创作学习班。前次地区之行有文化馆同志陪同，这次上省城全县就通知她一人，她不敢单独出行。正好乡土作家莫之炎也要去南宁改稿，樱子就不用发愁没人同行照顾了。莫之炎送樱子到南宁，将她交代给省文艺编辑部的编辑后才离开。这次学习班是在属南宁地区的隆安县招待所里举办的，领导安排编辑部姓黄的女编辑，某大学中文系一个姓李的女生、某部队医院政治处一个姓杨的女兵与樱子同住一个房间，她们都像亲姐妹一样对樱子。樱子的稿件是个短篇儿童文学作品，作品取名《小容姐弟》，这是她的处女作，1974年1月在省文艺刊物正式发表。当时虽说没有稿费，但她喜滋滋地想，我的成功，说明我是个残而不废的人，体现人生价值，远比得到一笔稿费更要鼓舞人心。后来樱子才知道，作家莫之炎改稿时就住在省文化大院招待所，改稿期间他对编辑部符主编特意讲了樱子在地区医院诊断的医生建议，于是在学习班结束后，由编辑部安排樱子到省医院骨科治疗残足，治疗费用也都得到落实。在大家的帮助和共同努力下，樱子顺利完成了足骨矫正手术。

在省医院做完脚骨手术后，石膏筒终于拆除了，樱子开始慢慢瘸拐着练习走路。脚板扳正了，因年龄太大才做的手术，小腿的肌肉早已萎缩，骨头和关节早已定型，虽说走路还是瘸的，但脚板终归是恢复正常，矫正过来了。

从广西首府南宁学习班归来，当她一瘸一拐到达车站时，火车已按时开走了。坐在空荡荡的候车室里，她急得快要哭了。好在车票没有作废，为防止再次误车，她就这样在车站待了一夜。这边是广西文艺编辑部的人们连夜找她，那边没接到人的县文化馆莫老师还有馆长他们也在焦急地等着她的归来。一会儿是火车站送人者匆匆的身影，一会儿是馆长他们急切的等待，印在樱子脑海的这一幕，让她感动不已，也让她体会到了自己的人生，是有价值的。

《人间值得》传递出来的另外一个信息，就是三观的体现。凡是一部小说，一篇散文，一首诗歌，一个剧本，都有一个主题，反映什么，表达什么，赞颂什么。表扬什么，批判什么，鞭挞什么。《人间值得》从全书的字里行间透露出樱子对厄运的抗争，对命运的不服，对世俗的挑战。她在苦苦挣扎，在荆棘丛中艰难地找到一条能自己养活自己的人生出路。经过不懈的努力，咬牙迎受重重艰难险阻，最后到达幸福的彼岸。她成功了，实现了祖母从小为她向神灵许下的愿望：能走路能嫁人能生娃，能自己养活自己，能挑起养家糊口的重担。尽管这过程她也有过彷徨，有过绝望。但最终她的努力坚持，感动了上帝，使她得到了贵人相助，让愿望实现，她的人生得到了提升，从苦苦坚守十八年的民办教师，转正为公办教师，也完成了她的人生义务和责任，供一双儿女读了大学，都进驻大城市，安家落户就业，由农村人变成城里人。她成功了！

樱子的经历，说明不管遇到任何艰难险阻，只要咬紧牙关往前闯，定能到达成功的彼岸。

三、成家

樱子的婚姻和家庭也有很多苦水和不幸。

男大当婚 女大当嫁。有人向樱子求婚了，一个涂姓青年男子如同追星一般追她，但却遭到了他家人的强烈反对。男方的父亲甚至来信说："如果你硬要和我儿子结婚的话，你们的幸福很自然是建立在别人的痛苦之上。真的为了此事把他妈逼死，出了人命案，后果难负。俗话说，剩猪、剩羊，不会剩个烂婆娘。你自己残疾是你的事，请不要坑害别人！"

一个塑造别人灵魂的人，自己的灵魂首先是干净诚实的。看到对方家长这封信，樱子果断拒绝了该涂姓男子。接下来又有人介绍了不少相亲对象，樱子最终选中了一个也是民办教师的一庄姓男子阿心，双方很快定好了结婚登记的时间。

结婚证虽然领了，但是男方还没钱办婚宴，阿心是独子，父母就只有这一回喜事要办，因此东挪西借的也得想方设法办好。樱子这边还有件窘迫事不得不说，娘家为她送嫁的男女宾客有八人，按当地风俗，这八人将她送到婆家后需要留宿一晚，第二天再走。除家婆、丈夫要给他们红包外，新嫁女也要给他们红包的。别人都有贮箱钱，但樱子却一分钱也没有。好在第二天族老介绍她认识族中老小时，新人请大家吃喜糖，人家拿了糖就会往茶盘里放红包，有人还放一个两个的，但钱都不多，最多的包五毛钱，最少的只有一二分钱。收到这些红包，才替樱子解了无红包可发的窘境。

很快，樱子的女儿出生了。满月后，家里按牌价给公社收购站缴卖了一头猪，除了牌价钱外，还得了一百五十斤的粮票。作为一个身体有缺陷的残疾人，樱子在小村活得很不自在，她感觉总有一种空落落的惆怅和恐惧感。家里有她操不完的心，她的家公也是个败家子，常常把家里的粮食偷偷拿出去换钱花，养个猪也不好好养。村里恶人又多，时不时会有一场咒骂找上门来。而且这小村也实在太穷了，很多家庭经常要靠一顿一顿地借粮来过生活，他们家有两个代课老师，条件相对要好一些，所以常受村人的暗算。

生产队欠了银行一笔贷款,隔了二十几年都没还上,法庭就来拍卖队里唯一能卖的两间公屋,以竞标的形式,谁给的价高就给谁。樱子的丈夫阿心,在别人的掇腾下,竟然擅自做主,以三千七的价格拍下了这两间屋。三千七百元,这在当时可算是不小的一笔钱了。而拍下根本就派不上什么用场的这两间烂屋,成了一个烫手的山芋,也成了樱子的一块心病。于是她只能叫阿心放话,谁想要谁就照原价领了去。这样的房子,有谁会要呢?实际阿心是人家给他挖了个坑,遭到算计了。在拆房子的过程中又遇上不少麻烦事,最终还得樱子来收拾残局……

樱子成为一名公办教师之后,当上了镇高中学生食堂的管理员,由于心情紧张,第一次卖饭票就少了二十多元,勉强堵上这个窟窿,第二天她卖代金券又亏了两元。她没去声张,而是悄悄地自掏腰包补上了。

要说这人倒霉了,喝凉水都会塞牙缝。食堂外有一大块工人开发的菜地,樱子有一天闲着,见一位退休的老师正在里面摘菜。就想过去帮帮那个老师。她见一大片红薯藤覆盖在地上,绿油油的薯叶密不透风,就喜不自禁地边打着招呼边走了过去。突然她右脚踏空,踩进了一条两尺深的水沟里。在摔倒在地的那一瞬间,她听到了"咔嚓"一声骨头似乎断裂的声音。

所有这一切,樱子都在日记里断断续续地写,一连写了十几年。后来还患上了脑梗,左眼又红又肿,说话含糊不清。病重住院时,不屈的她在内心呐喊:挺住,别趴下,我还有文学。

鼻炎、腰椎痛、胃痛、高血压病等多种疾病缠着樱子。她从小就犯下的胃病,每次发作都会痛很久。樱子当了初三任课老师和班主任,这个班里有七十五人,学生多,事情就多。而这段时间,儿子正读初三,女儿读高三,让樱子更紧张了。她一心扑在工作上,教学认真,对学生也好,所以常有学生点歌给她,她觉得这也是一种成就,一种幸福。她指导自己的学生小红参加了县报的国庆征文比赛,并成功地刊在县报上,许多老师为此欢呼,学校领导也很高兴。女儿要高考了,考试那天虽说洪水滔天,但终于等来河南师范大学计算机系的录取通知书,她和女儿都很高兴,开心之余她嘟囔着对女儿说,"你运气好,一下就上了一本。想当初我高考第一批就上线了,但体检不合格,就为这伤心得哭了许多回。现在你为妈妈圆了大学梦,我真感激你!"

一个月后,樱子也接到了广西作协的通知,获批加入广西作家协会,正式成为一名作协会员。人到中年才踏进这方神圣的领地,樱子激动之余,即刻给作协汇去了会费,而且是终身会费。

四、值得

《人间值得》这本书虽然只有230页,不足20万字,但拿在手里,总觉得沉甸甸的。翻开仔细赏读,开卷即可从中感受到生命的力量。从樱子出生的不幸、苦难、梦想、爱情、家庭等方面说尽了人生之酸甜苦辣,道尽了作者的一把辛酸泪。虽身体不争,但她与一般人无异,依旧满怀热情与理想,永不言败。

书中主人公樱子的人生有思想,有勇气,有担当,有作为、有价值。她的出身,她的际遇,她与病魔的抗争,她的奋斗精神,是做人的楷模,也是年轻人学习的榜样。

读着读着,我总觉得小说中有作者的影子,甚至作者就是樱子本人。通过远程采访,果然她就是樱子,樱子就是她。从照片上来看,她人很干练,一直梳着短发,且几十年不变。说话办事也是干净利落,性格上倒像是一个男人。她如今不仅过着正常人的生活,而且是子女双全的幸福人家。她就是韦凤英,是我很敬佩的文友。虽素未谋面,却是神交已久。我和她相识于"大树特价书店群",一开始就注意到一个叫"一夕阳"的人,在书友交流时他说话既有很强的逻辑性,而且思维敏捷,是那种出言有尺,嬉闹有度的人。在谈论某件事或某个问题时,他总是有自己独到的见解,非常风趣幽默,聊天时常常逗得书友们哈哈大笑。我很愿意和一夕阳隔空对话,觉得这哥们儿很有意思,一夕阳在发给我她作品的同时,也经常点评我的作品,从中受益匪浅。而我呢,也把他看成了知音和要好的朋友。后来,她因不开心而退了群,而且把网名改成了"南方果",再给我发作品时我差点没认出他是谁。就在我懵懂且茫然的时候,有一天他发来了一大堆生活照片,并直言我误会了,他并不是一个男人。翻看一张张照片,我半天也没回过神来。再聊天时我就感到没以前那么随便了,甚至感到有点儿拘束，有点儿失落。她自己也笑称："很有意思，不光是你，刚才翻看与书商的微信来往，起初他也把我当男性了，把我称为兄。"这就是一夕阳，这就是南方果，这就是乡土作家韦凤英，一个风趣而有品位的足残人。她的文学这棵精神之树不倒，才坚持到了今天。要知道，她一年前又曾大病一场，在鬼门关走过一遭，最后住的可是中山医科大学的肿瘤医院啊！

正如她在文中所言，"手术那天，樱子紧紧抓住阿心和儿子的手不放，在这座城市里，她只有这两个亲人能依靠了。术后她奋力睁开眼，看到儿媳站在床边，焦急地看着自己，但樱子没能多看儿媳一眼，又不争气地眼皮一沉，睡过去了。"

一场手术后，她从麻醉中醒来，第一感觉就是要赶快做想做却还没做的事，这就是争分夺秒地赶在天黑前，完成自己的夙愿。我的文友南方果，亦即韦凤英历尽千辛万苦，她的小说终于出版了，在她的眼里，人间的烟火竟是那样的有滋有味。她的不屈不挠，她的进取精神，同样感动了我。一个处境艰难的残疾女，尚能咬牙坚持自己养活自己，捣毁命运的牢笼，完成人生的义务与责任，体现社会价值和人生价值。反观当今社会有些人却选择躺平，浑浑噩噩地过日子，不工作，不结婚，不生娃，啃老，躺平；还有一些年轻男女，为了享受。十八女子嫁与八十富翁，啃富翁的老，享受老翁财富的养活；三十壮男傍七十富婆吃软饭。这些人不愿承担社会责任和家庭责任，只顾自己享受。与书中的残疾女樱子相比，她们就该惭愧，该深刻地反省自己。他们的世界观、人生观、价值观都偏离了社会道德的轨道，偏向了精致利己主义那一边，没有社会担当与家庭担当。用《人间值得》里的樱子一对照，无疑是对这些人的有力鞭挞。从这点来说，《人间值得》的基调虽然是沉郁的，但却是宣传社会正能量的作品。

另外，《人间值得》的语言，全书的字里行间都充满了泥土味，充满了生活气息。农村人写的农村事，语言质朴，流畅，充满农村的气氛。全书行文流畅，不拖泥带水，不高深莫测，不故弄玄虚，不用偏言僻语，读起来顺口，给人阅读增添了顺畅的感觉，是一部颇有价值的励志小说。

后 记

一、手写的坚守

这本散文集叫作《墨香星河》，有十多年前写的甚至是更久远的故事，也有近几年断断续续写就的。多年来，我一直喜欢海量阅读并做这种文学手记。凡自己的所思所想所悟，凡令我感慨且动我心魂者，或自以为是有感而发的神思妙悟，多会以文字的方式率性而发，腹稿打好后，一挥而就。辑入的文章虽是现成的，但要把它们汇集成书，远非想象的那么简单。内容要归类，错别字要改，文字要润色，标点符号要检查。这就如同一堆散落在地上的珍珠，只有把它们串起来，才能变成一串漂亮的项链，才能成为一个像样的物件。经过半年多时间的打磨，《墨香星河》这本书终于完工，算是了却了一桩心事。

文字是会说话的历史。

文学作品，由于有着许多细腻和深刻的描写，它既能够印证一个时期、一个阶段人们的思想活动乃至精神上的相互影响、相互制约，映现出自然的、社会的背景色彩，同样也能唤醒人们似乎已经淡忘了的记忆，滋养我们的心灵，从而让那隐匿在心灵深处的一股股清泉汩汩流淌出来。

于我而言，以前的文章全靠手写，先写在稿纸上，然后再找人誊写出来，一遍遍地修改，一遍遍地润色。自有了电脑，也就完全改变了这种传统的方式，因为用"机器码字"毕竟比手写方便多了。然对我来说，却是习惯了用iPad写作，而且是手写输入。每当我坐在书房一角打开iPad，只要静下心来进入角色，脑海里就会浪飞波涌地沉浸其中，灵光闪到哪儿，十指就画到哪儿。虽然换成了电子设备写作，但在iPad屏幕上，孤陋寡闻的我仍然是用指尖或指肚在屏幕上画着输入文字，时间一长，指头就发痒甚至是产生痛感，严重影响写作进度。是我的年轻助手张家声发现我用笔画输入后，建议立即更换为电容触摸屏笔，这才把我从手写的困顿中真正地解放出来，工作效率也大大提高了。

电容笔输入写作开始后，我抓紧每分每秒，摒弃一切杂念，十指下显现的一行行文字，都是出自自己内心的自然流淌。这样的书写，真是一种人生享受。无论是瞬间的思绪烟云，还是凸显的情感微澜，均不停被变成文字"抒发"出来，"迁移"到脑海之外。那种快捷，那种便利，已无法言说。这既沿袭了传统的输入方式，又充分发挥了现代的快速录入手段，一旦不满意可在电子文本上直接涂抹、修改，与传统的手写有着异曲同工之妙。

这人啊！无论走到哪里，脚步无论走多远，在脑海里，只有记忆深处的故乡的味道熟悉而顽固，它就像一个味觉定位系统，一头锁定了千里之外的异地，另一头则永远牵扯着你的灵魂。你就是想挣脱，也永远挣脱不出来。

只要调整好视角，内心记忆的闸门即被打开了。本书中的大部分篇章，几乎全是此场景下的产物。这部散文集，写的大多都是我本人读中学以来生活里的一些琐碎事情。有对家乡的深情怀念，有对游子所经历的地域文化的低吟浅唱，也有对自己在时代变迁中内心的撕裂与拷问，更有对文学深藏于内心的那份痴情与眷恋。从我自己在家乡由小学进初中，再到异地求学、成就事业，所遇到的人和事，均以散文的形式记录了下来。

文学无疑是伴随着人类进化而不断丰富的情感传播方式，作为其中的散文则是情感的一种肆意表达，它映现了我的切身感受。有人说，"散文是一杯白开水，可冰可凉可温可热。它没有诗歌韵律之限制，没有戏剧冲突之追求，更没有小说情节之铺张，识字者提笔皆可为之"。话是这么说，事实果真如此，文学尤其是散文，它可以赋予冰冷的文字以生命，有些当面不好说的话，在文字中都可以表达，即使不善言辞的人，也会将绵绵不断的思念写在纸上或电脑上，这种表现更为潇洒，也更为得体。这源于散文的纯真和静美；好的散文不仅要有情感的灌注，更应该有智慧的沉淀、意蕴的渗透，它在不断地充实着我的生活，也成了我喜欢散文的根本之所在。于是乎，我所写的这数十篇散文或手记，便辑入这部《墨香星河》集子里。

二、故乡的依恋

　　人立足于天地之间，每个人都在寻求某种归属感，这实际上是一种生命的依赖。有人说，"故乡处于大地的中央，她永远在你的心中"。我觉得这句话含义颇为深刻。故乡的一草一木，还有我们人生旅程中，那些随着时间一起老去或消逝的人与物，在滚滚向前的时代大潮裹挟下，看上去似乎早已失去了言说的价值。可是，如果我们用文字的方式穿越，打捞时光的碎片，将其串联起来，就可以与往昔建立一种新的对话关系，就可以对记忆进行还原和重构，并赋予它们以新的生命内涵。

　　如果说记忆是条河，那么，它的源头一定在故乡。提起故乡，我的心里总会涌现出亲切的怀恋，总会有挥之不去的惆怅萦绕。而写作，这把开启记忆之门的神奇钥匙，总会让故乡曾经或正在离我而去的一切，从心灵底板中以影子的方式显现出来，给生命以抚慰。收录在《墨香星河》这本书里的文字，是我多年来用脚丈量过，用心印证过，带着我的温度和色彩的河山人间。面对即将付梓出版的文稿，此刻的我犹如一个农夫在迈着轻盈的步伐巡视自己的粮仓，再次想起土地、阳光雨露对果实的恩泽。而今是一个小说为王的时代，我这样的散文，读者会爱看吗？书出版后有销路吗？有时候往往会自问自答地这样想，但想多了就觉惶惑，可定定神，就一次次地鼓励自己，觉得还是随着自己的初心写下去吧！

　　因为每一次的归途都是一种享受，每一次的回家都是一种惊喜。

　　想家是一种说不出的感觉，想家是一种难以言表的情感。我好想为我遮风挡雨的老屋、想念院子里那棵挂满红枣的老枣树。还有我和妈妈亲手栽种的那棵小桐树，早已长成了根深叶茂的参天大树，酷热的夏天半个院子都是桐树遮住的阴凉。自然就想念老母亲霜染的白发和慈祥的笑容。她知道我喜欢嗑瓜子，工作后只要我一回家她就在柜子里翻找，用有些颤抖的手把那装在白色粗布兜里的西瓜子递过来让我吃，还有用绳子系着挂在房间土墙上、表皮已经风干了的石榴。每当这时，我就当着母亲的面嗑着瓜子，用手掰开石榴，竭力装出一副很好吃的样子。但当和母亲四目相对时，却再也止不住流下的泪水……可惜呀可惜，这一切的一切，这些历历在目的场景，现在都没有了。

故乡容不下肉身，他乡容不下灵魂啊。

年轻时的我心气太盛，不知天高地厚，以为自己能力很大，以为家乡太小，实现不了自己的野心和梦想。在离家之后，去远在他乡的吉林大学求学，学成归来步入社会，参加工作实践，接触各类社会上的人，经受各种历练和挫折，真正感受到了自己的渺小之后，这才知道家乡的可亲。

人，不管你走出多远，无论是在故乡还是远在万里之外的他乡，往往能感受到故乡那种安静的、深沉的大地气息。我有时是在现实中回味，有时又是在幻境中徘徊。这些文字既有我生活的脉络，也有我情感的寄托。我就是这样怀着对文字深深的敬畏感，一点点地诠释我的认知、我的经历以及信念。

三、心灵的感悟

时光流逝，有时候，竟想大哭一场，因为心里憋屈。有时候，却又想疯癫一下，因为情绪低落。有时候就只想安安静静，因为觉得真的是累了。笑看过往，畅想人生。曾经以为老去是很遥远的事，突然发现，年轻却已是很久以前的事了。尤其是觉得时间不经用。这上班时不想，不在考虑之列。40岁前不想年龄的事，40岁以后才觉得这时间过得真快。一晃离开工作岗位退休后，日子就更快。在电话那头，在微信里，没有几个好消息，不是这个放支架了，就是那个脑梗了，要不就是有人睡觉一宿再没醒过来。仔细想想，人生也就是这么一个过程。

作家陈宏光曾对我说，一定要大量阅读，给自己充电。为什么这么说呢？因为很多东西，眼睛看不到，但读书可以。作家就是一个孤独的奋斗者，只有靠自己打拼，靠自律，靠苦熬，别人无法帮你。仔细品味，也能感受到他这种苍凉的智慧。宏光兄的忠告，具有鲜明的导向性，他的话使我意识到，如果自己不努力，即使天天有人在旁耳提面命，也无济于事。写作是苦行之路，必须保持奋斗精神。写作可丰盈我们的力量，放慢我们生命的脚步。在世间所有踏实或虚妄的追求都过去之后，唯有文学，依旧是一片灵魂的净土。

忆往昔，大地阳光明媚，雀鸣草香狗吠。端一个小板凳，在赵镇老街西城门口的墙根下一坐，紧一紧系在腰间大棉袄上的草绳，晒着暖暖的太阳，听着村里的能人说东道西，还有一帮老娘儿们神神秘秘、叽叽喳喳地说着私密话，一旁的孩子们追逐打闹着，时不时地夹杂着大人们的喝斥声和笑骂声。每当这个时候，孩子们会嬉笑着做做鬼脸，一哄而散……这样的小日子，充满了人间的烟火气，想想都美，想想都会禁不住让人笑出声来，那是一种多么惬意、多么温馨的场面啊！

多年以后，不管是回归故里，还是留在此地，我总会记起自己有一段最美好的岁月，那些雪泥鸿爪，便成为终生的回味。以前我总是想着远方，想着未来；现在呢？现在没有了那些个远大追求，好想回到小时候，开心了，可以肆无忌惮地笑；难过了，可以声嘶力竭地哭。还有故乡赵镇东西街那人声鼎沸的集市，川流不息的大小车辆，更有那漂浮在街道上空的炸油糕浓香味道，终是难忘……

本书历时十年，所辑入的数十篇散文，意按"乡音乡情、译海泛舟、雪泥鸿爪、朝花夕拾"分为四辑，40余万字。这是一部与我的生活、成长息息相关的集子。涵盖了我青少年起人生经历的几个重要发展阶段，既是一部个人成长史，也可以说是一个挫败史。我愿把自己人生中好的坏的、成功的失败的这一切都呈现出来，与读者分享。细想起来，这既是一种感情的维系，一种寻根溯源的追寻，更是一种文化的传承。需要声明的是，因书中所涉事件时间跨度较大，故而是慢慢消化，写作时一点一点地接受灵感的召唤，将其诉诸笔端。若读者能与作者的思想发生碰撞，产生共鸣，那当是我的荣耀。若有笔误之处，也请包涵、见教。在此，我衷心感谢读到此书的亲朋好友、我素未谋面的读者和生命中遇到的所有"贵人"。

我要特别感谢我的贤内助、夫人李智玲的大力支持与默默付出！感谢文友笑汀（田志友）对"后记"的完善提出宝贵修改意见，建议缩短后记并将部分内容单拎出来独立成篇，重点调整后，使书的架构更为合理，更符合读者的阅读习惯；感谢江西文友蒋维扬先生通读全稿并对其中部分内容做了"粉刷"，使本书增色不少；感谢同事杨少平帮我为本书插图、修

后　记

图并悉心协助统稿；感谢袁桂琴、任惟佳、丁云、许文莉、刘吉、郭芳、李素媛、李昱彤、张家声、杨铂玉、郑思聪等人为本书出版所提供的帮助；感谢中国文联出版社，感谢责任编辑阴奕璇做出多方努力，隆重推出此书。

丁峙

2023 年 9 月 30 日于北京

2024 年 6 月 11 日重新修订